SUCCION

DU MÊME AUTEUR

ULTIMES RITUELS, Anne Carrière, 2011 ; Points n° 2805.
JE SAIS QUI TU ES, Anne Carrière, 2012 ; Points n° 3125.
BIEN MAL ACQUIS, Anne Carrière, 2013 ; Points n° 3317.
INDÉSIRABLE, Actes Sud, 2016 ; Babel noir n° 196.
ADN, Actes Sud, 2018 ; Babel noir n° 221.
SUCCION, Actes Sud, 2019 ; Babel n° 254.
ABSOLUTION, Actes Sud, 2020.

Titre original :
Sogid
Éditeur original :
Veröld, Reykjavík

ISBN 978-2-330-14999-4

YRSA SIGURÐARDÓTTIR

SUCCION

roman traduit de l'islandais
par Catherine Mercy et Véronique Mercy

BABEL NOIR

Le livre est dédié à Mjása et Pilla.

PROLOGUE

Septembre 2004

L'école projetait des ombres glaciales sur le terrain désert. Plus loin, le soleil réchauffait les rares passants dont le trajet passait par là. Lorsqu'ils entraient dans l'ombre ils se pelotonnaient comme ils le pouvaient dans leurs vêtements d'hiver et hâtaient le pas en direction de la lumière. Le temps était calme, seule une froide bourrasque qui dansait dans la cour de l'école poussait les balançoires installées dans un coin. Elles tanguaient doucement comme si des enfants invisibles s'y ennuyaient. Comme Vaka. Mais le gel l'incommodait plus que l'ennui. Il lui piquait les joues et ses orteils devenaient douloureux. Elle avait froid partout et le perron glacé sur lequel elle était assise accentuait ses frissons. Comme sa doudoune toute neuve était trop courte pour isoler ses fesses du froid, elle commençait à regretter de ne pas avoir écouté sa maman. Elle aurait dû choisir un modèle plus long. Mais il n'était proposé qu'en bleu foncé alors que le court existait aussi en rouge. Vaka rectifia la position de son sac à dos. Elle ferait peut-être mieux d'aller au soleil. Elle attendrait au chaud. Elle s'embêterait aussi là-bas toute seule, mais au moins elle serait à l'abri du froid. En même temps elle avait peur de quitter cette zone d'ombre que l'école projetait sur toute la longueur de la cour. Si elle s'éloignait, son père risquait de ne pas la voir et de repartir sans elle. Non, elle préférait avoir froid.

Une voiture de la même couleur que la sienne approchait, mais son excitation ne dura pas. Ce n'était pas sa voiture et ce n'était pas lui. S'il l'avait oubliée ? C'était son premier jour de classe dans cette nouvelle école, il croyait peut-être qu'elle pourrait rentrer à pied, comme avant. Pour la centième fois de la journée elle eut un pincement au cœur en pensant à son ancien chez-soi. Sa nouvelle chambre était plus belle et plus grande que celle de l'ancien appartement, mais c'était bien la seule chose qui était mieux. Pour tout le reste ça n'allait plus. Surtout à l'école. À cause des autres enfants. Elle ne connaissait personne et personne ne la connaissait. Dans sa classe d'avant elle savait comment tout le monde s'appelait, et connaissait même le nom des animaux préférés de ses copines. Maintenant elle avait la tête pleine de nouveaux prénoms et de nouveaux visages qu'elle n'arrivait pas à assembler. C'était comme avec les jeux de mémoire, elle ne gagnait jamais, sauf quand sa maman faisait exprès de perdre.

Vaka renifla. Combien de temps faudrait-il à son père pour comprendre qu'il devait venir la chercher ? Elle se retourna et examina du haut en bas la façade de l'école, dans l'espoir d'y déceler une présence. Mais les fenêtres se fondaient dans l'obscurité de l'ombre froide. Elle ne distinguait aucun mouvement. Un coup de vent lui cingla les joues et lui lacéra le dos. Elle bondit sur ses pieds et gravit les marches jusqu'à l'entrée. Il devait bien y avoir encore un adulte à l'intérieur. Quelqu'un qui la laisserait téléphoner. Mais la porte était verrouillée. Ça ne servait à rien de frapper, les mugissements du vent couvraient le bruit de ses coups. Elle laissa retomber sa main et resta les yeux levés sur les battants de la grande porte, avec le faible espoir qu'ils s'ouvrent malgré tout. Mais comme rien ne bougeait, elle revint s'asseoir. Avec un peu de chance la marche serait moins froide.

Elle n'y pensa plus quand elle se retourna. En bas du perron se tenait une petite fille qu'elle avait remarquée dans sa nouvelle classe. Elle ne l'avait pas entendue approcher. Elle était peut-être arrivée sur la pointe des pieds, mais pourquoi elle aurait fait ça ? Elle ne mordait pas, elles n'étaient pas des ennemies. Même si elles ne se connaissaient pas, Vaka se souvenait très bien d'elle. C'était difficile de faire autrement. Il lui manquait deux doigts à une main. Le petit doigt et l'annulaire. Elle était assise toute seule au premier rang et ne faisait pas de bruit. Vaka avait cru d'abord que c'était aussi son premier jour dans l'école, mais comme le professeur ne l'avait pas présentée en même temps qu'elle, elle avait changé d'idée. Quand les enfants avaient eu la permission de parler entre eux à l'intérieur de la classe, la petite fille n'avait pas dit un mot et ne s'était pas mêlée aux autres. Pendant la récréation elle s'était assise à l'écart, elle regardait devant elle, comme Vaka sur son escalier. Elle n'avait pas bougé, même pas quand deux garçons avaient chantonné un morceau de comptine que la grand-mère de Vaka fredonnait de temps en temps : "Petit doigt, petit doigt, où es-tu ? Annulaire, annulaire, où es-tu ?" Vaka avait trouvé ça horrible mais les autres enfants n'avaient pas l'air choqués. Finalement elle avait détourné les yeux sans oser s'en mêler. Elle était nouvelle.

— L'école est fermée. Ils ferment toujours quand l'école est finie, dit la petite fille avec un sourire gêné si furtif que Vaka crut s'être trompée, mais elle avait un très joli visage.

— Ah bon !

Vaka se balançait d'un pied sur l'autre dans l'escalier. Elle ne savait jamais comment s'y prendre pour lier connaissance avec d'autres enfants ou pour parler à des inconnus. La journée s'était écoulée sans qu'elle ait trouvé l'occasion de sortir de sa coquille.

— Je voulais demander si je pouvais téléphoner.

— Va voir à la station-service. Elle est juste à côté, dit la petite fille en désignant une rue.

Elle portait des moufles pour cacher sa main abîmée.

— Je n'ai pas de monnaie, répondit Vaka, gênée, après avoir ravalé sa salive.

Normalement sa mère lui donnait son argent de poche le vendredi mais elle oubliait régulièrement de le faire. La plupart du temps c'était sans importance mais parfois c'était grave. Comme maintenant. Aussi grave que d'oublier de venir la chercher à l'école. Les adultes n'avaient aucune mémoire.

— Oh ! s'exclama tristement la petite. Moi non plus.

Elle ouvrit la bouche comme pour ajouter quelque chose mais elle serra les lèvres.

Alors que Vaka était au large dans sa doudoune neuve, le manteau de sa compagne était trop juste pour elle. Les manches étaient trop courtes et elle n'avait pas réussi à remonter complètement sa fermeture éclair. Elle ne portait pas de bonnet et ses cheveux en bataille tournoyaient au gré du vent. Malgré le temps sec, elle portait de vieilles bottes en caoutchouc déteintes. Seules ses jolies moufles colorées étaient neuves et propres.

— Ça ira comme ça. Je vais attendre, dit Vaka en se forçant à sourire.

C'était difficile d'attendre comme ça sans savoir. Elle avait toujours aussi froid et en plus, maintenant elle avait faim. Si papa était arrivé à l'heure elle serait assise dans leur nouvelle cuisine. Elle aurait du pain grillé. Le beurre fondrait sur sa langue, avec la confiture. Cette sensation ne fit que renforcer sa faim.

La petite fille piétinait en bas des marches.

— Tu veux que j'attende avec toi ? demanda-t-elle sans regarder Vaka, mais en fixant la cour vide, sur le côté. Je peux si tu veux.

Vaka ne savait pas quoi répondre. Qu'est-ce qui valait mieux ? S'asseoir toute seule et geler sur place, ou essayer de trouver quelque chose à dire à cette petite fille dont elle ne connaissait pas le nom ? Du haut de ses huit ans, elle savait qu'il n'y avait qu'une seule bonne réponse à une question comme celle-là.

— Oui, merci, si ça te fait plaisir, dit Vaka.

La petite se tourna vivement vers elle avec un grand sourire.

— Mais je devrai partir dès que papa sera arrivé, ajouta-t-elle.

— Bien sûr, répondit la petite, le regard vide.

Elle ne souriait plus. Vaka essaya de sauver la situation. Elle n'avait pas oublié la méchanceté des garçons à l'égard de sa petite camarade, qui avait l'air si seule.

— Papa pourra peut-être te ramener chez toi ? hasarda-t-elle.

Elle regretta aussitôt ses paroles, car elle avait souvent entendu ses parents se plaindre du prix de l'essence. Impossible de demander à son père de faire un trop long détour, ils n'avaient pas beaucoup d'argent depuis qu'ils avaient acheté la nouvelle maison. C'était pour ça que sa doudoune était trop grande, comme ses chaussures.

— Tu habites loin d'ici ?

— Non, juste là-bas derrière, dit la petite fille en montrant l'école.

Elle parlait sûrement du groupe de maisons qui avait attiré l'attention de Vaka quand elle s'était promenée dans la cour arrière pendant la récréation. Un haut grillage les séparait de l'école. Des ordures de toutes sortes s'entassaient juste en face de la cour : des cartons froissés et délavés, des chiffons, des sacs en plastique, des feuilles mortes. Vaka, qui n'aimait pas la saleté, avait trouvé cet endroit dégoûtant, mais comme c'était la seule zone où elle n'entendait plus résonner les voix cruelles des garçons, elle s'était éloignée jusqu'à la hauteur du grillage et du tas d'ordures.

Elle n'entendait plus que l'écho des jeux des enfants. Elle avait regardé de plus près les maisons et leurs jardins. Heureusement que ses parents n'avaient pas eu l'idée d'acheter l'une d'elles. Elles étaient aussi mal entretenues que la clôture, avec leurs peintures délavées et leurs jardins envahis de broussailles. Quelque chose luisait dans un coin, c'était un barbecue rouillé qui émergeait d'une touffe de mauvaises herbes, Vaka n'en crut pas ses yeux quand elle s'aperçut que la végétation débordait de la grille de cuisson. Des rideaux assortis à la saleté des vitres pendouillaient le long des fenêtres. Ailleurs on avait suspendu des couvertures ou même des journaux ou des cartons. Ce spectacle était si pénible que Vaka s'était retournée du côté du groupe des enfants, qui faisaient comme si elle n'existait pas.

Mais ce quartier avait au moins un avantage. Il était à côté de l'école. Peut-être qu'on la laisserait téléphoner, dans la maison de sa nouvelle camarade ? Il ne lui faudrait que quelques minutes pour marcher jusque-là. Si son père arrivait entre-temps il n'irait pas bien loin. Vaka s'arma de courage.

— Euh… Est-ce que ça serait possible que je téléphone chez toi ?

La mine terrorisée de sa camarade la fit tressaillir.

— Chez moi ? fit-elle en ravalant sa salive.

Elle baissa les yeux sur ses moufles et tâtonna sa main mutilée.

— Tu ne crois pas que ça serait mieux d'attendre ici ? Ton papa ne va sûrement pas tarder.

— Oui, sans doute, admit Vaka en rajustant son sac à dos.

Il lui paraissait de plus en plus lourd, comme si les minutes écoulées depuis qu'elle attendait s'accumulaient dedans.

— Mais si je téléphone, après, tu pourrais venir jouer chez moi, ajouta-t-elle.

À la place de la petite fille elle serait heureuse de quitter sa chambre si elle habitait dans l'une de ces horribles maisons. C'était peut-être pour ça qu'elle avait réagi aussi bizarrement. Elle ne voulait pas qu'on sache comment c'était chez elle. Vaka s'empressa de lui dire que ça lui était bien égal comment était sa maison.

— D'accord. Mais tu feras vite, répondit-elle après quelques instants d'hésitation. Et seulement si on peut aller jouer chez toi après. Il ne faudra pas parler fort. Papa est sûrement en train de dormir.

Vaka acquiesça, contente d'avoir réussi à la convaincre. Elle venait enfin de faire la connaissance d'une élève de sa classe. Elle espérait se lier d'amitié avec celles de ses camarades qui étaient les plus drôles et les plus populaires, mais elles ne s'intéressaient pas à elle. Elles n'avaient sans doute pas besoin de se faire de nouvelles amies. Cette petite fille était sa chance, elle avait l'air très gentille même s'il lui manquait des doigts. En tout cas elle n'était pas méchante. Mais l'angoisse la saisit dès qu'elles se mirent en route. Les misérables maisons lui revenaient en mémoire. Soudain elle n'eut plus envie d'entrer dans l'une d'elles. Elle aurait dû rester sur l'escalier tout froid. Mais c'était trop tard. Elles avaient quitté la cour de l'école, elles se dirigeaient vers le petit lotissement et marchaient dans le soleil.

Pourtant Vaka ne se réchauffait pas. Elle avait encore plus froid.

Elle ne savait pas quoi inventer pour faire demi-tour sans blesser sa nouvelle amie. La petite fille marchait comme elle en silence. Comme elle, elle paraissait consciente que chaque pas les rapprochait de leur destination. Elles n'avaient pas échangé un seul mot lorsqu'elles s'arrêtèrent enfin sur un bout de trottoir crevassé, devant l'une des maisons que Vaka avait regardées pendant la récréation. Elle parcourut des yeux la façade en veillant à ne pas bouger la tête pour que sa compagne ne remarque pas qu'elle examinait les lieux. C'était la maison la plus sordide de toute la rue. Elle n'avait qu'un étage, avec en guise de toit une tôle en acier rouillé qui n'avait pas été repeinte depuis des années. Sur le devant, le jardin était dans le même état que ceux qu'elle avait vus le matin au dos des maisons. Au milieu des pissenlits un tricycle était couché sur le côté, aussi rouillé que la maison. Les vitres étaient ébréchées et on n'avait même pas fait l'effort d'accrocher des rideaux présentables aux fenêtres qui donnaient sur la rue. Pour compléter le tableau, la porte d'entrée était tout de travers. C'était un endroit mauvais.

Vaka se creusait toujours la cervelle pour trouver une raison de faire demi-tour, mais il lui fallait du temps.

— Viens, dit la petite fille en la regardant avec sa mine triste. J'habite ici. Il ne faut pas faire de bruit, dépêche-toi. Après on ira jouer chez toi. D'accord ?

Ses yeux sans couleur brillaient d'impatience. Vaka se sentit obligée d'accepter.

Elle la suivit jusqu'à l'entrée. Son sac pesait autant que si on l'avait rempli de pierres. Chaque pas était une nouvelle épreuve. C'était comme chaque fois qu'elle avait conscience de faire quelque chose qui tournerait mal, mais qu'elle le faisait quand même. Comme le jour où elle avait emporté trop d'assiettes d'un coup sur la table de fête et les avait fait tomber. Il lui avait suffi de soulever la pile pour se rendre compte que c'était trop lourd pour elle, mais elle avait continué quand même. Et cassé toutes les assiettes. Maintenant c'était tout pareil.

La petite fille venait de saisir la poignée de la porte.

— Viens. Rappelle-toi, il faut que tu te dépêches !

Elle chuchotait comme si un monstre qui ne devait pas deviner leur présence attendait à l'intérieur.

Vaka hocha la tête tristement et franchit le dernier mètre qui la séparait de la porte. Qui menait du soleil à l'ombre. Une odeur âcre mêlée de relents de cigarette la saisit. Elle retroussa le nez malgré elle. La petite fille ferma la porte et ce fut l'obscurité. Ça valait peut-être mieux car Vaka ne voyait pas le désordre qu'elle devinait à l'intérieur et sa compagne ne pouvait pas distinguer son visage effrayé.

— Le téléphone est en haut. Viens, murmura la petite fille – si bas que Vaka l'entendit à peine – en regardant partout autour d'elle.

Comme Vaka ne se décidait pas, elle agita les bras en signe d'impatience. Elle avait ôté son manteau mais n'avait retiré qu'une moufle. Vaka détacha ses yeux de la moufle qui dissimulait la main privée de doigts et avança prudemment dans l'entrée. Aussitôt, à l'étage supérieur, le plancher craqua. La petite fille sursauta et regarda en l'air. Son visage était déformé par la terreur.

Vaka était tétanisée, ses paupières la brûlaient, elle allait éclater en sanglots. Qu'est-ce qu'elle faisait là ? Elle poussa un gémissement à peine audible malgré le silence de la maison. C'était une terrible erreur. Pire que les assiettes. Submergée par le désespoir, elle n'arrivait plus à réfléchir. Elle pensa seulement qu'elle ne connaissait même pas le nom de la petite fille.

La police de Hafnarfjörður recherche Vaka Orradóttir. Vaka est âgée de huit ans, elle a des cheveux châtains, elle est petite et mince. Elle porte une doudoune rouge, un bonnet rouge, un jean et des baskets roses. Vaka a été vue pour la dernière fois aujourd'hui à quinze heures, au moment où elle sortait de l'école de Hafnarfjörður pour rentrer chez elle. Il est possible qu'elle soit encore en ville. Les personnes qui pensent avoir vu Vaka sont priées de prendre contact avec la police de Hafnarfjörður au numéro 525 3300.

2016

1

Huldar laissa glisser de son bureau la pile des photocopies de l'école. En dehors d'une collection de gobelets de café à moitié vides, il ne restait pratiquement rien devant lui. Il n'héritait plus que des tâches dédaignées par les autres policiers. Comme cette histoire d'école. Elle allait immanquablement alimenter les plaisanteries dont il était déjà l'objet, lui, le supérieur hiérarchique tombé en disgrâce et mis sur la touche. Désormais relégué au fond de l'open space, c'était tout juste s'il apercevait de loin son ancien bureau.

Il prenait soin de ne jamais regarder dans sa direction. Au fond ça lui était bien égal d'être tombé en bas de l'échelle, mais il ne supportait plus que ses ex-subordonnés l'évitent comme si sa chute était contagieuse. Contrairement à ce qu'il espérait, ses collègues étaient loin d'avoir reconduit les relations qu'ils entretenaient avec lui avant sa promotion. Leurs silences quand il apparaissait et leurs chuchotements dès qu'il s'éloignait lui étaient si pénibles qu'il en arrivait à regretter de ne plus être à la tête de la brigade.

Ces regrets ne duraient pas car il se rappelait aussitôt combien il était malheureux pendant cette période. Des formulaires à n'en plus finir, des rapports, des réunions et toute une paperasse inutile. Si quelqu'un lui avait détaillé le profil du poste, il n'aurait jamais accepté pareille promotion. Malheureusement on avait été avare d'explications quand on la lui avait proposée. La présentation et le mode de désignation s'étaient réduits à une unique phrase de quatre mots : "Voulez-vous devenir chef ?" La direction était sur les dents. Une succession de scandales s'était soldée par la mise à l'écart de la plupart des dirigeants et c'était presque par hasard que le choix s'était arrêté sur lui. Le recrutement des policiers ne reposait pas sur des diplômes universitaires ou leur équivalent. On s'était donc rabattu sur les seuls critères qui permettaient d'opérer un classement, à savoir l'âge et l'ancienneté. Mais après les tumultes suscités par les derniers scandales, Huldar soupçonnait sa direction d'avoir eu recours à un troisième critère : la taille. Pour lui c'était une évidence. Quand les décideurs avaient ouvert la chasse, ils l'avaient vu dépasser d'une tête les autres policiers. Si à cet instant-là il avait été assez inspiré pour s'asseoir ou se pencher, il aurait conservé l'emploi qu'il occupait à l'époque dans l'organigramme. C'est-à-dire au milieu. Pas tout en bas.

Mais Huldar ne gardait aucune rancune contre ceux qui lui avaient offert le poste. Il était libre de le refuser après tout. Il n'en voulait à personne d'avoir été rétrogradé. On ne pouvait plus le laisser en première ligne. Il avait raté son enquête criminelle avec un brio sans égal. Quand il avait tenté d'expliquer la chose à une de ses sœurs, il s'était comparé à un chirurgien convoqué en urgence qui se serait rué dans la salle d'opération en brandissant un scalpel, mais qui aurait trébuché et décapité son patient.

Le plus grave, c'était qu'il avait entraîné Freyja dans sa chute, Freyja, l'ex-directrice de la Maison des enfants. Comme les autorités de la Protection de l'enfance ne lui avaient pas pardonné d'avoir abattu un homme dans les locaux de l'institution, elle était redevenue une simple psychologue.

En définitive ils pouvaient s'estimer heureux tous les deux de ne pas être à la recherche d'un emploi.

Mais visiblement elle lui en voulait toujours. Depuis le fatal événement ils s'étaient rarement croisés et c'était tout juste si elle lui accordait un regard. Tout son être respirait la colère et la cible de cette colère, c'était bien lui. Huldar fit la grimace. Il avait nourri l'espoir de renouer avec elle malgré une lamentable entrée en matière, un développement laborieux et une conclusion fracassante. Il ne devait s'en prendre qu'à lui-même, leur première rencontre avait donné le ton. C'était déjà incroyable qu'il ait réussi à regagner sa confiance après ça, même si leur entente n'avait pas duré. Dans les bars ou les discothèques qu'il fréquentait le soir, ses conversations avec les femmes l'avaient beaucoup déçu. Il avait appris à leur contact que la plupart d'entre elles ne s'intéressaient pas aux policiers. Lorsqu'il avait fait la connaissance de Freyja, il s'était donc fait passer pour un charpentier et il avait prétendu s'appeler Jonas : son deuxième prénom. Il avait couché avec elle sous une fausse identité. Il avait été contraint de tomber le masque quand ils s'étaient revus à l'occasion de l'enquête criminelle qui s'était soldée par le passage à la déchiqueteuse de leurs promotions respectives. Le charpentier Jonas avait été obligé de se présenter comme le policier Huldar.

Mais ce qui était arrivé une fois pouvait arriver de nouveau. Peut-être aurait-il une seconde chance après tout. Cette perspective lui réchauffait le cœur.

Il sourit au policier assis en face de lui. Le jeune homme lui renvoya la politesse avec un petit air gêné et retourna à son écran d'ordinateur, où il ne devait rien lire de bien passionnant. Le débutant était tout en bas de la hiérarchie, encore plus bas que Huldar. C'était le seul policier moins considéré que lui, mais ça ne durerait pas.

— Tu es débordé ? fit Huldar en prenant soin d'éviter l'ironie, car le garçon était d'une sensibilité maladive.

Il avait grand besoin de s'endurcir mais un autre que lui s'en chargerait, il avait bien assez de soucis comme ça ! Il avait mieux à faire que de chaperonner un apprenti policier aussi peu dégourdi.

— Oui. Non.

Le front qui surmontait l'écran était écarlate.

— C'est "oui" ou c'est "non" ?

— Non, je ne suis pas débordé. Mais j'ai quand même de quoi m'occuper.

— J'espère que tu as compris que c'est bien mieux quand on n'a pas grand-chose à faire. En tout cas c'est l'avis des citoyens.

Huldar s'assit et tira les documents vers lui. Plus vite il en aurait fini avec ces foutaises, mieux ce serait. Il réprima un soupir pendant qu'il parcourait le texte écrit par une main d'enfant sur le dessus de la pile de feuilles :

> En 2016, les voitures seront inutiles. À la place il y aura des petits hélicoptères qui voleront à l'énergie solaire. On aura

trouvé des traitements contre le cancer et toutes les maladies graves. Personne ne mourra avant l'âge de cent trente ans. L'Islande sera toujours le meilleur pays du monde !

Elín – 9. C.

Deux cœurs et deux smileys suivaient la signature. C'était la première fois qu'il avait l'occasion d'en voir dans le cadre de son travail.

— Tu serais prêt à lâcher ta voiture pour un hélicoptère à énergie solaire ?

Il écarta deux lames du store et jeta un œil au-dehors. La clarté grisâtre de l'hiver ne suffirait pas pour décoller. Quant à voler, il ne fallait même pas y penser.

— Hein ? fit le jeune homme avec la voix d'un candidat à un oral d'examen.

— Rien.

Huldar était trop fatigué pour en dire plus. Il avait passé la soirée dans un bar avec ses copains, il avait veillé trop tard et bu trop de bières. Le garçon n'avait visiblement pas entendu parler de l'enquête qu'on lui avait confiée, ou alors il n'était pas rapide à la détente.

— On utilise des hélicoptères ?

— Oui, fit Huldar. Non, rectifia-t-il aussitôt, regrettant son affirmation. On n'a aucun hélicoptère. Je suis en train de lire ce que des écoliers ont écrit il y a dix ans au sujet de notre époque. L'un d'eux pensait qu'on se déplacerait dans des hélicoptères à énergie solaire. Ça promet pour les autres lettres !

Le jeune homme pivota sur sa chaise et fit face à Huldar. Il se prénommait Guðlaugur mais au commissariat on l'appelait toujours Gulli, malgré ses protestations. Ce serait "Gulli" jusqu'à ce qu'il ait fait ses preuves dans la brigade, pas avant et seulement s'il y parvenait. On ne faisait pas forcément long feu dans la police.

— Pourquoi tu fais ça ?

— Dans le paquet de feuilles le directeur de l'école a découvert un texte assez bizarre. Alors il nous a contactés, expliqua Huldar en lui tendant la photocopie de la lettre sur les hélicoptères. À l'époque ils étaient jumelés avec une école primaire américaine. Ils avaient prévu d'enfouir un cylindre du temps dans le terrain de chaque école et de le déterrer dix ans après. Le but du jeu, c'était de comparer la manière dont les enfants des deux pays se représentaient l'avenir. Les élèves de neuvième classe ont imaginé à quoi ressemblerait l'Islande dix ans après. Et on a enfermé leurs lettres dans le cylindre temporel. Jusque-là rien à signaler. Mais un des petits Islandais a profité de l'occasion pour annoncer des meurtres. Je dois trouver son identité pour que les psychologues nous disent si l'adulte qu'il est devenu peut être considéré comme dangereux. J'ai de gros doutes mais il faut bien que j'étudie la question.

— Il a donné le nom de celui qu'il allait tuer ?

— Pas "le" mais "les" noms. Il mentionne six personnes. En fait il ne cite aucun nom, il n'a mis que les initiales. Et dans deux cas il n'en a mis qu'une.

Huldar feuilleta la liasse pour en extraire l'étrange texte. L'école lui avait fourni des photocopies des autres, mais il détenait l'original de celui-là. Lorsque la secrétaire lui avait tendu la feuille, elle avait fait la grimace. Puis elle avait paru soulagée que ça devienne le problème d'un autre.

Guðlaugur l'observait pendant qu'il examinait les feuilles. Huldar était heureux d'éveiller l'intérêt d'un de ses collègues. Ça ne lui était pas arrivé depuis longtemps. Dommage que cette affaire soit aussi stupide, pensa-t-il.

— Le plus simple, ça ne serait pas de parler avec cet élève ? Ça ne devrait pas être compliqué de le retrouver.

— La lettre est anonyme.

— Alors comment tu vas t'y prendre pour savoir qui a mis cette lettre dans le cylindre ? Tu vas comparer l'écriture de son auteur avec des vieux devoirs scolaires ?

— C'est à peu près ça. Il y a une lettre de plus que l'effectif de la neuvième classe, cette année-là. L'auteur a dû en rendre deux. Je dois comparer celle qui annonce des meurtres avec toutes les autres. Malheureusement ces gosses écrivaient comme des cochons.

— Il s'agit d'un garçon ?

— Oui. Ou d'une fille qui a écrit de la main gauche.

— Des empreintes digitales ?

— Oui, évidemment, répondit Huldar en riant. Tu penses bien qu'on va m'autoriser à faire analyser les empreintes de soixante-cinq lettres d'écoliers !

Il reprit la lettre sur les hélicoptères et la posa à côté de la pile.

— Pour ça il me faudrait au moins un cadavre. Six, ça serait l'idéal. Il saisit l'original et le relut en silence :

> En 2016 ces personnes seront tuées : K., S.G., B.T., J.J., V.L. et I. Personne ne les regrettera. Surtout pas moi. Je suis très impatient.

Ni cœur ni smiley.

— Tu crois que ces gens sont tous en vie ?

— C'est possible, mais comment tu veux que je sache ? Avec deux initiales ou même une seule lettre ? répondit Huldar en tendant la feuille à Guðlaugur. D'après la secrétaire de l'école, aucune des victimes de ces dix dernières années n'avait ces initiales. En dehors d'un homme tué en 2013 dont le nom commençait par un K. Son meurtrier a été condamné, il n'a jamais fréquenté cette école et son âge ne colle pas. Évidemment je vais vérifier, même si je pense qu'on doit pouvoir s'appuyer sur le travail de cette secrétaire qui a épluché la liste des victimes et des assassins de tout le pays.

Guðlaugur se tut, le temps de lire la lettre. Puis il leva les yeux et observa Huldar d'un air indéfinissable. Il faisait plus jeune que son âge avec son nez et ses joues parsemés de taches de rousseur et son visage sans l'ombre d'une barbe alors que la journée était bien avancée. Il devait approcher de la trentaine. Il n'était donc pas beaucoup plus vieux que l'auteur anonyme de la lettre de menaces en cette année 2016.

— Il y a une page sur Wikipédia, dit Guðlaugur en rougissant de nouveau, ce qui ne l'aidait pas à paraître plus âgé. Avec tous les meurtres commis en Islande.

Huldar haussa les sourcils.

— Tu ne vas pas me dire que c'est toi qui la tiens ?

— Non. Je voulais juste te la signaler. Tu gagnerais du temps si tu consultais cette liste.

Huldar regrettait d'avoir été désagréable avec le jeune homme. Il avait grand besoin d'amis sur son lieu de travail. Mais il n'eut pas l'occasion de rectifier le tir. La tempête, qui avait pris l'apparence d'Erla dans sa veste noire, déferlait sur eux par tribord. Il croisa les doigts de toutes ses forces pour qu'elle ne l'entraîne pas dans son sillage hors du bâtiment. Il venait d'arriver et la tempête annoncée par la météo sortait déjà ses griffes. Mais la chance n'était pas de son côté.

C'était la quarante-cinquième dépression qui traversait le pays depuis le début de l'hiver. Chacune gagnait en puissance sur la précédente, chaque fois plus violente et plus déchaînée. On aurait juré que les dieux qui régnaient sur les éléments avaient fait alliance avec l'Islande, mais que leur coalition avait dégénéré. Ils frappaient le pays comme à plaisir et sans aucune retenue. Une rafale de vent chassa les pensées de Huldar en projetant des feuilles mortes humides sur son visage. L'une d'elles, poisseuse et glacée, resta collée sur sa joue. Lorsque ses doigts engourdis par le froid la saisirent, elle se colla sur sa main, qu'il secoua vigoureusement. La feuille virevolta dans le jardin.

— Tu trouves quelque chose ?

Près de lui Erla luttait pour garder l'équilibre. La longue veste noire de la police prenant le vent comme une voile, elle dut se mettre de profil. Il voyait bien qu'elle voulait éviter de tomber la tête la première sous son nez. Leurs relations étaient devenues froides et embarrassées depuis qu'il avait perdu son statut de chef et qu'elle en avait hérité. Mais il l'avait occupé pendant si peu de temps qu'il n'avait pas perdu grand-chose. Le malaise qu'il éprouvait venait d'Erla elle-même. Il ne souffrait pas du changement et ne ressentait aucune rancœur à son égard.

Il fallait bien que quelqu'un le remplace, alors pourquoi pas elle ? Elle employait un vocabulaire trop grossier à son goût et sa vulgarité l'incommodait, mais c'était peut-être sur ces critères qu'on l'avait sélectionnée. La direction avait aussi pour consigne de féminiser la police. Avec Erla elle faisait coup double, elle avait nommé une femme qui se comportait comme un homme.

— Non, je n'ai rien trouvé, rien d'anormal en tout cas. C'est un jardin ordinaire, avec le même bazar que dans tous les jardins, dit-il en hochant la tête en direction d'un trampoline en ruine solidement arrimé au sol à l'extrémité du terrain.

Il devait s'être écoulé pas mal de temps depuis la dernière fois qu'un enfant avait sauté dessus. La toile avait disparu, on ne voyait plus que la structure en métal et quelques ressorts. Huldar tapota le barbecue rouillé de la terrasse et jugea inutile d'attirer l'attention d'Erla sur le jacuzzi. Ça ne valait pas le coup. Un jardin ce qu'il y avait de plus ordinaire, ça se voyait tout de suite.

— On a peut-être voulu nous faire une blague ?

— Une blague ? dit Erla en regardant de l'autre côté du jardin pour éviter de croiser le regard de Huldar.

De sous sa capuche elle observait Guðlaugur. Il fouillait un buisson dénudé à l'aide d'un bâton, à la recherche d'on ne savait quoi. Les sœurs des feuilles mortes qui avaient soufflé au visage de Huldar tourbillonnaient au-dessus d'eux. Erla se retourna vers lui mais dirigea son regard sur son menton, pas sur ses yeux.

— Putain, je ne vois pas ce qu'il y a de drôle là-dedans.

— Non, moi non plus, rectifia Huldar en haussant les épaules.

Effectivement ça n'avait rien de drôle d'être dehors par un temps pareil. Il ne portait pas dans son cœur l'auteur de la lettre. Erla l'avait reçue vers midi. Elle leur en avait révélé le contenu pendant le trajet. Dans ce jardin la police était censée découvrir quelque chose qui l'intéresserait. Le texte était anonyme, il n'était accompagné d'aucune description des lieux, d'aucune indication qui aurait facilité leurs recherches.

— Ce n'est peut-être pas la peine d'insister ?

Le regard d'Erla rencontra enfin les yeux de Huldar, qui comprit qu'il aurait mieux fait de se taire.

— Non. On va se bouger le cul et continuer de chercher.

— D'accord. Pas de problème, répondit Huldar en essayant de sourire.

Il était difficile de faire semblant d'être content de s'éterniser dans ce jardin. Il regarda Erla s'éloigner. Elle peinait à marcher droit contre le vent mais rien ne l'aurait fait plier. Il se tourna de nouveau vers la terrasse et chercha du regard d'éventuelles cachettes. Si seulement ils savaient ce qu'ils cherchaient ! Mais ils devaient fouiller partout en quête d'ils ne savaient quoi.

Le jacuzzi faisait du tapage. Le lourd couvercle se soulevait, se refermait d'un coup sec et recommençait son petit jeu. Il entendait grincer les charnières au milieu des hurlements du vent. Il avisa sur le côté une petite porte qu'il n'avait pas encore ouverte. Il se dirigea vers elle sous le regard attentif du propriétaire, au dernier étage. L'homme, qui s'appelait Benedikt, les avait accueillis fraîchement. Il faut dire qu'il avait eu du mal à comprendre ce que la police venait faire chez lui. On ne savait pas s'il était pour quelque chose dans l'affaire qui les occupait. En tout cas il aurait été difficile de feindre un étonnement plus convaincant que le sien. Huldar ignorait l'identité de cet homme, Erla ne leur en avait rien dit. À son allure on devinait qu'il venait de prendre sa retraite. Ce vieux grincheux avait sans doute pris l'habitude qu'on lui obéisse au doigt et à l'œil. Il acceptait mal que cette époque soit révolue.

Huldar fit signe à Benedikt et lui sourit. En guise de récompense le vieux lui adressa un rictus et lui balança quelques vagues consignes. Huldar comprit qu'il lui ordonnait de laisser le jacuzzi tranquille. Il ne croyait quand même pas qu'il allait prendre son bain ? Il devait plutôt avoir peur qu'il esquinte les charnières. Mais il n'en avait pas l'intention. Huldar hocha la tête en signe de bonne volonté.

La petite porte ne dissimulait qu'un robinet et des tuyaux. Huldar sortit une lampe de poche. Il ne vit que des amas de poussière. En se glissant à l'intérieur pour regarder derrière le tas de tuyaux, il se cogna la tête et fit craquer la structure en bois. Ils s'étaient vraiment dérangés pour rien. S'il avait la chance de mettre la main sur l'auteur de la lettre, il lui collerait une bosse comme celle qui grossissait à l'arrière de son crâne. Rien qu'un coup. Ça ne pourrait pas lui faire de tort. Sa cote dans la police était déjà au plus bas.

Huldar ferma la trappe et s'étira. Tout en frottant sa nuque il parcourut des yeux la partie du jardin plongée dans la pénombre. Ils avaient déjà bien ratissé la zone, mieux que devant la maison. Il fallait espérer qu'Erla n'aurait pas l'idée d'y retourner. Le vieux, qui n'avait pas quitté sa fenêtre, n'arrêtait pas de hurler qu'il fallait éviter de marcher sur les plantes. Vu la météo, il y avait de quoi rire.

Le peu de végétation encore visible était ras et dénudé.

Une stupidité de plus ! Ça continuait ! Huldar repoussa ses cheveux en arrière. Le vent les lui rabattit sur le front. Où devait-il chercher maintenant ? Il parcourut le jardin, en quête de bonnes cachettes. Erla et le jeune policier erraient de leur côté, aussi découragés que lui. Guðlaugur tenait toujours son bâton à la main. Huldar s'assit sur le jacuzzi pour profiter de la vapeur chaude qui s'échappait du couvercle.

Il n'y avait rien à découvrir dans ce jardin.

La lettre n'était qu'une mauvaise plaisanterie. Sauf si quelqu'un les avait devancés et avait emporté ce qu'ils cherchaient. Des parents avaient peut-être trouvé de la drogue dans la chambre de leur fils. Ils l'avaient cachée là pour que la police s'en empare sans lui causer d'ennui. Mais l'ado les avait suivis et l'avait récupérée après leur départ. C'était tiré par les cheveux. Vraiment tiré par les cheveux. Il aurait été plus simple de jeter la came dans les toilettes et de tirer la chasse d'eau que de monter un pareil scénario.

Soudain le vent s'apaisa, la vapeur chaude s'éleva lentement autour de Huldar, centimètre par centimètre, et lui enveloppa le visage. Parmi les fines gouttelettes qui tournoyaient devant ses yeux, il huma une légère odeur qu'il reconnut aussitôt. L'odeur du sang. Il bondit sur ses jambes et défit les courroies du couvercle. Au-dessus de lui on cognait à coups redoublés contre la fenêtre.

Huldar ne reconnut pas immédiatement les choses qui flottaient à la surface. Quand son cerveau eut fini de traiter les étranges informations qu'il recevait, instinctivement il recula et le lourd couvercle lui échappa des mains. Le vent saisit prestement l'occasion et le rabattit si brutalement vers le sol que les attaches cédèrent, sauf une à laquelle il resta accroché. Il tanguait contre le jacuzzi en raclant le bois de la terrasse. Huldar leva les yeux pour voir la réaction du propriétaire. Son visage n'exprimait pas la colère, mais la stupeur.

La stupeur et la terreur.

Huldar se hâta de saisir le couvercle. Il lutta contre le vent pour tenter de le remettre en place. Il hurla pour appeler à l'aide Erla et Guðlaugur. Une nouvelle rafale arracha le couvercle. Il eut l'impression que les muscles de ses bras allaient prendre feu. Mais il ne pouvait détacher ses yeux de ce qui flottait dans le jacuzzi. Il regrettait déjà sa minable petite enquête. Dans l'eau rougeâtre deux mains tranchées flottaient.

2

La Maison des enfants avait retrouvé sa tranquillité. Personne n'avait ouvert la porte d'entrée depuis que Freyja était arrivée, bonne dernière, ce matin-là. Le téléphone de la réception restait muet. On aurait dit que la nature déchaînée était venue à bout de tous les bourreaux d'enfants du pays. Freyja en avait assez de cet hiver impétueux, mais elle était disposée à s'en accommoder si c'était le prix à payer. Elle avait vu trop d'enfants dévastés, entendu trop de récits des mauvais traitements qu'ils subissaient, pour refuser un tel changement. Tempêtes du monde, soyez les bienvenues ! La fenêtre cria sous les coups d'une rafale, comme si le vent avait envie de la prendre au mot et d'accepter l'invitation. Freyja soupira, elle appréhendait le moment où elle quitterait son travail, rejoindrait sa voiture et gratterait les vitres en implorant le ciel pour que le chauffage de la vieille bagnole se mette en route. À cette pensée elle fut parcourue de frissons. Pour se réconforter elle se rappela que ce temps détestable avait un autre avantage. Ses amies la laisseraient tranquille. Elles n'auraient pas l'occasion de la traîner dans la montagne pour qu'elle teste en leur compagnie les dix kilomètres de la dernière randonnée qui faisait le buzz. Elle cessa de frissonner. L'apathie dont elle souffrait depuis quelque temps s'empara d'elle à nouveau.

— Freyja, à votre place je mettrais à l'abri tout ce qui craint. Je crois que vous allez avoir de la visite.

Elsa, la nouvelle directrice, se tenait sur le seuil de la minuscule pièce qui avait été attribuée à Freyja après sa rétrogradation. Elsa avait la quarantaine, elle était chef de service quand elle lui avait succédé. Lorsque le drame avait éclaté on avait jugé inopportun que la Maison des enfants soit dirigée par une femme qui avait abattu l'un de ses semblables. Même s'il s'agissait d'un cas de légitime défense. On ne pouvait pas savoir comment réagiraient les médias, mais avec un frère en prison elle risquait d'être jugée suspecte. Heureusement ces noires prophéties ne s'étaient pas réalisées, mais malgré tout ses anciennes fonctions n'étaient plus qu'un souvenir. Ses frissons la reprirent.

— Hein ? Je ne comprends pas.

L'étonnement qu'elle éprouvait anima un instant son visage, mais elle retourna aussitôt à son écran, le regard vide. Comment en était-elle arrivée là ? C'était ça, l'existence qui l'attendait ? Son destin, c'était de finir comme ça ? Comme un petit rouage de cette grosse machine qu'était la Protection de l'enfance ? Ou comme une simple dent de ce rouage ? Car on pourrait facilement se passer de ses services. Son anxiété et sa déprime n'avaient rien à voir avec Elsa. C'était quelqu'un de bien, elle remplissait ses fonctions de directrice d'une manière remarquable. Non, elle avait seulement le sentiment de croupir au plus bas de l'échelle, très loin de ses aspirations. La détonation qu'avait déclenchée la pression de son doigt sur la détente retentirait encore pendant des années dans l'institution. Depuis peu elle envisageait même de reprendre des études et de se refaire un nom dans un nouveau domaine, sur une nouvelle scène, mais elle ne parvenait pas à faire son choix. Elle ne se voyait ni géologue ni comptable. Son point fort, c'était l'exploration du tréfonds de l'esprit des enfants et des adolescents, elle n'avait aucun goût pour les minéraux ou les chiffres.

— Il vient de se garer juste devant. Votre ami le policier. Celui qui n'a pas de veine.

— Huldar ? demanda Freyja avec une grimace involontaire. Lui, mon ami ? Sûrement pas. Il doit venir pour quelqu'un d'autre.

Elsa souffla avec mépris.

— Ça m'étonnerait. Elle tendit une main osseuse en direction de la fenêtre.

— C'est bien lui, là-dehors ?

Elle pesait cinquante kilos tout habillée et son visage était dépourvu des rondeurs qui auraient pu adoucir ou masquer les variations de ses sentiments. Ses traits étaient extraordinairement vivants, sa joie – ou sa colère – n'échappait à personne. Elle dissimulait son corps maigre sous d'amples robes hippies qui parfois, en se plaquant sur elle, dévoilaient ses formes. Avec ses cheveux trop courts elle ressemblait à un prisonnier en grève de la faim. Quand elle s'habillait en orange c'était particulièrement saisissant.

Freyja jeta un coup d'œil au-dehors. Huldar luttait contre le vent pour fermer la voiture de police.

— Oh non ! Je ne veux pas lui parler.

— Si c'est vous qu'il veut voir, vous n'avez pas vraiment le choix. Enfin, s'il est en service. Vous savez aussi bien que moi combien c'est important de coopérer avec la police.

Freyja comprit à son regard que ce n'était pas la peine de discuter.

Elsa disparut sans lui laisser le temps de protester. Elle entendit le déclic de la porte d'entrée et la rumeur d'une conversation entre eux deux. Pourvu qu'il vienne voir quelqu'un d'autre ! supplia-t-elle. Mais ils étaient déjà sur le seuil. Aux côtés du viril policier sa supérieure avait l'air encore plus insignifiante. Il était exactement comme la dernière fois qu'elle l'avait vu, fatigué et les traits tirés. Bizarrement ça lui allait bien. Elle le connaissait suffisamment pour savoir qu'avec cet air épuisé et égaré il était dans son état normal. Tellement que même au tribunal, dans le costume que sa sœur lui avait choisi pour la circonstance, on aurait dit qu'il n'avait qu'une envie, rentrer se coucher.

Cernes, barbe naissante et cheveux hirsutes.

Freyja avait du mal à admettre qu'elle avait un faible pour son allure de mâle fatigué mais toujours debout et qui ne chômait pas au lit. Ça, elle pouvait en témoigner, bien qu'elle ne l'ait testé qu'à l'occasion d'une unique nuit de plaisir. Il était vraiment trop con. Con mais très bon au lit. Ces réflexions la menaient droit dans le mur. C'était bien sa faute s'il en était là, après avoir été chargé de l'enquête qui avait entraîné sa dégringolade dans la hiérarchie de la police.

— Les présentations sont inutiles. Freyja, vous allez essayer de l'aider.

Elle coupa court, tourna les talons et disparut.

Huldar lui adressa un sourire gêné. Elle voyait bien que la rancune qu'elle éprouvait à son égard n'était pas réciproque. En réalité il ne lui en voulait pas du tout, se dit-elle en se remémorant ses multiples tentatives de réconciliation. Depuis qu'elle avait appuyé sur la détente, leurs chemins s'étaient croisés bien plus souvent qu'elle ne l'aurait désiré. Tous deux avaient témoigné sur les circonstances dans lesquelles elle avait abattu cet homme. Puis ils s'étaient retrouvés au procès de son frère Baldur, condamné pour détention d'arme illégale. À l'issue d'une séance scandaleusement courte, la peine qu'il purgeait déjà avait été prolongée de douze mois. Freyja avait été éprouvée par ce jugement. Baldur n'avait pas paru s'en émouvoir et avait pris la chose comme toujours, quand le sort le frappait. "Je vais avoir plus de temps pour réfléchir", lui avait-il dit à l'annonce du jugement. Pour réfléchir à quoi ? Freyja n'avait aucune envie de le savoir. Comme elle avait menti sur la provenance du revolver en prétendant qu'elle l'avait trouvé dans la rue, elle espérait que son frère ne lui en voulait pas. Ce diable de Huldar avait confirmé sa déposition. Il avait déclaré qu'il ignorait d'où venait l'arme et comment elle se l'était procurée. Pourtant il connaissait la vérité. Mais comme ça n'avait servi à rien, la reconnaissance qu'elle lui devait n'était qu'une contrariété de plus. Baldur avait été confondu par ses empreintes sur le revolver. Quant à elle, elle s'en était sortie à moindres frais, mais avec une condamnation pour faux témoignage qui avait pesé lourd dans la décision de la rétrograder.

— Je peux entrer ?

— Oui, je t'en prie, dit-elle d'un ton sec.

— Je peux m'asseoir ? demanda Huldar en empoignant le dossier de la chaise réservée aux visiteurs, devant le bureau.

— Oui, bien sûr, dit-elle sur le même ton. – Elle le regarda s'installer. – Qu'est-ce que je peux faire pour toi ?

— Voilà, répondit Huldar en posant des documents devant lui.

Un texte tellement mal écrit que ça devait être un modèle du genre. Rien d'étonnant de la part de Huldar, pensa Freyja.

— Je suis sur une enquête, j'ai besoin des compétences d'un psychologue pour enfants, expliqua-t-il avec le sourire un peu gauche qui éclairait déjà son visage quand il était entré. Et je n'en connais aucun en dehors de toi.

— Évidemment, répondit laconiquement Freyja.

Moins elle en dirait et mieux ce serait. Il n'allait quand même pas s'imaginer qu'elle était disposée à bavarder avec lui.

— Euh, avant d'en parler… À part ça, comment tu vas ? demanda-t-il en la regardant dans les yeux sans ciller.

Son diabolique pouvoir de séduction tenait dans sa capacité à concentrer toute son attention sur elle, à ne se laisser distraire par rien d'autre. Mais il se comportait sans doute de la même manière avec toutes les femmes.

— Bien. Formidable, fit-elle sans lui retourner sa question.

Il aurait été trop content.

— Et ton frère ?

— Bien. Super. Qu'est-ce qui t'amène ?

Ses réponses minimalistes ne semblaient pas troubler Huldar. Il sourit de nouveau.

— C'est le texte d'un enfant de quatorze ans, probablement un garçon. J'ai besoin de savoir si on doit considérer son contenu comme inquiétant.

— Fais voir.

Huldar lui tendit la feuille, qu'elle lut et lui rendit.

— Dans quelles circonstances ç'a été écrit ? Et quand ?

— Il y a presque dix ans.

Il lui raconta l'histoire du cylindre temporel.

Freyja le regardait sans manifester d'intérêt particulier.

— Désolée, je ne vais pas pouvoir faire grand-chose pour toi. Je n'ai pas assez d'éléments. Mais il n'y a pas de quoi t'empêcher de dormir. À l'époque le gamin devait avoir des ennemis, il avait des comptes à régler. C'est courant chez les adolescents en pleine croissance. Mais ils passent à l'acte rarement, très rarement même. Et puis il faudrait savoir ce qui s'était passé avant. Quand il a écrit ça, est-ce qu'il était en colère contre quelqu'un de la liste pour une raison ou une autre ? Si c'est le cas, il n'y a pas de quoi s'inquiéter. Sa colère n'a pas duré. Mais s'il s'agit d'une rancune plus tenace, il vaut peut-être mieux s'en préoccuper. Enfin je ne sais pas. Il en faut beaucoup pour qu'une haine dure dix ans. Vraiment beaucoup.

— Alors je peux espérer que tu me pardonneras un jour ou l'autre ? dit Huldar en souriant tristement.

— J'ai dit qu'il en fallait beaucoup, je n'ai pas dit qu'il fallait l'exclure.

Huldar ne souriait plus. Freyja regrettait déjà ses paroles. C'était difficile de se monter la tête contre lui alors qu'il était assis en face d'elle. C'était plus simple quand elle était seule et pouvait se lâcher.

— À ta place je rechercherais quand même l'individu en question. Comme ça ne débouchera sans doute sur rien, tu pourras passer à une affaire plus importante. Vous avez sûrement de quoi vous occuper dans la police.

— En fait non. Plus il fait mauvais, moins il y a de crimes. On vient d'attaquer une nouvelle enquête, une histoire épouvantable, mais on ne m'a pas pris dans l'équipe. J'étais présent quand tout a commencé mais c'était seulement par hasard. On ne me confie plus rien d'important. Plus rien de sérieux.

Huldar sourit comme pour indiquer que ça lui était bien égal. Mais il était visiblement peiné d'avoir été écarté.

Freyja vivait la même chose mais elle resta silencieuse. Si elle entrebâillait la porte, elle s'ouvrirait toute grande avant qu'elle ait le temps de faire marche arrière. Il lui manquait une épaule sur laquelle s'appuyer, une oreille prête à l'écouter se plaindre de sa situation. Il lui manquait surtout quelqu'un qui saurait la comprendre. Or cette personne était assise là, devant elle. Elle ne pouvait pas compter sur la prétendue sympathie de ses amies, qui révélaient leur vraie nature dès qu'elles ouvraient la bouche. Tout était sa faute, disaient-elles. C'était bien elle qui avait décidé de coucher avec le faux charpentier Jonas mais le vrai policier Huldar. Qui avait sympathisé avec lui malgré ses signes évidents de trouble mental. Qui avait emporté sur son lieu de travail un revolver qu'elle voulait lui remettre. Et qui avait appuyé sur la détente. C'était elle et personne d'autre. Elle devait l'admettre, arrêter de pleurnicher et se mettre au hot yoga avec elles.

Le seul qui l'aurait écoutée se lamenter sur son sort, c'était son frère Baldur. Il ne lui aurait jamais donné un conseil aussi stupide que celui de ses amies. Mais elle ne pouvait se résoudre à lui demander ça, même s'il était l'artisan de ses propres malheurs. Ça ne se faisait pas. Finalement c'était Mollý, la chienne de son frère, qui l'écoutait le mieux. Elle bâillait et faisait des grimaces pendant qu'elle lui exposait ses problèmes, parfois même elle lui tournait le dos, mais elle ne disait jamais de connerie, ne lui reprochait rien et ne lui faisait pas la leçon.

Elle allait céder à la tentation de s'épancher un peu, mais Huldar parla le premier.

— Ça n'a pas l'air de t'intéresser, je ferais mieux de revenir à mon sujet principal.

Freyja ne put s'empêcher de sourire. Il venait de rater sa seule chance d'un début de réconciliation. Elle veillerait à ce qu'il n'y en ait pas d'autre pendant sa visite.

— J'ai une autre lettre écrite de la même main, enfin je crois, et sans doute le même jour. J'aimerais avoir ton avis. Est-ce que tu penses que c'est le même adolescent qui tient le stylo, là ?

Il lui tendit une seconde photocopie.

— L'écriture est ressemblante. Le contenu est très différent. Je ne peux rien dire de plus. Tu n'as pas sous la main un graphologue qui pourrait l'analyser ?

— Si, évidemment. Mais j'espérais que tu pourrais me dire si le choix des mots te fait penser au même garçon.

Freyja parcourut le texte mal écrit.

> En 2016 il y aura une guerre atomique. Il fera froid en Islande mais ça sera quand même mieux que dans les

autres pays où tout le monde mourra. Au lieu de laisser les prisonniers en prison on les enverra à l'étranger. Là-bas ils mourront aussi.

Þröstur 9-B.

— C'est peut-être bien le même auteur. En tout cas on retrouve le même esprit négatif. Est-ce que les lettres des autres enfants étaient aussi pessimistes ?

— Non. Il y en a seulement quelques-unes et elles le sont bien moins que celle-là. Dans beaucoup de lettres l'Islande devient championne du monde de handball. La plupart des enfants ont inventé des moyens de transport complètement farfelus, ils ont déliré aussi sur l'énergie verte et l'alimentation du futur. Heureusement qu'ils se sont trompés sur presque tout. Je n'ai aucune envie de me nourrir avec des algues et des cafards.

— Tu as interrogé l'école au sujet de cet élève ?

— Non. Pas encore. J'attendais d'avoir ton avis. Je ne voulais pas les inquiéter pour rien. Je n'allais pas leur raconter qu'un de leurs anciens élèves est susceptible de devenir un tueur en série dans les mois qui viennent. Donc tu penses qu'il n'y a aucune raison de s'inquiéter ?

— Non. Ça me paraît assez clair. Si c'est bien le même élève, le pauvre n'allait pas bien quand il a écrit sa lettre. C'est très probablement ce qui explique sa noirceur.

— Bien. – Le sujet était épuisé mais Huldar n'avait pas l'air de se décider à s'en aller. – C'est bien.

— Oui, c'est ça.

Freyja esquissa un sourire qu'elle espérait ironique et attendit en silence. Mais elle ne put s'empêcher de poser une question qui surgit brusquement dans sa tête.

— Je suppose que tu as déjà vérifié si ces initiales correspondent à quelqu'un qui serait mort dans des circonstances suspectes ?

— Oui. C'est fait. Il n'y en a pas eu beaucoup depuis le début de l'année et je n'ai rien trouvé. Mais 2016 commence à peine. On peut s'attendre à tout ! – Il saisit sa liasse de documents, les enroula très serré et se leva. – Il faut quand même espérer qu'il n'y aura pas de guerre atomique. Merci pour ton aide.

Il sourit et lui dit au revoir.

Freyja le regarda s'en aller avec des regrets qu'elle ne voulait pas s'avouer. Elle n'avait aucun projet devant elle, Huldar avait mis de la vie dans sa morne journée. Lorsqu'il se retourna sur le seuil elle essaya de dissimuler son émotion et d'avoir l'air heureuse de le voir tourner les talons.

— Autre chose ?

— Oui. Est-ce que tu accepterais de rencontrer l'auteur de la lettre avec moi quand j'aurai trouvé son identité ? S'il est borderline, tu le verras mieux que moi.

— Oui. Ça mérite réflexion, répondit-elle étourdiment.

Décidément elle n'aurait jamais assez d'énergie pour en vouloir à d'autres personnes dans les dix prochaines années. Mais sa réponse réjouit Huldar, qui ne lui laissa pas le temps de la réflexion. Il ne put se retenir de lui poser d'autres questions.

— Quel est le profil de quelqu'un qui coupe des mains ?

— Hein ?

La question était si inattendue qu'elle crut avoir mal entendu.

— Qui peut couper les mains d'une autre personne ?

— Vivante ou morte ?

— Vivante, je crois bien. Son visage était devenu grave.

— Un cinglé. Quelqu'un de complètement cinglé, répondit-elle à l'instinct. Elle n'avait jamais rencontré un cas pareil.

3

Cette fois l'e-mail ne contenait aucun texte, seulement une pièce jointe nommée *trahison.jpeg*. L'expéditeur était le même que celui qui avait commencé à le harceler entre l'ancienne et la nouvelle année : *reglement.comptes@gmail.com*. Le premier courrier était arrivé peu après minuit pendant la nuit du Nouvel An. L'auteur était obligatoirement islandais. Les messages étaient brefs et laconiques mais ils n'auraient pas pu être rédigés à l'aide d'un moteur de traduction. Depuis, chaque fois qu'il lisait un nouveau message, Þorvaldur avait l'estomac si retourné qu'un double gin ne lui faisait aucun effet. Deux ou trois non plus. Pas plus que les suivants.

Bien qu'il ait pensé à l'époque qu'il s'agissait d'une erreur, il avait été perturbé dès le premier message. À la lecture de la première phrase il avait cru reconnaître un spam. Il en avait déjà reçu plusieurs du même genre les années précédentes. Chaque fois il s'était étonné qu'on puisse mordre à l'hameçon. Qui pouvait être assez con pour acheter un kit d'assistance testamentaire vendu dans un spam qui arrosait la planète ? Pourtant il avait lu la suite.

Tu as vu tes derniers feux d'artifice. Continue de trinquer au champagne pour fêter la nouvelle année. Tu n'en auras plus l'occasion au fond de ton cercueil.

Il ne trinquait plus depuis déjà un bon moment quand il avait ouvert le courriel avec sa gueule de bois du premier de l'an.

Les messages qui avaient suivi étaient du même acabit. On le menaçait d'une mort imminente. C'était prématuré, il n'avait que trente-huit ans, à peine la moitié de son espérance de vie. Sa fin prochaine ne faisait pas partie de ses projets. C'était vraiment ridicule de se laisser déstabiliser par de telles stupidités. Mais il en avait la chair de poule. C'était nouveau. D'ordinaire d'un grand sang-froid, il ne sursautait jamais au cinéma, ne versait jamais une larme et était capable de s'asseoir dans n'importe quelle montagne russe sans accélérer son rythme cardiaque.

C'était ça qui n'allait pas. Il s'était laissé impressionner et ç'avait suffi pour qu'il se monte la tête. Il n'était pas d'un naturel anxieux ou peureux. S'il avait ouvert le premier courriel avec les idées claires, il ne serait pas assis là, à se ronger les sangs pour des conneries au lieu de supprimer le message et la pièce jointe. Cette ma dite gueule de bois ne l'aurait pas mis dans un tel état.

Heureusement, l'expéditeur ignorait comment il réagissait. Jusque-là Þorvaldur avait résisté à son envie de lui passer une engueulade.

Reglement.comptes. C'était une indication. Mais comme il n'avait causé de tort à personne, il n'avait pas de comptes à rendre. Pas lui. Quand on est procureur, on doit forcément s'attendre à se faire des ennemis un jour ou l'autre, et même beaucoup, quand on y réfléchit. C'était injuste, si cette engeance avait des ennuis, elle l'avait bien cherché. Mais c'était comme ça.

Rien n'indiquait que les messages provenaient d'un ancien détenu ou de quelqu'un qui était actuellement en détention. Rien n'indiquait non plus que la justice était mêlée à cette histoire. Pendant ses douze ans de carrière il avait constaté que les condamnés prenaient pour cible leurs complices, les témoins, la police, les juges. Les procureurs passaient entre les gouttes. On aurait dit que les criminels ignoraient les pouvoirs que lui donnaient ses fonctions. Le pouvoir d'accuser ou de ne pas accuser. De déterminer quel article de la loi devait s'appliquer selon le cas. De décider de condamner quelqu'un soit à une peine symbolique pour agression, soit à de longues années de prison pour tentative de meurtre. De faire le tri dans une affaire entre les cerveaux et les simples complices. Mais heureusement pour lui la plupart de ces prévenus n'étaient pas très futés.

Les messages émanaient-ils de quelqu'un de plus averti ? Quelqu'un qui se serait senti lésé par une décision qu'il avait prise dans le cadre de ses fonctions ?

Non. Impossible. Ceux qui étaient derrière les barreaux ou qui y avaient été le prenaient pour un simple pion sur l'échiquier judiciaire. S'ils se méprenaient, c'était tant mieux.

— Vous ne devriez pas être en bas, à la Cour suprême ?

Un des nombreux assistants venait de passer la tête dans l'encadrement de la porte. Le jeune homme lui avait souvent été utile mais Þorvaldur n'avait jamais retenu son nom.

Il essaya d'afficher un air naturel et détendu. Il voulait éviter à tout prix que son émoi transparaisse hors du secret de son bureau. Il avait la réputation d'un homme que rien ne pouvait ébranler. Il n'était pas question que ça change. Il s'éclaircit la gorge et toisa le jeune homme avec son dédain habituel.

— Il y a une défection. L'affaire a été ajournée, un juge est malade. Il m'a appelé ce matin pour me dire de ne pas venir.

— Vraiment ? Il a appelé lui-même ?

— Oui et alors ? répliqua Þorvaldur, sans chercher à dissimuler son agacement.

— Alors rien, mais je croyais que c'était à son secrétariat de s'en occuper.

— Ça dépend de la personne qu'on veut joindre. Vous, il n'y a aucune chance que ça vous arrive, ajouta-t-il sans lui faire l'aumône d'un regard.

Le garçon pouvait rougir à son aise.

— Fermez la porte, si vous voulez bien. J'ai du travail.

Le garçon claqua la porte plus bruyamment qu'il n'était nécessaire mais pas assez pour être impoli. Il était novice mais pas sot.

Sur l'écran le courrier captait toujours l'attention de Þorvaldur. La pièce jointe était à sa place, un fichier photo au nom venimeux : *trahison.jpeg.* Qui lui envoyait ça ? Une ancienne conquête avec laquelle il se serait mal conduit ? Ou bien son ex ? Sûrement pas. Il n'était pas du genre à mal se conduire avec les femmes et, à supposer, il avait manqué d'occasions. Après sa rupture avec Æsa, la mère de ses enfants, il s'était plongé dans le travail et avait renoncé à lui chercher une remplaçante. S'il appréciait modérément de faire la tournée des bars, il aimait encore moins tomber sur des aguicheuses à moitié ivres, la bouche ouverte et le regard vitreux. Quand une femme lui plaisait, ce qui arrivait rarement, l'attirance n'était jamais réciproque. Il régnait un tel vacarme dans ces bars que sa conversation était inaudible. Il perdait son temps à promouvoir sa situation sociale avantageuse pour tenter de leur faire oublier son manque de sex-appeal. Néanmoins il caressait encore l'espoir de rencontrer un jour la bonne personne. Mais cet espoir s'était amoindri progressivement au cours de l'année qui avait suivi sa séparation d'avec Æsa.

Cette pensée réveilla malgré lui le souvenir de leur rupture et de l'amertume qu'il en avait ressenti. Il estimait qu'il avait été floué. Pas sur le plan financier car il avait été assez malin pour devenir propriétaire de leur appartement en remboursant les mensualités. Il avait laissé à la charge d'Æsa les frais du ménage, de la nourriture et de toutes les autres dépenses à fonds perdus. Mais le divorce lui avait volé ses enfants. Ça n'aurait pas dû le surprendre, les mères étaient toujours favorisées dans ces cas-là. Pour qu'une femme soit jugée moins digne qu'un homme d'en avoir la garde, il fallait au minimum qu'elle se présente devant le juge de paix avec une aiguille plantée dans le bras, un joint dans le bec, un chapeau en alu sur la tête pour se protéger des extraterrestres et une bouteille de vodka dans la main. L'expérience le lui avait bien montré. Alors qu'il était un père modèle et un bon citoyen, il n'avait eu aucune chance de sortir vainqueur de son contentieux avec Æsa sur la garde des deux petits. Le juge de paix, un vulgaire sous-fifre de la municipalité, avait estimé que c'était Æsa qui s'en occuperait le mieux, alors qu'elle n'était qu'une vague employée de l'administration de la ville. Elle avait obtenu le bac de justesse alors qu'il avait été reçu quatrième de sa promotion en licence de droit. Et s'il avait pu continuer ses études, ses résultats auraient été tout aussi brillants.

Il était intelligent, elle seulement dans la moyenne. Il avait de bons revenus, alors qu'en devenant mère célibataire elle allait tirer le diable par la queue. Mais en dépit de tout ça elle avait été jugée la plus apte à assurer la tutelle des enfants. C'était vraiment inimaginable ! Évidemment elle ne s'était pas privée de signaler au juge ce qu'elle appelait sa consommation immodérée d'alcool. Or, dans le cas des hommes, les habitudes de vie pesaient très lourd dans la balance. C'était quand même un comble qu'elle ait dit ça ! Il avait protesté, mais le juge avait tout gobé. Le certificat du procureur général attestant qu'il était parfaitement assidu à son travail n'avait servi à rien.

La messagerie tinta. *Reglement.comptes* venait de lui envoyer un nouveau courriel. Qu'est-ce que ça signifiait, à la fin ? S'il signalait ces messages aux autorités ? Ou au moins en interne ? Les informaticiens découvriraient certainement qui se cachait derrière ces envois. C'en était trop. Þorvaldur se frotta le menton, pensif. Et si c'était Æsa ? Avait-il vraiment envie d'attirer une nouvelle fois l'attention de sa hiérarchie sur leur difficile rupture, alors qu'il commençait tout juste à s'en remettre ? Naturellement, son supérieur était une femme. Tant qu'à faire ! Avant, ses relations avec elle étaient plutôt bonnes, il avait bien réussi à dissimuler son hostilité à son égard.

Il jugeait qu'elle n'avait ni les connaissances ni l'expérience qu'on aurait exigées d'un homme au même niveau de responsabilité. Mais une ombre planait sur leur collaboration depuis la période de son contentieux pour la garde des enfants. Il avait bien vu qu'elle le considérait avec méfiance. Elle n'avait manifesté aucun empressement au moment de signer le certificat qu'il lui avait demandé. Solidarité féminine ! Ce serait toujours comme ça. Il n'y pourrait rien changer.

Et si c'était elle, sa chef ? Þorvaldur secoua la tête. Impossible ! Il déraillait complètement. Pas sa supérieure, pas Æsa, pas une ancienne petite amie, pas les criminels du pays. Alors qui donc ?

Personne ne voulait lui nuire. Alors pourquoi ne s'empressait-il pas de demander qu'on fasse une recherche sur l'origine des messages ? Était-ce cette certitude qui le minait, qu'il ne s'agissait pas d'un malentendu ? Craignait-il que cette recherche mette au jour quelque chose dont il préférait garder le secret ? C'était la seule explication possible. L'expéditeur laissait entendre qu'il avait des griefs contre lui, mais lesquels ? Il restait évasif. Þorvaldur ignorait la réponse. C'était peut-être une histoire qu'il pourrait balayer d'un revers de main ? Pour mettre en péril la carrière d'un procureur avec une pareille ancienneté et d'aussi bons résultats que lui, il en faudrait beaucoup plus.

Ses bons résultats, mais ça ne regardait que lui, c'était en sélectionnant des affaires gagnées d'avance qu'il les avait obtenus dans la plupart des cas. Il prenait toutes les précautions pour que personne ne s'en aperçoive. Mais peut-être ses collègues jasaient-ils dans son dos.

Non, mais c'était quoi cette parano ?

Þorvaldur respira profondément. Son regard descendit le long des manches de son costume de bonne facture, s'attarda sur ses poignets mousquetaires à la française, dont l'impeccable blancheur se détachait sur le tissu de la chemise. Il étira ses mains soignées et écarta les doigts. Après ce réjouissant panorama il se sentit déjà mieux. Son bien-être alla croissant lorsqu'il détendit légèrement ses manches pour voir briller les onéreux boutons de manchette qu'il s'était offerts pour son anniversaire, personne n'ayant songé à lui faire plaisir ce jour-là. Les maladroits dessins que ses enfants lui avaient donnés à cette occasion étaient quantité négligeable, il n'avait aucun goût pour les travaux manuels.

Les boutons de manchette étincelaient dans la vive lumière de son bureau et Þorvaldur se sentait vraiment mieux. Il n'eut pas besoin de baisser les yeux sur ses chaussettes en soie et ses rutilants souliers de cuir pour se remettre parfaitement d'aplomb et se rappeler qui il était. Un vainqueur. Un homme qui avait de la ressource. Un homme qui suscitait le respect et la crainte chez la plupart des gens. Peut-être pas tous mais la majorité.

Il n'y avait rien d'autre que des stupidités dans ces courriels. Il aurait juré que le type qui s'amusait à écrire ces minables messages tapait ses menaces sur un vieil ordinateur, vêtu d'un T-shirt douteux et d'un jogging usé qui n'avait jamais vu la couleur d'une salle de fitness. Un loser. Une chose au moins était certaine, il était un homme bien plus important que lui. Rien ne pouvait l'affecter, ni les menaces, ni la peur. Donc rien ne l'empêchait d'ouvrir la pièce jointe, de regarder la photo et de lire le nouveau courriel. Ensuite il jetterait le tout et ajusterait sa messagerie pour que les envois de *Reglement.comptes* atterrissent désormais directement dans la corbeille. Il n'avait plus aucune raison de s'exposer en mêlant le service informatique à cette histoire. La faiblesse, ça n'était pas son genre, ça ne convenait pas à sa façon d'être. Il était fort. Un vainqueur. Þorvaldur sourit et fit glisser le curseur sur la pièce *trahison.jpeg*, qu'il ouvrit. Ce ridicule épisode de sa vie était terminé.

La photo envahit l'écran et Þorvaldur fronça les sourcils. Qu'est-ce que c'était ? Ça n'avait aucun sens. Deux enfants, une fillette et un garçon un peu plus âgé le regardaient fixement. Pas vraiment la joie. Il ne les reconnaissait pas. De toute façon les enfants des autres ne l'intéressaient pas et ces deux-là n'avaient rien pour qu'on se souvienne d'eux. Ils étaient dépourvus de ce qui faisait le charme de l'enfance. Ils étaient malingres et négligés, ils n'avaient pas de bonnes joues rouges, leurs yeux étaient sans éclat et sans couleur. Contrairement à ses propres enfants, leur visage n'exprimait ni une joie de vivre à toute épreuve ni l'insouciance de leur âge, mais quelque chose de très différent et de plus adulte. Ils avaient un regard accusateur.

Þorvaldur continua de fixer la photo, incapable de fermer le fichier et de retourner à son travail. Plus il l'examinait, plus il était manifeste que ces visages lui étaient familiers. Où avait-il connu ces pauvres gosses ? Quel lien avait-il avec eux ? Il devait le savoir. Réfléchir, réfléchir !

Il concentra son attention sur l'ensemble de la photo. L'environnement ne lui disait rien, les enfants se tenaient dehors, on apercevait le coin d'une maison et des rues qui auraient pu se situer n'importe où dans le pays. Il était impossible de dater la photo, aucun détail en dehors des vêtements des enfants ne permettait de le faire. Mais la mode enfantine n'était pas son fort. Leurs vêtements usés n'avaient pas d'autre fonction que de cacher leur nudité, certains étaient trop grands, d'autres trop petits.

Soudain toutes les pièces du puzzle s'assemblèrent. Il arracha les écouteurs et les jeta. Ils glissèrent au bord de la table et bringuebalèrent dans le vide.

— Shit ! Shit ! Shit !

La terreur qui s'était emparée de lui fit place un instant au soulagement. Mon Dieu, heureusement qu'il n'avait contacté personne. Heureusement ! Ses doigts tremblaient, il se pencha vers la souris et ouvrit le nouveau message.

Après l'avoir lu il décrocha le téléphone et composa le numéro d'Æsa.

> Tu as de beaux enfants. Fais bien attention à eux. Il y a des gens qui manquent à leur devoir, tu le sais mieux que personne.

4

— C'est la même écriture. Aucun doute possible. L'auteur n'a pas essayé de la déguiser, expliqua le graphologue en détachant ses yeux des lettres agrandies sur l'écran. Je ne vois aucun signe d'hésitation, aucune application particulière qui ne serait pas naturelle. On peut en déduire que l'auteur anonyme de cette lettre n'a pas non plus essayé d'imiter l'écriture de l'autre garçon. De ce Þröstur.

— Bien, dit Huldar en se redressant.

Il était si impatient qu'il se tenait penché au-dessus de l'épaule de son interlocuteur. Il n'avait pas l'habitude de perdre son temps de cette façon mais il n'avait rien d'autre à faire. Auparavant il se serait contenté d'envoyer un courrier au graphologue et de recueillir son avis par téléphone. La brigade était sens dessus dessous depuis la découverte des mains flottant dans le jacuzzi mais il pouvait s'estimer heureux d'avoir de quoi s'occuper grâce au cylindre temporel. Pour l'instant Erla ne lui avait rien donné à faire dans le cadre de la nouvelle enquête, si toutefois elle en avait l'intention. Le bruit courait que les recherches avaient peu avancé depuis qu'il avait soulevé le couvercle du jacuzzi. L'identification judiciaire, qui avait reçu les mains pour analyse, n'avait toujours pas donné de ses nouvelles. Pour la police criminelle, "pas de nouvelles bonnes nouvelles" était une formule particulièrement inappropriée.

— C'est vraiment à des trucs comme ça que vous passez votre temps, dans la police ? demanda l'homme d'un air sceptique.

Huldar lui avait expliqué en long et en large d'où venaient les lettres, maintenant il le regrettait. Il aurait mieux fait de laisser planer un doute sur l'objet de son enquête.

— J'ai du mal à imaginer qu'un gamin de quatorze ans soit capable d'élaborer un plan comme celui-là et de s'y tenir dix ans après. Vous ne croyez pas ?

— Non, heureusement, mais il faut quand même qu'on y regarde de plus près. Il peut toujours y avoir des exceptions.

L'homme grommela quelque chose qui pouvait ressembler à une approbation, ou à de l'incrédulité. Mais Huldar se fichait bien de ce qu'il pensait de son affaire.

— Merci en tout cas. Ça ne coûte rien d'aller discuter avec ce garçon, conclut Huldar.

— Avec ce jeune homme vous voulez dire. Il doit avoir une bonne vingtaine d'années.

Huldar ne releva pas et prit congé. Il refusa des photocopies et sortit. Pour une fois le temps était calme, la tempête qui avait fait rage quelques heures plus tôt faisait relâche. Des objets qui avaient été emportés par le vent gisaient çà et là et des déchets s'étaient amoncelés un peu partout. Il alluma une cigarette. Ça faisait déjà quelque temps qu'il avait renoncé à son abstinence, mais il n'en avait rien dit. Ses cinq sœurs étaient des acharnées de la propagande anti-tabac, il ne fallait pas qu'elles le sachent. Les reproches n'étaient pas exactement ce dont il avait le plus besoin.

Son téléphone sonna au moment où il rangeait le briquet dans sa poche. Il répondit sans consulter le numéro, les probabilités étaient réduites. C'était la secrétaire de l'école d'où provenait le cylindre temporel. Elle lui annonça d'une voix cérémonieuse qu'un créneau s'était libéré dans l'agenda du directeur. Il le recevrait le lendemain matin à neuf heures dix. La précision de l'horaire surprit Huldar, qui la remercia. Il l'avertit qu'il serait très probablement épaulé par une psychologue pour enfants.

Freyja lui avait dit que ça méritait réflexion. Il ne lui était donc pas interdit d'espérer.

Il se hâta de rejoindre son bureau même s'il se doutait que, faute de mieux, il se rabattrait sur Internet. Le lendemain matin, à l'issue du rendez-vous avec le directeur d'école, il espérait disposer du nom de l'élève, et donc pouvoir le rencontrer. À la suite de quoi, tout danger ayant été écarté, l'affaire serait classée sans suite et tout irait pour le mieux. Son bureau serait vide à nouveau. Il tira longuement sur sa cigarette, ferma sa veste et se mit en route.

La brigade était devenue une vraie ruche. En comparaison on aurait dit que le bureau de Huldar était sur une autre planète. Personne ne venait le voir et ceux qui passaient dans le coin ne regardaient jamais dans sa direction. Seul Guðlaugur lui adressait la parole, mais la tonalité de sa voix révélait qu'il frisait le burn-out. Il était visiblement dépassé par la tâche qu'on lui avait confiée. Pendant qu'il travaillait sur son ordinateur, la vision des mains du jacuzzi devait le hanter. C'était prévisible. Huldar l'avait plusieurs fois surpris le nez sur l'écran, le front couvert de gouttelettes de sueur. Ça n'avait aucun sens. Lui-même était assis là, complètement désœuvré, alors qu'il était l'un des policiers les plus expérimentés de la brigade. Pendant ce temps les autres étaient sous pression.

Quand il en fut réduit à regarder des vidéos de chats sur YouTube, il se dit que c'en était trop. Il frappa à la porte d'Erla et ouvrit sans attendre, persuadé qu'elle ne lui proposerait pas d'entrer, alors qu'elle le voyait à travers la cloison de verre.

— Il faut que je te parle. Je te promets d'être rapide.

Il aperçut dans un coin la photo de Reynisdrangar qu'il avait achetée pour décorer la pièce quand il était le maître des lieux. On l'avait décrochée, elle reposait par terre contre le mur. C'était déjà là qu'elle avait passé le plus clair de son temps, à ses pieds. À l'époque il était incapable de se décider à la suspendre parce qu'il craignait de perdre sa place. Or le sort l'avait frappé juste après que la photo était venue embellir le mur. Les noirs rochers avaient-ils le pouvoir d'agir sur la destinée des humains qui exploitaient leur magnificence dans des objets de déco ? Huldar espérait qu'Erla s'abstiendrait de raccrocher la photo.

Elle s'efforçait de faire bonne figure mais c'était la panique. Elle devait croire qu'il venait régler ses comptes. Huldar s'empressa de lever tout malentendu.

— Il faut que tu me donnes du travail. Je ne peux pas rester le cul sur ma chaise à jouer au solitaire pendant que les autres sont en train de se noyer.

— En train de se noyer ? Qui est en train de se noyer ?

Elle jouait la surprise, comme si tout était très calme au contraire. L'amas de documents en désordre sur sa table la contredisait.

— Guðlaugur, par exemple.

— Gulli ?

— Guðlaugur. Celui qui est assis en face de moi. J'ai l'impression qu'il n'arrive pas à venir à bout du travail qu'on lui a confié. Ça me démange de lui venir en aide. Je peux au moins faire ça.

Comme Erla ne l'invitait pas à s'asseoir, il approcha une chaise.

— Et puis, continua Huldar, j'aimerais bien savoir où en est l'enquête. Ça serait la moindre des choses, tu ne crois pas ?

— Oui. Bien sûr. C'est juste que je suis tellement occupée en ce moment. Je n'avais pas l'intention de te mettre à l'écart. Je croyais seulement que tu avais bien assez de travail avec ce… ce, comment ça s'appelle déjà ?

— Le cylindre temporel, répliqua Huldar bien campé sur sa chaise, d'une voix qu'il laissa filer comme le vent dans ses oreilles. Non, je n'ai plus rien de prévu aujourd'hui. Je pense boucler le dossier demain. Après je n'aurai plus rien à faire.

— Ah ouais, fit-elle. Sa voix autant que son regard manquaient de conviction.

Ce n'était plus comme avant, quand elle recherchait systématiquement les occasions de travailler avec lui.

Quand il n'avait échappé à personne qu'elle en pinçait secrètement pour lui. Comme cette attirance n'était pas réciproque, il ne regrettait pas le passé. Mais il désirait qu'elle reconnaisse au moins qu'il faisait toujours partie des meubles. Il ne comprenait pas les raisons d'un revirement aussi complet. Elle devait croire qu'il n'avait pas digéré la nouvelle répartition des rôles. Elle cherchait à s'épargner l'embarras d'une mise au point. Qui n'aurait jamais lieu si ça ne tenait qu'à lui. Ses nouvelles fonctions, elle pouvait bien les garder. Il ne désirait qu'une chose, retrouver son poste initial. Rien d'autre.

Il sourit à Erla mais son regard resta froid.

— Aucun problème. Je vais m'adresser au chef de service. Il trouvera de quoi m'occuper, lui, puisque tu ne veux pas m'employer. Il va sûrement s'étonner que ce soit le calme plat dans ton équipe. Il va te donner quelques formulaires à remplir. Il y a de quoi faire sur son bureau, il sera content de s'en débarrasser.

Huldar promena les yeux sur le bureau d'Erla, où il crut reconnaître certains de ces formulaires soporifiques. Il s'apprêtait à se lever. Ce n'était pas l'issue qu'il souhaitait mais il refusait qu'on le fasse passer pour un imbécile sur son lieu de travail. Dans sa vie privée il s'en chargeait très bien tout seul.

— Assieds-toi.

L'expression d'Erla avait changé. Elle le regardait par-dessous ses cheveux trop courts. Ce n'était plus la chef au regard réprobateur, mais l'ancienne collègue, qui se tenait devant lui. Huldar n'avait pas vu cette femme-là depuis longtemps.

— Tu peux aider Gulli.

— Guðlaugur.

— Oui, dit-elle en le fixant de ses yeux bleus fatigués, marqués de veines éclatées. Ça n'avance pas comme sur des roulettes. Pour ce qui est des mains, on n'a rien de nouveau.

— Personne n'a appelé ? Personne n'a déclaré les avoir perdues ?

Huldar s'abstint d'ajouter que l'intéressé pouvait difficilement composer le numéro. Pour apprendre à tout faire avec les orteils, il lui faudrait du temps.

Erla jeta furtivement un œil sur l'écran, comme si elle espérait y voir apparaître un courriel contenant toutes les réponses qui manquaient si cruellement dans l'enquête.

— Non, personne n'a déclaré leur perte. Du moins jusqu'à présent. Ce n'est pas bon signe, comme tu peux t'en douter.

— En effet.

Huldar se demanda si le propriétaire des mains n'aurait pas préféré mourir plutôt que de vivre sans elles. Il était heureux de ne pas avoir à se poser lui-même la question.

— À défaut est-ce qu'on recherche un cadavre ? Un cadavre sans mains ? continua Huldar.

— On n'en est pas encore là, on ne sait pas par quel bout commencer. Si tu as des idées, je t'écoute.

— Tu veux dire que vous n'avez encore aucun élément sur l'identité du propriétaire des mains ?

— Non, fit Erla en secouant la tête. L'identification judiciaire a comparé les empreintes digitales avec toutes celles qui sont fichées. Mais ça n'a rien donné. – Après avoir louché sur l'écran une deuxième fois sans succès, elle poursuivit. – Ç'aurait été trop facile.

Elle parcourut des yeux son bureau et faillit s'arrêter plusieurs fois sur les immondes formulaires. Ils étaient tous remplis. Elle saisit quelques feuilles agrafées. Huldar reconnut l'agencement des cases et l'en-tête sur la première page.

— Je viens de recevoir la copie du rapport du médecin légiste. Ça n'est pas beau, ajouta Erla.

— Non. C'est rarement le cas, dit Huldar sans chercher à cacher sa curiosité. Que dit-il ?

Erla s'empara d'une feuille manuscrite posée à côté du rapport. Huldar reconnut son écriture. Elle travaillait donc toujours de la même façon, elle prenait des notes sur tout ce qu'elle lisait, voyait ou entendait. Il lui enviait depuis longtemps cette méthode de travail mais il n'avait jamais réussi à l'adopter. Erla débita ses notes en rafale, en prenant à peine le temps de respirer entre les phrases :

— Les mains sont celles d'un homme. Qui a dépassé la cinquantaine. Qui n'a pas effectué de travail manuel pénible, du moins pas depuis longtemps. Trace d'une bague à l'annulaire de la main gauche, sans doute une alliance. La bague est manquante. Enlevée soit par celui qui a laissé les mains là-bas, soit par l'homme lui-même. À l'annulaire de la main droite il y a aussi la marque d'une bague plus grande qui manque également. La trace ressemble à celle des chevalières que les étudiants reçoivent au moment de la remise de diplômes dans certaines universités étrangères, ou bien à des bagues de franc-maçon, enfin ce genre-là. Les deux traces étant très atténuées, le médecin estime qu'il ne les portait pas récemment. Ou pas régulièrement. – Erla leva les yeux, fixa Huldar pendant un instant et reprit sa lecture. – Il était encore en vie quand on lui a tranché les mains. En tout cas c'est l'avis du médecin. Mais il a tout de même émis une série de réserves.

Huldar hocha seulement la tête. Autour de lui les hommes se faisaient des films à ce sujet. Personne ne savait qui avait commencé, l'élément déclencheur n'était peut-être rien d'autre que l'horreur qu'inspirait ce genre d'événement. L'histoire se suffisait à elle-même.

— Est-ce qu'on sait comment on s'y est pris ? Couteau ou scie ?

— Tronçonneuse.

— Merde.

— C'est ça. Merde.

— Et je parie que l'examen des mains ne permet pas de savoir si l'homme est mort après ?

— Non, répondit Erla en secouant la tête. Mais le médecin pense qu'il y a peu de chances qu'il ait survécu. Les probabilités qu'il se soit vidé de son sang à la suite de cette… opération, sont importantes. Il a ajouté que l'état de choc pouvait avoir entraîné une détérioration de toutes les fonctions vitales. Dans ce cas-là aussi l'issue est mortelle.

— Mais on est sûr de ça ? Est-ce que ce type pourrait quand même être encore vivant ?

— Oui, en théorie, répondit Erla en haussant les épaules. Mais où est-ce qu'il serait à l'heure qu'il est ? Je n'arrive pas à croire qu'il ait subi tout ça sans rien dire et sans se faire entendre. Il ne doit pas y avoir beaucoup d'endroits dans le pays où on peut enfermer un prisonnier sans qu'on s'en aperçoive.

— Non. Sauf si on le maintient endormi ou drogué.

— Oui. C'est une éventualité.

Erla soupira et passa ses doigts dans ses cheveux courts. Lorsqu'elle les lâcha ils restèrent dressés sur sa tête. Elle avait l'air d'une folle comme ça. C'était bien ce qu'elle était.

— Mais l'examen sanguin n'a rien révélé d'anormal, ajouta-t-elle.

— Tu sais où on peut se procurer une tronçonneuse ?

— Dans un magasin de bricolage. Ou de location d'outils. Je vais demander qu'on recense les achats et les locations récentes, j'espère que ça donnera quelque chose. Comme on les utilise habituellement pour couper des arbres et des branches, les acheteurs ne doivent pas se bousculer en plein hiver. Sauf peut-être au moment des fêtes, mais en dehors des arboriculteurs, j'ai du mal à croire qu'un particulier puisse s'offrir une tronçonneuse uniquement pour scier son sapin de Noël. On n'aura pas trop de mal à parcourir la liste de tous les noms qu'on aura trouvés.

— Et le propriétaire du jacuzzi ? Est-ce qu'on a étudié son cas d'assez près ? Il faudrait savoir pourquoi on a choisi sa maison. Ce n'est sûrement pas par hasard. Le jacuzzi n'est visible ni depuis la rue ni depuis les autres jardins. Je vois mal comment l'auteur des faits aurait pu décider subitement, en passant dans la rue, de se débarrasser des mains à cet endroit. Tu ne penses pas que ce vieux pourrait être mêlé à l'affaire d'une manière ou d'une autre ?

— Benedikt Toft ? Je ne sais pas, mais on cherche de ce côté-là. Pour l'instant son comportement n'a rien de suspect et ses déclarations le soir des faits semblent crédibles. Il n'a pas essayé de nous cacher des choses, il débarquait complètement. Il est veuf, il a arrêté de travailler, il ne figure ni dans le fichier ni dans aucune de nos banques de données. D'ailleurs c'est un ancien procureur.

— Il y a peut-être un lien avec une ancienne affaire qu'il aurait traitée ? Une vengeance pour une peine de prison par exemple ?

— Possible. Il faut encore qu'on enregistre sa déposition mais il se défile et ne nous répond plus. On ira le chercher si on n'arrive pas à le joindre aujourd'hui. Mais je ne crois pas que ça donnera quelque chose. C'est peut-être un concours de circonstances. Le type s'enfuyait à travers les jardins du quartier, il cherchait à se débarrasser des mains le plus vite possible. Un truc dans ce genre-là, expliqua Erla. – Mais Huldar avait l'air si sceptique qu'elle se mit à rougir. – En tout cas, ajouta-t-elle, il a l'air d'un citoyen très ordinaire. Et qui a été véritablement très choqué.

— Je comprends ça. J'espère que je ne trouverai rien de pareil dans mon jacuzzi quand je serai à la retraite.

— Enfin, il s'en est remis rapidement. Maintenant il réclame des dommages et intérêts pour le couvercle du jacuzzi. Il a été détérioré. Je vais peut-être réussir à l'attirer ici si je prétends que c'est pour discuter de ça.

Huldar resta sans voix. Même si le plus souvent les gens ne le surprenaient plus, c'était une réaction tout à fait inhabituelle.

— À ta place je m'intéresserais à lui de très près. Toute personne normalement constituée mettrait au moins une semaine avant de se remettre et de commencer à évaluer les dégâts.

— Je sais, répliqua Erla, dont l'expression s'était à nouveau durcie. Tu oublies que, comme ancien magistrat, il est sans doute plus rodé que la moyenne à ce genre de situation. – Elle croisa les bras sur sa poitrine et se pencha en arrière sur son siège. – Tu sais, Huldar, j'assure.

Au lieu de soupirer il lui sourit.

— Je n'en doute pas. Tu n'as pas oublié que j'ai l'habitude de remâcher tous les détails devant tout le monde ? En fait c'est pour moi que je fais ça. C'est comme si je réfléchissais tout haut.

Heureusement qu'il n'en était rien et qu'Erla ne pouvait deviner ses pensées. Elles tournaient autour de ses inquiétudes quant à l'enquête. Il n'était sans doute pas l'homme de la situation, mais Erla était inexpérimentée, colérique et de contact difficile. Elle malmenait régulièrement ses interlocuteurs, son impétuosité lui occasionnait de gros problèmes relationnels. Pour qu'elle réussisse à traverser la tempête sans connaître le même sort que lui, l'équipe devrait se montrer solidaire et ne pas se laisser submerger par les difficultés. Elle devrait éviter de lui mettre des bâtons dans les roues et tout faire pour que l'enquête progresse vite et bien. Mais il y avait peu de chances qu'il en soit ainsi. Il connaissait suffisamment les vétérans de la brigade pour douter qu'ils dégageraient la piste devant elle. Il ne leur déplairait certainement pas d'assister à la déroute d'un second chef. Surtout d'une jeune femme. Malheureusement.

— Laisse-moi vous aider. Tu as tort de ne pas me faire confiance. Je n'ai pas la moindre envie de récupérer ce bureau et tout ce qui va avec, lui assura Huldar. – Tous deux regardèrent en même temps les formulaires posés devant eux. – Tu peux me croire.

La sonnerie stridente du téléphone retentit. Erla tourna le dos à Huldar sans avoir réagi à son offre. Impossible de deviner si elle croyait en sa sincérité. Lorsqu'elle tendit le bras en direction de la porte sans prendre la peine de se retourner, il fut convaincu d'avoir parlé à un mur.

Huldar revint s'asseoir à sa place et annonça à Guðlaugur qu'il allait l'aider. Le jeune homme, rouge de bonheur, se leva d'un bond et lui fit face. Malgré son air incrédule, sa joie était la plus forte. Il lui détailla son travail dans un flot de paroles. Pendant qu'il l'écoutait énumérer une liste de tâches toutes plus rébarbatives les unes que les autres, Huldar se rappelait que c'était ça ou les vidéos de chats stressés.

Quand il eut parcouru sans succès quelques dossiers anciens, en quête de faits en rapport avec des mains ou des membres humains, il ne put s'empêcher de sourire des démonstrations de confiance de Guðlaugur. Le jeune homme levait régulièrement les yeux de son écran comme si à chaque instant il s'attendait à ce qu'il ait résolu le mystère. Malheureusement il allait être déçu. Huldar avait l'intuition que cette enquête compterait parmi les rares affaires difficiles qui leur tombaient entre les mains. Dans la plupart des cas, les meurtres et les autres faits de violence étaient résolus le jour même ou le lendemain. Huldar ne doutait pas d'y parvenir un jour, mais ce jour était loin devant eux.

5

À l'entrée de l'école une grande inscription les accueillit : "Une éducation pour tous adaptée aux besoins de chacun". Ce n'était pas le problème de Huldar. Il cherchait le secrétariat. Freyja avisa une pancarte qui indiquait en lettres beaucoup plus petites la direction recherchée, en même temps que celle des WC. La flèche les entraîna dans un long couloir qui menait vers le lieu le plus sacré et le plus redouté des enfants, le bureau du plus haut personnage de l'école, le directeur. Peut-être avait-il été installé au bout de cet interminable couloir afin de ménager le temps nécessaire pour que l'angoisse des enfants soit à son comble au moment de rencontrer le représentant de l'autorité.

Huldar connaissait ce sentiment pour l'avoir éprouvé lui-même durant sa scolarité. Les souvenirs se bousculaient dans sa tête. Sa trousse, les feutres tout secs, les bouts de crayon à papier, le taille-crayon et la gomme sale. Son cartable, les copies blanches pour des devoirs à la maison qu'il ne rendait pas, la gamelle avec ses restes de pomme et ses miettes de sandwich. Les livres usés qui résistaient mal aux secousses du cartable mais qui dormaient dedans sans être dérangés.

Le lino rugueux grinçait sous leurs pieds dans le silence du couloir où l'on ne percevait que la voix assourdie des professeurs à l'intérieur des salles. Les murs étaient ornés de dessins reproduisant maladroitement des cellules et des amibes sur du papier bon marché recyclé. Huldar lui-même en avait dessiné autrefois pendant les cours de sciences naturelles, mais il ne s'était pas donné la peine de les colorier, comme l'avaient fait ces enfants, il s'était contenté d'en tracer les contours.

L'odeur qui flottait dans l'air était un cocktail de blousons humides, de baskets, de colle pour travaux manuels et de produits d'entretien. Les mêmes effluves qu'à l'école primaire de Huldar, dans l'Est. Il imaginait la chaîne des enfants qui s'asseyaient à sa place pour rêvasser près de la fenêtre pendant que le maître discourait sur la mousse, les spores, les adverbes et d'autres trucs bizarres.

Huldar se demanda si Freyja partageait ses pensées alors qu'ils avançaient côte à côte sans mot dire. Contrairement à lui elle avait dû être une élève modèle, aussi appliquée que les autres filles de l'école et que ses cinq sœurs. Elle n'était sûrement jamais rentrée chez elle avec, dans une enveloppe cachetée, un mot qui avait mis ses parents en boule parce qu'elle n'écoutait pas et perturbait les cours.

Le directeur les attendait au secrétariat. Il était tel que Huldar se l'était imaginé. La cinquantaine passée, de longues jambes maigres comme des pattes de courlis et une bedaine qu'il cherchait à dissimuler derrière une cravate d'une largeur ridicule qui produisait l'effet inverse. Au moment de leur entrée il jeta un coup d'œil à la pendule et hocha la tête en constatant qu'il était exactement neuf heures dix. En guise de café il leur offrit la pire des lavasses et les invita à entrer dans son bureau personnel.

Huldar et Freyja s'assirent sur des chaises érodées par le passage des innombrables parents qui les avaient précédés, auxquels on avait infligé le récit des mauvais tours de leur progéniture avant de leur faire la leçon pour qu'ils y remédient. Huldar eut l'impression de s'asseoir dans un moule, l'assise des vieux sièges rembourrés ayant pris la forme d'une paire de fesses.

Le directeur posa les mains sur la table. Ses doigts, qu'il avait longs et maigres, étaient assortis à ses jambes.

— J'espère que la police n'est pas contrariée par ma démarche. C'est le devoir qui m'a poussé à faire appel à vous. On n'est jamais trop prudent.

— Quand on a des doutes sur certains faits, c'est toujours mieux de nous les signaler. Vous avez eu raison, que vos inquiétudes soient justifiées ou non, répondit Huldar.

Le directeur rayonnait comme le soleil sur la montagne. Quelque part dans cette école on devait se servir du café de bonne qualité, car un soupçon de mousse de lait ornait sa lèvre supérieure. Les visiteurs n'avaient droit qu'aux boissons de la machine, alors que les personnels de l'école s'offraient des cappuccinos.

— En quoi puis-je vous être utile ? Je n'ai pas beaucoup de temps, je préférerais qu'on en vienne directement aux faits.

Huldar ne se le fit pas dire deux fois, son retour dans le bureau d'un directeur d'école après tant d'années le mettait mal à l'aise.

— Le graphologue nous a confirmé que l'auteur de la lettre de menaces, si on peut l'appeler ainsi, a écrit également celle qui est signée Þröstur, en classe de 9-B. J'aimerais avoir des informations sur l'identité du père et je voudrais connaître votre avis sur ce garçon si vous vous souvenez de lui.

Huldar allait tapoter l'accoudoir du siège de Freyja mais il effleura sa main au passage. Elle la retira aussi brusquement que si elle s'était brûlée. Le directeur, qui avait vu le manège, contenait sa surprise.

— Comme je vous l'ai dit au téléphone, Freyja est psychologue à la Maison des enfants, elle m'assiste pour cette enquête. Elle est tenue par le secret professionnel, tout comme moi.

Le directeur se redressa sur son siège. La référence au devoir de confidentialité l'avait impressionné.

— Bien, il faut que je consulte les registres des classes de cette année-là. Je viens justement de les ouvrir, expliqua-t-il en se tournant vers l'écran. – Il se mit à lire tout en faisant doucement glisser la souris. – Þröstur, dites-vous. Þröstur, Þröstur. Le voilà. Þröstur Agnesarson. Mais oui ! C'est lui ! Évidemment.

— Pourquoi "mais oui !" ? Que voulez-vous dire ?

— En fait je me souviens si nettement de ce garçon que je ne comprends pas comment je n'ai pas pensé à lui tout de suite. En y réfléchissant ça ne pouvait être que lui. Je venais de prendre mes fonctions de directeur de l'école, lui aussi venait d'arriver. Mais son cas a souvent atterri sur mon bureau. D'habitude les nouveaux élèves se tiennent tranquilles, au début en tout cas, mais pas lui. Je peux lui attribuer le mérite – discutable – d'avoir été le premier élève difficile dont j'ai dû m'occuper en tant que directeur de l'école. Depuis ils sont de plus en plus nombreux. Je ne suis pas sûr que je me serais souvenu de lui aussi bien si je l'avais connu après ses successeurs.

— Est-ce qu'il avait des problèmes de comportement ? demanda Freyja.

— Non. On ne peut pas dire ça. C'était autre chose. Ce n'était pas un cas typique de TDAH. Ni un cas de dyslexie ou d'autisme. Ce n'était pas non plus un TOP*. Si je me souviens bien, certains de ces troubles commençaient tout juste à être diagnostiqués à l'époque, leurs sigles et acronymes ne nous étaient pas aussi familiers qu'aujourd'hui. Þröstur n'avait rien de tout ça. Mais comme je viens de le dire on n'était pas encore au point. Le diagnostic serait peut-être différent aujourd'hui. On est plus performant dans le repérage des symptômes de troubles de ce genre.

— Pourquoi vous le convoquiez aussi souvent ?

Pourquoi le directeur n'allait-il pas droit au but ? Huldar n'avait pas la moindre envie de subir un cours sur l'historique du TDAH. Quant à Freyja, à supposer que ça l'intéresse, elle devait connaître la question bien mieux que cet homme. Il ne voulait pas entendre parler de ce trouble une minute de plus. Il savait pourquoi. Il en avait sans doute souffert lui-même autrefois mais il n'avait reçu aucune aide. S'il était né plus tard, il aurait pu devenir médecin, mais son rêve était peut-être trop ambitieux. En tout cas, avec un peu d'entraînement, il aurait pu acquérir

* TDAH, trouble du déficit de l'attention ; TOP, trouble oppositionnel avec provocation. *(Toutes les notes sont des traductrices.)*

au moins des capacités d'attention suffisantes pour arriver à entretenir une relation suivie avec une femme.

— C'est normal que vous me posiez la question, répondit-il en regardant tour à tour Freyja et Huldar. Il était parfaitement capable de se concentrer et ne rencontrait pas de difficultés particulières dans le cadre de ses études. En tout cas quand il voulait s'en donner la peine. Non, ses problèmes n'étaient liés ni aux apprentissages ni à des conflits avec des élèves ou des professeurs. C'était un problème psychologique qu'on n'arrivait pas à gérer. Mes collègues et moi-même, nous nous sommes rapidement avoués vaincus et nous avons fait appel à une spécialiste. Une psychologue pour enfants comme vous. – Il regarda Freyja si longuement que Huldar en fut frappé. – Ça n'avait rien à voir avec le TDAH.

— Qu'est-ce que ça a donné ?

— On ne m'a pas tenu au courant. Þröstur a rencontré la spécialiste hors du cadre scolaire. J'ai reçu un document dans lequel on disait, si je me souviens bien, que l'état du garçon allait rapidement s'améliorer. Suivaient quelques consignes sur la manière de l'approcher en cas de difficulté. Mais le garçon nous a quittés en cours d'année scolaire. Le problème est devenu celui d'une autre école, d'autres professeurs et d'un autre directeur.

— Et comment ça se manifestait ? demanda Freyja, penchée vers sa droite, aussi loin que possible de Huldar.

— Le garçon était… voyons, comment dire ? Peut-être, sombre. Il n'était jamais joyeux, je ne l'ai jamais vu sourire. Il était obsédé par la mort, il avait une imagination morbide. Ses dessins représentaient toujours des morts. Dans ses rédactions c'était pareil, des morts, des exécutions. Les professeurs étaient si choqués que je n'arrivais plus à fermer la porte de mon bureau, ils venaient se plaindre de Þröstur les uns après les autres. Je vais vérifier si nous avons gardé des dessins. Ou des rédactions. Si c'est le cas vous pourrez les voir. Vous jugerez par vous-même. Il dessinait très mal. Mais je me demande bien qui aurait pu avoir envie de conserver ces horreurs.

Si l'on s'en tenait à ces descriptions il y avait peu de chances qu'on les retrouve sur les murs du couloir de l'école. Huldar se demanda comment il était possible de représenter des cellules d'une manière convaincante.

— Est-ce qu'il était bagarreur ? Est-ce qu'on l'a surpris en train de maltraiter d'autres élèves ou même ses copains ?

— Des copains ? Il n'en avait aucun. Le plus surprenant, c'est qu'il n'a jamais été victime de harcèlement. Ou de brimades de la part des autres. D'abord j'ai cru que c'était parce que les enfants avaient bon cœur. Ils avaient pitié de leur malheureux camarade, ils se rendaient compte qu'il avait un problème psychologique ou mental. Mais j'ai compris très vite que ce n'était pas la bonne explication. Ils avaient tout simplement peur de lui. Trop peur pour l'embêter. Ça en dit long. Mais il n'a fait de mal à personne. Pas plus ici qu'ailleurs d'après ce que je sais.

— Mais vous venez de dire que la psychologue était optimiste, que son état était censé s'arranger, observa Freyja en se redressant sur son siège pour voir le directeur derrière l'écran de son ordinateur.

— Oui, mais je ne sais pas si ses conclusions étaient aussi tranchées. Ce n'est pas le rapport final que j'ai eu entre les mains, mais un document intermédiaire rédigé à notre intention avec des informations et des recommandations. On nous disait juste que le comportement du garçon était lié à un drame familial. Rien de plus, aucune explication supplémentaire sur la nature de ce drame. D'après ce que j'en sais, la situation de la famille était très banale, la mère élevait seule le garçon. Je me rappelle qu'il avait une petite sœur, je ne sais pas pourquoi elle fréquentait une autre école. Comme vous pouvez l'imaginer, cette histoire familiale avait éveillé ma curiosité. J'estimais qu'il valait mieux que j'en sache davantage. Alors j'ai convoqué le garçon. J'ai essayé de le faire parler mais il est resté muet comme une tombe. Quelque temps après sa mère m'a annoncé qu'il quitterait l'école avant la fin de l'hiver et ferait la rentrée à l'automne dans un autre établissement. Comme l'hiver touchait à sa fin j'ai fermé les yeux sur ce manquement à l'obligation scolaire. Après son départ le climat de travail s'est amélioré pendant les dernières semaines de classe.

Huldar et Freyja gardèrent un instant le silence. Ils faisaient de leur mieux pour dissimuler leur indignation. Pour satisfaire sa curiosité il avait essayé de lui arracher le récit des événements familiaux à l'origine de ses troubles. Ça n'avait pas dû améliorer son état. Son changement d'école n'était pas étranger à cet excès de curiosité de la part du directeur, c'était évident. Huldar fut le premier à rompre le silence.

— Est-ce qu'il est allé dans une école voisine ? Est-ce que vous savez comment ça s'est passé pour lui, là-bas ?

— Ah non. Comme ils ont quitté le quartier, je l'ai complètement perdu de vue. Ils manquaient cruellement d'attaches. Si je ne me trompe pas, ils s'étaient installés dans notre quartier au début de l'année scolaire. Ils n'ont pas déménagé parce qu'ils étaient mécontents de l'école.

En définitive, l'interrogatoire en règle du garçon par le directeur n'était peut-être pas la cause du déménagement. Peut-être la mère du gamin avait-elle trouvé un emploi éloigné du quartier ? Ou bien son bail avait été résilié ? Elle était probablement locataire et comme telle sujette à une précarité courante en Islande dans le domaine de l'accès au logement.

— Pouvons-nous consulter le document que vous avez reçu ? demanda Freyja d'un ton décidé, comme si elle se sentait parfaitement en droit de l'exiger.

— Non. Désolé. Pas dans les circonstances actuelles. Il est classé confidentiel. Je dois obtenir au préalable l'accord de la psychologue qui s'en est chargée. Et puis il faudrait que je le retrouve. Je ne suis pas certain à cent pour cent qu'il ait été conservé.

— Est-ce que vous pourriez nous donner le nom de la psychologue ?

— Oui, bien sûr. C'est sans doute le plus simple. Ça m'évitera d'avoir à m'en occuper moi-même. Ça tombe bien. Je suis complètement débordé comme vous pouvez le constater.

Ça ne sautait pas aux yeux. Le bureau était vide et le téléphone restait silencieux.

Le directeur se tourna vers l'écran.

— J'ai pris soin de conserver tous les courriers depuis que je suis entré en fonction. Ils sont classés par année pour plus de commodité. – Il chantonnait en promenant sa souris et en tapotant sur le clavier. – Comment s'appelait-elle déjà ? Guðlaug ? Guðný ? – Il parlait tout seul, oubliant ses visiteurs, mais il revint vers eux. – Laissez-moi deux minutes, le temps de retrouver le nom de cette psychologue. Et peut-être aussi le document. Que je ne vous communiquerai pas, ça va de soi. Vous devez absolument vous entretenir avec elle car, si je ne me trompe pas, elle s'était déjà occupée de Þröstur une première fois quand il était plus petit. En tout cas je crois me souvenir que c'est à cause d'elle que les choses ont traîné. Quand nous avons fait notre demande, elle a fait des pieds et des mains pour obtenir qu'on lui confie cet enfant. Elle doit donc le connaître bien mieux que moi. Elle devrait être en mesure de vous dire s'il peut être considéré comme dangereux. – Il se retourna vers l'écran. – Ça va sortir…

— Prenez votre temps. Rien ne presse, répondit Huldar.

C'était la pure vérité. Il en était probablement de même pour Freyja. La veille, dans l'après-midi, lorsqu'il avait enfin réussi à la joindre, elle avait accepté aussitôt de l'accompagner. Mais son hostilité à son égard était si manifeste qu'il ne se faisait aucune illusion. C'était le dossier qui la séduisait, pas lui personnellement. Comme il était dans son champ de vision, il lui adressa un sourire. Elle l'ignora superbement. Il continua néanmoins de la regarder, bien décidé à tenir plus longtemps que le directeur. Il voulait se prouver à lui-même qu'il n'avait pas de TDAH. Il effectua le test sans aucune difficulté. Le beau profil de Freyja n'était pas rebutant et la gêne qu'elle en éprouvait était une satisfaction supplémentaire.

— Ah… Voilà. Le directeur quitta l'écran du regard. Vous avez chronométré ? J'ai mis combien de temps ?

— Euh, non, fit Huldar dont les yeux quittèrent Freyja. Mais vous avez été rapide comme l'éclair.

Dans son genre le directeur était aussi un cas, différent de l'ancien élève Þröstur Agnesarson, mais spécial tout de même. Les professionnels de l'éducation devenaient-ils dingues à force d'être confrontés à des enfants qu'ils devaient former et éduquer, mais sans les moyens d'asseoir leur autorité ? Lui-même, comme policier, il finirait par perdre la tête si on lui ôtait son pouvoir de répression.

— La psychologue s'appelle Sólveig Gunnarsdóttir.

Freyja ne cherchait pas à noter son nom. Elle devait avoir une mémoire d'éléphant. Quant à lui, il savait qu'il l'aurait oublié avant d'être sorti du bâtiment.

— Veux-tu que je note son nom ? demanda-t-il à Freyja.

— C'est inutile. Je travaille avec elle. Elle a un mi-temps chez nous à la Maison des enfants, répondit-elle sans se tourner vers Huldar, les yeux toujours fixés droit devant elle.

— C'est une chance, dit le directeur en faisant claquer ses paumes l'une contre l'autre. On peut donc en rester là. Avez-vous autre chose à me demander ?

— Oui. Est-ce que vous souhaitez récupérer votre original ? Vous avez parlé d'exposer les lettres, je n'en ai plus besoin… J'ai gardé une photocopie, expliqua Huldar en posant sur le bureau celle de Þröstur, celle qu'il n'avait pas signée, et en la poussant vers le directeur, qui leva les bras comme si elle était radioactive.

— Non ! Non merci ! Vous n'êtes pas bien ? Elle ne risque pas de figurer dans notre expo. Reprenez-la. Jetez-la ou mettez-la au rancart. D'ailleurs on devrait en faire autant avec l'autre lettre, celle qui est signée.

— Quelles sont les dates de cette exposition ? demanda Huldar, qui reprit l'original en haussant les épaules.

— Elle sera inaugurée la semaine prochaine. On est en train d'accrocher les originaux de nos élèves et les photocopies de celles qu'on a reçues des États-Unis. Ça sera très amusant. Surtout pour les jeunes qui les ont écrites à l'époque. Tout le monde est invité pour l'ouverture.

— Þröstur aussi ? demanda Freyja d'un ton glacial. Imaginez un peu sa surprise s'il ne voit sa lettre nulle part. Celle qu'il a signée.

— Il n'a pas terminé son année chez nous. La liste des invités se limite à ceux qui étaient encore là au printemps, à la fin de l'année scolaire.

Le directeur entrelaça ses longs doigts. Visiblement la devise de l'école "l'éducation pour tous adaptée aux besoins de chacun" souffrait quelques exceptions.

— Encore une chose, demanda Freyja sur un ton toujours aussi dur. Avez-vous reçu des informations provenant de l'école où il était scolarisé avant d'arriver chez vous ? Sinon avez-vous pris contact avec elle quand ce garçon a commencé à poser problème ?

Les longs doigts du directeur formaient presque un nœud.

— Non, je ne l'ai pas fait, non. J'ai toujours beaucoup de travail. Mais vous n'imaginerez jamais ce que c'était pendant ma première année. Je découvrais mes nouvelles fonctions avec tout ce que ça implique comme obligations diverses. Quand Þröstur a commencé à manifester des troubles du comportement, il était chez nous depuis près de trois mois. C'était notre élève, plus celui de son ancienne école. Je n'ai pas jugé bon de me renseigner pour savoir comment ils avaient géré le problème. D'autant plus que ça n'avait pas donné de résultats.

— Son comportement vous a donc paru normal jusque-là. Pendant presque trois mois.

— Non. C'est seulement le temps qu'il nous a fallu pour nous rendre compte que quelque chose n'allait pas, qu'il ne s'agissait pas de difficultés passagères. Il était nouveau et en plus particulièrement timide.

Ses doigts s'immobilisèrent soudainement. Il les déplia et posa ses paumes sur la table devant lui, côte à côte. Comme s'il s'apprêtait à passer ses ongles en revue.

— Mais je suis obligé de conclure cet entretien. Je suis en retard.

— Mais ses parents ? C'était quel genre de personnes ? Que disaient-ils de leur fils ? demanda Freyja, qui ne semblait pas disposée à le lâcher. Vous devez au moins avoir rencontré sa mère.

— Bien sûr. Mais jamais le père. Elle, c'était quelqu'un de plutôt ordinaire, si je me souviens bien. Elle pouvait difficilement se libérer pendant ses heures de travail. Nous n'avons pas les moyens de nous payer des heures supplémentaires le soir. Ça ne marche pas comme ça. Mais elle est venue une fois. Elle n'avait pas grand-chose à dire. Elle avait l'air résignée. Sinon nous avons échangé des courriels.

Le directeur ne proposa ni de les lire ni de les imprimer.

— Mais, bon, ça suffit. Maintenant il faut que je file.

Il se leva en serrant les lèvres, comme pour leur faire comprendre qu'il ne répondrait plus à leurs questions.

Freyja et Huldar le remercièrent et se disposèrent à prendre congé. Leurs gobelets presque intacts étaient toujours devant eux. À l'instant où Huldar allait s'en saisir, le directeur les invita à s'en aller d'un geste de la main, puis il se rassit. Apparemment il ne devait filer nulle part.

Quand ils sortirent du bâtiment la récréation venait de commencer. Comme le vacarme était à son comble, ils ne perdirent pas leur temps à discuter pendant qu'ils se frayaient un passage parmi les élèves dans la cour de l'école.

— Qu'est-ce que tu en penses ? demanda Huldar, quand ils furent arrivés sur le parking.

Il regardait en même temps, par-delà la nuée des élèves occupés à jouer, les rares enfants qui erraient seuls à la lisière du terrain de jeu. L'énigmatique Þröstur devait compter parmi eux, pensa-t-il.

— Je ne sais pas. Maintenant j'ai plus de doutes qu'au moment où j'ai lu la lettre. Si on se fie à la mémoire du directeur, Þröstur avait déjà eu besoin d'une aide psychologique avant sa phase de dépression dans sa nouvelle école. Il y a sérieusement de quoi s'inquiéter. On ne met jamais en place un protocole d'entretiens avec un psychologue pour un oui ou pour un non, il faut qu'il y ait un sérieux problème à la clé. Parfois on est confronté à des traumatismes très lourds. Quelque chose n'allait pas chez le garçon. Ou dans son entourage.

— Quelque chose de suffisamment grave pour envisager la possibilité d'un passage à l'acte ?

Freyja plissa le front et se mit à réfléchir.

— Peut-être pas. Mais je voudrais lui parler. Quand j'aurai entendu Sólveig. Elle pourra sûrement m'éclairer. Je ne suis pas autorisée à te rapporter ce qu'elle me dira, je me limiterai aux conclusions. Des conclusions très générales. – Elle lui sourit pour la première fois depuis si longtemps qu'il avait oublié combien son sourire était beau. – Enfin, si tu as de la chance. Peut-être qu'on m'interdira de te répéter quoi que ce soit de ce qu'elle m'aura confié.

— Je comprends, ce sera comme tu veux.

Huldar la regarda pêcher ses clés dans sa poche. Il se rappela qu'elle ne sortait jamais avec un sac à main, contrairement aux autres femmes. Lorsque ses sœurs lui rendaient visite toutes les cinq, les sacs étaient accrochés aux dossiers des chaises ou trônaient sur les tables. Pendant ces moments de réjouissances la phrase qui avait le plus de succès était "tu veux bien me passer mon sac ?". La plupart du temps elle s'adressait à Huldar. Il était le cadet de la fratrie et aux yeux de ses sœurs il resterait leur petit toutou toute sa vie durant et jusqu'à la fin des temps. C'était peut-être parce que Freyja était si différente qu'elle lui plaisait autant. Il aimait mieux finir ermite qu'envisager de s'unir avec une réplique de ses aînées.

— Je vais essayer de trouver Þröstur. J'en sais assez maintenant pour arriver à dénicher son numéro d'identification, ça devrait nous faciliter les choses. Tu serais d'accord pour le rencontrer avec moi ?

Freyja ouvrit la voiture avec des clés, elle n'utilisait pas de télécommande. La bagnole datait sûrement d'une époque antérieure à cette technologie.

— Absolument. Je ne voudrais pas manquer ça. À aucun prix. Entre-temps tu devrais regarder s'il a un casier judiciaire. Ça pourrait être une lecture instructive.

Elle ne s'expliqua pas davantage, prit place dans la voiture et claqua la portière.

Huldar la regarda s'en aller, s'installa lui-même au volant et se mit à songer à ses paroles et à la gravité de son regard.

6

Nouvelle journée, nouvelle tempête. Freyja démarra la matinée en laissant Mollý prendre l'air dans le jardin, derrière l'immeuble où elle demeurait. Au début elle avait seulement l'intention de séjourner provisoirement dans l'appartement de Baldur. Mais une année s'était presque écoulée depuis qu'elle avait emménagé. Comme elle ne trouvait aucune location, il y avait peu de chances qu'elle le quitte avant la libération de son frère, dont la peine avait été alourdie. Rien ne pressait. C'était à la fois une bonne et une mauvaise chose. Bonne, parce qu'elle pourrait s'autoriser une pause avant de poursuivre son parcours du combattant sur le difficile marché de la location. Mauvaise parce qu'elle serait obligée de cohabiter plus longtemps que prévu avec le rebut de la société. Avec des gens qui se fichaient complètement de l'entretien du jardin, du local à poubelles et des parties communes. Ils avaient d'autres priorités, entre autres se procurer de la drogue pour leur prochaine séance de défonce. Tout plutôt que de sortir l'aspirateur, le balai ou le chiffon.

Dans l'entrée, une affichette jaunie qui pendait le long du mur avait attiré son attention. Elle présentait la répartition annuelle du nettoyage des parties communes et du local à poubelles. Mais l'année, qui n'était pas spécifiée, ne devait plus être valable depuis longtemps. Elle en avait tellement marre de vivre dans une porcherie qu'elle avait négligé ce détail. Elle avait effectué sa part de nettoyage aux dates indiquées pour l'appartement de Baldur. Elle espérait que ses voisins suivraient son exemple et qu'elle serait du même coup mieux acceptée dans l'immeuble. En dehors de quelques rares locataires qui la saluaient, la plupart étaient impatients de la voir vider les lieux. Mais elle avait échoué. Pendant qu'elle s'échinait à nettoyer, ils défilaient dans l'entrée pour épier ses faits et gestes. La présence de l'aspirateur les surprenait, quand elle ne les choquait pas. D'autres la prenaient en pitié. Sa cote était donc restée au plus bas, faute de voisins capables d'apprécier la propreté de l'entrée et la remise en service du vide-ordures. Malgré cet échec elle était toujours déterminée à respecter le quota de journées de ménage que devait son frère d'après la vieille affichette.

Si au printemps elle s'attaquait au jardin, son cas serait réglé définitivement. Mais le petit carré d'herbe serait pour elle toute seule. Et Mollý. Les autres locataires restaient enfermés toute la journée. Elle pourrait installer une table et des chaises. Elle profiterait du soleil matinal en sirotant une tasse de café pendant que la chienne chercherait le meilleur endroit pour faire pipi. En tournant le dos à l'immeuble elle pourrait même avoir l'illusion de vivre dans un environnement sympathique.

Mais l'été était encore loin, si jamais il revenait un jour. Pour l'heure personne n'aurait eu l'idée d'aller s'asseoir dehors avec un café. Freyja sauta presque de joie lorsque Mollý termina sa petite affaire. Elle avait hâte de rejoindre son travail, il y faisait chaud et le café était bon. Les fenêtres de l'appartement de Baldur n'étaient pas isolées et la cafetière était hors d'âge. Si le temps n'était pas aussi infernal, elle en aurait déjà acheté une neuve au magasin d'électroménager. Mais si elle laissait le vent et la neige la priver de café, comment trouverait-elle l'énergie nécessaire pour repartir du bon pied ?

Quand les portes de la Maison des enfants s'ouvrirent, elle entendit des bruits de voix puis ce fut le silence. C'était le bon moment pour parler à sa collègue Sólveig. Elle venait de terminer un entretien avec un des enfants dont elle s'occupait. Elle-même n'avait rien de prévu en dehors de quelques tâches mineures comme la relecture de son bilan et des tableaux qui l'accompagnaient – sa contribution au rapport d'activité annuel de l'institution. Elle ne devait qu'à un coup de chance l'assistance que Huldar lui avait demandée au nom de la police. C'était difficile à vivre. Même si elle avait décidé de ne plus le fréquenter, c'était toujours mieux que de rester assise à regarder les mouches voler. Elle avait besoin de se fixer des enjeux et de se rendre utile. Sinon sa vie n'avait plus aucun sens. Le ménage des communs une semaine tous les deux mois, ça ne lui suffisait pas.

Elle rejoignit Sólveig juste au moment où elle s'installait dans son bureau. Cette salariée à mi-temps disposait d'un espace de travail plus grand et mieux équipé que le sien, ça se passait de commentaire. Elle essaya de ne pas s'en offusquer et se concentra sur l'objet de sa visite.

— Est-ce que je peux te déranger un instant ? C'est à propos d'un garçon dont tu t'es occupée il y a une dizaine d'années, et peut-être même une première fois avant.

— Il y a dix ans, répéta Sólveig en faisant la grimace.

Quatre rides profondes barrèrent son front, comme si un tigre invisible l'avait caressée avec sa grosse patte. Mais le reste de sa personne démentait ce signe de rigidité. Sur sa chemise jaune pâle lundi était boutonné avec mardi et son gilet pendait de travers sur ses larges épaules.

— Zut ! Comment tu veux que je me rappelle, c'est trop vieux ! – Elle lui fit signe d'entrer en agitant ses bracelets, qui tintèrent à son poignet. – Assieds-toi. Je suis quand même curieuse de savoir ce que tu veux.

Freyja avait impeccablement boutonné sa chemise et sa tenue était parfaitement ajustée. Elle comprit tout à coup que sa collègue lui faisait le même effet que l'entrée de son immeuble. Elle n'était quand même pas en train de devenir psychorigide ? De prendre tout au sérieux, au risque de passer à côté de ce que la vie pouvait lui offrir de bon ? La psychologue qu'elle était ne devait pas se voiler la face. Il était grand temps de lâcher prise. Enfin, elle ne savait plus. Quand elle essayait, ça finissait mal les trois quarts du temps. Ses rencontres restaient sans lendemain. Mais ce n'était pas une raison, le moment était venu de passer à la vitesse supérieure. Au lieu de se morfondre à cause du mauvais temps, elle inviterait ses amies à sortir dès le week-end prochain. Le lendemain sa gueule de bois ne l'empêcherait pas d'aller acheter une cafetière. Voilà comment elle allait reprendre sa vie en main ! Elle se loverait sur le canapé avec une tasse de bon café. Et le temps de faire passer ses maux de tête, elle feuilletterait le catalogue des formations de la rentrée universitaire.

— Tu dois déjà être au courant, la police m'a demandé de l'assister dans une enquête un peu spéciale qui concerne justement ce garçon ?

Elle reprit toute l'histoire par le menu. Les rides de Sólveig se creusaient à mesure. Manifestement elle n'était pas au courant, la directrice n'avait rien ébruité. Freyja ne s'y attendait pas. Habituellement on échangeait librement entre collègues sur les dossiers traités par les uns et les autres.

Mais son travail n'en valait sans doute pas la peine. Elle se fit violence pour chasser cette pensée négative. Elle ne devait pas saper le regain d'assurance que l'emploi de son prochain week-end lui avait donné.

— Le directeur de l'école a dit que c'était toi qui avais été chargée de faire le diagnostic de l'état de Þröstur. Il se souvenait que tu t'étais déjà occupée de lui une première fois quelques années avant. Il pense aussi que tu as dû continuer de le suivre, même s'il n'a plus reçu d'informations.

— Oh là là ! Ça fait si longtemps !

Sólveig secoua la tête. Elle paraissait faire des efforts pour fouiller dans sa mémoire, elle plissait les yeux, la bouche crispée, pendant qu'elle faisait défiler dans sa tête les images de ses anciens patients.

— Non. Je ne me souviens pas de ce Þröstur. Ça ne devait pas être bien grave. C'est plus facile de retenir les cas difficiles. Les problèmes légers, enfin, si l'on peut dire, on a tendance à les oublier. C'est étonnant qu'on ne fasse pas plus de dépressions.

Elle sourit, révélant des dents qui avaient connu des jours meilleurs, mais son regard resta froid.

— Tu t'occupais de beaucoup d'élèves de cette école, à l'époque ? demanda Freyja, en lui renvoyant le même demi-sourire.

— Oui. Mais ça veut dire quoi "beaucoup" ? Un enfant en difficulté, c'est déjà trop.

Sólveig avait repris son expression habituelle. Un air de lassitude si commun à tous ses collègues que Freyja en était exaspérée. Ils devaient faire ça inconsciemment mais ils avaient tous cette tête-là quand ils discutaient entre eux. Comme s'ils voulaient souligner le caractère incommensurable de leurs difficultés et la faiblesse de leur salaire. Si elle suivait une formation de trader, peut-être qu'elle ferait des émules.

— Des problèmes il y en aura toujours, commenta Freyja, qui n'avait aucun goût pour le mélodrame. Donc tu t'occupais de nombreux enfants.

Sólveig ne se formalisa pas du ton sec de Freyja.

— Oui, je crois qu'on peut dire ça, répondit-elle. Trop en tout cas pour que j'arrive à me souvenir de chacun d'eux. Comme ce Þröstur. – Elle arbora à nouveau son curieux sourire. – J'avais mon propre cabinet et en plus j'étais psychologue scolaire pour… quatre écoles, je crois bien. Des écoles primaires. Mon travail se limitait à l'établissement d'un premier diagnostic des enfants et des adolescents en difficulté. Si une thérapie était nécessaire on les envoyait ailleurs, dans un service psychiatrique adapté. Je ne les suivais que pendant très peu de temps. C'est pour ça que je ne me souviens pas de ce garçon. Ça n'a rien d'étonnant.

— Si j'ai bien compris ce qu'on nous a dit, tu t'étais déjà occupée de lui avant. Pas seulement lorsqu'il avait quatorze ans. Je ne sais pas quand c'était ni quel âge il avait, mais si c'est bien le cas, ton rôle a dépassé largement l'établissement du premier diagnostic.

— Oh ! C'est juste que je ne m'en souviens pas. Comme je te l'ai dit, je me fais vieille.

Elle esquissa une nouvelle fois son ridicule sourire. Il disparut quand elle comprit que Freyja ne la contredirait pas.

— Si ça me revient, je t'avertirai.

— J'y compte bien, dit Freyja, qui s'apprêtait à se lever. Mais je suppose que la police voudra t'interroger au sujet du garçon et de cette période de sa vie. Tu dois pouvoir retrouver les rapports établis à l'époque, à commencer par celui dont tu t'es chargée. Tu ne dépends plus des autorités scolaires.

— Oui. Mais ce rapport ne doit plus exister, répondit-elle un peu trop vite. Je veux dire, ça me surprendrait vraiment beaucoup.

— Ah bon ? Freyja renonça à se lever. Tu veux dire qu'on les détruit systématiquement au bout d'un certain nombre d'années ?

— Non. – Sólveig se tut et baissa les yeux pour éviter le regard interrogateur de Freyja. – Je veux dire, je ne sais pas. – Elle était prise de court et tentait maladroitement de s'en sortir. – Dix ans, c'est déjà très long. Alors des documents encore plus anciens… Bien sûr il est tout à fait possible qu'on ait conservé ce rapport quelque part. Mais depuis on a traité tellement de cas qu'on peut en douter. C'est ce que je voulais dire. Les consignes changent constamment, on n'arrive pas à suivre.

— Je comprends, répondit Freyja, mais elle commençait à se demander si ça valait la peine de prolonger la discussion.

Elle ferait peut-être mieux de rejoindre son bureau pour expédier le travail en cours et passer le reste de la journée sur Internet. Ce serait l'occasion de créer un compte Tinder comme son frère l'encourageait régulièrement à le faire. C'était par ce biais qu'il avait pris contact avec des tas de femmes qui n'étaient pas effarouchées de le savoir derrière les barreaux. Elle-même était libre comme l'oiseau, rien ne l'empêchait d'avoir de l'espoir. Aussi étrange que ça pouvait paraître, la vie amoureuse de son frère était bien plus riche que la sienne. Tinder faisait peut-être toute la différence. Mais au lieu de se lever Freyja décida de ne pas abandonner aussi vite. Pas question de laisser Sólveig s'en sortir aussi facilement.

— Non, reprit Freyja. En fait, je ne comprends pas. Je ne vois pas en quoi ces changements auraient une incidence sur la conservation des documents. Selon toi on ne garderait pas ces rapports, contrairement aux registres médicaux ? Les changements dans le système d'archivage n'impliquent pas la destruction des documents antérieurs.

— Non. Bien sûr que non. J'en rajoute. Les documents sont forcément quelque part, évidemment. Je n'y connais rien, moi. Je fais mon travail mais je ne sais pas ce que deviennent les diagnostics après usage. La direction de l'école n'en avait pas un exemplaire ?

— Le directeur affirme qu'il n'a pas reçu le rapport définitif, mais seulement une note de synthèse assez imprécise. S'il l'avait reçu, tu ne crois pas que ça serait une curieuse entorse à la procédure ? Normalement les personnels des écoles n'ont aucun droit d'accès à ces documents confidentiels.

— Non, tu as raison. Qu'est-ce que je raconte ! Évidemment, il a seulement reçu une synthèse des éléments qui concernaient l'école, s'il y avait lieu que le garçon fasse l'objet d'un traitement particulier. Je n'arrive pas à émerger, aujourd'hui. Excuse-moi, mais j'ai l'impression d'être complètement à l'ouest. Le début de matinée a été plutôt difficile.

Sólveig soupira et prit un air fatigué, Freyja s'abstint d'en faire autant.

— Dommage que je ne puisse pas t'aider, ajouta-t-elle.

— Tu pourrais me donner l'autorisation de consulter la note envoyée au directeur de l'école. Il doit pouvoir la retrouver. Une autorisation écrite, de préférence. Ce sera mieux que rien en attendant qu'on trouve d'autres pièces.

Sólveig s'efforçait de dissimuler son embarras. Freyja se demanda si elle n'était pas en train de chercher les prétextes les plus vains pour le lui refuser.

— Oui. D'accord. Oui. Je suppose que je peux le faire. Je vais te préparer une procuration ou une autorisation et je te l'apporterai. Je n'enfreindrai pas le droit de réserve en faisant ça, je sais que le document sera dans de bonnes mains, mais je préfère quand même vérifier la procédure. Tu auras ton papier dans le courant de la semaine. Est-ce que ça te va ?

— Ça devrait aller, dit Freyja en se levant. La police va sûrement te contacter directement pour les autres documents. Elle pourra s'adresser aussi aux archives du département de psychiatrie de l'hôpital. Je suppose qu'elle n'étudiera pas elle-même les documents, elle te demandera de les consulter à sa place. Sauf si elle s'adresse à moi.

— Toi ou moi, on verra bien. – Elle se tourna vers l'ordinateur et fit tinter ses bracelets en posant ses grandes mains sur le clavier. – Merci de me tenir au courant.

Freyja se leva. Les rugissements du vent, de l'autre côté de la fenêtre, trouvaient au fond d'elle leur écho.

Elle n'avait rien reçu sur Tinder, à l'exception d'un message inapproprié. Elle avait liké un homme qui lui avait répondu. Mais elle venait de découvrir que son trentenaire n'avait que dix-neuf ans, comme il l'en informait lui-même dans son dernier message. Il aimait les cougars, si le sexe avec des jeunes hommes l'intéressait, il était partant.

Elle n'en fut pas réconfortée pour autant. Au lieu de s'emporter et de répondre que les femmes de trente ans n'étaient pas désespérées à ce point-là, elle supprima le message. C'était sa faute. Elle devait se faire à l'idée que les plus dignes fils de la nation ne faisaient pas la queue à sa porte. Le profil qu'elle avait envoyé n'était pas très alléchant. Elle avait plagié celui d'une autre femme, qui s'exprimait à son goût, et elle avait prélevé la photo sur son site professionnel. La lentille de son téléphone étant cassée, elle s'était contentée de transférer le cliché sur Tinder pour faire de la place. Son existence n'était qu'une succession de tracasseries sans fin.

Une annonce s'afficha sur l'écran, quelqu'un venait de liker sa photo. Elle haussa les sourcils, le temps d'afficher le visage de l'inconnu. Huldar. Comment était-ce possible ! Pourquoi n'avait-elle pas vérifié qu'il n'avait pas de profil sur ce site avant de créer un compte ? Elle aurait dû se méfier. Elle soupira. Pas de doute, avec une pareille déveine, le premier homme qu'elle croiserait en sortant avec ses amies, ce serait lui ! Cette perspective l'énerva tellement qu'elle supprima son profil et quitta Internet. Elle aurait bien débranché l'ordinateur dans la foulée.

Elle se contenta de regarder l'écran d'un air contrarié, dans l'attente d'une illumination. Qu'allait-elle faire maintenant ? Il lui fallait une activité qui ne ferait monter ni sa tension ni son taux d'adrénaline. Elle séchait. Le paysage en fond d'écran disparaissait sous la multitude des fichiers qu'elle avait collés sur le bureau en dépit des recommandations de l'informaticien. Aucun intérêt, c'étaient des dossiers bouclés depuis longtemps. Il ne lui restait plus qu'une alternative, soit surfer sur Internet en espérant y trouver plus de nouveautés qu'elle ne pourrait en absorber, soit continuer de fixer l'écran en se lamentant sur son sort. Mais une troisième option s'offrit à elle : les bizarres réactions de Sólveig.

C'était une bonne idée. Sans prendre le temps de se demander si elle y était autorisée, Freyja ouvrit le site intranet de la Protection de l'enfance. Elle commença ses recherches à l'aide du numéro d'identification sociale de Þröstur. Elle ignorait si les rapports des psychologues scolaires atterrissaient là, mais ça ne coûtait rien d'essayer. Si ses inquiétudes sur le garçon étaient fondées, il avait probablement suivi des traitements complémentaires dont les traces devaient figurer dans le système.

Elle savait très bien que les recherches sur ce site étaient contrôlées. Ses supérieurs exigeraient probablement de savoir pourquoi elle avait fait de l'archéologie dans les fichiers. Pourquoi elle avait cherché des informations sur un jeune homme dont elle n'avait pas la charge. Elle n'était pas inquiète. Croupir au bas de l'échelle avait ses bons côtés, elle ne tomberait pas de haut. Au besoin elle s'abriterait derrière l'enquête de police. Personne ne lui avait demandé de consulter les documents, mais si son instinct ne la trompait pas, Huldar la soutiendrait.

Elle se surprit à regretter d'avoir quitté Tinder au lieu de liker sa photo. Elle aurait dû lui dire dans un message poli qu'elle n'était pas intéressée. Mais il était trop tard.

Le nom de Þröstur s'afficha aussitôt. Il était suivi de sa date d'inscription dans le système. Cette date, décembre 2005, corroborait le récit du directeur de l'école. Elle correspondait à la première partie de l'année scolaire pendant laquelle le garçon était scolarisé dans son établissement. Mais ce qu'elle prit d'abord pour une erreur lui fit hausser les sourcils : la dernière information reportée sur la page mentionnait la date de l'an 2000 et ne concernait pas Þröstur Agnesarson mais Þröstur Jónsson. En comparant leurs numéros d'identification elle vit qu'ils étaient bien identiques. Le garçon avait donc changé de patronyme* et avait commencé à porter le nom de sa mère à une date indéterminée située entre 2000 et 2005.

* En Islande, on est nommé par rapport à son père. On est *son* (fils) ou *dóttir* (fille) de… Le nom du père permet d'identifier une personne.

Le directeur de l'école avait donc raison. En janvier 2000, alors qu'il était dans sa huitième année, Þröstur était entré dans le répertoire du système. Il devenait intéressant de savoir si Sólveig s'était occupée de lui les deux fois ou seulement en 2005. Excitée par sa découverte, Freyja décida de consulter la liste des fichiers correspondant au numéro d'identification. Elle fut très contrariée de constater qu'elle était vide. Sólveig avait peut-être raison finalement, les anciennes archives avaient tendance à disparaître, y compris quand elles avaient été numérisées.

Les doigts de Freyja tapotaient sur la souris. Où pouvaient bien se trouver ces fichiers ? Un vilain soupçon s'insinuait en elle, injuste et sans fondement, mais entêtant. Sólveig avait-elle retrouvé et détruit les fichiers après leur entretien ? Avait-elle infligé le même sort au rapport qu'elle avait rédigé, où qu'il puisse se trouver ? Non. Ça ne tenait pas debout.

Freyja mit les écouteurs et appela l'informaticien sur la ligne interne de la Protection de l'enfance. Pour tromper son attente elle regarda sa photo sur l'écran du téléphone. Grâce aux efforts de l'institution, un logiciel permettait aux personnels de se connaître de vue alors qu'ils étaient disséminés un peu partout dans la capitale et dans le pays. On pensait en haut lieu que leurs relations seraient plus personnelles et cordiales s'ils avaient bien compris qu'ils s'adressaient à une personne réelle. Comme si ça ne tombait pas sous le sens, même sans photo ! Mais on aurait dit que l'informaticien avait été flashé par surprise dans le studio du photographe. S'il était lui aussi sur Tinder, il fallait espérer qu'il n'y avait pas déposé cette photo-là.

— Est-ce que tu as nettoyé le bureau de ton ordinateur ? demanda-t-il. C'était le sujet qui lui tenait le plus à cœur.

— Oui, répondit-elle, sans hésiter à recourir à un innocent mensonge. Comment ça se passe pour les documents de nos patients dans le système ? Est-ce que quelqu'un peut les supprimer à distance ?

— Oui. C'est possible. Mais qui pourrait avoir l'idée de faire ça ? – L'homme se tut un instant. – Tu as supprimé quelque chose involontairement ?

— Non. Pas du tout. Je cherchais juste des fichiers qui devraient être dedans, mais on dirait qu'ils ont disparu.

— Tu es sûre qu'ils y étaient ?

— Oui. C'est ce que je suppose. J'ai bien trouvé le numéro d'identification, il correspond à deux dossiers, mais il n'y a aucun document, pas un seul. Tu ne trouves pas ça curieux ?

— Si. Sans doute. Sauf s'il n'y a jamais eu de fichier à cet endroit-là.

— Je crois qu'ils existaient. Freyja se tut un instant. Tu pourrais regarder pour moi si ces fichiers étaient là avant ? Même hier ?

— Hier ?

— Oui, par exemple. Ou la semaine dernière, ou l'année dernière. Tu décides. Mais hier ça serait le mieux.

Elle lui donna le numéro d'identification de Þröstur.

— OK. Je vais regarder. Attends un peu.

Freyja était étonnée de la facilité avec laquelle il avait accepté de l'aider.

— Merci. Je te dois un service.

— Non. Pas la peine. Je suis informaticien. Je suis payé pour satisfaire les demandes les plus stupides et les plus farfelues.

Freyja s'abstint de répondre et attendit le résultat. En guise de vengeance elle patienta en contemplant la masse des dossiers toujours collés sur le bureau, heureuse de ne pas les avoir supprimés. Ces petites victoires mesquines valaient largement l'or olympique.

— Non. Il n'y avait rien hier. Tu veux que je remonte plus loin dans le temps ?

— Non. Ça va comme ça. Merci.

Elle avait accusé Sólveig à tort. C'était quand même bizarre. Ça cachait quelque chose. Mais quoi ?

7

Les petits godets en plastique noir étaient alignés sur le rebord de la fenêtre du salon. Æsa jeta un coup d'œil sans conviction sur les semences, dans l'espoir qu'une des graines aurait été assez stupide pour croire que le printemps arrivait. Comme on pouvait s'y attendre, rien n'avait bougé. À l'intérieur des pots il n'y avait que de la terre brune. C'était peut-être aussi bien. Si les graines germaient, elle pourrait difficilement mettre les plants dehors quand ils auraient poussé dans leurs petits pots en plastique. L'hiver promettait d'être long. Ce serait tout de même dommage que ces graines meurent dans la terre et ne poussent jamais. Le jardinage n'était pas son fort, la plantation des fleurs précoces encore moins. Elle avait été conquise par l'enthousiasme communicatif de deux de ses collègues de l'administration municipale. Elles s'étaient vantées des économies qu'elles réalisaient en faisant germer elles-mêmes les fleurs estivales. Elle n'avait pas hésité à les planter dès le commencement de l'année. Sa lassitude des rigueurs de l'hiver y était pour beaucoup. La perspective d'obtenir des pensées et des soucis était si séduisante qu'elle s'était laissé entraîner. Le fait qu'elle n'avait pas pu s'en offrir l'année précédente était une motivation supplémentaire. Elle tenait enfin l'occasion de redonner vie au petit jardin sous la lumière croissante du soleil. Mais elle commençait à se dire qu'elle avait dépensé son argent en pure perte. Elle n'avait pas envie de calculer combien de plants elle aurait pu acheter en juin pour la même somme.

Æsa frappa au carreau de la grande fenêtre, entrouvrit la petite lucarne et appela ses deux enfants qui jouaient dehors.

— Il faut rentrer. Le repas est prêt.

Ils se retournèrent et la regardèrent. Ils étaient emmitouflés dans des capuches, des bonnets et des écharpes qui laissaient à peine entrevoir des joues bien rouges. Entre eux se dressait une masse informe de neige amoncelée, l'ébauche d'un bonhomme.

— Venez ! Le dîner va refroidir, ajouta-t-elle à l'intention des voisins susceptibles de l'écouter.

Le menu était froid comme cette journée d'hiver. Pas le moindre plat chaud, sauf à considérer que le pain grillé entrait dans cette catégorie. Pourquoi passerait-elle plus de temps dans la cuisine ? Ses enfants n'apprécieraient pas ses efforts. Et puis à la maternelle on leur avait servi un plat chaud au déjeuner. Le soir ils préféraient du pain, du skyr et de la saucisse de foie froide. Elle n'allait pas se casser la tête pour modifier un menu qui leur convenait à tous les trois. Elle ne voulait plus respecter des règles dictées par d'autres après tant d'années de vie commune avec Þorvaldur. Un homme qui passait son temps à les critiquer pour leur imposer sa manière de faire. Il devait se sentir bien seul, depuis que personne ne contrariait plus ses désirs.

Karlotta et Daði avançaient lentement dans l'épaisseur de la neige qui recouvrait le sol. Leurs bras pendaient à cause de leurs gants alourdis de neige. Ils gagnèrent la porte du salon qui donnait sur l'espace vert privatif de l'appartement. Malgré son prix elle l'avait acheté justement à cause de ce coin de verdure. Son salaire n'avait rien de mirobolant et depuis qu'elle était seule avec les enfants elle pouvait rarement effectuer des heures supplémentaires. Il aurait été plus raisonnable d'acheter un appartement au premier ou au second étage, et pas seulement pour des raisons financières. Elle ne supportait pas l'idée qu'il suffisait de casser un carreau pour pénétrer à l'intérieur. Depuis qu'elle avait emménagé avec les enfants, elle n'osait plus dormir en laissant la fenêtre ouverte à côté de son lit. Elle avait essayé malgré tout plusieurs fois mais elle n'avait pas réussi à s'assoupir. Quand elle fermait les yeux, elle croyait entendre un bras se glisser à l'intérieur et ôter le crochet. Lorsqu'elle avait craqué pour le jardin, elle n'avait pas pensé à ça une minute. Elle se plaisait seulement à imaginer Karlotta et Daði jouant dans un jardin bien à eux où elle pourrait facilement les surveiller.

Le froid l'attendait sur le seuil quand elle ouvrit la porte pour faire entrer ses enfants. Ils se secouèrent sur le paillasson pour se délester de la neige qui couvrait leurs vêtements d'extérieur. Le parquet fit les frais de leurs mouvements maladroits. Æsa les aida patiemment à descendre les fermetures éclair, à défaire les écharpes, à extirper les pieds de leurs bottes. Elle chargeait les vêtements les uns après les autres sur son bras. Autrefois Þorvaldur l'aurait regardée faire en pestant contre la flaque répandue sur le sol. Et sans lever le petit doigt.

Þorvaldur l'avait appelée ce jour-là. Cinq fois. Ça devait être important. Comme elle était à son travail, elle n'avait pas répondu. Leurs coups de fil se terminaient rarement bien. Ses collègues ne seraient jamais témoins de ses difficultés avec son ex. Elles étaient trop aiguës, elle voulait garder tout ça pour elle. Elle tenait à donner une bonne image d'elle-même.

— Allez vous laver les mains et venez manger.

Æsa avança dans l'entrée avec son chargement. Elle suspendit les vêtements au porte-manteau. Elle écarta les chaussures rangées en dessous pour que l'eau ne dégouline pas à l'intérieur. Le téléphone sonna dans la cuisine juste au moment où elle cherchait à caser le bonnet aux armes de Manchester United de Daði. Þorvaldur le lui avait offert au retour d'un congrès en Grande-Bretagne. C'était un mois avant qu'elle lui annonce son intention de mettre fin à leur vie commune. Le bonnet était si usé qu'il était tout lustré, mais Daði n'en voulait pas d'autre.

— Maman ! Y a ton téléphone qui sonne ! C'est peut-être papa ! cria-t-il impatiemment.

Il était difficile de deviner s'il était heureux que son père appelle ou s'il craignait une nouvelle dispute. Une demi-dispute en réalité puisque ni Karlotta ni Daði ne pourraient entendre ce que leur père dirait. Heureusement. Les pauvres, ils en avaient supporté déjà bien assez comme ça.

— Ne répondez pas !

Æsa enfonça le bonnet par-dessus la capuche de la doudoune la plus proche. Elle se précipita dans la cuisine pour éviter que Daði ou Karlotta ne répondent à sa place. Mais c'était trop tard. Lorsqu'elle surgit, le petit avait déjà plaqué le téléphone contre son oreille. Il n'aurait pas agi autrement si on lui avait annoncé que le Parlement avait ratifié une loi rayant son anniversaire du calendrier.

— Le téléphone, Daði ! Passe-moi tout de suite le téléphone !

Elle regretta d'avoir élevé la voix en voyant le désarroi de son fils. Il le lui tendit.

— Valdi, on va se mettre à table. Ça ne peut pas attendre ? demanda Æsa en s'efforçant de rester polie.

Les yeux des enfants, qui se tenaient l'un à côté de l'autre, étaient rivés sur elle. Ils ne manifestaient aucune intention d'aller s'asseoir à table, alors que leur frugal dîner était déjà servi. Leur pression silencieuse l'avait poussée à utiliser malgré elle le diminutif de son ex, comme lorsqu'ils vivaient ensemble. Après le divorce elle avait décidé de ne plus jamais l'appeler autrement que Þorvaldur, même dans ses pensées. On ne l'y reprendrait plus.

— Si tu avais répondu à mes coups de fil dans la journée, ça m'aurait dispensé de t'appeler maintenant.

Þorvaldur n'avait pas besoin de contrôler le ton de sa voix, il pouvait se permettre d'être désagréable. Æsa n'était pas certaine qu'il aurait pris plus de précautions s'il s'était trouvé en face d'eux. Heureusement il n'avait pas relevé qu'elle avait utilisé son diminutif. Elle voulait éviter à tout prix qu'il s'imagine qu'elle avait toujours de l'affection pour lui.

— J'étais au travail. Tu sais très bien que je ne réponds pas aux appels privés quand je travaille.

— Tu ne vas quand même pas me faire croire que tu viens juste de rentrer ? demanda-t-il avec son habituelle ironie.

Elle ne chercha pas à se justifier, il aurait été trop content. Elle se garda de lui détailler les tâches qui l'attendaient quand elle quittait son travail. Elle fonçait à l'école pour qu'on ne lui reproche pas de récupérer ses enfants en retard, elle achetait les produits les moins chers au supermarché en les traînant derrière elle à travers la cohue, elle les ramènerait à la maison en portant les courses, elle les débarrassait de leurs vêtements, rangeait la nourriture, leur donnait à boire, les changeait, les faisait sortir dans le jardin, faisait la lessive et préparait le repas. Mais elle n'avait fait aucun effort pour répondre aux précieux coups de fil de son ex-époux. Elle ne voulait pas qu'il se réjouisse de ses difficultés du quotidien. Elle préférait se taire.

— Qu'est-ce que tu veux, Þorvaldur ? On allait se mettre à table.

— Ce que je veux ? Seulement savoir si tout va bien pour vous. Enfin, pas pour toi, ça m'est complètement égal. Mais pour Karlotta et Daði. Tout va bien pour eux ?

Þorvaldur n'était pas comme d'habitude. Il paraissait inquiet. C'était bien la première fois qu'il se faisait du souci pour quelqu'un. Elle ne joua plus l'indifférence.

— Qu'est-ce que tu veux dire ? Bien sûr que tout va bien pour eux. Pourquoi tu me demandes ça ? Il est arrivé quelque chose ?

— Non, rien. Je voulais juste savoir. – Þorvaldur se tut un instant. – Fais attention à eux, reprit-il sur un ton suppliant qui ne lui ressemblait pas du tout.

— Qu'est-ce qu'il y a, Þorvaldur ? Explique-toi.

Elle aurait dû faire plus attention à ce qu'elle disait. Karlotta et Daði la regardaient les yeux écarquillés de surprise et d'effroi.

— Ils n'ont rien. Tout va bien. Parfaitement bien, ajouta-t-elle le plus doucement possible pour tenter d'atténuer l'effet de ses paroles.

— Fais attention à eux. Promets-le, insista-t-il.

Qu'était devenu l'ancien Þorvaldur ? L'homme arrogant qui avait l'habitude de donner des ordres à tout le monde sans s'embarrasser de politesse ?

— C'est ce que je fais depuis toujours, répliqua-t-elle. Je n'ai pas besoin de te le promettre. – Elle s'éloigna des enfants et sortit à pas rapides de la cuisine. – Qu'est-ce qui se passe ? murmura-t-elle pour qu'ils ne l'entendent pas. Est-ce que quelqu'un leur veut du mal ? Si c'est ça, tu dois me le dire.

C'était à son tour de supplier. Entre eux il en avait toujours été ainsi.

Þorvaldur avait-il été menacé par l'un des rares criminels qu'il avait mis derrière les barreaux ? C'était sa seule hypothèse.

— Je n'ai rien d'autre à dire. – Þorvaldur essayait de paraître naturel mais c'était raté. – Rien d'autre. Répète-leur qu'ils ne doivent pas parler à des inconnus. Ils ne doivent pas les suivre. Réponds-moi la prochaine fois que j'appelle, conclut-il en retrouvant son arrogance naturelle. Tu ne vas pas me dire que tu en es à deux minutes près à ton travail.

Il raccrocha.

Ils dînèrent en silence. Æsa avait coupé court à toutes les tentatives de ses enfants pour savoir ce que leur père voulait. Comme ils n'arrivaient pas à penser à autre chose, la conversation se réduisit au minimum. Elle était trop perturbée pour détendre l'atmosphère. Comme toujours lorsque Karlotta et Daði ne se sentaient pas bien, ils perdaient leur appétit. Elle devait insister pour qu'ils finissent leur assiette. C'étaient des poids plumes quand ils étaient venus au monde, ils n'avaient jamais eu de bonnes joues comme les autres bébés, ils étaient minces par nature. Ils n'avaient aucune réserve et pouvaient difficilement se permettre de sauter un repas. Comme Þorvaldur. En fait ils lui ressemblaient en tous points, comme s'il les avait conçus tout seul. Sauf pour le caractère. Ils étaient gentils et doux et se mettaient rarement en colère. Leur naturel était complètement différent de celui de leur père. Mais peut-être avait-il été un enfant adorable.

— Bonne nuit, dit Æsa sur le seuil de la chambre en tendant la main vers l'interrupteur.

Une veilleuse était posée sur la petite table de chevet entre leurs lits. Elle l'avait équipée d'une ampoule rouge pour qu'ils s'endorment dans une douce lumière. Elle éclairait deux visages qui dépassaient de la couette, deux paires d'yeux grands ouverts qui la fixaient.

— Bonne nuit, maman. C'est juré, on ne montera pas en voiture avec un méchant monsieur, dit Karlotta en souriant faiblement. Ni moi ni Daði.

Æsa répondit à son sourire. Elle s'en voulait un peu de les avoir mis en garde juste avant qu'ils s'endorment. S'ils se réveillaient pendant la nuit au milieu d'un cauchemar elle saurait pourquoi. Mais si sa leçon les incitait à la prudence, ça en valait la peine.

— Il n'y a pas que des méchants messieurs, ma chérie. Il y a aussi des méchantes dames. Vous ne devez pas l'oublier.

Æsa ne jugea pas utile de leur apprendre que les probabilités qu'une femme veuille leur faire du mal étaient beaucoup plus faibles que pour le méchant homme auquel ils pensaient. Mais ils devaient se méfier autant des deux.

— En plus ils n'ont pas toujours l'air méchants.

Les petits visages nimbés de rouge écarquillèrent les yeux.

— Mais ça suffit comme ça pour ce soir. Bonne nuit.

Elle laissa la porte légèrement entrebâillée.

Lorsqu'elle fut certaine que les enfants étaient endormis, elle alla chercher son téléphone et rappela Þorvaldur. Il lui devait une explication. Ce n'était que justice. Mais il ne répondit pas, il voulait sans doute se venger en lui rendant la monnaie de sa pièce. Elle essaya de le joindre plusieurs fois sans succès. Elle alla donc se coucher dans le même état d'incertitude que lorsque Þorvaldur lui avait raccroché au nez.

Elle ne réussirait jamais à s'endormir. Plus elle était fatiguée, plus elle se retournait dans son lit, plus elle était inquiète. Elle se leva à deux reprises pour s'assurer que la fenêtre était bien fermée et que le crochet était bien enfoncé. La deuxième fois elle remarqua une petite voiture qu'elle ne connaissait pas, garée sur une place de parking devant la maison. Elle ne s'y trouvait pas quand elle s'était levée une demi-heure plus tôt. Dans l'obscurité elle paraissait noire ou bleu foncé. C'était le genre de voiture qu'on n'arrive pas à identifier quand on n'y connaît rien. Si elle devait la décrire, elle dirait qu'elle avait quatre roues, quatre portes, un coffre et un capot. Un dessin d'enfant. Mais ce qui renforça son angoisse et ses appréhensions, ce ne fut ni la couleur ni la forme du véhicule, mais la vision d'une silhouette derrière le volant. Elle n'était pas sûre de l'avoir vue réellement. Son imagination comblait les trous. Au moment où elle réussit enfin à s'endormir elle était persuadée que l'ombre surveillait sa fenêtre. Ou pire encore, la fenêtre de Karlotta et Daði.

Lorsqu'elle se réveilla plus tard dans la nuit et regarda pour la troisième fois au-dehors, la voiture avait disparu.

8

Rue Hverfisgata deux individus peu reluisants descendaient les escaliers. Le premier ne payait pas de mine dans sa tenue de soirée défraîchie de la veille. Les vêtements ordinaires du second avaient passé la date limite. Aucun des deux n'était suffisamment couvert pour affronter la nouvelle averse de neige. Dès qu'ils mirent le nez dehors ils se recroquevillèrent l'un comme l'autre dans leurs vestes légères. Huldar, qui avait travaillé pendant quelques années au commissariat, comprit qu'on venait de vider les cellules de leurs occupants de la nuit. Il ne les avait encore jamais vus, mais l'homme au pantalon crasseux avait l'allure d'un habitué. En revanche l'élégant semblait appartenir à la catégorie des noctambules arrêtés un soir d'ivresse mais sans doute récupérables. En tout cas il avait l'air de se soucier de sa dignité. Il vérifiait autour de lui qu'aucune de ses relations n'était témoin de son humiliation. Le premier au contraire n'en avait cure. Il s'arrêta même sur les marches pour attraper une cigarette dans sa poche et l'allumer.

Puis ils disparurent dans le blizzard.

Huldar éteignit sa cigarette et se précipita à l'intérieur. Il n'eut pas besoin de demander son chemin au gardien qui se tenait dans l'entrée, il hocha seulement la tête dans sa direction et s'enfonça dans le bâtiment. Celui qu'il venait voir, Guðmundur Lárusson, occupait toujours le même bureau qu'à ses débuts dans la police. Il y resterait jusqu'à sa retraite, qui approchait à grands pas. Huldar frappa poliment contre la porte ouverte.

— Je ne te dérange pas ?

Il eut un choc lorsque Guðmundur leva les yeux. Il avait vieilli. Sous ses fins cheveux blancs le cuir chevelu reluisait, parsemé de taches brunes, comme son visage. Ses sourcils sombres, qui jadis donnaient du relief à son visage, avaient perdu toute couleur. Il ne lui restait que quelques poils blancs clairsemés.

— Bien sûr que non, Huldar ! Allez, entre ! dit l'homme en se renversant sur son siège et en jetant son stylo sur son bureau.

— Tu rajeunis de jour en jour, dit Huldar en souriant.

Il s'assit face à son ancien supérieur.

— Arrête de déconner. Je n'en dirai pas autant de toi. Ils te traitent si mal que ça dans la police d'État ?

— Oui, c'est terrifiant, répondit Huldar, toujours souriant. On va finir par avoir le même âge.

Guðmundur soupira.

— C'est une visite de courtoisie ? Tu veux une tasse de café ou tu viens pour une enquête ? Parce que si c'est ça, ce n'est pas la peine de compter sur moi.

— Je viens pour une enquête. Il y a des années que je n'ai pas remis les pieds ici mais je n'ai pas oublié que le café est infect. Ne t'en fais pas pour ça.

— J'ai des tas de soucis, mais si tu ne veux pas de mon

café, ça ne me fait ni chaud ni froid, déclara Guðmundur. – Il croisa les mains sous la nuque et se cala dans son fauteuil. – Bon ! Qu'est-ce que je peux faire pour toi ?

— C'est bien ça le problème, répondit Huldar, qui hésitait à raconter son histoire de cylindre temporel.

Finalement il se décida à lui expliquer pourquoi la police avait jugé bon d'ouvrir une enquête. Plus il avançait dans son récit, plus Guðmundur levait les sourcils et écarquillait les yeux. Pourquoi faisait-il cette tête-là ? Parce qu'il l'intéressait de plus en plus ou au contraire parce qu'il était stupéfait de la débilité des dossiers qu'on lui confiait ? Dans le doute il espérait que la bonne explication n'était pas la seconde.

— Le casier judiciaire de Þröstur est vierge, mais je suis à peu près sûr qu'il est connu de la police pour des faits datant d'avant sa majorité pénale. C'était en 2000, il n'avait que huit ans. Il y a de quoi être surpris, mais c'est très probable si on se fie à la base centrale de données LÖKE. Le problème, c'est que je ne peux pas accéder aux fichiers, mais ça doit être le même garçon. À l'époque il portait le nom de son père, alors que maintenant il porte celui de sa mère. En tout cas le numéro d'identification sociale est identique. C'est la première fois que je tombe sur un cas semblable. Comme il était mineur, j'ai besoin d'une autorisation spéciale pour consulter les documents à son sujet. Je vais devoir remplir tout un tas de formulaires, ça va être compliqué. Si tu acceptais de regarder son dossier dans LÖKE à ma place, ça m'éviterait toutes ces formalités inutiles. Moi, je n'ai pas accès aux fichiers mais toi si, en tant que chef.

Le service qu'il lui demandait n'allait pas de soi. Des policiers soupçonnés d'avoir consulté les fichiers de la Direction centrale de la police sans raison valable avaient déjà été livrés à la justice. Ils avaient finalement été disculpés, mais depuis leur procès leurs collègues hésitaient à ouvrir certains fichiers, sauf en cas d'urgence.

— Tu aurais pu le faire toi-même si tu n'avais pas perdu ta place.

— Je sais bien mais c'est comme ça et je ne m'en porte pas plus mal. Il faut vraiment un cas comme celui-là pour que je regrette mon ancien poste. Enfin, seulement un petit peu, expliqua Huldar.

Il espérait que Guðmundur le croyait. Son vieux collègue haussa les épaules.

— Je ne voudrais pas te vexer, mais j'ai été très surpris quand j'ai appris que tu avais été promu. Je l'ai été beaucoup moins quand tu as été rétrogradé quelque temps plus tard. Mais jamais je n'aurais imaginé que tu tiendrais aussi peu de temps. Tu as battu le record d'Islande. Ça ne t'a pas échappé, j'espère ? Tu es même le champion d'Europe ! Non, du monde ! Bravo ! – Sur son visage fatigué, son sourire disparut subitement. – Ce qui m'a le plus écœuré, c'est quand j'ai vu tous ces vieux salopards se frotter les mains, ici. Tu avais travaillé à leurs côtés à une époque. Mais moi, je peux te garantir que ça ne m'a pas amusé du tout.

— Ça ne me serait jamais venu à l'idée.

Son ancien collègue n'avait pas besoin de lui citer les noms des policiers qui s'étaient réjouis de son sort. Huldar savait qu'à défaut d'être un bon chef il connaissait bien les hommes.

— Mais ça te dirait de jeter un œil sur ces documents pour moi ?

Guðmundur se tut, pencha la tête et se mit à réfléchir.

— Tu sais que toutes les consultations sont répertoriées ? Qu'est-ce que je répondrai si jamais on me demande pour quels motifs j'ai regardé des documents aussi anciens ?

— Dis simplement ce qu'il en est. Que je t'ai demandé de m'aider dans une affaire qui m'a été confiée. Qu'on est tellement occupés en ce moment qu'aucun de mes supérieurs n'a une minute à me consacrer. C'est la pure vérité. Sauf que je ne me suis pas donné la peine de le leur demander, ça n'aurait servi à rien.

— Ils sont débordés à cause de cette histoire de mains ?

— Oui, fit Huldar en se redressant sur son inconfortable siège.

Gudmundur ne réclamerait jamais de nouveaux meubles de bureau, ça ne lui ressemblait pas. Il ne portait pas non plus la nouvelle chemise de police qui avait été distribuée récemment.

— Tout le monde est au courant ?

— On ne parle que de ça à la cafétéria.

— Il fallait s'y attendre, dit Huldar en soupirant.

Les médias n'allaient pas tarder à s'y intéresser à leur tour. Ce serait à la fois un bien et un mal. Un mal pour Erla, qui passerait pour une enquêtrice incompétente, sauf si le mystère était éclairci au plus vite. Un bien parce que la police pourrait par leur intermédiaire recueillir des renseignements sur le propriétaire des mains. Il serait utile en tout cas de publier une annonce invitant la population à prendre contact avec la police en cas de disparition.

— Comme cette affaire alimente toutes les conversations, il y a peu de chances que quelqu'un ait des doutes sur le niveau de pression qu'on subit en ce moment. Ça suffira pour te justifier, si tu acceptes de me rendre ce service.

— Il faut bien qu'on se serre les coudes ! On ne va pas rester seuls contre tous ! – Gudmundur eut un petit rire désenchanté. – Ça ne nuira à personne. Mais je n'imprimerai rien. Tu liras tout directement sur l'écran.

Huldar accepta. Il lui dicta le numéro d'identification sociale de Þröstur. Il le regarda taper soigneusement tous les chiffres. Le nom apparut sur l'écran mais il n'était accompagné d'aucun fichier, d'aucune information exploitable. À la place il lut “aucun accès” comme lorsqu'il avait essayé lui-même.

— Essaie encore.

Gudmundur obtint le même résultat. Huldar s'étira, déçu.

— J'ai obtenu exactement la même chose quand j'ai cherché avant toi.

— Bizarre. C'est la première fois que je vois ça. Est-ce que tu as regardé aussi dans vos archives internes ?

Dans ces archives la police compilait les informations qu'elle avait recueillies sur l'ensemble des affaires qui étaient passées entre ses mains. Certains estimaient que cette base n'était pas fiable, parce que rien n'était prévu pour répondre au caractère particulièrement sensible des données dont on l'alimentait. À la différence de LÖKE, leur enregistrement ne nécessitait aucune procédure écrite et les consultations n'étaient pas répertoriées. En somme c'était le hasard qui déterminait le choix des données qui étaient enregistrées quand une enquête était terminée. On trouvait dans ce fonds non seulement l'identité des coupables, mais aussi celle des témoins et de toutes les parties prenantes. Rien n'était détruit. Plus de trois cent mille individus étaient enregistrés dans cette base, parmi lesquels de nombreuses personnes décédées.

Mais Huldar avait vainement cherché le nom de Þröstur dans cette banque de données.

— Non, je n'ai rien trouvé. Il n'est peut-être pas dans le système, après tout.

L'intuition de Freyja l'avait-elle trompée, pour une fois ? Elle lui avait dit que le casier judiciaire du jeune homme devait mériter le détour.

— Ça ne colle pas, ajouta-t-il. On aurait dû lire "non inscrit". On dirait qu'il est bien passé entre nos mains mais qu'il y a eu un bug au moment de l'enregistrement. C'est peut-être arrivé quand les données ont été synchronisées. Elles ont été mises à jour plusieurs fois depuis que Þröstur est majeur.

— C'est ce que tu penses ? Qu'elles auraient purement et simplement disparu ? répliqua Gudmundur.

Il fit la grimace et effectua une nouvelle recherche en utilisant seulement le nom de Þröstur, mais le résultat fut le même.

— Peut-être qu'on trouverait quelque chose dans les archives papier ? poursuivit-il. Il faudrait que tu ailles voir de ce côté-là. Mais il faut d'abord que tu remplisses le formulaire d'usage. Ici personne n'est assez haut placé pour avoir accès librement à ces archives et fouiller dedans. En tout cas, moi, je n'y suis pas autorisé. – Il se renversa sur son siège et fronça les sourcils, ce qui lui redonna un coup de jeune. – C'est quand même étonnant. C'est à se demander si ces dossiers n'auraient pas été supprimés volontairement.

— Qui aurait intérêt à faire ça ?

— Aucune idée. Le nom de ce garçon ne me rappelle rien. Si sa réputation n'était plus à faire je m'en souviendrais. S'il avait été impliqué dans une histoire délicate nécessitant que son identité reste secrète, je connaîtrais son nom. Toi aussi d'ailleurs. Mais il ne me dit rien du tout.

— À moi non plus.

Huldar se passa une main dans les cheveux, il était urgent qu'il aille chez le coiffeur. Il allait s'y précipiter pour échapper aux reproches d'Erla et de ses supérieurs. Elle en serait soulagée autant que lui.

— Il va donc falloir que je demande à consulter les documents moi-même.

— Oui, mais tu sais aussi bien que moi que ça va prendre du temps. Aux archives, c'est tous des attardés mentaux, dit Gudmundur en fermant la banque de données. À ta place j'irais directement trouver le gamin chez lui. Je m'arrangerais pour lui poser des questions qui l'amènent à parler de son passé. Tu auras tes réponses avant d'avoir récupéré les documents.

Huldar acquiesça. Il aurait préféré en savoir plus sur le jeune homme avant de le rencontrer, mais il n'avait plus le choix.

— Merci de ton aide.

— J'aurais préféré t'être plus utile. Malheureusement c'est de plus en plus souvent comme ça, regretta Gudmundur en reprenant son stylo. – Il retourna au formulaire posé devant lui. – Tiens-moi au courant, ajouta-t-il sans lever les yeux. C'est rare ces temps-ci que je voie arriver des dossiers intéressants sur mon bureau.

Huldar promit, prit congé et s'en alla. Tout n'était pas perdu. Freyja avait peut-être trouvé des documents dans les archives des autorités de la Protection de l'enfance.

Le délabrement de la maison lui rappelait la tanière de Freyja, mais Huldar n'en souffla mot. Elle-même ne semblait pas avoir fait le rapprochement. Il ne se serait jamais douté qu'elle était aussi mal logée. En tout cas elle ne donnait pas l'impression de souffrir de ce dénuement. Sur ses cheveux blonds relevés en queue de cheval les flocons de neige scintillaient comme si elle s'était saupoudrée de paillettes avant de quitter son appartement. Ses vêtements avaient l'air de sortir tout droit du pressing, ils étaient dépourvus de poils de chien et ils lui allaient très bien. Tellement bien que Huldar évitait de s'attarder trop ostensiblement sur sa silhouette. Il savait qu'elle le prendrait mal. Ses tentatives de rapprochement sur Tinder avaient échoué si lamentablement qu'elle avait supprimé son compte. Il n'avait posé aucune question et elle n'y avait pas fait allusion non plus. Il valait mieux éviter d'y revenir. Il se contentait de se réjouir qu'elle ait accepté de l'accompagner chez Þröstur. Et surtout qu'elle ait accepté aussi vite. Elle ne lui avait pas proposé de repousser la visite, même pas au lendemain. Au contraire elle était impatiente de faire la connaissance du jeune homme. Il lui avait détaillé tout ce qu'il savait sur sa disparition dans les bases de données. Elle n'avait exprimé aucune surprise car, comme elle le lui apprit ensuite, le dossier de Þröstur avait également disparu du système informatique des autorités de la Protection de l'enfance.

Gudmundur avait vu juste, cette enquête prenait une tournure singulière.

— Il vit avec sa mère et sa sœur ? demanda Freyja, dont le regard parcourut les deux étages de la maison.

Elle n'attendait pas de réponse, il lui avait dit ce qu'il savait des conditions de vie de Þröstur. Au téléphone le jeune homme n'avait manifesté aucun empressement. Il avait fini par accepter leur visite mais bizarrement il n'en avait pas demandé le motif. Il avait tenu à leur annoncer que ni sa mère ni sa sœur ne seraient à la maison. Pour les voir il fallait passer au moment du dîner. Huldar espérait découvrir plus tard pourquoi le jeune homme avait fait cette observation.

— Les pauvres, ça ne doit pas aller fort, dit Freyja en se tournant vers Huldar. Je ne comprends pas pourquoi il n'est pas venu au commissariat. En tout cas, moi, à sa place, j'aurais préféré.

Huldar eut un sourire gêné. Visiblement elle ne réalisait pas à quel point cette maison ressemblait à la sienne.

— Il a dit qu'il n'avait pas de voiture. Il n'a sans doute pas envie de prendre le bus avec cette neige.

— Mais il ne neige plus, objecta-t-elle en levant les yeux vers le ciel plombé.

Huldar ne répondit pas. Il se dirigea vers les sonnettes des appartements et chercha celle de la famille de Þröstur. Les petites plaques de laiton et les boutons noirs dataient des années soixante. Pourvu qu'ils marchent encore, se dit Huldar. Þröstur n'avait peut-être jamais eu l'intention de les recevoir. La plupart des sonnettes n'étaient pas renseignées mais sur une petite étiquette jaunie figuraient les noms de Þröstur, de sa sœur Sigrún et de sa mère Agnes. Huldar appuya deux fois. Après un temps d'attente, il allait pousser de nouveau le bouton lorsqu'il entendit la porte grésiller.

Ils ne furent pas surpris en découvrant le lino racorni et les murs douteux de l'entrée et de l'escalier. Une odeur de pipi de chat flottait dans l'air, de plus en plus entêtante à mesure qu'ils montaient les marches. Heureusement elle disparut lorsque Þröstur leur ouvrit la porte, au deuxième étage.

Sur le seuil le jeune homme se dispensa des présentations et des politesses d'usage.

— Je dois sortir, alors vous ferez vite, annonça-t-il sans agressivité mais sans ménagement. Je partirai dans un quart d'heure. Vous n'aurez pas une seconde de plus.

Sur le dessus de sa main, celle qui tenait la poignée de la porte, figurait un tatouage de lettres gothiques noires que Huldar ne parvint pas à déchiffrer à l'envers. C'était probablement un texte latin. Quelque antique citation dont l'illustre auteur n'avait pas prévu qu'elle ornerait une peau islandaise deux mille ans plus tard. Lorsque Þröstur les fit entrer, Huldar constata que l'autre main était identique, assortie avec l'ensemble du look filiforme du jeune homme : un jean noir très étroit qui soulignait sa maigreur, un pull orné d'un symbole anarchiste, un tunnel dans le lobe des oreilles, un piercing dans une narine et un anneau au milieu du nez. Il avait dû arranger lui-même ses mèches noires collées sur son crâne avec du gel. La frange qui tombait sur son front lui cachait un œil. L'expérience avait appris à Huldar, qui avait déjà observé différentes versions de cette mode, que c'était le moyen pour les petits gabarits d'accéder à la catégorie des supermans.

Huldar jugea inutile de lui tendre une main qu'il n'aurait pas saisie.

— Je m'appelle Huldar. Voici Freyja. Nous tâcherons de faire vite.

Þröstur les précéda dans l'appartement. Il ne leur proposa pas de quitter leur manteau. Après avoir échangé un regard, Freyja et Huldar ôtèrent leurs chaussures malgré la patine douteuse du carrelage. Ils devraient changer de chaussettes sitôt rentrés chez eux. Sur le chemin du salon, la moquette à motifs, dont la trame claire était apparente, paraissait aussi vieille que la maison. Mais à y regarder de plus près on voyait qu'elle était entretenue et fraîchement aspirée. Sur leur passage les étagères bon marché et le buffet usé avaient été récemment époussetés. La mère ou la sœur de Þröstur devaient se charger des tâches ménagères. Ni le plumeau ni l'aspirateur ne faisaient partie de la panoplie du punk.

— Ça ne vaut pas le coup, mais vous pouvez quand même vous asseoir là, dit Þröstur.

Il dégagea le canapé qui faisait face à un gigantesque écran plat. Il jeta ses affaires en tas sur le sol et prit place dans le fauteuil.

— Je sais pourquoi vous êtes là. Mais ce n'est pas la peine de vous faire des idées. Si vous voulez m'empêcher de faire des conneries, comment vous comptez vous y prendre ? Vous ne pourrez rien faire.

Huldar s'assit en réfléchissant à sa réponse. Il n'avait pas prévu que Þröstur se souviendrait de sa vieille lettre sans qu'il ait besoin de lui en parler. Peut-être que le directeur ou la secrétaire de l'école avait croisé le jeune homme dans la rue et l'avait interrogé. Impossible qu'il ait mémorisé la date d'exhumation du cylindre temporel. Sauf s'il était rongé par le regret et les remords depuis toutes ces années. Il avait déjà vu ça. Pour se soulager la conscience il arrivait que d'anciens témoins avouent avoir menti très longtemps après s'être parjurés.

— On souhaitait seulement vous demander ce qui vous avait pris. On voudrait aussi que vous nous disiez qui sont les gens que vous avez mis dans votre lettre.

— Ma lettre ? répéta Þröstur, l'air stupéfait. Putain, de quoi vous parlez ?

— De la lettre que vous avez écrite il y a dix ans. Une lettre déposée dans un cylindre temporel qui a été déterré récemment. Une lettre avec les initiales des personnes qui devaient être assassinées cette année.

— Je… Þröstur se tut, ouvrit la bouche comme pour ajouter quelque chose puis la referma aussitôt.

Freyja s'éclaircit la gorge et regarda Huldar avant de prendre la parole.

— Nous savons bien que vous avez écrit ça sous le coup de la colère il y a toutes ces années. C'est sans conséquence aujourd'hui. Je suis psychologue pour enfants. Les enfants disent, écrivent ou font toutes sortes de choses qui…

Elle ne put aller plus loin.

Þröstur agrippait les accoudoirs du fauteuil avec une telle vigueur que les jointures de ses doigts avaient blanchi, faisant ressortir le tatouage noir qui couvrait le dos de ses mains. Huldar crut reconnaître sur la main gauche le mot *"ultio"* et *"dulcis"* sur la main droite. Ça ne lui disait rien.

— Psychologue pour enfants ? Vous êtes de la Protection de l'enfance ?

Il bavait de rage et postillonnait dans toutes les directions. Face à cet assaut Freyja resta imperturbable. Mais elle en avait sûrement déjà vu d'autres.

— Je travaille à la Maison des enfants, qui dépend du bureau de la Protection de l'enfance. C'est exact. Je ne suis pas ici à ce titre, mais pour assister la police.

Þröstur n'en fut pas calmé pour autant.

— Dehors ! Je n'ai rien à vous dire, hurla-t-il en pointant ses longs doigts maigres dans la direction de Freyja. Vous… Tous les psychologues et tous les tarés de la Protection de l'enfance, vous n'êtes qu'une bande de connards de merde. Je ne sais pas ce qui me retient de vous couper la tête, tous autant que vous êtes, et de vous pisser dans la gorge !

Huldar bondit sur ses jambes.

— Viens Freyja. – Il se tourna vers le jeune enragé. – Un mot de plus et je vous boucle. Vous avez envie de passer la nuit au poste ? ajouta-t-il d'une voix calme mais ferme.

Þröstur souffla fortement par les narines.

— Foutez le camp. Je n'ai rien à vous dire.

Huldar jugea inutile de tenter de le calmer et de reprendre la conversation. Il le convoquerait pour un nouvel entretien, cette fois dans les locaux de la police. Il fit signe à Freyja de quitter le salon et il la suivit. Comme la colère de Þröstur était dirigée contre elle et ce qu'elle représentait, il fallait les séparer. Le malingre garçon était maintenant derrière lui, mais il ne redoutait pas les coups de poing ou de pied qu'il pourrait avoir envie de lui balancer. En revanche sa furie était telle qu'il le croyait capable de sortir un couteau… Si ton épée est courte, avance d'un pas. Les mots latins signifiaient peut-être quelque chose dans ce genre-là. En tout cas il avait désormais de bonnes raisons de prendre au sérieux la lettre de menaces.

Ce fut seulement dans l'entrée, quand Freyja eut remis ses chaussures, qu'il put enfin respirer. En franchissant le seuil il se retourna pour bloquer d'une main la porte que Þröstur allait claquer sur eux. Il prit soin de lui poser sa question le plus posément possible.

— Pourquoi sommes-nous venus vous voir, selon vous ?

Þröstur poussa la porte mais Huldar était plus grand, plus fort et plus lourd.

— Je répète ma question : quelle est la raison de notre visite, selon vous ?

— J'ai été assez con pour croire que la police s'inquiétait de notre sort, maintenant qu'il est sorti de tôle, cracha-t-il, rouge de fureur. J'aurais dû me douter que vous vous en foutiez.

Huldar, qui cherchait sa réponse, relâcha sa pression. Þröstur en profita pour projeter de toutes ses forces son maigre corps contre la porte, qu'il claqua au nez du policier.

Mais merde, qu'est-ce qu'il a voulu dire ? Qui c'est, ce "il" ?

Le téléphone sonna dans sa poche. C'était le numéro du standard du commissariat, rue Hverfisgata.

— Allô, c'est Gudmundur. Je voulais t'avertir. Il y a du nouveau à propos du Þröstur dont on a parlé tout à l'heure. Je viens de recevoir un coup de fil. On m'a demandé pourquoi je m'intéresse à lui. Ils n'ont pas perdu de temps. Alors à ta place je n'irais pas crier sur les toits que j'ai l'intention d'aller le voir. Et fais attention si tu y vas. Ne me demande pas pourquoi ils prennent des gants avec lui. Mais ça ne doit pas être joli joli.

— Merci de m'avoir prévenu, mais je suis devant sa porte. Il nous a jetés dehors quelques minutes après qu'on est entrés. Je crois que tu avais raison, il se passe des choses bizarres. Je te rappelle plus tard.

Ils prirent congé. Huldar rangea le téléphone dans sa poche. Il resta quelques instants les yeux posés sur la peinture écaillée de la porte de l'appartement. Puis il se mit à courir, avec Freyja sur ses talons.

Mais que diable se passait-il ?

9

Freyja et son frère Baldur n'avaient pas eu une enfance ordinaire. Ils avaient d'abord été élevés par leur mère, une jeune femme qui n'était pas à la hauteur de sa tâche. Elle arrivait difficilement à concilier ses deux principaux centres d'intérêt, ses enfants et les plaisirs d'une vie facile. Des plaisirs qui lui avaient été fatals. On les avait confiés tous les deux à leurs grands-parents, qui avaient été incapables de faire face à la situation. Ces deux retraités étroits d'esprit et de cœur n'étaient pas les mieux placés pour accueillir deux enfants du jour au lendemain. Quant à leurs pères, de typiques papas du week-end, ils avaient fait de leur mieux pour assumer leurs responsabilités, mais leur sens du devoir ne pouvait rivaliser avec la gratuité de l'amour. Après la mort de leur mère plus personne ne leur en avait donné. En dehors de celui qu'ils éprouvaient l'un pour l'autre.

Ils avaient grandi chacun à leur manière. Baldur était devenu un garçon insouciant peu respectueux des lois et règlements, tandis que Freyja s'était acharnée à faire ses preuves sans jamais se laisser distraire. La recette était la même, mais c'étaient deux gâteaux différents qui étaient sortis du four. Le fait qu'ils ne soient pas nés du même père y était sûrement pour quelque chose, mais Freyja pensait que ce n'était pas la seule explication. Les humains étaient le double produit de leurs gènes et de leur environnement, mais la part de l'un et de l'autre dépendait largement du hasard. En tout cas ils se distinguaient tous deux des jeunes de leur âge par leur acharnement et leur courage face aux aléas de l'existence.

L'état dans lequel elle se trouvait la déstabilisait d'autant plus. Depuis leur visite chez Þröstur elle était toujours sous le coup de l'accueil qu'il leur avait infligé, à Huldar et à elle. Bien que ses capacités d'endurance aient déjà été soumises à rude épreuve par le passé, elle n'avait jamais été confrontée à une telle violence. Elle avait cru voir arriver le moment où Þröstur, après avoir craché sa colère, allait en venir aux coups de poing et aux coups de pied. Son cœur battait plus fort qu'à l'accoutumée. Elle manquait d'air dans le petit bureau malgré la fenêtre grande ouverte. La bise glacée agitait comme de petits drapeaux les post-it collés sur l'écran.

Elle avait envie d'un verre. Quelque chose de fort.

Le coup de sang de Þröstur avait claqué comme un éclair dans un ciel bleu. Quand il avait explosé, ils venaient juste de s'asseoir. Elle avait à peine eu le temps de prononcer une phrase. Avant d'exercer son métier de psychologue à la Maison des enfants, elle avait assisté à une série d'entretiens au cours desquels des adolescents difficiles avaient perdu tout contrôle d'eux-mêmes. Mais ils donnaient toujours des signes avant-coureurs, ils respiraient plus vite, ils rougissaient, ils haussaient la voix et s'agitaient sur leur siège. Elle s'était donc habituée à se préparer. Þröstur ne lui en avait pas laissé le temps. Il avait explosé comme si on avait appuyé sur un bouton. Le type de personnalité que le jeune homme avait révélé imposait de prendre sa lettre au sérieux, c'était évident. Même s'il était difficilement concevable qu'il traque et tue les gens qu'il avait désignés sur une liste vieille de dix ans, il semblait réellement capable de tout, pourvu que les circonstances s'y prêtent. En tout cas le "il" dont Þröstur avait parlé ferait bien de se tenir sur ses gardes.

Avant de la quitter Huldar lui avait dit qu'il allait chercher à découvrir l'identité de cet homme. Il la tiendrait au courant dès qu'il aurait du nouveau. Freyja jetait des coups d'œil sur son téléphone plus souvent que nécessaire. Elle avait déjà vérifié par deux fois que la sonnerie n'était pas réglée sur le mode silencieux. Elle peinait à se concentrer sur la relecture de la partie qu'elle avait rédigée pour le rapport annuel de la Maison des enfants. Elle perdait le fil régulièrement au beau milieu d'une phrase. Sa pensée la ramenait malgré elle vers le jeune homme à la lettre. Sa collègue Sólveig n'avait pas déposé la procuration sur son bureau. Quand elle était passée la voir la pièce était vide et les lumières éteintes. Freyja jugeait inutile de demander au directeur de l'école qu'il lui communique la note succincte dont il disposait. Elle n'avait pas avancé concernant Þröstur et elle en était si affectée qu'elle ne pouvait songer à rien d'autre.

Si elle continuait ainsi, la nuit la surprendrait devant son ordinateur. Elle devait remettre le rapport le lendemain et elle avait tout intérêt à tenir le délai. Elle était suffisamment mal vue depuis quelque temps pour ne pas en rajouter en rendant son travail en retard. Par-dessus le marché, dans son appartement, Mollý attendait impatiemment son repas et sa promenade. Si Freyja tardait trop, la chienne était capable de dévorer le deuxième accoudoir du canapé. Elle avait englouti le premier l'automne précédent, la dernière fois que Freyja avait passé sa soirée au travail.

Elle soupira en pensant à Mollý. Ce n'était pas la vie dont elle rêvait quand elle était enfant. Une vie sans rapports à rendre, sans reproches au travail ni problèmes de concentration. Certes dans ses rêves d'enfant flottait l'image d'un chien, mais il était tout blanc et tout mignon. Ce n'était pas cette bête au pelage taché de brun, le produit de croisements destinés à la rendre terrifiante.

Le téléphone sonna, Freyja chercha si fébrilement à s'en saisir qu'elle manqua de le faire tomber par terre.

— Allô ?

— Est-ce que tu connais un certain Jón Jónsson ? demanda Huldar, allant droit au but.

— Jón Jónsson ? Tu plaisantes ? Je ne crois pas qu'il existe un nom plus répandu que celui-là !

— C'est sûr.

— Je connais plusieurs Jón. Si j'ajoute ceux qui ont un deuxième prénom, je peux en citer quelques autres en plus. Mais j'ai oublié le nom de leurs pères. Il y en a sûrement qui sont fils de Jón.

Freyja fit un effort de mémoire pour se rappeler le patronyme des Jón qui lui venaient à l'esprit, mais elle ne se souvenait que de celui d'un cousin : Arnarson.

— Je ne parle pas de tes connaissances à titre personnel. Est-ce que dans le cadre de ton travail tu aurais entendu parler d'un Jón Jónsson ?

— Hein ? fit-elle, surprise. Non, je ne vois pas, hasarda-t-elle, mais un flash la traversa.

Envolée, son envie de boire un verre. Elle fut saisie de frissons.

— Tu veux dire…

— Oui, coupa Huldar. Il a été libéré de prison il y a à peine une semaine. – Elle entendit comme un craquement dans le combiné, c'était Huldar qui soupirait. – C'est le père de Þröstur, ajouta-t-il.

— Hein ? répéta Freyja, abasourdie, incapable d'exprimer quoi que ce soit de sensé.

Le Jón Jónsson en question était un pédophile. Un pédophile de la pire espèce. Il n'avait pas seulement sur la conscience d'avoir abusé d'une petite fille, en plus il l'avait assassinée. Ça ne devait pas être facile de grandir quand on était le fils d'un individu pareil. Il n'était pas surprenant que Þröstur ait changé de nom.

— Est-ce que toi-même, tu as eu connaissance de cette affaire ?

— Non. C'était avant que je commence à travailler. Je faisais encore mes études. – Elle se tut un instant. – Il est vraiment libre ? Je croyais qu'il avait été condamné à seize ans de prison ?

— Oui. Mais le temps passe. Il a purgé les deux tiers de sa peine. Un peu plus pour être précis. Douze ans et quelques mois. Et il a bénéficié d'une libération conditionnelle.

— Conditionnelle ? Freyja baissa les paupières et se

frotta les yeux, elle essayait de réprimer la colère qui montait en elle.

Cette libération conditionnelle avait été refusée à son frère, qui avait effectué la moitié de sa peine, au prétexte qu'il devait en purger les deux tiers. Comme cette ordure. Pourtant les préjudices qu'il avait causés ne portaient que sur des biens matériels. Rien de comparable avec les conséquences dramatiques du meurtre d'un enfant.

— Oui, c'est le système. Il a dû bien se conduire en prison.

Freyja souffla d'indignation.

— Il a violé et tué un enfant. Qu'est-ce que ça peut bien faire la manière dont il s'est conduit après son arrestation ?

— On ne m'a pas demandé mon avis, tu peux me croire, dit Huldar d'un ton las. Mais Þröstur a cru que notre visite avait pour but de les avertir. Il a pensé qu'on voulait discuter de la stratégie à adopter si son père cherchait à les revoir. C'est pour ça qu'il a pété les plombs, enfin c'est ce que je suppose, quand il a compris qu'on n'était pas venus pour ça.

— Ça se passe toujours comme ça, dans ce genre de situation ? demanda Freyja en faisant glisser le téléphone dans sa main gauche.

Elle voulait se rafraîchir la mémoire au sujet de ce Jón Jónsson. Elle devait consulter les archives sans attendre la fin de la communication.

— Non. Quand les détenus sont relâchés, ce sont les affaires pénitentiaires qui prennent la relève. En cas de liberté conditionnelle ils sont mis sous surveillance. Mais à ma connaissance rien n'est prévu pour les familles, sauf si elles se manifestent.

— Quoi ? La police ne les surveille pas ? protesta-t-elle tandis qu'elle tapait le nom de Jón Jónsson. La probabilité de récidive est énorme, ne me dis pas que la police l'ignore ! Il n'existe aucun traitement capable de modifier leur libido. Seulement des solutions plus ou moins efficaces pour les aider à contrôler leurs pulsions. Ces traitements ne sont pas proposés dans le pays.

La liste des Jón Jónsson qui surgit sur l'écran était interminable. Des pages et des pages. Les premiers n'avaient rien à voir avec celui qu'ils cherchaient. Ça devait faire longtemps qu'on ne parlait plus de lui. Elle ajouta l'année 2004 et lança une nouvelle recherche.

— Je ne suis pas un spécialiste de ce genre d'affaires, contrairement à toi, répondit Huldar. Il serait plus logique que ce soient les psychologues qui prennent en charge leur suivi quand ils sont relâchés. Leur logement, tout ça. C'est votre domaine après tout. Enfin, je veux dire, les conséquences, les victimes, se hâta-t-il de corriger.

— On ne nous tient au courant de rien. Sinon je le saurais, tu peux me croire.

Sur l'écran figuraient des séries de liens. L'un d'eux redirigeait vers la page d'un hebdomadaire qui avait cessé de paraître. Il attira l'attention de Freyja. L'article était ancien mais il avait déclenché un tel tollé qu'elle s'en souvenait parfaitement. À l'époque tout le monde avait pensé que la publication de l'interview n'était qu'une tentative désespérée de la rédaction pour sauver le journal. D'ailleurs, malgré le concert des protestations, tous les exemplaires du numéro avaient été vendus. Pourtant il n'y avait pas eu de miracle, l'article n'avait repoussé que de quelques semaines une faillite inévitable. Freyja cliqua sur le lien.

— Que va-t-il se passer maintenant ? On devrait peut-être essayer de revoir Þröstur ? Ce qu'on vient d'apprendre nous renseigne sur son état psychologique quand il a écrit sa lettre. Ça faisait seulement deux ans que le meurtre avait été commis. Il ne pouvait pas surmonter un tel traumatisme en si peu de temps.

— Pas de nouvelle visite jusqu'à nouvel ordre. Malheureusement.

Une photo de Jón Jónsson apparut sur l'écran. Freyja reconnut aussitôt la cellule de visite de la prison de Litla-Hraun dans laquelle il était assis. Il regardait au-dehors par l'étroite fenêtre, avec l'expression d'un homme accablé par les malheurs du monde. Pourtant, ce qui l'avait frappée à l'époque dans cette interview, c'était que les regrets ne l'étouffaient pas. Quant à sa pose sur la photo, elle l'avait trouvée inepte. Elle n'osait pas imaginer la réaction des parents de la fillette à la lecture de l'article. La réponse de Huldar la sortit de ses réflexions.

— Il n'y aura pas d'autre entretien avec Þröstur ? C'est bien ce que tu as dit ? Et la lettre ? Tu ne crois pas qu'il faudrait la regarder de plus près ?

— Non. On m'a demandé de la mettre de côté. On a besoin de moi pour une enquête urgente. On verra plus tard, quand on aura terminé.

Impossible de deviner au téléphone ce que Huldar pensait de cette décision. La police devait être confrontée à des affaires plus importantes que celle de la lettre du cylindre temporel. Des affaires à la fois plus exigeantes et plus intéressantes.

— Je comprends.

Freyja examinait le profil de Jón Jónsson sur l'écran. L'article était scanné et la photo était pixellisée, mais on distinguait bien les traits du visage. Immonde, c'était le mot. Freyja quitta l'écran des yeux pour se concentrer sur sa conversation téléphonique.

— Tu veux dire qu'on n'ira pas plus loin ?

— Non. Pas pour le moment en tout cas. Je te rappellerai quand ça sera plus calme. Justement… – Huldar avait l'air d'hésiter. – Je me demandais si tu étais occupée ce week…

Elle l'arrêta en plein vol.

— Tu me rappelleras si tu reprends l'enquête.

Elle raccrocha sans lui laisser le temps d'essayer de l'inviter. Elle avait prévu de sortir le week-end suivant, mais pas avec lui. C'était net et sans bavure. Pour ne pas se laisser dominer par sa mauvaise conscience, qui lui reprochait déjà sa réponse expéditive à Huldar, elle se plongea dans la lecture de l'article. Même si la police oubliait la lettre dans un tiroir, ce n'était pas une raison pour qu'elle en fasse autant. La lecture du journal allait l'aider à dégourdir son cerveau. Comme ça, elle pourrait terminer la relecture du rapport d'activité de la Maison des enfants.

Tout lui revenait en mémoire. Au fil de sa lecture son écœurement grandissait. D'après Jón rien de ce qui était arrivé n'était sa faute. Il étalait son passé d'ivrogne pour prévenir son lecteur contre les dangers de l'alcool. Elle ne put s'empêcher de sourire. L'alcool avait bon dos, il ne métamorphosait pas ses consommateurs en délinquants sexuels, encore moins en prédateurs d'enfants. Mais Jón estimait que tout le mal venait de là. C'était sous le coup de l'ivresse qu'il avait fait ce qu'il avait fait en ce jour fatal. L'alcool avait pris possession de lui. Il n'avait jamais commis un tel acte avant et il ne le referait jamais plus. Il n'avait gardé aucun souvenir de l'événement. Il n'allait pas jusqu'à se déclarer innocent, mais il s'en fallait de peu. Il aurait certainement joué cette carte si les preuves contre lui n'avaient pas été aussi accablantes. À l'époque sa culpabilité n'avait fait aucun doute. L'analyse des prélèvements était sans appel : son ADN découvert dans le vagin de la fillette, les empreintes digitales qu'il avait laissées sur son cou et autour de sa bouche après l'avoir étouffée ou étranglée. Freyja avait oublié le mode opératoire, mais il n'avait pas joué un rôle déterminant.

En prison il avait suivi une cure de désintoxication. Et il avait rencontré Dieu. Il déclarait qu'il serait heureux, une fois libre, s'il pouvait aider les autres en les faisant profiter de son expérience. Cette lecture donnait la nausée à Freyja. Pas de remords, pas de honte pour ce qu'il avait fait. Pas un mot pour les parents de la fillette. Pas un mot non plus pour la victime dont il avait volé l'innocence et la vie. En revanche il était intarissable sur le pardon que Dieu lui avait accordé, à condition qu'il se mette à son service. Il était convaincu de servir désormais la cause du bon Dieu. S'il disait vrai, pensait Freyja, Dieu devait absolument réviser ses objectifs dans le secteur du pardon, investir d'urgence dans l'achat d'un nouveau détecteur de mensonges, et virer dans la foulée son DRH.

Elle enrageait mais elle poursuivit sa lecture. Elle ne se rappelait pas si Jón avait évoqué sa famille, s'il avait parlé de Þröstur notamment. Il fallait le vérifier. Elle voulait savoir aussi si sa femme était restée en contact avec lui pendant son emprisonnement. Mais le journaliste n'avait pas poussé plus loin la discussion ou bien son interlocuteur n'avait pas répondu.

Sur trois points son opinion était faite. D'abord elle était certaine qu'il feignait la piété. Ses sempiternels discours sur Dieu n'étaient pas crédibles. Il n'était pas le premier à dissimuler sa vraie nature sous le masque de la conversion. C'était facile, il suffisait d'apprendre par cœur quelques citations bien choisies et de les glisser dans une phrase sur deux. Pour compléter son personnage il ne devait jamais se séparer de sa Bible et ne pas oublier de contempler le ciel d'un air inspiré, surtout quand il y avait des rayons de soleil.

Ensuite on pouvait difficilement se fier à son discours sur l'abstinence. Comment aurait-il pu continuer à boire en prison ? Il était évident qu'entre les murs de sa cellule il n'avait pas d'autre choix que d'arrêter. Pendant son morne séjour à Litla-Hraun les réunions des alcooliques anonymes lui avaient offert un dérivatif. Tout le monde savait que ceux qui n'avaient pas de problème d'alcool assistaient quand même aux séances pour tromper leur ennui et la monotonie des journées.

Enfin Freyja était persuadée qu'il mentait lorsqu'il disait que c'était la première et la seule fois qu'il avait cédé à une pulsion pédophile. Cet ivrogne était trop âgé pour qu'on puisse le croire. Les tendances pédophiles ne surgissaient pas du néant avec l'âge mûr. Avec un tel profil et sous l'influence constante de l'alcool, il avait nécessairement déjà abusé d'enfants par le passé. Pour Freyja, qui avait l'expérience d'autres cas tout aussi lamentables, l'identité de sa précédente victime ne faisait guère de doute. C'était celle qu'il avait sous la main, Þröstur ou sa sœur Sigrún. Peut-être les deux. C'était vraisemblablement la raison pour laquelle les autorités de la Protection de l'enfance étaient intervenues lorsque Þröstur avait huit ans. Mais cela n'expliquait pas pourquoi les documents concernant le garçon avaient été perdus. Ni pourquoi Sólveig, qui s'était occupée de lui, se comportait d'une manière aussi singulière. Freyja était convaincue qu'elle n'avait pas pu oublier un garçon affligé d'un tel père. Dans le cas du directeur de l'école, c'était différent. Comme la mère de Þröstur souhaitait rompre avec le passé et offrir une nouvelle vie à ses enfants, elle avait dû éviter de parler de leur père quand elle les avait inscrits. C'était aussi l'explication de leurs déménagements successifs.

Elle se mit à chercher l'énoncé du jugement. Elle comptait y trouver l'exposé des faits. La relecture du rapport annuel pouvait attendre. Mollý aussi.

10

— Je crève de froid. Tu ne crois pas qu'on ferait mieux de s'en aller ?

Þröstur resserra son blouson autour de lui. La fermeture éclair était fichue mais il pourrait le faire durer encore un bon moment. Ça ne valait pas le coup d'en racheter un neuf. De toute façon pour choisir des fringues dignes de ce nom dans ce trou perdu, c'était la galère. Il aurait du mal à en retrouver un aussi beau. Comme il frissonnait, il avait l'impression d'avoir encore plus froid. Son jean était troué, le vent glacial passait au travers. Il n'était pas usé, c'était un modèle spécial qu'il avait payé le prix fort. Mais pour l'instant ces déchirures coûteuses lui donnaient la chair de poule.

Quel con ! Il n'avait pas fait attention à la date, il avait choisi le look qui lui plaisait, dans lequel il se sentait bien. Il n'avait pas prévu d'aller se geler dehors. Ça n'aurait pas changé grand-chose, d'ailleurs, vu qu'il possédait peu de vêtements d'hiver. Il avait enfilé ses seules chaussures présentables. Il avait horriblement froid dedans car il ne portait pas de chaussettes. Elles étaient noires et montantes comme des Dr Martens. Il aurait préféré des vraies, mais de loin elles faisaient illusion. En tout cas il l'espérait.

Ça ne servait à rien de s'énerver à cause du froid. Il valait mieux s'en aller et se dépêcher de rentrer. En hiver c'était difficile d'être branché par tous les temps. Il valait mieux rester à l'intérieur.

— Putain qu'il fait froid, Sigrún ! On ferait mieux de revenir demain.

Si seulement il pouvait monter en température comme tout à l'heure ! Cet enculé de flic et sa sale pute de psychologue l'avaient tellement chauffé en crachant la raison de leur visite qu'il aurait pu sortir tout nu dans le blizzard.

Sa sœur secoua la tête.

— On attend. Demain ça ne serait pas pareil.

Elle était tellement emmitouflée qu'on apercevait à peine son visage. Elle avait recousu un de ses gants après avoir coupé le petit doigt et le pouce. Pourquoi elle ne portait pas tout simplement des moufles pour cacher ses doigts en moins ? C'était ce qu'elle faisait avant. Ça le dépassait. Plutôt que de lui en parler, il aurait préféré rester muet jusqu'à la fin des temps. Il ne savait pas qui, d'elle ou de lui, il cherchait à protéger.

Þröstur sortit un paquet de cigarettes de sa poche. Il avait entendu dire que les veines se contractaient quand on fumait et que ça réchauffait le corps. C'était le moment de vérifier l'exactitude de cette théorie. Et puis il mourait d'envie d'en griller une, la dernière fois c'était pendant qu'ils attendaient le bus. Il était resté sans fumer bien plus longtemps que d'habitude. C'était justement à cause de cette habitude que ses indemnités de chômage partaient aussi très vite en fumée.

— Ne fais pas ça.

Sigrún agita les bras devant elle comme pour chasser la fumée d'une cigarette que Þröstur n'avait pas encore allumée.

— S'ils voient la fumée, ils vont comprendre qu'on est là. Ça va attirer l'attention sur nous.

Þröstur renfonça dans le paquet la cigarette qui dépassait. S'il l'allumait quand même, elle s'énerverait, c'était sûr. Elle devait avoir raison, elle était imbattable dans l'art de détourner l'attention. Alors que son truc à lui, c'était de dire "fuck you" à la terre entière, elle cherchait au contraire à devenir transparente, invisible. Elle avait toujours été comme ça. Dès qu'on la remarquait, elle se croyait menacée. Elle n'était en sécurité nulle part, ni à l'école, ni à la maison, ni dans aucune des activités des enfants de son âge. Les moqueries et les méchancetés avaient diminué avec les années mais ses anciennes blessures l'avaient marquée au fer rouge.

Ne me voyez pas. Ne me remarquez pas. Je ne suis pas là.

Pour satisfaire son désir de passer inaperçue, elle choisissait des vêtements adaptés. Ceux qui ne la connaissaient pas devaient penser qu'elle faisait le maximum pour être moche. Une vraie Amish. Elle portait des couleurs qui rappelaient la terre ou la végétation morte. La coupe de ses vêtements, trop longs et trop larges, était faite pour n'aller à personne. Ses cheveux ternes, longs et raides étaient assortis à ses tenues. Il ne l'avait jamais vue avec du mascara ou du rouge à lèvres. Même si c'était dur à admettre, il passait plus de temps que sa sœur devant le miroir.

Il savait pourquoi elle faisait ça. Alors il ne disait jamais rien et la laissait raser les murs. C'était sa manière à elle, lui s'y prenait autrement. Les tunnels d'acier froid qui ornaient les lobes de ses oreilles en étaient la preuve. Il avait l'impression qu'ils étaient en train de geler.

— Ça fait combien de temps qu'on poireaute ici ?

— Pas si longtemps que ça, répondit Sigrún en jetant un coup d'œil du côté de l'église blanche. Ils vont bientôt partir, ajouta-t-elle en s'adossant au mur.

Il ne suivit pas son exemple, le ciment était trop froid. Elle tenait dans sa main demeurée intacte un bouquet de fleurs qu'il avait acheté au magasin d'alimentation avant de prendre le bus à Fossvogur. Le bouquet ne payait pas de mine avec ses fleurs déjà flétries. Rien d'étonnant vu le prix qu'il l'avait payé mais ça n'avait aucune importance. Chez les fleuristes ils coûtaient trois fois plus cher. À quoi bon dépenser autant vu que c'était pour le déposer sur la tombe d'une morte ! C'était l'intention qui comptait. Sigrún jeta à nouveau un coup d'œil sur le côté.

— Dès qu'ils seront partis on pourra y aller.

Þröstur ne protesta pas. Il n'y voyait qu'une perte de temps, mais la visite annuelle au cimetière était très importante pour sa sœur. Les morts étaient morts et ils ne l'étaient pas moins quand on défilait devant leur tombe. Mais elle ne lui demandait jamais rien, alors il n'était pas question de dire non. Et puis il n'avait rien d'autre à faire. Enfin, pas plus que d'habitude. Il était au chômage depuis six mois. Il commençait à s'ennuyer mais c'était toujours mieux que de bosser pour rien. Pour des boulots de merde, précaires et mal payés. L'un dans l'autre il ne s'en sortait pas si mal avec ses indemnités chômage. Il pouvait dormir tout son saoul, ça pesait lourd dans la balance. Les fins de mois étaient quand même difficiles. Comme avant son chômage il n'avait travaillé qu'à temps partiel, il n'avait pas prévu que ça entraînerait une baisse de ses indemnités quand il perdrait son emploi. De toute façon ça n'avançait à rien d'être raisonnable après coup. Comme il avait assez d'argent pour couvrir ses principaux besoins, ça allait bien comme ça. Sauf qu'il serait content d'avoir les moyens de s'offrir une belle paire de chaussures. Et aussi un nouveau blouson.

— Qu'est-ce que j'ai froid ! dit-il, mais il regretta aussitôt de s'être plaint.

Elle le regardait, elle avait l'air blessée et inquiète derrière ses cheveux châtain clair qui balayaient son visage dans tous les sens. Elle était très émotive, il ne devait pas l'oublier. La plupart des gens n'auraient pas relevé, mais dans son cas le reproche le plus insignifiant pouvait prendre des proportions énormes. Elle voulait éviter à tout prix de gêner les autres. Ça n'était pas nouveau.

— Ça ne fait rien, ils vont bientôt revenir, corrigea Þröstur, qui avait décidé de laisser tomber.

Le visage de Sigrún se détendit un peu.

Combien de temps ces gens allaient-ils rester devant la tombe, par ce froid ? Malheureusement pour lui, ils étaient aussi bien couverts que sa sœur. La femme portait une parka en duvet couleur bronze, d'aspect brillant et garnie d'un col de fourrure. L'homme était chaudement vêtu lui aussi, mais moins voyant. Rien ne les empêchait de se coucher sur la dalle et d'y faire un petit somme si ça leur chantait. Lui, pendant ce temps-là, il mourrait de froid et il creuserait sa propre tombe. À cette pensée, il fut parcouru d'étranges frissons qu'il ne confondit pas avec les tremblements continus qu'il devait au vent glacial. C'était sûrement le cimetière en contrebas qui lui faisait cet effet. Il venait d'avoir vingt-quatre ans, il n'était pas près de mourir. Mais il refusait l'idée qu'un jour viendrait où il y aurait une stèle à son nom dans le jardin des morts.

Il songea que seule Sigrún viendrait sur sa tombe. Leur mère n'aurait pas le temps. Elle travaillait toute la journée. Quand elle rentrait à la maison elle s'enfermait dans sa chambre, fatiguée et usée. Elle ne changerait jamais. Son cas était désespéré. Selon lui, pas selon Sigrún, qui aimait leur mère d'un amour filial inébranlable. Lui ne pourrait jamais lui pardonner le passé. Sigrún jugeait qu'il n'y avait rien à pardonner. Elle était persuadée que les circonstances étaient telles que leur mère n'aurait rien pu faire. Elle avait été victime des circonstances. Mais Þröstur n'était pas d'accord. Il pensait aux vraies victimes. Comme lui et sa sœur.

Il ne l'aimait pas comme Sigrún mais il ne la détestait pas non plus. Longtemps il n'avait éprouvé que de la colère envers elle. Puis, à mesure que les années l'éloignaient de leur horrible passé, il l'avait prise en pitié. Il n'était pas question d'amour mais il avait fini par s'attacher à elle à sa façon.

L'existence de sa mère était tellement misérable qu'il ne pouvait s'empêcher de la plaindre. Mais elle était l'artisan de son propre malheur. C'était elle qui avait décidé de vivre seule et de se tuer au travail. Elle cherchait à se punir contre l'irréparable. Elle n'avait pas assez de cran pour s'immoler par le feu, se faire hara-kiri ou se flageller comme dans les pays lointains. Ce qui lui convenait, c'était d'en baver en se faisant traiter comme une serpillière. Elle ne s'était pas rendu compte qu'en se comportant de cette façon elle entraînait ses enfants derrière elle. Elle croyait régler sa facture en se sacrifiant pour eux. Mais ça ne réglait rien du tout. Loin de là.

Cette évocation de la triste vie sans but qu'ils menaient tous les trois réveilla brutalement son besoin de cigarette. Les autres avaient tous un port d'attache quelque part. Leur vie était bien arrimée au bout d'une ancre. Il en avait été autrement pour Sigrún et lui. C'était comme s'ils avaient grandi dans une machine à laver réglée sur le programme essorage. Quand celui qui n'avait de père que le nom avait été jeté en prison, ils avaient dû déménager cinq fois en cinq ans. Dès que les gens les reconnaissaient, il était temps de faire les valises et pour leur mère de changer de boulot. Dès que les ouvrières commençaient à chuchoter, elle quittait son emploi pour un autre aussi mal payé. Ça ne s'était arrêté que le jour où elle avait été engagée dans une usine de poissons, lorsqu'elle avait découvert que les étrangères qui travaillaient à la chaîne à ses côtés ignoraient tout de son histoire. Comme elle ne manifestait aucune envie de sympathiser avec elles, elles l'avaient laissée tranquille.

Son emploi à l'usine ne suffisait pas pour les faire vivre tous les trois. Elle était aussi femme de ménage, elle nettoyait des bureaux quand tout le monde était rentré chez soi. Dans les bâtiments vides elle ne redoutait pas les coups d'œil et les ragots. Elle s'y trouvait bien même si la fatigue était son lot quotidien. Son visage marqué et ses épaules tombantes le révélaient. Quand il avait arrêté l'école après la dixième classe* et s'était mis à travailler à son tour, elle aurait pu se ménager un peu. Pourtant, au lieu de lui demander de l'aider à payer la maison, elle avait exigé qu'il assure son avenir en déposant ses salaires sur un compte bancaire. Elle voulait toujours jouer les martyrs. Il était si ravi qu'il avait tout dépensé aussitôt.

Alors que Sigrún était une excellente élève, elle avait travaillé dès la fin de sa scolarité obligatoire. Elle avait fait ses débuts dans l'usine aux côtés de sa mère et ç'avait été l'enfer. Les poissons morts aux yeux exorbités qu'elle voyait passer devant elle à longueur de journée avaient eu le dernier mot. Quand elle maniait le couteau tranchant, les deux doigts de la main droite qui lui manquaient ralentissaient son rythme. On la réprimandait sans arrêt alors qu'elle travaillait aussi dur que ses forces le lui permettaient. Elle avait résisté pendant une année entière sans jamais manquer un seul jour, puis elle avait jeté l'éponge et était partie.

Ensuite elle avait été engagée aux archives d'une société d'assurances. On l'avait installée à l'écart dans une réserve où elle était toujours, seule au milieu des multiples documents qu'elle devait classer. Huit doigts, c'était bien assez pour ce travail. Elle était efficace, elle était même devenue irremplaçable dans l'entreprise. Pourtant elle n'en avait pas profité. Elle n'avait jamais réclamé d'augmentation et ne s'était jamais manifestée pour exiger quoi que ce soit. Ce qu'elle faisait de son salaire, Þröstur n'en avait aucune idée. Elle ne dépensait

* La dixième classe est la dernière année de l'école primaire avant le lycée, les élèves ont seize ans.

pratiquement rien. Leur mère refusait obstinément de toucher à leur argent. Sigrún économisait comme elle les avait incités à le faire. Ça devait constituer un joli pactole, depuis le temps. Il l'avait souvent encouragée à se faire plaisir, à arrêter d'épargner bêtement. Elle secouait la tête et prenait un air embarrassé quand il lui demandait pourquoi elle se privait. Peut-être rêvait-elle de faire le tour du monde ou de partir le plus loin possible. Il l'aurait compris facilement.

Þröstur essaya de se réchauffer les orteils en tapant des pieds. Ils étaient devenus insensibles dans ses chaussures froides. Mais ça ne donna aucun résultat.

— Chut ! Je crois qu'ils arrivent. Je jette un coup d'œil.

Sigrún écarta la capuche d'une de ses oreilles et écouta attentivement. Comme il avait obéi à sa sœur, Þröstur entendit la neige crisser dans le mugissement du vent et une rumeur sourde de conversation. Ça devait être eux. Enfin. Pourvu qu'ils se dépêchent de regagner leur voiture et fichent le camp en vitesse. Ils n'allaient quand même pas continuer à bavarder, là, debout sur le parking.

Lorsque Sigrún et lui étaient arrivés, une voiture était déjà garée et une deuxième arrivait. Les conducteurs étaient descendus et s'étaient adressé un signe de tête plutôt froid. Puis ils s'étaient brièvement serré la main après avoir fait passer leur bouquet de la main droite dans la main gauche. Les fleurs étaient magnifiques, rien à voir avec celles de Sigrún. Ni l'homme ni la femme n'avaient regardé dans leur direction. Eux-mêmes s'étaient dirigés vers le nord en longeant le mur du cimetière pour ne pas attirer l'attention.

Þröstur n'était pas porté sur les sentiments, mais il devait reconnaître que le sort de ces parents était particulièrement tragique. Quand ils étaient venus visiter la tombe la première fois, ils étaient arrivés ensemble en voiture. Ils avaient marché dans le cimetière serrés l'un contre l'autre. Pendant l'enterrement ils ne faisaient qu'un, mais il préférait éviter de se rappeler la scène. Leurs visages dévastés avaient exprimé exactement la même horreur lorsqu'en suivant le petit cercueil blanc à l'intérieur de l'église ils les avaient reconnus, lui, sa sœur et sa mère, assis tout au fond sur le dernier banc. Elle espérait qu'on ne les remarquerait pas à cet endroit. Mais ça n'avait pas marché.

Quand le couple s'était arrêté à leur hauteur, l'assistance s'était tournée vers eux d'un seul bloc. Le couple était resté immobile pendant un instant qui lui avait paru une éternité. La femme s'était penchée sur lui. Il avait vu le contour de ses yeux noirci par les larmes qui coulaient le long de ses joues. Le visage de son compagnon, rouge de colère, portait aussi des traces de larmes. Les yeux humides des spectateurs étaient braqués sur eux. Tous trois étaient restés figés sur place. Ils auraient voulu disparaître sous terre. Quand la mère de la fillette qui reposait dans le cercueil avait crié, tout le monde les avait vus fuir hors de l'église, poursuivis pas ses hurlements.

Þröstur chassa ces images qui réveillaient sa rage et sa souffrance.

Pourquoi était-il impossible de remonter le temps et de modifier le cours des choses ? S'ils étaient restés chez eux, il ne serait pas obsédé par ces terribles souvenirs. Surtout, il aurait échappé aux conséquences de l'événement.

Il considérait que sa mère était responsable de ce qui s'était passé. Lui et Sigrún n'étaient que des enfants, elle n'aurait pas dû l'oublier. Il n'aurait jamais imaginé que les parents de la petite fille rejetteraient la faute sur eux, mais un adulte aurait dû le prévoir. Leur mère aurait dû dire non lorsque Sigrún avait exigé d'y aller, mais elle avait cédé aussitôt comme d'habitude. Elle n'avait aucune capacité de résistance. La vie lui avait ôté toutes ses défenses. Complètement. Lui n'était pas comme ça. L'horrible incident pendant la cérémonie avait eu au moins un effet positif. Le soir même, quand dans son lit il avait entendu les gros sanglots de sa sœur, il avait décidé de lever son épée contre l'injustice. Il la combattrait chaque fois qu'elle se présenterait. Subir en silence, c'était nul. Sa mère en était la preuve vivante. Personne n'admirait les martyrs. Ou alors seulement au bout de cent ans. Ça ne valait vraiment pas le coup de patienter.

Soudain le vent se tut. Þröstur et Sigrún les entendirent échanger un au revoir sans chaleur. Il tendit le cou prudemment au coin de la maison du gardien. Il les vit se serrer la main brièvement sans se regarder. Puis ils montèrent chacun dans leur voiture et s'éloignèrent. Il vit la lumière des phares arrière, tamisée par la fumée des pots d'échappement. Les deux voitures ralentirent, tournèrent à droite et disparurent des abords du cimetière. La seule pensée qu'il allait enfin bouger le réchauffait déjà.

— Viens. Ils sont partis.

Par précaution Sigrún jeta un coup d'œil à son tour avant de se diriger vers l'entrée du cimetière. Elle se retourna plusieurs fois. Elle craignait peut-être que les deux visiteurs ne fassent demi-tour pour récupérer un objet oublié sur la tombe. La parano de sa sœur lui tapait sur les nerfs, décidément elle ne changerait jamais. Il se garda bien de lui dire quoi que ce soit. Ce serait peine perdue. S'il lui faisait comprendre qu'il avait remarqué son manège, ça ne ferait qu'envenimer les choses.

Ils connaissaient le chemin par cœur, c'était la onzième fois qu'ils empruntaient cette allée. La première fois c'était après la mort de la fillette. Depuis ils revenaient tous les ans, le jour de son anniversaire. Toujours comme des invités qui seraient arrivés en retard. Cette année, si elle avait vécu, elle aurait fêté ses vingt ans. C'était seulement dans le bus que Sigrún avait fait le calcul, pendant qu'elle fixait la vitre en silence. Soudain elle s'était retournée vers lui en clamant "vingt ans !" d'une voix bien plus forte que d'habitude. La seule passagère du bus en dehors d'eux les avait dévisagés, l'air surpris. Exactement comme le jour de l'enterrement. Sigrún avait rougi, elle avait attendu que la vieille dame détourne les yeux, puis elle lui avait expliqué pourquoi elle était si agitée. Elle se sentait coupable parce qu'ils auraient dû offrir à la morte un plus beau bouquet pour marquer le coup. Elle voulait faire demi-tour pour en racheter un autre. Mais lui, bien au chaud sur son siège, il avait été assez con pour la décourager. Il n'avait pas réalisé qu'il se gèlerait à l'arrivée. Il lui avait dit qu'ils avaient assez dépensé comme ça en fleurs et tickets de bus. Qu'elle se faisait du mal pour rien, la morte ne fêterait jamais ses vingt ans. C'était sans doute pour ça que sa sœur était restée si distante pendant tout le trajet. Il n'était pas toujours simple de savoir ce qu'elle avait dans la tête.

Sigrún se posta devant la tombe et resta tête baissée, silencieuse, pendant un bon moment. Puis elle redressa le menton et déposa ses fleurs. Elles supportaient mal la comparaison avec les deux grandes gerbes qui ornaient déjà la dalle. À côté leur humble bouquet était tellement à leur image que Þröstur ne put s'empêcher de baisser la tête à son tour.

— Viens. Il est temps de rentrer. Il commence à neiger.

Contrairement à Sigrún, il ne respectait pas un rituel immuable pendant cette visite annuelle. Il errait parmi les tombes voisines, lisait les épitaphes, fumait, donnait des coups de pied dans la neige. Il trompait l'attente pendant qu'elle se recueillait. Il n'avait jamais osé lui demander à quoi elle pensait pendant ce temps-là.

Cette fois il resta immobile à distance, aussi silencieux qu'elle. Il se disait qu'ils étaient tous les deux seuls au monde, abandonnés de tous, depuis toujours. Comment Sigrún réagirait-elle quand elle saurait que leur père venait d'être libéré ? Comment devait-il s'y prendre pour le lui dire lui-même avant qu'elle l'apprenne à son travail ? Avant qu'elle croise ce salaud dans la rue ? Comment faire pour l'empêcher de s'immiscer à nouveau dans leur vie ? Il se heurtait depuis toujours, du plus loin qu'il s'en souvenait, à la même difficulté. Jamais personne ne les aiderait.

Une fois de plus ce serait à lui de protéger sa sœur. Il était prêt.

11

Le parking était vide. Seules quelques places étaient occupées, alors que le matin les emplacements libres étaient rares et très mal situés. La circulation depuis Hafnarfjörður avait été si dense que Kolbeinn était arrivé en retard à son travail. Il avait dû se garer au ras d'un pilier en reculant avec d'infinies précautions. Heureusement qu'il était plutôt habile à cet exercice. Si le temps avait été plus clément, il se serait garé dehors. Il évitait de laisser son automobile haut de gamme au sous-sol, dans la promiscuité des autres véhicules. Parmi les salariés de son entreprise, beaucoup circulaient dans des bagnoles hors d'âge qui ne craignaient plus rien. Un choc de plus ou de moins contre la portière d'à côté, quelle importance ! Pour lui au contraire c'était une obsession. Il avait arrêté de relever les numéros des voitures garées près de la sienne au cas où il la retrouverait abîmée le soir. Mais s'il y avait renoncé, c'était seulement parce qu'il avait été pris sur le fait par un collègue qui n'avait pas cherché à dissimuler son mécontentement. Ce qui n'avait pas arrangé ses affaires, c'était qu'il avait surpris un peu plus tard le même homme racontant l'incident à mots couverts devant la machine à café. Kolbeinn ne supportait pas qu'on se moque de lui. C'était encore pire que de découvrir des rayures et des traces de chocs sur sa belle voiture.

Le bruit de son pas résonnait dans l'espace bétonné. Quelque part dans le plafond des tuyaux gouttaient. Sinon un silence parfait régnait dans le sous-sol. Les plafonniers s'allumaient les uns après les autres à mesure qu'il passait devant un détecteur de mouvements. Sauf aux emplacements où les ampoules étaient grillées. Il eut l'impression qu'elles étaient plus nombreuses que le matin.

Depuis six mois, sous prétexte d'économies, le concierge n'était plus employé qu'à mi-temps. L'état du bâtiment s'en ressentait, surtout dans les locaux où l'entretien n'était pas jugé prioritaire. Le parking souterrain en faisait visiblement partie. Les as de la comptabilité n'avaient prévu ni les pannes d'éclairage ni les odeurs de moisi ni les détritus abandonnés dans tous les recoins. Mais Kolbeinn s'était bien gardé de faire la moindre observation à ce sujet. Ses douze années d'ancienneté dans la boîte lui avaient appris que ceux qui se plaignaient faisaient rarement long feu, malgré les encouragements de la direction pour que chacun s'exprime. Pour obtenir une promotion la lèche était plus rentable que la critique. En tout cas c'était comme ça qu'il avait pris du galon dans l'entreprise, alors qu'il n'était diplômé ni en audit comptable ni en droit, contrairement aux autres cadres moyens. Dernièrement le directeur l'avait même complimenté. Il lui avait déclaré en substance qu'il avait hésité à l'engager, malgré les recommandations d'un de ses vieux amis, parce qu'à l'époque il doutait de ses capacités. Désormais il reconnaissait ses mérites. Le vieux était près de la retraite, c'était dommage ! Kolbeinn doutait d'avoir autant la cote auprès de son futur jeune successeur. Que ferait-il si le nouveau mettait son nez dans l'organigramme ?

Kolbeinn s'énerva au moment de pénétrer dans la zone la plus reculée du souterrain. Les lumières refusaient de s'allumer. En levant les yeux il s'aperçut que les tubes de verre étaient brisés. Il s'arrêta et écouta le silence. Les gouttes s'étaient mises à tomber à un tel rythme qu'on aurait dit qu'il pleuvait. Depuis l'endroit où il se tenait, il crut entendre un très léger bruit qui provenait de sa voiture. Si elle était toujours à sa place. Il baissa les yeux pour réfléchir. Qui d'autre que des cambrioleurs aurait eu l'idée de fracasser ces tubes ? L'obscurité les protégeait, c'était la seule source de lumière dans le parking souterrain sans fenêtres. Si son hypothèse était exacte, seule sa luxueuse voiture pouvait les intéresser dans cette zone. Les dirigeants de l'entreprise disposaient de places réservées près de l'entrée à côté de l'ascenseur, là où il y avait le plus de passage. Ils partaient toujours tôt, quand le souterrain était trop fréquenté pour tenter un cambriolage. Mais maintenant il avait l'impression d'être dans la tombe d'un mort.

Et si les cambrioleurs étaient encore là ? Est-ce qu'ils s'en prendraient à lui s'il les surprenait en pleine action ? La réponse allait de soi. Oui. Évidemment. Ils n'allaient pas s'en aller en s'excusant pour le dérangement. Il entendit à nouveau des mouvements furtifs. Il ne trouva rien de mieux que de se mettre à tousser, en faisant un maximum de bruit, dans l'espoir que les cambrioleurs, s'ils étaient réellement là, prendraient la fuite pour éviter d'être découverts. Il ne les poursuivrait pas, la vidéosurveillance permettrait de les retrouver plus tard. S'ils s'arrêtaient au passage pour lui faire un mauvais sort, il leur montrerait du doigt les lentilles des caméras. Ça les ferait reculer. Kolbeinn se racla la gorge à nouveau, encore plus fort. Les bruits furtifs paraissaient plus sonores. Il allait tousser pour la troisième fois quand il comprit que les cambrioleurs avaient forcément détecté sa présence. Le déclenchement de l'éclairage automatique, dans la première partie du souterrain, n'avait pu leur échapper.

Montre que tu es un homme. Il gonfla ses joues puis souffla lentement. Il n'avait pas le choix, il fallait qu'il marche jusqu'à la voiture. Par mesure d'économie, on avait viré le vigile qui gardait l'entrée en même temps qu'on avait réduit de moitié le temps de travail du concierge. Ce dernier, logiquement, était déjà parti. Kolbeinn n'envisagea pas un instant de retourner dans les bureaux demander à un collègue encore présent de l'accompagner. Ça ferait un trop beau sujet de plaisanterie devant la machine à café. Au moins, si après s'être battu avec les cambrioleurs, on le voyait revenir avec deux yeux au beurre noir et un nez cassé, il serait enfin respecté.

Kolbeinn se mit en route. Son rythme cardiaque dépassait déjà les limites du raisonnable, néanmoins il accéléra le pas. Ce n'était qu'un mauvais moment à passer. Il aperçut le capot de sa voiture derrière son maudit pilier, un abri parfait pour des voleurs. S'ils étaient là. Dans sa poitrine c'était la panique, son cœur se débattait comme un oiseau affolé. L'obscurité dissimulait une ou plusieurs personnes. Le bruit avait forcément une origine. Il gagnait en intensité à mesure qu'il approchait de la voiture. Puis il se combina avec un son métallique et une sorte de murmure. Les cambrioleurs devaient être en train de se concerter à voix basse pour préparer leur contre-attaque. Mais plus il avançait, moins ça ressemblait à du langage humain. On aurait dit des petits cris d'animaux. Mais lesquels ? Les cambrioleurs n'étaient peut-être que des souris après tout. Ou des rats.

Personne ne bondit sur lui pendant qu'il parcourait les derniers mètres. Personne ne surgit quand il ouvrit la voiture à l'aide de sa télécommande. Sa chemise trempée de sueur lui collait à la peau entre les omoplates. Il se consola en se disant qu'il aurait de la chance s'il en réchappait avec comme seul dommage une note de pressing salée. Son angoisse fut à son comble lorsqu'il atteignit le capot et passa devant. Il n'y avait personne de l'autre côté de la voiture. Il respira plus calmement, mais il n'était pas encore sorti d'affaire. Ce n'était pas le moment de se laisser aller. Il se hâta de rejoindre la portière du conducteur. Avant de s'installer sur le siège et de chercher à tâtons le verrouillage de sécurité, il parcourut des yeux l'espace qui se trouvait à l'arrière de la voiture. Personne ne l'y attendait. Le coffre se trouvait à la hauteur d'un muret qui séparait les places de parking d'une voie d'accès à l'étage inférieur. Les cambrioleurs pouvaient facilement se cacher derrière. Comme les différents bruits – les mouvements furtifs, le son métallique et les bruissements indéterminés – en provenaient, c'était plausible. Le muret de séparation était surmonté d'une rampe en acier. Les malfaiteurs seraient obligés de l'enjamber avant de se jeter sur lui toutes griffes dehors.

Sans plus attendre il s'assit dans la voiture et verrouilla les portes. Quand la fermeture de sécurité s'enclencha, il pensa que jamais il n'avait entendu plus beau son que celui-là. Mais il avait plus urgent à faire. Il enfonça la clé de contact d'une main tremblante. Il ne commença à respirer que lorsque le ronronnement mélodieux du moteur et le volume de la radio dépassèrent en intensité la rumeur qui bruissait à l'arrière de sa voiture.

Cette fois il ne prit pas mille précautions pour s'extraire de la place de parking. Le cliquetis métallique avait redoublé d'intensité quand il avait démarré le moteur. Il accéléra brutalement, négligeant les risques inhérents aux excès de vitesse dans les parkings. Il allait enfin sortir à l'air libre et rentrer chez lui.

Mais l'euphorie fut brève et le choc très violent. L'arrière de la voiture venait d'être défoncé à pleine vitesse. Impossible, il était encore à cheval sur la place de parking ! Il fut propulsé en avant, la ceinture de sécurité se plaqua contre son épaule, l'empêchant de heurter le pare-brise. La voiture réagissait bizarrement, elle faisait du surplace. Il arrêta le moteur.

Comme il s'attendait au pire il regarda dans le rétroviseur avant de se décider à se retourner. Puis il scruta le pare-brise arrière pour tenter de comprendre ce qu'il avait sous les yeux.

Huldar plaignait silencieusement Erla. Comme il ne savait pas ce qui pouvait la faire craquer, il valait mieux lui en dire le moins possible. Elle avait déjà sa dose, tous les coups étaient pour elle. Ses journées n'avaient rien d'un long fleuve tranquille. Les médias avaient flairé la bonne affaire. Les photographes attendaient dehors, les flashs des appareils photo éblouissaient les yeux chaque fois qu'on ouvrait sur l'extérieur. L'équipe attendait impatiemment l'arrivée de projecteurs qui lui permettraient de disposer d'un éclairage mobile. Dans la zone où la lumière faisait le plus défaut, le parking souterrain était plongé dans la pénombre. Les ampoules du plafond avaient été pulvérisées. Les policiers avaient immédiatement fait le lien avec les événements qui venaient de se dérouler.

Huldar s'adossa au mur et alluma une cigarette. Comme tous les fumeurs il considérait qu'un parking était un espace extérieur. Il avait renoncé à tenter de dissimuler sa rechute, ça ne servait à rien. Son parfum de tabac froid l'aurait trahi et ses collègues se moquaient bien de sa santé. Il se tourna vers la porte fermée avant d'aspirer sa première bouffée, c'était le moins qu'il puisse faire. On n'allait pas lui faire de reproches, on avait d'autres chats à fouetter. Mais il avait préparé sa défense pour parer à toute éventualité : s'il allait dehors il serait importuné par des journalistes ou des citoyens lambda avides de sensationnel. Il était toujours surpris de constater à quel point les scènes d'horreur et les catastrophes fascinaient le plus grand nombre. Mais il avait l'intuition qu'il en serait autrement si ses concitoyens avaient l'occasion de les voir de près. Huldar inspira une nouvelle bouffée. Comme par hasard le temps était beau et calme, alors qu'une tempête aurait été la bienvenue. Le public ne se ruait pas sur le lieu du crime par mauvais temps et les photographes se dérangeaient beaucoup moins. Il souffla la fumée et aspira une nouvelle bouffée.

L'expérience lui avait appris que les choses allaient le plus souvent de mal en pis.

Dans un monde idéal il serait assis chez lui, une bière à la main, devant le match qu'il attendait impatiemment. Il allait le rater mais ce n'était pas grave, il aurait d'autres occasions. Désormais il était libre pratiquement tous les soirs. Être au travail en dehors des heures de bureau, ce n'était plus la règle, c'était devenu l'exception. On avait fait appel à lui parce que, contrairement à la plupart de ses collègues, il n'avait effectué aucune heure supplémentaire depuis plusieurs mois. Erla avait pris soin de le lui préciser pour qu'il ne s'imagine pas qu'il était rentré en grâce. Ça ne lui faisait ni chaud ni froid, il connaissait par cœur le discours de ses chefs sur la question : la police avait pour mission de veiller à ce que les citoyens respectent la loi de jour comme de nuit. Les effectifs étaient insuffisants pour assurer toutes les gardes sans avoir recours aux heures supplémentaires. C'était le même cinéma chaque fois qu'on arrivait à la fin du mois. Il en avait eu un avant-goût le peu de temps qu'il avait dirigé l'équipe.

Erla fonçait dans sa direction telle une tornade. Il se hâta d'aspirer une dernière bouffée. Il jugea plus prudent d'écraser sa cigarette entamée. Elle aurait plus de mal à lui faire la leçon.

— Ce n'est pas interdit de fumer, ici ?

Erla regardait autour d'elle, l'air mauvais, en quête d'une pancarte, mais elle ne trouva pas ce qu'elle cherchait. Les panneaux ne manquaient pas, mais tous indiquaient comment trouver l'ascenseur ou se diriger à l'intérieur du parking.

Huldar savait que le vrai problème était ailleurs. Il s'abstint donc de répondre.

— Comment ça se passe ? Tu as des nouvelles de l'équipe scientifique ?

Erla soupira et s'adossa au mur à côté de lui.

— Ils doivent être en route. – Elle secoua la tête. – C'est n'importe quoi ! Le légiste refuse de faire son travail tant que ce putain d'éclairage ne sera pas installé. Le concierge ne veut rien savoir, il prétend qu'il ne sera pas payé si on le fait venir. Quant à ce Kolbeinn Ragnarsson, je n'ai jamais vu un pareil abruti.

— À ce point-là ?

Huldar observait Kolbeinn par-dessus l'épaule du policier qui était en train de prendre sa déposition. Quelque chose attirait invinciblement son attention au fond du souterrain, sans doute la voiture.

— Il est peut-être seulement en état de choc ? continua Huldar.

— Il n'est pas spécialement choqué. La seule chose qui le tracasse, c'est de savoir si les assurances couvriront les dommages subis par sa voiture. L'essieu arrière est cassé.

— Ça ne m'étonne pas. On n'y est pas allé de main morte.

On avait glissé une chaîne autour de l'essieu arrière. À l'autre bout on l'avait attachée autour de la taille du mort, qui n'était plus qu'un tas informe sur le sol. D'après les premiers constats, la victime se trouvait initialement de l'autre côté du muret en béton situé à l'extrémité de la place de parking. L'homme avait été projeté en l'air au moment où Kolbeinn avait démarré. Il avait été arrêté dans son élan par la rampe en acier qui surmontait la grille fixée sur le muret. Mais seulement un instant. Au moment du choc l'homme s'était recroquevillé sur lui-même, puis il avait été traîné sur le sol. Huldar avait mesuré la distance, trente centimètres seulement, mais ça lui avait glacé le sang. Il fallait espérer qu'il était déjà mort à ce moment-là mais il était permis d'en douter. L'attirail autour de sa tête semblait indiquer qu'on avait pris toutes les précautions pour que la victime passe inaperçue. Ça n'aurait pas été nécessaire si l'homme était déjà mort. Les morts ne se faisaient jamais remarquer.

— À ton avis est-ce qu'il y a une chance que ça soit un suicide ? demanda Erla d'une voix pleine d'espoir.

— Je suis à peu près sûr que non. Il y a des tas de façons plus sympas de se foutre en l'air. Presque toutes en fait.

Huldar aspira l'air entre ses dents et fit claquer sa langue. Il n'avait pas envie d'y réfléchir mais il ne voulait pas non plus se taire, pour une fois qu'Erla lui adressait la parole. Le cadavre replié sur lui-même était l'un des spectacles les plus insupportables qu'il lui ait été donné de voir. Heureusement son visage n'était pas visible.

— Essaie un peu d'imaginer ce qui s'est passé dans sa tête pendant qu'il attendait, continua-t-il. Il faudrait être dingue pour s'infliger un truc pareil. Il a dû prier pour finir étouffé pendant tout ce temps.

— Tu as peut-être raison. J'espère pour lui qu'il ne savait pas ce qui l'attendait. Malheureusement je suppose que celui qui l'a installé là le lui a expliqué. Encore un sadique ! Il y a des moyens plus faciles de tuer un homme, le meurtrier voulait le faire souffrir. Avec un peu de chance l'autopsie nous en dira plus. – Erla saisit son portable dans sa poche et regarda l'heure. – Bordel, mais qu'est-ce qu'ils foutent ?

Huldar se demanda quel était le pourcentage des questions qu'on posait dans la journée sans attendre de réponse. Il devait être élevé. Il n'y avait rien à répondre et Erla le savait.

— La première chose que j'ai vérifiée en arrivant sur place, dit-il, c'était si l'homme avait ses mains. Ce meurtre est tellement particulier que ç'aurait pu coller. Je ne sais pas si j'ai été déçu ou soulagé quand j'ai vu qu'il en a au moins une. Malgré tout je ne serais pas étonné que les deux affaires soient liées. C'est la même monstruosité dans les deux cas. J'ai du mal à concevoir que deux fous dangereux se trimbalent en liberté en ce moment. Qu'est-ce que tu en penses ?

— Rien pour l'instant. On en saura peut-être plus quand le légiste et l'équipe scientifique seront là. On trouvera sans doute l'identité de ce malheureux. Faut espérer qu'il a sur lui un portefeuille, une carte de crédit ou des documents pour nous y aider. C'est pas de chance que la position du corps nous empêche de le fouiller correctement.

Erla poussa un soupir si lourd qu'il ressemblait à un gémissement. Puis elle se projeta loin du mur et rejoignit la scène de crime sans rien ajouter.

Huldar attendit un instant, il hésitait à rallumer sa cigarette, mais il finit par la suivre à contrecœur. Erla n'y était pour rien. Ce n'était pas non plus à cause de la pitoyable image de ce corps plié comme une serviette et relié à la voiture par une solide chaîne. Même s'il ne pouvait toujours pas en supporter la vue.

Ce fut encore pire après l'arrivée de l'équipe scientifique et l'installation des projecteurs. Rien n'échappait à leur intense lumière. Huldar détourna les yeux malgré lui. L'arrivée du médecin le décida tout de même à observer de près le déroulement des opérations. Il le regretta aussitôt car le légiste lui demanda de l'aider à redresser le cadavre ou plus exactement à "le déplier". Après avoir mis des gants et s'être placés de part et d'autre de la victime, ils saisirent le haut du corps resté plaqué sur les cuisses et les jambes. Ils le déplacèrent dans cette position. Malgré l'épaisseur des vêtements, Huldar sentit les côtes brisées, les vertèbres en morceaux et la chair écrasée, aussi nettement que si le corps était nu et que lui-même avait les mains nues. Il se remettait à peine de ses émotions lorsque le légiste parvint à enlever l'emballage qui entourait la bouche et avait été enfoncé dans la cavité buccale.

Huldar se redressa et pencha la tête pour voir l'homme de face.

— Erla ! Regarde.

Il connaissait ce visage.

Erla se dirigea vers lui et regarda le mort, l'air absent.

— Voilà une chose établie. Les deux affaires sont visiblement liées, ajouta-t-elle avec angoisse. Shit. Shit. Shit. Fuck. Fucking shit… – Elle se passa les doigts dans les cheveux. – Tu parles d'un loupé ! On n'est pas dans la merde !

Huldar remercia le ciel de ne pas être à sa place. Les chefs n'allaient pas apprécier, c'était le moins qu'on puisse dire. Dans l'affaire des mains coupées, l'unique témoin était mort. Sur la dalle du parking reposait Benedikt

Toft, procureur à la retraite et propriétaire de la maison où les mains avaient été découvertes. Il n'était plus question de l'interroger.

12

Les voix excitées d'Erla et ses supérieurs s'étaient tues depuis un moment mais leur bruyante dispute résonnait encore dans les oreilles de Huldar. Dans le silence pesant qui avait envahi l'étage entier, les reproches et les insultes avaient fusé sans être arrêtés par la paroi de verre du bureau d'Erla. La dispute s'était achevée aussi mal qu'elle avait commencé. Les deux chefs avaient disparu en claquant la porte, laissant Erla seule dans son bureau. Depuis la place où il était assis, il ne voyait pas distinctement son visage, mais il se doutait qu'elle ne sortirait pas tant que ses joues n'auraient pas perdu leur rougeur.

Personne n'avait repris la parole. La plupart des policiers faisaient semblant de travailler et jetaient de temps en temps de furtifs coups d'œil du côté du bureau d'Erla. Ils devaient guetter le moment où elle s'effondrerait en larmes sur son bureau. Mais Huldar la connaissait mieux que les autres. Elle préférerait mille fois se précipiter par la petite fenêtre du troisième étage plutôt que de laisser voir le moindre signe de faiblesse. Dans l'équipe les réactions différaient selon le sexe. Les rares femmes présentes avaient l'air attristé, bien qu'Erla n'ait jamais été particulièrement bienveillante à leur égard. En tout cas aucune d'elles n'affichait la satisfaction mauvaise de certains hommes qui s'estimaient plus compétents qu'elle au poste qu'elle occupait. Huldar travaillait avec eux depuis suffisamment longtemps pour savoir qu'ils se surestimaient. Aucun d'eux ne s'en serait mieux sorti qu'Erla dans l'enquête sur le propriétaire du jacuzzi. Ils n'auraient réussi qu'à foirer encore plus les recherches.

— Tu crois qu'elle va être virée ?

Huldar leva les yeux, Guðlaugur le regardait d'un air inquiet par-dessus l'écran d'ordinateur qui les séparait.

— Non, répondit Huldar en se penchant en arrière, heureux de pouvoir détromper au moins un des membres de la brigade. Ça se passe de la même façon chaque fois qu'une enquête ne donne pas les résultats espérés. Là-haut ils sont à cran, alors ça les défoule de faire une descente. La prochaine fois, ils passeront leurs nerfs sur nous, les humbles, les sans-grade.

— Oh ! fit Guðlaugur, visiblement peu impatient d'en faire l'expérience.

— Ç'aurait pu être pire, reprit Huldar en se levant et en tournant la tête du côté du bureau d'Erla.

Il n'en dit pas plus mais se dirigea dans sa direction. Il était temps que quelqu'un réagisse, sinon la situation allait s'éterniser. Erla était trop fière pour briser la glace, autour de lui personne n'osait retourner la voir et les conversations n'avaient pas repris, de peur qu'elle ne s'imagine qu'on parlait d'elle dans son dos. Ce qui n'était pas loin de la vérité. En tout cas tout le monde le suivait des yeux.

Huldar frappa doucement et ouvrit sans attendre de réponse. Il glissa la tête dans l'entrebâillement de la porte et croisa le regard d'Erla, assise à son bureau. Visiblement de très mauvaise humeur, elle n'avait pas l'air engageant.

— Qu'est-ce que tu veux ? demanda-t-elle brutalement.

— Rien de spécial. Juste t'encourager à ne pas te laisser impressionner par ces brutes. Leurs supérieurs ont dû leur remonter les bretelles, ils avaient besoin de se défouler. – Huldar entra et ferma la porte derrière lui. – Si tu as envie d'en faire autant, je suis volontaire.

— Et toi, tu te vengeras sur qui ? Ton chien ? répliqua-t-elle en fronçant les sourcils.

— Je n'ai pas de chien. Mais Guðlaugur fera l'affaire, dit Huldar en souriant.

— Je n'ai pas besoin de ta pitié. Je vais relever la tête, répondit-elle sans lui renvoyer son sourire.

— Je le sais très bien. Et tu sais que je le sais. – Huldar se tut mais comme Erla ne semblait pas vouloir en profiter, il continua. – Ce que pense la direction, on s'en fiche. Tu sais aussi bien que moi que c'était impossible à prévoir. Benedikt Toft avait l'air de tomber des nues le jour où on a trouvé les mains dans son jacuzzi. Rien dans son comportement ne laissait soupçonner qu'il avait un quelconque rapport avec cette histoire. Les reproches ne sont pas forcément justifiés. Surtout ici.

Erla semblait se détendre un peu. Ses épaules s'étaient décontractées, elle n'avait plus l'air de mâcher des cailloux.

— Je ne suis pas venu seulement pour parler de l'engueulade de tout à l'heure, poursuivit-il. Je voudrais savoir si on a progressé et si je peux me rendre utile. J'en ai marre de cette foutue liste.

Huldar s'était chargé de la liste des hommes qui avaient de près ou de loin un lien avec le mort. Il vérifiait s'ils étaient toujours en vie et en possession de leurs deux mains. Il n'avait pas réussi à les contacter tous, mais il en restait peu. Il réessaierait plus tard, pour l'instant ça ne servait à rien. On envisageait d'envoyer Guðlaugur jeter un coup œil à leurs boîtes aux lettres pour savoir s'ils avaient quitté leur domicile. L'un d'eux, le frère de Benedikt, vivait en province. On allait demander à la police locale de passer chez lui. Il était inutile d'obliger Guðlaugur à faire le voyage.

Lorsqu'Erla reprit la parole elle avait retrouvé son état normal. Dure et grave, mais beaucoup moins que quand il était entré. La douceur et la gaieté n'avaient jamais été son fort.

— Il faudrait peut-être l'élargir ? C'est forcément quelqu'un qu'il connaissait, répondit-elle.

— Sauf si Benedikt a vu celui qui a déposé les mains dans le jacuzzi, objecta Huldar en haussant les épaules.

L'ancien procureur avait déclaré qu'il ne savait rien. Erla avait jugé crédible la déposition qu'il avait faite ce soir-là. Il avait soutenu mordicus qu'il n'avait rien vu, mais le criminel ne pouvait pas le savoir.

— Même s'il a dit vrai quand il a nié catégoriquement avoir remarqué quoi que ce soit, enchaîna-t-il, il n'est pas impossible qu'un détail ait échappé à son attention. Une voiture qui passait devant sa maison, quelque chose comme ça. Peut-être que le meurtrier n'a pas voulu prendre de risque et s'est débarrassé d'un éventuel témoin. Si jamais il est pris, il ne coupera pas à une peine plancher. Enfin, si le propriétaire des mains est bien mort. Alors un meurtre de plus ou de moins, ça ne doit pas lui faire peur, surtout si ça peut lui éviter d'être pris. C'est du gagnant-gagnant.

— Oui, peut-être. Mais si c'est ça, il n'a pas choisi la facilité. Pourquoi il se serait donné tout ce mal alors que ç'aurait été tellement plus simple de s'introduire chez lui, de le poignarder ou de le frapper à mort ? Il a pris un gros risque avec cette mise en scène dans le parking souterrain. Il n'avait aucun intérêt à agir comme ça, sauf s'il voulait le faire souffrir.

Huldar y avait beaucoup réfléchi, comme tous ceux qui travaillaient sur l'enquête. L'affaire prenait une tournure stupéfiante, tout le monde était d'accord là-dessus, mais on n'avait pas avancé plus loin. On attendait le rapport d'autopsie avec beaucoup d'impatience. Huldar ne comptait pas être parmi les premiers à en prendre connaissance.

— Est-ce qu'on a reçu les enregistrements du parking souterrain ?

— On n'aura aucun enregistrement, cracha Erla, agacée. C'est le bordel.

— Ah bon ?

Il y avait deux caméras de surveillance bien visibles dans le parking souterrain. Elles n'étaient pas dirigées vers la zone où la voiture de Kolbeinn était garée, mais comme il était impossible d'arriver par les égouts, on avait toutes les raisons d'être optimistes. Une fois entré, le meurtrier avait dû passer par la voie d'accès qui se trouvait derrière la voiture. Il était impossible de la rejoindre sans être enregistré par les caméras. L'homme avait sans doute dissimulé son visage à l'aide d'une capuche ou d'une casquette, mais on aurait pu avoir une idée de son âge et de sa corpulence. La vidéo aurait pu révéler comment il s'était déplacé dans le souterrain, mais on penchait pour la voiture. Autrement comment aurait-il fait pour amener sa victime ? S'il n'était pas exclu qu'il l'ait incitée à l'accompagner en inventant un prétexte quelconque, il était difficile de deviner lequel. Comme tout le monde, Huldar comptait sur la vidéo pour les aider à faire le tri entre les différentes hypothèses. Si les caméras n'avaient pas fonctionné correctement, les choses allaient être plus compliquées. Il faudrait interroger tous ceux qui étaient descendus dans le parking et étaient susceptibles d'avoir croisé le criminel. Ce qui demanderait beaucoup de travail.

— Les caméras n'étaient pas branchées ? demanda Huldar.

Il savait qu'on n'avait pas enduit les lentilles avec de la peinture, il avait déjà vérifié lui-même. Il avait été soulagé de constater que le verre était intact.

— Elles étaient branchées. Mais l'ordinateur qui était supposé enregistrer les allées et venues s'est planté il y a plusieurs mois. D'après le concierge, les administrateurs de la copropriété ont décidé qu'il était inutile de le renouveler dans l'immédiat. Ils prétendaient que la présence des caméras était assez dissuasive à elle seule, expliqua Erla, qui avait l'air d'en penser long.

C'était l'une des mesures d'économie qui avaient accompagné le mi-temps imposé au concierge. Huldar renversa la tête en arrière et ferma les yeux. Tout semblait se liguer contre eux dans cette affaire.

— Est-ce qu'on en sait un peu plus sur les circonstances de la disparition de la victime ? Et où elle se trouvait à ce moment-là ?

— Non, dit Erla en secouant la tête. On est en train de passer son domicile au peigne fin mais pour l'instant ça n'a rien donné d'intéressant. On a retrouvé son téléphone portable dans la cuisine, il n'a pas servi depuis deux jours mais on ne sait pas quelles conclusions en tirer. Benedikt était veuf et à la retraite. Son fils vit à l'étranger avec sa femme et ses enfants. Comme c'est souvent le cas avec ce type de profil, il avait peu de fréquentations régulières et il ne passait pas son temps au téléphone. Donc l'absence d'appels n'est pas significative. Ses relevés, y compris les plus anciens, confirment qu'il appelait rarement et qu'on ne l'appelait pas davantage. En plus on n'a trouvé aucun témoin pour nous aider à retracer ses allées et venues avant le meurtre. Son fils ne savait rien. Ils s'appelaient une fois par semaine, la dernière fois c'était il y a quatre jours. D'après lui son père était comme d'habitude, donc on n'est pas plus avancés. La seule indication que nous avons, c'est que les journaux du matin étaient posés dans le salon. Il était donc chez lui le matin du jour où il a été assassiné.

Elle inclina légèrement la tête en arrière et soupira lourdement, puis elle se prit le visage entre les mains et le frotta vigoureusement.

— Putain ! Tout ça pour rien ! Faut espérer qu'on trouvera des empreintes digitales sur la chaîne ou sur l'espèce d'emballage qu'il avait autour de la tête. Sinon tout est contre nous. Personne n'a loué ou vendu de tronçonneuse ces derniers temps. Il ne nous reste plus qu'à examiner une par une toutes celles du pays en espérant qu'on pourra prélever de l'ADN correspondant à celui des mains coupées. Rien que pour localiser les propriétaires de ces engins, il faudra mobiliser toute la brigade pendant plusieurs jours.

— Et Kolbeinn, le propriétaire de la voiture ? Qu'est-ce qui est ressorti de son interrogatoire ?

— Rien. – Erla lâcha encore un gros soupir. – Il affirme qu'il ne sait pas pourquoi on a utilisé sa voiture. Il n'avait jamais vu la victime, il ne connaissait même pas son nom. Pour l'instant on n'a trouvé aucun lien entre eux. – Erla s'interrompit pour fouiller dans les documents éparpillés sur son bureau. – J'ai son témoignage là, quelque part. Il est pratiquement identique à celui de Benedikt. Il ne sait rien et ne comprend rien à ce qui lui est arrivé. C'est un peu inquiétant quand on sait comment ça s'est terminé pour le vieux.

— Mais il dit sans doute vrai. Sa voiture était tout au fond, elle est très puissante. À la place du meurtrier je l'aurais choisie aussi pour réaliser mon plan. Évidemment on ne connaît pas le modèle des voitures qui étaient garées dans la même zone avant le meurtre. Mais ça n'a sans doute aucune importance. L'auteur des faits a dû attendre qu'il n'y ait presque plus de voitures avant de passer à l'action. Plus ça circulait, plus il risquait d'être découvert. Ce serait utile de savoir combien de temps il a attendu. Est-ce qu'on a une idée du moment où il est arrivé sur les lieux ?

— Non, objecta Erla en secouant la tête. Je suppose que c'était en fin de journée. Le parking est ouvert vingt-quatre heures sur vingt-quatre, on y entre facilement en voiture. J'espère toujours que l'autopsie de la victime va nous aider à déterminer la chronologie des événements. Ses blessures aux mains et aux pieds devraient permettre d'estimer combien de temps il est resté ligoté là.

— Je suppose que tu ne vas pas tarder à recevoir les conclusions de l'autopsie ?

Huldar espérait que cette conversation inhabituellement longue était le signe que la confiance régnait à nouveau entre eux. Qu'il redevenait un membre actif de cette brigade hétéroclite. On l'avait oublié dans le congélateur depuis trop longtemps. Pour le ranimer, il fallait qu'on lui redonne envie de partir enquêter dès l'aube. Il était las de n'avoir rien d'autre à attendre que l'ennui d'une nouvelle journée.

— Tu pourras peut-être me communiquer ses conclusions quand tu l'auras reçue ?

— On verra, répondit Erla dont les pupilles se rétrécirent légèrement.

Huldar jugea qu'il était temps de s'éclipser. La conversation allait tourner au vinaigre.

— Je vais me chercher un café, tu m'accompagnes ?

S'il la décidait à sortir de son bureau, ses subordonnés oublieraient rapidement les reproches qu'elle avait reçus. C'était un pas difficile, mais qu'elle devrait franchir tôt ou tard. Même s'il était mal vu de ses collègues, c'était l'occasion à ne pas rater. S'il l'entraînait dans son sillage, elle se concentrerait sur lui et oublierait plus facilement les regards autour d'elle.

— Non, merci. Je dois continuer à me préparer. J'ai prévu un débriefing, tout à l'heure.

— Pas de problème, dit Huldar, en la voyant se plonger dans ses documents.

Il ouvrit la porte mais il s'arrêta sur le seuil.

— Erla, on finira par l'attraper, dit-il en guise d'au revoir. On tombera sur sa piste tôt ou tard, ce n'est qu'une question de temps.

Il avait remarqué en effet que c'était souvent le hasard qui aidait à dénouer les enquêtes. Les policiers finissaient toujours par tomber sur un indice qui donnait la clé de l'énigme. Dans les affaires de meurtre les plus courantes, ça se produisait dès qu'ils arrivaient sur la scène de crime. En Islande les assassins cherchaient rarement à effacer les traces de leur passage. Parfois même ils étaient encore sur place, l'arme du crime entre les mains. L'affaire qui les occupait était d'une autre nature mais il n'était pas pessimiste au point de douter qu'ils puissent la résoudre. Restait à savoir quand.

— On l'aura et ce jour-là ceux qui t'ont engueulée viendront te féliciter.

Il lui sourit mais elle resta les yeux baissés sur son document, le stylo à la main.

— Pourquoi parles-tu de lui au masculin ? Pourquoi dis-tu "il" ? demanda Erla en tournant une page et en poursuivant sa lecture. Tu es sûr qu'il ne s'agit pas d'une femme ?

Huldar hésita sur le seuil. Il réfléchissait.

— Oui. Je suis absolument convaincu qu'il s'agit d'un homme. On a utilisé une tronçonneuse, une chaîne en acier, un essieu et une voiture puissante.

Malgré ses efforts, il n'arrivait pas à concevoir qu'une femme ait pu faire ça. Mais il était sans doute macho.

Huldar sortit et ferma derrière lui. Ses collègues avaient l'air de se désintéresser d'Erla. Peut-être s'étaient-ils vraiment mis au travail. Il retourna à sa place, renonçant au café qu'il n'avait jamais eu envie de boire.

Guðlaugur se laissa tomber sur son siège. Il rougissait tout le temps, mais cette fois c'était à cause du froid.

— Je n'ai rien trouvé. J'ai épuisé la liste.

— Ils étaient tous chez eux ? demanda Huldar, qui déplaça son siège pour faire face au jeune homme.

— Trois ont ouvert quand j'ai frappé. Ils étaient tout à fait en état de répondre au téléphone. Un autre était à l'hôpital, d'après ce que m'a dit sa voisine de palier. Le dernier est en mer. Sa femme était à la maison.

— Tu sais de quoi souffre celui qui est à l'hôpital ? demanda Huldar par acquit de conscience.

On avait déjà interrogé l'hôpital et les urgences pour savoir s'ils avaient reçu un patient qui avait perdu ses mains. De tels faits ne passaient pas inaperçus.

— Non, répondit Guðlaugur d'un air inquiet. J'aurais dû le faire ?

— Oui. Évidemment. Vérifie aussi si celui qui est en mer est vraiment en mer.

— Comment je fais ? Il avait l'air complètement déboussolé.

— Tu te débrouilles pour trouver le nom du rafiot et celui de l'armateur. On te dira s'il s'est effectivement présenté à bord. Est-ce que je dois aussi t'expliquer comment faire pour appeler l'hôpital ?

Huldar donna une impulsion à son siège à roulettes et se retrouva en face de son bureau. Dès que ses yeux tombèrent sur la liasse des lettres du cylindre temporel, il ne put s'empêcher de penser à Freyja. Quoique soulagé d'être enfin occupé par une enquête digne de ce nom, il regrettait de ne plus avoir de raison de reprendre contact avec elle. Si un enfant devait être entendu comme témoin dans la nouvelle affaire, il aurait un prétexte pour le faire, mais il réprima aussitôt cette pensée. Qu'un enfant soit interrogé dans de telles circonstances n'était vraiment pas souhaitable. Il attrapa les feuilles et relut une fois encore la lettre de menaces. Quand le meurtre de Benedikt serait résolu, il reprendrait le dossier et solliciterait l'aide de Freyja. Il tenterait d'améliorer son image auprès d'elle. Si elle le trouvait fréquentable, ce serait gagné. Il pourrait tenter sa chance à nouveau. Qui sait ? Peut-être que cette fois ça marcherait. Comme elle vivait toujours seule, tous les espoirs lui étaient permis.

— Pourquoi tu souris ? demanda Guðlaugur, dont la tête venait de surgir au-dessus de son écran.

— Pour rien, dit Huldar, qui avait souri bien involontairement. Qu'est-ce que tu veux ?

— Il y a des téléphones à bord des bateaux ?

Huldar ne jugea pas utile de lui répondre.

— Quel est le nom des deux personnes que tu continues de rechercher pour vérifier si elles sont toujours en vie ? demanda-t-il à la place.

La tête disparut puis resurgit, une feuille à la main.

— Ævar Einarsson et Haraldur Jóhann Guðnason, lut Guðlaugur. Pourquoi tu me demandes ces noms ?

— Comme ça, dit Huldar qui ne se sentait pas le courage de tout lui expliquer.

Les initiales de ces deux noms ne correspondaient à aucune de celles qui figuraient sur la liste établie par

Þröstur dans sa lettre de menaces. Huldar s'était posé la question d'un éventuel lien entre les deux affaires mais il n'en était rien. Les initiales B.T. de Benedikt Toft avaient éveillé son attention, elles figuraient bien dans la liste, mais ce n'était sans doute qu'une coïncidence. Il n'avait pas osé en parler à Erla. Elle lui aurait ri au nez, surtout s'il avait ajouté que K. pouvait être Kolbeinn. Personne ne prenait au sérieux cette histoire de cylindre temporel. Sans preuves tangibles d'un lien entre Þröstur et le mort du parking il serait impossible de convaincre ses collègues. Comme il était lui-même dans le doute, il valait mieux attendre. Son hypothèse ne tenait pas. Pourtant il ne parvenait pas à chasser de son esprit la vision saisissante du jeune homme à l'instant où il avait pété les plombs devant lui et Freyja, quand il avait appris la raison de leur visite. Ce n'était pas une fureur meurtrière, c'était de la révolte contre un système qu'il rendait responsable de tout. C'était tentant d'accuser la police et la justice de ne pas avoir fait leur travail. Comme ça, il n'avait pas besoin de se dire que dans leur propre maison une adulte qui connaissait la dangerosité de son compagnon aurait dû avertir la police. Agnes, sa mère.

Comme Erla n'avait pas confié de nouvelles tâches à Huldar et qu'il disposait d'une demi-heure avant la réunion qu'elle avait organisée, il décida de s'occuper en cherchant des renseignements sur le père de Þröstur.

Les circonstances du meurtre de Vaka lui donnaient la nausée. L'homme – si tant est qu'on puisse l'appeler ainsi – avait violé la fillette dans le lit de sa propre fille. Puis il l'avait étouffée avec un oreiller. Il n'avait fourni aucune explication, hormis le fait qu'il était tellement saoul qu'il ne savait plus ce qu'il faisait. Sa fille, qui avait le même âge que sa camarade assassinée, s'était enfermée dans un placard. Elle était toujours à l'intérieur quand la police était arrivée sur place. Malgré de nombreuses tentatives on n'avait pas réussi à recueillir sa version des faits. La police la considérait comme un témoin direct du viol et du meurtre. On ne savait pas si elle s'était réfugiée dans le placard avant les événements ou dès qu'elle avait compris ce qui allait arriver. La psychologue qui l'avait prise en charge avait expliqué qu'avec le temps la fille de Jón communiquerait plus facilement, mais qu'il était peu vraisemblable qu'elle y parvienne d'ici la date du procès. Elle avait trop peur de son père. Son frère Þröstur, qui avait douze ans au moment des faits, n'avait pas hésité à parler mais il était à l'école lorsque la tragédie avait eu lieu. Il était rentré à la maison et s'était enfermé dans sa chambre sans se douter qu'une petite fille gisait morte dans la pièce voisine. Poussé par la faim, il était descendu à la cuisine à l'heure du dîner. Il avait mangé des Cheerios. Il était tout seul mais c'était normal. Sa mère travaillait le soir. Elle faisait des ménages et était employée à la cantine d'une maison de retraite entre midi et vingt heures. Comme elle se déplaçait en bus, elle n'était jamais rentrée avant vingt et une heures. D'après Þröstur son père n'était pas avec lui mais ça n'avait rien d'anormal non plus. Il était continuellement saoul. Quand il n'était pas affalé, complètement inconscient, sur le canapé du salon, il fumait convulsivement dans la cuisine, le nez au-dessus d'un cendrier débordant de mégots. Le reste du temps il leur rendait la vie infernale, sauf quand il s'enfermait dans la chambre pour cuver son vin. Personne n'était jamais tenté de le réveiller ou de l'encourager à sortir. Selon Þröstur, c'étaient leurs seuls bons moments avec sa sœur et sa mère. Enfin, presque bons.

Ce jour-là Agnes était donc rentrée vers vingt et une heures. D'après les calculs de Huldar, Vaka gisait morte depuis plus de cinq heures dans la chambre de sa fille Sigrún ; ses membres commençaient à se raidir. Au cours de sa déposition elle avait déclaré qu'elle était encore plus fatiguée que d'habitude, parce qu'elle avait attrapé la grippe. L'examen médical qu'elle avait subi deux jours plus tard ne l'avait pas confirmé ; sa température était normale et elle ne présentait aucun symptôme de cette maladie. Agnes avait affirmé aussi que son mari était debout au rez-de-chaussée au moment de son arrivée. Il puait le *brennivin*. Elle avait attribué sa mauvaise humeur au fait qu'elle ne lui avait pas rapporté d'alcool, alors qu'elle n'avait rien promis de tel. Comme si ce détail pouvait avoir la moindre importance ! se dit Huldar. Jón s'était mis en colère et l'avait frappée si violemment qu'elle était tombée à terre. Sa tête ayant heurté le mur, elle s'était à moitié assommée. Il s'était précipité au-dehors, l'abandonnant sur place. Elle avait tâté sa bosse et s'était préparée à se défendre contre un éventuel supplément de coups. L'examen médical, qui n'avait pas permis de détecter des traces de grippe, avait en revanche confirmé qu'Agnes avait bien une grosse bosse au-dessus de l'arcade sourcilière droite, consécutive à sa chute contre le mur. Sa joue gauche présentait un hématome qui descendait jusqu'à la mâchoire. C'était la trace des coups qu'elle avait reçus, ce qui corroborait sa version des faits. Après son départ elle était péniblement montée à l'étage. Elle était entrée dans la chambre des enfants. Elle avait cru que c'était sa fille qui dormait dans son lit sous la couette. Elle avait refermé la porte puis échangé quelques mots avec son fils dans la pièce voisine. Ensuite elle s'était couchée et ne s'était réveillée qu'au moment de l'arrivée de la police vers huit heures du matin. Þröstur l'avait appelée juste après avoir découvert le corps de Vaka dans le lit de sa sœur. Quand il était venu la réveiller il avait trouvé une petite fille inconnue allongée à sa place. D'après sa déclaration au téléphone, il n'avait pas compris qu'elle était morte. Il avait raconté qu'une petite fille malade était couchée dans le lit de sa sœur. Il n'était pas arrivé à la réveiller. Elle était froide et ça faisait drôle quand on la touchait. Elle était endormie mais elle avait gardé les yeux ouverts. Quant à sa sœur, elle avait disparu.

Les photos de la scène du crime étaient atroces. On voyait l'intérieur d'une petite chambre, pauvre et malpropre. La fillette était couchée dans de la literie sale et usée. Les photos prises avant qu'on la déplace montraient que le drap était remonté jusqu'au cou. Elle était bouche bée, ses yeux veinés de rouge étaient ouverts. Elle avait le sourire caractéristique des victimes mortes étouffées. Ses cheveux châtains étalés autour de sa tête comme des rayons semblaient avoir été peignés. Ses lèvres étaient bleues, à l'une des commissures était accrochée une petite plume de l'oreiller avec lequel elle avait été étouffée. Un des rapports mentionnait que l'oreiller était positionné de telle façon qu'il était difficile de voir depuis le seuil qui était couché sous la couette. Cette constatation confirmait les déclarations de Þröstur et d'Agnes.

Les photos réalisées après avoir ôté la couette qui recouvrait l'enfant étaient encore plus insoutenables que les précédentes. Huldar recula malgré lui sur son siège. On avait arraché les vêtements du bas du corps de l'enfant. Le pantalon pendait à l'envers accroché à l'un des pieds, avec la culotte aux motifs enfantins. Les vêtements du haut avaient été partiellement déchirés. Une doudoune rouge gisait en bas du lit, du côté qu'on ne pouvait pas voir depuis la porte. Un pull à boutons brodé de fleurs avait été ouvert brutalement. Le tee-shirt qu'elle portait en dessous avait été remonté jusqu'à la hauteur de la cage thoracique. Les jambes écartées découvraient une flaque sombre de sang séché. Il crut reconnaître des taches plus anciennes sur le drap. S'il ne se trompait pas, cela signifiait que Sigrún avait très probablement subi le même sort que Vaka de la part de son monstre de père. Il se souvenait de ce qu'avait dit Freyja : qu'il était peu vraisemblable que Vaka ait été la première victime de Jón. Les documents indiquaient que la question avait été posée au frère et à la sœur, qui s'étaient tus tous les deux. Sans doute par peur de leur père.

Il referma les fichiers les uns après les autres. Il ouvrit celui qui contenait le jugement du tribunal, mais il n'y trouva rien de plus. Jón avait été condamné à seize ans de prison en première instance. La cour d'appel avait sans surprise confirmé le verdict. Mais en cherchant plus avant il tomba sur un autre jugement, à l'issue d'un procès plus ancien. Cette fois-là Jón n'avait pas fait appel car il avait été acquitté. Le document ne détaillait ni le contenu de l'accusation ni le déroulement des faits. Les arguments qui avaient justifié l'acquittement n'y figuraient pas non plus. On apprenait seulement que Jón avait été accusé d'agression sexuelle contre un enfant et que le procès s'était déroulé à huis clos. Huldar rechercha d'autres documents mais ne trouva rien sur l'enquête de police qui avait obligatoirement précédé ce procès. Il n'était pas familier des affaires jugées à huis clos. Il ignorait si les informations étaient toujours aussi succinctes. En tout cas il était très curieux d'en savoir plus. Faute de mieux il décida de relire les conclusions apparemment sans intérêt de cet ancien jugement, dans l'espoir d'y découvrir quelque chose entre les lignes.

Mais il n'en eut pas besoin. Il lut le nom du procureur qui avait été chargé de l'affaire au nom du ministère public. Il bondit sur son siège.

Benedikt Toft, le mort du parking souterrain.

13

Dans le jardin zoologique un groupe d'enfants s'activait autour d'un barbecue dont la fumée s'élevait dans les airs. Æsa eut encore plus faim quand, en s'approchant d'eux, elle respira l'odeur des grillades. Elle n'était pas la seule. Les animaux qu'elle avait croisés en chemin s'étaient collés contre les clôtures pour humer l'air chargé d'effluves. Deux petits garçons couraient à sa rencontre, une saucisse dans une main, un brick de lait chocolaté dans l'autre et du ketchup plein le menton. Elle leur sourit amicalement mais ils étaient tellement dans leur bulle qu'ils ne firent pas attention à elle et poursuivirent leur course. Agacée de les voir sans surveillance, Æsa se retourna sur leur passage, soucieuse de leur sécurité. Les gamins s'installèrent sur un muret de pierre juste derrière elle et attaquèrent leur pique-nique. Estimant qu'ils ne risquaient rien assis là, Æsa ne jugea pas utile de les rejoindre pour leur demander de retourner avec leurs camarades.

Depuis l'allée où elle se trouvait, elle voyait l'ensemble du groupe des enfants. Elle le parcourut du regard, en quête de Karlotta et Daði, mais elle ne les vit nulle part. Les petites têtes couvertes de bonnets multicolores s'agitaient en tous sens, l'excitation était à son comble. Pour fêter l'anniversaire de l'école, on avait offert aux enfants une sortie au jardin zoologique, un barbecue et toutes sortes d'animations. Æsa avait beaucoup donné elle aussi. Le matin les deux enfants avaient mis des heures à choisir des vêtements dignes de l'événement. Karlotta s'était changée trois fois, Daði seulement deux. Ils étaient si heureux de participer à cette fête pourtant bien ordinaire qu'Æsa n'avait pas osé les bousculer pour éviter d'arriver en retard. Elle s'était arrangée pour que son travail n'en souffre pas.

Plus elle approchait, plus le bruit augmentait. Elle avait l'impression d'être au pied d'une falaise peuplée d'oiseaux. Comme il était parfaitement inutile de tenter de les appeler, elle se glissa prudemment dans la foule et les chercha des yeux. Mais les enfants bougeaient trop, ils se précipitaient les mains vides vers les tables du barbecue et revenaient chargés de nourriture. Comme elle ne pouvait rien faire d'autre qu'essayer d'éviter les éclaboussures de ketchup ou de sauce rémoulade, elle repéra l'enseignante la plus proche et réussit à la rejoindre sans dommages pour ses vêtements.

— Bonjour ! lui lança la jeune femme avec un sourire si large qu'elle découvrait ses canines.

C'était l'accueil auquel Æsa avait droit chaque fois qu'elle amenait ses enfants à l'école ou venait les rechercher. Une politesse désagréablement mielleuse, quelles que soient les circonstances.

— Bonjour, dit Æsa, esquissant un sourire à son tour. Je viens chercher Karlotta et Daði. Vous ne les auriez pas vus ?

— Oh ! – Son sourire surjoué céda la place à une stupide moue de dépit. – Ils ne vont pas partir tout de suite ? On vient juste de commencer à griller les saucisses.

— Non, non. Ils ont tout le temps. Je ne suis pas pressée. Je voulais seulement les prévenir que je suis arrivée.

Ses derniers mots furent couverts par les cris d'un enfant qui venait de laisser tomber la saucisse de son hot-dog. La jeune femme alla le consoler et le reconduisit devant le barbecue. Æsa resta plantée là, pas plus avancée. Où étaient donc passés Karlotta et Daði ? Elle fit plusieurs pirouettes sur elle-même mais elle ne les vit nulle part. Elle commençait à s'inquiéter.

Elle avait toujours à l'esprit l'étrange message de Þorvaldur. Il ne l'avait pas encore rappelée. Elle n'avait pas non plus essayé de le joindre depuis leur dernière conversation la veille au soir. Elle brûlait d'en savoir plus mais elle ne voulait pas qu'il ait la satisfaction de se faire prier encore une fois. C'était à lui de la rappeler. Décidément ça ne s'arrangeait pas entre eux. Le bien-être des enfants comptait moins que la satisfaction de garder l'avantage dans leur misérable petite guerre. Æsa pesta contre elle-même, puis elle se fraya prudemment un chemin à travers la foule. Elle voulait s'éloigner pour profiter d'une vue dégagée sur le jardin. Karlotta et Daði s'étaient peut-être installés eux aussi sur un banc ou une pierre pour déguster leur pique-nique. Mais elle ne les vit nulle part. Elle commençait à s'affoler lorsqu'elle aperçut Beta, une camarade de jeu de Karlotta. Elle sortait des toilettes et se précipitait vers le barbecue. Æsa soupira de soulagement. Évidemment ! Ils étaient juste allés faire pipi ! C'était bien leur genre d'y aller ensemble. Combien de fois n'avait-elle pas été obligée de ramener le calme dans la maison parce qu'ils se disputaient à qui irait le premier aux toilettes ! Dès qu'un des deux avait envie de faire pipi, on pouvait être sûr que l'autre allait suivre.

— Beta ! cria Æsa en direction de la fillette, qui lui fit un signe avec sa moufle et courut vers elle. Est-ce que Karlotta est aux toilettes ?

Beta renifla. Le temps était calme mais il faisait froid, comme le montraient les joues rouges des enfants.

— Non. Elle est partie, répondit la fillette en reniflant encore.

— Partie ? demanda Æsa qui se retint de saisir la petite par les épaules et de la secouer. Partie où ?

— Partie d'ici, répondit-elle en souriant, inconsciente de l'inquiétude qu'elle venait de déclencher chez Æsa.

— Partie où ?

Elle enfonça ses mains dans ses poches pour ne pas secouer l'enfant.

— Ben, partie. Elle et Daði, ils m'ont dit qu'ils allaient voir des chiots.

— Des chiots ? répéta Æsa stupidement, mais ça lui donnait le temps de réagir. Où sont les chiots ?

— Je ne sais pas. Je n'avais pas le droit d'aller avec eux.

— Tu n'avais pas le droit d'aller avec eux ? Qu'est-ce que tu veux dire ?

— C'est Karlotta qui l'a dit. Le monsieur ne voulait les montrer qu'à eux.

Beta commençait à comprendre que quelque chose n'allait pas. Elle regardait autour d'elle, comme si elle cherchait un prétexte pour s'échapper.

Æsa s'efforçait de paraître très calme. C'était difficile.

— Est-ce que ce monsieur travaille dans le jardin zoologique ? Est-ce qu'il y a des chiots plus loin ?

— Non.

Æsa n'avait obtenu qu'une réponse ambiguë mais c'était bien sa faute si elle avait enchaîné deux questions.

— Je ne sais pas. Je ne l'ai pas vu. Seulement Karlotta. – Beta hésita. – Et peut-être Daði. Mais il n'y a pas de chiots au zoo. Ils étaient dans la voiture du monsieur.

Beta regarda de nouveau autour d'elle et s'approcha d'Æsa d'un air complice. La fillette, tout sourire, ne mesurait visiblement pas la gravité de la situation. Rien de fâcheux ne pouvait arriver un jour d'anniversaire.

— Le monsieur a dit qu'il ne fallait pas en parler aux maîtresses.

— Où ils sont partis ? Dans quelle direction ? demanda-t-elle d'une voix qui trahissait son inquiétude, les mains toujours immobilisées dans les poches.

— Par là, répondit-elle en désignant, avec sa moufle feutrée par l'usage, la direction par où Æsa était arrivée, à l'extrémité du zoo. Ils sont partis par là.

Pour ne pas perdre un instant, elle ne demanda pas à la petite depuis combien de temps le frère et la sœur avaient disparu. Elle se mit à courir. Elle ne gâcha pas un temps précieux en prévenant les personnels de l'école. Ils ne lui seraient pas d'un grand secours à présent. Le plus urgent, c'était de retourner sur le parking, où ses enfants se trouvaient peut-être encore. À moins qu'ils ne soient déjà montés en voiture avec un homme qui ne devait pas avoir de bonnes intentions à leur égard. Comme à l'aller elle n'avait pas croisé Karlotta et Daði, elle ne les rattraperait pas pendant son trajet jusqu'à sa voiture. Pourvu que l'homme n'ait pas réussi à les emmener. Pourvu qu'il ne leur fasse pas de mal ! Elle ne voulait pas y penser.

Soudain, par-dessus les piaillements des enfants, Æsa entendit quelqu'un l'appeler. Sûrement l'une des maîtresses, surprise de la voir aussi agitée. Elle l'ignora et força son allure. S'ils voulaient des explications Beta les leur fournirait. Elles seraient bien ennuyées quand elles sauraient que Karlotta et Daði n'étaient plus là. Cette pensée lui donna un regain d'énergie. Dans l'atmosphère bruyante du jardin elle courait sans faire attention à ses pas. Elle trébucha contre une pierre et tomba sur le genou sous le regard indifférent de deux chevaux. Ignorant la douleur, elle reprit sa course sans se soucier de l'accroc au pantalon tout neuf qu'elle n'aurait pas les moyens de remplacer. Ça n'avait pas d'importance.

Lorsque le parking fut enfin en vue, Æsa était trop essoufflée pour crier les noms de Karlotta et Daði. Sa voix n'avait pas plus de portée que s'ils étaient à côté d'elle et l'écoutaient leur expliquer pourquoi il fallait se laver les dents le matin et le soir. Comme personne ne lui répondit, toute suffocante elle franchit en boitant la distance qui la séparait du parking à moitié vide. Elle recommença à appeler, de plus en plus fort. En même temps elle examinait l'intérieur des voitures. Aucune trace de ses enfants, aucune trace de l'homme et de ses chiots. Il lui restait seulement trois voitures à explorer quand elle entendit qu'on l'appelait. Cette fois ce n'était pas un adulte mais sa fille.

— Maman !

Æsa se retourna, incrédule. Elle avait sans doute mal entendu, il y avait une foule d'enfants dans les parages.

C'était peut-être une autre petite fille qui appelait une autre maman.

Elle poussa un soupir de soulagement en reconnaissant Karlotta et Daði qui couraient dans sa direction sur le sentier qui longeait l'entrée du parking. Ils arrivaient visiblement de la rue. Ils lui firent signe de la main, souriants et joyeux. Il ne leur était rien arrivé de fâcheux. Ils ne se rendaient visiblement pas compte qu'ils avaient mal agi. Pourtant elle n'avait eu de cesse de leur répéter qu'il ne fallait jamais partir avec un inconnu. Elle explosa. À quoi pensaient-ils ? Ils s'en étaient sortis indemnes, mais il aurait pu leur arriver une chose terrible.

Elle se traîna jusqu'à eux. Ils se rejoignirent à la hauteur de la grille du jardin zoologique. Les enfants, qui n'avaient toujours rien compris, lui demandèrent tout naturellement s'ils pouvaient avoir une saucisse. Les chevaux, qui s'étaient éloignés, semblaient observer la scène à distance. Æsa crut les voir hocher la tête pour dire "oui".

Elle était si furieuse qu'elle n'arrivait pas à parler distinctement en les grondant.

— D'où vous venez ? Je vous avais absolument interdit de partir avec des inconnus. Qu'est-ce qui vous a pris ?

— Quoi ? Karlotta et Daði la regardaient d'un air surpris.

Ils ne souriaient plus, ils faisaient la moue. Æsa inspira profondément et réussit cette fois à parler plus posément.

— Qu'est-ce qui vous a pris de quitter le groupe comme ça ? Je vous avais absolument interdit de le faire. Et je vous l'ai répété plusieurs fois.

— Oui, mais… dit Karlotta sans terminer sa phrase.

Elle faisait des grimaces pendant qu'elle essayait de trouver les mots pour expliquer ce qui était arrivé. À ses côtés Daði ne quittait pas sa sœur des yeux, de peur de croiser ceux de sa mère. Quand ça allait de travers, du haut de ses trois ans, il se réfugiait auprès de Karlotta, qui en avait cinq.

— Pas de "oui mais". Dis-moi ce qui s'est passé, pourquoi vous m'avez désobéi ?

Sa colère diminuait à mesure qu'elle parlait. Les yeux de Karlotta, qui ressemblaient tant à ceux de Þorvaldur, la regardaient sous ses cils clairs, des larmes perlaient à ses paupières. Elles grossirent jusqu'à devenir suffisamment lourdes pour glisser sur ses joues encore rouges.

— Ce… n'était… pas un… méchant. Elle luttait contre les sanglots. Il… avait… des chiots… Ce… n'était… même pas… un monsieur.

La colère d'Æsa s'envolait, elle regrettait déjà de s'être emportée contre eux. Elle se baissa pour essuyer les larmes sur les joues de sa fille. Son genou blessé l'élançait de plus en plus, mais elle ne céda pas à la douleur. Le geste tendre de sa mère libéra un flot de larmes sur le visage de Karlotta. Æsa la prit dans ses bras et attira aussi Daði tout contre elle.

Les choses auraient pu tourner tellement plus mal.

Æsa se redressa, fit monter les enfants dans la voiture et démarra. Elle n'eut même pas l'idée de faire un détour pour informer les enseignantes que tout s'était bien terminé.

Sur le trajet du retour, l'ambiance dans la voiture n'était pas des plus gaies. En alternant la douceur et la fermeté

Æsa réussit à obtenir de Karlotta qu'elle lui raconte toute l'histoire. Daði gardait le silence. Elle la laissa parler sans la brusquer ni l'interrompre avec des questions. Elle ne savait que penser mais il y avait forcément un lien avec les mises en garde de Þorvaldur. Il n'avait pas parlé à la légère quand il l'avait priée de faire très attention aux enfants.

Pour les consoler de leur départ précipité de la fête, Æsa les emmena à la cafétéria de la station-service. Elle offrit à chacun une saucisse. Elle les installa sur des tabourets de bar, devant une haute table, et s'échappa au-dehors pour quelques instants. Elle voulait se débarrasser du coup de fil à son ex sans que Karlotta ou Dadi puissent l'écouter. Si elle attendait d'être rentrée, ils risquaient d'être témoins de leur dispute. Pour être sûre qu'il répondrait, elle lui envoya d'abord un texto :

> Si tu n'appelles pas, je préviens la police – ça concerne Karlotta et Daði.

Il rappela aussitôt.

— Qu'est-ce qui te prend ? Tu as perdu la tête ?

Æsa ne daigna pas répondre mais alla droit au but. Il faisait semblant d'ignorer son message mais ce n'était pas le moment de se disputer. L'angoisse dans sa voix le trahissait.

— Tout à l'heure un type a réussi à embobiner Karlotta et Daði pour les faire monter dans sa voiture. J'exige que tu me dises pourquoi tu m'as mise en garde hier justement contre ça.

— Qu'est-ce que tu racontes ? Tu n'as pas écouté ce que je t'ai dit ? Tu es devenue folle ou quoi ? Tu es incapable de t'occuper de tes propres enfants ?

Sa réaction n'était pas très différente de la sienne lorsqu'elle avait retrouvé les petits un peu plus tôt.

— Arrête avec ça, Þorvaldur, répliqua Æsa.

Elle attendit qu'il réagisse. À l'autre bout de la ligne elle l'entendait seulement respirer.

— Bien sûr je les ai mis en garde. Plusieurs fois même. Mais ton ami a été plus malin que moi. Il s'est déguisé en père Noël et il a raconté aux enfants qu'il avait des chiots. Pour eux le père Noël n'est pas un homme, et encore moins un méchant. Ils ont cru qu'ils ne couraient aucun danger en le suivant. Malgré mes avertissements.

Þorvaldur respirait toujours dans le combiné.

— Ils n'ont pas vu son visage ? demanda-t-il enfin.

— Non. Je viens de te le dire. Il portait un costume de père Noël. Un costume américain. Avec la barbe blanche et tout le reste. Leur description s'arrête là. D'ailleurs c'était peut-être une femme, mais quand même, ça m'étonnerait.

— Mon Dieu !

— Oui, Þorvaldur. Mon Dieu ! Inutile que je te dise ce qui aurait pu arriver. Heureusement il ne leur a rien fait. Mais qu'est-ce qu'il inventera la prochaine fois ? – Elle toussa, la voix lui manquait. – S'il tente encore quelque chose.

— Qu'est-ce qu'il a fait, exactement, ce père Noël ? demanda Þorvaldur, qui semblait partagé entre la colère, la peur et la confusion.

— Il a profité de la sortie de l'école maternelle au jardin zoologique pour les guetter. Quand ils sont descendus du car et qu'ils ont attendu les autres, il les a attirés dans sa voiture. Il l'avait garée juste à l'entrée. Il leur a dit que s'ils revenaient un peu plus tard, quand personne ne ferait attention à eux, il leur montrerait ses chiots. Il leur a interdit d'en parler et leur a demandé de ne pas amener d'autres enfants avec eux. Ils étaient les seuls qu'il autorisait à venir voir les chiots.

— Et ils ont obéi ?

— Oui. – Æsa se frotta le front. Un début de migraine. Après une journée pareille, ça n'avait rien d'étonnant. – Ce sont des enfants. Pour eux c'était le père Noël. Un père Noël avec des chiots. Rien d'autre.

— Mais ils doivent pouvoir décrire la voiture ? dit-il, déclenchant le rire d'Æsa.

— Oui, oui. C'était une voiture. Pas rouge. Tu n'obtiendras rien de plus. Crois-moi, j'ai essayé.

Elle ferma les yeux et se massa les paupières. C'était peine perdue, la crise la submergeait déjà. Seul un puissant antalgique pourrait la tirer d'affaire.

— Ils sont montés dans la voiture et il a démarré. Il leur a dit que les chiots étaient juste à côté mais que c'était trop loin pour y aller à pied. Après ils ont roulé, et puis il les a ramenés. Mais il s'est arrêté un peu avant leur point de départ. Il leur a raconté qu'il ne se rappelait plus où se trouvaient les chiots. Ils les verraient une autre fois. Et il les a fait descendre de la voiture.

— Et après ?

— Pas de "et après". Ils sont sortis, ils ont dit au revoir et ils ont fini à pied. Ils sont arrivés au jardin zoologique où j'étais en train de les chercher partout, dans l'état que tu peux imaginer.

Elle devait se dépêcher de finir avant que la douleur ne l'empêche de conduire.

— Avant de les laisser il les a priés de transmettre ses salutations à quelqu'un. À toi.

— À moi ? demanda Þorvaldur, d'une voix étranglée.

— Oui, confirma-t-elle d'une voix à peine plus sûre. Karlotta devait te transmettre ses salutations de la part de Vaka. – Elle devina que Þorvaldur avait le souffle coupé. – Merde, c'est qui cette Vaka, Þorvaldur ? – Comme il ne répondait pas elle poursuivit sur sa lancée pendant qu'elle en avait encore la force. – Tu peux dire ce que tu veux, mais je vais appeler la police. Tu leur expliqueras comment tu connais cet homme, et qui est Vaka.

Æsa coupa la communication. Par la fenêtre de la station-service elle voyait Karlotta et Daði assis avec leur saucisse à moitié entamée, perchés les jambes pendantes sur leurs tabourets trop hauts. Ils semblaient avoir perdu l'appétit. Elle sentit une larme couler sur sa joue. Était-ce à cause de sa migraine, de sa douleur au genou ou du soulagement de les voir sains et saufs ?

14

Comme toujours Baldur était en pleine forme, insouciant et optimiste. Mais il en faisait trop, c'était à se demander s'il n'était pas en train de devenir dingue. Il se redressa sur le lit étroit fixé au mur qui occupait presque tout l'espace disponible dans la petite pièce. Les prisonniers de Litla-Hraun recevaient leurs visiteurs dans d'anciennes cellules désaffectées. Freyja espérait que celle dans laquelle il végétait jour après jour était plus grande, plus moderne et mieux équipée que le réduit où se déroulaient les visites. Mais elle se gardait bien de lui poser la question, de crainte d'être déçue. Comme les différents bâtiments qui composaient la prison n'étaient désignés que par des numéros, "bâtiment 1", "bâtiment 2", et ainsi de suite, il ne fallait pas s'attendre à des miracles.

Freyja cherchait une position pas trop inconfortable sur l'unique chaise qui tenait dans la cellule. Baldur ne s'en sortait pas mieux. Il n'arrêtait pas de déplacer ses longues jambes tandis qu'elle se contorsionnait pour trouver une assise correcte. Elle savait bien que c'était en pure perte, il y avait si longtemps qu'elle lui rendait visite. Elle n'avait pas envie de se rappeler depuis quand.

Tantôt elle prenait place sur une chaise, comme cette fois, tantôt sur le lit. Elle le laissait toujours choisir.

— Tu ne devrais pas avoir une journée de permission de sortie ces temps-ci ? demanda Freyja.

Tout en parlant elle regardait par la minuscule fenêtre l'alignement des maisons basses de la commune d'Eyrarbakki. Elle se demandait si la cellule de son frère était orientée vers la capitale, la mer ou la route nationale, mais elle garda sa question pour elle. Elle préférait imaginer qu'il avait l'océan sous les yeux plutôt que le trafic clairsemé des véhicules qui allaient et venaient depuis Selfoss.

— Je crois bien, je ne m'en suis pas vraiment occupé. En tout cas on m'a promis oralement que j'aurais ma permission un de ces jours, répondit Baldur en bâillant, comme si la perspective de ce court moment de liberté ne l'intéressait pas.

Comme la prolongation de sa peine lui avait fait perdre provisoirement ce droit, il préférait sans doute éluder le sujet. Freyja avait l'impression que c'était plus embarrassant pour son frère que pour elle d'en parler, d'autant plus qu'à chacune de ses visites ils perdaient tous les deux de précieuses minutes, elle à dire son chagrin, lui à lui expliquer qu'il ne lui en voulait pas.

— En tout cas j'ai tout le temps qu'il faut devant moi pour réfléchir à la façon dont j'occuperai cette journée de permission.

— Avertis-moi dès que tu connaîtras la date, pour que je puisse me rendre disponible, dit Freyja. Ça me permettra de venir te chercher, ajouta-t-elle pour qu'il ne croie pas qu'elle s'accrocherait à ses basques au lieu de le laisser profiter de sa liberté.

Baldur acquiesça d'un hochement de tête.

— OK. Je n'ai pas l'intention d'aller en ville à pied.

Il lui sourit et bâilla de nouveau. Le peu d'intérêt qu'il avait manifesté pour cette permission s'était déjà envolé. C'était comme s'il n'avait plus conscience de sa situation, alors qu'il était enfermé depuis plusieurs années dans cette prison et qu'il n'avait le droit de sortir à l'air libre que deux heures par jour. Comment s'occupait-il le reste du temps ? C'était une énigme pour Freyja. Il utilisait la totalité du quota de visites auquel chaque prisonnier avait droit. Il aurait pu sans difficulté en augmenter la fréquence si les règles avaient été moins strictes. Freyja s'estimait donc heureuse d'avoir obtenu celle-ci très rapidement alors que d'habitude elle devait patienter pendant une quinzaine de jours. Ses petites amies passaient toujours avant elle. Mais la dernière en date n'étant pas venue pour cause de grippe, Freyja en avait conclu que ce serait bientôt de l'histoire ancienne. Le charme de Baldur, qui tenait à son insouciance et à sa joie de vivre, était irrésistible dès qu'on était à ses côtés. Mais cet attrait perdait de sa force quand on l'avait quitté et se prolongeait de moins en moins longtemps au fil des visites et des au revoir.

— Un prisonnier dénommé Jón Jónsson a été relâché récemment. Qu'est-ce que tu peux me dire sur lui ? Il avait été condamné pour le viol et le meurtre d'une petite fille.

— Pourquoi tu t'intéresses à cette ordure ? demanda-t-il en écarquillant les yeux.

Il prit un caramel dans le sac qu'il avait apporté et retira le papier orné d'un éléphant qui l'enveloppait. On avait interdit les colis de nourriture et de bonbons mais les prisonniers avaient le droit d'en acheter eux-mêmes et de se faire livrer. Pour Freyja c'était plus simple, parce que Baldur était si inconstant dans ses goûts qu'il était difficile de le suivre. Selon l'humeur il était végétarien, vegan, ou mangeait cru. Si un matin il décidait de devenir un sportif accompli, il ne jurait plus que par les sachets de protéines, mais le lendemain il était capable de se gaver de viande et de bonbons. Désormais elle n'apportait plus que des produits non comestibles comme des livres, des vêtements, des jeux vidéo et divers magazines, dont des magazines érotiques. Le colis de Freyja attendait dans la petite bâtisse réservée à l'accueil des visiteurs, à l'extérieur de la prison. Elle ne venait jamais les mains vides, même si son frère ne récupérait le paquet que longtemps après son départ. Il n'était pas difficile de lui faire plaisir, sauf que ses centres d'intérêt, comme ses petites amies, ne duraient jamais longtemps.

— Est-ce qu'il a déjà recommencé ? demanda-t-il en mastiquant le caramel qu'il avait fourré dans sa bouche.

— Non, heureusement, dit Freyja en frissonnant. Je l'espère en tout cas. – Elle refusa le caramel qu'il lui tendait. – La police a demandé mon assistance pour une affaire dans laquelle il est impliqué. La lecture du jugement du tribunal ne m'a pas appris grand-chose sur lui. Alors j'ai eu l'idée de te demander ton avis. Tu as dû le connaître. Il vient d'être libéré.

— Jón, il est toxique, dit-il en essayant d'articuler correctement malgré le caramel collé sur sa langue. Je ne sais pas comment le dire autrement. Quand il était dans les parages, je me retenais de respirer, c'était plus fort que moi, dit-il avec une grimace de dégoût qui déforma un instant son beau visage. Heureusement que je ne suis pas resté longtemps dans le même couloir que lui.

— Il est vraiment immonde à ce point-là ? J'ai lu une interview de lui dans cette prison, il prétendait qu'il avait trouvé la foi.

Elle était convaincue depuis le début que Jón simulait la dévotion.

— Il n'est pas le premier à s'être amusé à ce petit jeu, ironisa Baldur. Mais dans le genre, il a été particulièrement puant. Il était vraiment nul quand il nous faisait son numéro. Normalement, quand on lit la Bible, on a les yeux qui bougent. Les siens restaient immobiles. Je te parie que pendant ce temps-là cette pourriture se faisait des films avec des enfants, conclut Baldur avec une nouvelle grimace de dégoût.

— Je suis bien de ton avis, dit Freyja.

Le portrait qu'en faisait son frère ne la surprenait pas. Qui aurait pu être dupe de pareilles singeries ? Elle ne comprenait pas pourquoi Jón avait joué cette comédie. Que cherchait-il ? Comme il avait été condamné pour meurtre, il n'avait aucune chance d'être libéré quand il aurait effectué la moitié de sa peine.

— Comment se comportent les prisonniers avec ce genre d'individu ? Est-ce qu'il faisait ça pour tenter d'échapper au harcèlement et aux violences des autres ?

— Tu crois ça, toi ? dit-il en riant. Ne te fais pas d'illusions, ces saletés de pédophiles et de violeurs, personne ne les maltraite ici. On n'a pas envie de s'intéresser à eux. On ne cherche pas non plus à leur compliquer la vie. Ils sont sans doute plus seuls que la moyenne, c'est tout. Pourquoi ça serait à nous de les punir ? Chaque fois qu'on se fait prendre pour une connerie ou une autre, on perd les quelques avantages qu'on a. Et surtout, on prolonge notre peine. Si la société veut condamner plus lourdement ces types-là, elle n'a qu'à s'en charger elle-même.

Ils se turent un instant, mais les bruits étouffés des ébats du couple de la cellule voisine rendaient le silence embarrassant. Baldur se mit à tripoter son sac de caramels et Freyja se redressa sur sa vieille chaise pour en faire grincer les pieds. Elle attendait désespérément sa libération. Elle avait envie de le voir dans une pièce où il y aurait de l'espace entre les murs et jusqu'au plafond. Mieux encore, elle rêvait de s'asseoir près de lui sur un banc en centre-ville ou sur une butte moussue, en pleine nature. Mais il faudrait encore attendre.

— Pourquoi il se donnait tout ce mal, à ton avis ?

— Tu es mieux placée que moi pour le savoir. C'est bien ton travail de t'intéresser tous les jours à ce genre d'individus ?

Baldur n'avait jamais compris en quoi consistait exactement son travail, ni pourquoi elle avait choisi un métier qui l'obligeait à côtoyer la douleur et la misère. Ses choix professionnels étaient aussi éloignés de lui qu'il était impensable pour elle de faire quelque chose d'illégal. Il jugeait inutile de s'embarrasser de tout ce qui contredisait son optimisme immodéré.

— Je ne m'occupe pas d'eux. Je m'intéresse seulement à leurs victimes. Eux, je ne les vois jamais. Heureusement. Mais c'est moi qui dois réparer les dégâts après leur passage.

— Tu ferais bien d'en rester là. Tu devrais éviter cette vermine de Jón.

— Rassure-toi, je n'ai aucune intention de le rencontrer, répondit Freyja.

C'était son fils qui l'intéressait. Maintenant que l'explosion de colère de Þröstur n'était plus qu'un mauvais souvenir dont les images s'estompaient dans sa mémoire, Freyja était persuadée que le garçon n'était pas réellement dangereux. Il représentait tout au plus une menace pour son père, dont les initiales, J.J., figuraient dans sa lettre. Elle ignorait à qui correspondaient les autres, peut-être à des fréquentations de son père aussi peu recommandables que lui. Ou à des ennemis du garçon, à l'époque de la lettre. Si Jón Jónsson avait des raisons de rester sur ses gardes, ce n'était pas son affaire. Þröstur et sa sœur Sigrún, à qui il avait dû infliger les pires violences, devaient redouter l'avenir depuis sa libération. Pas forcément pour eux-mêmes mais pour les enfants auxquels il pourrait s'intéresser. Combien de temps tiendrait-il avant de se remettre à boire et à perdre tout contrôle sur lui-même, à supposer qu'il ait jamais eu l'intention de dominer ses pulsions ? Ils devaient appréhender que leur père revienne à la une des journaux pour des crimes sexuels contre des enfants. Ce n'était peut-être pas une coïncidence si Þröstur avait écrit qu'un crime serait commis dix ans plus tard – juste la même année que celle de la libération de son père. À l'issue du procès on avait dû annoncer à la famille dans quel délai le monstre sortirait de son trou. Peut-être qu'à l'époque Þröstur avait décidé de devenir l'ange de la vengeance, de tuer tous ceux qui abusaient des enfants, à commencer par son père. Elle ne devait pas oublier de comparer les initiales de la lettre avec les noms des individus qui avaient commis ce genre de méfaits dix ans plus tôt.

Ce serait terrible si Þröstur passait aux actes. Le tribunal n'aurait aucune indulgence à son égard. Loin de là. La justice était trop attachée à son propre pouvoir.

— Tu crois qu'il va recommencer ? demanda Freyja.

— Je me suis débrouillé pour ne jamais faire sa connaissance, alors je n'ai aucune idée de ce qu'il fait ou ne fait pas. Mais ça ne m'étonnerait pas.

— Moi non plus.

Freyja ne lui expliqua pas que la rééducation des pédophiles fonctionnait mal. Elle ne voulait pas lui fournir l'occasion de lui rétorquer que c'était toujours très difficile de retrouver le droit chemin. Son refus obstiné d'entendre raison en était un bon exemple. Mais la comparaison s'arrêtait là, Baldur avait commis des délits, pas des crimes sur des enfants.

— Est-ce que tu sais s'il est à Vernd* actuellement ?

Elle se dit qu'elle serait bien avisée de prendre contact avec le directeur pour savoir comment Jón employait ses journées et s'il avait l'intention de tourner la page.

— Tu n'es pas au courant ? Il n'est pas allé à Vernd, il est resté en prison. Le conseil de l'établissement ne l'a pas jugé apte à purger une partie de sa peine dans leur centre. Leur refus était définitif. Autrement dit, malgré sa conversion et son renoncement à l'alcool, ils ne lui faisaient pas confiance.

C'était très clair.

* Centre préparatoire à la réinsertion.

— Et les visites ? Est-ce que quelqu'un est venu le voir ? Ses enfants ou sa femme ?

— Je ne sais pas. Quand on était dans le même couloir, personne n'est venu si je me souviens bien, mais je n'y suis pas resté longtemps. Je ne l'ai jamais croisé ici, à l'entrée des visites. Ça ne signifie pas forcément que personne n'est jamais venu. Mais ça n'a pas dû être fréquent. – Baldur fourra sa main dans le sac de caramels, qui paraissait inépuisable. – Il a quand même reçu des lettres. Ça, j'en suis sûr. – Il mit le papier en boule et enfourna le caramel dans sa bouche. – Ça m'étonnait. Plus personne ne reçoit des lettres de nos jours !

— Si, moi. Toi. Tout le monde en reçoit. Des relevés bancaires ou du courrier administratif. C'est vrai que ça fait des années que personne ne m'a écrit une vraie lettre. Tu es sûr que c'était une lettre personnelle ? Pas un courrier des impôts, ou quelque chose comme ça ?

— Non, fit Baldur en secouant la tête. Elles étaient manuscrites.

— Ses enfants ?

— Alors ils étaient drôlement en avance. Non, c'était l'écriture d'un adulte.

— Comment tu le sais ?

— J'ai jeté un coup d'œil par-dessus son épaule. C'est comme ça que j'ai vu la lettre. Mais il a remarqué tout de suite que j'étais là. Je n'ai rien pu lire. En tout cas j'en ai vu assez pour être sûr que ce n'était pas l'écriture d'un enfant.

Baldur se redressa et s'adossa contre le mur, ses pieds dépassaient du lit. Il était impeccablement vêtu comme à son habitude. Grâce à Freyja il suivait la mode de plus près que la plupart des hommes libres. Le loyer qu'il demandait à sa sœur était très modique, mais comme il refusait obstinément de l'augmenter, elle compensait en lui achetant tous les vêtements et les accessoires dont il pouvait avoir besoin. Il mettait un point d'honneur à être irréprochable en toutes circonstances. Son séjour en prison ne faisait pas exception. Pas besoin d'avoir fait des études de psychologie pour comprendre que son perfectionnisme était l'héritage de leur passé de "pauvres petits orphelins". Quel enfant accepterait qu'on le qualifie de "pauvre petit" ? Alors ils avaient décidé de faire comme si tout allait bien pour eux. Ils voulaient faire croire aux autres qu'ils étaient forts. Vraiment forts. Adultes, ils continuaient de recourir à ce stratagème.

— Si je me suis intéressé à ses lettres, c'est parce qu'il avait l'air anormalement impatient quand elles arrivaient. J'avais envie de savoir pourquoi. Mais pas au point d'essayer une deuxième fois. Ensuite on m'a déplacé, je ne sais pas s'il en a reçu d'autres.

— C'était quand ?

Si les lettres avaient été envoyées à la fin du séjour de Jón en prison, Þröstur pouvait en être l'auteur. Il n'était plus un enfant à ce moment-là. Mais Freyja n'y croyait pas. Il n'aurait écrit que des lettres de menaces. Et puis le salaud les aurait montrées aux autorités pénitentiaires dans l'espoir de les convaincre de lui accorder une protection à sa sortie. Ce n'était pas le genre à se sacrifier pour ses enfants.

— Ça devait être il y a un an et demi.

Baldur se tut et baissa les yeux.

— Justement, à propos de lettre… – Il se pencha, chercha à tâtons dans sa poche arrière et en extirpa une feuille pliée en deux. – J'ai reçu ça.

Il n'en dit pas plus, il tendit l'enveloppe à Freyja et se mit à contempler le ciel gris par la fenêtre. Freyja parcourut la lettre. Le détail des résultats de l'analyse lui échappait, mais elle avait saisi l'essentiel. Les questions qui lui paraissaient importantes l'instant d'avant étaient devenues soudainement dérisoires. Elle ne les posait que pour satisfaire son besoin de perspectives professionnelles. Ce qu'elle avait sous les yeux était bien plus sérieux, bien plus concret.

— On peut difficilement faire mieux, hein ?

Le tableau affichait les résultats d'une recherche en paternité : 99,99 %. Elle ne releva pas les yeux. Elle relut chaque ligne l'une après l'autre. Elle ne désirait pas s'appesantir sur les résultats, elle cherchait seulement à gagner du temps. Elle ne savait pas si elle devait éprouver de la joie ou de la tristesse. Quand elle eut fini, elle regarda fixement le papier. Il était évident qu'ils couraient au désastre. Elle n'arrivait pas à croire à la réalité de ce bébé et elle ne se sentait aucune obligation envers lui. Mais ce qui était dur à avaler, c'était que Baldur pourrait devenir à son tour un papa du week-end. Un papa qui passerait plus de temps en prison qu'à l'air libre. Qui ne jouerait pas mieux son rôle que son propre père. Qui ne mériterait pas plus que lui d'être appelé "papa". Baldur avait beaucoup souffert de ses absences.

Peut-être était-il déterminé à agir différemment ? Mais comment ferait-il, au fond de sa prison ? Il en faudrait peu pour que ses bonnes intentions tombent à l'eau. Freyja leva les yeux de la lettre.

— Et la maman ? Vous avez une relation ? C'est quelqu'un de bien ? lui demanda-t-elle en s'efforçant de dissimuler combien cette nouvelle l'alarmait.

Elle aurait voulu lui empoigner les épaules et le secouer comme un prunier, lui demander ce qu'il avait dans la cervelle. S'il avait utilisé un préservatif, il n'en serait pas mort !

— On n'a pas eu de relation suivie. On n'en a jamais eu en fait. Elle est venue deux fois. Mais les dates correspondent à l'âge de l'enfant.

— Elle n'a pas été baptisée ? Elle n'a pas de nom ?

Sur la feuille figuraient seulement son numéro d'identification sociale et son sexe. La petite devait avoir dix mois mais Freyja avait l'esprit si confus qu'elle n'était pas sûre de son calcul.

— Elle s'appelle Saga.

— Saga, dit Freyja en rendant sa lettre à Baldur. – Ils se regardèrent enfin dans les yeux. – C'est un joli nom.

— Oui, oui. Mais je n'ai pas eu mon mot à dire. – Baldur baissa la tête. – Je n'ai appris son existence qu'il y a trois mois, quand on m'a demandé de faire une analyse de sang. On était deux candidats sur le coup, alors c'était trop tôt pour reconnaître ma paternité. Elle n'a pas eu de chance, il aurait mieux valu pour elle que ce soit l'autre.

Freyja sentait bien que son frère éprouvait les mêmes inquiétudes qu'elle. Quel genre de père ferait-il ? La réponse à cette question ne dépendait ni de la chance, ni des caprices du destin. C'était lui qui avait les cartes en main. Quand il aurait terminé sa peine, il devrait commencer une nouvelle vie et faire ses preuves en devenant un bon père pour sa fille.

Ça lui faisait tout drôle. Père. Baldur était devenu père. Elle y croirait quand elle aurait vu le bébé. Quand il ne serait plus un être sans visage dans son esprit mais une petite fille de chair et de sang. Une fille portant le prénom de Saga.

— Tu peux compter sur moi, Baldur.

Le doute la saisit pendant qu'elle roulait lentement sur la route déserte et verglacée du col de Threngsli. Le charme de Baldur cessa d'agir avant même qu'elle ait atteint Hellisheiði. Elle avait parlé du fond du cœur quand elle lui avait promis de l'aider, mais ce n'était que le commencement des difficultés. Qui était la mère de l'enfant ? Baldur n'avait rien dit sur elle. Ou si peu. Leur lien affectif n'était pas solide, ça n'était pas bon signe. Et même si elle trouvait grâce auprès de la maman de la petite, la jeune femme ne serait sans doute pas ravie d'avoir tout le temps la tata sur le dos.

Le ciel s'obscurcit comme elle arrivait au sommet du col. Freyja dut ralentir encore mais elle en prit son parti. La vitesse d'escargot de la voiture retardait d'autant le moment où, arrivée chez elle, elle devrait téléphoner à la mère de l'enfant, qu'elle avait promis de contacter au plus vite.

15

Freyja cheminait prudemment entre les postes de travail des policiers. Huldar vit qu'elle se dirigeait vers son bureau, tout au fond de l'open space. Certains levèrent les yeux. Ce n'était pas tous les jours qu'une jeune femme leur rendait visite. Mais dès qu'ils eurent reconnu la psychologue de l'enquête qui lui avait coûté son poste, ils retournèrent à leurs dossiers. Sur son passage Huldar crut apercevoir quelques sourires narquois. Il se leva et lui adressa un petit signe de la main, soulagé de voir une autre tête que celle de Guðlaugur, qui surgissait continuellement au-dessus de son écran pour le harceler de questions. Erla lui avait demandé de prendre contact avec une mère de famille qui prétendait que le père Noël avait kidnappé ses enfants. Le jeune homme appréhendait tellement cette démarche qu'il préparait à voix haute ses questions. Il les soumettait l'une après l'autre à Huldar, à bout de patience. La visite de Freyja était une vraie bénédiction.

— Je suis heureux que tu aies pu te déplacer, lança Huldar avec son plus beau sourire.

Il regrettait de ne pas avoir pris le temps de se faire couper les cheveux. Il repoussait inlassablement le rendez-vous chez son coiffeur. Fidèle à son image, Freyja semblait parfaitement reposée, elle était aussi élégante qu'il était négligé. Le sourire de Huldar se figea. Erla, qui était penchée au-dessus du bureau d'un de ses collègues, venait de se redresser. Elle avait reconnu Freyja. Elle les regardait tous les deux avec hostilité. Huldar n'avait pas jugé bon de la prévenir qu'il avait l'intention de recourir aux services de la psychologue. Elle lui avait seulement donné l'autorisation d'enquêter sur de possibles liens entre la lettre du cylindre temporel et le meurtre du parking souterrain. Quand il lui avait montré que le nom de la victime, Benedikt Toft, figurait dans le dossier judiciaire de Jón Jónsson, sa réaction l'avait déçu. Loin de manifester l'enthousiasme auquel il s'attendait, elle lui avait répondu sèchement que l'Islande étant un petit pays, on y trouvait des liens partout. Les politiciens invoquaient le même argument chaque fois qu'ils offraient un poste d'État important à des amis ou des membres de leur réseau. Entendre ça de vive voix, c'était aussi exaspérant qu'aux infos.

Elle n'en avait même pas parlé quand elle avait réuni l'équipe. Elle s'était contentée d'énumérer les autres investigations en cours et les initiatives qui n'avaient mené à rien. Il pouvait donc s'estimer heureux qu'elle ferme les yeux sur son travail et le laisse vérifier son hypothèse. Il était conscient qu'il ne devait cette latitude qu'à l'impasse dans laquelle se trouvait l'enquête. Mais il ne se faisait aucune illusion, elle ne croyait pas qu'il obtiendrait des résultats. L'entrée en scène de Freyja risquait de l'inciter à se raviser et à lui refiler la liste des propriétaires de tronçonneuses.

Depuis leur première rencontre un an plus tôt, les deux femmes n'avaient jamais pu s'entendre. Peut-être étaient-elles simplement comme chien et chat, mais à l'époque Huldar soupçonnait Erla de la considérer comme une rivale. Depuis il ne s'était rien passé entre eux, mais ça n'avait rien changé. L'hostilité d'Erla envers Freyja était toujours aussi forte et celle de Freyja à l'égard de l'imprévisible policière toujours aussi épidermique. Tout compte fait leur animosité l'une envers l'autre n'avait probablement rien à voir avec lui. C'étaient simplement deux personnalités antagonistes. Et, croyait-il, irréconciliables. Il s'en voulait de ne pas avoir rencontré Freyja en dehors du travail.

— On s'installe dans la salle de réunion ? demanda Huldar en voyant qu'Erla s'apprêtait à les rejoindre.

Il se fit violence pour ne pas l'entraîner en dehors du bâtiment. La salle de réunion ferait un piètre refuge, mais il ne trouva pas de prétexte pour sortir.

— On y sera plus tranquilles.

Comme Huldar voulait éviter que Freyja fasse connaissance avec Guðlaugur et sa liste de questions sur le père Noël, il passa à l'action. Il attrapa du papier et un stylo, qui ne marchait plus. Tant pis, ça irait comme ça. Ils devaient se mettre à l'abri avant qu'Erla ne les attrape. Il manqua faire tomber Freyja en l'entraînant malgré elle jusqu'à la salle de réunion par le chemin le plus court entre les postes de travail.

Il ouvrit la porte et agita le bras pour qu'elle se dépêche d'entrer. En jetant un coup d'œil par-dessus son épaule, il fut soulagé de voir qu'Erla, occupée à téléphoner, était toujours debout au milieu de l'open space. Il respira.

Pourvu que le coup de fil se prolonge ! Il ferma derrière lui et se tourna vers Freyja.

— Excuse-moi si je t'ai un peu bousculée, dit-il pour tenter d'amadouer la jeune femme, qui ne se radoucit pas pour autant. Il se passe tellement de choses ici. On est sur une enquête qui met tout le monde sens dessus dessous. On a exigé que je laisse tomber la lettre de Þröstur. On m'a dit que ça pouvait attendre, sauf que depuis il y a eu du nouveau.

— Qu'est-ce qui s'est passé ? demanda Freyja.

Elle regarda autour d'elle avant de choisir le siège le plus éloigné de lui. Dommage, pensa Huldar, mais comme il pouvait apercevoir Erla de l'autre côté de la paroi de verre, il ne changea pas de place.

— Il y a peut-être un lien entre les deux enquêtes. Ce n'est qu'une hypothèse mais elle tient la route.

Il lui raconta le meurtre du parking souterrain. Il lui expliqua le lien qu'il avait trouvé entre Jón Jónsson et la victime, Benedikt Toft, chez qui on avait découvert les mains coupées. Ensuite il lui rappela pour la forme qu'elle devait garder le silence sur ces révélations. En effet les médias avaient déjà ébruité l'affaire et, comme il fallait s'y attendre, les journalistes n'avaient pas fait dans la dentelle. Ça lui faisait du bien de lui raconter tout ça, mais il ne lui apprenait pas grand-chose de plus que ce qui avait déjà été publié. Il voulait surtout éviter qu'elle ne critique ouvertement la lenteur de la police. La version officielle était que l'enquête battait son plein et qu'on était dans une phase particulièrement délicate. C'était suffisant pour l'instant mais la presse n'allait pas tarder à réclamer du concret. Des arrestations, notamment, de quoi prouver que l'enquête avançait réellement.

— Voilà, est-ce que tu serais d'accord pour qu'on retourne chez Þröstur ? En même temps on verrait sa sœur et sa mère. De plus, comme j'envisage de rendre visite à Jón Jónsson, est-ce que tu accepterais aussi de m'accompagner ? J'apprécierais de t'avoir à mes côtés, j'ai besoin de ton intuition de psychologue pour m'assister et m'épauler. Par exemple pour savoir s'il est toujours dangereux. Il pourrait être impliqué dans ce meurtre ou même en être l'auteur. C'est une hypothèse qu'on n'exclut pas.

— Comme je te l'ai déjà dit, les délinquants sexuels ne sont pas ma spécialité. Je m'occupe de leurs victimes, expliqua-t-elle en dénouant son écharpe qu'elle posa sur ses genoux. Je ne te serai sans doute pas très utile, mais j'accepte de t'accompagner. Je suis justement en train de chercher à m'informer à son sujet. J'ai pris connaissance du jugement de la Cour suprême. Il ne m'a pas appris grand-chose en dehors du rappel des faits. Je n'ai trouvé aucun document dans les archives de la Maison des enfants, dont l'existence était récente à l'époque. Elle n'avait pas encore réussi à convaincre la justice et la police du sérieux de son travail. Elle a dû être complètement mise à l'écart dans cette affaire-là comme dans beaucoup d'autres de la même période. Ce qui est bien regrettable. S'il en avait été autrement, on aurait pu examiner les deux enfants de ce Jón Jónsson. Apparemment ils n'ont fait l'objet d'aucun suivi, alors qu'on les a interrogés pendant le procès et qu'ils ont tout nié en bloc.

— Tu crois que ç'aurait changé quoi que ce soit ? Le juge doit opérer dans le strict cadre de l'accusation. Comme l'abus de ses propres enfants n'y figurait pas, on n'a pas considéré qu'il y avait lieu de compliquer le déroulement du procès. La question a été posée par l'avocat de Jón mais c'était uniquement pour démontrer que l'accusation portait sur un cas isolé. Il avait lu les témoignages des enfants et il savait pertinemment qu'ils n'avaient reconnu aucun fait de ce genre. Il escomptait qu'ils ne changeraient pas leur déposition en présence de leur père dans la salle du tribunal.

Freyja prit un air dégoûté mais ne dit rien.

— Et puis, continua Huldar, il y a eu un autre jugement. Plus vieux de quelques années. C'est le tribunal du district de Reykjanes qui l'a rendu, je pourrai t'en passer une copie. Tu ne le trouveras pas sur Internet parce que, comme il a été acquitté, le nom de Jón Jónsson a été retiré. La version du jugement dont je dispose n'est pas très utile, on n'y trouve aucune des informations dont on aurait besoin. J'ai demandé communication du texte complet. Mais j'ai au moins appris qu'il s'agissait d'une accusation pour abus sexuel sur des enfants.

— Tu parles d'une surprise ! s'exclama Freyja. Je suis allée voir mon frère Baldur. Il dit qu'à supposer que Jón ait eu des visites il n'a pas dû voir grand monde. En revanche il recevait de nombreuses lettres écrites de la main d'un adulte. Ça élimine les enfants, reste la mère. Mais comme elle a divorcé, je ne vois pas pourquoi elle se serait donné la peine de lui écrire. Il paraît que ces lettres réjouissaient Jón. C'est une indication intéressante. Qu'est-ce qui peut réjouir un type pareil ?

— C'était quand ? demanda Huldar.

Il allait attraper son stylo pour prendre des notes mais il se souvint qu'il ne marchait plus. Il devrait compter sur sa mémoire.

— Les lettres adressées aux prisonniers sont systématiquement contrôlées, alors celles qui sont envoyées aux violeurs d'enfants, je ne te dis pas ! Je vais téléphoner. Je demanderai si quelqu'un se rappelle ce qu'elles contenaient et qui les avait envoyées.

Huldar vit Erla ranger son téléphone dans sa poche. Leurs yeux se croisèrent. Ceux de sa chef n'auguraient rien de bon. Au moment où elle allait prendre congé du policier à ses côtés, la sonnerie de son portable la retint à nouveau. Un autre coup de fil pour retarder l'inévitable ?

— Le procureur qui a été trouvé assassiné, ce Benedikt Toft, c'est bien lui qui a condamné Jón pour meurtre ?

— Non, il était procureur au moment du premier procès, celui qui a débouché sur un acquittement.

Freyja haussa les sourcils.

— La police pense que c'est Jón Jónsson qui l'a tué ? Pas son fils Þröstur ?

— On ne croit rien du tout. On cherche seulement à savoir si ça vaut la peine de s'intéresser de plus près à cet individu. Benedikt Toft avait derrière lui une carrière de procureur de plusieurs décennies. Il a traité un grand nombre d'affaires et croisé pas mal de cinglés susceptibles d'avoir envie de se venger. Nous sommes en train de passer en revue l'ensemble de ces affaires. L'implication de Jón, c'est l'hypothèse la plus vraisemblable à mon avis, à cause du calendrier. On a laissé le procureur tranquille jusqu'au moment où notre homme a été libéré. C'est quand même une sacrée coïncidence, et je ne crois pas au hasard de manière générale.

— Mais Jón n'avait aucune raison de s'en prendre à ce procureur, puisqu'il a été acquitté ! Tu ne crois pas que ce serait plus logique qu'il ait voulu se venger de celui qui l'a conduit en prison ?

— Si, mais quand on y regarde de plus près, on se rend compte que dans les procès criminels peu importe qui représente le ministère public. Ça ne change rien. Ta chienne Mollý pourrait tenir le rôle. Dans le pays jamais on n'a acquitté quelqu'un qui était coupable de meurtre.

De l'autre côté de la vitre, Erla avait fini de téléphoner et se dirigeait vers eux. Huldar espérait que la chance allait lui sourire une troisième fois, mais c'était trop demander. Erla ouvrit la porte brutalement et se planta sur le seuil, avec la tête des mauvais jours. Elle ne salua pas Freyja, elle ne regarda même pas dans sa direction, en somme elle fit comme si elle n'était pas là.

— On vient de recevoir un coup de fil du cimetière de Hafnarfjörður. Une tombe a été profanée. Il y a pas mal de dégâts autour. C'est à toi d'y aller.

— Moi ? demanda Huldar, ébahi.

Il s'attendait à ce qu'elle lui reproche de perdre son temps et d'inviter une intruse sans autorisation mais pas à ça.

— Personne d'autre ne peut s'en charger ? Quelqu'un qui ne s'occupe pas du meurtre ?

— Tout le monde s'en occupe. Tu le sais très bien. Sauf que les autres, ils se démènent pour trouver de vrais indices. Pas pour des conneries, contrairement à toi.

Huldar devint cramoisi. Il ne se mettait pas souvent en colère mais quand ça lui arrivait, il avait du mal à la contenir. Ou plus exactement il n'en avait aucune envie. S'il était en colère, eh bien, il était en colère.

— Une connerie à laquelle tu as donné ton feu vert, tu n'as pas oublié ?

Il évita de lui rappeler que les autres pistes ne donnaient aucun résultat. Des oreilles étrangères à la brigade l'écoutaient.

— Tu vas à Hafnarfjörður, répliqua Erla, la bouche pincée. Je n'apprécie pas qu'on invite ici n'importe qui à mon insu, ajouta-t-elle en penchant la tête du côté de Freyja, toujours sans la regarder.

Huldar n'eut pas le temps de répondre. Freyja, vibrante de colère au moins autant que Huldar, ne laissa pas passer l'insulte.

— Pardon, mais vous feriez bien de vous informer auprès de vos supérieurs. Si je suis venue, c'est parce que le directeur de la Maison des enfants a eu une longue conversation avec eux. Ils ont accepté mon assistance, on peut même dire qu'elle tombait à pic. J'ai cru comprendre qu'ils étaient mécontents de l'état d'avancée de votre enquête et qu'ils seraient reconnaissants envers ceux qui pourraient les aider. – Elle se tut, prit son écharpe, la noua autour de son cou et se leva. – Il vaut mieux que je m'en aille. Je ne manquerai pas de faire savoir à qui de droit qu'on m'a jetée dehors.

Erla se mordit les lèvres, rougit à son tour, mais ravala sa colère. Elle ne chercha pas à dissuader Freyja de la dénoncer. Elle ne lâchait pas des yeux Huldar qui, à son corps défendant, était si admiratif qu'il en oubliait de lui en vouloir. Erla avait quand même du mérite. Il ignorait si Freyja avait dit vrai à propos de leurs supérieurs ou si elle avait bluffé sous le coup de la colère.

— Le cimetière de Hafnarfjörður, et plus vite que ça ! lâcha-t-elle à Huldar en quittant la salle de réunion.

Freyja pesta contre Erla pendant tout le trajet jusqu'au cimetière. Huldar l'avait convaincue de l'accompagner, ce serait l'occasion de faire le point sur Jón et Þröstur. En même temps il l'éloignait de la Maison des enfants où elle aurait filé tout droit mettre le feu aux poudres. Il était très remonté contre Erla mais il voulait lui éviter de nouveaux ennuis avec ses supérieurs. Il réglerait ses comptes plus tard.

— Elle se comporte bizarrement avec moi, c'est le moins qu'on puisse dire. Qu'est-ce que je lui ai fait ? Elle n'a pas arrêté de m'agresser depuis la première fois que je l'ai vue. Et je n'avais même pas ouvert la bouche.

Huldar la laissait dire. Il entra sur le parking vide à côté du cimetière. Rares étaient ceux qui rendaient visite aux morts les jours ouvrables. Il se gara à côté de la petite maison réservée à l'accueil des visiteurs. Il espérait y trouver le gardien. Il fallait qu'il arrête de se répéter qu'il perdait son temps et que son enquête piétinait. Le gardien ne devait pas penser qu'il prenait sa tâche à la légère. Mais il ne décolérait pas. Pourquoi lui et pas la police de Hafnarfjörður ? Cette peau de vache d'Erla y était sûrement pour quelque chose.

Freyja descendit de voiture et l'accompagna tout en poursuivant sa diatribe contre la policière. Huldar opinait de la tête. Lorsqu'ils pénétrèrent dans la chaleur de la maison elle se tut enfin. Il ne fut pas question d'Erla quand il fit les présentations au gardien. Elle ne remit pas Erla sur le tapis quand ils suivirent leur guide en direction de la tombe profanée. La présence du gardien n'y était pour rien. Les alignements interminables de sépultures et de croix avaient refoulé sa colère. Lui-même relativisait ses problèmes pendant qu'il marchait les yeux baissés sur ces symboles de l'éphémère.

— C'est ici. Comme vous le voyez, la tombe et son environnement ont été dégradés.

L'homme indiqua des empreintes de roues sur le pourtour. Le sol enneigé et la terre meuble du dessous avaient été retournés. Comme la stèle avait été renversée, les inscriptions étaient orientées vers le haut. Celui ou celle qui reposait là pouvait désormais les lire depuis le ciel.

— Je voudrais bien savoir ce qui leur est passé par la tête. C'est la première fois que je vois une chose pareille. Les vandales ne s'intéressaient pas à nous jusque-là.

Huldar se baissa pour observer de plus près le dessus de la tombe, mais il ne vit rien d'intéressant, seulement de la terre et du gravier mélangés. Il se redressa.

— Qui a découvert tout ça ?

En face d'eux, sur le même chemin que celui qu'ils avaient emprunté pour arriver jusque-là, la neige était restée pratiquement intacte. Le seul vestige du passage d'un humain était une série d'empreintes isolées que le gardien reconnut pour être les siennes. Comme il n'avait neigé ni au cours de la nuit ni le matin, le véhicule responsable des dégradations avait dû arriver par une autre allée. Elles étaient suffisamment larges pour qu'il soit possible d'y rouler en voiture. Huldar regarda plus attentivement autour de lui. Finalement il découvrit des empreintes de roues sur le sentier qui arrivait de la direction opposée.

— C'est moi. Je fais le tour du cimetière tous les matins pour m'assurer que tout est en ordre. Le plus souvent je ne vois rien d'anormal. Il m'arrive de trouver des croix renversées, d'habitude c'est à cause du vent. Mais du désordre et des dégradations comme celles-là, jamais.

— Est-ce que vous avez des caméras de surveillance ? demanda Huldar, pour avoir une confirmation de ce qu'il avait observé lui-même.

Il n'en avait vu aucune, ni dans l'enceinte du cimetière ni sur le parking. Il prit plusieurs photos avec son téléphone, au cas peu vraisemblable où cette histoire aurait des suites.

— Non. On n'en a pas vu la nécessité. Comme je vous l'ai dit, tout est calme ici d'habitude.

— Bien, fit Huldar avec un hochement de tête.

Il se demandait ce qu'il pouvait faire de plus. Une ébauche de compte rendu avec le témoignage du gardien et le tour serait joué.

— Vous n'avez rien d'autre à signaler en dehors de ce qu'on voit là ? La terre retournée, la stèle renversée ? Le désordre en surface ? C'est tout ?

— Oh il n'y a pas que ça ! répliqua l'homme, l'air surpris. Notre petite pelleteuse est endommagée. Ces vandales ont laissé la portière ouverte en partant. Le vent a dû la retourner et le pare-brise est cassé. Nous n'avons pas l'habitude de la verrouiller, la clé reste sur le contact.

Ça nous servira de leçon, il y a vraiment des gens qui sont capables de tout. Mais je vais vous la montrer, elle est derrière la maison, ils l'ont remise à sa place après, allez savoir pourquoi.

Une pelleteuse endommagée. Huldar ne fut pas surpris de voir Freyja hausser les sourcils. L'art de perdre du temps.

— Je vais y jeter un œil, ça me permettra de faire la liste des dommages qu'elle a subis. Je suis désolé de vous le dire, mais je crains que cette affaire ne soit jamais élucidée. Je pense qu'il s'agit d'une bande d'abrutis complètement saouls qui ont trouvé amusant de rouler la nuit dans le cimetière. Ils ont terminé leur course sur cette tombe. Ils se sont peut-être retrouvés coincés avec la machine. C'est en essayant de la dégager qu'ils ont causé tous ces dégâts.

— Je ne crois pas, dit le gardien en regardant autour de lui. Ils n'ont pas juste dérapé comme ça, sans le faire exprès, en dehors du chemin. – Il désigna le dessus de la tombe recouvert de terre et de gravier. – On voit bien qu'on a utilisé une pelle. On dirait qu'on l'a raclée dessus.

Huldar fixa la trace du passage de la pelle. Il essayait de garder son sérieux. Les dégâts ne méritaient pas d'être classés dans le top cent de son palmarès de policier. Pas même dans le top mille.

— C'est difficile de savoir ce qui leur est passé par la tête et ce qu'ils ont fait exactement. Mais ce qui est sûr, c'est que ça va être difficile d'attraper ces oiseaux-là.

— Vous croyez ça ? – Le gardien ne cachait pas sa contrariété. – Vous ne pouvez pas relever les empreintes sur la tombe ? S'ils n'avaient pas de gants, ça devrait vous permettre de retrouver leur trace.

— La police scientifique effectue ce genre de prélèvements, expliqua-t-il après s'être raclé la gorge pour réprimer un soupir. Mais elle est très occupée ces jours-ci. Il est peu probable qu'elle soit en mesure de le faire. Les résultats sont toujours aléatoires et il y a des priorités. Comme nos vandales ont rangé la pelleteuse bien à sa place, j'en déduis qu'ils ne doivent pas être sur la liste des habitués de la police. Sinon ils l'auraient volée ou bien ils auraient abandonné leur jouet sur les lieux. – Huldar prit quelques photos supplémentaires pour tenter d'amadouer le gardien. – Voulez-vous que nous vous aidions à redresser la stèle ?

Le gardien semblait hésiter. Il était mécontent mais l'offre de Huldar était tentante.

— Je voulais faire ça plus tard en m'aidant de la pelleteuse. Mais à nous trois on doit pouvoir la redresser. Comme ça, vous ne serez pas venus pour rien.

Huldar fit la sourde oreille.

— Et si on s'y mettait tout de suite ? lança-t-il en souriant. Quelqu'un pourrait venir visiter la tombe, ce serait plus sympathique qu'on y remette de l'ordre. Il y a assez de dégâts comme ça. C'est vrai que, quand il aura neigé, on ne les verra plus.

— Les visites sont rares. Celui qui repose là est mort depuis bien des années. Le chagrin de l'absence s'efface comme tout le reste. – Le gardien enfila ses gants de travail. – Mais on ne sait jamais.

Ils se rapprochèrent de la tombe et se positionnèrent du mieux qu'ils purent pour tenter de redresser la stèle.

Freyja ne manifestait aucun empressement à mettre les pieds dans la terre pour les aider. Ses gants en cuir rouge vif n'étaient pas les plus indiqués pour ce type de travaux.

— Vous croyez vraiment que c'est utile ? demanda-t-elle.

Ni Huldar ni le gardien ne prirent la peine de lui répondre, ils étaient trop absorbés par leur tâche. Ils haletaient sous l'effort. C'était une pierre imposante, le mort était certainement un homme respectable. En tout cas on avait jugé qu'il méritait mieux qu'une simple croix de bois. Lorsque Freyja se décida à les aider, ils réussirent enfin à redresser la pierre. Il fallut creuser un peu par en dessous pour que la stèle soit bien verticale.

Ils se reposèrent, le temps de retrouver leur souffle, et contemplèrent leur ouvrage. Huldar fit remarquer que cet Einar Aðalbertsson devait les dédommager pour le service rendu. Mais il faudrait sûrement être patients, en espérant qu'ils n'aient pas besoin d'aller présenter la facture à leur débiteur ! Sa plaisanterie tomba complètement à plat. Ils retournèrent devant la tombe, où Huldar prit encore quelques photos, puis ils se dirent au revoir et se séparèrent.

Le cimetière allait disparaître du rétroviseur quand le téléphone de Huldar sonna. À l'autre bout du fil c'était Erla, très excitée, qui lui parlait comme si rien ne s'était passé dans la salle de réunion le matin même.

— Tu es au cimetière ?

— Non. On est repartis. On a réglé ça vite fait, comme tu peux t'en douter.

— Fais demi-tour.

— Pourquoi ?

— Fais demi-tour. Il s'est passé quelque chose.

Huldar l'écouta, prit congé et fit demi-tour au croisement suivant. Freyja s'en étonna. Il lui dit seulement qu'il devait faire une dernière vérification avant de retourner en ville. Elle n'insista pas. Elle croyait sans doute qu'il avait oublié quelque chose, par exemple de relever le numéro d'identification sociale du gardien. Elle préféra l'attendre dans la voiture pendant qu'il se précipitait dans l'enceinte du cimetière.

Elle n'était donc pas avec lui lorsqu'il demanda au gardien à quelle profondeur étaient enterrés les cercueils. Elle ne l'entendit pas davantage quand il lui demanda de lui procurer une barre de fer pour l'enfoncer dans la tombe d'Einar Aðalbertsson.

16

D'après le conducteur de la pelleteuse qui se tenait aux côtés de Huldar, on déversait chaque jour sur le site de Sorpa, à Álfsnes, plus de trois cents tonnes destinées à l'enfouissement. La plus grande partie était livrée empaquetée dans des ballots dont le poids avait préalablement été contrôlé. Ils étaient entassés de manière à dessiner des collines qu'on recouvrait de cailloux et de terre avant d'y planter de la végétation. Un paysage nouveau était en train de naître, dont les Islandais ignoreraient un jour l'origine, en dehors de quelques initiés, mais pour l'instant on en avait plein les yeux.

Une nuée de mouettes planait au-dessus de cet ensemble multicolore, en quête de nourriture. Elles criaient à tue-tête contre leurs congénères – ou contre le monde entier.

Deux pelleteuses attendaient au pied du tas, leurs pelles jaunes au repos. Il était interdit de les déplacer à cause de la trouvaille qu'on venait de faire sur place. Pendant ce temps-là, les ballots qui arrivaient du centre de tri des déchets de Gufunes s'entassaient sans discontinuer. Ils ne trouveraient leur place qu'une fois les interventions de la police terminées. Selon le conducteur de la pelleteuse, il leur faudrait une éternité pour rattraper les heures perdues.

On avait découvert un cercueil sur la montagne de déchets, mais les habitants de Reykjavík n'avaient pas pour autant cessé de jeter leurs ordures.

— Il a été déposé là cette nuit. Hier on l'aurait forcément vu. On a travaillé justement à cet endroit. Je peux vous garantir qu'il n'y avait pas de cercueil. Et ce n'est pas nous qui l'avons mis là.

Le conducteur de pelleteuse qui avait prévenu la police répondait au diminutif de Geiri. Il croisait les bras sur son ventre proéminent. L'homme paraissait d'autant plus volumineux qu'à son embonpoint naturel s'ajoutait le rembourrage d'un gilet de sécurité jaune qui cernait péniblement sa taille. L'ensemble évoquait un paquet d'emballage sous vide.

— On ne l'a pas remarqué tout de suite parce qu'il était sous la neige, mais on l'a vu dès que le vent s'est levé.

— Qui l'a repéré le premier ? demanda Huldar.

Il plongea les mains dans les poches de sa veste pour se protéger du souffle du vent glacial. Celui qui, selon Geiri, avait dispersé la neige qui couvrait le cercueil.

— C'est Stebbi, répondit Geiri en désignant un ouvrier accoutré comme lui.

Il les observait de loin, adossé à la baraque de chantier, un café fumant à la main. C'était l'homme qui s'était précipité à leur rencontre en agitant les bras dans tous les sens à leur arrivée. Il voulait les chasser du site alors qu'ils descendaient dans une voiture de police non banalisée la piste conduisant jusqu'à la zone de chantier. Il s'était calmé lorsque Huldar s'était présenté, malgré le coup d'œil incrédule qu'il avait jeté à Freyja, l'occupante du siège passager. Elle n'avait pas du tout l'air d'un flic. Elle était restée à l'intérieur de la voiture, elle avait refusé de sortir à cause de la puanteur pourtant relative du lieu. On s'y habituait presque sur-le-champ. Le conducteur de pelleteuse avait expliqué à Huldar qu'on limitait au maximum la livraison de résidus malodorants au centre de traitement des déchets d'Álfsnes. C'était à cause des plaintes du voisinage. En été on avait recours à des désodorisants, mais l'hiver on ne se permettait pas un tel luxe. C'était peut-être pour ça que les mouettes s'égosillaient à ce point-là.

— Stebbi a interrompu le travail aussitôt. Sa pelleteuse est restée là où il l'a laissée.

Huldar hocha la tête sans comprendre en quoi l'endroit où la pelleteuse avait été abandonnée pouvait avoir une quelconque importance.

— Vous êtes certains que personne n'a apporté ce cercueil ce matin ? Il n'y a pas eu d'intrusion ? Ça ne pourrait pas être un ouvrier de la déchetterie ? Est-ce qu'on l'a déposé là pour qu'il soit enseveli ?

Les ballots étaient alignés les uns au-dessus des autres comme les gradins d'un château de sable. Le cercueil trônait tout en haut des marches. On ne voyait que lui, tout noir et tout usé parmi les détritus multicolores encore couverts de la neige que le vent n'avait pas réussi à disperser. Geiri quitta des yeux l'amoncellement d'ordures et se tourna vers Huldar.

— Tout ce qui arrive ici a préalablement été trié. Ici, on ne dépose pas de cercueils, alors il ne vient pas de chez nous. Et il est impossible que quelqu'un venu de l'extérieur ait réussi à le transporter jusqu'ici après notre arrivée ce matin.

Geiri se préparait à ajouter quelque chose, mais il serra les lèvres. Huldar en fut soulagé car son interlocuteur avait tendance à se répandre en d'interminables énumérations de statistiques. Il était intarissable sur l'importance du travail qu'ils faisaient, lui et Stebbi.

— Est-ce qu'il y a un gardien de nuit ?

— Un gardien de nuit ? ricana Geiri. Pour quoi faire ? Qui pourrait avoir l'idée de voler des ordures ? Le centre de tri prélève tout ce qui a de la valeur.

— Et des caméras de surveillance ? Il n'en avait vu aucune, ni sur le site lui-même, ni sur la piste qui y menait, pas plus que dans le cimetière.

La réponse de Geiri ne le surprit donc pas. Le ou les individus qui avaient prélevé le cercueil dans le cimetière de Hafnarfjörður, qui l'avaient transporté jusqu'à Álfsnes et l'avaient installé sur la montagne de déchets, avaient fait tout ça sans être photographiés.

— Vous fermez à quelle heure ?

— Cinq heures. On ouvre à huit.

Les auteurs de ce forfait avaient probablement attendu la pleine nuit, ils ne devaient pas être venus juste après la fermeture. Ils avaient commencé par sortir le cercueil de sa tombe en veillant à ne pas être vus. Comme la petite pelleteuse ne pouvait pas être aperçue depuis les rues voisines, ils n'avaient pas eu besoin de se soucier de la circulation. Aucun doute n'était permis, le cercueil exposé sur le tas de déchets destinés à être ensevelis était bien celui qui avait disparu de la tombe d'Einar Aðalbertsson. Deux vols de cercueil distincts en l'espace de vingt-quatre heures, c'était tout bonnement impensable. Le gardien du cimetière n'avait pas trouvé de barre de fer, mais il lui avait suffi de fouiller brièvement dans la fosse à l'aide de la petite pelleteuse pour se rendre à l'évidence : elle était vide. Les profanateurs n'étaient rien d'autre que des voleurs. La pelleteuse leur avait servi à creuser la tombe. Après avoir atteint le cercueil ils l'avaient remonté à la surface. Puis ils avaient comblé le trou pour tenter d'effacer les traces de leur travail. Mais pourquoi donc avaient-ils fait tout ça ?

— À votre avis, est-ce que le cercueil a été placé là pour qu'on le trouve ou pour qu'il soit enseveli ?

— Hein ? fit Geiri, surpris par sa demande.

Rien d'étonnant à ça, Huldar réfléchissait à haute voix. Mais l'homme avait compris sans que Huldar ait besoin de retirer sa question.

— Tout ce que je peux vous dire, répondit-il, c'est que si on avait fait ça, on l'aurait mis là-haut pour qu'il soit découvert. Impossible de faire disparaître un truc pareil sous les déchets sans qu'on le voie. On ne peut pas le rater. Je parie tout ce que je possède que ça n'est pas quelqu'un de chez nous. Pourquoi ils ont fait ça ? Aucune idée !

Le soleil pointait son nez entre les nuages. Il rasait l'horizon. Huldar dut plisser les yeux.

— Et vous êtes sûrs qu'il y a un corps, dans le cercueil ?

— Je n'irai pas jusque-là. Mais il y a quelque chose à l'intérieur. Avec Stebbi on l'a entrouvert juste assez pour voir qu'il n'est pas vide. Nous ne voulions pas briser le couvercle en l'ouvrant. C'est pour ça qu'on a préféré vous demander de venir. J'ai travaillé quelque temps au centre de tri, j'ai l'habitude de voir passer tout et n'importe quoi, mais je n'ai jamais rien vu de pareil, ça dépasse l'imagination.

— Oui. Je veux bien le croire.

Depuis plus de dix ans qu'il travaillait dans la police, Huldar n'avait encore jamais enquêté sur un cimetière, encore moins sur un cadavre dans un cercueil. Ça n'avait rien d'une blague de potache. Il était impatient de savoir qui était cet Einar Aðalbertsson. En le déposant sur le tas d'ordures, quelqu'un avait voulu signifier que le mort ne méritait pas de reposer en paix dans une terre sacrée. Mais pourquoi l'avait-on laissé tranquille aussi longtemps ? On lisait sur sa stèle qu'il était mort onze ans plus tôt. Pourquoi avoir tant attendu ?

— Quand est-ce que nous pourrons reprendre le travail à votre avis ? Les heures supplémentaires sont mal vues.

Geiri tendit le cou en direction d'un nouveau camion qui déchargeait sa cargaison de ballots d'ordures.

— Passez un coup de fil au centre de tri et demandez l'arrêt des livraisons.

Les ballots glissaient de la plateforme du camion puis étaient entassés les uns sur les autres. Parfois certains dévalaient du tas. L'un d'eux faillit heurter dans sa chute la voiture de Huldar – côté passager. Lorsqu'elle le vit se précipiter dans sa direction, Freyja ne cacha pas son indignation. La journée, qui s'annonçait plutôt bien, tournait mal et même très mal. Alors qu'il avait proposé à Freyja de rencontrer Þröstur puis son père, il l'avait traînée d'abord dans un cimetière puis dans un dépôt d'ordures.

Pour parfaire cette journée ratée, il ne manquait qu'une visite à l'une de ses sœurs. Mais il avait renoncé à leur présenter ses petites amies. Elles prenaient chaque fois un malin plaisir à placer systématiquement dans la conversation le volume de son crâne à sa naissance. Une vraie citrouille, disaient-elles. La crainte d'accoucher d'un enfant de lui les avait dissuadées de retourner dans son lit. Il ne les avait jamais revues.

— Ça ne fera que déplacer le problème. Il n'y a pas d'entrepôt géant au centre de tri.

Huldar n'attendit pas qu'on lui demande de faire passer une annonce enjoignant les habitants de la capitale à ne plus jeter de déchets jusqu'à nouvel ordre. Il prit les devants.

— Arrêtez tout, dit-il d'une voix polie mais ferme. L'équipe scientifique est en route, ils feront vite une fois sur place, ajouta-t-il en regardant le vieux cercueil.

Sur ses flancs usés quelques gouttelettes scintillaient comme des diamants. Des déchets provenant de ballots éventrés étaient répandus çà et là sur la zone. Il serait pratiquement impossible de déterminer si les voleurs de tombe avaient oublié quelque chose en partant, à supposer qu'ils aient eu cette malchance. Le vent du matin avait dispersé la fine couche de neige qui recouvrait le cercueil et les ballots, effaçant toutes les traces de leur passage. Les membres de la police scientifique ne revêtiraient leurs combinaisons de protection que pour faire descendre le cercueil de l'escalier de ballots sur lesquels il était perché.

— Est-ce que vous avez remarqué des empreintes ou d'autres traces visibles lorsque vous avez découvert le cercueil ?

— Non, dit Geiri en secouant la tête. La neige était déjà en train de s'envoler avec le vent. C'est sur le cercueil qu'elle a disparu le plus vite, comme sa surface est lisse. Mais si vous voulez mon avis, je pense qu'il a été déposé cette nuit avant que la neige commence à tomber ou pendant l'averse. D'ailleurs il n'est pas tombé grand-chose.

— Donc vous ne savez pas comment les voleurs s'y sont pris pour le placer à cet endroit ? demanda Huldar.

Le cercueil reposait au sommet des gradins de ballots, à environ trois mètres de haut.

— S'ils étaient au moins deux, ça n'a pas dû être trop pénible de le hisser jusque-là.

— Non en effet. Je suppose qu'ils ont utilisé une corde qu'ils ont fait passer de chaque côté du cercueil. Ça n'a pas dû être bien difficile en s'y prenant de cette façon. Donc ils devaient être deux, ou trois peut-être.

— Je ne peux pas vous dire, évidemment, mais à mon avis trois c'était plus que suffisant, deux c'était parfait. Mais un homme seul aurait pu s'en sortir à condition d'être agile et costaud.

Le véhicule de l'équipe scientifique descendait la pente. Il se gara à côté de la voiture de Huldar. Deux policiers qu'il connaissait bien en descendirent. Comme Freyja ils firent la grimace quand ils furent happés par l'odeur des déchets. Mais ils en avaient vu d'autres et ils s'y accoutumèrent presque aussitôt. Huldar espérait qu'ils n'auraient pas besoin de son aide. Il avait assez donné.

Freyja s'écarta de Huldar comme elle put. Il feignit de ne pas avoir remarqué sa manœuvre. Comme elle fuyait tout le temps son contact, il n'y faisait plus attention. L'odeur n'y était pour rien. En allant la rejoindre dans la voiture il craignait qu'elle ne lui reproche le temps perdu mais elle l'inonda de questions à propos du cercueil ; elle avait suivi des yeux avec attention le travail de la police scientifique. Elle ne lui demanda pas comment elle rendrait compte de sa journée auprès de ses supérieurs. Elle ne dit pas un mot non plus au sujet d'Erla.

Elle lui avait réservé autre chose. Il était à peine assis quand elle lui avait demandé de la déposer devant un magasin de vêtements pour enfants. Elle devait rendre une visite après ses heures de travail et il lui fallait un cadeau. Huldar avait accepté de lui rendre ce service, comme ça ils seraient quittes. Pendant qu'elle ferait ses achats il en profiterait pour téléphoner à Erla et lui faire son rapport. Il avait donné ordre à l'équipe scientifique de transporter le cercueil au service de médecine légale de l'Hôpital national. Il n'était pas encore temps de le rapporter au cimetière pour le remettre dans sa tombe. Avant tout il fallait vérifier s'il contenait un cadavre et si les voleurs n'avaient pas par mégarde laissé à l'intérieur quelque chose qui pourrait les trahir, même si le couvercle semblait intact.

La neige tombait à nouveau. Le soleil disparut derrière de lourds nuages sombres qui menaçaient d'interrompre la circulation en imposant des déneigements répétés. Les essuie-glaces chassaient du pare-brise la neige légère, la voiture faisait du surplace.

— J'ai googlé cet Einar pendant que tu examinais le tas de déchets.

— Et ?

La circulation venait de reprendre son cours normal, mais Huldar dut s'arrêter au rouge.

— Un citoyen exemplaire. Président du conseil municipal de Hafnarfjörður, président de toutes les associations possibles et imaginables, j'en passe et des meilleures. Il n'a rien fait pour mériter une pareille humiliation, dit Freyja, qui continuait de chercher dans son smartphone. Comme c'est dans sa nécrologie que j'ai cherché, je me doutais que personne ne s'appesantirait sur les mauvais côtés du défunt. C'était peut-être vraiment une ordure. À part ça, je n'ai pas trouvé grand-chose sur Internet. Seulement de brèves infos sur l'actualité municipale de l'époque, des photos où on le voit signer des contrats ou bien poser derrière d'autres types dans son genre qui signent des contrats.

— On l'a peut-être choisi au hasard, suggéra Huldar en démarrant. Mais ça paraît quand même peu probable. Pourquoi ils ont fait ça ? Quel message ils ont voulu faire passer en le déménageant du cimetière pour l'installer sur un tas d'ordures ? Ce n'est sûrement pas une blague. Je me demande bien qui pourrait trouver ça drôle. – La circulation avançait au pas, Huldar soupira, énervé. – Et sa famille ? Il était marié ? Il avait des enfants ? Ils sont peut-être mêlés à cette histoire. Ou alors c'est eux qu'on veut viser ?

Freyja fit glisser un doigt sur l'écran pour trouver le bon passage dans la nécrologie.

— Oui. Une fille et un fils d'un premier mariage. Deuxième mariage sans enfant. Sa seconde épouse est décédée avant lui. Le fils est mort aussi, à l'âge de dix-huit ans. Mais sa fille et sa première femme devraient être encore en vie. En tout cas ils l'étaient quand l'article a été écrit.

— Essaie de les googler.

Freyja joua des doigts sur son smartphone, regarda l'écran, tapa encore quelque chose et leva enfin les yeux.

— La fille est toujours vivante mais sa mère, la première épouse, est morte il y a cinq ans. La fille vit en Norvège, elle est directrice d'école maternelle. Aucune des deux ne peut avoir fait ça !

— Sauf si la fille se trouve actuellement en Islande, dit Huldar. Ça pourrait être une froide vengeance contre son père parce qu'il a laissé tomber sa mère.

Huldar ne croyait pas à cette explication, mais après tout, ça s'était déjà vu. En tout cas ce qui était sûr, c'était qu'il ne lui venait à l'esprit aucune explication valable.

Freyja retourna à son smartphone.

— Non. Sa page Facebook est accessible. Hier elle a mis une photo de groupe des enfants de l'école maternelle. On a le droit de faire ça ?

— Je ne sais pas. Je ne suis pas spécialiste de la protection des personnes.

Huldar tourna le volant pour prendre la direction de Kringla. Ça le contrariait de tourner là. Il fuyait les centres commerciaux, sauf quand il y était contraint comme avant Noël, quand il devait errer d'une boutique à l'autre en quête de cadeaux pour ses sœurs. Comme il finissait invariablement par demander conseil à des vendeurs, il se demandait toujours si elles ne collectionnaient pas grâce à lui les articles qui se vendaient mal, qu'on refourguait aux clients en perdition.

— Je l'appellerai tout à l'heure. On ne sait jamais, elle nous signalera peut-être quelqu'un qui aurait eu des raisons d'en vouloir à son père. Il faudra lui demander. Elle est sa parente la plus proche qui soit toujours vivante.

Freyja n'avait pas l'air de l'écouter, l'écran du smartphone absorbait toute son attention.

— Quelque chose d'intéressant ?

— Attends. Je suis en train de chercher pour sa deuxième femme. Peut-être que ça donnera quelque chose.

— Je n'y crois pas trop. Tu ne m'as pas dit qu'elle est morte et qu'ils n'ont pas eu d'enfant ?

— Elle avait peut-être un premier mari, qu'elle a quitté pour Einar.

— Et son complice, ça serait qui ? Son compagnon de chambre à la maison de retraite ? ironisa Huldar.

Il voyait mal comment un vieillard aurait pu mener à bien une opération comme celle du cimetière.

— Waouh ! Freyja venait de sursauter comme si elle avait vu quelque chose de dégoûtant sur son smartphone. Devine.

— Aucune idée.

Huldar pénétra dans le parking de Kringla. La musique tonitruante suffit à l'angoisser par anticipation. Une file de voitures en quête d'une place le précédait déjà. La neige n'avait visiblement aucun effet dissuasif sur les compulsions d'achat des Islandais.

— La deuxième femme d'Einar a eu un fils avant qu'ils se connaissent. Probablement hors mariage, en tout cas la nécrologie ne mentionne pas l'existence d'un premier mari.

— Et donc ?

— Ce fils s'appelle Jón. Jón Jónsson, précisa Freyja en posant le téléphone sur ses genoux. Ses petits enfants s'appellent Þröstur et Sigrún. Elle regarda Huldar, médusée. Waouh.

Huldar crispa ses mains sur le volant. Il se préparait à quitter la file de ceux qui n'aspiraient qu'à accéder aux magasins. Il n'y réussit pas car Freyja, qui avait compris son manège, exigea qu'il tienne sa promesse. Elle osa même lui demander de l'accompagner à l'intérieur. Elle avait sans doute peur qu'il ne prenne la fuite. Il savait qu'elle avait de bonnes raisons de se méfier.

Pendant que son cerveau tournait à plein régime en quête d'hypothèses plausibles sur le rôle de Jón dans le déménagement du cercueil, Huldar hochait la tête machinalement chaque fois que Freyja lui agitait sous le nez un vêtement de bébé. Ses réponses étaient toujours les mêmes : c'est joli, tu devrais l'acheter. Elle ne l'écoutait pas et finit par se décider toute seule. Ils se hâtèrent de repartir.

Huldar se sentit mieux dès qu'il se retrouva à l'air libre. Ses idées étaient tout de suite plus claires.

Priorité n° 1 : trouver Jón Jónsson et le convoquer pour un interrogatoire.

Priorité n° 2 : il n'en avait pas la moindre idée.

Mais ça viendrait.

17

Freyja s'attendait à tout sauf à ça. La petite Saga, la fille de Baldur, était la version humaine d'Angry Cats, les chats furieux qui faisaient le buzz sur la Toile. D'après les photos de son frère au même âge, elle se la représentait avec des boucles blondes, des yeux bleus et un tendre sourire. Mais on en était très loin. Elle songeait surtout au 0,01 % de probabilités que Baldur ne soit pas le père. Saga avait la peau mate, les cheveux noirs. Ses lèvres rouge vif étaient figées en une moue boudeuse qui d'après sa mère ne quittait jamais son visage. Seules ses irrésistibles petites joues lui rappelaient Baldur enfant. Mais elle n'osait pas les effleurer. Avec son air renfrogné, la fillette épiait chacun de ses mouvements comme si elle avait peur d'elle. Pour ne pas déclencher de hurlements intempestifs, Freyja jugea plus prudent d'éviter tout contact. La visite était déjà suffisamment embarrassante.

Elle avait déjà connu ça, autrefois, quand elle et Baldur accompagnaient leurs grands-parents en visite. Pour pouvoir discuter tranquillement entre eux, les adultes les envoyaient rejoindre dans leur chambre des enfants inconnus qui n'avaient rien de commun avec eux. Une fois posées les questions les plus banales et les plus faciles, le silence s'installait et on se regardait bêtement, l'air gêné. "Tu vas dans quelle école ? Tu joues au foot ? Tu as un chien ?" La question qui invariablement portait le coup fatal avait trait aux jeux vidéo. Sitôt que les enfants avaient compris que ni Baldur ni elle n'en possédaient, la conversation s'interrompait et c'était le silence.

Mais cette fois les jeux vidéo n'y étaient pour rien. La gêne fut immédiate dès l'ouverture de la porte. Fanney, la mère de l'enfant de Baldur, semblait hésiter, comme si elle avait des doutes sur sa visiteuse. Pourtant elle avait accepté de la rencontrer. L'heure avait été négociée. Elle ne s'imposait pas sur son pas-de-porte en brandissant son cadeau pour qu'elle la laisse entrer – une robe qui se révéla trop petite et trop gaie pour l'enfant. De toute évidence les gammes de brun, de gris, ou le noir des enterrements lui convenaient mieux que les fraises imprimées sur la robe à volants que Huldar avait choisie.

Il faut dire que le style de ce petit vêtement ne s'accordait pas non plus à la décoration particulièrement étudiée de l'appartement. Les bibelots avaient chacun leur place attitrée. Ils disposaient d'un périmètre de sécurité d'au moins un mètre. Cette distance entre les objets, qui étaient tous de marque, rappelait à Freyja les intérieurs de certaines de ses amies. Chez elles, même le pot à lait et le presse-citron, coûteux et de marque eux aussi, devaient être bien en vue. Un sac à main esseulé sur une longue étagère occupait la place d'honneur. Aucun jouet nulle part. Il fallait espérer, pour le bien de Saga la boudeuse, que le couloir menait vers une chambre d'enfant pleine de cubes et de jeux éducatifs. Mais l'appartement tout entier risquait d'être à l'image de ce qu'elle voyait là.

— Et vous-même, vous n'avez pas d'enfant ? demanda Fanney.

Elle but une gorgée de café dans une tasse en porcelaine royale de Copenhague. Elle la dégusta si lentement que Freyja la soupçonna d'avoir voulu lui laisser le temps de découvrir le nom de l'illustre manufacture, sous la tasse.

— Non. Je vis seule. Dans l'état actuel des choses, répondit-elle avec un bref sourire.

Elle espérait que la conversation allait dévier sur d'autres sujets que sa vie privée.

— J'aime autant, finalement. Comme ça, je n'aurai pas besoin de faire la connaissance de votre mari ou de votre petit copain, commenta Fanney en reposant précautionneusement la tasse sur sa jolie soucoupe. Vous me faites bonne impression. Comme vous avez un diplôme de psychologie des enfants, vous devez être gentille avec eux. Je dois pouvoir vous faire confiance. Du moins je l'espère. S'il y avait un homme en plus ça serait différent, mais comme il n'existe pas, le risque que je prends se limite à une personne au lieu de deux. Je dois dire que c'est un grand soulagement. Je vois les choses sous un jour beaucoup plus favorable. C'est aussi parce que j'ai fait votre connaissance, bien entendu.

Freyja sourit, gênée. Elle ne comprenait pas où Fanney voulait en venir. Les événements auxquels Huldar l'avaient mêlée occupaient toujours son esprit. Elle ne parvenait pas à se concentrer sur la situation. Elle répondait en se limitant à des banalités pour que la jeune femme ne devine pas qu'elle ne l'écoutait que d'une oreille.

— Je comprends, je vous remercie.

— Baldur m'a dit que votre appartement était agréable et sûr. Est-ce que je peux le croire sur parole ou est-ce que je dois venir le voir ?

— Vous pouvez le croire sans problème, affirma Freyja, qui se voulait aussi rassurante que possible.

Comment imaginer un seul instant que cette femme puisse lui rendre visite ? Comparé à cette demeure, l'appartement de Baldur ressemblait à une salle d'exposition du Bon Berger*. Mais la question de Fanney résonnait dans sa tête sans qu'elle trouve la réponse qui allait lui éviter ça.

— Excusez-moi mais je ne comprends pas bien. Pourquoi voudriez-vous voir mon appartement ?

— C'est évident. À cause des week-ends à la charge du père. Vous ne pensiez quand même pas la garder ici ? répondit-elle, l'air surpris.

Assise par terre, la petite Saga suivait leur conversation. Elle tournait consciencieusement la tête vers celle qui parlait, comme le spectateur d'un match de tennis. Soudain elle fronça les sourcils et parut plus courroucée qu'avant. Elle était trop jeune pour comprendre de quoi il retournait mais sa sensibilité était suffisamment développée pour capter les ondes qui flottaient dans l'air. Elle avait deviné qu'il se passait quelque chose d'intéressant.

— Non. Je n'ai jamais pensé ça. Mais je dois vous avouer que je ne comprends pas bien de quoi vous parlez.

* Le magasin de la société publique SORPA qui gère et recycle les déchets.

— Ah bon ? fit Fanney en tendant les bras pour attraper sa fille.

Quand elle fut installée sur les genoux de sa mère, Freyja comprit soudainement qu'elles ne se ressemblaient pas du tout. Elle pensa même pendant un instant que l'enfant était un changelin*.

— Je parle des week-ends de garde du père, expliqua Fanney. Vous avez bien promis de vous en charger pendant que Baldur est… Vous voyez ce que je veux dire… Elle plaça ses mains sur les oreilles de la fillette et chuchota : en prison. J'ai besoin d'au moins un week-end sur deux, à cause de mes études, ajouta-t-elle en les retirant. Je ne sais pas si Baldur vous a donné tous les détails mais depuis Noël, en plus de mon travail, je suis des cours. Ça me demande plus de temps que je ne l'imaginais, c'est le moins qu'on puisse dire. Pour me concentrer sur mes livres, j'ai absolument besoin de disposer de quelques journées par mois. – Elle serra la petite Saga contre elle. – Mais vous n'aurez pas à la garder pendant la nuit. Ça sera seulement pour la journée, pendant que j'étudierai.

Au prix d'un effort surhumain Freyja réussit à faire bonne figure. Elle n'avait pas besoin d'en savoir plus. Elle avait tendu la main à son frère, il avait promis le bras. Elle aurait dû s'y attendre.

— Oui, c'est convenu comme ça. Pardon. J'ai un peu la tête ailleurs.

Baldur la connaissait par cœur, mieux qu'elle ne se connaissait elle-même. Jamais elle ne dirait qu'elle n'avait rien promis, car on la mettrait à la porte. Sa minuscule

* Changelin : enfant interchangé par les elfes.

nièce resterait derrière, avec sa mine renfrognée. Et elle ne la reverrait plus avant la libération de son frère.

Après tout qu'aurait-elle de mieux à faire, un week-end sur deux, que de lui rendre le service qu'il attendait d'elle ? L'avenir de la pauvre petite ne serait pas rose. Même si son père s'amendait, le poids de ses multiples condamnations pèserait lourd dans la balance. Ça ne serait pas facile pour elle de grandir dans ces conditions. Non, tant que Baldur serait absent, ce serait à elle, la seule représentante de la famille paternelle, de le remplacer. Elle n'avait pas le choix. Mais elle n'allait pas se priver pour autant de lui dire le fond de sa pensée : il s'était déchargé sur elle de ses responsabilités de père sans l'avoir consultée.

— Est-ce qu'elle est allergique aux chiens ?

— Non, aucune allergie. Vous avez un chien ? répéta Fanney, avec comme une hésitation dans la voix. Un gros ?

— C'est une chienne, elle n'est pas trop grande, elle est juste comme il faut – aussi gracieuse qu'un éléphant, se dit-elle en son for intérieur. – Évidemment je veillerai à ce qu'elle laisse Saga tranquille.

Si elle n'y arrivait pas, elle devrait laisser Mollý à la pension canine.

— Vous croyez que Saga acceptera que je m'occupe d'elle ? ajouta Freyja. Elle n'est pas craintive ? Elle n'a pas l'air particulièrement heureuse de me voir.

En était-il ainsi parce qu'elle se méfiait d'elle ? Freyja ne pouvait supporter l'idée de la regarder pleurer pendant des journées entières. Peut-être était-elle souriante et rieuse en toutes circonstances le reste du temps.

— Heureuse ? Elle est très heureuse de vous connaître.

Fanney leva le menton de Saga pour que Freyja voie le visage de sa fille assise sur ses genoux. Puis elle leva les yeux.

— Vous voyez bien !

Freyja fixa le regard ombrageux de Saga et lui sourit en pure perte. Elle avait un défi à relever. Elle serait la reine des nulles si elle n'arrivait pas à la dérider.

Les remontrances qu'elle fit à Baldur ne furent pas aussi sévères qu'elle en avait l'intention. Pour ne pas rater son coup de fil, elle était rentrée chez elle en conduisant plus vite que la loi ne l'autorisait. Elle avait juste eu le temps d'appeler la prison pour demander qu'il lui téléphone ; les autorités pénitentiaires allaient relever les messages du répondeur pour la troisième et dernière fois de la journée. Elle avait différé leur conversation parce qu'elle craignait d'avoir vidé la batterie de son portable en googlant tandis qu'elle attendait Huldar au milieu des tas de saloperies. L'appareil ne devait pas la lâcher pendant qu'elle engueulait son frère. Pendant que son portable se rechargeait, elle s'installa sur son canapé et prit le temps de se détendre. Quand Baldur se décida enfin à l'appeler, elle s'évertua à lui reprocher d'avoir pris des décisions sans lui demander son avis ni même l'en informer. Mais il la coupait tout le temps pour la presser de questions sur sa fille. Elle finit par laisser tomber. Elle lui décrivit Saga en omettant sa mine renfrognée. Pendant qu'elle s'écoutait chanter les louanges de la petite, elle se disait qu'au fond elle était totalement sincère.

Le rythme des questions de Baldur ralentissait. Quand il prit conscience de son incompétence en puériculture, il changea aussitôt de sujet.

— À propos, j'ai parlé avec un détenu qui a longtemps partagé sa cellule avec Jón.

— Et alors ? demanda Freyja qui s'était redressée sur le vieux canapé dès qu'elle avait entendu le nom du pédophile.

— Je lui ai posé toutes les questions qui pouvaient t'intéresser. D'après lui, Jón était du genre renfermé. Il était toujours sur ses gardes, il avait l'air de croire que quelqu'un l'épiait ou qu'on l'enregistrait. Je ne sais pas si c'est important parce qu'ils sont tous comme ça, ces espèces de salauds. Ils se donnent tellement de mal pour avoir l'air normal qu'ils sont constamment sur le qui-vive. Je ne vais sûrement rien t'apprendre, mais ils sont persuadés que leurs pulsions sont tout à fait normales. Ils ne comprennent pas que tout le monde ne soit pas du même avis.

Baldur avait raison, il ne lui apprenait rien en disant ça.

— Il t'a dit des choses intéressantes sur Jón ?

— Oui. Enfin, rien de bien extraordinaire, dit Baldur en bâillant. D'après lui les lettres ne provenaient pas de sa famille. Elle avait coupé les ponts dès le début de son incarcération. Il était en détention provisoire quand il avait reçu les papiers du divorce. Sa femme avait saisi la première occasion de le laisser tomber. Elle n'avait pas attendu d'avoir la confirmation de sa culpabilité. Elle était évidente. Elle ne lui a jamais rendu visite pendant les douze années qu'il a passées en prison.

— C'est facile à comprendre, elle a dû être sacrément soulagée quand elle s'est libérée de son emprise. Il devait la maltraiter d'une manière épouvantable. Mais c'est toujours comme ça. C'est seulement quand on réussit à les éloigner de ces brutes que les femmes réalisent ce qu'elles ont vécu.

C'était le début d'un processus compliqué pour cette femme dont la personnalité avait été complètement brisée. Freyja ferma les yeux pendant un instant, la fatigue prenait le dessus. Elle se laissa glisser au fond du canapé.

— Et les enfants ? continua-t-elle. Ils ont forcément suivi l'exemple de leur mère. Ils ont dû rompre tout contact avec leur soi-disant père. Je sais qu'ils ont adopté tous les deux le nom de leur mère.

— Ah bon ? D'après ce détenu, il y en a au moins un qui lui a rendu visite.

— Ah oui ?

— Une seule fois, d'après ce qu'il m'a dit. Mais Jón était si content que ç'avait dû bien se passer. Il a peut-être reçu d'autres visites, mais le codétenu avec qui j'ai discuté a été libéré. Et quand il est revenu en prison, pas longtemps après, il n'était plus dans le même couloir que Jón.

— Est-ce qu'il t'a dit quand cette visite a eu lieu ? C'était avant sa libération ou au début, quand il a commencé à purger sa peine ?

— C'était il y a deux ans.

À cette époque sa fille Sigrún était âgée de dix-huit ans. Þröstur en avait vingt-deux. Ces dix années avaient peut-être permis à l'un des enfants d'oublier le pire et de se persuader que leur père n'était pas si mauvais que ça. À moins que le fils ou la fille ne soit venu l'interroger sur ce qu'il comptait faire à sa sortie. Ils voulaient peut-être savoir s'il irait à Vernd. Ils ignoraient qu'on ne le lui proposerait pas.

— Qu'est-ce qu'il t'a dit au sujet des lettres ? Ce sont bien ses enfants qui les ont écrites ?

— Il ne savait pas ce qu'elles contenaient, ni qui les avait envoyées. Mais il s'est souvenu de ces lettres dès que je lui ai posé la question. Elles avaient éveillé sa curiosité. Comme la mienne et celle de tous les autres. C'étaient peut-être ses gosses. Mais comme je te l'ai dit, l'écriture était trop adulte. En tout cas à mon avis.

Freyja ne lui révéla pas que Huldar devait justement contacter les responsables de la prison à propos de ces lettres. Baldur ne voyait pas la police d'un très bon œil, il valait mieux éviter de la mentionner au cours de leurs conversations.

— Est-ce que tu lui as demandé s'il le croyait capable de recommencer ? Ou de chercher à se venger ?

— Se venger ? répéta Baldur, à la fois surpris et choqué. Ce fumier ? Pourquoi ça ? Les seuls qui ont de bonnes raisons de vouloir se venger, ce sont les parents de la petite qu'il a tuée. Ou son ex-femme. La prison, il s'y est fourré tout seul, il ne doit s'en prendre qu'à lui-même.

— Je sais, Baldur. Tout le monde le sait. Sauf lui sans doute. Il est capable de se considérer comme la victime, dans cette histoire.

Comme elle ne pouvait pas lui en dire plus sur les enjeux de l'enquête, il était temps de mettre fin à leur conversation. Ils avaient dépassé de quelques minutes le temps de parole auquel avaient droit les prisonniers en temps normal. Elle le remercia pour les informations qu'il lui avait fournies. Avant de lui dire au revoir, il la pria de lui décrire une dernière fois l'adorable petite fille qui était la sienne. Elle raccrocha avec l'espoir que Saga le deviendrait véritablement d'ici la sortie de Baldur.

Elle remit en charge le téléphone. Puis elle se rendit dans la cuisine et donna à manger à Mollý. Elle resta à côté de la chienne pendant qu'elle engouffrait la nourriture peu ragoûtante avec autant d'enthousiasme que si elle lui avait servi un rôti de Noël. La chienne vida et lécha sa gamelle si consciencieusement qu'elle avait l'air de sortir du lave-vaisselle. Impatiente de faire sa promenade, elle se précipita vers la porte d'entrée en bousculant tout sur son passage. Le programme devait être respecté à la lettre, après le dîner venait immédiatement la sortie. Quel que soit le temps, quelle que soit la fatigue de Freyja. C'était toujours mieux que d'être obligée de laver par terre derrière la chienne frustrée de sa promenade. Elle venait d'enfiler ses chaussures et son manteau quand le téléphone sonna dans le salon. Comme elle allait tourner les talons, Mollý se mit à grogner. Elle décida de rappeler à son retour.

C'était Huldar. Dans son message, il lui disait qu'il avait besoin de son avis à propos de l'enquête. Il lui demandait la permission de passer la voir. Avec une bouteille de vin rouge. Ou même deux. Mot pour mot. Elle faillit accepter sur-le-champ. Elle essaya de se persuader que c'était parce que l'affaire la passionnait, mais elle finit par admettre qu'elle avait envie de le voir.

L'absence de relation masculine allait la rendre folle. Comme elle ne cessait de se le répéter depuis longtemps, il était temps d'agir. Oui, mais elle devait d'abord assumer son nouveau rôle de papa du week-end. Elle soupira et attrapa le téléphone. Dans la vie il y avait toujours des impondérables. Les examens, la neige fondue sur les routes, les maux de dents, les impôts et, sans doute, par-dessus le marché… Huldar. Ce n'était pas comme si c'était elle qui faisait le premier pas. C'était lui qui voulait tout reprendre de zéro. Elle lui ferait clairement comprendre que ce n'était pas prévu dans le programme.

18

Comme l'identification judiciaire n'avait pas réussi à donner un nom au propriétaire des mains, on préparait une annonce qui serait diffusée dans les médias. On espérait obtenir des réponses qui aideraient la police. On s'attendait à un grand nombre d'appels. Les informations dont on disposait pour l'instant étaient si imprécises qu'elles devaient facilement correspondre à des milliers d'individus. L'homme avait entre cinquante et soixante-dix ans. Sa situation familiale restait une énigme. On avait trouvé la trace d'un anneau, mais elle était peu marquée. Était-ce parce qu'il avait divorcé, parce qu'il le portait peu, ou parce qu'il l'avait perdu ? On n'en savait rien. Il n'exerçait pas un métier manuel. Selon toute probabilité il devait travailler dans un bureau, un commerce ou un service quelconque. Mais il pouvait aussi bien être à la retraite ou au chômage. Les mains ne révélaient ni cicatrice, ni tatouage. Il appartenait au groupe sanguin O+ comme la moitié de la population islandaise, mais on ne pouvait pas exclure l'hypothèse qu'il s'agisse d'un étranger. Il était peut-être franc-maçon. La présentation de l'état des investigations s'arrêtait là.

Huldar eut connaissance de ce projet d'annonce au cours de la réunion entre Erla et son équipe. Toutes les chaises étant occupées, certains durent rester debout. Elle présenta les différentes pistes de recherche en cours mais elle ne mentionna ni le cylindre temporel ni le cercueil découvert au centre d'enfouissement des déchets. Elle émit tout de même au passage l'hypothèse d'un lien avec Jón Jónsson, mais elle s'en tint là et ne chargea personne d'explorer cette piste. Huldar aurait préféré qu'elle expose en détail le contenu de la lettre de menaces ainsi que les liens qu'on avait trouvés entre le procureur assassiné, Jón Jónsson et le cercueil de son père adoptif. Mais Erla ne souhaitait pas en dire plus. Huldar voulait croire que c'était parce qu'elle avait besoin de temps et que l'ex-détenu serait le sujet principal à l'ordre du jour de la réunion du lendemain. Il craignait de ne pas être en mesure de continuer tout seul, l'exploitation de la liste des initiales nécessitant plus de travail qu'il ne pourrait en abattre à lui seul. Il faudrait contacter un trop grand nombre de personnes. On devait tenter de découvrir, enfoui dans le passé, le nom de la prochaine victime – si l'assassin était toujours en action. L'initiale d'un prénom commençant par K préoccupait tout particulièrement Huldar. Il était possible que ce soit celle de Kolbeinn, l'automobiliste du parking souterrain. Mais Erla ne partageait pas ses inquiétudes.

Le meilleur moyen de le savoir, c'était de réussir à faire parler Þröstur. C'était lui l'auteur de la liste. Si Erla lui demandait son avis, Huldar insisterait pour que son interrogatoire soit considéré comme une priorité. Dans la foulée il faudrait interroger Jón lui-même.

Comme on le savait capable de tout, c'était le suspect le plus logique.

Huldar, sous l'effet conjugué d'un restant de gueule de bois dû au vin rouge et des distractions de son cerveau obsédé par les liens entre Þröstur, son père et le meurtre du parking, accordait peu d'attention au morne exposé d'Erla. Mais il ouvrit ses oreilles toutes grandes quand elle annonça qu'ils allaient commencer à étudier les documents et les papiers récupérés au domicile de Benedikt Toft. L'ensemble était entassé par terre dans des cartons. Pour ceux qui seraient chargés de les éplucher, ce ne serait pas une partie de plaisir. Difficile d'imaginer un travail plus ennuyeux. Quand Erla mentionna lesdits cartons, tous comme un seul homme se mirent à examiner leurs pieds. Il eut de la chance car il ne figurait pas dans la liste des policiers chargés de cette tâche. Sa cote avait tout l'air de remonter.

Il était de trop bonne humeur pour avoir envie de régler ses comptes avec Erla. Ça attendrait. Ce matin-là il avait de quoi être content de tout et de tout le monde. Sa soirée de la veille était une réussite.

Huldar ne savait pas comment il s'y était pris pour trouver enfin le ton juste avec Freyja. Il comprenait difficilement les femmes, mais il avait parfois du mal aussi avec les hommes. En tout cas, même s'il en ignorait la cause, elle acceptait enfin les rendez-vous privés. Ils pouvaient parler d'autre chose que de meurtres et de maltraitance sur des enfants. Elle l'avait invité chez elle et dans un premier temps elle s'était montrée plutôt réservée, comme si elle regrettait de l'avoir laissé entrer. Il avait évité soigneusement de lui fournir le moindre prétexte pour le congédier poliment en invoquant la fatigue. Avec l'autre sexe, il s'attendait toujours à une course d'endurance mâtinée d'un parcours d'obstacles. Elle avait fini par se détendre un peu, sans qu'il sache pourquoi. Peu importait, d'ailleurs, mais le vin rouge et son inépuisable réserve de blagues sur la police avaient dû produire leur petit effet. Une fois les deux bouteilles vidées, elle s'était mise à bafouiller une incompréhensible histoire de baby-sitting et de papa du week-end. Lentement, par étapes successives, il s'était approché d'elle. Elle ne l'avait pas repoussé. Bien au contraire. Après, les choses s'étaient tellement précipitées qu'il ne se rappelait plus lequel des deux était le plus pressé d'ôter ses vêtements.

C'était juste à ce moment-là qu'il avait eu une illumination. S'il attendait de cette femme autre chose que les plaisirs d'une nuit et un accouplement alcoolisé sur un canapé à un seul accoudoir, ce n'était pas un bon début. Alors, au lieu de profiter de la situation, il avait quitté Freyja en lui disant qu'il était temps qu'il retourne chez lui.

Il se rappelait sa surprise, son regard trouble, ses lèvres dont le rouge débordait. Il chancelait sur ses jambes, il perdait le contrôle de la situation. Il avait quand même réussi à la remercier pour l'agréable soirée et il s'était esquivé.

Pendant qu'il attendait le taxi, il avait croisé le regard de Freyja qui l'observait d'une fenêtre en haut du bâtiment. C'était la preuve qu'il avait agi – enfin ! – comme il le fallait dans les affaires de cœur. Le plus souvent, les femmes qui lui avaient ouvert leur lit avaient tellement bu qu'elles étaient incapables de seulement lever une main en guise d'au revoir. L'image qu'il en gardait lui était toujours aussi déplaisante. C'était pour ça qu'il n'avait jamais repris contact avec elles – ni elles avec lui. Dans leur mémoire son visage leur rappellerait toujours les vomissements et les maux de tête qui avaient suivi leurs brumeux plaisirs nocturnes.

Erla posa bruyamment la télécommande du rétroprojecteur pour le rappeler à son bon souvenir.

— Tu ne m'écoutes pas ? dit-elle en fronçant les sourcils.

Comme lui, elle avait des poches sous les yeux. L'effet du stress et de l'excès de travail. Lui, c'était l'effet du vin rouge et des doutes qui le taraudaient depuis son départ de chez Freyja.

— Si tu n'es pas capable de te concentrer, je vais demander à quelqu'un d'autre de m'assister.

— Non, non, j'ai seulement un peu perdu le fil, s'excusa Huldar en s'efforçant de concentrer toute son attention sur Erla. Est-ce que tu pourrais répéter ce que tu viens de dire ?

Après un soupir d'indignation, Erla obtempéra. Ils n'étaient plus que deux dans la salle de réunion, les autres étant déjà partis. Elle lui avait demandé de rester pour un bref échange. Huldar s'attendait à des excuses après le traitement qu'elle lui avait infligé la veille, ou au contraire à de nouveaux reproches. Il se trompait. Une fois de plus Erla était imprévisible.

— Je vais passer à l'hôpital, je dois recueillir le témoignage de Kolbeinn, celui qui a fait voler le pauvre Benedikt par-dessus la grille du parking. Les médecins m'ont donné le feu vert. Tu m'accompagnes ?

— Pas de problème, je suis à ta disposition, répondit Huldar, dissimulant sa surprise.

Ce témoignage était important. Erla avait déjà essayé de l'obtenir pendant qu'il était occupé au centre d'enfouissement des déchets. Cette première tentative avait été si désastreuse qu'elle et le collègue qui l'accompagnait avaient été expulsés de l'hôpital. On leur avait interdit d'y remettre les pieds tant que le patient ne serait pas complètement rétabli. Malgré la violence de l'impact, Kolbeinn était sorti indemne de sa voiture. Mais il avait été tellement choqué qu'une crise cardiaque l'avait terrassé chez lui le soir même. On l'avait tout de suite placé en réanimation. Erla était venue dès le lendemain. Après sa visite, il avait échappé de justesse à une nouvelle intervention en urgence.

— Tu crois qu'on nous laissera entrer ?

— Oui, ils ont fini par comprendre qu'il est indispensable qu'on lui parle, dit-elle en esquivant son regard. – Elle s'activait à ranger les dossiers dont elle s'était servie pendant la séance. – Il y a eu un nouveau contact avec l'hôpital. J'ai dû demander à notre putain de direction d'intervenir auprès du chef de service. Les médecins refusaient mes appels. La seule fois qu'on a daigné me répondre, je suis tombée sur une infirmière qui m'a copieusement insultée. Comme si je voulais revoir Kolbeinn pour qu'il fasse une deuxième crise cardiaque !

— Alors je ne suis peut-être pas la personne la plus indiquée pour t'accompagner.

Il venait de comprendre que c'était précisément pour ça qu'elle avait besoin de lui. Parce qu'un homme avait failli mourir pendant qu'il l'interrogeait. On s'était trompé, il n'y était pour rien, mais ça n'avait rien changé.

C'était arrivé au cours de l'enquête précédente*, celle qui avait entraîné sa mise à pied, après quelques monstrueuses erreurs. Si ça se passait mal, on pourrait tout lui coller sur le dos, comme la dernière fois.

— Mais tu connais l'histoire aussi bien que moi, ajouta-t-il en se levant pour quitter la salle. Je vais chercher ma veste. Je te retrouverai dehors.

Il venait de perdre sa bonne humeur. Il se ressaisit aussitôt. Il ne devait pas se laisser démoraliser. Après tout, qu'importait la raison pour laquelle elle l'emmenait ! Il aurait un temps d'avance sur les autres membres de l'équipe. Il allait entendre en direct le témoignage de Kolbeinn. Surtout, il allait avoir l'occasion de l'interroger sur ses liens potentiels avec Jón Jónsson. Si ce lien existait bel et bien, il ne sautait pas aux yeux, il lui échappait toujours malgré ses recherches. Si Erla se figurait qu'il allait patienter gentiment sur une saleté de chaise d'hôpital, elle allait avoir des surprises ! Il ne l'accompagnait pas pour lui servir de bouc émissaire au cas où le type crèverait en plein interrogatoire.

Pour une fois, c'était une belle journée d'hiver. Un ciel sans nuage, le calme plat. Une neige toute blanche qui étincelait. Le gel mordait les joues mais l'air était frais et revigorant. Les vestiges de sa gueule de bois du matin s'envolèrent dès que Huldar ouvrit la vitre, sortit la tête et prit une profonde inspiration. Il répéta son action pour s'assurer que son effet serait durable, puis il referma.

* Cf. *ADN*, le volume précédent de la série.

Un temps idéal pour faire du ski, mais il n'avait jamais possédé ni loué l'équipement nécessaire pour se lancer. Quand il était petit on lui avait refilé les skis d'une de ses sœurs. Ils étaient roses et ornés d'autocollants représentant des lapins. Il était hors de question qu'on le voie avec ça aux pieds. Comme ses parents étaient d'un autre avis, on ne lui en avait jamais offert des neufs. Il avait donc grandi sans faire connaissance avec ce sport. Il s'était contenté de la luge bleue remisée dans le garage.

— Tu as fait du ski quand tu étais gamine ? demanda Huldar en se détournant de la vitre.

Ils avaient à peine échangé quelques mots pendant qu'ils roulaient vers l'hôpital. Le trajet était court, il ne voulait pas prendre le risque de lui laisser deviner qu'il n'était pas dupe de sa gentillesse affectée. C'était peut-être déjà fait car elle se concentrait sur sa conduite, d'ailleurs en pure perte. Ils eurent droit à tous les feux rouges qui les séparaient de leur destination.

— Moi ? Sur des skis ?

Erla tourna le volant en direction du parking de l'hôpital. Il était très grand mais les places libres étaient rares.

— Non, jamais. – Elle jeta un coup d'œil puis revint à sa conduite. – Pourquoi tu me demandes ça ? Tu pars aux sports d'hiver ?

— Non.

Il ne dit rien de plus et la laissa dans le doute. S'il ne se trompait pas sur son fonctionnement, elle devait croire sa question pleine de sous-entendus.

— Quelque chose ne va pas ?

Elle avait l'air préoccupé. De quoi réjouir Huldar, qui retrouva un peu de sa bonne humeur.

— Non, pas du tout.

Il ne la regardait pas. Il examinait l'ancien bâtiment principal, qui avait été conçu à l'époque pour répondre à tout jamais aux besoins de la nation. Tout autour, une cacophonie de bâtiments aux styles architecturaux divers démentait cette ambition. En approchant du vieil hôpital il jeta un œil sur le bas-relief de Guðmundur de Miðdalur qui ornait le fronton. Sa grand-mère le lui avait montré à l'occasion d'un des nombreux voyages qu'elle entreprenait depuis l'Ouest pour subir des examens médicaux dans la capitale. Cette fois-là elle avait accepté qu'il l'accompagne. Elle lui avait dit que le bas-relief s'intitulait *Soigner et Guérir*. Il était trop jeune pour en comprendre la signification. Aujourd'hui il en saisissait toute la richesse. Il admirait l'humilité dont l'artiste avait fait preuve en traitant son sujet : les capacités de l'homme à agir sur le difficile cours de l'existence. Il n'était pas possible de sauver tout le monde, parfois on pouvait juste alléger la douleur. Les examens à répétition et les nombreux séjours à l'hôpital n'avaient pas changé grand-chose au destin de sa grand-mère.

Comme Erla connaissait déjà le chemin, ils n'eurent pas besoin de se renseigner. Ils se dirigèrent directement vers l'ascenseur. Derrière eux un patient en peignoir blanc avançait en poussant un déambulateur équipé d'un goutte-à-goutte. Sa tête était couverte d'un bonnet de laine. Il puait le tabac. Huldar allait lui offrir un chewing-gum, mais il quitta l'ascenseur un étage plus haut. L'homme en serait quitte pour un sermon sur les méfaits du tabac quand il tomberait sur un représentant du corps médical.

Dans le couloir, Huldar eut la nette impression que la femme vêtue de blanc qui surveillait les entrées et sorties dans sa cage de verre avait sursauté en voyant passer Erla. En tout cas elle se leva d'un bond et disparut à l'arrière, peut-être pour avertir le médecin de garde que celle qui avait failli tuer un malade la veille était revenue. Il fallait espérer que le médecin en question avait bien eu connaissance de l'autorisation qu'Erla prétendait avoir obtenue. Si ce n'était pas le cas ils auraient fait le déplacement pour rien. Ils risquaient surtout de se retrouver dans une situation embarrassante. Il n'avait pas envie qu'on le jette dehors sous le regard curieux de malades dont la seule distraction était la circulation dans le couloir. En tout cas il ferait de son mieux pour tromper leur ennui en assurant le spectacle.

Mais personne ne les suivit. Ils atteignirent sans encombre la chambre de Kolbeinn et fermèrent la porte derrière eux. Il était seul. Les médecins avaient dû estimer que c'était la solution la plus adaptée dans son cas. On ne l'avait pas couché dans l'entrée derrière un rideau, contrairement à certains autres malades. Comme il était en état de choc, on pouvait craindre qu'il ne dérange les autres par ses cris s'il revivait dans son sommeil les horreurs qu'il avait subies.

— Non ! Encore vous !

Kolbeinn se pencha vers la sonnette. Il était pâle et amaigri, son bras était relié à un goutte-à-goutte, comme l'homme de l'ascenseur, et à quelques instruments de mesure sonores. Sur un petit écran on voyait le tracé en dents de scie des battements de son cœur.

— Vous avez décidé d'avoir ma peau ? Je croyais que le rôle de la police, c'était de trouver la cause des morts mystérieuses, pas de les provoquer.

Sa voix était enrouée, il n'avait pas parlé beaucoup au cours de la journée. Huldar s'approcha de lui et réussit à lui arracher la sonnette avant qu'il appelle au secours.

— Personne ne répondra. Nous avons l'autorisation de venir vous voir. Je vous promets que nous serons plus calmes et plus respectueux que la dernière fois.

Il se baissa, saisit la commande du lit et la manœuvra pour mettre Kolbeinn en position assise. Il n'était pas question de l'interroger en position allongée, les yeux dirigés vers le plafond. Ce que les expressions de son visage révéleraient, même si c'était infime, pourrait être déterminant. Comme de son vivant le mort du parking soutenait mordicus qu'il n'avait rien à voir avec les mains coupées, on pouvait s'attendre à ce que Kolbeinn ne dise pas toute la vérité non plus. Les faits étaient déroutants à tous points de vue mais ils avaient une signification. L'auteur de ces violences ne s'était pas donné tout ce mal sans raison. S'ils découvraient ce qu'il y avait derrière tout ça, la suite de l'enquête en serait grandement facilitée.

Erla s'assit sur la chaise à côté du lit. Huldar en attrapa une autre dans un coin et s'installa juste à côté d'elle. Elle démarra l'interrogatoire sans attendre que Kolbeinn lui en donne la permission. Elle devait craindre elle aussi d'être interrompue par quelqu'un de l'hôpital.

— Il est regrettable que vous ne soyez pas en meilleure santé, mais nous devons absolument vous poser quelques questions. Les nécessités de l'enquête ne nous permettent pas d'attendre que vous alliez mieux. Désolée, mais vous êtes un témoin clé.

— Moi ?

Kolbeinn écarquilla les yeux et se redressa sur son lit.

— Si moi, je suis un témoin clé, alors pour vous c'est mal parti. Je n'ai rien vu, à part… l'homme qui… qui là-bas… est mort. Il n'y avait personne quand je suis allé récupérer ma voiture et personne non plus quand je suis arrivé le matin.

— Donc vous continuez à affirmer que si on a utilisé votre voiture, c'est un pur hasard, lança-t-elle avec un maximum d'ironie.

Huldar décida de l'interrompre à la première occasion. Si l'homme faisait une nouvelle crise, il faudrait attendre longtemps avant de pouvoir revenir l'interroger. Il fallait à tout prix éviter ça.

— Oui ! Ça ne fait aucun doute.

La courbe de l'électrocardiogramme fit un bond. Les chiffres sur l'écran augmentèrent en conséquence.

— C'est une évidence.

Les chiffres retombèrent. Pas besoin de détecteur de mensonges, ces instruments de mesure en tenaient lieu.

— Admettons, concéda Huldar. – Il s'avança sur sa chaise pour être plus proche de lui qu'Erla. – Mais il peut arriver qu'on croie être sûr de quelque chose, et que, en y regardant de plus près, on se rende compte qu'en fait la réalité est complètement différente. Nous devons donc vous poser certaines questions, vous essaierez d'y répondre de votre mieux. Surtout prenez tout votre temps pour réfléchir, ce n'est pas un jeu télévisé.

Kolbeinn semblait soulagé de pouvoir s'adresser à Huldar. En tout cas sur l'écran les indicateurs chiffrés diminuèrent.

— Je ne peux pas vous aider. J'ai garé ma voiture le matin et je suis allé la rechercher après mon travail. Je n'ai rien à voir avec tout ça. Je ne connais personne qui serait capable de faire une chose pareille. Ma voiture a été choisie par hasard, il faut vous faire une raison. Je ne peux rien vous dire d'autre. Ça ne sert à rien que je me casse encore la tête à chercher. Dans cette affaire je suis une victime. Choisie au hasard.

Lorsque Kolbeinn se tut, Huldar reprit le premier la parole.

— Il y a une chose que vous pouvez nous dire. Vous avez eu tout le temps d'y réfléchir. Je suis sûr que vous n'arrêtez pas de penser à cet homme qui est mort, là-bas. Est-ce que son nom vous dit quelque chose ? Est-ce que vous pourriez avoir un lien avec lui ? Un ancien client, une ancienne connaissance qui remonterait à votre enfance ? Benedikt Toft ! Ce n'est pas un nom courant.

Kolbeinn se souleva légèrement de son oreiller neigeux et secoua la tête.

— Non, non et non encore une fois ! Je ne connais pas du tout cet homme, je ne l'avais jamais vu avant. Et à ma connaissance il n'a jamais été l'un de nos clients. Mais je n'ai pas retenu tous leurs noms, vous pouvez vous en douter. Nous avons plus de mille clients, alors ça n'a rien d'étonnant.

Aucun de ces mille clients n'avait envoyé de fleurs, de chocolats ou de carte. Sur la table de chevet à côté du lit on ne voyait qu'un gobelet en plastique jaunâtre muni d'un bec verseur.

— Ce n'était pas un de leurs clients, précisa Erla en s'adressant à Huldar.

Elle était irritée et ne le cachait pas. Elle voulait diriger l'interrogatoire.

— On a déjà vérifié, évidemment.

Elle se tourna vers Kolbeinn. Il eut un mouvement de recul en comprenant que c'était elle qui allait continuer. L'électrocardiogramme redevint irrégulier et les chiffres augmentèrent. Mais le nom de Benedikt Toft n'y était peut-être pour rien. C'était peut-être simplement la peur d'avoir une nouvelle attaque.

— Oubliez ça, on ne trouvera rien de ce côté-là, poursuivit Erla. Nous avons cherché si vous aviez un lien avec lui en tant que procureur, mais nous n'avons rien trouvé non plus. En revanche il y a tout un tas d'éléments dans votre vie que nous ne pouvons pas vérifier. Par exemple le mort était franc-maçon. Est-ce que vous êtes ou est-ce que vous avez été franc-maçon ?

Pendant la réunion de la matinée, Erla avait beaucoup insisté sur ce point. C'était un des rares liens possibles entre Benedikt et les mains coupées dans l'état actuel de l'enquête. Mais il était fragile, parce que rien ne permettait d'affirmer que la trace était bel et bien celle d'une bague de franc-maçon. C'était tout de même mieux que rien. On était en train d'exploiter la liste des frères francs-maçons de Benedikt, au cas où l'un d'entre eux aurait récemment disparu. Jusque-là ça n'avait rien donné.

Une légère rougeur colora le pâle visage de Kolbeinn.

— Non. Je ne le suis pas et je ne l'ai jamais été. – Une quinte de toux l'interrompit, il pencha la tête en arrière. – Vous croyez sérieusement qu'on lui a fait ça parce qu'il est franc-maçon ? ironisa-t-il.

— Non. Bien sûr que non, fit Erla, toujours aussi agacée. Nous essayons simplement de trouver un lien possible entre vous deux.

— Ou de nous assurer qu'il n'en existe effectivement aucun, rectifia Huldar en souriant. – Il fit mine de ne pas voir l'expression courroucée d'Erla. – Ce qu'il faut que vous sachiez, et ça pourrait vous inciter à coopérer un peu plus avec nous, c'est que l'homme qui est mort enchaîné à votre voiture était exactement dans la même situation que vous, il y a quelques jours. Et nous l'avons cru. Nous n'avons pas jugé indispensable de l'interroger comme nous vous interrogeons maintenant. Et il a été assassiné. J'espère pour vous qu'aucun danger ne vous menace, mais il faudrait qu'on en ait la certitude avant d'écarter cette éventualité. Vous êtes d'accord avec ça ?

— Qui pourrait vouloir me tuer ? Qui pourrait avoir intérêt à se débarrasser de moi ? Personne, je n'ai rien fait à personne et… – Kolbeinn se tut. – Je peux vous le jurer, je ne sais rien de cet homme. Rien du tout.

Erla fourra ses mains dans sa poche et sortit une photo de Benedikt Toft. Elle la brandit devant le visage de Kolbeinn.

— Voilà à quoi il ressemblait. Le visage que vous avez vu après l'accident dans le parking souterrain était déformé par la douleur et par un rictus post mortem. Sa mère ne l'aurait pas reconnu. Ça vous dit quelque chose ?

Kolbeinn prit la photo et la regarda attentivement. C'était bon signe, il avait l'air de réellement chercher s'il reconnaissait la victime. Mais il tenait la photo de telle façon que son ombre se projetait sur son visage, empêchant d'observer ses réactions. Était-ce délibéré de sa part ou était-ce simplement le hasard ?

— Non. Je peux vous jurer que je n'ai jamais vu cet homme. C'est vrai qu'il est âgé sur la photo. J'aurais pu le connaître il y a des années ou même des décennies. Mais son visage est très ordinaire, il n'a rien de spécial pour qu'on s'en souvienne. – Kolbeinn rendit la photo à Erla. – Vous êtes sérieux ? Vous croyez que celui qui l'a attaché à ma voiture est à mes trousses ?

Il avait l'air réellement inquiet.

— Si je suis en danger, pourquoi il n'y a pas de policier de garde devant ma chambre ? vociféra-t-il dans un accès soudain de colère. Vous attendez quoi ?

Sur l'écran les chiffres grimpèrent en flèche pour la deuxième fois, mais beaucoup plus haut qu'au début de l'interrogatoire.

— Est-ce que vous possédez une tronçonneuse ? demanda Huldar.

L'expérience lui avait appris qu'on pouvait calmer efficacement les gens en leur posant des questions inattendues. Ce fut efficace.

— Une tronçonneuse ? Pourquoi vous me demandez ça ? Pourquoi je devrais posséder une tronçonneuse ?

— Peut-être pour scier des arbres dans votre jardin ? Vous en avez une, oui ou non ?

— Bien sûr que non. Il n'y a pas d'arbre dans mon jardin. Quelques buissons à tailler, c'est tout. Mais on ne va pas les attaquer à la tronçonneuse. Je serais incapable de me servir d'un engin pareil.

— Bien. Vous ne voyez donc aucune objection à ce qu'on aille jeter un coup d'œil à votre domicile, fit observer Erla, prenant la relève.

À la satisfaction de Huldar, ils fonctionnaient enfin en équipe. L'interrogatoire devait être mené comme une partie de ping-pong en double, sauf qu'en général leur adversaire était tout seul. Rares étaient ceux qui venaient accompagnés d'un avocat.

— Ça ne vous dérange pas qu'on aille regarder dans votre garage pour vérifier si vous dites vrai ? insista-t-elle.

— Une perquisition ? Vous voulez perquisitionner chez moi ? s'exclama-t-il.

Il avait vraiment l'air surpris, mais il valait mieux se méfier. Un comédien amateur pouvait se révéler aussi doué qu'un professionnel. Quand on se sentait pris au piège, on pouvait puiser au fond de soi de quoi décupler ses capacités et même faire preuve d'une force physique exceptionnelle.

— Nous laisserons tout en ordre. Vous et votre femme, vous n'y verrez que du feu quand nous serons repartis. Vous le premier, puisque vous ne serez pas chez vous, répondit Huldar en souriant.

— Je n'ai rien à cacher. Mais je n'ai pas envie que des étrangers aillent fouiller dans mes affaires. Ça ne me plaît pas du tout. Ah ça non !

— Aucun problème, répliqua Erla en faisant claquer sa langue. On aura un mandat de perquisition. La plupart des gens préfèrent éviter qu'on en arrive là. Parce qu'on doit passer par le juge, tout ça… Mais bien sûr c'est vous qui décidez.

Kolbeinn n'eut pas besoin d'en entendre davantage. Il les autorisa à entrer chez lui à condition que le juge et les tribunaux restent en dehors du coup. Il venait de leur révéler son point faible. Il voulait éviter que sa réputation n'en fasse les frais. Sa motivation était probablement professionnelle. Si l'on apprenait qu'il était mêlé à une affaire criminelle, quelle que soit son implication, ça ne serait pas une bonne publicité pour la société d'expertise comptable qui l'employait. Huldar se promit de ne pas l'oublier, ça pourrait être utile un jour ou l'autre.

Ils continuèrent de le cuisiner sans obtenir quoi que ce soit d'intéressant. Le profil de Kolbeinn était celui d'un citoyen exemplaire qui menait une vie sans intérêt, qui ne prenait jamais de risque et ne s'autorisait aucun écart. C'était le genre à lire le journal du matin de A à Z en râlant contre ceux qui alimentaient le courrier des lecteurs. À s'interdire de commenter les informations sur Internet. À ne jamais vouloir se faire remarquer. À boire du thé en préférant le café. Il faisait partie de ces gens bourrés de préjugés contre les minorités mais qui se gardaient bien d'en faire état. Pas plus que Huldar n'avait l'intention de lui dévoiler l'opinion qu'il avait de lui. Le personnage lui était antipathique, mais c'était au feeling qu'il l'avait cerné. Il n'avait rien de concret.

Erla frappa sur sa cuisse, signe qu'elle allait se lever et clore l'entretien.

— Est-ce que vous connaissez Jón Jónsson ? lança Huldar.

Il ne le quitta pas des yeux malgré les efforts d'Erla pour lui faire comprendre qu'elle ne voulait pas aborder ce sujet. Mais c'était trop tard.

— Jón Jónsson ? C'est possible. C'est un nom tellement courant.

Il n'avait pas réagi particulièrement. Il fronçait à peine les sourcils en fouillant sa mémoire.

— Jón Jónsson. Il sort juste de prison, il était incarcéré pour le meurtre d'une petite fille. Est-ce que vous le connaissez ou est-ce que vous auriez un lien quelconque avec lui ?

Kolbeinn se taisait. Sa pomme d'Adam montait et descendait au-dessus du col de son pyjama d'hôpital. Il ravala sa salive et inspira par le nez d'un coup sec.

— Non, aucun lien. Pas le moindre. Pas du tout.

Le rouge sur ses joues, l'escalade des chiffres et la courbe de l'électrocardiogramme qui faisait tic-tac tic-tac, racontaient une tout autre histoire.

Mais ce ne fut pas Erla qui l'empêcha de continuer. La porte s'ouvrit brusquement, un médecin et une infirmière surgirent dans la chambre. La visite était terminée. Ils devaient examiner le malade. Après avoir consulté l'écran, leur empressement à se débarrasser d'Erla et de Huldar redoubla. Kolbeinn était si soulagé que les chiffres diminuaient déjà.

Huldar jeta un dernier coup œil avant de sortir. Les indicateurs étaient les mêmes qu'à leur arrivée.

Ce fieffé menteur avait un lien avec Jón Jónsson.

19

Le retard de la pendule sur le mur du bureau de Sólveig lui tapait sur les nerfs. Freyja payait sa soirée arrosée de la veille. Elle était affligée d'un épouvantable mal de tête qui l'obligeait à se concentrer sur chaque mot. Sinon elle perdait le fil. Elle n'avait toujours pas compris comment ça s'était terminé. Huldar lui avait juste dit au revoir et il était parti, alors que pour la première fois elle désirait qu'il reste avec elle. En un sens elle y gagnait, elle s'épargnait l'embarras de le revoir au travail avec en tête le souvenir de leurs ébats. Mais elle n'y était pour rien, c'était bien grâce à lui. C'était incompréhensible !

— Tu dis qu'il a blessé sa sœur ? À l'âge de huit ans ? s'étonna Freyja, en réprimant son envie de se passer une main sur le front.

À sa grande surprise Sólveig lui avait fait signe de la rejoindre dès qu'elle l'avait vue arriver. Freyja avait une demi-heure de retard. On aurait juré qu'elle s'était maquillée sur le siège d'une voiture d'auto-école conduite par un novice le jour de sa première leçon. Au lieu de lui répondre qu'elle avait une urgence à régler et qu'elle passerait plus tard, quand elle se sentirait mieux, elle l'avait suivie sur-le-champ. Maintenant elle s'efforçait d'écouter et de faire bonne figure, alors qu'elle avait l'impression qu'un second cœur battait la mesure dans son crâne.

— Oui. C'est pour ça que je l'ai revu.

L'allure de Sólveig était inhabituellement négligée. L'étiquette du T-shirt, qu'elle avait enfilé sens dessus dessous, était visible par l'échancrure de sa tunique hippie. Soit elle s'était habillée en toute hâte, soit elle l'avait fait dans le noir. Mais les bijoux étaient à leur place : le bracelet, le collier et les lourds pendants d'oreilles qui allongeaient ses lobes de plusieurs millimètres. Ils ne devaient pas être agréables à porter.

— J'ai oublié les circonstances exactes, ou je n'en ai jamais eu connaissance, mais la petite fille a perdu deux doigts. Ou trois. Je ne suis pas sûre. Elle a été hospitalisée pendant un bon moment, elle a failli y passer.

— Et ça t'est revenu comme ça, d'un seul coup ?

— Non, pas "comme ça d'un seul coup", j'ai dû faire beaucoup d'efforts de mémoire. Je me suis aidée de mon vieil agenda de l'époque, j'y inscris tous les rendez-vous. C'est comme ça que j'ai pu reconstituer le puzzle. Mais les documents, je ne les ai pas retrouvés. – Sólveig croisa le regard de Freyja mais baissa aussitôt les yeux. – Tu peux donner ces informations à la police, mais s'ils préfèrent me rencontrer je suis tout à fait disposée à les recevoir. Mon emploi du temps est chargé mais je leur dégagerai un créneau.

Elle soupira avec autant d'emphase que si elle jouait dans une pièce de théâtre radiophonique.

— La police ne demande pas de rendez-vous. Elle se pointe quand elle veut, c'est tout. Enfin, on verra bien.

Freyja ne comprenait pas pourquoi elle la trouvait exaspérante. C'était peut-être l'effet de sa gueule de bois. Non, c'était autre chose, elle la soupçonnait de ne pas dire toute la vérité.

— Je m'intéresse de plus en plus au sort de la fratrie, poursuivit Freyja. Tu dis que Þröstur a blessé sa sœur et que ce n'était pas un accident. Mais ensuite ? On t'a demandé d'examiner le garçon et d'assurer le suivi de son traitement. C'est bien ça ?

Freyja était fière d'avoir réussi à dominer son mal de tête et à s'exprimer clairement.

— Oui. À l'époque je travaillais pour la municipalité de Hafnarfjörður. Quand c'est arrivé, j'ai été chargée des entretiens. Si mon agenda est exact… Et il l'est… Je l'ai reçu cinq fois. Le suivi s'est limité à ça. Après j'ai ouvert mon propre cabinet et j'ai obtenu un contrat comme assistante auprès des autorités scolaires. J'ignore ce qui s'est passé après mon départ. Mais j'ai dû m'occuper de lui à nouveau quand il était adolescent, à cause de son comportement anormal à l'école. C'était un problème bien moins lourd. Quand j'ai reconnu son nom, j'ai demandé qu'on me le confie.

— Quelles ont été les conclusions de la première série d'entretiens ? Qu'est-ce qui a poussé ce garçon à mutiler sa sœur ?

— Comme je viens de te le dire, je n'ai pas retrouvé le dossier de Þröstur. Je ne peux donc rien affirmer, en dehors de ce qui m'est revenu en mémoire.

— C'est mieux que rien.

— Oui. Tu as raison. Si je me souviens bien, le gamin était d'une jalousie maladive à l'égard de sa sœur. C'était un enfant exceptionnellement difficile, alors que tout le monde aimait la petite. Du coup c'était la préférée dans la famille. Elle était aussi plus jeune. Les parents étaient certainement plus attentionnés avec elle qu'avec son frère. Il n'arrivait pas à se contrôler. Ça faisait un mélange assez détonant.

— Tu es sûre de ne rien oublier ? l'interrompit Freyja. Gueule de bois ou pas, elle n'allait pas avaler ça sans réagir.

— Hein ?

Freyja se pencha en avant.

— Maintenant que tu sais qui est le père de ces enfants, tu ne crois pas que ça devrait te donner des raisons de douter de ton analyse ? Il ne t'est pas venu à l'idée que la colère du gamin avait pu être déclenchée par autre chose qu'une incapacité à se contrôler ? La théorie du frère qui mutile sa sœur pour attirer l'attention des parents, je n'y crois pas une seconde. Est-ce qu'on s'est intéressé de plus près à cette famille ?

Sólveig gardait le silence. Sa lèvre inférieure était affligée d'un tic nerveux.

— Je n'étais pas chargée de ça. Les services sociaux ont pris la relève. Ils m'ont seulement informée… Si ma mémoire est bonne… Tout se passait au mieux au domicile familial.

— Pas d'alcoolisme ? Pas de comportement déviant ? Pas d'abus sexuel ?

— Non. Je ne crois pas me tromper. La famille a eu le feu vert, et je n'étais pas en position d'émettre des doutes.

— Mais je suppose que pendant les entretiens tu as demandé à Þröstur de parler de ses parents ? Est-ce que tu te rappelles ce qu'il disait à propos de sa relation avec son père ?

— Non. Pas du tout. C'était il y a presque seize ans. C'est déjà inespéré que j'arrive à me rappeler tout ça.

Freyja décida d'en rester là. Sa langue était complètement desséchée, elle ne pouvait plus penser à autre chose qu'à un verre d'eau froide.

— Bon. Je te remercie. Je crois que la police va demander à la municipalité de Hafnarfjörður ou à la Protection de l'enfance la communication du dossier de Þröstur. Ça devrait nous éclairer. Et puis ça serait bien que tu me fasses une procuration pour que le directeur de l'école me donne les copies des documents dont il dispose, en attendant les autres.

Sólveig répondit qu'elle la lui apporterait.

Freyja eut un léger vertige en se levant mais elle se ressaisit et sortit sans encombre. Après avoir rempli un premier puis un second verre au robinet de l'évier, elle se dirigea vers son bureau. Peu après elle entendit Sólveig fermer sa porte puis celle de l'entrée. Elle retournait chez elle alors que la journée venait à peine de commencer. Bizarre. Elle ne lui avait pas donné la procuration. Elle ne l'avait pas non plus laissée à son intention dans son bureau déserté.

À midi, Freyja était redevenue elle-même grâce à l'ibuprofène délivré par l'infirmière de la Maison des enfants et au hamburger qu'elle avait avalé avec un milk-shake dès l'ouverture du fast-food. Lorsqu'elle reçut l'appel du commissariat de Hlemmur, elle avait enfin les idées claires. Elle se sentait d'attaque pour faire face à tous les imprévus. Son interlocuteur, un certain Guðmundur Lárusson, lui apprit que Huldar lui avait communiqué ses coordonnées et l'avait chargé de l'appeler à sa place, faute de temps. On avait besoin d'elle pour une affaire simple mais urgente. On la priait de venir immédiatement pour assister les policiers auprès d'une femme qui venait de faire irruption dans les locaux et qui était liée à l'enquête en cours. Guðmundur, qui savait par Huldar qu'elle était au courant, lui expliqua qu'on comptait sur elle pour réussir à calmer une femme au désespoir. Suivait un résumé des faits. La personne en question avait pris à partie le policier de la réception. À bout de patience, il avait appelé à la rescousse le premier étage. Guðmundur précisa que l'agent n'était pas à plaindre. Il en avait vu d'autres et des bien pires. On ne pouvait pas imaginer la faune qui atterrissait tous les jours à la réception, pour les raisons les plus invraisemblables.

Guðmundur se décida enfin à lui donner le nom de la femme et à préciser son lien avec l'enquête de Huldar. Freyja bondit sur ses jambes sans attendre qu'il ait pris congé d'elle. Elle enfila son manteau et se précipita vers sa voiture. La femme qui avait semé la pagaille au poste de police, c'était Dagmar, la mère de Vaka, la fillette que Jón Jónsson avait violée et assassinée.

Il y avait peu de circulation mais Freyja avait le chic pour tomber systématiquement sur des feux rouges. Elle pianotait d'impatience sur le volant. Elle craignait d'arriver au commissariat après le départ de la mère de Vaka. Elle se demandait pourquoi Huldar ne l'avait pas appelée lui-même. Cette question en amena une autre, qui resta sans réponse. Pourquoi l'avait-il abandonnée le soir précédent ?

Pour gagner du temps Freyja ne paya pas le parking voisin du poste de police – si elle avait une amende le policier Guðmundur userait de son influence pour la faire sauter. Elle partit en courant et se présenta tout essoufflée au policier de garde de la réception. La cible des reproches de Dagmar. Il n'avait pas l'air d'avoir souffert de l'incident. Il était parfaitement serein quand il lui indiqua la bonne direction.

Le policier Guðmundur Lárusson l'accueillit. Un homme maigre avec les cheveux grisonnants. La grosse patte qui tenait la poignée de la porte était le seul vestige d'une force physique disparue.

— Je l'ai installée ici. Normalement la pièce sert de salle d'attente mais on l'utilise rarement. Elle a refusé de me parler. Elle s'était défoulée à l'accueil, maintenant elle est complètement vidée. Comme vous êtes psy, j'espère que vous avez tout ce qu'il faut pour la calmer dans votre panoplie de tours de magie. Il faudrait que vous arriviez à en tirer quelque chose de constructif. Si c'est possible. Elle doit être déséquilibrée depuis longtemps. J'ai déjà vu ça avec d'autres parents dans la même situation. Je me demande si je ne devrais pas appeler son mari pour qu'il vienne la chercher. Qu'en pensez-vous ?

Freyja hocha la tête distraitement. Elle était impatiente de franchir le seuil pour rencontrer la femme. Guðmundur ouvrit la porte et lui fit signe d'entrer sans manifester d'intention de la suivre. Il ferma derrière elle. Freyja se dit qu'il allait téléphoner sans plus attendre à Orri, le père de la défunte Vaka et mari de Dagmar.

La pièce sans fenêtre était aussi modeste que possible. Deux petits canapés se faisaient face, séparés par une table basse sur laquelle était posée une pile de magazines en papier glacé. Celui du dessus avait perdu sa couverture. Dans un coin une table était couverte d'un amas de câbles d'ordinateur débranchés qui avaient été abandonnés là. Une femme qui cachait son visage dans ses mains était assise sur l'un des canapés. Elle ne s'était pas rendu compte qu'elle n'était plus seule.

Freyja s'approcha, s'assit en face d'elle et s'éclaircit la voix.

— Bonjour. Vous êtes Dagmar ?

La femme leva les yeux, l'air surpris, les yeux rougis et tout gonflés à force d'avoir pleuré.

— Qui êtes-vous ?

— Je m'appelle Freyja. On m'a demandé de discuter avec vous, je connais un peu le cas de votre fille.

— Le cas de ma fille ! s'exclama la femme avec colère. Le cas de ma fille ? Vous plaisantez ! Ma fille n'était pas un cas !

— Pardonnez-moi. Ce n'est pas ce que je voulais dire.

Freyja se tut pendant que Dagmar ravalait sa colère. Elle regardait devant elle, hagarde, comme si elle ne savait pas où elle se trouvait. Brusquement elle eut une expression de surprise qui rajeunit d'un coup son visage, lissa les rides d'inquiétude qui creusaient leurs sillons entre ses yeux grands ouverts. Elle entrouvrit la bouche, ses traits se détendirent et elle retrouva un instant l'innocence de la jeunesse qu'on lui avait volée.

— Au fait vous êtes qui, vous, Freyja ? Pourquoi vous ne portez pas l'uniforme de la police ? demanda Dagmar, revenue à elle-même, d'une voix pleine de sous-entendus.

Elle souriait d'un air ironique.

— Je ne suis pas dans la police. Je travaille à la Maison des enfants. J'assiste la police quand des enfants sont concernés.

— Ah ! je vois ! dit Dagmar en essuyant d'un revers de main son visage humide de larmes.

Elle poussa un soupir de réprobation et leva les yeux comme pour prendre le ciel à témoin de la stupidité de la situation.

— Formidable. Alors comme ça, vous êtes sociologue ? Vous voulez écrire un article sur la manière dont les gens vivent la perte d'un enfant ?

— Je suis psychologue et je n'écrirai aucun article.

Elle disait vrai, en dépit des multiples incitations de la Protection de l'enfance pour que ses personnels fassent des conférences ou publient des articles dans des revues spécialisées.

— Je suis là uniquement pour vous aider à vous soulager de votre peine. Vous êtes sûrement venue ici dans un but précis. Pour l'instant vous n'avez pas vraiment réussi à expliquer à la police ce que vous attendez d'elle. À moins que vous ne soyez venue que pour vider votre sac. Pour ça cet endroit en vaut un autre. C'est toujours mieux que de passer sa colère sur son conjoint, par exemple.

— Un conjoint ? Je suis seule.

Guðmundur allait donc appeler Orri en pure perte. Il ne viendrait pas chercher Dagmar de sitôt. Freyja s'était déjà interrogée plusieurs fois sur les parents de Vaka. Mais elle n'avait jamais pris le temps de se renseigner sur le devenir du couple après la mort de leur fille. Leur séparation ne la surprenait pas. La fréquence des divorces liés à la perte d'un enfant était plus élevée que la moyenne, notamment quand il s'agissait d'un enfant unique.

— Vous savez, moi aussi, je vis seule. Je sais que ce n'est pas toujours facile, surtout quand on ne va pas bien et qu'on ne peut se réfugier contre l'épaule de personne.

— Vous voudrez bien m'épargner votre sensiblerie. Vous n'êtes pas mon amie et je ne suis pas la vôtre.

Cette dureté ne déstabilisa pas Freyja, qui s'y attendait. Les parents qui venaient à la Maison des enfants souffraient de déséquilibres qui les poussaient à réagir brutalement, mais leurs attaques n'avaient rien de personnel. Pour faire un bon psychologue il valait mieux ne pas être susceptible.

— Bien sûr que non. Je voudrais simplement que vous m'expliquiez pourquoi vous êtes venue ici.

Dagmar se redressa, lissa le revers du col de son manteau et rectifia le pli de ses jambes de pantalon. Cette vaine tentative pour restaurer sa fierté, Freyja la reconnut. Baldur et elle faisaient de même à leur façon quand ils étaient enfants. C'était le signe que Dagmar commençait à regretter son comportement à la réception du commissariat.

— Je suis venue exprimer mon dégoût à l'égard de la police. Quand j'ai essayé de m'expliquer, je me suis dit que je ne devais oublier personne. J'exècre aussi le système judiciaire tout entier, et toute la clique des psychologues, qui s'imaginent qu'ils vont réussir à recoller les morceaux de nos vies réduites en miettes.

— Je vous répète que je ne suis pas là pour vous proposer une aide psychologique. Mais je crois que ça ne pourrait vous faire que du bien. Il existe différentes méthodes susceptibles de vous aider à surmonter votre chagrin. Le sentiment de la perte ne s'efface pas, comme vous le savez, mais on peut adoucir la souffrance et rendre la vie supportable. Il n'est jamais trop tard pour tenter une thérapie, même des années après le moment de la perte.

— Ça ne m'intéresse pas. Est-ce que je suis assez claire ? Vous m'avez demandé pourquoi je suis venue ici et je suis en train de vous l'expliquer. Je ne sais pas comment ce pays est gouverné, mais il y a quelque chose qui cloche, et je suis venue pour ça. Il faut que ça change. La machine a des ratés, elle ne marche pas bien, mais elle risque de continuer de tourner comme ça encore longtemps à la satisfaction générale. Sauf que tout le monde n'est pas satisfait. À commencer par moi.

— Vous pourriez être plus claire ? Donnez-moi des exemples.

— Comment est-il possible qu'un homme qui a violé et tué un enfant soit libéré au bout de quelques années alors que ses parents sont condamnés à vie ? Comment est-ce possible ?

Sa voix se brisa. Elle se tut. Elle s'affaissa sur elle-même comme un ballon crevé.

— C'est injuste, je suis d'accord avec vous. Mais si la justice s'exerce de cette façon dans ce pays, c'est parce qu'on espère que ce sera utile à la société. Si les criminels étaient condamnés à perpétuité sans aucune possibilité de rachat, s'ils n'avaient rien à espérer, ils risqueraient de faire pire encore pour l'éviter. Par exemple de tuer des témoins. S'ils doivent passer le restant de leur vie derrière les barreaux, ils n'ont rien à perdre. Ce n'est sans doute pas un argument suffisant, mais aucun système de sanctions n'est parfait.

Dagmar avait écouté. Cette fois elle ne l'avait pas interrompue et n'avait pas non plus levé les yeux au ciel. Elle l'avait écoutée, attentivement, les yeux baissés.

— Je ferais mieux de m'en aller. Je ne sais pas ce qui m'est passé par la tête.

Freyja ne lui laissa pas le temps de se lever. Elle ne pouvait envisager d'être obligée de dire à Huldar que Dagmar ne lui avait rien appris d'intéressant. Qu'elles s'étaient contentées de discuter des avantages et des inconvénients du système judiciaire islandais.

— Il y a maintenant douze ans que votre fille a été assassinée. Est-ce que vous êtes déjà venue ici pour les mêmes raisons ? Si c'est la première fois, pourquoi avez-vous décidé de venir aujourd'hui ?

— Je l'ai vu. Ce porc. Il marchait sur un trottoir où il m'arrive aussi de marcher. Il respirait le même air. – Dagmar se tut et secoua la tête comme si elle refusait quelque chose. Elle renifla. – Il avait l'air content de son sort. Comme si ces douze ans de prison n'avaient eu aucun effet sur lui. Avant notre divorce, mon ex-mari m'avait dit que je commençais à marcher le dos voûté. Je n'ai pas voulu lui dire que c'était pareil pour lui. Je sais que j'avance toujours un peu courbée, et lui aussi.

Freyja garda le silence et regarda Dagmar. Ses épaules tremblaient. Quelques larmes tombèrent sur les jambes de son pantalon clair.

— C'était où ? lui demanda-t-elle doucement.

— Est-ce que c'est important ?

— Peut-être. Peut-être pas.

— Donc vous le surveillez ? demanda Dagmar, qui venait de lever les yeux.

— Oui et non.

Freyja resta délibérément dans le flou. Elle ne voulait pas donner trop d'espoir à Dagmar. Huldar avait l'intention de parler avec Jón, mais ça ne signifiait pas que la police allait le surveiller.

— Pourquoi est-ce qu'on ne m'a pas prévenue ? Pourquoi ? Ç'aurait tué quelqu'un de m'avertir ? Ç'aurait fait chuter le budget de l'État ? Elle regarda Freyja et ses yeux s'emplirent de larmes. J'aurais voulu avoir le temps de me préparer à cette idée. C'était trop demander ?

Freyja aurait donné n'importe quoi pour que Huldar ouvre la porte et prenne la relève. Le vieux policier aurait fait l'affaire aussi. Quelqu'un qui aurait été capable de lui expliquer pourquoi les choses s'étaient passées ainsi. Était-il vrai que personne n'avertissait les familles, dans des situations comme celle-là ? En Islande la rencontre était inévitable, tôt ou tard.

— Non, ce n'est pas trop demander. Je ne sais pas ce qui est prévu dans ces cas-là mais je suppose que la protection des personnes a son importance. – Elle se tut et respira profondément. – Ce n'est pas moi qui fais les lois, ajouta-t-elle pour prévenir un nouveau déchaînement de colère de la part de Dagmar. Mais j'estime qu'on aurait dû vous prévenir, vous et votre ex-mari. Tout comme la famille de Jón, qui n'a pas été informée non plus. Je ne sais pas si c'est une erreur ou une habitude. Vraiment, je n'en sais rien.

— Ça vous pouvez le dire, commenta Dagmar, radoucie.

— Est-ce que vous acceptez de m'indiquer où vous avez vu Jón ?

— Une fois de plus, est-ce que c'est si important que ça ?

— Je ne sais pas. Peut-être.

Dagmar réfléchit comme s'il s'agissait d'un secret qu'elle ne voulait surtout pas partager.

— Il était dans l'entrée de Borgartún. Ce matin.

— Où exactement dans Borgartún ?

— Près d'un ensemble de bureaux. Il était là et il avait l'air de fouiner. Peut-être qu'il cherchait des canettes vides*. Je préférerais ça.

— Est-ce que c'étaient les bureaux de la société comptable ?

— Comment avez-vous deviné ?

C'était comme si le fragile climat de confiance qui s'était installé entre elles se brisait d'un seul coup.

Freyja ne répondit pas, mais elle se doutait qu'elle ne s'en sortirait pas aussi facilement.

— Connaissez-vous un dénommé Kolbeinn Ragnarsson, qui travaille dans ce bâtiment ?

— Non. Je devrais ?

De nouveau Freyja ne répondit pas à la question de Dagmar.

— Et Benedikt Toft, un procureur à la retraite ?

— Non. Qu'est-ce qui se passe ? Qui sont ces hommes ? Des pédophiles ?

* En Islande, les canettes de boissons sont consignées.

— Non. Pas du tout, répondit Freyja, décontenancée.

Elle avait confronté les initiales énumérées dans la lettre de Þröstur avec la liste des pédophiles connus de la police depuis dix ans, mais sans résultat. Les noms des deux hommes ne figuraient dans aucun des dossiers de la Maison des enfants.

Freyja n'eut pas besoin d'expliquer pourquoi elle lui avait livré ces deux noms. La porte s'ouvrit. Heureusement. Elle regrettait déjà de les lui avoir donnés. Elle espérait que Dagmar ne rechercherait pas Kolbeinn, qu'elle soupçonnait d'être lié à Jón Jónsson d'une manière ou d'une autre.

Sur le seuil se tenait Guðmundur Lárusson.

— Votre mari est venu vous chercher, annonça-t-il.

— Mon mari ? Dagmar se leva. – Ses joues s'empourprèrent, non de honte, mais de rage. – Vous n'êtes vraiment pas bien !

Un homme d'une quarantaine d'années se glissa devant Guðmundur. Il tripotait ses clés avec ses deux mains comme un catholique son chapelet.

— Viens, Dagmar. Je te ramène chez toi, dit-il sans la regarder. Ils ne savaient pas que nous étions divorcés. Je ne le leur ai pas dit, je suis juste venu t'aider.

— M'aider ?

Dagmar accrocha son sac à main à son épaule et se dissimula dans son manteau.

— Je n'ai pas besoin de ton aide.

Elle ne prit pas le temps de prendre congé de Freyja. Elle bouscula rudement Guðmundur, qui se trouvait malencontreusement sur son passage, et se précipita dans le couloir.

— Excusez-nous.

Le père de la défunte Vaka était confus, comme s'il se jugeait responsable du comportement de son ex-femme. Peut-être avait-il abandonné le domicile conjugal dans un moment de crise, incapable de cohabiter avec celle qui lui rappellerait toute sa vie l'être qu'ils avaient perdu. Peut-être voulait-il regarder vers l'avenir mais pas elle. Ou le contraire. Ce n'était peut-être rien de tout ça, seulement la fin de leur amour.

— Elle n'est pas comme ça normalement. Je veux dire, elle n'était pas comme ça avant, elle était tout le contraire.

Il hocha la tête en guise d'au revoir et se précipita sur les pas de la femme qu'il avait aimée. Freyja se rappela subitement la cause du bouleversement qui avait amené Dagmar au commissariat. Elle courut derrière lui.

— Jón Jónsson a été libéré. C'est pour ça qu'elle est dans cet état. C'est normal que vous le sachiez.

Orri s'arrêta net et se retourna lentement vers elle. Le calme avait fait place à la fureur. L'homme était comme une grenade que Freyja aurait dégoupillée. Il s'approcha d'un pas.

— Qu'est-ce que vous venez de dire ? articula-t-il d'une voix lente et sourde.

Orri et Dagmar n'étaient pas si différents l'un de l'autre.

Freyja recula instinctivement pour se rapprocher de Guðmundur. Elle aurait mieux fait de se taire, c'était peut-être pour éviter ça qu'on n'avertissait pas les gens comme eux quand des prisonniers étaient libérés.

20

Comme c'était souvent le cas au cours des enquêtes, Erla ne changea pas d'avis sur la base d'un unique élément nouveau, mais de tout un faisceau d'indices convergents en faveur d'un lien entre Jón Jónsson, le meurtre du parking et les mains coupées. Pour Huldar c'était du pareil au même, il était sur un petit nuage. Sans l'appui d'Erla, qui dirigeait les opérations, il aurait été incapable à lui seul de démêler les nombreux fils de cette obscure enquête. Il y avait trop à faire. Quand elle se décida enfin à passer à l'action, il voulut rester discret mais c'était plus facile à dire qu'à faire. Il revivait les mêmes émotions qu'à l'école, quand il avait marqué le but de la finale du championnat de foot. Du haut de ses neuf ans il avait pensé que les difficultés étaient derrière lui, oubliées et enterrées. Sa route était toute tracée, ce but de la victoire lui ouvrait la voie d'une prestigieuse carrière de joueur international. Certes l'avenir lui avait donné tort, car il n'avait jamais réédité son exploit, mais aujourd'hui il était persuadé que sa victoire contre l'obstination d'Erla allait permettre de résoudre l'énigme de ce meurtre. Le but était différent, mais l'émotion était la même. Qu'est-ce qui le retenait d'aller célébrer l'événement en dégustant une boule à la noix de coco, comme quand il était gamin ?

Ses espoirs dataient du moment où ils avaient échoué tous les deux dans le couloir de l'hôpital après avoir été chassés de la chambre de Kolbeinn. Si la souplesse n'était pas la principale qualité d'Erla, il n'en restait pas moins que c'était une bonne enquêtrice et qu'elle savait analyser le comportement de ceux qu'elle interrogeait. Le mensonge de Kolbeinn ne lui avait pas échappé. Il avait réagi en entendant le nom de Jón Jónsson.

L'appel du laboratoire de médecine légale avait eu un impact certain. Le légiste affirmait avec une quasi-certitude que la cause de la mort de l'homme qu'on avait trouvé dans le cercueil ne coïncidait pas avec le certificat de décès d'Einar Aðalbertsson. Erla n'avait obtenu aucune explication supplémentaire mais on l'avait priée de se rendre au labo ou d'envoyer quelqu'un. On attendait toujours le policier qu'elle avait dépêché sur place.

Avant l'appel du légiste, Erla avait reçu un premier coup de fil qui avait pesé dans la balance, celui de la fille survivante d'Einar. La nouvelle du voyage de son père jusqu'à Sorpa n'avait pas ému la brave femme. Lorsqu'Erla lui en avait détaillé les circonstances, elle avait déclaré que le cercueil était très bien où il était, sur le tas d'ordures. Puis elle avait raccroché. Après avoir entendu le légiste, Erla avait tenté sans succès de la recontacter pour lui demander l'autorisation de pratiquer une autopsie, mais elle avait l'intention d'essayer à nouveau. Certes les soupçons de meurtre étaient suffisamment solides pour qu'elle se dispense de cette formalité, mais elle lui éviterait de perdre du temps en paperasserie.

C'étaient avant tout les tentatives d'Erla pour retrouver Jón Jónsson qui avaient joué un rôle décisif. Elle avait prétendu que c'était uniquement parce qu'elle le soupçonnait d'avoir volé le cercueil de son beau-père, mais Huldar n'avait pas été dupe de cette explication. Elle commençait réellement à avoir de sérieux doutes. Depuis son bureau il l'avait vue enchaîner les coups de fil sans aucun résultat. Personne ne savait où il était passé. Aucun des trois membres de son ex-famille n'avait répondu. Les services pénitentiaires ne savaient rien, pas plus que ceux de la prison de Litla-Hraun, des affaires sociales de la municipalité de Reykjavík ou même des refuges pour les sans-abri. Personne n'avait eu de ses nouvelles, personne ne l'avait vu ni ne savait ce qu'il était devenu. À croire que la terre l'avait avalé sitôt arrivé dans le centre de Reykjavík, en homme libre.

Pendant qu'Erla téléphonait, Huldar avait lui-même été contacté par Guðmundur Lárusson. Son ancien supérieur l'avait informé que la mère de Vaka, la fillette que Jón avait assassinée, avait semé la pagaille au commissariat. Il avait décidé de ne pas s'y rendre, jugeant plus utile de profiter des bonnes dispositions d'Erla pour ne manquer aucune occasion. Mais comme il ne voulait pas perdre non plus cette opportunité d'entendre la mère de Vaka, il avait suggéré à Guðmundur de s'adresser à Freyja. Depuis il était sans nouvelles. Était-ce parce que Freyja n'était pas disponible ou parce qu'on ne l'avait pas autorisée à quitter la Maison des enfants pour le service qu'il lui demandait ? Il lui téléphonerait plus tard, au calme. En réalité il savait que la soirée de la veille était la vraie raison pour laquelle il ne l'avait toujours pas rappelée. D'abord il devait préparer ses arguments pour qu'elle apprécie à leur juste valeur les scrupules qui l'avaient conduit à la quitter aussi subitement. Il n'allait pas défendre sa cause en lui expliquant que, fort de son expérience passée, il était parti pour leur épargner à tous deux une nuit d'ébats alcoolisés. Freyja ne serait guère flattée de compléter la longue liste hétéroclite de ses anciennes conquêtes d'un soir. Il appréhendait tant cette conversation qu'il en arrivait à douter du bien-fondé de sa décision. Il aurait peut-être été plus intelligent d'en profiter. Plus intelligent et plus agréable. Mais ce n'était pas le moment de se disperser. Il y réfléchirait plus tard. Il devait concentrer tous ses efforts sur l'enquête et sur Erla.

Que Freyja ait pu se rendre ou non au commissariat, Huldar avait fait le bon choix en restant auprès d'Erla. Il avait réussi à lui distiller à petites doses, comme une mère allaite ses petits, l'ensemble des arguments qui étayaient sa théorie. Il avait compris que c'était dans la poche quand il lui avait proposé de demander au service des empreintes digitales de comparer celles des mains coupées avec celles de Jón Jónsson. Comme ce dernier avait bel et bien disparu, Erla avait estimé que c'était une bonne raison de s'y intéresser. Mais on ne les avait trouvées nulle part dans les archives de la police, alors qu'il avait été fiché plutôt deux fois qu'une. Les techniciens auraient pu se tromper, ça arrivait à tout le monde. Mais ce n'était pas le cas. Le problème était ailleurs et c'était bien plus grave.

— Le gars du service des empreintes m'a rappelé, dit Huldar. Il m'a dit que celles de Jón n'étaient pas dans les fichiers. Elles sont introuvables. À moins qu'elles n'aient jamais été enregistrées. Peut-être qu'on a négligé de le faire au moment de l'enquête sur le meurtre de Vaka. Ça ne peut être que ça.

— Tu n'es pas bien ou quoi ? dit Erla en grimaçant. Ça ne tient pas.

— Non, tu as raison, répondit Huldar. – Il venait de se rappeler sa lecture du jugement du procès : la longue relation des faits, la liste des preuves. – Ça me revient maintenant, on a relevé ses empreintes sur l'oreiller qu'il a utilisé pour étouffer la petite. Elles existent donc bien. Mais pour une raison qui nous échappe elles n'ont pas atterri dans le fichier. C'est vrai aussi pour d'autres pièces concernant Jón ou son fils Þröstur, des pièces qui devraient avoir été enregistrées elles aussi. Tiens, par exemple, je n'ai toujours rien reçu du tribunal de Reykjanes concernant l'autre procès, celui qui s'est terminé par un acquittement.

— Mais c'est quoi ce bordel ? brailla Erla en s'emparant du téléphone.

— Pas la peine de te fatiguer pour rien. Le gars du service était formel, ils n'ont trouvé aucune trace des empreintes de Jón.

— Bon. Alors on fait quoi ? demanda-t-elle. – Elle se questionnait elle-même plus que Huldar. – Et à Litla-Hraun ? Peut-être qu'ils pourraient retrouver ses empreintes quelque part ? On n'a pas de bol, sa cellule a dû être nettoyée de fond en comble pour y caser un nouveau prisonnier. Mais Jón a peut-être laissé quelque chose en partant.

— On peut toujours essayer.

Erla secoua la tête comme si elle se sentait déjà vaincue.

— Putain, qu'est-ce qu'on doit faire ?

— Je vais leur parler. J'en profiterai pour les interroger à propos des lettres que Jón a reçues pendant son séjour là-bas. Je leur demanderai s'ils se rappellent le nom de l'expéditeur, on ne sait jamais, c'est peut-être lui qui a fourni un abri à Jón.

Lorsqu'Erla avait appelé elle-même l'administration de la prison, elle n'avait pas perdu son temps en politesses. Pas sûr qu'elle serait bien accueillie si elle remettait ça.

Erla soupira, ce que Huldar considéra comme une approbation. Il rejoignit son bureau. Il fut soulagé de voir que Guðlaugur s'était absenté. Il devait se concentrer sur son travail. Or le jeune homme avait tendance à le déranger systématiquement aux plus mauvais moments. Pour éviter les questions intempestives, Huldar devait rester totalement immobile et silencieux. La dernière fois qu'il l'avait importuné ainsi, c'était à propos de la vente en solde de chaînes semblables à celles qui avaient été utilisées pour le meurtre de Benedikt Toft.

Quand Huldar téléphona à la prison de Litla-Hraun, le gardien ne lui raccrocha pas au nez. Il ne lui cacha pas qu'il avait peu d'espoir de retrouver des empreintes de Jón Jónsson. Un nouveau prisonnier occupait sa cellule. Jón avait emporté avec lui les quelques affaires qu'il possédait. Le gardien promit toutefois de vérifier s'il avait laissé quelque chose dans le garde-manger collectif du couloir de son ancienne cellule ou dans l'atelier de fabrication de dalles où il avait travaillé. Mais il ne pourrait pas faire cette recherche avant le lendemain car ils étaient en sous-effectif à cause de la grippe. Huldar ayant réussi à poser sa question sur le courrier de Jón avant que le gardien ait coupé court à la conversation, celui-ci accepta de se renseigner aussitôt auprès d'un de ses collègues. Quand il revint vers lui ce fut une nouvelle déception. Les lettres venaient de l'avocat, on n'en connaissait pas le contenu. En effet les règles concernant les échanges des prisonniers avec leur avocat étaient différentes de celles qui prévalaient pour la famille et les amis. L'administration pénitentiaire n'avait pas le droit d'ouvrir leur courrier ou d'écouter leurs conversations. Jón avait envoyé de nombreuses lettres à son avocat. Leur correspondance s'était prolongée pratiquement jusqu'à la fin de son incarcération. Enfin c'était toujours mieux que rien, se dit Huldar, car ce Sigurvin Helgasson savait peut-être ce qu'était devenu son client. Peut-être même l'avait-il aidé à trouver un logement.

Huldar raccrocha. Il tapota le combiné sur son front, le temps de se demander s'il devait l'appeler immédiatement. L'avocat limiterait ses réponses à ce qui ne porterait pas préjudice à Jón, mais ça valait la peine d'essayer, au point où ils en étaient. Ce démon avait forcément communiqué avec quelqu'un depuis sa sortie.

Le portable de Huldar sonna avant qu'il se soit décidé. C'était Freyja. Comme il fixait le téléphone sans réagir pendant que le volume de la sonnerie s'amplifiait de seconde en seconde, ce fut le regard insistant de ses collègues des bureaux voisins qui le contraignit à prendre l'appel. Il se sentait piégé mais il devait absolument improviser quelque chose de sincère et de sensé pour expliquer son comportement. Il voulait lui faire comprendre qu'il désirait sa compagnie plus que tout, mais qu'il avait préféré attendre une occasion où ils n'auraient pas bu, pour ne pas reproduire ses erreurs du passé.

— Bonjour ! lança-t-il avec la jovialité surjouée d'un représentant en assurance santé. Comment ça va depuis la dernière fois ? Il n'avait rien trouvé de mieux.

— Très bien merci, répondit-elle après un silence embarrassé.

Huldar se dit que ça n'allait pas lui faciliter la tâche. Quand seul l'un des deux était dans l'embarras, c'était quand même plus facile que quand les deux parties éprouvaient la même difficulté. Mais Freyja se ressaisit aussitôt, balayant ses inquiétudes.

— Je ne t'appelle pas pour parler de ça. Je voulais seulement te tenir au courant de ma visite à Hverfisgata. Te parler de Dagmar, la mère de Vaka. Ça t'intéresse de savoir comment ça s'est passé ?

— Oui, évidemment. Tu penses bien ! s'exclama-t-il, retenant un fou rire nerveux.

Il était si soulagé de parler d'autre chose que de ses sentiments, de leur relation ou de leur absence de relation. Décidément l'être humain n'avait pas de chance ! Les animaux ne se posaient pas ce genre de questions.

— C'était quoi, son problème ? demanda-t-il.

— Elle était dans tous ses états parce qu'on ne lui avait pas dit quand Jón Jónsson sortirait de prison. Sa réaction ressemble beaucoup à celle de Þröstur. Quand son ex-mari est arrivé, ça s'est mal passé aussi. Tu savais qu'ils étaient divorcés ?

— Non. En fait je ne sais rien sur eux.

— Je ne sais pas grand-chose de plus, même si je suis restée avec elle un petit moment. En dehors du fait qu'elle a du caractère. Et lui aussi.

— Comment est-ce qu'ils l'ont su ?

L'Islande était un petit pays mais jamais un parent ou un ami ne les aurait appelés tout excité pour leur annoncer la nouvelle. Face à une telle situation la plupart des gens devaient se taire et croiser les doigts dans l'espoir que Jón ait la bonne idée de crever avant que les parents de Vaka apprennent son retour parmi les hommes.

— Elle l'a vu. Tu ne devineras jamais où !

Où elle l'avait vu ? Non, il ne devinait pas. Pas plus qu'avec ses neveux, qui avaient le chic pour lui poser toutes sortes de questions farfelues : devine comment s'appelle mon maître ? Devine ce que j'ai trouvé dans la rue ? Devine à quoi je pense ?

— Devant la société d'expertise comptable, enchaîna Freyja. Celle du parking souterrain où un homme a été assassiné.

— C'était quand ?

— C'était ce matin, d'après Dagmar. Mais elle n'a pas été capable de me donner l'heure exacte.

— Écoute. Il faut absolument que je te parle, plus tard. Je te rappellerai.

Il raccrocha et se précipita dans le bureau d'Erla. Si Dagmar ne s'était pas trompée, Jón Jónsson était bel et bien vivant.

— Je vous ai déjà présenté nos excuses à ce sujet. Je vous répète que je suis entièrement d'accord avec vous.

Le système fonctionne extrêmement mal. Je ne pourrai pas dire les choses plus clairement, même si vous me le faites répéter une fois de plus. Il est grand temps d'en venir aux questions que nous souhaitons vous poser. Nous nous sommes déplacés pour entendre ce que vous avez à nous dire. Comme ça, vous serez plus vite débarrassée de nous.

Erla parlait sans reprendre sa respiration comme si elle était en apnée. Depuis que Dagmar leur avait ouvert sa porte, elle n'avait eu de cesse de ramener l'entretien sur le sort des victimes, sur leurs difficultés. Sur la prise en charge calamiteuse des familles quand les criminels étaient libérés de prison. C'étaient eux les grands gagnants du système, on n'en faisait jamais trop pour les aider à se réinsérer. Pendant ce temps-là on se fichait bien de ceux qu'on laissait tout seuls soigner leurs blessures. Erla avait fait de son mieux pour tenter de la calmer en approuvant tout ce qu'elle disait, mais ça n'avait pas suffi.

Ils étaient assis dans un salon des plus élégants. Les murs, les meubles, les vases, les coussins, les tapis et même les tableaux étaient déclinés dans des dégradés de gris. Lorsque Huldar leva les yeux de sa tasse, il eut l'impression soudaine de tout voir en noir et blanc. Une variation sur le thème de la dépression qui s'harmonisait parfaitement avec la musique diffusée par un lecteur invisible sur lequel tournait un CD que Huldar baptisa *Chants d'enterrement, larmes garanties*. L'absence de photos de Vaka le surprit. Il s'attendait à les voir exposées partout sur les murs et les étagères. Il n'en était rien. Il en conclut que cette femme vivait si intensément son chagrin qu'il était inutile de lui rappeler le visage de sa fille chaque fois qu'elle se jetait dans le canapé gris et regardait un film en noir et blanc à la télévision.

— Pardon. Pardon.

Dagmar s'enfonça le visage dans les mains. Ce n'était plus la femme du commissariat. Elle n'était plus agitée mais abattue. C'était une femme encore séduisante, qui avait dû être belle en des temps plus heureux. Son visage était plus expressif, avec ses pommettes hautes, ses cils sombres et ses grands yeux. Elle aurait eu toutes les qualités pour être mannequin sans sa bouche étroite et pâle, qui ne savait plus sourire. Rien d'étonnant à ça. Huldar était frappé par son regard sans vie, signe que peut-être son âme était morte dans son corps.

— Je ne suis plus moi-même. Vous n'y êtes pour rien, mais j'espère que vous me croyez quand je vous dis que je ne suis pas comme ça normalement. Je ne fais jamais de colères. C'est vrai que d'habitude il ne se passe rien qui en vaille la peine.

Huldar arrêta de contempler distraitement le salon. L'entretien allait-il enfin s'engager sur la bonne voie ?

— Aucun problème. Nous vous comprenons mieux que vous ne le pensez, dit Huldar.

Dagmar lui répondit par un rire bref et froid.

— J'ai l'intention de m'installer aux États-Unis. Je sais, ça n'a aucun sens. Je parle mal l'anglais et je n'y connais personne. Mais là-bas au moins on ne libère pas les hommes de la même espèce que cette ordure. – Dagmar détourna la tête et fixa le mur gris. – Ce n'est pas juste.

— Vous ne voulez vraiment pas nous dire dans quelles circonstances vous êtes tombée sur Jón ce matin ? Quand et comment ça s'est passé, les vêtements qu'il portait ? Tout ce dont vous vous souvenez ?

La femme se tourna vers lui, l'air las.

— Pourquoi ? Qu'est-ce que ça peut bien faire ? – Mais elle s'exécuta sans attendre de réponse. – C'était à Borgartún, il allait être neuf heures et demie. Je le sais parce que je tiens un salon de coiffure dans la rue. On ouvre à dix heures. J'étais justement en train d'arriver, j'avais garé la voiture très loin parce que je n'avais pas trouvé de place libre. Il y en a rarement quand on arrive à cette heure-là. Il était là, à côté d'un de ces bâtiments de verre, celui de la société comptable. On aurait dit qu'il faisait le guet. Il portait un blouson et un jean. Il n'a pas beaucoup changé, il a des cheveux plus clairsemés, il a vieilli, forcément. Mais ce qui m'a frappée, c'est qu'il n'a pas l'air plus mal en point qu'au tribunal. Comme si la prison lui avait réussi. Non mais vous vous rendez compte ?

Erla avait sorti son stylo et son carnet pour tout prendre en note.

— Vous dites qu'il était en train de guetter. Est-ce que vous pourriez être plus précise ? Est-ce qu'il regardait à travers les vitres ?

— Non, il était à côté. Il guettait devant la grande porte d'entrée du parking, comme s'il attendait le moment où elle allait s'ouvrir pour se glisser à l'intérieur. Je ne peux rien affirmer. Je n'ai pensé à rien d'autre qu'à filer au plus vite. Mais quand je me suis retournée, il était toujours là.

— Il vous a vue ?

— Non, je ne crois pas. – Dagmar baissa la tête. – C'est drôle. Orri et moi, nous avons assisté à toutes les séances du procès, nous avions besoin de tout entendre. Je ne le lâchais pas des yeux, j'imaginais en le regardant comment je m'y prendrais pour lui régler son compte à la première occasion. Je reconnais que c'était moche mais ça m'inspirait. Je rêvais de lui arracher les yeux.

Elle s'interrompit, se mit à rire et secoua la tête comme si elle capitulait.

— Et qu'est-ce que je fais le jour où je tombe dessus ? reprit-elle. Je m'enfuis. Je crois que c'est pour ça que je me suis mise en colère au commissariat. Cette colère était dirigée contre moi. J'avais seulement besoin de me défouler, de rejeter la faute sur quelqu'un d'autre.

— La violence ne va pas de soi pour une personne normale. Vous devriez plutôt vous réjouir de votre réaction. Ça n'aurait rien arrangé de vous en prendre à lui, dit Huldar dans un sourire qu'elle ne lui rendit pas.

— Je n'en suis pas si sûre. Je crois au contraire que je me sentirais mieux en ce moment. Infiniment mieux.

— Comment se fait-il que vous ne soyez pas venue directement au commissariat ? Vous n'êtes arrivée qu'à midi passé, l'interrompit Erla.

— Je n'ai pas pu me libérer avant. J'avais des clients, je devais les coiffer, faire des coupes, des colorations. J'étais de plus en plus en colère, j'étais au bord de l'explosion quand j'ai enfin réussi à m'échapper, vers midi. Et je me suis précipitée au commissariat. Vous voulez que je vous donne le nom de mes clientes, ou celui des coiffeuses qui m'ont remplacée ? Vous me soupçonnez ?

Soudain le visage de Dagmar s'éclaira.

— Il lui est arrivé quelque chose ?

Sa lèvre supérieure se retroussa, découvrant ses dents. Elle ressemblait à la hyène que Huldar avait vue dans un documentaire animalier, rôdant dans les parages d'un lion qui venait de saisir sa proie. Elle n'aurait jamais réagi ainsi du vivant de sa fille.

— À notre connaissance il ne lui est rien arrivé, affirma Erla.

Ses paroles dissipèrent la joie maligne de Dagmar aussi vite que les lions chassaient les hyènes à la télévision.

— Mais vous êtes absolument certaine que l'homme que vous avez vu était bien Jón Jónsson ? Vous êtes sûre que vous ne vous êtes pas trompée ?

— J'en suis sûre. Absolument sûre.

— Est-ce que vous connaissez des gens qui travaillent dans l'entreprise devant laquelle se trouvait Jón ? Par exemple Kolbeinn Ragnarsson ? Est-ce que son nom vous dit quelque chose ?

Huldar se pencha en avant pour observer ses réactions plus efficacement. Pour ne laisser échapper aucun signe révélant qu'elle connaissait les noms qu'il énumérait.

— On m'a posé la même question ce matin. Qui est cet homme ? Je n'ai pas le droit de le savoir ?

Dagmar n'exprimait rien d'autre que de la méfiance.

— Si vous ne le connaissez pas, c'est sans importance. Et Benedikt Toft ? Est-ce que ce nom vous parle ?

— Qui sont ces hommes ? Pourquoi je devrais les connaître ? Je vous le répète, j'ai le droit de savoir qui ils sont. Pourquoi vous insinuez que je pourrais avoir un lien avec eux ?

Comme ni Erla ni Huldar ne répondaient, elle se renversa sur son siège, l'air arrogant.

— Non mais qu'est-ce que vous croyez ? Que je vais me gêner pour chercher ces noms sur Internet ? Je n'ai pas besoin de vous pour les découvrir ! Vous vivez dans quel siècle, au juste ?

— Nous ne pouvons pas vous en empêcher. Vous êtes libre de googler comme bon vous semble.

Huldar se redressa. Il n'avait rien remarqué d'autre que la colère et l'arrogance auxquelles elle les avait habitués.

— Bien. Comme ça c'est clair. Vous avez d'autres questions à me poser ?

— Non, dit Huldar en secouant la tête.

— Si vous permettez, avant de terminer, j'ai une dernière chose à ajouter, dit-elle d'une voix pleine de sous-entendus. – Elle serrait les dents. Les muscles de son visage se contractèrent, rapprochant ses yeux et faisant ressortir ses pommettes. – Si un jour je suis à nouveau au désespoir et que je tombe encore sur vous, je vous interdis d'appeler mon mari. Il n'est pas mon parent le plus proche. Il n'est plus rien pour moi. Plus rien du tout. On est divorcés depuis dix ans, qu'est-ce qui vous autorisait à le mêler à tout ça ? C'est tellement scandaleux que vous devriez avoir honte. Ça vous plairait qu'on demande à votre ex de venir vous chercher au commissariat ? Quand vous êtes au fond du trou ?

Huldar et Erla secouèrent la tête, aussi gênés l'un que l'autre. Ils ne savaient que répondre, mais comme Huldar était le plus concerné, il se sentit obligé de s'y risquer.

— Nous vous présentons nos excuses encore une fois au nom de la police. Le policier qui a appelé votre ex-mari a trouvé son nom dans le registre. Vous y figurez toujours comme si vous étiez en couple parce que votre inscription date de l'époque de l'enquête sur la mort de Vaka. On vient d'actualiser le registre, donc ça n'arrivera plus. J'imagine parfaitement combien ça a été embarrassant pour vous.

Elle le regardait en plissant les yeux. Elle ne manifestait aucune intention d'accepter ses excuses.

— Vous ne croyez pas que ça suffit comme ça ? Je vous ai assez vus pour aujourd'hui. Et même pour la vie.

Huldar et Erla se levèrent. Ils allaient prendre congé en lui serrant la main mais elle croisa ostensiblement les bras sur sa poitrine.

C'était la première fois que Huldar était confronté à un être habité par des sentiments aussi extrêmes et aussi destructeurs. Dagmar oscillait entre colère, haine, désir de vengeance et malfaisance. Seul le chagrin qui emplissait sa poitrine était plus doux. Mais il était à l'origine de tout ce dont ils avaient été témoins. Huldar se demandait s'il en allait de même pour son ex-mari. Est-ce que la perte de leur enfant l'avait privé lui aussi de toute joie de vivre ?

Avant de sortir Huldar jeta un coup d'œil par une porte ouverte. Le grand lit impeccable désignait la chambre de Dagmar. Mais ce qui attira son attention, ce fut la surface des murs, couverts du haut en bas de photos encadrées. Les photos d'une petite fille à des âges différents. Vaka sans aucun doute. Même si sa vision de la chambre fut trop fugitive pour en avoir la certitude, il crut reconnaître aussi une photo du mariage de Dagmar et Orri. Facile de deviner qui avait abandonné l'autre. Après le meurtre elle avait tout perdu, sa fille, l'homme qu'elle aimait, la famille qu'ils formaient. Jón Jónsson aurait dû en avoir lourd sur la conscience, c'était le moins qu'on puisse dire.

21

Dehors c'était vendredi, mais dans le misérable petit appartement Huldar avait l'impression qu'on était seulement mardi. Ici c'était toujours mardi, se dit-il. Jamais de vendredis, jamais de week-ends, jamais de fêtes ou de commémorations.

Les rideaux étaient tirés devant toutes les fenêtres. La faible clarté du jour ne devait pas troubler les images sur le grand écran plat. Malgré ses dimensions imposantes, c'était un appareil bas de gamme qui supportait mal la concurrence de la lumière extérieure. Seul Þröstur pouvait avoir réalisé un tel achat. Quand il avait assez de couronnes pour se faire plaisir, il croyait sans doute faire une bonne affaire, il ne se préoccupait pas de la qualité du produit. Sa sœur et sa mère devaient hésiter avant le moindre achat, de peur de ne pas en avoir pour leur argent, et finir par y renoncer. Quant à Huldar, il entrait dans le magasin, montrait du doigt ce qu'il voulait, payait et se hâtait d'en sortir. Il ne regardait jamais par-dessus son épaule pour voir s'il aurait pu trouver mieux. Il ne recollait jamais les objets cassés, alors que c'était une pratique courante dans cette famille. Deux statuettes posées sur la table basse du salon l'attestaient. Mais le restaurateur avait raté son coup, les jointures étaient mal faites et des résidus de colle étaient visibles. L'envie le démangeait de les attraper et de les balancer à la poubelle.

Cette visite promettait d'être différente de la première, et pas uniquement parce que Huldar avait le temps de regarder autour de lui. La première fois qu'ils étaient venus on les avait jetés dehors. Cette fois ils étaient installés dans le salon depuis un bon moment, mais les réponses qu'ils étaient venus chercher se faisaient attendre. Freyja était sur le qui-vive. Elle avait l'air occupée à scanner la pièce dans tous les sens, comme pour vérifier que les portes étaient toujours bien à leur place. Pourtant Þröstur se tenait tranquille, même s'il ne faisait aucun effort pour se montrer poli et accueillant. Quand Agnes, sa mère, leur avait proposé du café, il avait aboyé pour l'arrêter. Elle s'était écrasée. Elle était restée assise, l'air misérable, à côté de ses enfants. Face à Freyja et Huldar.

Ils n'avaient pas disposé de beaucoup de temps pour préparer leur visite. Erla voulait que Huldar demande à la famille s'ils avaient eu des nouvelles de Jón Jónsson. On n'avait pas réussi à le repérer. Il avait disparu en ville sans laisser de traces. Telle la neige fondue s'écoulant dans les égouts au printemps. On savait que sa famille avait coupé les ponts avec lui aussi définitivement que si elle s'était amputée d'un membre. Mais il aurait pu chercher à reprendre contact avec elle, persuadé qu'ayant purgé sa peine il était pardonné. D'autant plus qu'en prison il avait trouvé la foi. Huldar recherchait un support quelconque avec ses empreintes digitales. Le témoignage de Dagmar n'était pas suffisant pour que la police ait la certitude qu'il était toujours en vie. Et en possession de ses deux mains.

Huldar avait également prévu de questionner Þröstur sur la liste des initiales de sa lettre, mais il doutait d'y réussir en présence de sa mère et de sa sœur. Il serait probablement contraint de le convoquer dans les locaux de la police pour un interrogatoire officiel dès le week-end suivant. Le jeune homme ne serait pas pris au dépourvu. Lorsque Huldar avait téléphoné pour demander à les rencontrer tous les trois, il avait proposé une alternative : soit ils se rendraient au commissariat l'un après l'autre – et on irait les chercher s'ils ne répondaient pas à la convocation – soit la police viendrait les interroger chez eux. C'était Þröstur qui avait répondu, il avait choisi leur domicile.

Erla avait laissé Huldar se charger de l'entretien avec la famille car elle devait rendre compte à ses supérieurs de l'avancée de l'enquête. Ces derniers avaient refusé tout report de la réunion. Pour ces messieurs même l'hôpital n'était pas une excuse valable, il fallait se présenter à l'heure, quitte à venir en chemise et sous perfusion. Erla ne manifestait aucune appréhension particulière. Grâce aux derniers développements de l'enquête, elle n'irait pas les mains vides. Cerise sur le gâteau, Huldar lui avait fait savoir qu'il ne revendiquait pas l'honneur d'avoir découvert le lien entre Jón Jónsson et le meurtre du parking. Même s'il ne le lui avait pas dit explicitement, elle était libre de s'approprier le mérite de cette découverte. Il ne doutait pas qu'elle profiterait de l'occasion. Mais si par la suite on établissait que ce lien ne reposait que sur du vent, il ne se faisait pas d'illusions : la paternité de cette piste lui reviendrait en boomerang.

Huldar n'était pas inquiet pour autant. Il avait pris l'habitude de faire face aux problèmes réels. Ça ne servait à rien de se perdre en conjectures. Mais il appréhendait l'échange qu'il aurait avec Freyja au retour de leur visite. Il ne pourrait y échapper. La circulation du vendredi les avait retardés tous les deux. Ils n'avaient échangé que quelques paroles quand ils s'étaient retrouvés en même temps devant le bâtiment de la police. Pressés l'un comme l'autre de mettre un terme à leur embarras, ils s'étaient heurtés de plein fouet au moment d'appuyer sur la sonnette déclenchant l'ouverture de la porte. Maintenant Huldar regrettait de ne pas avoir pris le temps nécessaire pour régler le problème avant d'entrer.

— Donc vous n'avez pas parlé à votre père, vous n'avez pas parlé à votre ex-mari, aucun de vous ne l'a vu depuis sa sortie de prison ? demanda une nouvelle fois Huldar. – Le trio sur le canapé secoua la tête dans un même élan. – Je préférerais avoir une réponse de la part de chacun de vous, séparément.

— Si nous commencions par vous, Sigrún, avez-vous vu ou entendu votre père ?

Pendant leur bref échange en bas de l'immeuble, Freyja lui avait recommandé de ne jamais utiliser le mot "papa" pour désigner le père du frère et de la sœur. La tendre familiarité qu'il évoquait était tout à fait déplacée. Elle lui avait conseillé également de ne pas leur demander si leur père avait abusé d'eux pendant leur enfance. La question ne pourrait leur être posée que seul à seul, et après les avoir préparés.

Sigrún leva les yeux. Un instant son regard rencontra celui de Huldar, mais elle baissa aussitôt la tête. Ses cheveux longs et ternes dissimulaient son visage.

— Je ne lui ai pas parlé. Je ne l'ai pas vu non plus, murmura-t-elle.

— Et il n'a pas essayé de vous joindre ? Il n'a pas essayé de vous appeler sur votre portable sans que vous répondiez ?

La jeune femme secoua la tête.

— J'aimerais que vous me répondiez vraiment. Que vous ne vous contentiez pas de secouer la tête. Merci d'en tenir compte.

Sigrún leva les yeux sans le regarder mais au moins il voyait son visage. Il fut surpris par son manque d'expression. Il se dit que s'il fermait les yeux il ne parviendrait pas à le reconstituer.

— Je n'ai pas de portable.

Huldar marqua sa surprise. À ses côtés Freyja avait réagi comme lui.

— Quoi ?

Sigrún rougit et commença à tripoter sa main blessée. Jusque-là elle était posée sous son autre main, comme pour cacher ses doigts manquants.

— J'ai dit que je n'avais pas de portable.

— Excusez-moi, c'est tellement inhabituel, rectifia Huldar en esquissant un sourire qui fut du plus mauvais effet.

Þröstur s'était raidi et sa mère ne savait plus où se mettre.

— Vous avez bien raison. Il n'y a rien de pire que les portables pour nous bouffer tout notre temps.

Le trio se détendit un peu.

— Mais vous, Þröstur, est-ce que vous l'avez rencontré ou est-ce qu'il a cherché à vous joindre ?

— Non.

Þröstur sut mettre toute sa colère dans cet unique mot. Il avait verni ses ongles en noir depuis la dernière fois que Huldar l'avait vu. Le vernis n'avait pas tenu, il commençait à s'écailler sur les bords. On aurait dit qu'il avait les mains sales. Ce qui ne faisait qu'attirer l'attention sur son tatouage : *"ultio dulcis"*. Huldar, qui avait cherché la signification de cette citation latine, avait l'intention d'interroger Þröstur à son sujet. Mais ce serait pour plus tard.

— Vous n'avez pas reçu un ou des coups de fil auxquels vous auriez décidé de ne pas répondre ?

— Non, dit Þröstur en gonflant sa chétive poitrine.

Son T-shirt orné d'une tête d'homme perdit quelques plis. Le canon d'un revolver était braqué contre une des tempes de l'effigie, des projections de cerveau et de sang s'échappaient de l'autre. Le visage était déformé par un cri. Huldar aurait voulu arracher Þröstur de son canapé et l'emmener sur le terrain, pour qu'il voie à quoi ressemblait un suicidé par arme à feu. Il n'oserait plus enfiler son T-shirt après ça.

— Bien. Et vous Agnes ? Avez-vous eu de ses nouvelles ?

Elle leva la tête, surprise que ce fût déjà son tour. Elle regarda son fils à la dérobée, comme s'il allait surveiller ses réponses. Þröstur ne réagit pas, il se contenta de détourner les yeux.

— Non, non, je ne l'ai ni vu ni entendu.

— Agnes, est-ce que vous trouvez ça normal ? Qu'il n'ait pas cherché à contacter au moins l'un de vous ?

— Non. Si. Je ne sais pas.

La mère était la réplique de la fille. La tête basse, l'air honteux, les mains perpétuellement agitées de tremblements. Comme si on les avait prises en flagrant délit de culture de cannabis sur le rebord de leur fenêtre. Certes Sigrún était beaucoup plus jeune, mais elle promettait de devenir plus tard une sorte de jumelle de sa mère. Agnes était d'un âge difficile à déterminer. Sa maigreur et son dos voûté la vieillissaient prématurément.

— La dernière fois que vous lui avez parlé, c'était quand ?

— Oh, c'était il y a de nombreuses années.

Agnes fronça les sourcils et son visage grisâtre s'éclaira fugitivement.

— De très nombreuses années.

— Pourriez-vous être plus précise ?

— Je ne lui ai pas parlé depuis que c'est arrivé… après son arrestation. Je ne sais pas exactement combien d'années ça fait. J'essaie de penser le moins possible à tout ça.

Elle avait le regard fuyant. Elle finit par poser les yeux sur Freyja, avec l'approbation de Huldar, qui à sa place en aurait fait autant ; c'était une preuve de bon goût. Sauf que dans son cas c'était la peur des hommes qui expliquait sa préférence. Il n'y avait là rien de surprenant. Son prétendu compagnon pour la vie avait brisé sa famille par ses actes innommables. Ils s'en seraient mieux sortis s'ils avaient hébergé un boa constrictor.

Freyja avait-elle deviné ses pensées ? En tout cas elle prit la parole. Elle parlait d'une voix douce, sans hauteur ni autorité.

— Et en ce qui concerne la pension alimentaire ?

— Je n'ai pas demandé de pension. Je ne voulais rien qui vienne de lui, je voulais juste que le divorce soit réglé le plus vite possible. – Agnes se redressa, comme si elle venait de réveiller au fond d'elle-même sa fierté cachée. – Je voulais qu'on se débarrasse de lui pour toujours, c'était la seule chose qui comptait. L'argent n'avait aucune importance. C'était l'assurance* qui devait verser la pension, mais ça ne changeait rien. Elle l'aurait fait en son nom.

— Je comprends, fit Freyja en hochant doucement la tête. Nous savons que Jón a reçu des lettres en prison, des lettres écrites de la main d'un adulte. Est-ce que c'est vous qui les avez écrites ?

— Ne dites pas ça ! Non ! Je ne lui ai pas écrit.

— D'accord. Mais est-ce qu'il a essayé de garder contact avec vous ou vos enfants pendant qu'il était en prison ? Au moins pendant les premières années, avant qu'il ait compris que vous vouliez rompre tout lien avec lui ? Des cartes pour Noël ou pour les anniversaires, par exemple ?

— Non, rien de tout ça ! répliqua-t-elle, choquée. Je serais étonnée qu'il se souvienne des anniversaires de Þröstur et de Sigrún. Quant au mien, n'en parlons pas ! Noël, il pouvait difficilement y échapper, mais il nous a fichu la paix aussi pendant les fêtes.

— C'est quoi ces conneries ?

Þröstur se pencha en avant, dans un mouvement inverse sa mère se réfugia au fond du canapé.

— Noël ? Anniversaire ? Putain, c'est quoi ces questions ?

Huldar allait venir au secours de Freyja sur son cheval blanc mais elle n'avait pas besoin d'un preux chevalier.

* En Islande, c'est l'assurance qui paie la pension. Les hommes versent le montant à l'État, qui le reverse à la mère.

Elle ne donnait plus aucun signe de nervosité et c'est sans manifester la moindre appréhension, mais sur le ton de la colère, qu'elle poursuivit son interrogatoire. Face à l'offense les femmes étaient toujours imprévisibles.

— Parfait ! Alors vous allez m'expliquer. Vous affirmez que votre père ne vous a pas contactés quand il est sorti de prison. Vous déclarez que vous ne l'avez pas vu, que personne ne vous a prévenus de sa libération. Alors comment se fait-il que vous saviez qu'il n'était plus en prison quand nous sommes venus l'autre jour ?

Þröstur rougit. Sa peau rêche gonfla, ôtant toute séduction à son visage. Ses narines se dilatèrent, soulevant l'anneau qu'il portait au milieu du nez.

— Comment je pouvais le savoir ? répéta-t-il d'une voix qui se voulait menaçante.

— Oui, reprit Freyja, nullement impressionnée, mais glaciale. Vous devriez vous en souvenir. Il a été libéré il y a un peu plus d'une semaine.

— Bien sûr que je m'en souviens.

— Ah, dites-nous tout !

Þröstur serrait les lèvres. Mais ni Freyja ni Huldar n'eurent l'occasion de le pousser dans ses retranchements, car sa mère prit les devants.

— Je le lui ai dit, j'avais reçu un coup de fil des services pénitentiaires, annonça-t-elle en rougissant.

— Mais on croyait que personne ne vous l'avait appris ?

Huldar essayait d'observer en même temps les réactions de la mère et de la fille, mais c'était trop difficile. Il choisit de se concentrer sur Agnes, la plus nerveuse des deux, donc la plus susceptible de se trahir par ses réactions. Mais ce n'était guère plus simple car la pauvre femme supportait très mal son regard.

— Ils ont appelé. Pas pour nous apprendre quoi que ce soit, seulement parce qu'ils n'avaient pas l'adresse de Jón. Celle qu'il avait donnée était fausse. En tout cas il n'y habitait pas. – Agnes lissa ses jambes de pantalon puis se mit à regarder droit devant elle, comme hypnotisée. – Ensuite je l'ai dit à Þröstur.

Le jeune homme confirma d'un hochement de tête, visiblement satisfait de la tournure que prenaient les événements.

Huldar regarda Sigrún. Elle lui renvoyait l'image de quelqu'un de franc et de direct. Elle avait l'air trop innocente pour être capable de recourir à la ruse. Mais la vérité demandait souvent plus d'efforts que le mensonge. Finalement c'était peut-être la pire des trois.

— Et vous, Sigrún, c'est votre mère qui vous a annoncé la nouvelle ?

Sigrún tourna la tête vers son frère, impressionnée par les regards posés sur elle. Ses mains s'agitèrent sur ses genoux, elle frotta ses moignons de doigts. Mais Þröstur ne lui laissa pas le temps de répondre.

— Non, dit-il. C'est moi. Après votre visite. Je ne voulais pas que le premier con venu lui apprenne ça.

Huldar et Freyja se sentirent visés mais ils firent comme s'ils n'avaient rien entendu.

— C'est vrai, Sigrún ? C'est bien Þröstur qui vous en a parlé ? demanda Freyja très doucement.

Après avoir ferraillé avec son frère, tel le hérisson devant une créature inoffensive, elle avait lissé ses piquants. Sigrún ne releva pas la tête mais concentra ses yeux inquiets sur les statues ébréchées posées sur la vieille table basse.

— Oui. C'est lui qui me l'a dit.

— Vous vous rappelez quand ?

— Il y a plusieurs jours. Lequel, je ne sais plus.

Huldar n'en crut pas un mot. Freyja réagissait comme lui. La nouvelle avait dû s'abattre comme la foudre sur Sigrún, même si elle n'ignorait pas que son père sortirait de prison un jour ou l'autre. Ce n'était pas l'annonce de la hausse des taux d'intérêt, c'était le genre de nouvelle assez grave pour qu'on n'oublie jamais l'endroit où l'on était quand on l'avait apprise. Et cette nouvelle était terrible pour eux trois. Il était évident qu'ils n'obtiendraient rien des deux femmes tant que Þröstur resterait assis dans le salon. Ça le chagrinait, mais il allait devoir les convoquer séparément. Ils avaient déjà été très éprouvés mais malheureusement ils étaient loin d'en avoir fini.

— Bien, bien, fit Huldar. À part ça, est-ce que vous auriez gardé quelque chose qui appartenait à Jón, quelque chose qu'il aurait touché ?

Ils levèrent les yeux sur lui tous les trois en même temps. La question les prenait complètement au dépourvu. Puis le frère et la sœur se tournèrent vers leur mère et guettèrent sa réponse avec au moins autant d'intérêt que Huldar. Agnes, qui sentait tous ces regards posés sur elle, comprit qu'elle n'avait pas le choix.

— Non. Ici il n'y a plus rien. Je me suis débarrassée de toutes ses affaires dès que j'ai été sûre qu'il ne reviendrait pas. Et le peu qui restait, je l'ai jeté quand on a déménagé. Depuis ça m'est arrivé plusieurs fois de retrouver des choses qui lui appartenaient. Mais nous avons déménagé souvent depuis que nous habitons à Hafnarfjörður.

— Si vous retrouviez quand même quelque chose, ce serait bien de nous le faire savoir, dit Huldar avant de se tourner vers Þröstur ou Sigrún.

— J'ai cru comprendre que l'un de vous deux lui a rendu visite en prison, au moins une fois. Est-ce que c'est exact ?

Þröstur secoua la tête en rougissant. Il ne savait pas mentir. C'était peut-être de famille.

— Non. Sigrún n'y est jamais allée. Moi non plus.

— C'est vrai, Sigrún ? Ce n'est pas ce que nous ont dit nos informateurs.

— Þröstur dit vrai, répondit-elle dans un pépiement d'oiseau.

Huldar se tourna vers Freyja. C'était décidé. Il allait les convoquer séparément. Il était temps de mettre un terme à leur visite. S'il continuait ils risquaient de préparer leurs réponses et de s'arranger pour dire la même chose.

— Je crois que ça suffira pour aujourd'hui.

Freyja acquiesça et ils se levèrent. C'était désolant de voir à quel point la mère et la fille étaient soulagées. Comme si la Stasi, après avoir ordonné leur exécution sommaire au fond d'une cave, avait décidé soudainement de les épargner. Þröstur réussit à jouer l'indifférence. Il les raccompagna jusqu'à l'entrée et les laissa enfiler leurs chaussures. Puis il claqua la porte derrière eux sans leur dire au revoir.

Ils descendirent les escaliers en silence. Aussi embarrassés l'un que l'autre, ils piétinèrent quelques instants devant l'immeuble avant que Huldar se décide à parler.

— À propos d'hier soir…

— Tu crois que ça vaut la peine d'en reparler ? Il faut que j'arrête avec les liqueurs. Et qu'on en reste là.

Elle remonta la fermeture éclair de sa parka et mit sa capuche. La neige tombait à nouveau. De gros flocons planaient avant d'atterrir sur le sol. Pour une fois l'averse était belle.

— C'est comme tu veux. Je voulais seulement…

— Ça suffit. Arrête, s'il te plaît.

Huldar mourait d'envie d'épousseter la neige qui couvrait le col en fourrure de sa parka mais il n'en fit rien. Le maquillage de Freyja laissait à désirer. Le mascara avait éclaboussé ses paupières, son rouge à lèvres débordait la commissure de ses lèvres. Mais ces imperfections faisaient ressortir sa beauté. S'ils étaient ensemble sur son canapé, il serait incapable de se lever et de s'en aller.

Une voiture les aspergea d'eau au passage, les obligeant à s'éloigner du bord du trottoir. Huldar vit que Freyja cherchait les clés de sa voiture dans sa poche. Dès qu'elle les aurait en main elle lui dirait au revoir. Il devait jouer le tout pour le tout.

— Tu fais quelque chose ce soir ?

Freyja tenait ses clés. Elle lui sourit faiblement.

— Non. Je vais me coucher de bonne heure. Je suis crevée. C'est le vin rouge, et cette maudite liqueur.

— Et demain soir ?

— Je fais du baby-sitting tout le week-end. Ma nièce. Tu vas devoir aller chercher ailleurs.

— Mais tu ne sais pas que je suis formidable avec les enfants ? Ils m'adorent. – Il ne jugea pas utile de préciser qu'il n'avait que des neveux. – Je peux vous inviter au cinéma ?

— Elle a moins d'un an.

— Alors on pourrait aller nourrir les canards ? Ils doivent crever de faim par ce froid.

Les clés de Freyja cliquetèrent.

— Je vais voir. Peut-être que je t'appellerai, répondit-elle d'une voix blanche.

Elle s'éloigna sans qu'il puisse savoir s'il avait des raisons d'espérer.

Huldar resta immobile, le temps de regarder Freyja s'éloigner et disparaître au coin de la rue. Puis il regagna sa voiture. Il s'apprêtait à sortir le paquet de cigarettes de sa poche lorsque son portable sonna. C'était le gardien de la prison de Litla-Hraun qu'il avait interrogé un peu plus tôt dans la journée.

— Nous avons trouvé quelque chose qui appartenait à Jón Jónsson. Il l'a beaucoup manipulé et personne d'autre n'y a touché. Est-ce que vous pouvez venir le chercher ou est-ce que je vous l'envoie ?

— Et de quoi s'agit-il ?

— De sa Bible. Il l'a laissée ici en partant. Ils font souvent ça.

22

Æsa idolâtrait ses enfants. Ils étaient tout pour elle et la vie sans eux n'en valait pas la peine. Cependant elle était heureuse quand arrivait, une semaine sur deux, le week-end à la charge du père. Elle pouvait se permettre de faire la grasse matinée, de se goinfrer de sucreries, d'augmenter le volume de la télé sans risquer de réveiller Karlotta ou Daði, de sauter un repas ou de manger quand bon lui semblait, de commander une autre pizza que la sempiternelle Margharita, de s'affaler sur le canapé avec un bon livre, et tout ça sans culpabiliser. Elle avait enfin la possibilité de se détendre et de profiter au maximum de son temps libre. Elle pouvait aussi sortir avec ses amies, mais les occasions se faisaient rares parce qu'elles étaient mariées et avaient des enfants. Seule l'une d'entre elles était divorcée, mais comme par hasard c'était la plus ennuyeuse de toutes ses fréquentations. Il n'était pas question qu'elle lui consacre ses soirées de liberté.

Mais Æsa n'avait rien prévu ce week-end-là. Elle venait de rentrer avec ses enfants, bientôt elle serait seule dans l'appartement avec ses inquiétudes. Þorvaldur allait arriver d'un instant à l'autre. Ce serait son tour de surveiller Karlotta et Daði, mais elle n'avait aucune confiance en lui. Il ne valait pas plus cher que cet imbécile de flic qu'elle avait appelé après l'incident du jardin zoologique. Il n'avait pas pris ses craintes au sérieux. Il lui avait laissé entendre que son histoire n'était que le fruit de son imagination. Mais elle savait mieux que personne ce qui était arrivé, et Þorvaldur aussi. Il avait nié connaître une femme prénommée Vaka. Mais elle avait vécu avec lui suffisamment longtemps pour avoir deviné au ton de sa voix qu'il mentait. Si cette Vaka était une nouvelle maîtresse, l'individu costumé en père Noël était sans doute un ex qui voulait en découdre avec Þorvaldur. S'il laissait les enfants tranquilles, elle l'autorisait à lui administrer une raclée.

Quel genre d'homme était capable d'attirer des enfants inconnus dans sa voiture pour les enlever ? La veille ses angoisses avaient tourné à l'obsession. Elles l'avaient poursuivie toute la journée et durant la nuit elles s'étaient glissées jusque dans ses rêves. Au réveil elles étaient toujours là. Elles l'avaient distraite de son travail. Comme elle ne parvenait pas à se concentrer, elle n'était pas venue à bout des factures des propriétaires de chiens de Reykjavík*. Le chef comptable lui avait reproché sa lenteur. Selon lui les intéressés les voulaient le lundi suivant au plus tard. Æsa les imaginait mal piaffant d'impatience devant leur boîte aux lettres dans l'attente des avis de paiement de la municipalité, mais elle se garda bien d'en faire la remarque. Elle présenta ses excuses et prétendit avoir la migraine pour

* Les propriétaires de chien paient une taxe à Reykjavík et dans les municipalités environnantes.

éviter de lui révéler le sujet de ses tracas. Les quelques collègues à qui elle avait raconté son histoire de père Noël avaient échangé des mimiques éloquentes derrière son dos. Les enseignantes de l'école maternelle avaient contesté sa version des faits, elles protégeaient leurs intérêts. Si Æsa déraillait, elles n'avaient aucune raison de se reprocher de ne pas avoir surveillé correctement les enfants dans le parc. Ce salaud avait bien calculé son coup en choisissant ce déguisement. Si elle s'était abstenue de mentionner ce détail, la police aurait certainement traité son appel à l'aide différemment. Elle n'aurait pas refilé sa plainte à un policier qui devait avoir l'âge de Karlotta et Daði.

— Il arrive quand, papa ? demanda Daði, qui s'était détourné de la télé pour river ses yeux sur sa mère.

Le dessin animé était en pleine action derrière lui. Les personnages, qui ressemblaient à tout sauf à des humains ou des animaux, se battaient dans une espèce de saloon de western. Daði ne devait rien comprendre à ce qui se passait sur l'écran. Il était sur le point de s'endormir, à bout de forces, comme tous les vendredis.

— On va attendre encore longtemps comme ça ?

— Ça ne fait pas longtemps que tu attends, Daði. On vient de rentrer.

Elle s'approcha de lui, lui caressa la tête, se baissa pour l'embrasser sur le front. Les yeux de l'enfant brillaient, c'était le signe qu'il allait s'endormir d'un instant à l'autre malgré la bagarre à la télé.

— Papa ne va plus tarder. Il ne faut pas que tu t'endormes, tu sais bien que tu auras du mal à te réveiller, après.

Elle parlait en pure perte. Si Þorvaldur n'arrivait pas au plus vite, Daði s'envolerait au pays des rêves. Karlotta fit son entrée dans le salon.

— Papa n'arrive pas ?

Ça se passait toujours comme ça, ils demandaient chacun leur tour si leur père était arrivé et quand il serait là. Un vendredi sur deux elle était confrontée au même déluge de questions, jusqu'au moment où leur père daignait se montrer. Parfois il arrivait si tard qu'elle croyait devenir dingue.

— Si, Karlotta, il ne va plus tarder.

Bien sûr elle ne pouvait que se réjouir qu'ils soient heureux de voir leur père. Elle avait entendu parler d'enfants qui pleuraient à chaque fois. Ils s'agrippaient aux jambes de leur mère. Il fallait les détacher de force. Comment réagirait-elle si on les lui arrachait comme ça ? Sûrement encore plus mal.

— Il va nous acheter des glaces avec du chocolat bien croquant. Des grandes. Pas des petites pour les enfants comme celles que tu nous donnes tout le temps.

Æsa se força à sourire.

— Ça va être génial !

Þorvaldur les bourrait de sucreries. Il les emmenait au cinéma. Il les gâtait chaque fois qu'ils passaient le week-end avec lui. Ils avaient tous les droits et c'était le paradis. Elle était incapable de rivaliser. Elle était trop fatiguée après sa semaine de travail quand c'était son tour de garder les enfants. Elle n'avait pas les moyens de leur offrir deux journées de fête tous les quinze jours. Elle ne lui reprochait rien, elle ferait comme lui si elle était à sa place. C'est-à-dire si elle était assez riche. C'était toujours compliqué quand elle les récupérait. Ils avaient la bouille gluante de sucre et leur rythme de sommeil était perturbé. Mais au moins il les lui ramenait. Maintenant elle redoutait que Þorvaldur ne les perde de vue dans un centre commercial, dans un espace de loisirs pour enfants ou dans n'importe quel autre lieu où le "père Noël" pourrait profiter de l'occasion. La sonnette retentit, faisant sursauter Æsa.

— Alors Karlotta, c'est qui à ton avis ?

— Papa !

Karlotta se précipita à la porte, suivie de Daði, dont la fatigue s'était provisoirement envolée. Æsa fermait la marche. Ils ouvrirent la porte avant qu'elle ait pu les rejoindre. Elle eut peur. Si ce n'était pas Þorvaldur mais l'homme du jardin zoologique ! Heureusement elle reconnut le visage familier de son ex, son costume impeccable et ses souliers rutilants. Þorvaldur était comme les chats, clean et nickel en toutes circonstances.

— Allez chercher vos sacs, j'ai un mot à dire à votre père.

Æsa poussa les enfants à l'intérieur pour qu'ils aillent récupérer les sacs à dos préparés la veille. Ils avaient passé des heures à choisir des affaires auxquelles ils ne toucheraient pas. Chez leur père les attendaient des vêtements et des jouets qu'il avait achetés spécialement pour leurs week-ends. Il ne voulait pas les voir vêtus avec les tenues usagées qu'ils emportaient de la maison. C'était son problème.

Þorvaldur pénétra dans le vestibule, l'air pincé comme chaque fois qu'il était obligé d'entrer. Il préférait rester sur le seuil à grogner.

— Qu'est-ce qu'il y a ? Je suis pressé. On va dîner au restaurant, j'ai réservé une table. Je ne veux pas arriver en retard, tu ne peux pas imaginer à quel point les restaurants sont envahis. Il n'y en a plus que pour les touristes, de nos jours.

Æsa n'en avait pas la moindre idée. Elle n'avait pas mis les pieds dans un restaurant depuis des mois. Mais les meutes de touristes devaient être rares en plein hiver. Cette fébrilité permanente, c'était sa marque de fabrique. Mais tout ce qu'il faisait était tellement spécial ! Elle espérait qu'il n'y aurait pas que du bœuf japonais de Kobe sur la carte. Ses enfants seraient déçus si on ne leur servait pas de hamburger frites. Mais Þorvaldur était tout à fait capable d'avoir réservé une table dans un fast-food.

— Qui est Vaka ? Tu ne veux pas me le dire ?

— Je ne connais aucune Vaka. Bon sang, lâche-moi les baskets !

Þorvaldur jeta un œil par-dessus l'épaule d'Æsa, comme pour surveiller ses enfants. Mais ils savaient aussi bien l'un que l'autre qu'il ne cherchait qu'à fuir son regard.

— Si tu ne veux pas me parler, à moi, il faudra bien que tu dises qui c'est à la police. Je vais les appeler. Ils ne tarderont pas à te contacter.

En réalité c'était peu probable. Le gamin de la police n'avait pas arrêté de l'interrompre avec des questions stupides. Il lui avait même demandé si elle fumait du shit ou si elle était mythomane. Elle n'avait pas parlé de Vaka. Elle voulait que le policier s'intéresse en priorité à la tentative d'enlèvement. Mais ça, elle n'avait pas l'intention de le dire à Þorvaldur. De toute façon elle rappellerait la police dès le lundi matin pour compléter son témoignage. Elle ne se faisait aucune illusion, le policier ne prendrait pas l'initiative de la recontacter.

— Je n'ai rien à déclarer à la police, je n'ai jamais entendu parler de cette femme. Arrête de te lamenter tout le temps ! – Þorvaldur leva la tête et appela les enfants. – Venez, on va être en retard au restaurant.

Æsa les connaissait par cœur, ils allaient débouler dans l'entrée en traînant leurs sacs à dos, de peur qu'il parte sans eux. C'était trop tard pour espérer parler au calme avec Þorvaldur. Inutile de continuer de le tanner avec cette Vaka. Elle n'en avait rien à faire des relations féminines qu'il voulait lui cacher. Il y avait des choses infiniment plus importantes.

— Tu vas me promettre de les surveiller de près. Tu ne les quittes pas des yeux.

— Qu'est-ce qui te prend ? C'est ce que j'ai toujours fait. Tu peux me dire s'il leur est déjà arrivé quoi que ce soit pendant qu'ils étaient avec moi ? Vas-y, dis-moi ! Est-ce qu'il leur est déjà arrivé quelque chose ?

Il cherchait à se convaincre lui-même. Il essayait de l'empêcher de lui rappeler divers incidents – la fois où Daði s'était coupé avec le rasoir que son père avait laissé traîner. La fois où Karlotta avait mis le feu à une de ses nattes en s'approchant de trop près d'une bougie oubliée sur la table basse.

— Il ne s'est jamais rien passé, poursuivit-il, parce que je m'occupe bien d'eux. Mieux que toi en tout cas. Ils étaient avec qui quand ce soi-disant "père Noël" les a prétendument enlevés ? proclama Þorvaldur en dessinant les guillemets devant lui avec ses doigts.

— Je n'ai pas envie de me disputer avec toi, Þorvaldur. Même si tu refuses de le reconnaître, tu es mêlé à cette histoire. La seule chose que je te demande, c'est de faire très attention pendant tout le week-end. Ne les laisse pas aller faire pipi tout seuls dans le restaurant. Empêche-les de courir loin devant toi quand vous serez en ville. Ne les laisse pas jouer tout seuls dans le jardin public. Ne les quitte jamais des yeux.

Æsa entendit dans son dos les pas précipités de Daði et Karlotta. Fini le calme.

— Promets-le-moi, Þorvaldur, insista-t-elle.

— Quoi donc ? Qu'est-ce qu'il doit promettre ? demanda Karlotta en tirant sa mère par le pull.

— De faire attention à vous, mon cœur. Promettez-moi de ne jamais vous éloigner de papa. Jamais. Vous devrez toujours rester à côté de lui. Tout le week-end.

— Hein ? demanda Daði en se faufilant pour passer devant elle et rejoindre son père. Et si je veux aller aux toilettes ?

— Et si papa doit aller aux toilettes ? Est-ce qu'il faudra qu'on aille avec lui ? demanda Karlotta en riant.

Elle contourna sa mère à son tour et se plaça devant son père. Ils n'avaient aucune conscience du danger. Ils étaient trop jeunes pour comprendre que certaines personnes étaient dangereuses pour les enfants. Elle avait eu beau essayer de le leur expliquer, à leurs yeux les autres gens ne cherchaient qu'à les amuser et leur faciliter la vie. Les autres enfants étaient là pour jouer avec eux, les adultes étaient là pour bien les nourrir, les protéger du froid et leur donner de quoi s'amuser entre les repas.

— Écoutez-moi. Promettez-le-moi.

Le frère et la sœur dirent “oui”, la mine soudain grave.

Þorvaldur les aida à enfiler leurs doudounes et leurs bottes de neige. Æsa se baissa et reçut deux baisers en guise d’au revoir. Avant de sortir Þorvaldur lui reprocha de ne pas les avoir habillés assez bien pour un dîner au restaurant. Puis il les fit sortir. Karlotta fit un signe de la main à sa mère juste au moment où son père claquait la porte.

Æsa sentait encore leurs baisers sur sa joue. Elle se hâta d’aller à la fenêtre de la chambre, côté parking. Elle suivit des yeux Þorvaldur qui aidait les enfants à s’installer à l’arrière de la voiture et à attacher leurs ceintures. Lorsque les phares disparurent de sa vue, l’angoisse la submergea. Elle s’y attendait, mais l’anxiété redoubla quand elle se rappela que Þorvaldur ne lui avait pas promis de ne pas les quitter des yeux. Elle aurait dû prétendre qu’ils étaient malades. Mais elle les aurait obligés à mentir, il n’en était pas question.

Mon Dieu !

Le week-end venait à peine de commencer que déjà elle faisait les cent pas en comptant les minutes et les heures.

Þorvaldur avala une deuxième dose d’ibuprofène qu’il fit descendre avec un peu d’eau fraîche pour le réconforter en attendant que le médicament fasse effet. Ces maux de tête allaient l’achever. Le vin du restaurant de la veille ne valait pas celui qu’il consommait habituellement. Sauf si le coupable était le verre de whisky qu’il s’était servi en rentrant. Il était tenté de prendre une bière. Ça le remettrait d'aplomb. Ce n'était pas qu'il en manquait, il y en avait un pack entier dans le frigo, justement en prévision de moments comme celui-là. Mais c'était exclu. Il gardait les enfants, il devait d'abord penser à eux. Il se ferait une sacrée réputation au cinéma s'il arrivait avec eux en empestant l'alcool. Non, il devait tenir bon. L'ibuprofène l'y aiderait comme la dernière fois.

Þorvaldur s'enveloppa dans son peignoir et resserra sa ceinture. Il devait leur préparer à manger. Il allait être dix heures et demie. Ils n'avaient toujours pas pris leur petit-déjeuner. Lorsqu'ils avaient débarqué dans sa chambre vers huit heures, il les avait plantés devant la télé pour avoir la paix. Ils s'étaient tenus tranquilles jusqu'à neuf heures et demie. Mais le dessin animé suivant ne leur plaisait pas. L'esprit confus à cause de sa gueule de bois, il avait réussi à les convaincre d'aller jouer dans la neige qui recouvrait le jardin. Ils y étaient toujours. Ils devaient mourir de faim. Le temps qu'ils enlèvent leurs combinaisons de ski et se lavent les mains, il serait retapé. Enfin assez pour réussir à leur servir les céréales du matin.

Une angoisse lui noua l'estomac. Il venait de se rappeler les recommandations dont Æsa l'avait inondé avant son départ. Les enfants étaient dehors dans le jardin depuis une heure. Est-ce que… ? Non, bien sûr que non. Il y avait la clôture. Son estomac se retourna comme le tambour d'un lave-linge pendant l'essorage. Où avait-il la tête ? La clôture en bois n'arrêterait personne. Elle n'était pas faite pour les protéger d'une invasion ennemie. Si quelqu'un voulait entrer, il n'avait qu'à sauter par-dessus.

Þorvaldur prêta l'oreille. Il n'osait pas regarder dehors. Et s'ils avaient disparu ? Il crut les entendre. Son soulagement fut tel qu'il en oublia son mal de tête. Son estomac se mit en mode pause.

Þorvaldur entra dans le salon. Le parquet était glacial sous ses pieds nus. À mesure qu'il approchait de la fenêtre, les voix devenaient plus nettes. Aucun doute, Karlotta et Daði étaient en train de se chamailler. Son inquiétude avait disparu. Il n'y avait plus rien à craindre. Arrivé devant la fenêtre il s'apprêtait à leur faire signe de rentrer. Il se dit qu'il devenait urgent d'équiper la maison avec le chauffage au sol.

C'est alors que les deux enfants se mirent à hurler.

23

Erla était détendue, signe que la réunion s'était bien passée. On avait dû la libérer en la gratifiant d'une grande tape dans le dos en l'honneur de ses résultats – si on pouvait parler de résultats. Huldar la soupçonnait d'avoir surestimé les cartes qu'ils avaient en main et d'avoir annoncé à ses supérieurs l'imminence de révélations majeures. Avait-elle présenté Jón Jónsson comme un suspect ou comme une victime ? C'était difficile à deviner. En tout cas ç'avait marché. On lisait à livre ouvert sur le visage d'Erla. Si on lui avait remonté les bretelles ou si on avait émis le moindre doute sur ses capacités à diriger l'enquête, elle n'aurait pas su le cacher. Huldar n'était pas loin de penser que le nom et le profil de Jón Jónsson avaient fait perdre tout sens critique aux membres de la direction. Pouvait-on rêver plus beau coupable que cet infâme scélérat aux yeux de l'opinion publique ? Avec un pareil suspect la police avait les mains libres pour enquêter comme bon lui semblait. Personne n'aurait l'idée de critiquer ses méthodes ou d'invoquer les droits de l'homme. Tout le monde serait de leur côté. Si à l'inverse Jón Jónsson faisait figure de victime, s'il avait perdu ses mains et peut-être davantage, on ne s'intéresserait qu'aux violences qu'il aurait subies. On en oublierait presque son bourreau qui, sans que personne ne veuille l'avouer, aurait la sympathie du public.

Les membres de la direction s'étaient sans doute réjouis de la disparition de certaines archives concernant le même Jón Jónsson. Pour les chefs c'était toujours une satisfaction quand d'autres autorités étaient prises en défaut. Ils pouvaient bomber le torse, exprimer leur réprobation à l'égard de tels manquements et profiter de l'occasion qui leur était offerte de se juger un peu meilleurs, en comparaison.

Erla, une tasse de café à la main, entourée de quelques-uns de ses subordonnés, savourait sa popularité retrouvée. La rumeur de son retour en grâce courait parmi les bureaux. On avait compris qu'il n'était plus risqué de se montrer à ses côtés. Un à un les policiers se regroupaient autour d'elle, la majorité d'entre eux dans l'espoir d'être remarqués quand elle procéderait à la nouvelle répartition du travail. Personne n'avait osé lever la main mais tous étaient impatients d'attirer son attention. Le tournant que venait de prendre l'enquête impliquait de nouvelles priorités. Aucun des policiers ne souhaitait se voir confier certaines tâches ingrates inévitables quand les affaires prenaient de l'ampleur. Huldar jugea préférable de rester en retrait. Comme il était nettement plus informé que ses collègues sur les derniers rebondissements de l'enquête, il était persuadé qu'Erla ne pourrait pas se dispenser de ses services. En même temps il s'attendait à se voir confier les investigations les plus ennuyeuses. Ce n'était pas parce qu'il avait plusieurs temps d'avance sur tous les autres qu'il allait se mettre à faire de la lèche à Erla. Ou à un autre si le vent tournait. Ce n'était pas dans sa nature d'homme de la campagne.

Jón Jónsson était la révélation du jour mais personne ne semblait avoir envie d'en savoir plus sur ses liens avec le meurtre du parking. Les hommes étaient beaucoup trop occupés à se faire bien voir d'Erla. Celle-ci était aux anges, son visage rayonnait sous ses cheveux courts. Ses joues avaient pris des couleurs et sans aller jusqu'à dire qu'elle souriait, l'une des commissures de ses lèvres était légèrement relevée. Parfois, quand des collègues s'écartaient, leurs yeux se rencontraient. Elle baissait la tête d'un air gêné.

Le seul policier qui détonnait dans cette ambiance, c'était celui qui avait été dépêché auprès du légiste chargé d'examiner les restes d'Einar Aðalbertsson. Il était assis à son bureau et fixait l'écran de son ordinateur. Il se levait régulièrement pour aller chercher de l'eau qu'il avalait avidement. Erla feignait de ne pas le remarquer. Elle était de trop bonne humeur depuis que l'enquête décollait, il n'allait pas lui gâcher son plaisir. Huldar eut pitié de lui. Il s'écarta du groupe des optimistes qui croyaient la victoire à portée de main et il alla lui parler. Lui-même ne raffolait pas des visites au service de la médecine légale. Elles étaient une épreuve visuelle, olfactive et auditive qui révulsait ses sens. Il en était de même pour ce malheureux policier. Il avait d'abord entendu le topo du médecin sur les étapes de la décomposition des corps après leur ensevelissement. Ensuite il avait été invité à regarder ce que contenait le cercueil d'Einar Aðalbertsson. Le récit qu'il fit à Huldar, la description de ce qu'il avait vu et les explications que lui avait fournies le légiste lui donnaient encore des haut-le-cœur.

— Les enzymes et les micro-organismes s'attaquent aux organes et les détruisent en quelques années, il ne fallait donc pas envisager de les examiner. – Le policier fit la grimace. – Heureusement. Je ne suis pas sûr que je l'aurais supporté. Mais il restait des lambeaux de peau et de chair. J'aurais préféré qu'il ne reste plus que le squelette. Ça, je l'aurais supporté. – Il ferma les yeux, frissonna et but une gorgée d'eau. – Répugnant. Les yeux avaient disparu, ils s'étaient peut-être enfoncés dans le crâne. Je n'ai pas osé poser la question, j'avais trop peur que le médecin essaie de les récupérer. Il avait encore quelques touffes de cheveux, bien à leur place. – L'homme se tut et prit une profonde inspiration. – Je me ferai incinérer.

— Tu sais, tu n'es pas le seul à prendre ce genre de décision après avoir vécu ça.

Huldar était assis sur le rebord du bureau de son collègue, de là il pouvait observer le groupe autour d'Erla.

— J'ai cru comprendre que j'avais quand même de la chance, que ç'aurait pu être pire. Le médecin m'a dit que si le cercueil avait été plus étanche, le cadavre ne serait plus qu'une soupe toute noire.

Huldar détourna les yeux du groupe de policiers et revint vers son collègue, qui buvait une nouvelle gorgée d'eau.

— En dehors du fait que tu as vécu une expérience inoubliable, qu'est-ce qui est ressorti de ta visite au légiste ? Quelles sont les causes du décès ?

Après avoir écouté patiemment ses descriptions peu ragoûtantes, Huldar attendait du policier qu'il lui révèle ce qu'il avait appris d'important. Erla le tiendrait au courant à l'occasion mais il n'avait pas la patience d'attendre.

— Le légiste est moins affirmatif qu'au moment où il en a parlé avec Erla. Il va exiger une autopsie. Il espère qu'elle permettra d'établir définitivement les causes de la mort. Ce qui est sûr, c'est qu'il ne s'agit pas d'une crise cardiaque. J'ai pu m'en assurer moi-même quand il m'a montré la nuque.

— Qu'est-ce que tu as vu, en dehors des lambeaux de cuir chevelu ? ajouta Huldar, pour l'aider à préciser ce qu'il avait remarqué.

— Un trou. Un trou presque circulaire.

— Et alors ? J'ai cru comprendre qu'il y avait effectivement la marque d'un choc au niveau de la tête. Il aurait eu un malaise dans sa salle de bains. Il n'est pas tombé à la suite d'un problème cardiaque ?

— Si. Sur le crâne il y a bien une fracture qui peut avoir été provoquée par un choc contre la baignoire. Mais au niveau de cette même fracture on voit aussi un trou rond que la baignoire n'explique pas. Ça ressemble à une trace de coup asséné avec un objet contondant. Enfin, c'est ce que pense le légiste.

— Est-ce que tu sais pourquoi le rapport d'autopsie établi à l'époque n'en parle pas ? Est-ce qu'il s'agit bien du bon cadavre ? Pour le moment on ne peut pas exclure qu'il y ait une tombe vide quelque part et qu'on y retrouve le vrai cercueil d'Einar.

— Il n'a jamais été autopsié. Ni par la médecine légale ni par qui que ce soit. À l'époque les causes du décès n'ont fait aucun doute. Il était sur liste d'attente pour un stimulateur cardiaque, il était suivi pour des troubles du rythme cardiaque qui entraînaient des vertiges ou même des évanouissements. Il avait déjà fait des chutes. D'après le certificat de décès, la blessure avait été occasionnée par un choc contre le rebord de la baignoire, sur lequel on avait retrouvé des cheveux et du sang. Il vivait seul et rien ne pouvait laisser penser que quelqu'un était présent à son domicile au moment de sa mort. L'autopsie médico-légale a donc été jugée inutile, dit le policier en haussant les épaules. Sa fille, qui était sa seule parente, n'a pas souhaité non plus que soit pratiquée une autopsie purement médicale. On a donc conclu qu'il s'agissait d'un accident. Mais maintenant, c'est autre chose, parce que le cuir chevelu s'est détaché du crâne… Il est resté sur l'oreiller quand on a soulevé la tête. – Le policier blêmit. – Il est donc à peu près sûr que ce n'était pas un accident. Sans autopsie on peut se demander si celui qui a rédigé le certificat de décès, à l'époque, pouvait voir qu'il y avait deux blessures.

L'esprit de Huldar était en pleine effervescence. Le système des autopsies lui était familier. On y avait recours dans trois cas différents. L'autopsie légale était demandée si le décès était soudain, si la personne défunte n'avait pas de passé médical connu ou si les circonstances de la mort étaient douteuses. Les problèmes cardiaques d'Einar avaient vraisemblablement conduit à estimer qu'une telle autopsie était inutile. Son âge et les traces laissées sur les lieux avaient exclu l'hypothèse d'un acte criminel. Quant à l'autopsie médicale, elle pouvait être pratiquée à la demande du médecin, mais à condition qu'il ait obtenu l'accord de la famille. Il était en droit de demander cet examen s'il jugeait les causes de la mort incertaines. Mais il ne pouvait pas aller contre la volonté des proches. Or la fille d'Einar ne l'avait pas voulu. Enfin les proches eux-mêmes avaient la possibilité de demander cette autopsie médicale s'ils voulaient des conclusions complètes sur les causes du décès. Sa fille n'avait rien demandé, évidemment, puisqu'elle avait déjà refusé son autorisation au médecin.

— Donc le cadavre serait bien celui d'Einar ?

— Oui. C'est le plus probable. Le nom de sa défunte femme est gravé dans l'alliance qui se balançait autour de l'os de son annulaire. Il portait également la bague de la franc-maçonnerie, dont il était membre. Le médecin va demander les radios des dents, en espérant qu'elles ont été conservées. Il va prendre connaissance de ses anciens dossiers médicaux. Des fractures ou d'autres blessures pourraient aider à confirmer son identité. Le légiste n'écarte pas l'hypothèse qu'il s'agisse de quelqu'un d'autre, mais elle est infime.

Autour d'Erla les rangs étaient de plus en plus clairsemés. Les recherches les plus intéressantes avaient été attribuées, il ne devait rester que les tâches les moins gratifiantes. Ceux qui n'avaient pas encore été désignés allaient se faire tout petits derrière leurs bureaux dans l'espoir qu'elle ne les remarquerait pas.

— Est-ce que le légiste sera à son travail, ce week-end ?

— Non. On n'aura rien de nouveau avant lundi. – Le policier, toujours aussi pâle et abattu, finit son verre d'eau. – Moi, je vais profiter du week-end pour récupérer. Je vais me faire un festival de films à l'eau de rose. Ma femme sera contente que j'accepte enfin de les regarder. Et je crois bien que je vais devenir végétarien.

Huldar se leva et retourna à son bureau. Il tapa le nom d'Einar Aðalbertsson dans le répertoire. Alors qu'il s'attendait à échouer une fois de plus, faute d'enregistrement ou à cause d'une suppression, il tomba sur la mention de son décès onze années auparavant. Finalement l'équipe devait avoir raison d'être optimiste, le vent venait peut-être de tourner.

Les informations étaient succinctes mais suffisantes pour préciser les circonstances du décès d'Einar. La femme de ménage qui venait chez lui toutes les semaines était arrivée vers onze heures du matin comme d'habitude. Elle l'avait trouvé allongé sur le carrelage de la salle de bains, au milieu d'une flaque de sang. C'était parce qu'elle avait entendu l'eau couler qu'elle s'était hâtée de vérifier s'il était là, car il avait l'habitude de sortir pendant qu'elle faisait le ménage. Où, elle l'ignorait. Elle avait été prise de panique lorsqu'elle s'était approchée de la porte ouverte et l'avait vu couché dans son sang. Elle ne l'avait pas touché, elle n'avait pas cherché à savoir s'il donnait encore des signes de vie, mais elle avait appelé une ambulance. Sur place le médecin avait constaté la mort. Il avait appelé la police par précaution, même si les circonstances du décès lui paraissaient évidentes.

En tombant, la tête avait heurté le rebord de la baignoire. La chute n'était pas due à un état d'ivresse, car l'haleine du mort ne sentait pas l'alcool. Il était en pyjama, la main crispée sur une brosse à dents couverte de dentifrice. D'après les médicaments rangés dans le placard de la salle de bains, il était sous suivi médical à cause d'une hypertension artérielle. Le médecin qui les lui avait prescrits avait confirmé. Il avait précisé également que le défunt avait déjà fait une chute en raison d'une arythmie cardiaque.

Einar vivait dans une maison individuelle, il était donc exclu que ses voisins aient pu entendre quoi que ce soit, à supposer qu'il n'ait pas perdu conscience à la suite de sa chute. On ignorait l'heure précise de la mort mais on estimait qu'il n'avait pas survécu longtemps. On n'avait découvert aucune trace révélant la présence d'une autre personne au moment des faits. Sa fille n'avait pas de nouvelles de lui depuis une semaine, mais ils n'étaient pas spécialement proches. La femme de ménage savait peu de choses sur ses activités et ses relations amicales ou familiales. La plupart du temps la maison était vide quand elle s'y rendait. Elle échangeait par SMS avec son employeur au moins une fois par mois, quand il lui versait sa paie. On avait poussé un peu plus loin les investigations. Il recevait peu d'appels, il avait toutefois reçu un SMS le soir de sa mort. L'expéditeur était l'un de ses petits-enfants, un garçon de treize ans, le fils du fils adoptif d'Einar. Dans son message il lui demandait s'il serait prêt à lui acheter du papier-toilette pour une collecte et s'il pourrait passer chercher l'argent. Einar avait accepté aussitôt. On avait contacté le garçon et on lui avait demandé si son grand-père allait bien ce soir-là. Il avait répondu qu'il était resté peu de temps, au plus une demi-heure. Son grand-père ne se sentait pas bien et voulait aller s'allonger. Il avait ajouté qu'il ne s'était pas rendu compte que son état était aussi grave. Le garçon en question s'appelait Þröstur Agnesarson. Quand on l'avait interrogé, il avait déclaré que son père était mort. Le policier qui s'occupait de l'affaire n'avait pas cherché plus loin. Le nom de Jón Jónsson n'était mentionné nulle part.

On en avait conclu que la mort d'Einar Aðalbertsson était due à un accident lié à sa maladie. L'affaire avait été classée et le certificat de décès avait été établi. Le corps avait été transporté au service des pompes funèbres que la fille d'Einar avait choisi – au hasard, d'après le policier.

Huldar se leva. Il allait réserver la salle des interrogatoires sur un créneau de plusieurs heures. La liste des questions à poser à Þröstur s'allongeait de plus en plus.

Erla n'avait pas bougé, elle parlait à un des policiers qui étaient encore là. Son interlocuteur l'écoutait sans grand empressement. Elle lui demandait sans doute de se rendre chez Benedikt Toft pour rechercher d'éventuelles traces d'ADN de son meurtrier dans le système d'évacuation des installations sanitaires. Il l'avait peut-être enlevé à son domicile. Lorsque Huldar s'approcha d'eux, son collègue profita de l'occasion pour s'esquiver.

— Alors ça avance ? demanda Huldar.

Il attrapa un gobelet en plastique qu'il glissa sous le robinet de la machine à café. Il sélectionna du café noir. Sur le bouton correspondant les lettres étaient effacées depuis longtemps. À côté les mots "latte" et "cappuccino" étaient comme neufs.

— Bien. Ça marche du tonnerre. On va y arriver, je le sens. On arrêtera le meurtrier mardi, mercredi dans le pire des cas.

— C'est ce que tu leur as dit ? À la direction ?

Il regardait le filet de liquide brun remplir le gobelet.

— Oui. Je ne suis peut-être pas allée jusque-là mais je leur ai dit qu'on avait de bonnes chances d'arrêter quelqu'un prochainement.

Huldar but une gorgée de café brûlant. C'était une grave erreur de la part d'Erla, mais à quoi bon le lui faire remarquer ? Le mal était déjà fait.

— L'interrogatoire sera long et difficile, dit-il. Ce serait bien de réfléchir à l'avance à la manière de s'y prendre avec le suspect.

— Ça peut attendre. On est plusieurs à avoir décidé de manger dehors. On va fêter ça avec des pizzas et de la bière. Si on se dépêche et qu'on arrive à commander avant sept heures, on nous fera un prix sur les boissons.

— Qui est-ce qui vient ? demanda Huldar, qui n'était pas trop sûr d'avoir envie de les suivre.

Mais il n'avait rien prévu, ses amis étaient presque tous en couple et ils avaient des enfants. Ils sortaient bien de temps en temps, mais ce n'était jamais à l'improviste. Ils prévoyaient leurs sorties plusieurs jours à l'avance, quand ça n'était pas jusqu'à deux semaines.

Erla commença à énumérer les noms des participants, mais Huldar avait cessé de l'écouter, il venait de se décider.

— Je viens avec vous.

Il avait faim et il avait très envie de s'offrir une ou deux bières. Cette soirée pourrait être l'occasion de renouer des relations normales avec ses collègues. Avec la moitié d'entre eux ça serait déjà très bien. Comme ça cette soirée aurait son utilité.

Trois heures plus tard il était toujours dans le bar. Au milieu de la grande table devant laquelle il était assis traînaient des restes de pizza. Les bières qu'il avait consommées avaient dépassé depuis un bon moment le seuil de deux canettes, mais c'était toujours difficile de prévoir combien il en faudrait. Huldar n'était pas le seul à avoir le regard vitreux. Ils s'étaient tous mis à parler de plus en plus fort, à rire sans savoir pourquoi et à se comporter comme si les ennuis de l'existence n'étaient plus de ce monde. Comme il l'espérait, chaque nouvelle tournée de bière le rapprochait un peu plus de ses collègues. C'était comme autrefois, quand il n'était pas encore monté – très provisoirement – en grade. La musique lui plaisait bien plus que quand ils étaient arrivés. Les conversations étaient de plus en plus intéressantes, et il n'était pas le seul à être de cet avis. Certains de ses collègues reprenaient en chœur des refrains connus en chantant plus faux les uns que les autres ou battaient la mesure en tapant sur la table de toutes leurs forces. D'autres se penchaient en avant pour ne rien manquer de ce qui se disait autour d'eux et saisir la première occasion de donner leur point de vue à leur tour.

Tout le monde était d'accord, il faudrait remettre ça plus souvent. On en arriva rapidement à la conclusion qu'une fois par semaine, le vendredi, ce serait parfait. Huldar vit que les pères de famille accueillaient l'idée avec un bonheur extrême.

Un serveur arriva avec un nouveau plateau chargé de bières. La liesse redoubla autour de la table. On leva les verres et on trinqua en l'honneur de quelque chose que personne ne comprit, pas même celui qui avait porté le toast. Lorsque les verres retombèrent sur la table, la mousse déborda un peu partout mais personne ne s'en soucia et personne ne l'essuya.

Erla s'était assise à côté de Huldar, elle était maintenant bien plus près de lui qu'en début de soirée. Il se sentait si bien qu'il ne chercha pas à lui échapper. Bien au contraire. Il se rapprocha d'elle et posa son bras sur le banc, dans son dos. Elle eut l'air d'apprécier. Lorsqu'il sentit sa main sur sa cuisse, il n'invoqua pas un urgent besoin d'aller aux toilettes pour s'éloigner d'elle. Non, il trouva que sa chaude main était très bien où elle était. Avant qu'elle ne la déplace pour la poser à un endroit encore plus sensible.

Huldar caressa sa main pour qu'elle comprenne que ça ne lui déplaisait pas. Mais ça ne lui avait pas échappé.

Il était trop tard pour faire machine arrière.

24

Kolbeinn s'était connu en meilleure forme, mais il avait vu pire. Il se sentait tout étourdi et comme endormi. C'était sûrement l'effet des anesthésiants et des antalgiques qu'on lui administrait à la pelle. Tandis qu'il emballait le peu d'affaires personnelles dont il disposait dans sa chambre d'hôpital, il se disait qu'il devrait demander aux infirmières des médicaments à emporter chez lui. Maintenant qu'il se sentait mieux, les inquiétudes qui le rongeaient depuis qu'on avait mis dehors les deux policiers lui paraissaient imaginaires et sans fondement. Tant qu'on n'aurait pas arrêté l'individu qui avait attaché sa victime à l'arrière de sa voiture, ce ne serait pas plus mal qu'on lui donne de quoi continuer de se défoncer. Sa femme ne pourrait que s'en réjouir. Elle lui avait demandé si ça le contrariait qu'elle aille à Londres avec ses copines du club de couture, alors qu'il était un peu malade. Il n'avait pas soulevé d'objections.

Un peu malade.

Alors qu'il se remettait tout juste d'une crise cardiaque, elle préférait partir à l'étranger plutôt que de prendre soin de lui. Elle ne s'était même pas donné la peine de se déranger, elle s'était contentée de téléphoner. Ses malheurs la laissaient de glace. Heureusement, ses médicaments le rendaient trop vaseux pour être seulement vexé. Quand elle avait raccroché, il avait ricané bêtement. Un mariage pareil, il y avait vraiment de quoi rire.

Pour continuer de prendre ces cachets miraculeux, il avait absolument besoin d'une ordonnance.

Il n'en restait plus ni dans la petite armoire à pharmacie ni sur la hideuse table de chevet. En dehors des vêtements qu'il portait sur lui, il avait fourré toutes ses affaires dans le sac en plastique orange qu'Heiða avait utilisé pour les lui apporter, quand enfin elle avait daigné se montrer. Elle lui avait tendu le sac alors qu'il était allongé tout groggy sur le lit. Elle avait trop envie de se plaindre de la perquisition pour prêter attention à son état. Et on l'avait tellement drogué de médicaments qu'il était incapable de lui demander d'ôter le sac orange flashy qu'elle avait posé sur son ventre. En guise d'au revoir elle s'était penchée pour l'embrasser sur le front comme si elle était sa grand-tante et lui un communiant. Ce faisant elle s'était trouvée en contact avec le sac mais elle avait fait mine de ne pas le remarquer et elle était repartie sans l'en débarrasser.

L'aide-soignante qui était passée quelques instants plus tard l'avait déposé sur la chaise qu'avait brièvement occupée sa femme avant de se ruer chez elle et de partir à l'aéroport.

Lorsqu'il s'était réveillé cet après-midi-là après s'être assoupi un moment, il avait constaté qu'on avait vidé le sac, accroché les vêtements, placé la brosse à dents et le dentifrice dans un verre posé sur le lavabo et installé son iPad sur la table de nuit. La tablette était déchargée.

Heiða avait oublié – ou ne s'était pas donné la peine – de chercher le chargeur. Il en était de même pour le téléphone portable qui gisait mort sur l'iPad.

Kolbeinn s'appuya sur le lit et se laissa glisser à l'intérieur du fauteuil. Il pensa opérer de la même façon pour entrer dans ses chaussures. En les tirant jusqu'à ses pieds, ses yeux tombèrent sur ses chaussettes dépareillées. Quand il les revit à travers son brouillard médicamenteux, il eut un regain de colère contre Heiða. Elle aurait pu faire attention ! C'était la moindre des choses ! Et c'était pareil pour les sous-vêtements ! Pas possible, elle le faisait exprès ! En temps normal il aurait eu honte de ce que la personne qui avait rangé ses affaires en avait pensé. Mais Dieu soit loué, grâce à ses pilules miraculeuses ça lui était bien égal.

Il valait mieux penser à des choses agréables plutôt qu'à la sécheresse et l'indifférence de sa femme. Le directeur de la société d'expertise comptable en personne avait appelé l'hôpital pour avoir de ses nouvelles. Une jeune infirmière lui avait transmis ses vœux de bon rétablissement quand elle lui avait apporté de nouveaux cachets. Il les avait avalés volontiers même si l'appel de son patron avait été amplement suffisant pour le mettre de bonne humeur. Ce dernier n'avait pas l'habitude de manifester beaucoup d'intérêt à son égard. Il hochait parfois la tête quand il le croisait dans un couloir. Quand il lui adressait la parole, ce qui arrivait rarement, comme il le confondait avec un autre, c'était pour l'interroger sur les progrès de son footballeur de fils. Or Heiða et lui étaient sans enfant. En revanche le fils d'un autre chef de service jouait dans l'équipe nationale. Mais Kolbeinn n'ayant pas voulu le mettre dans l'embarras en lui révélant son erreur, il n'avait pas réagi et s'était éloigné dès qu'il l'avait pu. Comme il n'avait rien dit la première fois, il lui avait été impossible de le faire la seconde et la troisième. Il en aurait peut-être été capable s'il avait été sous l'emprise de ces braves pilules. Il décida qu'il n'y aurait pas de quatrième fois.

Il termina de lacer ses chaussures. Ses chaussettes dépareillées juraient sous les jambes de son pantalon mais une fois debout on n'y verrait que du feu. Puis il se tapa sur les cuisses, empoigna fermement les accoudoirs du fauteuil et se mit debout. Il n'avait plus rien à faire dans cette chambre. On l'avait autorisé à rentrer chez lui, l'hôpital était surbooké. Inutile qu'il aille se plaindre, il n'était pas question qu'il reste là plus longtemps.

Son sac plastique à la main, Kolbeinn pénétra en chancelant dans le couloir. Celui qui attendait de prendre sa place ronflait sur un brancard, la bouche grande ouverte, preuve qu'il était toujours en vie. À part ça tout était calme. C'était le soir, les autres patients dormaient dans leurs chambres. On leur avait généreusement distribué des somnifères comme si c'étaient des gélules d'huile de foie de morue*. Kolbeinn se dit qu'il en ferait ajouter sur son ordonnance. Comme ça, il pourrait dormir tout son saoul pendant le week-end avant de retourner travailler le lundi suivant. Mais il se rappela qu'il ne pouvait plus avancer cet argument. Le jour même, lorsqu'il

* De nombreux Islandais prennent des gélules d'huile de foie de poisson chaque matin contre les carences en vitamine D. La posologie habituelle est de six gélules.

en avait parlé au médecin, celui-ci s'était exclamé "Vous plaisantez ?" Et il lui avait fait la leçon : il devait se reposer et rester tranquille pendant au moins deux semaines. Mais Kolbeinn ne voulait pas l'écouter. Il fallait qu'il reprenne le travail, ne serait-ce que pour se faire une idée des rumeurs qui couraient sur son compte. Dans la boîte il devait être le sujet de conversation le plus populaire. Ça le contrariait énormément.

Il attendit devant la vitre du box où l'infirmière était plongée dans un document. Elle ne remarqua sa présence qu'au moment où il frappa doucement sur la paroi. Elle leva les yeux et sourit.

— Bien, bien. Je vois que vous êtes enfin prêt.

Il acquiesça et elle sourit à nouveau.

On avait failli le mettre à la porte, se dit Einar. Comme on ne lui avait pas donné son bon de sortie dès le matin, il avait cru un moment qu'il pourrait passer une nuit de plus dans le service. Pas le week-end entier, il ne fallait pas rêver.

— Comment ça va ?

— Bien. Mal. En fait je ne sais pas comment je me sens.

— Rien d'anormal. Mais vous êtes sur la pente ascendante maintenant. Vous allez bientôt vous remettre complètement. Si vous suivez nos conseils et si vous y allez doucement.

— Oui, c'est ce que je vais faire.

Kolbeinn hésitait à réclamer son ordonnance. L'infirmière ne semblait pas avoir l'intention de la lui donner d'elle-même.

— Quelqu'un vient vous chercher ?

— Non. Je vais prendre un taxi, répondit-il tranquillement, ce qui le surprit lui-même.

— OK. Je peux appeler pour vous si vous voulez. – Mais soudain elle parut se rappeler quelque chose et elle sourit encore une fois. – Oh ! j'allais oublier, votre chef, celui qui a appelé tout à l'heure, il m'a annoncé qu'il allait vous envoyer une voiture. Elle attend peut-être dehors. Je lui ai indiqué à quelle heure vous alliez rentrer chez vous. Vérifiez bien en tout cas.

Kolbeinn sourit malgré lui. Après tout c'étaient peut-être des messages de sympathie qui circulaient dans la boîte à son sujet. Finalement le rôle de la victime, ça lui convenait bien. Être "le pauvre Kolbeinn", c'était toujours mieux que d'être suspecté d'avoir participé à l'atrocité. "Atrocité". C'était le mot qu'il avait choisi pour désigner l'événement du souterrain. C'était grâce à ce mot qu'il avait réussi à ne plus être hanté par la vision du cadavre de l'homme, le souvenir du craquement de ses os pulvérisés. Atrocité. Le mot respectait la gravité de l'événement mais n'éveillait aucun souvenir déplaisant. Kolbeinn eut un léger vertige, revint à lui et à l'infirmière qui lui faisait face. Il chassa de son esprit ces vaines pensées.

— Est-ce que vous allez me donner une ordonnance ?

— Oh ! oui, la voilà. Le médecin qui a signé votre bon de sortie a rédigé l'ordonnance en même temps. Mais il est parti maintenant. – Elle la sortit d'une chemise en carton posée sur la table. – Est-ce que quelqu'un pourra venir chercher vos médicaments demain ?

— Oui.

Il mentait, il ne savait pas à qui demander ce service. Même si le directeur lui offrait un chauffeur, ses bonnes dispositions à son égard ne dépasseraient pas certaines limites. Il ferait le déplacement lui-même le lendemain matin. Sa voiture était dans le garage. Elle y resterait encore quelques jours et peut-être même plusieurs semaines. Mais une marche ne pourrait pas lui faire de mal. Tout le monde savait qu'il n'y avait rien de mieux que la marche pour être en bonne santé. Il prit l'ordonnance et le sachet contenant quelques cachets.

— Voilà vos cachets pour ce soir et demain matin. Ça devrait suffire jusqu'à ce que quelqu'un vienne chercher les autres.

L'infirmière le regarda ranger l'ordonnance dans sa poche. Elle lui rappela la date de son prochain rendez-vous au service de cardiologie. Elle se tut et attendit qu'il prenne congé d'elle. Il demeura silencieux quelques instants, le temps de reprendre ses esprits. Il balbutia un au revoir.

Il prit l'ascenseur et fixa d'un air hagard l'homme esseulé qu'il voyait dans le miroir, avec son sac plastique, son dos voûté, ses cheveux visqueux et sa chemise mal boutonnée. Sous son manteau posé sur ses épaules, il avait l'air de s'être dégonflé de tout son air. Il pouvait s'estimer heureux qu'on ne lui ait pas demandé de vider les lieux en plein milieu de la nuit, comme ça arrivait parfois. Il pouvait aussi se féliciter d'habiter à Reykjavík, car il ne partagerait pas le sort peu enviable de ceux qui devaient errer en ville en attendant leur vol vers la province. Avec son sac plastique il aurait l'air d'un clochard et il se ferait sûrement arrêter si la police le repérait en faisant sa ronde. Elle avait le chic pour s'occuper uniquement de ce qui ne présentait aucun intérêt. Mais surveiller sa chambre pendant qu'il était alité, incapable de se défendre, c'était trop demander, même s'il était en danger. Mais peut-être étaient-ils de garde en bas dans le hall d'accueil.

Il n'y avait personne, ni personnel médical, ni malade, ni visiteur, ni policier. On avait fermé la boutique. En dehors du frottement de son sac plastique, on n'entendait que le ronronnement des vitrines réfrigérées bourrées de toutes sortes d'aliments nocifs. Kolbeinn était fasciné par les couleurs gaies des emballages de confiseries. Son image se reflétait sur les vitres du hall en forme d'hémicycle. Elle n'était pas plus flatteuse que dans l'ascenseur. Il avait l'air d'un idiot, les yeux braqués sur les vitrines illuminées comme un petit enfant devant un sapin de Noël. Plus tôt il serait chez lui sous la couette, mieux ce serait. Personne ne verrait dans quel état il était.

Il sortit pour vérifier qu'on avait bien envoyé quelqu'un le chercher. Son téléphone étant déchargé, il ne pouvait pas appeler un taxi. Il voulait éviter d'être obligé de refaire tout le trajet jusqu'à l'infirmière qui lui avait proposé d'appeler à sa place.

Ses inquiétudes s'avérèrent inutiles. Une voiture l'attendait tout près de l'entrée. Le moteur tournait, on lui fit des appels de phares. Leur lumière l'empêchait de distinguer le visage du conducteur. Un collègue chargé de le ramener chez lui ou un simple chauffeur de taxi. Il préférait le chauffeur, il ne se sentait pas la force de soutenir une conversation avec un collègue trop curieux qui ferait savoir à tout le monde qu'il était dans un sale état.

Kolbeinn mit un temps infini à rejoindre la voiture. Il s'assit à l'arrière. Il se dit qu'il aurait peut-être dû s'installer à l'avant mais il n'eut pas le courage de changer de place. Il était assis là, il y restait. Le conducteur ne dit pas un mot, il attendit que Kolbeinn ait fermé la porte et il se mit en route. À son grand soulagement, il avait l'air absorbé par la radio qui diffusait un débat politique plutôt ennuyeux. Kolbeinn, qui avait du mal à suivre le fil, n'avait pas envie de palabrer avec le chauffeur, comme l'animateur radio avec ses invités, sur les carences du gouvernement en matière de constructions routières. Le chauffeur n'était pas un collègue de travail, il y avait peu de chances qu'ils se croisent à nouveau. Le mieux pour eux deux, c'était de se taire.

Lorsque la voiture arriva devant le domicile de Kolbeinn, il fit tout de même un effort pour le remercier et lui souhaiter une bonne nuit. En échange il eut droit à un grognement qui pouvait être aussi bien un vague remerciement qu'une invitation à s'éloigner de la voiture. Kolbeinn claqua la portière et se traîna jusqu'à la maison. Celle de ses mains qui tenait le sac plastique était humide de sueur. Lorsqu'il se baissa pour prendre la clé qu'Aiða lui avait promis de dissimuler sous le paillasson, il fut étonné de ne pas entendre la voiture démarrer. Le chauffeur voulait peut-être attendre qu'il soit bien rentré. C'était sympathique de sa part. Ce ne serait pas inutile si Aiða avait oublié la clé. Elle oubliait tout ces derniers temps. Mais elle luisait sous le paillasson. Lorsqu'il l'enfonça dans la serrure et poussa la porte, il entendit une portière s'ouvrir. Il se retourna lentement. Qu'est-ce que le chauffeur lui voulait ? Il n'avait rien oublié dans la voiture mais il n'avait pas payé, pensant que tout était déjà arrangé.

Si c'était sa course que le chauffeur voulait réclamer, il s'y prenait d'une drôle de manière. Kolbeinn n'en crut pas ses yeux. Il le vit pencher la tête en avant et se précipiter dans sa direction tel un bélier furieux. Il mit un temps infini avant de réagir. Il s'entendit dire "oh !", lentement, doucement. À l'instant où l'homme allait le balancer à l'intérieur, il se dit que tout compte fait il serait mieux allongé quelque part en centre-ville, avec son sac plastique en guise d'oreiller.

25

Ce n'était pas la première fois que Huldar se réveillait avec la gueule de bois, mais il était aussi déboussolé que d'habitude. Il avait l'esprit trop embrouillé pour réfléchir aux moyens de se tirer de ce mauvais pas. Quand il reprenait possession de lui-même, comme il préférait oublier ce qu'il avait fait la veille, il était incapable d'en tirer les leçons. Une fois de plus il aurait dû anticiper. Au lieu de ça, il était allongé, nu, sur un lit inconnu. Il n'avait aucune idée de ce qu'il devait faire, ça n'allait pas être simple. Il s'était retourné sur le lit, il avait entendu son téléphone sonner quelque part, mais il n'avait pas eu le courage d'affronter la journée qui commençait. Il s'était rendormi. Maintenant il était réveillé. Pas au mieux de sa forme – mais réveillé.

Il entrouvrit les yeux et regarda autour de lui. Il était seul. Tant mieux. Mais qui avait partagé le lit avec lui ? Il avait besoin de quelques minutes, au réveil son cerveau n'était bon à rien. Quand la gueule de bois était de la partie, son activité cérébrale était encore plus ralentie. Il n'avait aucune envie de se rappeler avec qui il avait couché, car il s'en doutait confusément. Il voulait profiter de son amnésie le plus longtemps possible.

Mais il aperçut une chemise qui avait atterri sur le dos d'une chaise comme si on l'avait lancée d'assez loin. Le vêtement lui était familier, si familier qu'un soupir lui échappa. C'était une chemise de policier, beaucoup plus petite que les siennes, avec des manches plus courtes, et beaucoup moins large. Huldar ferma les yeux tandis que les souvenirs de sa soirée de la veille s'abattaient sur lui comme une averse d'orage.

Erla.

Il était allé chez elle. Il venait de battre son propre record. Le vieux record de ses conquêtes féminines improvisées venait de tomber. La couette était tire-bouchonnée à ses pieds, l'oreiller s'écrasait sous son aisselle. Il l'écarta mais il ne réussit pas à se retourner sur le dos. Le moment viendrait où il en serait capable mais ce serait déjà bien s'il arrivait à tirer la couette sur son corps dénudé. Bien qu'il fût seul dans la chambre, Erla ne devait pas être loin, elle pouvait surgir devant lui à tout instant. Inutile d'espérer qu'elle ait débarrassé les lieux d'elle-même en allant s'asseoir dans sa voiture le temps qu'il s'en aille.

Ce n'était pas le moment de se faire des illusions. Deux choses étaient sûres : il était couché dans le lit d'Erla et il était nu comme un ver. Et pas au mieux de sa forme après les événements de la nuit. Il crut entendre le bruit assourdi d'une douche. Son instinct lui cria d'en profiter pour s'enfuir. Mais le répit serait de courte durée. Il ne pourrait pas l'éviter indéfiniment. Il soupira. Comment allait-il se dépêtrer de la situation ? Ils travaillaient ensemble, les jours ouvrables ils se saluaient le matin et le soir. Il pourrait déjà s'estimer heureux s'il parvenait à l'éviter au cours du week-end, les besoins de l'enquête exigeant que tout le monde soit sur le pont ce samedi-là et même le lendemain. Ça lui ôtait toute possibilité de se remettre d'aplomb et de réfléchir aux conséquences de sa stupidité. Il devait se faire une raison et lui parler immédiatement. Sinon il n'aurait plus aucune échappatoire, en dehors de la démission. Comment en était-il arrivé là ?

Ça n'alla pas mieux quand il se souvint que la plupart de ses collègues avaient aussi passé leur soirée à se saouler dans le bar.

L'eau disparut bruyamment dans les tuyaux et ce fut le silence. Huldar attrapa péniblement la couette et s'en recouvrit. C'était déjà ça. Il ouvrit lentement un œil puis l'autre. Un nouvel effort et il parvint à se retourner. Malgré son estomac barbouillé et sa tête au bord de l'explosion, il se sentit plus à l'aise une fois sur le dos. Impossible d'envisager de discuter avec Erla couché sur le ventre. Il parcourut la chambre des yeux, leurs vêtements étaient éparpillés un peu partout. Une bouteille vide était posée sur la table de nuit côté Erla. Il faillit se retourner à nouveau sur le ventre, mais il se domina et mobilisa tous ses efforts pour localiser son pantalon. Qui naturellement était aussi loin que possible du lit. En prêtant l'oreille il entendit un bruit de pas dans le couloir. Il réussit de justesse à s'asseoir. Allait-il arriver à se lever, à attraper le pantalon et à l'enfiler avant qu'Erla fasse son entrée ? Il n'eut pas le temps d'y réfléchir, elle était sur le seuil.

Erla s'appuya contre le chambranle de la porte, elle était enroulée dans un drap de bain qu'elle tenait d'une main pendant que de l'autre elle épongeait ses cheveux mouillés avec une serviette plus petite. Ses jambes nues sous le tissu-éponge étaient parsemées de gouttes d'eau.

— Bonjour.

— Bonjour, fit Huldar après s'être éclairci la gorge.

— Tu devrais prendre une douche. Ça te ferait du bien et ça débarrasserait tes cheveux de l'odeur de tabac. Putain c'est dégueulasse, c'est moi qui te le dis.

— Oui, j'y vais.

L'odeur de tabac froid, qu'il n'avait pas perçue jusque-là, se déploya quand il passa la main dans ses cheveux ébouriffés.

— Pendant ce temps-là je fais du café. Tu veux bouffer quelque chose ?

— Non merci.

Sa vulgarité lui coupait l'appétit.

Son petit-déjeuner, il le prenait à la manière d'un être humain, il ne "bouffait" pas dans la gamelle du chien. Et encore, il ne fallait pas se plaindre, elle aurait pu dire "T'as la dalle ?" Pour être tout à fait juste il devait reconnaître qu'il avait apprécié la richesse de son vocabulaire la nuit précédente. Beaucoup, même.

— Quelle heure il est ? Je ne vois pas mon téléphone.

— Il est dans le salon. Mais il est onze heures. Il est l'heure de…

Mais elle fut interrompue par la sonnerie de son portable quelque part en dehors de la chambre. Il ne sut jamais ce qu'il était temps de faire. Elle tourna les talons et s'éloigna. Il l'entendit répondre brièvement, sur un ton grave. Mais elle revint si vite sur ses pas que Huldar n'eut pas le temps de se vêtir. Elle réapparut sur le seuil, avec ses cheveux en brosse toujours humides.

— On arrive. J'arrive, je veux dire. Rassemble les autres.

Elle raccrocha.

— Il est arrivé quelque chose ?

— Oui. C'est ça.

Elle ne dit rien de plus. Elle attendait peut-être qu'il la supplie mais ce n'était pas au programme.

— File sous la douche. Je te raconterai pendant le trajet.

Huldar était toujours assis sur le lit. Il ne savait quelle conduite adopter. Erla semblait avoir pris racine, quelques rares gouttes perlaient encore sur ses jambes.

— Je ferai vite.

Mais il ne bougea pas, elle devait comprendre qu'il avait droit à son intimité.

— Je n'ai pas vraiment l'impression que tu te dépêches, dit Erla, amusée. Tu fais ton timide ? Non mais tu rigoles ? plaisanta-t-elle. T'étais pas timide du tout cette nuit !

Huldar n'avait pas l'habitude de rougir. Il n'avait jamais honte de se montrer nu devant les femmes avec lesquelles il avait couché. Mais cette fois c'était son chef.

— Non. Je ne suis pas timide. J'ai la gueule de bois.

Il se glissa prudemment jusqu'au bord du lit, décidé à se débarrasser au plus vite de la corvée.

— C'est plus facile comme ça ? demanda Erla en défaisant le nœud de son drap de bain. Il vit apparaître son corps propre et musclé, ses tétons roses et durs sur ses petits seins fermes.

Si elle essayait de créer une ambiance de colonie naturiste pour qu'il se sente à l'aise nu devant son chef, c'était raté. Maintenant, pour se mettre debout devant elle, c'était encore plus compliqué.

Dans la brigade presque tout le monde cuvait ses bières. On évitait de se regarder malgré les grandes déclarations et les belles promesses de la veille. Pourtant personne ne les avait oubliées. Le distributeur d'eau gazeuse n'arrêta de couler qu'une fois la réserve de gaz épuisée. Ensuite la machine n'offrit plus que de l'eau froide au goût désagréablement métallique. Huldar faisait durer le peu qui restait dans son gobelet. Quand il comprit que son eau se réchauffait et pétillait de moins en moins, il le vida d'un trait. Il se sentit mieux pendant quelques secondes. Mais sa soif inextinguible reprit le dessus.

— C'est vrai ce qu'on dit ? demanda Guðlaugur en se levant pour voir Huldar bien en face.

Son air frais et dispos était une véritable provocation. C'était l'un des seuls à ne pas s'être joint à eux, la veille au soir, soit parce qu'il était déjà pris, soit parce qu'on avait oublié de l'inviter.

— Quoi ? demanda Huldar sans lâcher son écran.

Il savait à quoi le jeune homme faisait allusion.

— Erla ? Tu vois ce que je veux dire. Tu l'as suivie chez elle ?

— Non. Où est-ce que tu es allé chercher ça ? demanda Huldar toujours scotché à son écran.

Il avait bien répondu. C'était facile de mentir quand on avait la gueule de bois. Il n'était pas loin de croire que cette nuit avec Erla n'avait jamais existé.

— Ah bon… J'ai entendu les autres en parler. Et puis vous êtes arrivés ensemble. Tu portes les mêmes vêtements qu'hier, tu as la même tache de café sur la manche.

Avec le temps Guðlaugur deviendrait un bon policier. En tout cas il avait le don d'observation.

— Tu ne devrais pas gober tout ce qu'on raconte. Ce matin j'étais trop fatigué pour chercher une autre chemise. Si on est arrivés en même temps, c'est juste le hasard. Le débat est clos, conclut Huldar, en levant enfin les yeux sur Guðlaugur. Tu n'as rien de mieux à faire ?

Guðlaugur rougit et s'assit. Depuis son arrivée le jeune novice l'avait laissé à peu près tranquille. Il lui avait quand même avoué qu'il craignait d'être réprimandé à cause de l'affaire du père Noël. Elle avait pris un tour des plus inattendus. Huldar considérait qu'on ne pouvait guère lui en tenir rigueur. Comment Guðlaugur aurait-il pu deviner qu'elle avait un lien avec le meurtre de Benedikt Toft ? Un lien qui n'avait pas encore été exploré. On savait seulement que les enfants enlevés par le père Noël avaient trouvé deux pieds découpés à la scie dans le jardin de leur père.

C'était l'objet du coup de fil qu'Erla avait reçu chez elle. Elle avait appris dans la foulée que la femme de Kolbeinn avait téléphoné depuis l'étranger. Elle voulait signaler à la police qu'elle n'était pas parvenue à joindre son mari, malgré de multiples tentatives. Comme c'était fréquemment le cas, les mauvaises nouvelles arrivaient par deux. Et parfois par trois. Heureusement on n'en était pas encore là. Mais la journée ne faisait que commencer.

Huldar fut soulagé de ne pas accompagner Erla sur la scène de crime, au domicile du père des deux enfants. Si le spectacle de pieds sciés abandonnés sur la neige n'avait rien d'excitant pour un policier en pleine forme, dans l'état où il était… Et puis il n'avait aucune envie de se retrouver seul en voiture avec Erla. Il lui avait déjà dit tout ce qu'il pouvait dire sans rien dire du tout. Elle avait essayé plusieurs fois de revenir sur la nuit qu'ils avaient passée ensemble et sur l'avenir de leur relation. Il avait invoqué ses maux de tête pour justifier son incapacité à s'exprimer. Et il n'exagérait pas. Mais les trois derniers comprimés d'antalgique qu'il avait pris dans l'armoire à pharmacie faisaient leur effet. Il se sentait mieux. Son téléphone sonna. Le nom d'Erla surgit sur l'écran. Guðlaugur, à qui rien n'échappait, leva le nez vers Huldar.

— Tu ne réponds pas ?

— Si, fit-il en s'emparant à contrecœur du téléphone.

C'était décidé, dès le lundi suivant il changerait de place. Pour ne plus subir le regard inquisiteur de Guðlaugur, il était prêt à aller travailler dans les toilettes. Il avait fallu que ça arrive maintenant ! Juste au moment où il avait de meilleures relations professionnelles avec elle. Mais il était déjà déterminé à ne jamais rien lui demander. Ni aujourd'hui, ni demain, ni jamais. Il ferait mieux de solliciter une mutation dans un autre service. Huldar ferma les yeux un instant et respira profondément pour chasser ces pensées importunes. Elles devraient attendre. Il se concentra sur son téléphone, conscient que Guðlaugur entendait tout.

— Bonjour.

— Écoute. Je viens de t'envoyer Þorvaldur Svavarsson. C'est le père des enfants qui ont trouvé les pieds. On ne pourra rien faire tant qu'il sera là. C'est un vrai con. Je veux que tu le reçoives et que tu commences à l'interroger. J'espère être de retour avant que tu aies fini, ajouta-t-elle, au grand dam de Huldar.

— D'accord, est-ce que tu as des conseils à me donner sur la façon dont je dois m'y prendre avec lui ?

— Oui. Ce connard travaille chez le procureur général. Comme Benedikt Toft. Inutile de te dire que ce n'est sûrement pas une coïncidence. Tu dois prendre des gants avec lui. Il faut absolument préserver nos bonnes relations avec eux.

Il entendit des craquements, c'était le vent qui soufflait dans le téléphone d'Erla.

— Vas-y prudemment en attendant que j'arrive.

Elle ne prit pas congé de lui, la communication s'interrompit au milieu d'un juron adressé à quelqu'un qui se trouvait dans le jardin de Þorvaldur.

Huldar se hâta de chercher son nom dans le fichier. Il ne le trouva pas. Rien d'inhabituel, les procureurs avaient rarement affaire à la police, seulement quand leurs dossiers le nécessitaient. La recherche sur Internet ne donna pas grand-chose non plus. Le nom était trop courant et les liens auxquels on renvoyait ne permettaient pas de savoir s'il s'agissait du bon Þorvaldur. Huldar ouvrit le site Internet du bureau du procureur général, il y trouva le nom de Þorvaldur mais pas sa photo. En revanche sur la Toile il découvrit des pages entières de photos de Þorvaldur Svavarsson, d'innombrables visages de tous âges, tous différents les uns des autres. Impossible de trouver le bon en si peu de temps. Bientôt l'original en personne serait en face de lui. Mais il était contrarié de ne pas pouvoir se préparer à l'interrogatoire. C'était toujours mieux quand on savait à qui on avait affaire.

Lorsque Þorvaldur se présenta, un quart d'heure plus tard, Huldar constata sur pièces qu'il n'avait pas besoin d'informations supplémentaires. Le personnage était facile à cerner, ses vêtements comme ses manières le rangeaient dans la catégorie très répandue des messieurs imbus d'eux-mêmes. Huldar se présenta en souriant et serra fermement la main molle que Þorvaldur lui tendit. Lorsqu'il la lâcha il eut l'impression que sa paume avait absorbé un peu de crème pour les mains. Dans l'univers de Huldar les hommes n'en utilisaient que s'ils souffraient d'eczéma. La peau douce et lisse de Þorvaldur en était totalement dépourvue.

— Est-ce que je peux vous offrir un café avant que nous allions nous asseoir ?

— Non. Je vous remercie, répliqua-t-il.

Huldar se dit qu'il n'aurait pas réagi autrement s'il lui avait proposé du pipi de chat. Le café de la police, ce n'était pas assez bien pour monsieur.

— Mais si vous aviez de l'eau pétillante, j'accepterais volontiers, ajouta-t-il.

Il avait peut-être la gueule de bois.

— Désolé. C'est café ou eau du robinet.

Þorvaldur refusa l'un et l'autre. Ils s'installèrent dans la petite salle réservée aux interrogatoires. Huldar informa Þorvaldur que leur entretien serait enregistré. D'un revers de main l'intéressé lui fit comprendre que ça lui était bien égal.

— Je voudrais qu'on en finisse au plus vite. Je ne sais pas ce que vous souhaitez m'entendre dire, mais je n'ai rien à voir avec cette histoire de pieds. Vous feriez mieux d'aller chercher ailleurs si vous voulez retrouver leur propriétaire. Et celui qui a fait ça. Vous n'imaginez quand même pas que j'y suis pour quelque chose ? ironisa Þorvaldur en tirant sur ses poignets de chemise sous les manches de son beau costume.

Le nœud de sa cravate était légèrement de travers. Une telle négligence devait être exceptionnelle, se dit Huldar.

— Vous aviez une réunion ce matin ? C'était pour le travail ?

— Non. Au cas où vous ne l'auriez pas remarqué, aujourd'hui, c'est samedi. Je suis en congé comme tout le monde.

— Alors un enterrement ? Ou un concert ?

— Non ! C'est quoi ces questions ?

C'était mal parti. Huldar se rappela sa promesse à Erla. Il décida d'arrêter d'asticoter Þorvaldur à propos de sa tenue.

— Pouvez-vous me raconter dans quelles circonstances vos enfants ont trouvé ces pieds ? Ce sera parfait si vous commencez par m'indiquer leurs noms, on en a besoin pour le procès-verbal.

— Karlotta, elle a cinq ans. Et Daði, il a trois ans, bientôt quatre. Ils étaient en train de jouer dans le jardin quand je les ai entendus hurler. Je me suis précipité dehors. J'ai compris quand j'ai vu les deux pieds coupés au niveau de la cheville, dans la neige, au fond du jardin. – Þorvaldur se tut et ferma les yeux un instant. – C'était vraiment déplaisant.

— Ils venaient de sortir ?

— Non. Ils jouaient depuis une demi-heure. À peu près. Peut-être plus, mais pas plus d'une heure.

— Et ils n'ont pas vu les pieds tout de suite ?

— Non. Ils étaient près de la maison. Ils essayaient de construire un bonhomme de neige. Ils voudraient bien y arriver, mais pour l'instant c'est trop dur pour eux. Ils avaient ramassé beaucoup de neige près de la maison, alors ils sont partis en chercher plus loin dans le jardin. C'est là qu'ils ont vu cette horreur. Ils n'ont pas reconnu tout de suite ce que c'était. Seulement quand ils sont allés regarder de plus près. Et même là il leur a fallu un moment pour réaliser. Pareil pour moi. Je n'en croyais pas mes yeux.

— Vous avez certainement entendu parler de l'affaire des mains coupées, au bureau du procureur général ? Et du meurtre de Benedikt Toft ?

— Oui. On a parlé des deux affaires.

— Est-ce qu'on vous a confié des missions dans l'une de ces affaires ? À moins que vous n'ayez pas encore eu le temps de vous organiser entre vous pour y travailler ?

— On s'y est intéressés, je viens de vous le dire. Mais personne n'a été chargé de quoi que ce soit. Benedikt a travaillé chez nous et ça complique tout. Nous voulons éviter qu'on nous déclare incompétents.

— Bien. Dès lundi vous leur annoncerez que vous ne vous occuperez plus de ces affaires, ni de près ni de loin. On va probablement exiger que vous preniez des vacances pendant toute la durée de l'enquête.

— C'est hors de question, répliqua Þorvaldur en retroussant le nez. Je viens de vous dire que je n'ai rien à voir là-dedans. Vous êtes drôlement gonflé, vous ! Il n'y a rien qui vous autorise à prendre ce genre de décision. Mêlez-vous de vos affaires !

Huldar ne releva pas et resta imperturbable. D'autres que lui sauraient le convaincre, vu l'importance de l'enquête.

— Vous connaissiez Benedikt Toft ?

— Oui, bien sûr. Nous travaillions au même endroit. Il a pris sa retraite il y a trois ans à peu près. Je ne l'ai pas vu depuis quelque temps. Comme je vous l'ai dit tout à l'heure, je sais parfaitement qu'il a été assassiné et qu'on a trouvé des mains tranchées dans son jardin, déclara Þorvaldur avec une grimace.

— Des mains sciées. Elles ont été sciées.

— C'est si important que ça ?

De nouveau Huldar s'abstint de répondre.

— Benedikt était le procureur chargé de l'affaire qui selon nous a tout déclenché. C'était il y a quinze ans, un procès pour abus sexuel sur un enfant. L'accusé a été acquitté par le tribunal du district de Reykjanes. Il n'y a pas eu d'appel. Malheureusement nous n'avons pas beaucoup d'informations sur cette affaire. Nous avons adressé une demande au bureau du procureur général pour qu'on nous transmette toutes les pièces.

— Et… Vous croyez que c'est moi qui m'en occupe ?

— Aucune idée, ce n'est pas ça que je vous demande. Ma question est la suivante : oui ou non avez-vous travaillé sur le dossier de Benedikt Toft d'une manière ou d'une autre ?

— Non. Absolument pas.

— Vous n'avez pas besoin du nom de l'accusé pour répondre ?

— Non. Son nom n'a rien à voir là-dedans. C'est simple, il y a quinze ans je ne travaillais pas encore au bureau du procureur général. J'y suis en fonction depuis seulement environ douze ans. Ou plutôt treize. – Þorvaldur paradait, très content de lui. – Alors votre théorie, c'est du grand n'importe quoi, si on peut appeler ça une théorie. J'aurais presque envie de vous demander pourquoi vous pensez qu'une affaire aussi ancienne, et qui s'est terminée par un acquittement, pourrait éventuellement avoir un rapport avec le meurtre de Benedikt. Et je ne parle pas des mains et des pieds.

Huldar aurait donné n'importe quoi pour ne plus avoir la gueule de bois. Il devait éviter à tout prix d'avoir le dessous pendant l'interrogatoire.

— Est-ce que vous y travailliez déjà quand Jón Jónsson a été inculpé pour le meurtre de Vaka Orradóttir ? L'affaire a été jugée il y a douze ans, vous aviez déjà pris vos fonctions à ce moment-là.

Þorvaldur perdit un peu de sa superbe. Il se lécha les lèvres du bout de sa langue rose et croisa les jambes.

— Oui, j'y travaillais déjà. Mais je ne me suis pas occupé de cette affaire, elle était beaucoup trop importante pour un débutant comme moi. On a pu faire appel à moi pour des tâches minimes, mais rien de plus.

Huldar changea de sujet, c'était une tactique courante dans la police quand on voulait éviter que les personnes interrogées n'aient le temps de préparer leurs réponses. De par sa profession Þorvaldur connaissait forcément cette technique. Mais il ne l'avait probablement jamais subie lui-même.

— Est-ce que vous saviez que Kolbeinn Ragnarsson, le conducteur de la voiture qui a provoqué la mort de Benedikt, a disparu ?

— Non. Je ne savais pas. Alors pourquoi ça ne serait pas lui, le coupable ? S'il s'est enfui, c'est parce qu'il sait qu'on finit toujours par retrouver les types dans son genre.

— Peut-être. Mais je ne crois pas. – Huldar pianota quelques instants sur le dessus de la table. – Voilà comment je vois les choses : vous êtes lié à cette affaire, consciemment ou non. On finira par tout savoir. Ça devient une habitude. Benedikt tombait des nues le jour où on a trouvé les mains chez lui. Puis il a disparu. Kolbeinn tombait aussi des nues quand Benedikt est mort, et il a disparu. Maintenant vous êtes assis là et vous prétendez ne rien savoir. Mais je parie que la prochaine fois que j'aurai de vos nouvelles, ça sera parce que vous aurez disparu. Je suppose que vous n'êtes pas pressé que ça vous arrive ?

— Non. Pas du tout. – Þorvaldur baissa les yeux. – Mais je crois que vous faites complètement fausse route.

— Espérons-le. – Huldar se tut. – Pour vous, reprit-il. – Il se pencha en avant et désigna la main droite de Þorvaldur. – Belle bague. Vous êtes franc-maçon ?

Þorvaldur retira sa main.

— Qu'est-ce que ça peut bien vous faire ?

— Benedikt était franc-maçon. L'une des mains sciées portait la trace d'une bague semblable à la vôtre. Drôle de coïncidence.

Il n'alla pas plus loin. La porte s'ouvrit brusquement, Erla entra.

— Tu peux t'en aller, Huldar. On prend la relève.

Un de ses supérieurs apparut derrière elle. Visiblement la direction tenait à ce que l'interrogatoire se passe bien avec Monsieur le procureur Þorvaldur. Aucun doute, le duo serait plus affable que lui quand il poserait ses questions. Ça risquait même de virer à la conversation de salon. C'était leur affaire. En tout cas, Erla s'y prenait de main de maître. Aucun des deux hommes ne devinerait ce qu'ils avaient fait ensemble la nuit précédente.

— Tu vas convoquer Þröstur, sa mère et sa sœur et tu les interrogeras, mais un par un. Dans l'ordre que tu voudras.

Huldar hocha la tête. Il eut soudain une heureuse inspiration : il allait demander l'assistance de Freyja. Devant les deux hommes Erla n'oserait pas lui faire une crise. Il n'aurait plus d'autre occasion de bénéficier de ses intuitions de psychologue. Tôt ou tard il annoncerait à Erla qu'il ne souhaitait pas prolonger leur relation. Parce qu'il était amoureux de Freyja. Mais ce n'était pas encore le bon moment. À cause de sa gueule de bois et moins de vingt-quatre heures après avoir couché ensemble. Quand ce serait fait elle n'autoriserait jamais plus Freyja à pénétrer dans le bâtiment.

— Est-ce que tu serais d'accord pour que Freyja, qui travaille à la Maison des enfants, vienne m'assister ici quand j'interrogerai le frère et la sœur ? Je dois leur poser des questions au sujet de leur père, pour essayer de savoir s'il a abusé d'eux quand ils étaient enfants.

Il était prêt à avancer d'autres arguments mais Erla répondit dès qu'il s'interrompit pour faire une pause.

— Absolument. Appelle-la. C'est une bonne idée, répondit-elle en le gratifiant d'un large sourire tout à fait inhabituel. Ce sourire n'était pas factice, on aurait dit que rien ne pouvait lui plaire davantage.

Huldar se précipita hors de la salle pour appeler Freyja avant qu'Erla ne change d'avis. Si elle acceptait aussitôt de coopérer, Erla pourrait difficilement revenir sur l'autorisation qu'elle venait de lui accorder. Mais Freyja ne répondit pas. Déçu, il lui envoya tout de même un SMS. Elle lui avait dit qu'elle devait garder sa nièce. Elle était sûrement quelque part avec elle. Si l'enquête se prolongeait pendant le week-end, ils n'auraient pas l'occasion d'aller ensemble donner du pain aux canards. Mais s'il la décidait à venir l'assister, il pourrait au moins la revoir.

Elle lui répondit avant qu'il ait eu le temps de rejoindre son bureau :

> Je suis occupée aujourd'hui. Demain aussi. Et le jour suivant et le suivant, etc. Inutile de me rappeler. J'espère que ta nuit a été agréable.

Huldar ferma les yeux. Comment diable était-elle au courant ? Elle n'était pas dans le bar et elle ne connaissait aucun de ses collègues. Ce n'était pas par ce canal qu'elle avait eu vent de ses dernières prouesses sexuelles.

Erla ! C'était pour ça qu'elle avait souri. Elle avait la tête d'un chien qui vient de mettre la patte sur le rôti de Noël. Erla avait tout raconté à Freyja. La fatigue que Huldar avait dominée en buvant du café sans modération le submergea d'un seul coup. Il n'en voulait même pas à Erla, il était beaucoup trop en colère contre lui-même.

Il était l'unique responsable de ce fiasco. C'était à lui et à personne d'autre qu'il appartenait de trouver une porte de sortie.

Comment il y parviendrait, il n'en avait pas la moindre idée.

26

Le domicile de la mère de Saga reflétait son goût pour un design esthétique et coûteux. Pour la poussette c'était différent. Freyja avait l'impression de promener Saga en plein centre-ville dans une chaise de salle à manger. Les rares mères qu'elle croisait en compagnie d'enfants du même âge lorgnaient au passage la poussette et son occupante. La petite les regardait de travers quand elles avaient l'impudence de la chercher des yeux sous la capote. Elle faisait toujours la tête. En dépit de ses efforts, Freyja n'était pas encore parvenue à la faire sourire. Elle avait quand même éclaté de rire une fois. Quand un passant avait glissé sur le verglas et s'était ramassé sur les fesses. Freyja avait été si surprise d'entendre ce rire au fond de la poussette qu'elle n'avait prêté aucune attention au malheureux qui s'évertuait à se remettre sur ses jambes. Elle avait lâché le guidon pour aller voir, mais Saga avait déjà retrouvé sa mine boudeuse.

— Qu'est-ce que tu veux faire, après ? demanda Freyja en tendant une cuillerée de glace à Saga.

Elle ouvrit en même temps la bouche par réflexe, comme si un instinct ancestral lui commandait d'apprendre à manger à l'enfant. Alors que ce n'était certainement pas le problème le plus aigu auquel étaient confrontés les pays occidentaux. Saga grimaça et obéit en ouvrant la bouche pour déguster sa glace.

C'était totalement contraire aux consignes que la mère lui avait données. La fillette ne devait pas manger de sucre. Le lait entrant dans la composition de la glace, Freyja avait jugé que ça pouvait passer. Quant aux nounours Haribo qu'elle lui avait offerts un peu plus tôt, ça resterait leur secret. Freyja était tranquille, la petite, qui ne parlait pas encore, n'irait pas moucharder.

— On retourne à l'aire de jeu ?

Saga n'eut pas l'air emballée. Hélas Freyja était à court d'idées. La dernière fois qu'elle s'était occupée d'un bébé, elle était encore adolescente. C'était un petit garçon de deux ans et c'était l'été. Il adorait jouer dans le parc mais il était plus âgé que Saga et le temps était plus clément. Le bac à sable n'était pas gelé, le toboggan et les balançoires n'étaient pas trempés et couverts de plaques de glace friable. Il était exclu qu'elle la ramène dans son appartement. Mollý s'intéressait de trop près à la jeune visiteuse, qu'elle n'arrêtait pas d'approcher pour lui lécher le visage. La petite acceptait ces caresses de bonne grâce, mais Freyja, que le comportement de la chienne inquiétait, avait fini par porter l'enfant constamment dans ses bras. Une promenade à trois, avec la chienne, n'avait rien résolu. Mollý passait la tête à l'intérieur de la poussette pour renifler Saga et la lécher. C'était peut-être parce que la chienne reconnaissait l'odeur de Baldur. Si tel était le cas ça voulait dire que l'enfant avait au moins hérité quelque chose de son père. Freyja finit par ramener Mollý à la maison avant d'aller en ville avec Saga.

Elle essuya la glace dont la petite était barbouillée et recula pour contempler le résultat.

— Parfait ! dit-elle

Elle se pencha sur le petit visage pour le respirer. Saga sentait la glace. Elle avait gardé aussi un peu de l'odeur des nounours. Quatorze heures approchaient, l'heure de la ramener chez sa mère, qui souhaitait l'habituer progressivement à la compagnie de sa tante. Elle ne la garderait pas plus longtemps non plus le lendemain. Ces conditions convenaient à Freyja, qui avait du mal à imaginer ce qu'elle ferait quand elle aurait la petite sur les bras toute la journée. Ce qui arriverait tôt ou tard. D'ici là elle comptait chercher secours auprès de ceux de ses amis les plus expérimentés dans le rôle de papas du week-end. Ils seraient certainement de bon conseil.

Et puis ce serait l'occasion de reprendre contact avec le père célibataire qui lui avait adressé la parole au bord du lac, alors qu'elle essayait de montrer à Saga comment lancer du pain aux canards déjà bien gras. Freyja était la seule femme au milieu d'un groupe de pères célibataires. Celui qui lui avait fait du charme était le plus élégant du troupeau. Contre toute attente il avait su apprécier la moue de Saga. Il avait demandé ce qui était arrivé à la petite pour qu'elle ait l'air aussi triste. Lorsque Freyja lui avait répondu qu'elle était toujours comme ça, il avait hoché la tête en disant *"cool"*. Il ne devait pas être une lumière, mais il était bien habillé et agréable à regarder. Il promenait une poussette avec un enfant qui avait l'air plus âgé que Saga. Était-ce un garçon ou une fille ? Elle n'était pas parvenue à le déterminer, mais elle avait eu le tact de ne pas poser la question au papa. Si elle trouvait le courage d'appeler le numéro qu'il lui avait donné, elle le saurait bien assez tôt.

D'ordinaire Freyja hésitait avant d'accepter le numéro d'un inconnu un samedi matin. Mais sur le moment elle n'avait pas trouvé son geste déplacé, elle l'avait même considéré comme un don du ciel. Quand elle avait glissé le petit papier dans sa poche elle avait presque oublié sa colère contre ce crétin de Huldar. Presque. Il aurait fallu un miracle pour le rayer de sa mémoire après le coup de fil qu'elle lui avait donné. Alors qu'elle voulait lui demander s'il était toujours prêt à les accompagner, elle et Saga, au bord du lac, elle en avait appris de belles sur sa relation avec l'insupportable Erla. Freyja avait appelé le numéro de Huldar, mais c'était elle qui avait répondu, et sans hésiter. Lorsqu'elle lui avait demandé de lui passer Huldar, cette garce lui avait rétorqué qu'il dormait. Elle lui avait conseillé de rappeler plus tard mais pas avant midi. Il n'avait pas beaucoup dormi. À cet instant précis Freyja avait regretté le bon vieux temps des téléphones à fil qu'on pouvait raccrocher bruyamment au nez de son interlocuteur.

De nouveau elle se baissa vers Saga, lui mit son bonnet et le noua fermement sous son menton délicat. En ce samedi hivernal elles étaient les seules clientes du glacier. Derrière le comptoir la serveuse en profitait pour ne s'occuper que de son portable. Elle était si absorbée qu'elle ne remarquerait même pas leur départ. Freyja souleva Saga pour l'extirper de la chaise bébé en plastique. Le modèle n'était pas prévu pour les enfants islandais en combinaison d'hiver. L'une de ses bottes de neige resta coincée puis tomba sur le sol, entraînant une chaussette en laine marron. Elle pendouillait maintenant au bout du pied de la petite. Alors qu'elle se baissait pour ramasser la botte, son portable sonna. Miraculeusement, la personne qui cherchait à la joindre fit durer la sonnerie assez longtemps pour lui permettre d'asseoir Saga dans sa poussette et de poser sa botte. Freyja prit tout de même le temps de vérifier qu'il ne s'agissait pas de Huldar. Dieu merci ce n'était pas lui ! Le caractère définitif du texto qu'elle lui avait envoyé le matin même était on ne peut plus clair. Même pour quelqu'un d'aussi con.

— Bonjour Freyja, c'est Elsa.

— Elsa ? Bonjour ?

La directrice de la Maison des enfants ne prenait jamais la peine de l'appeler le week-end. Elle devait avoir de bonnes raisons.

— Je vais aller droit au but. Quelqu'un de la direction de la police vient de m'appeler.

— Ah bon ?

Freyja colla son téléphone contre son épaule et se baissa pour remettre sa botte à Saga. Ce ne fut pas une tâche facile, d'autant plus que la fillette ne faisait preuve d'aucune bonne volonté.

— Oui. J'ai cru comprendre que vous aviez refusé d'aider la police. Pourtant il s'agit d'une enquête qui est liée à une ancienne affaire d'abus sexuels sur des enfants. Je voulais avoir votre version, j'espère qu'il ne s'agit que d'un malentendu. Vous savez combien il est important d'avoir de bonnes relations avec eux.

Freyja ne songea pas un instant à lui expliquer ce qui s'était passé entre elle et Huldar.

— Désolée, mais je suis occupée. Je ne peux absolument pas me libérer. L'enquête en question est une enquête criminelle. Je suis très réticente. J'irais même jusqu'à dire que je trouve tout à fait inopportun, sous prétexte de chercher des liens avec d'anciens délits à caractère sexuel, de faire subir de nouvelles épreuves aux victimes. Et puis ce ne sont plus des enfants, ils ont plus d'une vingtaine d'années.

— C'est bien possible, mais je ne pense pas que vous ayez votre mot à dire. S'ils veulent enquêter sur de possibles crimes, ce n'est pas vous qui les en empêcherez. Si vous estimez que l'affaire est délicate, c'est justement une bonne raison pour assister aux interrogatoires.

— Et Sólveig ? Elle ne peut pas y aller ? Elle connaît l'un de ceux qu'on va interroger, elle lui a apporté une aide psychologique quand il était enfant. Ce serait l'idéal.

Elsa se tut un moment avant de répondre.

— C'est une éventualité, en effet. – Elle se tut à nouveau. – Mais c'est à vous de vous en charger. Parlez-en à Sólveig et si elle est d'accord, ça me va aussi. Sinon vous irez vous-même. Vous n'aurez pas le choix. L'interrogatoire débutera à seize heures.

Freyja sentit la colère monter en elle. Elle réussit néanmoins à prendre congé d'Elsa sans perdre son sang-froid ni dire quoi que ce soit qu'elle aurait regretté plus tard. Elle ne voulait pas prendre le risque de se retrouver au chômage, elle devait tenir au moins jusqu'au début de l'automne. Elle avait décidé qu'ensuite elle prendrait un nouveau départ, elle entamerait des études sans rapport avec la psychologie. Peut-être à l'école des officiers de marine où, pour se distraire de l'ennui des cours, elle n'aurait que l'embarras du choix parmi les mâles les plus agréables à regarder. Des hommes d'une autre trempe que ce salaud de Huldar, et bien meilleurs. Il venait d'aggraver son cas en la dénonçant à sa direction.

Quand la botte fut enfin enfilée, elle tira la jambe du pantalon par-dessus et glissa l'élastique sous la semelle.

— Tu te rappelles, Saga ?

La petite la regarda en fronçant les sourcils.

— Huldar, continua-t-elle.

Elle lui apprenait à réagir en entendant son nom.

— Hul-dar, articula-t-elle en faisant la grimace.

Elle attendit le résultat.

— Beuh !

La moue boudeuse s'accentua. Freyja sourit à la petite. C'était très bien.

Sitôt Saga livrée à sa mère, qui l'accueillit comme si elle revenait d'une mission sur la Lune, Freyja appela Sólveig. Le début de l'entretien fut prometteur, sa collègue paraissait si empressée qu'elle l'imaginait déjà laçant ses chaussures pour ne pas arriver en retard au siège de la police. Elle se réjouissait qu'on s'intéresse à elle de manière aussi inattendue – mais ça se gâta dès qu'elle entendit les noms de Þröstur et Sigrún. Elle se défaussa brusquement en invoquant toutes sortes de prétextes pour ne pas s'y rendre – le délai était trop court, ça ne serait pas professionnel, etc. Freyja eut beau insister, la supplier, la menacer, rien n'y fit.

Comme ça ne valait pas le coup de rentrer chez elle pour récupérer sa voiture, Freyja décida de prendre le bus. Elle était de très mauvaise humeur. Elle s'installa à l'arrière du véhicule presque vide et essuya la buée qui couvrait la vitre. L'accalmie n'avait pas duré, elle avait cédé la place à un ciel sinistre et à des averses de neige. Le spectacle de la rue était déprimant : les piétons qui avançaient prudemment sur les trottoirs verglacés, emmitouflés dans leurs manteaux, la tête baissée et les mains dans les poches, avaient des allures de revenants. Son propre reflet surgissait par intermittence sur la vitre. Son visage était en harmonie avec sa tenue, elle avait des rougeurs disgracieuses et les cheveux ébouriffés. Elle n'avait pas de quoi rajuster son maquillage pour se donner un coup de frais. La neige boueuse des trottoirs avait sali les jambes de son pantalon. Et pour remercier sa tante de tous ses bons soins, Saga avait craché sur elle tous les aliments sains qu'elle avait tenté de lui faire avaler pour le déjeuner. Elle avait fini par rendre les armes et elle lui avait donné des nounours en guimauve. Mais elle ne se rendait pas dans ce morne commissariat pour vamper qui que ce soit. C'était Erla que Huldar s'était choisie. Et elle n'avait pas la moindre envie de charmer le gamin assis en face de son bureau.

Sitôt descendue du bus, Freyja rejoignit le cortège des morts-vivants qui arpentaient les rues. Elle mit sa capuche, fourra les mains dans les poches et essaya de protéger son visage de la neige qui tombait dru. Elle était presque arrivée à destination quand elle avisa, à quelques pas du siège de la police d'État, une voiture garée le long du trottoir. Le conducteur, qui paraissait avoir gelé sur place, ne quittait pas des yeux la porte d'entrée. Elle ne le reconnut qu'au moment où elle pénétrait dans le bâtiment. C'était Orri, le père de Vaka. Celui qui était venu chercher son ex-femme au commissariat de Hlemmur.

Freyja se retourna. Il regardait toujours l'entrée, il ne l'avait pas reconnue et ne semblait pas avoir remarqué qu'elle l'observait. Que diable faisait-il là ? Freyja entra dans le bâtiment et tapa ses pieds l'un contre l'autre pour les débarrasser de la neige. Sur le mur en face d'elle une horloge indiquait qu'elle avait encore vingt minutes devant elle. Comme elle n'avait pas l'intention de passer plus de temps que nécessaire auprès de Huldar, elle se résolut à attendre dans le hall d'entrée. Elle se plaça près de la porte pour observer Orri à travers la vitre.

Il regardait le bâtiment, comme hypnotisé. Elle voyait mal son visage, mais elle était à peu près sûre qu'il tenait quelque chose à la hauteur des yeux, très probablement des jumelles. À quoi jouait-il ? Visiblement il guettait les entrées et les sorties, il n'était pas là pour étudier l'architecture aussi plate qu'une boîte en carton du siège de la police. La vision de ce père d'une fillette morte depuis longtemps, assis dans sa voiture par un froid hivernal et braquant ses jumelles sur le bâtiment de la police, lui déchirait le cœur. Si la vie n'avait pas été aussi cruelle, il se reposerait chez lui au chaud ou bien serait au travail. Il serait toujours marié avec Dagmar. Vaka aurait quitté le cocon familial et aurait bientôt à son tour un mari et des enfants. La neige fondait sur les vêtements de Freyja. Des gouttes d'eau tombaient une à une de sa parka. On aurait dit qu'il pleurait sur le triste destin de cette famille. Si Orri guettait l'occasion de se venger de Jón Jónsson, son avenir serait plus terrible encore.

Freyja remonta sa fermeture éclair et sortit. Elle se dirigea tout droit sur la voiture et frappa contre la vitre. Quand il se tourna vers elle et croisa son regard, il avait l'air d'un voleur pris en flagrant délit. Freyja lui fit signe de baisser sa vitre.

— Bonjour. Je m'appelle Freyja, nous nous sommes rencontrés lorsque vous êtes venu chercher votre ex-femme au commissariat de Hlemmur.

— Oui, je me souviens de vous, répondit-il en posant ses jumelles sur le siège passager. – Il les cacha sous un journal. – Qu'est-ce qu'il y a ? Il y a un problème ?

— Je voulais juste savoir si vous attendiez quelqu'un.

— Non, dit-il seulement. – Il se tut. – Rien n'interdit de se garer ici, reprit-il sur un ton irrité. Je ne bloque pas le passage.

— Ça ne me dérange pas que vous soyez garé là. Mais si vous guettez quelqu'un, je tiens à vous signaler que l'endroit est particulièrement mal choisi. C'est le siège de la police, si on vous repère, vous serez arrêté sur-le-champ.

Orri, l'air stupide, ne savait quoi répondre. Freyja croyait deviner ses pensées : est-ce que je dois nier ou est-ce que je dois la remercier pour le conseil et rentrer à la maison ? Elle espérait qu'il ferait le bon choix. S'il se lançait dans une action irréfléchie, ni lui ni Dagmar ne s'en remettraient.

— Je ne sais pas si vous êtes au courant, mais les statistiques sont unanimes partout dans le monde. La justice n'accorde jamais de réduction de peine aux gens qui se vengent. Quelle que soit la gravité de ce qu'on leur a fait subir.

Orri se taisait toujours. Il n'osait pas regarder Freyja.

— Je peux vous parler franchement ? – Il hocha la tête. – J'essaie de deviner vos intentions. Je pense que c'est Jón Jónsson que vous guettez, vous voulez le tuer. Inutile de nier ou même d'avouer, je ne suis pas de la police.

Comme Orri était beaucoup moins sur la défensive, elle poursuivit.

— Mais je vous apprendrai que les passages à l'acte sont extrêmement rares. Oui, je dis bien, extrêmement rares. On rêve de se venger, mais finalement on renonce et ça ne va pas plus loin. Heureusement. La vie de ceux qui assouvissent vraiment leur vengeance n'est plus jamais la même, après. Si vous vous enfoncez la tête sous l'eau, vous ne remonterez jamais à la surface. Vous feriez mieux de laisser cet homme tranquille. Il ne vaut pas la peine qu'on le tue.

— C'est vous qui le dites.

— Je sais de quoi je parle. J'aide des enfants qui ont subi des violences sexuelles, alors je rencontre souvent des parents qui ont les mêmes hantises que vous. Celles que vous tentez de combattre tous les jours.

— Ça m'étonnerait que vous puissiez aider les enfants assassinés par ce genre de salauds. Et leurs parents, grommela-t-il.

— Certes.

Freyja se demanda si elle devait s'en tenir là et s'en aller. Quel que fût son désir de vengeance, le moment venu Orri se contenterait très vraisemblablement de tabasser sa proie. Et peut-être que ça l'aiderait au bout du compte. Les statistiques mondiales avaient leurs limites, elles donnaient des pourcentages globaux, c'était tout. Elles n'aidaient pas, ou très rarement, à prévoir le dénouement individuel de chacun de ces drames. Peut-être Orri était-il l'un de ceux qui ne parviendraient pas à dominer leur désir de vengeance.

— Mais, reprit-elle, je suis au moins sûre d'une chose. Ce n'est pas en utilisant la violence que vous apaiserez votre chagrin. Ça ne vous fera aucun bien. Au contraire, ça sera dix fois pire pour vous, après. Parce que vous aurez de gros problèmes si vous passez à l'acte.

Orri soupira.

— Ce que je fais ici, ça ne vous regarde pas, mais si vous voulez tout savoir, je n'en sais rien moi-même.

— Vous ne voulez pas rentrer chez vous ?

— Chez moi ?

— Oui. Ou retourner au travail.

La neige avait fondu et le bas de son pantalon était tout trempé. Elle se souvint que Guðmundur Lárusson, le vieux policier qui était à ses côtés quand elle avait fait sa connaissance, lui avait dit qu'il était agent immobilier. Son entreprise était reconnue et prospère.

— Parfois ça aide de se plonger dans le travail quand on veut chasser de son esprit des pensées trop obsédantes. Ça soulage au moins provisoirement.

— Provisoirement, oui.

— Réfléchissez-y.

Freyja se redressa. Il était temps qu'elle se rende à son rendez-vous si elle ne voulait pas arriver en retard. Elle n'allait pas démêler l'écheveau compliqué de l'âme de cet homme, dehors, par un tel temps. Elle sortit sa carte de visite et la lui tendit. Il hésita.

— Prenez-la, conclut-elle. Elle vous sera utile si un jour vous éprouvez le besoin de parler à quelqu'un. Si vous vous sentez trop mal. Je suis spécialiste des enfants mais je pourrais vous recommander quelqu'un qui vous aidera. Si je ne suis pas capable moi-même de le faire.

L'homme prit la carte. Il la regarda puis la posa sur le siège à côté des jumelles.

— Merci. Mais je ne crois pas que je vous appellerai.

— La décision dépend de vous seul.

Il remonta la vitre sans lui dire au revoir. Freyja se détourna de la voiture et entra dans le bâtiment. La pendule dans le hall l'avertit qu'elle n'avait plus qu'une minute devant elle. Avant de monter dans l'ascenseur elle se retourna et vit que la voiture n'avait pas bougé.

27

Freyja s'était inquiétée pour rien, elle n'était pas en retard. Huldar n'était pas encore arrivé. Elle fut accueillie par la poignée de main moite d'un Guðlaugur très intimidé. Il lui apprit que Huldar était parti chercher Sigrún, la sœur de Þröstur. Il avait décidé qu'elle serait interrogée la première. Mais la jeune femme avait appelé pour dire qu'elle ne savait pas si elle viendrait. Il avait réussi à la persuader du contraire mais il avait jugé plus sûr d'aller la chercher lui-même.

L'ambiance était étonnamment calme. Certes on était samedi mais les bureaux étaient presque tous occupés. Les visages étaient blêmes et fermés. Étaient-ils tous sous le coup d'une mauvaise nouvelle ? Est-ce qu'on les avait réprimandés ? Avaient-ils tous attrapé la grippe ?

Seul Guðlaugur avait de belles couleurs. Il était frais et dispos mais sa visiteuse ne lui laissa aucune chance. Il lui proposa par trois fois un café qu'elle refusa obstinément. Désarçonné, le jeune homme se trouva bientôt à court d'imagination. Après un silence pesant, comprenant qu'il serait vain de lui offrir un café pour la quatrième fois, il eut l'idée de l'inviter à le suivre dans la salle de réunion. Dans la pièce on avait affiché des panneaux en rapport avec l'enquête et pris des notes au feutre sur un tableau blanc. Il hésita un instant avant d'ouvrir la porte. Freyja devina que c'était parce qu'elle n'était pas un membre à part entière de l'équipe chargée de l'enquête. De loin elle aperçut des photos de la scène de crime. Elles révélaient dans toute leur crudité les horribles circonstances du meurtre. Comprenant les hésitations de Guðlaugur, elle s'empressa de le rassurer : elle devait elle aussi respecter le secret professionnel. Il ne courait aucun risque en la laissant entrer.

Il avait enfin réussi à éveiller sa curiosité. Ce n'était pas tous les jours qu'une telle occasion lui était offerte. Freyja parcourut des yeux les panneaux, regarda les photos et lut les commentaires sur le panneau blanc. Impressionnée par l'horreur qui s'en dégageait, elle en avait presque oublié Guðlaugur qui piétinait derrière elle. Elle se retourna enfin vers lui et fit la grimace.

— C'est terrible.

— Je sais. – Il sourit timidement. – J'admire votre sang-froid. Vous n'avez pas tremblé, vous n'avez pas eu de haut-le-cœur. Vous êtes peut-être médecin ? Je veux dire psychiatre, pas psychologue.

— Non. Je suis psychologue. – Freyja se retourna et s'arrêta de nouveau sur une des photos : celle des mains, qui ressortaient sur une nappe verte, à côté d'un mètre. – Ces photos sont supportables parce qu'elles ont l'air irréelles. Ce que je vois est bien réel mais mon esprit le refuse, il ne veut pas comprendre.

— Elles le sont. Vous pouvez me croire, j'étais sur place quand on les a trouvées.

— Et ces… pieds ?

Freyja désignait une photo semblable à la précédente. La même nappe verte et le même mètre.

— Je n'étais pas au courant.

— On les a trouvés ce matin.

— Est-ce qu'ils appartiennent au même homme ?

— Probablement, mais on attend les résultats des analyses ADN. D'après le légiste le groupe sanguin correspond, l'âge aussi. On est donc pratiquement sûrs que c'est la même personne. Les pieds ont été tranchés à la tronçonneuse, comme les mains. La victime était déjà morte. Vous ne pouvez pas savoir comme j'ai été soulagé ! Je suis insomniaque, j'ai passé des nuits à me demander où se trouvait cet homme et dans quel état.

Freyja lui sourit. Une telle sincérité, alors qu'ils venaient seulement de faire connaissance, c'était vraiment inhabituel. Ce garçon devait être originaire de la province.

— Je vois que vous commencez à prendre au sérieux la lettre de Þröstur. Celle du cylindre temporel, je veux dire.

Elle indiqua le tableau effaçable où les initiales étaient alignées. Les noms complets étaient inscrits à côté de certaines d'entre elles. D'après la police B.T. correspondait à Benedikt Toft, K. à Kolbeinn Ragnarsson et J.J. à Jón Jónsson. S.G. et V.L. étaient suivis de points d'interrogation, comme l'initiale I. Sous cette liste le nom de Þorvaldur Svavarsson était suivi de deux points d'interrogation.

— Qui est Þorvaldur Svavarsson ?

— On a découvert les deux pieds dans son jardin. Il est procureur mais pour l'instant on ne lui a pas trouvé de lien avec Jón Jónsson. En dehors du fait que l'autre jour ses enfants sont montés dans la voiture d'un inconnu. Il leur a demandé de transmettre son bonjour à leur père de la part de Vaka.

— Vaka Orradóttir ?

— C'est ce qu'on pense. On a appris ça seulement ce matin, après avoir repris contact avec la mère. On lui a demandé de venir chercher les enfants. Elle et Þorvaldur sont divorcés. Elle n'en avait rien dit la première fois. La mère, je veux dire, corrigea Guðlaugur, un peu gêné.

— Qui a emmené les enfants en voiture ? On l'a retrouvé ?

— Non. Il était déguisé en père Noël. Les enfants n'ont pas pu nous faire de description. Ni de l'homme ni de sa voiture. Ce sont des petits de l'école maternelle.

— Je vois, dit Freyja, qui savait combien les enfants pouvaient être imprécis dans leurs témoignages.

— On pense tout de suite à Jón Jónsson. Vous l'avez retrouvé ?

— Non, fit Guðlaugur en secouant la tête. Il a disparu. Malheureusement. Mais nous avons eu confirmation qu'il ne s'agit pas de ses mains, ajouta-t-il avec plus d'assurance. On a comparé ses empreintes digitales avec celles d'un livre qui lui appartenait, elles ne correspondaient pas.

— Vous n'aviez pas ses empreintes dans vos fichiers ?

— Non. Il y a eu un cafouillage. On n'arrive pas non plus à récupérer les documents qu'on a demandés au bureau du procureur général. C'est toujours comme ça quand on doit retrouver des archives sur des affaires très anciennes. On ne les garde pas éternellement.

Freyja ne dit rien mais elle en pensait long. C'était peut-être réellement à la suite d'un cafouillage qu'ils avaient perdu une série d'empreintes digitales. Mais comme les archives concernant les affaires dans lesquelles Jón Jónsson était directement ou indirectement impliqué s'étaient évaporées aussi ailleurs, ça cachait quelque chose. Ces pièces avaient-elles été détruites volontairement ? Si oui, par qui et dans quel but ? Et comment était-ce réalisable ? Elle garda ses réflexions pour elle, de peur de passer pour une parano qui voyait des complots partout. Il leur appartiendrait de s'interroger sur ces coïncidences troublantes. Que savait-elle après tout de ces archives, les dysfonctionnements étaient peut-être monnaie courante.

— Est-ce que c'est lui que vous soupçonnez de tout ça ? Elle fendit l'air de son bras tendu et désigna les photos.

— Oui et non. On ne suspecte personne en particulier pour l'instant. D'ailleurs nous pensons qu'il faut rechercher au moins deux individus. Difficile d'imaginer qu'une seule personne ait été capable de sortir le cercueil de sa tombe et de le transporter.

Guðlaugur attira son attention sur une zone du tableau, on y lisait : "Un ou deux hommes ?" et "Une, deux ou trois affaires ?". De nombreux cercles étaient dessinés autour.

— Comme vous le voyez nous ne savons pas avec certitude si le cercueil, le meurtre et les membres amputés sont liés les uns aux autres. Sans parler de la lettre du cylindre temporel. En tout cas moi, je ne vois pas comment ça s'articule. Tout ça est peut-être lié, peut-être pas.

— Vous en doutez ? L'homme du cercueil, Einar Aðalbertsson, était le beau-père de Jón Jónsson. Þröstur, qui a écrit la lettre, est son fils. Benedikt Toft était procureur dans un procès contre Jón. Ça ne peut pas être le hasard.

Guðlaugur essaya de bomber le torse.

— On espère tirer tout ça au clair rapidement. Il reste pas mal de questions sans réponse mais on va y arriver. Cette vieille lettre complique tout. Est-ce que c'est bien Þröstur l'auteur de la liste ? Il énumère peut-être seulement les noms des futures victimes de son père. Mais dans ce cas-là, pourquoi ses initiales figurent-elles aussi dans la fameuse lettre ? Je vois mal Jón Jónsson se tuer lui-même.

— Effectivement, c'est difficile à imaginer.

Elle se dit que c'était bien dommage, il aurait été bien inspiré de le faire.

— Mais, même si la liste est bien celle des futures victimes de son père, continua-t-elle, Þröstur a très bien pu ajouter lui-même les initiales J.J. Avec une idée derrière la tête : terminer le boulot en le tuant.

Guðlaugur ne fit aucun commentaire. Il caressa sa mâchoire bien rasée.

— C'est qu'il y a un autre problème, dit-il. Si Jón Jónsson est bien le meurtrier, on ne sait pas qui a pu l'aider. Il ne doit pas lui rester beaucoup d'amis, peut-être aucun. Il a passé douze ans en prison, ses fréquentations devaient être rares – s'il en avait.

— Il a obligatoirement côtoyé d'autres détenus, objecta Freyja, agacée plus qu'elle ne l'aurait voulu.

Chaque fois qu'il était question de la prison, elle avait un vieux réflexe de défense. C'était plus fort qu'elle. Elle ne supportait pas qu'on parle avec dédain de l'univers de Baldur. Une fois, au restaurant, elle était allée trop loin. Elle n'avait pas pu s'empêcher de se mêler de la conversation de la table voisine, sur le système pénitentiaire. Depuis, l'amie qui dînait avec elle ne lui avait plus jamais proposé de soirée en ville. Le jeune policier, auquel l'énervement de Freyja n'avait pas échappé, se mit à rougir. Il était beaucoup mieux comme ça, rouge et joufflu, se dit Freyja.

— Oui, vous avez raison, on en a bien tenu compte, corrigea-t-il. On s'est renseignés à la prison, mais on nous a dit qu'aucun de ses codétenus n'avait noué de relations avec lui pendant son incarcération. Il dégoûtait tout le monde là-bas. Et puis il n'était pas du tout sociable. Il se tenait à distance. Il ne s'est donc pas fait d'ami susceptible de l'aider.

— Ça ne peut pas être son fils non plus.

— Aucune idée. Je n'ai jamais rencontré ce Þröstur. – Guðlaugur croisa les bras et s'assit sur la table qui servait pour les réunions. – Mais on ne peut pas exclure qu'il soit mêlé à tout ça. Peut-être même au meurtre de Benedikt Toft ou du propriétaire des mains ou des pieds. Ou aux deux.

— Mais, avec quels complices ?

— Peut-être un ami de Þröstur, ou bien sa mère. Ou même sa sœur, pourquoi pas, même si j'ai cru comprendre qu'elle n'est pas très solide physiquement. – Guðlaugur haussa les épaules. – Non, ça m'étonnerait qu'une femme soit impliquée.

Freyja s'abstint de lui faire remarquer que les femmes étaient loin d'être les dernières dans les affaires de pédophilie. Elles pouvaient même faire preuve d'une rare violence. D'après les données recueillies au niveau mondial, les mères des petites victimes avaient davantage recours au meurtre que les pères. Mais l'Islande était atypique aussi bien pour les femmes que pour les hommes. Dans le pays personne n'avait jusque-là eu recours au meurtre, encore moins à des procédés aussi terribles que ceux qu'ils avaient sous les yeux. Mais les victimes n'avaient pas le bon profil. En tout cas, à sa connaissance, Benedikt Toft n'était pas pédophile.

— Est-ce que l'un de ces trois hommes, Benedikt Toft, Kolbeinn ou Þorvaldur sont soupçonnés de pédophilie ?

— Non. On a vérifié soigneusement. Mais si c'est le cas, ils le cachent bien.

Sa réponse confirmait les doutes de Freyja. Ça ne collait pas.

— Et Orri, le père de Vaka ? Est-ce que vous vous êtes intéressés à lui ? Ou à la mère ?

— Oui, on a cherché, mais sans résultat. Tant qu'on pensait que les mains pouvaient être celles de Jón Jónsson, Orri faisait un suspect tout à fait crédible. Si on avait découvert son cadavre, il serait monté tout en haut de la liste. Et on aurait mis la mère en deuxième position. Mais on ne voit pas pourquoi il aurait tué Benedikt Toft. Ni pourquoi il aurait coupé les mains et les pieds d'une autre personne.

— Il est là-dehors. Il est assis dans sa voiture, il surveille les arrivées. Je crois qu'il attend que Jón Jónsson se rende. Je ne pense pas qu'il ait vraiment l'intention de l'assassiner, mais qui sait ?

Elle suivit Guðlaugur dans le couloir jusqu'à la fenêtre, mais la voiture avait disparu.

L'atmosphère était pesante dans la salle d'interrogatoire. À elle seule la pièce était déprimante. Les murs jaunâtres étaient nus pour que rien ne vienne distraire l'attention de celui qu'on interrogeait. Les chaises étaient inconfortables pour qu'il ne se sente pas à son aise devant la vieille table usée. Les relations entre Huldar et Freyja alourdissaient encore l'ambiance. Elle prenait soin de ne jamais le regarder. Il avait compris le message car il faisait de même et ne lui adressait pas non plus la parole.

Il avait l'air triste et penaud. Lorsqu'il était arrivé avec Sigrún, il s'était contenté de lui proposer un café qu'elle avait refusé sèchement. C'était la quatrième fois depuis son arrivée dans les locaux de la police. Il avait l'air encore plus défait et négligé que d'ordinaire. Il n'était ni rasé ni coiffé, sa chemise était sale et fripée. Mais elle-même n'était pas impeccable non plus. Comme elle était restée un moment dehors, elle avait le nez rouge et elle sentit en passant sa main dans ses cheveux qu'ils étaient en désordre.

Sigrún, qui était assise en face d'eux, était la tristesse incarnée. Elle n'aurait pas eu l'air plus accablé si on lui avait annoncé la mort d'un parent proche. Elle était affaissée sur elle-même, les mains cachées sous la table, et elle était agitée de tremblements. Ses longs cheveux raides tombaient sur ses joues comme deux rideaux. Elle répondait par monosyllabes aux questions de Huldar. Non, elle ne savait pas où était son père. Non, elle ne l'avait ni vu ni entendu. Non, elle ne savait rien de la lettre de Þröstur. Non, elle ne connaissait ni Benedikt Toft, ni Kolbeinn Ragnarsson ni Þorvaldur Svavarsson. Non, elle ne savait pas qui aurait eu des raisons d'exhumer le cercueil de celui qu'on appelait son grand-père – alors qu'elle n'avait aucun lien de parenté avec lui. Non, elle n'avait rien à voir là-dedans. Non, elle n'avait pas de permis de conduire et elle ne savait pas déplacer une pelleteuse. Non, elle n'avait jamais touché à une tronçonneuse et elle ne connaissait personne qui en possédait une. Elle parlait si bas que Freyja trouvait de plus en plus pénible de concentrer son attention sur elle pour ne manquer aucune de ses réponses.

Freyja perçut une vibration à travers la poche de sa parka. C'était sûrement Baldur, impatient de joindre la nouvelle baby-sitter de Saga. Elle regrettait d'avoir coupé la sonnerie, elle se serait excusée et serait sortie échanger quelques mots avec son frère. Pour l'instant elle ne prenait aucune part active à l'interrogatoire. Elle écoutait sagement sans bouger, seulement attentive à ce qui se passait entre Huldar et Sigrún. L'appel de Baldur était bien plus important parce qu'il ne pouvait appeler personne d'autre qu'elle. Freyja se sentait de plus en plus mal à l'aise. Elle avait l'impression de le trahir. Comme il n'était pas d'un naturel patient, elle s'attendait à entendre vibrer son portable encore plusieurs fois avant qu'il abandonne. Dans l'intervalle elle allait perdre le fil de l'interrogatoire. Ce qui ne serait pas forcément bien grave. Huldar s'était démené pour l'obliger à venir là, son désir de la revoir tournait à l'idée fixe. Pourtant il avait passé la nuit dans les bras de cette diablesse d'Erla. *Ne vous gênez pas pour moi, continuez !* Elle comprenait enfin pourquoi il n'avait pas voulu coucher avec elle le jeudi précédent. Mais les raisons de sa visite ce soir-là lui échappaient toujours. Bah ! C'était juste un imbécile, il ne fallait pas chercher plus loin, conclut-elle, soulagée. La vibration au fond de sa poche était déjà plus supportable.

— Qu'est-ce qui est arrivé à vos doigts ? demanda soudain Huldar.

Sigrún sortit ses mains de sous la table, écarta ses cheveux de son visage et leva ses yeux inquiets. Ils pouvaient la voir bien en face.

Elle se décida enfin à répondre plus longuement. Freyja reprit ses esprits.

— C'était un accident. J'étais si petite que je ne me souviens de rien.

Sigrún regardait les deux moignons de sa main droite, les seuls vestiges de son annulaire et de son auriculaire. On aurait dit que c'était la première fois qu'elle les voyait. Elle eut un sursaut et ses mains disparurent à nouveau sous la table.

— J'ai cru comprendre que c'était votre frère Þröstur qui vous avait fait ça ? C'est exact ? demanda Huldar.

Il poussa un paquet d'Opal rouge et blanc dans la direction de Sigrún, qui secoua la tête. Il ne comprit pas si elle refusait les bonbons ou la question.

— Est-ce que Þröstur a quelque chose à voir avec ça ? répéta-t-il.

— Non. Pas vraiment. Pas volontairement.

— Pas volontairement ? Qu'est-ce que vous voulez dire ? Qu'est-ce qui s'est passé exactement ?

— C'est si important ?

Sigrún croisa le regard de Huldar puis baissa de nouveau les yeux. Sa souffrance était palpable.

— Il est trop tôt pour le dire. Mais ce que je peux vous affirmer, c'est que plus nous en saurons, plus nous aurons de chances de trouver le meurtrier qui se promène toujours en liberté. Il a déjà tué deux personnes, probablement trois, puisqu'une troisième a disparu. Alors nous aimerions que vous répondiez à toutes nos questions.

— Est-ce que cette question peut attendre ? supplia-t-elle de sa voix de petite fille.

— Hum… Oui, si vous y tenez, dit Huldar, désarçonné par cette demande inhabituelle pendant un interrogatoire. Lorsque nous vous avons rencontrée la dernière fois, nous vous avons interrogée sur votre visite à la prison. Nous savons que vous y êtes allée une fois. Votre venue a été consignée dans les registres pénitentiaires et vous avez signé. C'est donc incontestable. Pourquoi vous lui avez rendu visite ? De quoi avez-vous parlé ? Pourquoi vous n'y êtes jamais retournée ?

— Je voulais le voir. Lui dire que je ne le haïssais pas.

— Pourquoi vous vouliez le voir ? Et pourquoi à ce moment-là ? demanda subitement Freyja, grillant la politesse à Huldar.

La réaction de la jeune femme à la question de Huldar venait d'éveiller sa curiosité. Une personne comme Sigrún ne prenait jamais de décision sur un coup de tête. Elle devait longuement peser le pour et le contre, surtout avant d'agir en dérogeant à ses propres principes.

— Je… J'avais lu un livre. Un livre sur le développement personnel.

Elle n'en dit pas plus. Mais c'était suffisant pour Freyja, qui à titre professionnel s'était déjà informée sur ce genre de pratiques. Elle relisait mentalement le chapitre dans lequel on expliquait qu'il fallait savoir affronter ses propres peurs pour les dominer, la meilleure défense étant l'attaque. Dans le cas de Sigrún, lui demander de retourner affronter le mal était une erreur. Elle avait le droit de vivre dans la paix et la sécurité. Les victimes de violences sexuelles guérissaient rarement les maux de leur âme en faisant face à leur bourreau. Quand ça marchait, ça ne durait pas. C'était comme pour la vengeance. La souffrance finissait par reprendre le dessus et le remède se révélait pire que le mal.

— Ce livre vous conseillait d'affronter votre passé, c'est bien ça ? Et ce que vous en avez conclu, c'était que vous deviez rencontrer votre père ?

— Oui, fit Sigrún, toujours les yeux baissés.

— Est-ce que vous avez eu l'impression que ça vous aidait ? Est-ce que vous vous êtes sentie mieux après ?

Sigrún secoua la tête si vigoureusement qu'elle fit voler ses cheveux.

— Non. Je me suis sentie encore plus mal. J'ai vomi dans le car en revenant à Reykjavík.

— Sigrún, je vois que vous avez envie de travailler sur vos problèmes, de surmonter les difficultés liées à votre enfance, aux terribles événements que vous avez vécus. Est-ce que vous avez déjà bénéficié d'un suivi psychologique ? Est-ce qu'un spécialiste vous a aidée et soutenue dans votre démarche ? Je suis persuadée que dans votre cas ce serait bien plus efficace que ce genre de livres.

— Non. Jamais.

— Même pas quand vous étiez enfant ? Quand votre père est allé en prison ?

— Non.

— Est-ce que je peux vous demander pourquoi ? Vous y aviez droit gratuitement.

— Maman ne voulait pas. Þröstur ne voulait pas. Ils sont contre ce genre de choses.

— Ah bon ?

Freyja ne trouva rien d'autre à dire. Elle s'efforçait de calmer la colère qui montait en elle devant cette jeune femme qui était l'image même de la souffrance. Mais à quoi bon s'en prendre au frère ou à la mère, à ces deux êtres que le passé avait brisés, eux aussi !

— Je crois que nous devrions en reparler ensemble. Il y a moyen de vous aider, il n'est jamais trop tard pour surmonter des difficultés comme les vôtres. Je peux vous y aider, si vous le désirez.

Pour la deuxième fois de la journée Freyja sortit une carte de visite de la poche de sa parka et la poussa sur la table en direction de Sigrún. Il ne manquait plus qu'elle se mette à faire du porte à porte pour assurer sa propre promotion ! D'ordinaire ses cartes de visite végétaient au fond de sa poche jusqu'à ce qu'elles ne soient plus présentables.

— Oui. Peut-être.

Sigrún fourra la carte dans la poche de son manteau, qu'elle n'avait pas jugé nécessaire de retirer malgré la chaleur de la pièce.

— Maintenant êtes-vous prête à répondre à la question concernant votre main ? Dans quelles circonstances avez-vous perdu vos doigts ?

— Est-ce que je pourrai partir après ? Quand j'aurai répondu ?

— Oui. Après on vous laissera tranquille.

Huldar, qui s'était tassé sur sa chaise pendant que Freyja parlait, se redressa pour attraper la boîte d'Opal dont personne n'avait voulu. Il enfourna deux pastilles coup sur coup.

— Expliquez-moi ce qu'a fait Þröstur, demanda-t-il en articulant comme il pouvait, à cause des bonbons.

— Il n'a rien fait. Vous ne devez pas croire ça.

— Je ne crois rien pour l'instant, c'est à vous de nous dire ce qui s'est passé. Nous vous écoutons, dit Huldar d'une voix plus grave et sur un ton plus ferme que jusque-là.

— C'était un accident. Il ne l'a pas fait exprès.

— Soyez plus précise. Des accidents, des drames, il y en a de toutes sortes. Mais perdre des doigts comme vous, c'est plus rare.

— Je n'en sais pas plus. Je sais seulement qu'il ne l'a pas fait exprès.

— Fait quoi ?

— Je ne sais pas. J'étais trop petite pour m'en souvenir.

— Mais votre mère ou Þröstur a dû vous raconter ce qui s'était passé.

— Il est allé avec moi quelque part et c'est arrivé. Maman m'a dit que c'était sans le vouloir. Qu'il n'était qu'un enfant. Il ne pouvait pas savoir que quelque chose de grave pouvait arriver. Je me souviens seulement que c'est la police qui est venue nous chercher. Moi et grand-père. Il était venu aussi. Je me souviens aussi de l'hôpital. Et combien je me sentais bizarre après.

Pendant longtemps j'ai cru que mes doigts repousseraient. – Sigrún se tut brusquement, sans doute étonnée d'avoir parlé aussi longuement. – Je n'avais que quatre ans, vous comprenez.

— Personne ne vous en a dit davantage ?

— Non.

— Et vous n'avez jamais posé la question ? demanda encore Huldar, stupéfait.

Il se pencha vers elle en un mouvement naturel de sympathie et de soutien. Il ne cherchait plus à faire preuve d'autorité. Mais Sigrún recula instinctivement. Elle ne supportait pas qu'on s'approche d'elle de trop près. Elle s'était déjà dérobée à son contact quand il avait tenté de poser sa main sur son épaule au moment d'entrer dans la salle. Freyja se demanda s'il n'aurait pas été plus judicieux que ce soit une femme qui mène l'interrogatoire. Hirsute comme il l'était, Huldar exhibait une virilité pourtant déjà bien visible quand il était propre et rasé de frais.

— J'ai demandé. Il y a longtemps. Plus maintenant. Mais on ne m'a jamais vraiment répondu. Maman m'a dit ce que je viens de vous répéter. Que c'était involontaire, un accident. Qu'il ne fallait plus y penser. Qu'en dehors des pianistes personne n'avait besoin de ses dix doigts.

Contre toute attente Sigrún regarda Huldar droit dans les yeux, l'air déterminé.

— Et on n'a jamais eu de piano.

L'entretien était dans une impasse, il était inutile de s'acharner. Il ne restait plus qu'à mettre un terme à l'interrogatoire. Mais Freyja ne voulut pas s'en aller sans avoir posé la question qui la tracassait depuis qu'elle avait fait la connaissance de la jeune femme.

— Lors du procès votre père a déclaré qu'il n'avait jamais abusé d'un enfant avant l'horrible jour du meurtre de la petite Vaka. Mais comme j'ai une bonne expérience de ce genre d'affaires, j'ai de gros doutes sur sa sincérité. S'il a menti ça signifie que des garçons et des filles dans l'environnement de votre père ont eux aussi été victimes de sévices. Pour le savoir, je dois vous poser une question, même si je crains d'en connaître déjà la réponse : est-ce que vous ou votre frère avez été victimes de violences sexuelles de la part de votre père, quand vous étiez enfants ?

Sigrún se leva, choquée. Elle referma son manteau sur son corps maigre et sortit ses moufles de sa poche.

— Non. Ni moi, ni Þröstur n'avons subi de pareilles choses. Vous devriez l'avoir lu dans vos documents.

Elle enfila ses moufles les mains tremblantes et se précipita hors de la salle.

28

Freyja sortit son portable de sa poche, heureuse que Baldur n'ait pas renoncé à l'appeler. Elle n'aurait plus à se reprocher de ne pas lui avoir répondu pendant l'interrogatoire. Grâce à lui elle tenait un excellent prétexte pour repousser le plus tard possible le moment où elle devrait adresser la parole à Huldar pendant qu'ils attendaient l'arrivée de Þröstur. Elle fit traîner la conversation autant qu'elle le put. Quand elle eut raconté trois fois de suite sa matinée avec la petite Saga, Baldur ne put s'empêcher de lui demander si elle avait bu. Hélas il n'en était rien. Elle prit aussi tout son temps pour lui faire une description avantageuse du bel homme du lac qu'elle avait l'intention de revoir. Elle n'avait pas l'habitude de s'épancher sur ses conquêtes masculines mais comme Huldar entendait tout elle fit une exception. Elle se trouvait devant la fenêtre du couloir, le dos à la salle d'interrogatoire que Sigrún venait de quitter. Huldar était adossé au mur du même côté qu'elle. Il fermait les yeux, l'air abattu et contrarié. Il s'était précipité derrière Sigrún pour lui proposer de la reconduire chez elle, mais elle avait dû l'envoyer promener. Il était revenu précédé d'une forte odeur de tabac. La cigarette ne lui avait pas réussi, il avait mauvaise mine et respirait lourdement.

Elle le regardait à la dérobée pendant qu'elle racontait à Baldur sa rencontre avec le prince du lac. Elle crut le voir se mordre les lèvres au moment où elle fit l'éloge de son nouveau chevalier, dont en réalité elle ne savait rien.

Dehors il faisait sombre, les lumières de la rue miroitaient sur le goudron mouillé. Le parking où Orri avait garé sa voiture était vide et abandonné. Il ne pleuvait plus mais le ciel voilé se préparait déjà pour la prochaine averse de neige. Elle pesta contre elle-même. Pourquoi n'était-elle pas allée chercher sa voiture ? Combien de temps devrait-elle poireauter à l'arrêt de bus alors que ses vêtements étaient tout juste secs ? Froissés et sales – mais secs.

— Je te présente mes excuses pour ce matin. J'aurais aimé aller avec vous donner du pain aux canards.

La vue sur le parking n'avait rien d'exaltant mais Freyja continua de regarder à travers la vitre.

— Tu n'as pas à t'excuser pour ça. Ça m'est bien égal que tu ne sois pas venu, répliqua Freyja en s'efforçant d'adopter le ton adéquat pour qu'il ne s'imagine pas qu'il l'avait meurtrie en lui préférant les bras d'Erla.

— Peut-être. Mais moi ça ne m'est pas égal. J'aurais voulu être avec vous.

Freyja recula un peu pour inspecter son reflet dans la vitre. Huldar était toujours adossé au mur, les bras croisés sur la poitrine. Il fermait les yeux. S'il ne lui avait pas parlé, elle aurait pensé qu'il dormait debout. Elle suivit des yeux un jeune homme qui approchait sur le trottoir d'en face. Il s'arrêta pour se mirer dans l'imposante vitrine d'un magasin. Aucun doute, il allait en soirée. Ils seraient bientôt de plus en plus nombreux comme lui. Pourvu qu'elle soit rentrée chez elle avant !

— Je vais arrêter de boire.

Huldar en était toujours au même point. Voilà qui expliquait sa mine de déterré et son paquet de pastilles à la réglisse.

— Rien que ça !

La buée de son haleine dessina un nuage rond sur la fenêtre. Il rétrécit à vue d'œil puis disparut.

— Que devient Þröstur ? Je croyais qu'il était convoqué juste après Sigrún. Je dois rentrer maintenant.

En réalité elle n'avait rien de prévu mais elle en avait assez de piétiner dans ce couloir. Mollý devait déjà crier famine et guetter son retour malgré l'énorme gamelle qu'elle lui avait préparée avant de sortir avec Saga. La vision de la chienne entraînant celle du canapé du salon, elle se sentit brusquement très lasse.

— Sigrún est partie plus tôt que prévu. Il devrait arriver d'ici dix minutes un quart d'heure.

Son reflet dans la vitre avait ouvert les yeux et la regardait. Freyja soupira silencieusement. Allait-elle rester là encore longtemps à l'écouter pleurnicher ?

— Combien de temps va durer son interrogatoire ?

— Ça ne sera pas long, répondit Huldar. Je crains qu'on n'en tire pas grand-chose d'utile.

Freyja n'était guère plus avancée.

— Est-ce que je peux m'en aller ? Est-ce que tu vas encore me dénoncer si je pars ? demanda-t-elle avec amertume.

C'en était trop. Il l'avait blessée en se détournant d'elle d'une façon particulièrement indélicate. Fallait-il en plus qu'il la fasse passer pour quelqu'un d'irresponsable auprès de sa directrice ?

— Tu ne peux pas partir. Et je n'ai pas l'intention de te dénoncer. Si j'ai été obligé d'appeler la Maison des enfants, c'est parce que tu as refusé de me parler. Qu'est-ce que je pouvais faire d'autre ?

— Me laisser tranquille.

Ils se turent tous les deux. Huldar ferma les yeux à nouveau et Freyja continua de regarder par la fenêtre. L'homme qu'elle observait avait disparu, la rue était vide. Contrairement aux vendredis soir, les magasins étaient fermés et la plupart des gens étaient rentrés chez eux. Les véhicules qui circulaient encore aspergeaient de neige fondue tout ce qui se trouvait sur leur passage. Elle décida de rentrer en taxi, mais elle ne se sentait pas d'humeur à se laisser éclabousser en rejoignant la station.

— Tu veux une pastille Opal ? demanda Huldar, à bout de ressources.

Il était tellement lamentable que Freyja tourna la tête.

— Non, merci.

Elle lui aurait bien rivé son clou, mais à quoi bon se disputer avec lui désormais ? Il n'y avait plus matière. Il était libre de faire ce qu'il voulait avec qui il voulait. Il n'y avait rien entre eux. Elle avait eu envie de coucher avec lui après avoir bu, rien de plus. Elle n'était pas loin de se féliciter qu'il ait choisi Erla. La mer regorgeait de poissons à appâter. De poissons plus appétissants. À commencer par celui qu'elle avait amorcé au bord du lac.

— Pour la seconde fois, est-ce que tu acceptes mes excuses ? demanda Huldar en fermant son paquet d'Opal.

— Je n'ai rien à excuser. Ça m'est égal, répéta-t-elle.

Son calme et son indifférence le troublaient plus que si elle s'était montrée vindicative. Il devait être habitué à faire face à des harpies hurlantes. Il ne dit rien, fourra le paquet dans sa poche et hocha la tête. Il releva les mèches de cheveux qui lui tombaient sur les yeux. Il ne cherchait pas à dissimuler sa peine. Il s'en fallut de peu que Freyja ne lui demande une pastille mais des bruits de pas détournèrent leur attention, à son grand soulagement. Þröstur arrivait, accompagné d'un policier. Huldar se redressa et essaya de faire bonne figure.

Il avait presque l'air normal lorsqu'il tendit la main à Þröstur, qui la refusa.

Comme d'habitude Þröstur se donnait un mal de chien pour jouer les durs et se rendre crédible dans le rôle de l'anarchiste qui crache sur tout et sur tout le monde. Sa crête-de-coq, qui s'était affaissée pendant le trajet, lui faisait penser à l'aileron flasque de Keiko*. Mais ce n'était sûrement pas intentionnel. Ses vêtements n'étaient pas adaptés aux intempéries. Son blouson de cuir n'était pas de saison et son pantalon troué offrait à ses jambes un abri tout relatif. Ses souliers étaient en matière synthétique, les lacets, qui traînaient sur le sol, étaient très sales. Le contour de ses yeux était outrageusement maquillé de noir. Freyja se demanda si c'était voulu ou si c'étaient la pluie et le vent qui avaient délavé la couleur. L'anneau qu'il portait au milieu du nez avait disparu et sa narine

* Célèbre orque.

gauche était tuméfiée. C'étaient sans doute les stigmates d'une infection. Sans ornement Þröstur paraissait beaucoup plus jeune que son âge. Malgré sa tenue il avait l'air très vulnérable.

— Nous allons nous installer là, dit Huldar en indiquant la salle de réunion.

Comme sa sœur, Þröstur s'écarta brusquement pour éviter la main que le policier allait poser sur son épaule. Il n'eut pas plus de succès avec Freyja.

L'interrogatoire débuta comme celui de Sigrún. Mêmes questions et mêmes réponses. Non et encore non. Il ne savait rien et ne connaissait aucune des personnes dont on lui donnait les noms. Freyja écoutait sans rien dire et attendait l'occasion de se rendre utile, si jamais elle se présentait. La personnalité de Þröstur était très différente de celle de sa sœur. Il s'était fabriqué une armure dans laquelle il se protégeait de tous les assauts et il passait son temps à critiquer. Il était parfaitement illusoire d'attendre qu'il dévoile un peu de lui-même dans ces conditions. Maintenant la pièce sentait le renfermé. Sans la réglisse des pastilles Opal que Huldar fourrait dans sa bouche à intervalles réguliers, l'air serait devenu irrespirable.

— Parlez-moi de votre grand-père. Est-ce que vous étiez proches l'un de l'autre ?

Contrairement à Sigrún, Þröstur était assis à distance de la table, les bras croisés et les jambes écartées. Tel un animal de la Genèse au repos, se dit Freyja. Il allongea encore les jambes pour en imposer davantage et faire oublier son corps mince et frêle.

— Oui et non. Depuis le temps qu'il est mort ! Qu'est-ce que ça peut faire ?

Huldar ne répondit pas mais poursuivit ses questions.

— Je crois que vous n'avez pas le permis de conduire, en tout cas votre nom ne figure pas dans nos fichiers. C'est exact ?

— Oui.

Þröstur dénoua ses bras et tâta de la main droite son nez endolori. Comme jusque-là il était resté parfaitement immobile, Freyja y vit le signe d'une inquiétude soudaine. Mais elle ne put en deviner la cause.

— En revanche votre mère a bien son permis, n'est-ce pas ?

— Oui, c'est possible. Je ne sais pas. En tout cas elle n'a pas de voiture.

— Non. Elle n'a pas de voiture, dit Huldar avec un léger sourire. Mais elle en a loué une il y a quelques jours. Vous étiez au courant ?

Þröstur serra les lèvres et croisa de nouveau les bras. Freyja crut voir ses mains trembler, il essayait de les cacher comme il pouvait.

— Non.

— Je vois. Vous ne pouvez pas nous dire pourquoi elle a loué cette voiture ? On a fait le tour des sociétés de location. Personne ne se rappelle lui en avoir loué une auparavant. Elle devait avoir une bonne raison, vous ne croyez pas ? Elle faisait peut-être du rangement ? C'était un break, en dégageant les sièges arrière ça faisait beaucoup de place.

— Je ne sais pas ce qu'elle voulait en faire.

— Oui. Évidemment. – Huldar se tut. – On discutera de ça avec elle tout à l'heure, je suppose qu'elle nous expliquera tout. Qu'est-ce que vous en pensez ?

— Putain, j'en ai pas la moindre idée. C'est pas mes affaires.

— Bon. On va en rester là. Mais revenons à votre grand-père. Vous êtes le dernier à l'avoir vu vivant. C'est bien ça ?

— Oui, je l'ai vu le jour de sa mort. Je ne sais pas s'il a vu d'autres personnes après mon départ. Je n'en sais vraiment rien.

— Vous lui avez bien vendu du papier-toilette pour une collecte d'argent ?

— Oui, un truc comme ça.

— Est-ce que vous vous rappelez pourquoi vous collectiez cet argent ?

— Non. Ça fait trop longtemps.

— C'était peut-être pour le foot ? Ou le hand ? Vous étiez scout ? Ou alors c'était pour l'école ?

— Pour l'école ? fit Þröstur en passant sa langue sur ses lèvres minces. Je ne me rappelle pas, moi. Peut-être pour un voyage, quelque chose comme ça.

— Ah bon ? répliqua Huldar en jouant la surprise. On s'est renseignés auprès de votre école. Il n'y a rien eu de tel. Ça fait des années que les collectes d'argent par les élèves sont interdites pour toutes les activités scolaires. Bizarre, non ? Vous souhaitez modifier votre réponse ?

Visiblement la police n'était pas restée les bras ballants. Freyja se rappela qu'elle avait vu des annotations en rapport avec les locations de voiture sur le panneau blanc. Mais elle n'y avait pas prêté attention.

— Non. Je vous ai dit que je ne me rappelle pas. Ça devait être autre chose, alors.

— Oui, sûrement.

Huldar hocha doucement la tête et fixa Þröstur.

Le jeune homme n'en menait pas large mais il soutint un moment son regard avant de renoncer et de baisser les yeux.

— Le cercueil de votre grand-père, qui se trouvait dans le cimetière de Hafnarfjörður, a été déplacé récemment. Vous étiez de la partie ? Vous êtes mêlé à ça ?

— Non, répondit Þröstur aussi sec.

Alors que la question avait de quoi surprendre, il ne manifesta aucun signe d'étonnement.

— Ça s'est passé justement le soir du jour où votre mère a loué le break. – Þröstur se taisait. Huldar poursuivit. – Vous apprenez la nouvelle avec un calme incroyable. Moi, à votre place, j'aurais très envie d'en savoir plus s'il s'agissait de mon grand-père. Mais vous êtes peut-être déjà au courant ?

— Oui, répondit Þröstur, après avoir réfléchi quelques instants.

— Comment l'avez-vous appris ?

— Je ne me souviens pas.

— Vous manquez vraiment de mémoire pour un jeune de votre âge. – Huldar dévisageait Þröstur, l'air sévère. – Ce que j'en conclus, c'est que vous n'aimiez pas votre grand-père.

— Primo, ce type n'était pas mon grand-père, lâcha-t-il dans un accès de colère. C'était le beau-père de l'individu qu'on appelle mon père. Et d'après ce que j'en sais, ce n'est pas un crime de détester quelqu'un. Vous comptez peut-être m'arrêter pour ça ?

— Non. Si je vous arrête ce sera pour des faits bien plus graves, répondit Huldar très tranquillement. Mais je suis bien obligé de me demander pourquoi vous êtes allé le voir quand vous avez eu besoin de vendre… C'était quoi déjà… Ah oui ! Du papier-toilette… Si vous ne l'aimiez pas, votre grand-père.

Þröstur ne faisait plus grise mine, il avait retrouvé toute sa combativité.

— Vous êtes con ou quoi ? Vous croyez que pour vendre on a besoin d'aimer ses clients ? J'ai pris contact avec lui, je savais qu'il m'en achèterait. Point. Pas la peine d'aller chercher plus loin. Putain ! Vous n'avez rien d'autre à foutre dans la police que d'enquêter sur du papier cul ?

Huldar restait de marbre malgré les insultes. Dans la police les violences verbales devaient être monnaie courante. Lorsqu'il reprit la parole, sa voix était parfaitement calme.

— Du calme, mon garçon.

— Je ne suis pas votre garçon.

— Non ? Alors comportez-vous en adulte.

Ils se turent tous les deux. Freyja ne pouvait s'empêcher de penser qu'il y avait beaucoup d'injustice derrière tout ça. Þröstur n'était pas né mauvais. S'il était mêlé à ces crimes d'une manière ou d'une autre, il fallait en chercher la cause dans ce qu'on lui avait fait subir. Ce n'était pas sa faute s'il était le fils d'un homme indigne d'être père. Il aurait une vie normale, s'il n'était pas assis là. Elle avait envie de sortir et de rentrer chez elle. Elle avait envie de s'affaler sur son vieux canapé usé et de regarder un film avec un saladier de pop-corn sur les genoux. De préférence un film où les méchants étaient punis et où les victimes s'en sortaient indemnes.

— Revenons-en à votre lettre du cylindre temporel. Vous avez eu tout le temps de vous rafraîchir la mémoire. C'est donc le moment de nous expliquer ce que vous aviez en tête quand vous l'avez écrite. Et de nous donner les noms des personnes qui correspondent aux initiales. Je vous écoute.

Þröstur serrait les dents. Il était tout raide sur sa chaise, comme Huldar juste avant.

— Je vous ai dit que je ne m'en souvenais pas.

— Non, évidemment. – Huldar n'avait pas l'air de plaisanter. – Eh bien moi, je vais vous dire où nous en sommes. Nous pensons que B.T. est Benedikt Toft, que K. est Kolbeinn Ragnarsson et que J.J. est Jón Jónsson. Benedikt a été assassiné. Kolbeinn a disparu et votre père aussi. Tout ça est bien plus grave que nous le pensions la dernière fois que nous nous sommes vus. Vous en êtes bien conscient, n'est-ce pas ? Cela étant dit je vous prie de me dire immédiatement qui sont V.L., S.G. et I. ? Nous devons retrouver ces personnes. Le plus tôt sera le mieux.

Þröstur se taisait. Freyja se demandait ce qui se passait dans sa tête. Elle était convaincue qu'il n'avait pas oublié le contenu de la lettre. Il avait quelque chose à cacher, ça se voyait, mais quoi ? Comment le frêle jeune homme bizarrement accoutré qu'elle avait sous les yeux aurait-il trouvé la force de tuer tous ces gens ? Freyja savait bien qu'il y avait toutes sortes de criminels. Ce serait tellement facile s'ils avaient la tête de l'emploi. Les scientifiques du temps passé avaient fait d'énormes recherches pour tenter de les classer d'après leur apparence physique. Mais ils partaient du principe que les pulsions criminelles étaient héréditaires, une théorie qui avait été abandonnée depuis longtemps. Ces pensées la ramenèrent à son point de départ. Les enfants ne naissaient pas criminels, Þröstur pas plus qu'un autre.

— Répondez, répéta Huldar.

— Je ne me rappelle pas ce qui m'est passé par la tête. Ça fait dix ans. Vous pouvez vous rappeler, vous, ce que vous avez raconté dans les devoirs scolaires que vous avez rendus il y a dix ans ? Putain, qu'est-ce que je fous ici ?

— Vous voulez le savoir ? Vous êtes interrogé dans le cadre d'une enquête criminelle. Vous êtes mêlé à ce meurtre, vous et votre famille, ça ne fait aucun doute. Vous êtes dans la merde jusqu'au cou. Si vous ne vous décidez pas à parler, on se donnera les moyens de vous mettre à table. Vous saisissez ?

— C'est terminé ? Je peux partir ? demanda Þröstur en s'adressant à Freyja.

— Non, vous ne pouvez pas partir et… Non, ce n'est pas terminé. Et regardez-moi quand je vous parle ! rugit Huldar, en pure perte.

Þröstur ne regardait que Freyja. Personne ne parlait, elle devait subir sans ciller le rictus ironique de Þröstur et faire comme s'il n'y avait rien de plus agréable que de se faire mater par un inconnu maquillé.

— C'est comme vous voulez, lança Huldar, brisant enfin le silence. La prochaine fois que je vous interrogerai, ce sera probablement dans de tout autres conditions. Vous serez sous mandat d'arrêt. Ce qui vous pend au nez, c'est la détention provisoire. Pendant que nous parlons, des policiers sont en train de passer le break au peigne fin. Si on trouve à l'intérieur la moindre trace de vous, ou de Benedikt, ou de Kolbeinn ou même simplement du cercueil, aucun juge ne nous refusera de vous garder au frais. Vous, ou votre mère, ou votre sœur.

Freyja observa quelques tics nerveux sur le visage de Þröstur. Huldar avait fait mouche.

— Vous avez tort de prendre tout ça à la légère. Si vous continuez de jouer les fortes têtes et de refuser de répondre, on en déduira que vous avez quelque chose à cacher. Je vous conseille de changer d'attitude et de tout nous dire. Ça vous soulagera. – Huldar se tut et regarda Þröstur de l'air de celui qui n'en a rien à faire. – Parlez-nous du tatouage sur votre main.

— Je n'ai rien à dire. Ça ne vous regarde pas.

— *"Ultio dulcis"*. Ça ne signifierait pas quelque chose comme "la vengeance est douce" ?

— Je ne m'en souviens pas, fit Þröstur en haussant les épaules.

— Bien sûr que vous vous en souvenez. Ce tatouage, vous l'avez sous les yeux en permanence. Dites-moi à quelle vengeance vous pensiez quand vous avez décidé de vous faire tatouer ça pour la vie ? Est-ce qu'elle a un rapport avec ceux dont vous avez écrit les initiales dans votre lettre ?

— Ça ne vous regarde pas.

On frappa juste à ce moment-là. La tête de Guðlaugur surgit dans l'entrebâillement de la porte. Il pria Huldar de venir lui parler un instant. Freyja resta seule avec Þröstur. Si c'était pour jouer à *"good cop/bad cop* "*, on avait oublié de la prévenir. Þröstur continuait de la regarder droit dans les yeux, visiblement dans le but de

* "Bon flic, mauvais flic."

la mettre mal à l'aise. Et ça marchait. Du couloir lui parvenait l'écho d'une conversation qui s'éternisait. Le ton était grave, mais ce n'était peut-être que son imagination.

Elle se dit que l'interrogatoire n'irait pas plus loin quand Huldar reviendrait. Soit parce qu'on venait de trouver des indices dans la voiture et que Þröstur irait en détention, soit parce qu'on n'avait rien contre lui et qu'on le libérerait sur-le-champ. C'était sans doute la dernière occasion de lui poser la question qui lui brûlait les lèvres.

— Dites-moi une chose, Þröstur, puisque nous sommes seuls. Est-ce que votre père a abusé de vous ou de votre sœur quand vous étiez enfants ? Avant ce qui est arrivé à Vaka ? Parce que si c'est le cas, vous n'avez aucune raison de le protéger. On sera peut-être plus compréhensif avec vous s'il vous a fait ça. Je travaille à la Maison des enfants, j'ai assez d'expérience pour savoir combien c'est difficile d'en parler devant plusieurs personnes à la fois.

Þröstur souffla comme un taureau furieux et saisit la table à pleines mains.

— Sale conne ! cracha-t-il en se penchant dangereusement au-dessus d'elle.

Freyja n'avait pas oublié qu'il avait perdu tout contrôle la première fois qu'ils lui avaient rendu visite. Elle espérait que Huldar allait enfin revenir. La pièce semblait avoir brusquement rétréci. En même temps la porte avait l'air de plus en plus lointaine. Que faire s'il s'en prenait à elle ? Porter ses mains à sa tête et se protéger des coups ? Freyja inspira profondément. Non. Elle se redressa et ne baissa pas les yeux. S'il passait à l'attaque, elle se défendrait. Ils faisaient sensiblement le même poids et elle était plus solide que lui. Elle ne comptait pas avoir le dessus mais ça l'aidait à se préparer à toute éventualité. Ça l'aidait surtout à ne rien lâcher.

— Peut-être que je suis une conne, mais est-ce que vous pourriez répondre à ma question ?

— OK. Pas de problème. La réponse est non. Il ne nous a rien fait, ni à moi, ni à Sigrún. Tu peux te fourrer ça dans le trou du cul.

Freyja faillit éclater de rire. On ne lui en avait pas balancé une pareille depuis l'école primaire. Il était inutile d'insister.

— Et les doigts de Sigrún ? Comment elle les a perdus ? On nous a dit que c'était ta faute. C'est vrai ?

— Waouh ! Vous êtes vraiment cons. Cons, cons et cons. Vous ne savez rien. Rien du tout. Putain de salope de flic !

La porte s'ouvrit, Huldar entra et annonça à Þröstur qu'il pouvait partir. L'interrogatoire était terminé. Mais il devrait rester en ville en attendant sa prochaine convocation. Þröstur ne se le fit pas dire deux fois, il se leva et se précipita dehors. Au passage il heurta volontairement Huldar, qui se contenta de prendre un air contrarié. C'était aussi bien. Freyja en avait assez. Elle avait eu son compte de disputes pour la journée.

— Il y a du nouveau. Je dois me rendre sur place. On interrogera la mère demain. Tu peux t'en aller.

Freyja se leva et se sentit mieux sitôt dans le couloir. Il était mieux aéré que la petite pièce. Elle murmura vaguement un au revoir.

— Mes excuses pour ce matin. Je regrette, cria Huldar dans son dos, au moment où elle atteignait l'ascenseur.

Elle ne se retourna pas et se contenta d'un signe de la main. Il ne renonçait pas. Hélas. Pour elle il n'y avait rien eu entre eux, c'était terminé.

Alors qu'elle attendait son taxi devant le bâtiment de la police, elle se remit à penser à Þröstur et Sigrún. Elle devait se rendre à l'évidence. Il était possible qu'elle se soit trompée. Ils avaient tous deux nié fermement avoir été abusés. Ils s'étaient sentis humiliés et avaient réagi vigoureusement. Si leur père ne les avait jamais touchés, l'agression de Vaka n'était qu'un cas isolé. Les hypothèses qu'elle avait échafaudées n'étaient peut-être que des élucubrations. Plus grave encore, Huldar et toute l'équipe chargée de l'enquête fonçaient peut-être droit dans le mur.

Le taxi s'arrêta le long du trottoir. Freyja s'installa à l'intérieur, complètement désemparée.

29

Huldar était si épuisé qu'il craignait de s'endormir dès qu'il se mettait à cligner des yeux. Il avait sucé son dernier bonbon à la réglisse. Son corps réclamait sa dose de tabac. Mais il résistait, la cigarette qu'il avait fumée ayant réveillé les nausées qu'il combattait depuis le matin. Son fol espoir de se coucher de bonne heure puis de se lever tôt pour aller se déchaîner dans la salle de sport de la police s'était déjà envolé. Hélas. Il avait prévu de courir sur le tapis roulant et de soulever quelques haltères. Il voulait aussi faire un peu de boxe, défoncer le sac de frappe pour évacuer la rage qu'il accumulait depuis des semaines et surtout depuis ces derniers jours. Cette rage, il la dirigeait tout entière contre lui-même. En réalité il pourrait s'estimer heureux s'il rentrait chez lui avant la nuit. Et véritablement chanceux s'il se rendait dans la salle de sport. Sa coupe de cheveux patienterait, sauf s'il essayait de la rectifier avec ses ciseaux de cuisine.

Ce qui l'attendait, c'était du travail à n'en plus finir, de courtes nuits et une mauvaise conscience sans fond. Heureusement ses maux de ventre avaient disparu au moment où il était entré sur la scène de crime où gisait le cadavre de Kolbeinn Ragnarsson. Les autres policiers étaient dans le même état que lui, exception faite de Guðlaugur, qui ne subissait pas les contrecoups de la soirée de la veille, et pour cause. Il tapait sur les nerfs de toute la brigade, à commencer par Huldar, même s'il avait vomi dès son arrivée sur place. Il portait un masque à gaz comme tout le monde.

— Je vais commander des pizzas. Qu'est-ce que tu veux comme garniture ? demanda Guðlaugur.

Derrière son masque il était difficile à comprendre. Étant le plus jeune, c'était toujours sur lui que retombaient les corvées, mais il ne s'en formalisait pas. Tôt ou tard il changerait d'avis mais un petit jeune fraîchement recruté viendrait opportunément le remplacer.

— Un max de viande et du fromage. Et de la bière, répondit Huldar en remontant la fermeture éclair de sa veste.

Il s'apprêtait à sortir. C'était son tour de surveiller les abords de la maison. En temps normal les volontaires ne se bousculaient pas mais cette fois c'était l'activité la plus recherchée. Avec leurs gueules de bois, s'affairer autour d'un homme qui venait de mourir n'avait rien d'une partie de plaisir. Surtout après ce que le corps avait subi. Quand il avait vu Kolbeinn dans la cuisine, il n'avait pu s'empêcher de penser qu'il aurait été bien inspiré de ne pas survivre à sa crise cardiaque.

— D'accord, une pizza à la viande et de la bière.

— Je plaisantais pour la bière. Je veux un coca. Deux cocas. Non. Trois.

Quand il enfonça son bonnet sur sa tignasse trop longue, il fut gêné par les mèches qui tombaient sur ses yeux. Il releva le bonnet et enfila ses moufles. Il était impatient de respirer l'air frais du dehors. Les masques étaient insuffisants pour les isoler de l'atmosphère suffocante. Pourtant Erla avait dérogé aux règles en vigueur concernant le travail sur les scènes de crime. Elle avait fait ouvrir toutes les fenêtres. Mais pouvait-elle faire autrement ? En dépit de leurs masques les policiers hésitaient à entrer dans la maison, de peur d'être intoxiqués. On n'allait pas remettre les opérations au lendemain, le temps que l'air soit redevenu respirable.

— Trois cocas.

Guðlaugur aligna trois bâtons à la suite de ceux qu'il avait déjà inscrits sur son bout de papier. Quand il leva les yeux sous son masque, Huldar crut voir un énorme insecte.

— Tu peux enlever cet engin sans risque, dit-il.

Ils étaient tous les deux dans le vestibule. La porte qui donnait sur l'extérieur était entrouverte et celle qui menait dans la maison était fermée.

— OK.

Guðlaugur plissa les yeux derrière les deux gros verres. Mais il hésita un moment avant de se décider à défaire, lentement, les attaches de son masque.

— Ouf ! Ça fait du bien de s'en débarrasser.

Huldar ouvrit la porte toute grande, franchit le seuil et aspira avec avidité l'air du dehors. Guðlaugur, qui avait gardé son masque sous le bras, l'imita aussitôt. Huldar avait laissé le sien tomber par terre.

— Comment c'est possible de faire ça à une personne vivante ? s'exclama Guðlaugur pendant qu'il fouillait ses poches pour trouver son téléphone et passer la commande.

— Ce n'est pas à moi qu'il faut le demander. C'est incompréhensible. – Huldar continuait d'aérer ses poumons. – Ça fait plus de bien que n'importe quelle cigarette. Tu sais si l'équipe scientifique en a encore pour longtemps ?

— Non. Erla est avec eux. On sera contents d'en savoir plus. Elle m'a hurlé dessus quand j'ai ouvert pour leur demander ce qu'ils voulaient comme pizzas.

En temps normal Huldar aurait souri mais Erla n'était plus un sujet de plaisanterie.

— Tu la vois comment cette pizza party ? Tu crois qu'on va manger à l'intérieur ? Avec les masques sur le nez ? renchérit Guðlaugur.

— Non, on va être obligés de s'installer dans les voitures.

Guðlaugur n'avait toujours pas téléphoné. Huldar aurait juré qu'il faisait durer la conversation. Il différait son coup de fil à la pizzeria pour retourner le plus tard possible à l'intérieur de la maison.

— Il faudra qu'on s'en contente, ajouta Huldar. Je ne pense pas que les hommes auront envie de manger là-dedans.

Il fit volte-face et regarda la petite maison où Kolbeinn et sa femme avaient élu domicile.

Elle voudrait certainement la vendre rapidement. S'il se fiait au compte rendu du policier qui l'avait contactée, le processus de deuil ne durerait pas longtemps. Quand elle avait appris la nouvelle à l'étranger, après avoir pleuré dans le combiné, elle s'était intéressée à l'état de la cuisine : lorsque le vitriol avait été projeté sur son mari, avait-il fait beaucoup de dégâts tout autour ? Avait-il endommagé le revêtement de sol ? Mais il ne fallait pas la juger trop vite. En posant cette question d'ordre pratique elle ne faisait pas forcément preuve de cynisme. Peut-elle cherchait-elle simplement à se raccrocher à quelque chose de matériel qu'elle pouvait comprendre. Quelle était la meilleure réaction face à une mort aussi horrible que celle-là ? Ne valait-il pas mieux, finalement, concentrer son attention sur le lino ?

Huldar se sentait ragaillardi dans l'air glacial. Assez pour tenter de tirer une bouffée. Il sortit le paquet froissé qui lui restait de la veille. Il avait mariné dans une flaque de bière. Il alluma une cigarette. La fumée était aromatisée au houblon.

— Tu n'appelles pas ? Les autres vont mourir de faim.

Guðlaugur composa le numéro.

— On vient de me mettre en attente, dit-il à Huldar, qui ne lui avait pas demandé de lui rendre compte en direct du déroulement de la commande. On peut continuer de parler pendant ce temps-là.

Huldar aspira une seconde bouffée. Parler, il voulait bien, mais de quoi ? Sûrement pas de ses problèmes avec les femmes. Il se doutait que Guðlaugur l'écouterait avec attention s'il se confiait. Ses ébats avec Erla étaient le sujet du jour dans la brigade. Comme personne n'osait la critiquer, les coups étaient pour lui. Il avait nié. On l'avait cru, mais l'activité cérébrale de ses collègues marchait au ralenti. Quand ils auraient récupéré ils reviendraient à la charge. Il aurait plus de mal à assurer sa défense, ils étaient tous entraînés à la détection des mensonges. Ce qui pourrait le sauver, c'était que lui-même l'était au moins autant. Il connaissait les pièges à éviter.

— Au fait, tu sais où on peut se procurer cet acide ? lança-t-il.

— Sûrement pas dans le commerce. Il y en avait beaucoup trop, répondit Guðlaugur en faisant la grimace.

Huldar aspira la fumée et fut pris de vertige. Il éteignit aussitôt sa cigarette.

— Il faut espérer qu'on trouvera une trace de l'achat en remontant jusqu'à l'importateur. Ou jusqu'au magasin où le produit a été vendu, à supposer qu'on puisse en acheter une aussi grande quantité.

Les investigations sur la provenance de la tronçonneuse n'avaient rien donné, alors que les Islandais n'utilisaient pas couramment cet outil. Ils n'avaient pas eu plus de succès avec la chaîne de plusieurs mètres de long, ils n'avaient découvert aucun achat suspect. Il y avait peu de chances qu'ils aient plus de résultats avec l'acide sulfurique. En dernier ressort il leur faudrait vérifier si ces articles avaient été volés. Ils devraient déterminer les lieux où on les utilisait. Des ateliers, des petites entreprises. Il devait y en avoir une centaine dans le pays.

Le vendeur de pizzas étant enfin disponible, Guðlaugur énuméra la commande. En l'écoutant discuter pâte fine ou épaisse, huile à l'ail et supplément fromage, Huldar eut de plus en plus faim. Seulement, quand il aurait le ventre plein, il aurait aussi envie de dormir. Mais affamé et fatigué comme il l'était, il luttait déjà contre le sommeil. Alors ça revenait au même. Son dernier recours serait l'air vivifiant du dehors. Une fois de plus il inspira à pleins poumons mais un bâillement l'interrompit.

— Putain, si vous versez la sauce des petits pains à l'ail dans la bagnole, vous êtes morts !

Erla était assise au volant, une part de pizza dans une main, une canette de coca dans l'autre. Elle n'avait pratiquement pas bougé de la cuisine où elle surveillait l'équipe scientifique et le médecin légiste, qui s'affairaient autour du cadavre. Elle était devenue insensible à l'odeur qu'elle véhiculait, mais ses deux collègues devaient se faire violence pour ne pas se pincer le nez. Huldar étant assis à l'avant côté passager, c'était lui qui en profitait le plus. Il avait tout fait pour éviter de se retrouver seul en voiture avec elle mais elle lui avait ordonné de la suivre. Les autres avaient échangé des coups de coude et des clins d'œil. Ses tentatives pour déminer le terrain auprès de ses collègues étaient réduites à néant. Il avait entraîné Guðlaugur derrière lui pour s'assurer au moins qu'il ne serait pas seul avec Erla. Il ne se sentait toujours pas le courage de discuter avec elle d'autre chose que de l'enquête.

En se dirigeant vers la voiture il avait demandé tout bas à Guðlaugur de parler sans discontinuer pendant le repas. Sinon il aurait affaire à lui. Il voulait l'installer d'autorité sur le siège avant mais, au moment où il ouvrait la portière, Erla l'avait devancé en ordonnant au jeune homme de s'asseoir derrière. Le pauvre venait de contrarier sa chef. S'il parlait trop il aggraverait son cas. Mais Huldar lui devrait une sacrée chandelle, ça c'était sûr.

— Est-ce qu'on a déterminé le moment de la mort ? attaqua Guðlaugur, la bouche pleine, sans laisser au silence la moindre chance de s'installer.

— Tard hier soir. Ou cette nuit, répondit Erla en saisissant une deuxième part sur le carton posé entre les sièges. On connaîtra l'heure exacte après l'autopsie. Je ne sais pas comment on va s'y prendre. Vu l'état du corps il va falloir y aller à la petite cuillère.

Elle mordit dans sa pizza.

— Aucune empreinte ? enchaîna aussitôt Guðlaugur.

Huldar faillit s'étrangler en avalant une bouchée qui resta coincée à mi-parcours. Il la fit descendre avec du coca.

— Non. Aucune. Enfin, on en a trouvé partout à l'intérieur de la maison. Mais aucune sur les bidons vides ou sur le lien qui a servi à attacher Kolbeinn à la chaise. Elles ont été soigneusement enlevées, c'est clair. Les étiquettes ont été retirées. J'espère que ça veut dire que le meurtrier craint qu'on remonte jusqu'à lui. Ça, c'est un point positif. Au moins on saura d'où proviennent ces bidons. Il ne doit pas y avoir tant d'endroits que ça. – Erla s'interrompit pour regarder la rue déserte à travers la vitre. Les gens du voisinage avaient enfin renoncé à les épier pour savoir ce que la police faisait là. – Mais des empreintes, il ne faut pas rêver, reprit-elle. Le dernier des nuls y ferait attention.

Guðlaugur revint à la charge dans la seconde.

— Tu ne crois pas que c'était une erreur de ne pas avoir laissé un policier devant sa chambre à l'hôpital ?

Erla se retourna et passa la tête entre les sièges. Huldar ne vit pas la mine qu'elle faisait, mais elle ne devait pas être très engageante.

— Putain, ça n'aurait rien changé ! Fourre-toi ça dans ta petite tête ! Il y en a qui ne vont pas se gêner pour nous critiquer, alors on ne va quand même pas s'y mettre les premiers ! cracha-t-elle. – Puis elle se retourna de nouveau. – C'est la faute de l'hôpital. Comment on aurait pu deviner qu'ils allaient l'autoriser à sortir sans nous prévenir ? Et tard le soir en plus de ça ! Tant qu'il était dans sa chambre, il ne risquait rien. On ne va pas enlever quelqu'un dans un hôpital plein à craquer.

— Non. Effectivement, dit Huldar, qui s'était fait discret et essayait de manger tranquillement.

Mais il ne pouvait plus laisser le pauvre Guðlaugur alimenter la conversation tout seul.

— Est-ce que l'hôpital maintient sa déclaration comme quoi quelqu'un de la société où Kolbeinn travaillait serait venu le chercher ?

— L'infirmière de garde est absolument formelle. Par contre le directeur de la société comptable, celui qui a appelé, d'après elle, nie catégoriquement avoir envoyé une voiture chercher Kolbeinn. Il ne savait même pas qu'il était à l'hôpital, alors il ne risquait pas de l'appeler. Il était au courant pour le parking souterrain. Mais la crise cardiaque de Kolbeinn, il n'en avait pas entendu parler. Il savait seulement qu'il était en congé de maladie. C'est à se demander si ça n'est pas tout simplement le meurtrier qui a appelé l'hôpital en se faisant passer pour le directeur. Il pouvait facilement trouver son nom. Et ce n'est pas Kolbeinn lui-même qui a reçu la communication. Putain ! On aura tout vu !

— Est-ce que Jón Jónsson pourrait être mêlé à ça ? demanda Huldar.

Il tenait entre les doigts le restant de croûte d'une nouvelle part qu'il ne se rappelait pas avoir déjà mangée. Depuis qu'il avait avalé la première, il sentait le sommeil l'envahir. Il luttait pour garder les yeux ouverts.

— Non. Rien pour l'instant. La perquisition de l'autre jour n'a rien donné, la femme de Kolbeinn débarque complètement. On n'a pas trouvé d'images ou de vidéos pédophiles dans son ordinateur. Il a l'air étranger à toutes ces horreurs. Mais il y a forcément un lien. Tu te rappelles la tête qu'il a faite à l'hôpital, quand tu as prononcé le nom de Jón Jónsson ? Le pauvre aurait mieux fait de la jouer franc avec nous. Faudrait montrer la photo de son cadavre à Þorvaldur, c'est le même genre de forte tête. Ça pourrait lui délier la langue de voir ça, vu qu'il sera peut-être le prochain. – Erla but une dernière gorgée de coca et écrasa la canette. – Il y en a d'autres que ça pourrait faire réfléchir parmi ceux qu'on doit encore interroger. Tout ça, ça traîne des pieds, putain ça me démange de la leur coller sous le nez !

— Tu serais renvoyée, marmonna Huldar.

Il fallait la dissuader si elle parlait sérieusement. Elle en était bien capable.

— N'importe quoi ! Cite-moi seulement un policier qui a été renvoyé.

Huldar ne répondit pas.

— Tu vois bien !

— Et ce Þorvaldur ? Est-ce que quelqu'un assure sa protection ? lança Guðlaugur en attrapant une tranche de pizza entre les sièges.

— Non. Cet imbécile ne veut pas. Il prétend qu'il n'a absolument rien à voir là-dedans. C'est difficile de coller un planton devant sa porte sans lui expliquer qu'on n'en croit pas un mot. Mais ça pourrait nuire aux bonnes relations qu'on doit garder avec le bureau du procureur général.

— Si c'était à moi de décider, j'enverrai quand même quelqu'un chez lui. Ça ne voudra pas dire pour autant qu'il a quoi que ce soit à se reprocher. Apparemment, même s'il y a vengeance, le meurtrier ne s'en prend pas forcément à des gens qui lui ont directement porté préjudice. C'est bien le cas quand on est procureur et qu'on est du côté de l'accusation.

— On t'a demandé ton avis ? siffla Erla, exaspérée.

Non seulement Guðlaugur imposait sa présence dans la voiture, mais en plus il se permettait d'émettre des doutes sur la manière dont elle dirigeait l'enquête.

— On en a déjà parlé avec le bureau du procureur, reprit-elle, et ils ne veulent rien savoir. Tu ne devrais pas oublier que s'ils se mouillent davantage dans cette histoire, ils seront tous déclarés incompétents. Il faudra recruter un procureur supplémentaire. Mais la justice n'a pas les moyens, elle a déjà assez de mal comme ça à boucler son budget. C'est vrai aussi dans notre cas. On n'a pas les forces pour surveiller ce connard. Ses initiales ne figurent même pas sur la liste. Ouais, je sais, ça ne veut pas dire qu'on ne doit pas s'inquiéter de son sort.

Guðlaugur se fit tout petit dans le coin le plus sombre, à l'arrière de la voiture. Erla se tourna vers Huldar.

— J'ai lourdement insisté pour qu'ils nous apportent la totalité des pièces du premier procès. Et pas plus tard que demain. Même s'ils doivent y passer toute la nuit. Putain, ça me saoule qu'on nous prenne pour des cons. Quant à ce putain de tribunal de Reykjanes, ils prétendent qu'ils n'ont rien retrouvé ! Alors ça ne vaut pas le coup de se crever pour leur foutre la pression. Non mais c'est pas vrai ! Putain ! J'espère qu'ils vont retrouver le dossier dans leur bordel, au bureau du proc.

Erla était trop optimiste. Huldar ne croyait pas une seconde qu'il y aurait du nouveau pendant le week-end. Dans le meilleur des cas ils recevraient une rapide note de synthèse le mardi ou le mercredi. Et ce serait trop tard.

— Et l'avocat de Jón ? demanda Huldar. Même s'il n'a pas conservé tous ses documents, il se souvient sûrement de l'affaire. Il pourrait se rappeler le nom des enfants, par exemple. Peut-être même qu'il pourrait nous dire où l'on peut trouver Jón. S'il refuse de nous parler, on fera la même demande au juge. Je peux m'en charger si tu veux. Ça m'est complètement égal de les déranger, même un dimanche. Ils ne seront sûrement pas à la messe.

Ce bref discours vida le peu d'énergie qui lui restait. Il bâilla.

— Si quelqu'un doit aller à la messe demain, c'est bien lui. Mais si tu veux le joindre trouve d'abord un médium. J'ai demandé à lui parler quand j'ai discuté avec ce crétin du tribunal de district, mais je suis tombée de haut. Il ne bossait plus chez eux depuis longtemps. Il était devenu juge à la cour d'appel. Surtout il était mort. Mais je les connais, ces enfoirés, s'il était encore en vie il n'aurait jamais accepté de te parler en dehors des heures de bureau.

Huldar allait dire quelque chose d'intéressant mais il ne savait plus quoi. Il se pencha en arrière, bâilla et cligna des yeux. Le bout de pâte à pizza lui tomba des mains. Il dormait.

Il n'entendit pas Erla chasser Guðlaugur de la voiture sous prétexte qu'elle devait passer un coup de fil.

30

Ce dimanche-là Huldar arriva bon dernier au travail. Il avait besoin de récupérer les heures de sommeil qu'il avait perdues la nuit précédente. Son corps tenait une comptabilité détaillée des heures de repos qui lui étaient octroyées. Quand il n'avait pas son dû il se révélait un créancier impitoyable. Quand le réveil du portable sonna à l'heure prévue, bien avant le lever du soleil, ce fut le moment de faire les comptes. Une main tâtonnante fit tomber l'appareil de la table de chevet. L'écran était fêlé de part en part, mais comme la sonnerie s'était tue, Huldar n'avait pas perdu au change. Quand il se réveilla, il avait reconstitué ses forces et sa mauvaise conscience le laissait tranquille. Après une douche bien chaude, il se rasa soigneusement. Il se sentait bien.

Ce bien-être se prolongerait aussi longtemps qu'il serait capable de chasser de ses pensées la mise au point qu'il devait à Erla. Et le net refroidissement de ses relations avec Freyja.

Il réussit à s'en distraire en prenant le temps de s'habiller, de siroter un café et de fumer une cigarette sur son balcon. Puis il se rendit à son travail. Il était en retard mais il l'assumait.

Sa bonne humeur fut de courte durée. À l'arrivée, quand ses collègues l'accueillirent en l'appelant "la Belle au bois dormant", il crut dans un premier temps qu'il devait ce surnom à sa panne de réveil. Il était assis depuis une heure à son bureau quand il comprit enfin que c'était une allusion à sa sieste dans la voiture d'Erla la veille au soir. Il s'était réveillé seul, Guðlaugur et elle avaient disparu à l'intérieur de la maison, avec les policiers de la seconde voiture. Quand il s'était redressé sur son siège, il s'était vaguement rappelé, pendant qu'il massait sa nuque endolorie, qu'elle avait essayé de le réveiller. Il gardait le souvenir brumeux d'une main caressant ses cheveux et sa joue pendant qu'il somnolait. Un vrai coup de génie qu'il ne se soit pas réveillé ! Il aurait été obligé de lui expliquer que leur malencontreuse relation n'aurait pas d'avenir.

Les corvées, c'était mieux de s'en débarrasser sans attendre, mais il n'en avait pas encore trouvé le courage. Et c'était bien parti pour durer. Il allait reporter au lendemain sa conversation avec Erla. Il avait besoin d'un jour de plus pour se rétablir complètement.

— Eh ! Huldar ! La Belle au bois dormant ! – Depuis le bureau voisin un de ses collègues le hélait, l'air sarcastique, un gobelet de café à la main. – Elle est de mauvaise humeur, Erla, aujourd'hui. Je me demande pourquoi. Les hommes n'ont pas été la hauteur cette nuit ? Ils ne pensaient qu'à dormir ?

Il se mit à rire.

Huldar ne répondit pas mais il était à bout de patience. Le prochain qui lui lancerait une vanne, il ne le raterait pas. Faute de punching-ball, il saurait sur qui se défouler.

Ce qui avait ruiné les efforts de Huldar, c'était qu'Erla l'avait laissé dormir dans la voiture pendant que les autres trimaient sous leurs masques dans l'air suffocant de la cuisine. Or autant on la savait capable de renverser son café sur un policier surpris à somnoler sur une table, autant on l'imaginait mal murmurant "chut !" à la cantonade pour qu'on le laisse dormir comme un loir. Lorsqu'il s'était laborieusement extrait de la voiture pour retrouver les autres, il était trop épuisé pour s'intéresser à leurs réactions. D'ailleurs, sous les masques, c'était difficile à deviner.

— C'est moi que tu regardes ? demanda Huldar en levant les yeux sur Guðlaugur. – Mais il se souvint aussitôt qu'il lui devait un service. – Excuse-moi, ajouta-t-il le plus cordialement possible. Je suis contrarié à cause d'un coup de fil que je dois passer.

— Oh ! Pardon, fit Guðlaugur avec un sourire gêné. Je voulais juste te dire que je crois savoir comment est mort le juge Yngvi Sigurhjartarson. Ça n'est pas encore une certitude, mais je suis quand même à peu près sûr de mon info.

— Je t'écoute.

Huldar était soulagé d'avoir un prétexte pour remettre son coup de fil à plus tard. Les conversations avec Erla n'étaient pas les seules à le rebuter. Le soir précédent, sous le coup de la fatigue, il avait déclaré que ça lui était bien égal de déranger l'avocat un dimanche. Mais au pied du mur il ne savait pas comment il allait s'y prendre. Il n'était pas d'humeur à supporter de se faire insulter parce qu'il appelait en dehors des heures de bureau. Mais comme les documents que le procureur devait transmettre se faisaient toujours attendre, il n'avait pas le choix. Guðlaugur avait été dépêché sur place, au cas où le bâtiment aurait été ouvert. Mais tout était éteint. Personne n'avait donné signe de vie lorsqu'il avait frappé à la porte. Comme Huldar l'avait prédit, le bureau du procureur général ne ferait rien avant le lendemain. Les documents leur parviendraient au plus tôt le mardi.

— L'avis de décès précise juste qu'il est mort brutalement. Dans le faire-part de la Cour suprême je n'ai trouvé que l'annonce de la mort du juge et un curriculum vitae qui revient brièvement sur ses études et sa carrière. J'ai regardé d'autres faire-part de hauts fonctionnaires et d'hommes politiques, ils précisent tous le lieu du décès : à l'hôpital, à l'étranger ou chez eux. Rien de tel dans le cas d'Yngvi. J'ai parcouru également les rubriques nécrologiques des journaux, il y en avait beaucoup. Énormément même. Mais aucune n'indique de quoi il est mort. On a l'impression que les gens tournent autour du pot, au mieux ils disent qu'il est mort prématurément. Personne n'invoque une maladie ou un problème cardiaque. Ça m'a fait penser à un ami à moi qui s'est suicidé. Il y a eu plein d'articles, mais c'était pareil. Personne ne faisait allusion aux causes du décès, sans doute pour ne pas chagriner les parents. – Guðlaugur fit une pause. – Donc je crois qu'il s'est suicidé. Ça n'a sûrement rien à voir avec notre enquête, mais c'est quand même bizarre.

— C'était quand ?

Huldar ne pouvait juger de la pertinence de sa déduction, il ne s'y connaissait pas assez en matière de nécrologie. D'ailleurs ça n'avait peut-être aucune importance.

— C'est tout récent. Deux mois.

Pour un peu ils auraient pu lui parler. C'était rageant. Savait-il que la tempête se préparait ? Était-ce pour ça qu'il avait préféré quitter la scène ? En tout cas c'était une drôle de coïncidence.

— Il était marié ?

— Oui.

— Bon, alors appelle sa veuve et interroge-la sur son décès. Demande-lui de quoi il est mort.

— Quoi ? Guðlaugur avait l'air terrifié.

— Oui. Renseigne-toi auprès d'elle. Tu en es tout à fait capable. Rappelle-toi simplement comment tu t'es comporté avec les parents de ton ami le jour de son enterrement. Et choisis bien tes mots. Elle doit être en train de faire son deuil. Présente-lui les choses telles qu'elles sont. Dis-lui qu'on est tombés sur le nom de son mari dans le cadre d'une enquête. Surtout tu lui précises bien qu'il n'est absolument pas mis en cause en quoi que ce soit. Évidemment. N'oublie pas de dire "évidemment". Ensuite à toi de voir, tu mettras la sauce en fonction de ses réponses. Et pas la moindre allusion à Jón Jonsson, Kolbeinn ou Benedikt.

— D'accord, fit Guðlaugur, qui était devenu tout pâle. Il faut que je me prépare psychologiquement. Mais je vais l'appeler.

Puis il se rassit et disparut du champ de vision de Huldar, qui saisit son téléphone. Ses yeux tombèrent sur la lourde perforeuse qui encombrait son bureau. Il l'aurait volontiers lancée à la tête des deux policiers à sa portée, qui continuaient de ricaner. Ils n'y couperaient pas la prochaine fois.

L'avocat répondit avec empressement au bout de trois sonneries.

— Je m'attendais à votre appel. On l'a donc retrouvé ?

— Pardon ? Vous dites que vous vous attendiez à notre appel ?

— Oui. Vous avez bien lancé un avis de recherche pour retrouver Jón ? Je me suis dit que, quand vous auriez mis la main dessus, il ferait appel à moi pour sa défense. Je l'ai déjà fait deux fois. Qu'est-ce qu'il a fait ce coup-ci ?

Huldar avait compris. La police venait de diffuser son appel à témoins concernant Jón Jonsson.

— Non, nous n'avons aucune nouvelle depuis sa libération. En fait, j'appelle pour autre chose.

— Il a vraiment été libéré ? Oh là là ! Le temps passe vite.

— Alors vous n'étiez pas au courant ?

— Non. Comment je l'aurais su ? J'ai cru qu'il s'était évadé et que c'était pour ça que la police était à sa recherche. Je n'ai pas eu de ses nouvelles depuis que le jugement a été prononcé par la Cour suprême. Je ne me suis pas occupé de lui pendant son incarcération.

— Comment ça ?

Huldar fouilla dans ses papiers, à côté de son ordinateur.

— On m'a dit que vous aviez échangé des lettres. J'ai pensé que cette correspondance était liée à sa condamnation. Enfin c'est ce qu'on m'a dit à la prison.

Il venait de retrouver les notes qu'il avait prises le jour où il avait téléphoné à la prison de Litla-Hraun. Le nom de l'avocat et l'adresse de son cabinet y figuraient bien.

— Quoi ? Moi ? Je ne lui ai jamais écrit ni envoyé quoi que ce soit. C'est sûrement une erreur de leur part.

Huldar haussa les sourcils. Allait-il lui mettre la pression pour l'aider à se rafraîchir la mémoire ? Non, ça ne donnerait rien. L'avocat était très affirmatif, il avait l'air surpris et même contrarié. Non, il n'avait jamais envoyé la moindre lettre.

— Ils ont dû se tromper effectivement ou bien j'ai mal compris. Mais ce n'est pas pour ça que je vous appelle. Je voulais vous demander de me parler de son procès au tribunal du district de Reykjanes. Je sais seulement qu'il a été acquitté. On a le plus grand mal à obtenir des informations, alors j'espérais que vous seriez prêt à un échange avec moi à ce sujet. Je sais qu'on est dimanche mais il y a urgence.

— Je comprends. Est-ce que je peux vous demander pourquoi ?

— C'est dans le cadre d'une enquête criminelle.

— Benedikt Toft ?

— Oui.

— J'ai vu son nom dans les journaux. Assassiné dans un parking souterrain, c'est ça ?

— Oui. Il était procureur dans l'affaire dont je vous parle. Nous cherchons à savoir si son meurtre peut avoir un rapport avec sa profession.

— Et vous pensez que Jón Jonsson est le coupable ?

— Peut-être. C'est une des pistes parmi d'autres. Est-ce que vous vous en souvenez bien ? Est-ce que vous avez gardé des documents ?

— Bien sûr j'ai tout gardé. Je ne jette rien. Je vous enverrai volontiers des copies, en dehors bien sûr des échanges de nature confidentielle avec mon ancien client. Qui d'ailleurs ne vous seraient pas forcément utiles.

— Parfait, mais si vous pouvez me résumer les faits ça sera très bien aussi. Tout ce que nous savons c'est qu'il s'agissait d'abus sexuel sur des enfants.

— D'accord. Ça ne devrait pas être trop difficile pour moi. Cette affaire sortait tellement de l'ordinaire que j'en ai gardé un souvenir précis, même si elle est déjà ancienne.

À l'autre bout de la ligne Huldar entendit un bruit de pas, puis une porte qu'on fermait et le craquement d'un siège en cuir. Il crut aussi entendre tinter des glaçons. L'avocat était-il en train de siroter un whisky ? Si c'était le cas, c'était parfait, ça lui délierait la langue.

— Jón était accusé d'avoir abusé de son fils et de sa fille. J'ai oublié leurs prénoms mais c'étaient des enfants. La petite était plus jeune que son frère. Tout a commencé quand elle est entrée à l'école, à l'âge de six ans, et qu'elle a tout raconté à sa maîtresse. Ça s'est passé dans des circonstances un peu particulières. Les enfants avaient été invités à présenter devant la classe ce que faisaient leurs parents. La petite, qui n'avait sans doute pas compris la question, a commencé à vider son sac. Le temps que la maîtresse réalise de quoi il retournait et l'interrompe, la fillette avait eu le temps de donner des détails suffisamment explicites. La maîtresse l'a emmenée à l'écart. Après l'avoir écoutée, elle a été convaincue que ce n'était pas de l'affabulation. Elle a donc alerté la police.

— On n'a trouvé aucune trace de ces faits nulle part.

— Comme pour tout dans cette histoire. L'enseignante avait du caractère, à en juger par sa narration des faits. Comme la police de Hafnarfjördur n'a rien voulu savoir, l'enseignante n'a pas hésité à se rendre à Reykjavík pour faire un signalement. C'est ce qui avait déclenché la procédure. Pour la remercier l'école lui a envoyé sa lettre de licenciement. C'était absolument incompréhensible.

Huldar fouilla de nouveau dans ses papiers et retrouva la copie du jugement du tribunal. Il regarda la date et fit mentalement le compte à rebours.

— Elle avait six ans au début de l'affaire, et le procès s'est déroulé à peine un an plus tard. C'est bien ça ? Ça n'a pas traîné, dites donc !

— Oui, il y a de quoi s'étonner. Mais c'est bien ça, l'enquête a été bâclée à toute vitesse.

— Et ensuite il a été acquitté. Comment c'est possible, puisque vous m'avez dit que le témoignage de l'enfant était très convaincant ?

— Il n'y manquait rien, je peux vous le dire. Le problème, c'est que son frère affirmait que leur père n'avait rien fait, qu'il n'avait pas abusé d'eux, ni de lui ni de sa sœur. Son témoignage faisait tomber la moitié de l'accusation. Ça n'a pas eu l'air de troubler le procureur. Il ne lui a posé aucune question. Ce procureur, c'était justement Benedikt Toft. Pendant le déroulement du procès j'ai eu la vive impression qu'il ne faisait pas le maximum pour que ce soit l'accusation qui ait le dernier mot. D'ailleurs il n'y a pas eu appel du jugement. Je ne vous dis pas le nombre de fois où je me suis retenu de plaider en faveur de l'accusation, vu les occasions en or qu'il avait laissé passer ! Tout ça était extrêmement pénible. La mère a fait la même déclaration que le gamin. Le représentant du service des affaires sociales de Hafnarfjörður a présenté le foyer sous le jour le plus favorable. Une psychologue pour enfants de la ville de Reykjavík a laissé entendre que la fillette avait tout inventé. Le procès a été expédié en une demi-journée dans la salle du tribunal. L'enseignante n'a même pas été citée comme témoin, le tribunal ne l'a jamais entendue. Deux semaines plus tard le jugement a été rendu et, bingo ! Jón a été acquitté. Je ne suis pas très fier de cette victoire. Et si vous voulez tout savoir je n'ai pas été surpris quand il a eu affaire avec la justice une deuxième fois, un peu plus d'un an après. Et c'était bien plus sérieux, comme vous le savez. Mais le second procès s'est déroulé dans des conditions totalement différentes, vous pouvez me croire, conclut-il avant de faire tinter des glaçons et de produire un léger bruit d'aspiration.

— Est-ce que vous savez pourquoi ça s'est passé de cette façon ?

— Oui, j'ai ma petite idée, mais elle ne repose sur rien de tangible. Je n'ai jamais eu les preuves qui m'auraient permis de tout déballer sur la place publique.

— En tout cas nous sommes intéressés par tout ce que vous pouvez nous dire. Un deuxième homme a été assassiné, Kolbeinn Ragnarsson, il y en a encore un troisième mais on n'a pas réussi à l'identifier. Nous craignons que d'autres personnes soient en danger. Nous sommes dans l'urgence.

— Vous avez dit Kolbeinn Ragnarsson ?

— Oui. Vous le connaissez ?

— Je crois bien que celui qui a témoigné au nom des autorités des affaires sociales s'appelait Kolbeinn justement. Je ne me rappelle plus le nom de son père. Pour des raisons qui m'échappent le procureur n'a pas contesté sa participation au procès, alors qu'il aurait eu toutes les raisons de le faire. Il était chef de service dans l'administration de la municipalité mais il n'était pas diplômé en sciences sociales. Il n'avait aucune compétence dans ce domaine. On pouvait se demander ce qu'il faisait là.

— Et le juge ? Vous ne pensez pas qu'il aurait pu de son côté faire des observations et poser les questions que le procureur avait négligées ?

— Si, mais il ne l'a pas fait. Yngvi Sigurhjartarson se désintéressait de l'affaire au moins autant que le procureur. Très spécial tout ça ! J'ai été abasourdi quand il a été nommé juge à la Cour suprême un peu plus tard. Il devait avoir eu vent de sa promotion. Je suppose que dans sa tête il était déjà parti.

— Il est décédé récemment. Vous êtes au courant ?

— Oui. J'ai appris ça. Les rumeurs vont vite dans les tribunaux. C'est comme partout.

— Des rumeurs ? Des rumeurs sur quoi ?

— Oh ! Je n'aime pas colporter les ragots. – L'homme soupira dans l'oreille de Huldar. – Je vous dis ça sous toutes réserves parce que je n'ai pas pu le vérifier. Mais on raconte qu'il s'est suicidé.

Guðlaugur avait donc raison. Huldar se leva de sa chaise et montra son pouce levé au jeune homme. Il était toujours assis devant son ordinateur, l'air absorbé dans ses pensées. Il ne s'était toujours pas décidé à appeler la veuve. Huldar se rassit, laissant Guðlaugur encore plus perplexe.

— Comment s'est-il suicidé ?

Même si ça n'était pas fréquent, il arrivait que des meurtres soient maquillés en suicides. Le suspect qu'ils recherchaient en était tout à fait capable.

— On dit qu'il s'est noyé. Il hésita un peu. Mais je vous le répète, mes sources ne sont pas fiables.

— J'ai bien compris, répondit Huldar.

Il était peut-être temps de mettre un terme à l'entretien. Mais une question restée sans réponse lui vint à l'esprit.

— Vous avez dit tout à l'heure que vous soupçonniez les raisons pour lesquelles le procès de Jón n'a été qu'une vaste fumisterie. Vous pouvez me les donner ?

L'avocat eut un rire glacial.

— Je crois que je me récuserai si jamais vous l'arrêtez pour ces meurtres. Croyez-moi, si vous le coffrez, j'en serai ravi. J'ai d'autres clients et je n'ai aucune envie de le défendre pour la troisième fois.

Les glaçons heurtèrent le verre et l'avocat but une nouvelle gorgée avant de poursuivre.

— À l'époque, mon intuition, c'était que le père de Jón ou plutôt son père adoptif n'était pas étranger à tout ça. Je n'en ai aucune preuve, mais ce qui est sûr, c'est que c'était un puissant notable de la ville de Hafnarfjörður, peut-être bien le maire.

— Einar Aðalbertsson a été conseiller municipal pendant un temps mais jamais maire, corrigea Huldar. C'est vrai qu'il était influent à cette époque-là, c'était une grosse légume, avec un gros réseau, sans parler de ses accointances politiques.

— Je vois, dit l'avocat. Vu ce que vous me dites, je me pose une question. Qui a décidé que ce serait Kolbeinn qui représenterait la municipalité devant le tribunal ? Même question concernant la psychologue, elle travaillait aussi pour la ville. Est-ce qu'elle était objective ? L'accusé était en quelque sorte le fils adoptif de son… employeur.

— Mais si Jón était le fils adoptif d'Einar, Sigrún était comme sa petite-fille. Est-ce qu'il a pensé à elle ? Ou à son frère Þröstur ? Comment tous ces gens ont-ils pu accepter que le grand-père préfère aider son monstre de fils plutôt que de la libérer de ses immondes griffes ?

— Bonne question. Einar a assisté à tout le procès. Je l'ai observé pendant que la petite témoignait. Je me demandais ce qu'il ressentait au fond de lui-même. Ça ne devait pas être simple. Il écoutait sa petite-fille s'appliquer à décrire les agissements inimaginables de son père. Pendant ce temps-là, Jón, son fils adoptif, était assis de dos devant lui sur le banc des accusés. Pour ma part je sais de quel côté j'aurais penché sans la moindre hésitation.

— Moi aussi.

— Ah ! Une chose encore. Je me suis aperçu que le juge et Einar semblaient être copains comme cochons. Tout comme le procureur et Einar. Étonnant, non ?

— Est-ce que le juge n'aurait pas dû être déclaré incompétent ?

— On était en droit de se poser la question. Mais comme Jón était le fils de la dernière femme d'Einar, il n'avait pas été formellement adopté, alors le juge a pu voir les choses autrement. Ça ne tenait pas la route, évidemment, mais qui aurait dû le signaler ? Pas moi, vu que j'aurais été à l'encontre des intérêts de mon client. Le procureur étant aussi incompétent que le juge, il ne fallait pas s'attendre à ce qu'il le montre du doigt. Pour la mère et le frère de Sigrún, comme pour toutes les autres parties prenantes, tout allait pour le mieux. La seule qui attendait que justice soit faite était la petite Sigrún. Mais elle était trop jeune pour se rendre compte que le procès ne se déroulait pas dans des conditions correctes. Ça s'est terminé comme ça devait se terminer. – Il se tut un instant. – Mais, reprit-il, je ne comprends pas pourquoi Jón aurait voulu tuer Kolbeinn et Benedikt. Aucun d'eux n'avait l'intention de le mettre derrière les barreaux. Bien au contraire. Donc je pense que vous vous trompez de suspect.

Quand ils prirent congé, ils étaient encore plus désabusés qu'au début de leur conversation. Huldar avait besoin de temps pour digérer ce qu'il avait entendu. Il espérait que la tête de Guðlaugur n'allait pas surgir à nouveau au-dessus de son écran d'ordinateur. Enfin, pas tout de suite. Il ferma les yeux pour mieux se concentrer. Il demeura ainsi jusqu'au moment où il entendit plaisanter les imbéciles du bureau voisin, qui le croyaient endormi. Il se leva et se dirigea tout droit vers le bureau d'Erla. Pas pour régler ses affaires personnelles mais pour discuter de ce qui était important, l'enquête.

— De quoi tu parlais avec Erla ?

Avant de lui poser sa question, Guðlaugur avait résisté pendant cinq bonnes minutes après son retour. Il avait au moins le mérite de ne pas s'être démis le cou en tentant de voir ce qui se passait derrière la paroi de verre du bureau d'Erla, contrairement à ses collègues. Quel spectacle espéraient-ils ? Mystère.

— Je lui ai rendu compte du résultat de mon coup de fil de tout à l'heure. Très instructif, tu peux me croire.

— En quoi ?

— Dis-moi d'abord ce que la veuve t'a répondu. Sauf si tu as appelé ta mère pendant que j'étais avec Erla.

— Non, bien sûr que non ! – Guðlaugur rougit de confusion en comprenant que Huldar l'avait souvent entendu discuter au téléphone avec sa mère. – Je l'ai appelée. J'avais raison. Il s'est suicidé.

— OK, ça, je le sais, quoi d'autre ?

— Comment ça, tu le sais ? Pourquoi c'était si important que je l'appelle ?

— C'est l'avocat qui me l'a dit, mais c'était indispensable que tu me le confirmes, et je voulais connaître les circonstances de ce suicide.

— Il s'est noyé en mer.

— D'accord. Ça, je le savais aussi. Rien de plus ?

— On n'a pas retrouvé le corps. Seulement sa voiture à côté de la presqu'île de Grótta, ses vêtements pliés devant le phare et une lettre à son épouse dans la poche de sa veste. Sa montre et ses bijoux étaient posés sur les vêtements.

— Des bijoux ? Quels bijoux ? protesta Huldar. Il ne supportait pas les hommes attirés par le bling-bling.

— Une alliance. Et une chevalière de franc-maçon.

— Une chevalière de franc-maçon ?

— Oui. Il était juge à la Cour suprême. Ils sont tous francs-maçons là-dedans. En tout cas c'est ce que sa femme m'a dit.

Sauf les femmes qui y travaillent, pensa Huldar, mais il n'allait pas perdre de temps en le lui expliquant.

— Rappelle-la. Dis-lui qu'on arrive.

Guðlaugur eut l'air terrorisé.

— Non. Je t'en prie. Fais-le toi-même.

C'était un coup de fil vraiment très difficile.

— Appelle-la, je vais chercher la voiture et on se retrouve en bas. Je te promets que tu n'auras rien à faire quand on la verra. C'est moi qui parlerai.

— Mais…

— Appelle-la. Je te raconterai le coup de fil avec l'avocat pendant le trajet. Dépêche-toi, il faut absolument qu'on ait le temps de la voir et de revenir ici avant que le gars de l'équipe scientifique rentre chez lui.

Huldar tourna les talons sans lui laisser le temps de protester. Il n'avait pas prévenu Erla, il n'avait pas une minute à perdre, il était inutile de lui donner des faux espoirs s'il échouait. Elle aurait bientôt une autre bonne raison d'être déçue.

Ils quittèrent le domicile de la veuve d'Yngvi Sigurhjartarson à peine une heure plus tard. Huldar tenait un sac plastique. La visite avait été pénible et stressante, la femme avait les yeux humides et se retenait d'éclater en sanglots. Elle avait perdu beaucoup de temps avant de trouver quelque chose que personne d'autre que son mari n'avait touché. Les objets ne manquaient pas, il y avait de tout, des vases, des peintures, des statues, de pleines étagères de livres et des pots de fleurs dans tous les coins, mais Yngvi ne s'y intéressait pas. Finalement elle dénicha dans un tiroir de leur chambre un iPad qu'il était le seul à utiliser. Huldar s'en saisit avec des mains gantées et l'introduisit dans un sac plastique transparent. Heureusement, la veuve n'était pas en état de leur demander pourquoi ils avaient besoin des empreintes digitales de son mari. Lorsqu'ils furent enfin en possession de l'objet tant convoité, ils étaient si pressés de quitter les lieux qu'ils se heurtèrent dans l'entrée.

Grâce à un excès de vitesse Huldar fut de retour avant le départ du policier de l'équipe scientifique, qui soupira ostensiblement quand il lui ordonna d'ôter son blouson et de sortir le matériel dont il aurait besoin pour des empreintes digitales. Mais il se résigna.

Il releva les empreintes sur l'iPad et les compara à celles des mains découvertes dans le jacuzzi, au domicile de Benedikt Toft. Quand il eut le résultat sous les yeux, il ne songea plus à se plaindre.

Ils criaient victoire. Huldar fut particulièrement heureux de déranger Erla pour lui annoncer la nouvelle. Ils avaient trouvé le propriétaire des mains. C'était Yngvi Sigurhjartarson, juge à la Cour suprême.

Personne n'oserait plus l'appeler "la Belle au bois dormant".

31

Þorvaldur avait froid. Terriblement froid. Dans le trou à rats où il était enfermé le sol était humide. Le plafond gouttait, les murs froids et rugueux, poisseux par endroits, suintaient. Il commençait à regretter de ne jamais prendre au sérieux les gens qui prétendaient souffrir de maladies dues aux moisissures. L'air putride lui irritait la gorge et la brûlure gagnait ses poumons. Il se laissait aller à imaginer des spores vertes envahissant ses bronches. Il allait être malade, et pour longtemps. Qu'allait-il devenir ? Comme si son avenir n'était pas déjà fichu, et les moisissures n'y étaient pour rien ! Ce qui était sûr, c'est qu'il n'en sortirait pas indemne.

Non, il ne devait pas se laisser abattre.

Il devait aussi éviter de regarder le tas informe dans le coin, sous une couverture défraîchie. Il n'avait toujours pas osé la soulever. L'odeur qui s'en échappait l'en dissuadait. Ce qu'il y avait là-dessous ne l'aiderait pas à sortir de là. Les murs en ciment étaient dépourvus de fenêtres et la porte en acier était verrouillée. La pièce avait les dimensions d'un garage. Mais sans porte de garage qu'il aurait pu forcer.

Des murs en ciment et une porte en acier fermée à clé.

Il n'était pas habile de ses mains et n'avait jamais effectué de travaux physiques. Il n'avait aucune idée du genre d'outil qui pourrait l'aider. Un fusil, peut-être ? Le fusil n'ouvrirait pas la porte. Mais il le débarrasserait de son geôlier.

La veille encore il se serait cru incapable de tirer sur quelqu'un. Maintenant il viserait le cœur ou la tête. Sans aucune hésitation.

Mais il n'avait pas de fusil. Inutile de se faire des idées ! Il ne s'essuierait pas les pieds sur le cadavre de son bourreau. Il ne sortirait pas par la porte grande ouverte en lui marchant dessus.

Ses chaussures n'étaient pas faites pour marcher sur un sol aussi humide. Ses semelles de cuir étaient glissantes comme des patins à glace.

Il avait essayé de se convaincre qu'à force de se projeter contre la porte elle finirait par céder. Alors il s'était élancé comme sur de la glace. Mais il était tombé et s'était mal réceptionné. Son coude droit était tuméfié, peut-être fracturé. Ses vêtements n'avaient pas été épargnés. Il leur avait fallu plusieurs heures pour sécher. Pendant tout ce temps il avait tremblé comme une feuille dans l'air froid et humide. Heureusement maintenant ils étaient secs. Tant qu'il aurait la force de rester debout sur ses jambes, ils pourraient lui procurer un peu de chaleur. Dès qu'il abandonnerait et se coucherait par terre, c'en serait fini. Et il doutait de tenir encore longtemps.

Il n'avait qu'une très vague notion du temps. On l'avait délesté de son portable et de la luxueuse montre qui ornait son poignet. Quand il s'en était aperçu ça l'avait rassuré – un court moment. La disparition de ces deux coûteux accessoires signifiait qu'il était seulement victime d'un vol. Mais en y réfléchissant, il se dit qu'il connaissait bien les mœurs de ses compatriotes. Aucun voleur islandais ne s'y prenait de cette façon. Aucun ne serait assez gonflé pour enfermer sa victime après s'être emparé de ses objets de valeur. Il n'avait jamais entendu parler de vols suivis d'enlèvements, c'était une première.

Il aurait aimé se remonter le moral en se persuadant qu'il était la victime d'une agression ordinaire, improvisée et bâclée. Mais il n'y croyait plus, c'était trop stupide. Ce qu'il subissait était d'une autre nature, et bien plus terrifiant. Il serrait convulsivement le talkie-walkie qu'il avait découvert posé sur le sol à un endroit relativement sec. Sa trouvaille l'avait d'abord réjoui, la batterie était pleine. Cette bouée de sauvetage que son agresseur avait abandonnée là allait l'aider à s'enfuir. Mais le bouton de réglage des canaux avait été retiré. Þorvaldur avait tenté plusieurs fois d'appeler en utilisant le canal préréglé. Ça n'avait rien donné, il n'avait entendu que de la friture. L'appareil n'avait pas été oublié là par négligence. Il en était tellement certain qu'il avait attendu le cœur battant un message de son geôlier. Mais l'appareil était resté muet. Peut-être que ce vieux truc ne marchait plus et qu'il aurait autant de chances de communiquer avec l'extérieur s'il parlait dans le brick vide de lait chocolaté oublié à côté.

Une goutte tombée du plafond atterrit pile sur son crâne. Sa froidure le traversa de part en part. Il essaya de prendre les choses du bon côté. Au moins il ne mourrait pas de soif. Ça lui prendrait un temps fou de collecter les gouttes dans sa paume, mais ce serait toujours mieux que de lécher les murs ou de boire les flaques à même le sol. Un homme tel que lui ne se mettrait jamais à quatre pattes comme un chien.

Þorvaldur jeta un coup d'œil à la couverture. S'il s'enroulait dedans il pourrait s'adosser contre le mur sans risquer de se mouiller. Et même faire un petit somme. Mais au réveil il verrait la chose à découvert et il en aurait plein les narines. La couverture devait puer elle aussi. Ses vêtements sales et froissés seraient comme neufs en sortant du pressing mais l'odeur risquait de résister. Non, il valait mieux laisser la couverture où elle était.

Comment avait-il pu être aussi stupide ? Pourquoi avait-il été aussi imprudent en quittant le commissariat ? Il aurait dû se douter que quelqu'un le guettait. On ne jouait pas avec le diable. Si la police ne se trompait pas, il avait déjà tué deux fois, peut-être trois. Il était prévenu quand il avait regagné sa voiture, trop content d'avoir résisté aux policiers qui croyaient l'attendrir en lui disant que ça le soulagerait de parler.

Sa mémoire avait des ratés. Après le coup qu'il avait reçu sur le crâne, elle avait pris un congé de maladie. Il avait ouvert sa voiture, mais après il ne lui restait plus que des flashs. Il était allongé à l'arrière, il se retenait de vomir sur les sièges. On l'avait extirpé du véhicule et on l'avait attrapé à bras-le-corps. On l'avait traîné sur un chemin ou un espace caillouteux. Puis il s'était retrouvé dans ce sous-sol, où il avait été pris de vertiges. Il avait lutté contre un restant de nausées. Mais miraculeusement il avait réussi à rester debout.

L'ampoule du plafond clignotait. Þorvaldur tendit le cou pour l'observer, il avait peur qu'elle ne s'éteigne pour de bon. Elle avait déjà beaucoup perdu de son intensité, mais comme à l'intérieur du globe qui oscillait au-dessus de lui les fils lumineux lui faisaient mal aux yeux, il ne voulait pas croire qu'elle serait bientôt grillée et qu'il serait plongé dans les ténèbres. Surtout pas avec le tas, là, sous la couverture.

Un craquement dans le talkie-walkie le fit sursauter. Il le colla contre son oreille pour ne pas manquer la communication mais l'écarta aussi sec, sous le coup d'une voix tonitruante.

— Bonjour Þorvaldur, comment ça va ?

Le volume marchait bien, pour ça oui, mais la qualité du son laissait à désirer. La voix éraillée était d'autant moins intelligible que son propriétaire cherchait à la déguiser. Mais c'était bon signe. S'il avait l'intention de le tuer, il lui serait indifférent d'être reconnu.

— Qui êtes-vous ? Que me voulez-vous ? – Comme il avait négligé d'appuyer sur le bouton d'émission de la parole, il recommença. – Qui êtes-vous ? Qu'est-ce que vous voulez ?

— Ne te tracasse pas. Tu vas le savoir.

— Qui êtes-vous ?

— Tais-toi. Encore une question et j'éteins. Bien reçu ?

Þorvaldur se tut et attendit la suite de la communication.

— Tu parles uniquement pour me répondre, c'est compris, pauvre con ? reprit la voix après quelques grésillements.

Þorvaldur poussa le bouton.

— Oui. Je comprends.

— Pas de “je comprends”. Tu as juste le droit de dire “oui” ou “non”. Pas de phrases. Rien d’autre que “oui” ou “non”. Compris cette fois ?

— Oui, répondit Þorvaldur, qui faillit quand même ajouter “je comprends”.

— J’ai une offre à te faire. Ça t’intéresse ?

— Oui.

Þorvaldur avait oublié sa fatigue. Les contraintes que son interlocuteur lui imposait le faisaient bouillir.

— Tu vas avoir de la visite. J’ai écourté ton week-end de papa, alors c’est normal que je me rattrape.

La phrase lui glaça le sang. Þorvaldur ne sentait plus ses doigts, il eut du mal à pousser le bouton pour répondre. Il ne pouvait pas y croire.

— Non.

Il se fit violence pour ne rien dire d’autre que ce mot d’une syllabe.

— C’est la moindre des choses.

— Non.

Il fit de son mieux pour charger le mot de toute la signification qu’il voulait lui donner. Ses enfants ne devaient pas être mêlés à ça. En aucun cas. Mais il n’y arriva pas. Il n’aurait pas dit “non” autrement s’il avait seulement refusé un café.

— Mais pour qu’il ne s’agisse pas de retrouvailles ordinaires, j’ai invité quelqu’un d’autre.

Þorvaldur ne savait quoi répondre, il hasarda un “oui” pour économiser les “non”. Peut-être que s’il ne réagissait pas toujours par la négative, il en saurait plus.

— Oui.

— Tu dois connaître cette personne.

— Oui.

— Qu'est-ce que tu veux dire, avec ton "oui" ? Tu sais qui va arriver ?

Son interlocuteur était si irrité qu'il en oublia de déguiser sa voix. Þorvaldur crut soudain entendre une femme. Une femme avec une voix grave. Ou un homme avec une voix féminine.

— Non.

— Évidemment. Figure-toi que ton visiteur, c'est Jón Jónsson en personne. On va bien rigoler. Tu es pressé de le voir, hein ?

— Non.

— Oh ! Ah bon. Voilà ce que je te propose, écoute-moi bien.

Les mots égrenés par la voix rauque et métallique résonnèrent dans l'espace et plantèrent un à un leur couteau dans son oreille. Lorsque la voix se tut enfin, Þorvaldur, hors de lui, appuya sur le bouton et hurla dans l'appareil.

— Jamais ! Tu m'entends, sale pervers ! Tu ne crois quand même pas que tu t'en sortiras aussi facilement ?

Hors d'haleine, il reprit son souffle et ajouta d'une voix posée, pour que son message soit bien audible :

— Je te tuerai. Quand je sortirai, je te tuerai.

Puis il relâcha le bouton et attendit. Ce fut le silence. Plus un mot, plus de friture sur la ligne, rien. Mais la voix s'éleva de nouveau, aussi nette et posée que lui-même l'avait été quelques instants avant.

— Tu as enfreint les règles. Je suis obligé de te laisser. Mais regarde sous la couverture. Fais ce que je te dis. Tu verras que je ne plaisante pas. Et arrange-toi un peu, n'oublie pas que tu vas avoir de la visite.

Le talkie-walkie se tut. Þorvaldur se défonça vainement sur les boutons en hurlant comme un fou mais il ne réussit qu'à avaler des goulées d'air chargé d'effluves de ciment. Il n'abandonna que lorsqu'il fut à bout de forces. Il s'agenouilla lentement, croisa les mains sur les genoux et laissa aller sa tête.

Alors qu'il sentait le sommeil l'envahir, il se redressa et regarda, droit devant lui, la masse informe à l'autre bout de la pièce. Il devait soulever la couverture. À quoi bon lutter ? Autant se débarrasser de la corvée.

Il se redressa. Il était tout engourdi de froid et de fatigue. Il tituba jusque dans le coin de sa prison. Il se pinça le nez avant de se baisser pour saisir la couverture de laine. Elle était rêche et raide sous ses doigts. Il allait l'arracher d'un coup sec comme on lui avait appris à enlever les pansements quand il était petit, mais il se retint. Si la monstruosité qui se cachait dessous était aussi repoussante qu'il le soupçonnait, il voulait s'épargner la peine de la recouvrir après l'avoir vue.

Il souleva délicatement la couverture, juste assez pour reconnaître la chose. Ce qu'il vit était encore pire que ce qu'il avait imaginé, mais ça ne lui suffit pas. Il voulut quand même lever un peu plus la couverture. Et il vomit.

Le téléphone émit un court bip. Devait-elle continuer de s'ennuyer à regarder le dessin animé aux côtés de ses enfants ou aller tout de suite voir qui venait de lui envoyer un SMS ? Æsa se leva. De toute façon c'était bientôt l'heure de les faire manger. Quand elle les avait récupérés, ils étaient très agités et perturbés. Puis ils étaient passés par une phase d'abattement qui leur avait coupé l'appétit. Elle avait lu quantité de manuels d'éducation mais aucun n'avait prévu les conseils à donner aux parents d'enfants qui trouvaient des pieds coupés.

— Continuez de regarder la télé. Moi, je vais préparer à manger.

Ni Karlotta ni Daði ne réagirent, ils fixaient l'écran, l'air fatigué, les yeux encore tout gonflés des larmes qu'ils avaient versées. Comme les enfants ne réclamaient pas à manger, elle avait le temps d'aller chercher son téléphone.

C'était Þorvaldur, mais malgré sa colère et le mal qu'il lui avait fait, elle ouvrit le message :

> Laisse-moi inviter les enfants au restaurant. Je leur dois bien ça et ça pourrait leur faire du bien. S'il te plaît. Si ça te tente, tu seras aussi la bienvenue.

Elle jeta un coup d'œil sur les deux petites nuques qui dépassaient du canapé. Elle n'avait plus envie de sortir avec lui, mais en la circonstance son idée n'était pas mauvaise. Karlotta et Daði seraient ravis de changer d'air. À condition que ce ne soit plus pour aller jouer dans son jardin. Après ce qu'ils venaient de vivre, ils n'étaient pas près d'y retourner. Mais ça leur ferait du bien de revoir Þorvaldur sans attendre. Si elle laissait passer quinze jours comme d'habitude, ils associeraient longtemps leur père au souvenir des pieds coupés posés sur la neige. Et puis Þorvaldur lui devait bien ça, et elle aurait l'occasion de lui tirer les vers du nez. Elle allait devoir le supporter pendant tout un repas mais ça en valait la peine.

— Ça vous plairait d'aller au restaurant avec papa ?

Karlotta et Daði levèrent la tête et la regardèrent d'un air interrogateur.

— Où ça ?

— Je ne sais pas. Peut-être que vous pourrez choisir.

— Je n'irai plus dans son jardin, déclara Daði.

Ç'avait dû lui coûter de dire ça. Il idolâtrait son père. Il n'y avait rien au-dessus de lui et de son univers. Le bout du jardin y compris.

— Vous n'aurez pas besoin d'aller dans le jardin. Absolument pas. Vous irez seulement au restaurant.

— Et la police ? – Karlotta enroula une mèche de cheveux autour de ses doigts comme chaque fois qu'elle hésitait. – Elle vient avec nous ?

— Non, Pourquoi tu dis ça ?

— Les policiers ont dit que papa devait aller les voir. Ils voulaient lui parler. Mais ils pouvaient lui parler aussi bien à la maison. – Elle lâcha la mèche. – Il est peut-être allé en prison.

— Il n'est pas allé en prison, Karlotta. Il vous invite à manger. Moi aussi il m'invite, si vous préférez que je vous accompagne.

— Oui ! Chouette, on va manger ensemble !

Daði sourit jusqu'aux oreilles, il n'avait plus l'air abattu du tout.

Æsa comprit aussitôt son erreur. Maintenant Daði allait s'imaginer qu'ils se remettaient ensemble. Alors qu'il avait renoncé depuis peu à lui poser la question sans arrêt. Mais il était trop tard. Les enfants étaient très excités. Elle prit le téléphone et répondit à Þorvaldur qu'ils acceptaient l'invitation. Elle n'eut pas le temps de poser l'appareil, un nouveau SMS s'annonçait.

Elle lut :

Suis arrivé.

Æsa fronça les sourcils, contrariée. C'était tout lui, ça, d'attendre déjà dehors, persuadé d'avance qu'il aurait ce qu'il voulait. Elle se rendit à la fenêtre et vit sa voiture. Il s'était garé en marche arrière devant la maison. Elle apercevait le coffre derrière la fumée du pot d'échappement que le gel amplifiait.

— Il est arrivé. Mettez vos bottes de neige. – Elle laissa tomber le rideau. – Dépêchez-vous.

32

Erla était debout, les jambes écartées, la main sur la hanche. De dos on aurait dit qu'elle s'apprêtait à parer un coup ou qu'elle répétait pour les chœurs de l'Eurovision. Devant elle Þröstur était assis sur le canapé, menotté et les mains dans le dos. On avait conduit sa mère au commissariat et maintenant on attendait le retour de la voiture, qui repartirait avec le fils.

Sur le large écran de télévision du salon un soldat était arrêté en pleine course, mitraillette en l'air, dans un passage entre des bâtiments couleur de sable. Huldar connaissait ce jeu vidéo, *Tour of Duty – Black Ops 2.* Il avait traversé le même passage en jouant avec ses copains. Encore quelques pas et le sniper posté sur le toit voisin éliminerait la silhouette agressive. La télécommande, que Þröstur avait lâchée à leur arrivée, avait échoué sur la table basse, à côté des statues recollées, toujours aussi déprimantes. Mais Þröstur devrait attendre pour terminer sa partie. Il était affalé sur le canapé, l'air éteint, le visage nu sans anneaux ni maquillage noir. Sans ses artifices habituels il paraissait plus jeune et plus inoffensif. Mais ses yeux sombres et mobiles, qui tranchaient sur son teint blafard, avaient l'air de chercher autour d'eux une issue.

— Je répète ma question. Où est votre sœur ? demanda-t-elle d'une voix tranchante.

Il était clair qu'elle ne la poserait pas une troisième fois.

— Je répète. Je ne sais pas, répondit Þröstur, qui était obligé d'incliner la tête en arrière contre le dossier du canapé pour regarder Erla en face.

— Très bien. Je n'insiste pas. Puisque c'est comme ça que vous le prenez, vous allez voir ce que vous allez voir.

Erla se tourna vers Huldar et lui fit un signe de tête.

— Conduis-le en bas. La voiture va arriver. Veille à ce qu'il ne tombe pas dans les escaliers.

Il saisit Þröstur par le bras et le tira vers lui pour l'obliger à se mettre debout. Il était étonnamment lourd, à en juger par sa corpulence. Huldar s'attendait à le relever aussi facilement qu'un enfant.

— Viens.

Il le fit passer le long de la table basse et le dirigea sans encombre vers la sortie. Il n'aurait pas été pris de court si Þröstur avait essayé de se cogner quelque part pour accuser la police de mauvais traitements. Les numéros dans son genre avaient aussi une fâcheuse tendance à détendre complètement leurs muscles pour qu'on soit obligé de les traîner comme des gros sacs. Il le tenait donc fermement par le haut du bras, prêt à réagir en cas de besoin. Mais le jeune homme se laissait guider et semblait s'être résigné à son sort. Huldar put même lui poser au passage un vieux blouson sur les épaules, à défaut d'un vêtement plus chaud. Il fallait espérer que la voiture ne tarderait pas trop. Il lui enfonça un bonnet sur la tête par précaution. Ça ne fut pas du goût de Þröstur mais il n'avait pas le choix.

— Tu sais, ce serait mieux pour tout le monde que tu nous dises où est ta sœur, amorça Huldar en s'adressant à la nuque de Þröstur.

Il descendait l'escalier derrière lui en serrant son bras toujours aussi fermement.

— De toute façon on finira par la retrouver. Si on doit lancer un appel à témoins, tout le monde saura qu'elle est impliquée. Et ça m'étonnerait qu'elle apprécie que la police se rende sur son lieu de travail.

— Elle n'a rien fait. C'est n'importe quoi.

— On verra bien. Nous avons besoin de lui parler. Le plus tôt sera le mieux, et pour tout le monde. Surtout si tu as raison.

Ils gagnèrent la sortie en silence. Au-dehors le froid les saisit aussitôt. Aucun véhicule de police n'était en vue.

— Tu fumes ?

Huldar sortit un paquet de sa poche de veste. Þröstur ne répondit pas.

— Si tu fumes, reprit-il, à ta place j'accepterais tout de suite, parce que tu n'es pas près d'avoir une autre occasion d'en griller une.

Comme Þröstur hésitait, il lui planta une cigarette dans la bouche et il l'alluma. Þröstur tira une bouffée avec avidité et expira la fumée. Huldar l'imita.

— Tu es dans de sales draps. Désolé de te le dire.

Þröstur tira une autre bouffée sans réagir. Il tremblait un peu. À cause du froid ou de sa situation ? Impossible de le deviner.

— Fuck you.

Huldar sourit et continua de fumer.

— Combien de temps tu crois que ta mère va tenir pendant l'interrogatoire ? Avant de tout avouer ?

Il balaya des yeux la rue déserte et s'offrit le loisir de regarder les feux virer à l'orange puis au vert.

— Moi, je dirais un quart d'heure. Cinq minutes pour s'installer, écouter les questions, les entendre répéter plusieurs fois, en faisant monter la pression. Dix minutes pour pleurer et… Bingo ! Elle s'emmêlera les pinceaux, bafouillera un peu et après ça viendra tout seul. Ta sœur, elle doit être plus résistante, disons que ça prendra… Une heure. Avant qu'elle se mette à pleurer à son tour.

Il aspira une nouvelle bouffée et laissa la fumée s'exhaler entre ses lèvres. Putain comme c'était bon !

— Ça se passe toujours comme ça, mon cher. Inutile d'essayer de me contredire, conclut Huldar.

— Fuck you, marmonna Þröstur, gêné par sa cigarette.

Huldar sourit encore. Il pouvait l'insulter tant qu'il voulait, ça ne lui faisait ni chaud ni froid. Il se sentait trop bien, il était trop fier de lui. Le mystère serait bientôt résolu et ce serait en grande partie grâce à lui. Il devait savourer ces instants avant que la neige ne vienne les recouvrir et qu'une nouvelle enquête ne les fasse oublier. Pour durer dans la police il ne fallait surtout pas se reposer sur ses lauriers. Il se tourna vers Þröstur.

— Tu devrais me croire. Ça ne dépend que de toi, si tu veux leur éviter tout ça. Si tu n'étais pas aussi entêté elles ne se croiraient pas obligées de te suivre. Je suis sûr qu'elles seraient heureuses de tout nous raconter.

Þröstur fumait toujours mais il avait l'air de vouloir parler. Huldar lui ôta sa cigarette de la bouche. Il allait encore se faire insulter copieusement mais il ferait avec.

— Elles n'ont rien à voir là-dedans. Rien du tout. Laisse-les tranquilles. Va chercher d'autres victimes, espèce de sadique.

Huldar remit la cigarette en place. Ça ne valait pas le coup.

— On a trouvé de la terre dans la voiture. Une grande quantité. Au dos des sièges arrière pour être précis. On voit bien qu'on les a rabattus pour poser dessus quelque chose de drôlement long. Qu'est-ce que ça pouvait bien être, à ton avis ?

Þröstur venait de lui tourner le dos pour qu'il ne voie pas sa réaction, si toutefois il avait réagi.

— On a comparé les échantillons de terre avec ceux qu'on avait prélevés dans la tombe. Je crois avoir compris que ça n'est pas bon pour vous. Bon sang ! Tu peux m'expliquer pourquoi vous n'avez pas rendu la voiture ? Elle aurait été nettoyée. Ça nous aurait compliqué le travail. Alors comme ça, vous vous êtes laissé tenter par une location à la semaine ? Je comprends, c'est tellement agréable d'avoir une voiture ! Pourquoi vous n'en auriez pas profité quelques jours de plus ? Ta mère, ça doit l'épuiser de transporter les courses dans le bus.

Þröstur restait muet.

— Mais… Mais, pour des criminels, vous n'avez vraiment pas de bol. C'est comme avec cette histoire de cylindre temporel. J'ai beau m'arracher les cheveux, je n'arrive pas à comprendre pourquoi tu as collé cette fichue lettre dedans. Sans la liste des initiales, l'enquête aurait pris bien plus de temps. On aurait fini par y arriver quand même, mais plus tard. Tu as mal joué, on t'a mis en échec. C'est vrai que tu n'étais qu'un gamin à l'époque.

— Toi, tu n'es qu'un gros con, répliqua Þröstur en se retournant vers Huldar.

Il aspira une bouffée et la lui projeta en pleine face.

— Un con de merde.

La voiture de police surgit opportunément et roula jusqu'au trottoir. Huldar ôta la cigarette de la bouche de Þröstur, la jeta dans l'égout et la sienne la suivit. Puis il le poussa à l'arrière et s'assit à l'avant. À l'instant du départ il se retourna. Le jeune homme ne quittait pas des yeux la façade délabrée du bâtiment. On pouvait rêver mieux que de regarder disparaître sa maison au loin par la vitre arrière d'une voiture de police.

— Ah ! J'allais oublier. Il y a un sniper embusqué sur le toit de la maison dans ton jeu vidéo, à l'extrémité du passage entre les bâtiments. Tu dois absolument le tuer si tu veux aller plus loin. Il y a un bon angle de tir de derrière la remorque.

Il reprit place, certain que Þröstur aurait oublié son conseil quand il reprendrait sa partie. Il ne rentrerait pas chez lui de sitôt.

— Elle n'a pas de portable ? Même les enfants de trois ans en ont un !

Erla ne voulait pas en démordre. Pourtant les opérateurs téléphoniques implantés dans l'île avaient tous confirmé que Sigrún ne faisait pas partie de leurs abonnés et n'avait pas de numéro. Il restait largement de quoi s'occuper quand on consultait les panneaux consacrés à l'enquête. Des tas de points à éclaircir.

— C'est n'importe quoi ! Tout le monde a un portable ! renchérit-elle.

— Elle n'a pas de téléphone, répliqua Huldar. On a fouillé partout. Même sa mère est catégorique. Tu sais très bien qu'elle est incapable de mentir. Si un gamin de trois ans était venu l'interroger pour lui demander si le père Noël existait, elle aurait répondu que non.

Huldar espérait qu'Erla allait en finir avec ça. Il piétinait, il avait hâte d'entamer l'interrogatoire de Þröstur, qui les attendait depuis trois bons quarts d'heure dans la salle réservée à cet effet. Auparavant on l'avait laissé mijoter en cellule et on avait donné des consignes strictes au gardien. Il devait le surveiller en jetant régulièrement un coup d'œil dans l'œilleton et s'il s'endormait il devait le réveiller et le conduire dans la salle d'interrogatoire. Il fallait l'empêcher de se reposer et de reconstituer ses forces. Il serait plus facile d'agir sur lui s'il était fatigué.

— Tu ne crois pas qu'il serait temps de descendre dans la salle des interrogatoires ?

— Si. Elle se tourna vers lui.

Son expression était dure mais en même temps elle brûlait d'excitation. Comme à la chasse aux oies, quand la balle faisait mouche. Elle ne prenait pas un malin plaisir à s'acharner sur Þröstur et Sigrún, elle se réjouissait seulement parce que le dénouement approchait. Comme ses compagnons de chasse il n'éprouvait lui-même aucun plaisir à donner la mort, c'était la conclusion nécessaire de l'acte. Une seconde et c'était terminé.

— Il faut qu'on arrive à le faire parler, ajouta-t-elle, tu sais comme moi qu'on joue gros.

Huldar acquiesça.

Deux cadres de la direction discutaient devant la salle, la mine grave. Ils donnaient des signes de nervosité. Huldar croisa leur regard à travers la cloison de verre. Il leur sourit et leur fit signe de la main, mais ils l'ignorèrent et se postèrent l'un en face de l'autre pour poursuivre leur conversation. De quoi parlaient-ils ? Il n'en savait rien mais sûrement pas de sujets qui feraient avancer l'enquête. Le sommet de la hiérarchie avait été sacrément secoué quand Erla leur avait appris qu'outre un procureur il fallait compter un juge de la Cour suprême parmi les victimes. Comme si l'assassin avait attrapé l'organigramme et l'avait secoué si vigoureusement qu'il avait fait tomber les photos de leurs petits cadres. Ces types-là ne se montraient jamais le dimanche en temps ordinaire.

Mais pour Huldar comme pour Erla les postes occupés par Benedikt Toft et Yngvi Sigurhjartarson n'avaient aucune importance. Ces morts n'étaient plus une priorité. Leurs efforts se concentraient désormais uniquement sur les victimes potentielles qu'ils espéraient sauver, Þorvaldur Svavarsson et ses enfants. Tous les effectifs disponibles avaient été mobilisés pour passer la capitale au peigne fin, ainsi que le secteur de Hvalfjörður et la campagne autour d'Akranes et Borganes. On n'avait obtenu aucun résultat. L'équipe tout entière vivait dans la crainte de ne pas réussir à les localiser à temps. Le reste ne comptait plus, à commencer par ses problèmes personnels avec Erla. Leurs relations étaient comme avant.

Leurs échanges se limitaient aux nécessités de l'enquête. Ils étaient brefs et précis.

Erla but de l'eau et posa brutalement son verre sur la table de réunion.

— Þröstur ne sortira pas d'ici tant qu'il ne nous aura pas dit où les enfants ont été emmenés. Je resterai avec lui jusqu'à demain s'il le faut.

— Moi aussi.

Ils quittèrent la pièce aussitôt mais ils n'allèrent pas loin. Les deux cadres interceptèrent Erla, ils avaient besoin de lui parler. Huldar attendit fébrilement à distance qu'ils aient épuisé leur liste de questions. Un peu plus loin Æsa était assise aux côtés d'un policier. Elle pleurait, tête baissée. Le policier avait été chargé de bavarder avec elle dans l'espoir qu'un détail important qu'elle aurait omis jusque-là lui revienne en mémoire.

Elle avait appelé le numéro d'urgence pendant le transfert de Þröstur au commissariat. Elle était dans un état de panique quand elle avait déclaré que ses enfants venaient d'être kidnappés. On avait envoyé un taxi la chercher sur place. Elle avait trouvé refuge près de la route où elle avait été abandonnée, sans téléphone ni portefeuille.

À son arrivée au commissariat Æsa avait été terrassée par une crise de nerfs. Elle pleurait et hurlait qu'on lui ramène ses enfants. Elle avait une vilaine plaie à la joue et les mains écorchées. Un filet de sang coulait lentement le long de sa nuque. Mais elle ne s'en plaignait pas, elle semblait ignorer ses blessures.

Après avoir réussi à la calmer, on l'avait aidée à raconter les circonstances de l'enlèvement. Elle était à bout de forces et son récit était entrecoupé de sanglots. Mais on avait fini par y arriver et depuis lors l'étage entier était sens dessus dessous. L'ordre des priorités avait été bouleversé. Il fallait retrouver les deux enfants coûte que coûte avant qu'il ne soit trop tard. Le suspect avait déjà fait la démonstration qu'il était capable du pire. Il aurait été irresponsable de penser qu'il prendrait en considération l'âge de ses victimes. On avait essayé de joindre leur père mais, comme on n'y était pas parvenu, on en avait déduit qu'il avait lui aussi été emmené quelque part. D'ailleurs Æsa avait déclaré que leur agresseur roulait dans la voiture de Þorvaldur et utilisait son téléphone.

Elle avait expliqué qu'il l'avait attirée jusqu'à la voiture de son ex sous un faux prétexte. Elle avait installé les enfants à l'arrière. Il l'avait frappée à la tête pendant qu'elle attachait leurs ceintures. Lorsqu'elle avait repris connaissance la voiture roulait à toute allure dans la nuit, à la périphérie de Reykjavík. Elle avait les mains et les pieds liés, une cagoule à l'envers lui couvrait le visage. Elle ne voyait presque rien, seulement de vagues contours et des éclats de lumière intermittents. Lorsque le conducteur s'était aperçu qu'elle avait retrouvé ses esprits, il s'était arrêté immédiatement et l'avait extirpée de la voiture. À force de racler sa tête contre le sol elle était parvenue à se débarrasser de la cagoule. Tout près elle avait vu les lumières d'une ferme. Elle avait couru vers elle mais elle était tombée plusieurs fois en chemin. Elle ne pouvait pas décrire l'agresseur mais elle pensait que c'était une femme qui l'avait sortie de la voiture, une femme ou un homme avec de petites mains. À cette étape de l'enquête on supposait qu'il s'agissait de Sigrún. Certes elle n'avait pas le permis, mais il ne fallait pas exclure qu'elle sache conduire. Quoique douce et réservée en apparence, elle n'était pas obligatoirement la bonté incarnée.

Erla prit enfin congé de ses supérieurs. Quand elle leur tourna le dos elle leva les yeux au ciel et fit la grimace. Sans dire un mot ils se rendirent à grands pas déterminés dans la salle où Þröstur attendait. Erla poussa la porte en coup de vent, entra telle une tempête, attrapa une chaise, la plaça en face de lui et s'affala bruyamment dessus.

— Maintenant tu vas tout nous dire. Tu n'as pas le choix. On va commencer par ça.

Elle poussa vers lui une photocopie de la lettre qu'il avait écrite une décennie plus tôt.

— Qui est qui sur ta liste ? Qui est encore en danger ?

Huldar s'assit plus posément qu'Erla et regarda Þröstur, le nez sur sa lettre. Avec son air las, ses épaules basses et ses cernes sous les yeux, il avait perdu toute sa superbe.

— Je peux avoir un verre d'eau ?

— Non.

Erla ne s'était pas contentée d'ordonner qu'on l'empêche de dormir, elle avait interdit qu'on lui donne à manger ou à boire. Il n'avait pas non plus le droit d'aller aux toilettes.

— Vous n'allez pas me laisser crever de soif ! J'ai besoin d'eau.

— Tu n'auras rien à boire. Si tu n'es pas content, tu n'as qu'à te plaindre auprès d'Amnesty International.

Compte tenu des circonstances, ils jugeaient tous les deux que ce cruel petit jeu était un mal nécessaire. S'il ne crachait pas le morceau assez vite, ils seraient peut-être contraints de recourir à des méthodes encore plus rudes. Il faudrait sans doute en passer par là.

— Pendant que tu y es, tu vas me dire où ta sœur est partie avec les enfants. Si tu nous le dis, tu auras de l'eau. Sinon rien.

Þröstur leva les yeux sur Erla, visiblement surpris.

— De quels enfants vous parlez ?

— Des enfants de Þorvaldur Svavarsson. Qui ont disparu avec ta sœur depuis qu'elle les a enlevés.

— Je vous ai déjà dit que je n'ai jamais entendu parler de ce Þorvaldur Svavarsson. Alors comment voulez-vous que je sache où sont passés ses enfants ? Je dis la vérité. Je le jure. Et Sigrún n'a enlevé aucun enfant. Elle doit être quelque part, ça lui arrive de disparaître quand elle ne va pas bien. Mais c'est seulement pour faire de longues promenades, des trucs comme ça. Je vous jure qu'elle n'est nulle part avec des enfants.

— On n'est pas des imbéciles, Þröstur.

Erla se pencha en avant au-dessus de la table et le saisit brutalement par le menton.

— Maintenant on sait quel lien il y a entre vous deux et tous ces gens. On sait ce qu'ils vous ont fait à toi et ta sœur quand vous étiez petits. Ils vous ont fait du mal mais il faut être complètement cinglé pour se venger d'une manière aussi immonde. Vous ne valez pas mieux qu'eux.

Elle le lâcha si brusquement qu'elle fit ballotter sa tête.

— Où sont les enfants ?

— Je vous le jure, je ne sais rien sur aucun enfant. Je ne sais rien non plus sur ce Þorvaldur. Il n'est pas sur cette liste.

Toujours menotté et les mains dans le dos, il tendit le menton en direction de la lettre.

— Ah oui ? – Erla se rejeta en arrière. – Alors tu peux me dire qui est dessus ! En dehors de Benedikt, Kolbeinn et ton père ? Qui c'est, S.G. ? Qui c'est, I. ? Et V.L. ? Et à quoi sert cette liste exactement ? Le juge Yngvi figure parmi les victimes mais il n'est pas dessus. Et Þorvaldur ? Est-ce qu'ils ont été ajoutés après ? Est-ce que ça veut dire qu'on doit s'attendre à ce qu'il y en ait encore d'autres ?

Þröstur regarda la feuille.

— Il n'a jamais été question de s'en prendre à des enfants. Ça n'a jamais été prévu.

— Qui sont-ils, Þröstur ? demanda Huldar, qui s'était penché au-dessus de la table pour désigner du doigt les initiales. Si tu nous aides, on sera plus indulgent avec toi. Si on fait du mal aux enfants, ta vie sera complètement fichue. Tu ne t'en sortiras pas comme ça. Tu iras en prison. Après ça sera comme si on t'avait marqué au fer rouge, pour le restant de tes jours. Exactement comme ton père. Tu as envie de suivre ses traces ? – Huldar retira sa main. – Ces deux petits qui vont à l'école maternelle, ils ne sont en rien responsables de ce qu'on vous a fait subir. En rien ! Si tu as un tant soit peu de sens moral, dis-nous où ils sont.

— Je vous ai déjà répété cent fois que je ne sais pas. Je n'en ai vraiment aucune idée.

— D'accord. Admettons. Mais tu sais qui les a enlevés, ça peut suffire pour nous aider à les retrouver.

Ils se turent. Erla et Huldar ne quittaient pas des yeux le dessus du crâne du jeune homme, qui s'était penché sur la liste posée sur la table. Il se redressa soudainement.

— B.T. c'est Benedikt Toft. Il a obtenu son diplôme de droit grâce au salaud qu'on considère comme mon grand-père. C'est lui qui s'est chargé de bâcler le dossier vite fait pour faire foirer l'accusation. Il a rendu ce service à son ami, qui n'aurait pas supporté le scandale d'être en famille avec un pédophile. K. c'est Kolbeinn. Quand j'ai écrit ça j'avais oublié de qui il était le fils. Il travaillait pour la municipalité de Hafnarfjörður. Il s'est débrouillé pour que le rapport de la bande de pourris des affaires sociales soit très favorable à la famille. En échange mon grand-père l'a recommandé auprès d'une société comptable dans laquelle il avait des parts. C'est comme ça qu'il a obtenu un très bon poste. S.G. c'est Sólveig, je ne sais plus de qui elle est la fille. C'est la psychologue qui a trahi ma sœur, elle a déclaré devant le tribunal que Sigrún avait tout inventé. Elle a menti en toute connaissance de cause. Elle avait déjà mal agi envers moi auparavant. En remerciement la ville lui a offert sur un plateau un poste de conseillère avec un contrat particulièrement juteux. On ne lui a pas encore réglé son compte, à cette salope. Je ne m'en remets pas, dit-il en levant la tête. – Il ne plaisantait pas, visiblement. Il se pencha de nouveau sur la liste. – Le I., c'est Yngvi Sigurhjartarson, le juge, continua-t-il.

— Yngvi n'est pas écrit avec un I, Þröstur. Normalement ça commence par un Y.

— Et alors ? Ce n'était pas un contrôle d'orthographe !

— Non. C'est tout à fait exact. Continue.

— Ce porc nous a trahis, moi et ma sœur. En échange mon grand-père a fait sa promotion auprès de ses potes, des hommes de loi et des politiciens. Ils avaient assez d'influence pour le faire nommer juge à la Cour suprême. C'est comme ça qu'il a eu le poste. Un super plan ! Un mauvais pour moi et Sigrún. Et Vaka. Il ne faut pas l'oublier, Vaka.

— Non. On le sait. Erla désigna la feuille. Et V. L. c'est qui ?

— Valdi. Valdi Lögga*.

— Et qui est Valdi Lögga ?

— C'est le flic à qui je me suis adressé, c'est à lui que j'ai demandé de l'aide.

— Quand ça ? D'après ce qu'on sait, le point de départ de l'affaire, c'est quand Sigrún a tout raconté à l'école.

— C'était avant. Longtemps avant. Quand Sigrún avait quatre ans et moi huit. – Þröstur baissa de nouveau les yeux. – Notre monstre de père avait commencé à s'intéresser à elle, de tout près. Il s'était lassé de moi. Il se tut, inspira profondément et renifla.

Pas un instant Erla ou Huldar ne songèrent à le brusquer. Ils ne connaissaient que dans les grandes lignes l'horreur des événements qu'ils avaient vécus. Il leur dévoilait les dessous de toute l'affaire.

— J'ai décidé d'aller voir la police. La police, elle est censée être là pour arrêter les criminels. C'était en décembre, c'était le dernier jour d'école avant les vacances de Noël. Je suis allé au poste, j'étais terrifié mais je voulais sauver Sigrún à tout prix. Le policier qui m'a reçu m'a dit qu'il s'appelait Valdi Lögga. Il m'a conduit à l'écart et je lui ai raconté toute l'histoire. Pour la première fois de ma vie j'ai raconté ce qui m'était arrivé. Il m'a écouté, je croyais qu'il m'emmènerait dans sa voiture de police et qu'il arrêterait papa. Mais ça ne s'est pas passé comme

* *Lögga* signifie flic en islandais.

ça. Il a dit qu'il fallait d'abord faire une enquête. Il m'a demandé qui pouvait venir me chercher. J'ai donné le nom de mon grand-père car je ne voulais surtout pas que ça soit mon père, ou même maman. Ils ne devaient pas savoir ce que je venais de faire. Quand mon grand-père est arrivé ils sont allés discuter dans un coin. Après ça mon grand-père m'a ramené à la maison. Il m'a ordonné de la boucler. Je devais arrêter de colporter des mensonges, il avait toujours été un bon père pour moi. On est entrés dans la maison, et là il a tout raconté à mon père. Qui m'a battu. Il m'a réduit en bouillie. Je n'ai plus jamais eu de nouvelles de ce Valdi. Il n'y a pas eu d'enquête. Plus tard grand-père m'a expliqué qu'il avait réussi à convaincre le flic de la boucler. Comme il faisait des études de droit à l'université, il lui a garanti une bonne place dès qu'il aurait son diplôme. C'est ce qu'il a dû faire puisqu'il n'a jamais parlé de rien. Ni au premier procès, ni au second. J'ai cru que je pourrais sauver ma sœur en faisant appel à la police. Je me suis bien planté.

— Tu n'en as parlé à personne d'autre ? Un professeur, un médecin, ou ta mère ? Un autre adulte ?

Huldar veillait à ne pas lui laisser voir combien il compatissait. Ce n'était pas le moment de s'attendrir sur le sort du pauvre garçon. Mais c'était difficile. Þröstur leva les yeux. Il les avait gardés baissés pendant tout son récit. La rage était revenue dans son regard.

— J'avais seulement huit ans. J'étais un peu con, je croyais qu'on ne pouvait réclamer justice qu'en passant par la police. Comme elle nous laissait tomber, je me suis dit qu'il n'y avait plus rien à faire. Ma mère, c'était un cas désespéré, la sale brute la dominait totalement,

Elle n'a jamais voulu voir ce qui se passait sous son nez. J'ai essayé des tas de fois de lui parler mais elle n'écoutait pas. Elle me disait "chut". Elle regardait partout autour d'elle, tellement elle avait peur qu'il puisse nous entendre. Alors j'ai fait la seule chose que je croyais possible. J'ai fugué avec Sigrún.

— Et vous n'avez pas dû aller bien loin.

— On a réussi à marcher un peu plus loin que l'usine d'aluminium*. Je voulais qu'on aille à Keflavík. Je croyais qu'on pourrait prendre l'avion pour l'étranger et vivre au loin. Mais il faisait froid, le vent s'est levé et il a commencé à neiger. On a bien failli mourir de froid. C'est le froid qui s'est attaqué aux doigts de Sigrún. Je n'avais pas eu la présence d'esprit de prendre des moufles. Heureusement quelqu'un nous a aperçus entre deux averses de neige et nous a sauvés. Mais c'était trop tard. Il a fallu lui amputer deux doigts. Elle est allée à l'hôpital et mon grand-père est venu me chercher. Il m'a frappé comme un dingue dans la voiture. J'avais l'œil en sang. J'ai été sourd d'une oreille pendant une semaine. Mais personne ne m'a demandé ce qui m'était arrivé. On m'a emmené voir la psychologue, cette Sólveig, mais elle a refusé d'écouter ce que je voulais lui dire. Pendant tout le temps que j'ai passé avec elle, elle m'a fait la leçon. Elle a essayé de me persuader que j'avais rêvé ou que j'avais tout inventé. Que nos parents prenaient bien soin de nous, que j'avais bien de la chance et que je devrais leur être reconnaissant. – Il se tut et grinça des dents. – Je la hais ! J'aurais voulu qu'elle soit la première sur la

* À la sortie de Hafnarfjörður sur la route qui mène à l'aéroport.

liste, clama-t-il rageusement. Je ne voulais surtout pas qu'elle s'en sorte.

— Elle ne s'en sortira pas, dit Huldar.

Il comprenait sa haine, et même, d'une certaine façon, la violence et l'horreur qui étaient la signature de ces crimes. Le mobile de ces actes était une haine démesurée qui pouvait s'expliquer. Ce n'était pas acceptable pour autant mais ce n'était pas de la perversité gratuite.

— Elle devra répondre de ses actes. Je peux te le promettre.

— Tu parles ! Þröstur frissonna. Je te crois… ou pas.

— Nous devons sortir un instant, dit Erla en se levant. Ça ne sera pas long.

Ils laissèrent Þröstur seul à l'intérieur. Huldar s'attendait à une réprimande parce qu'il n'avait pas le bras assez long pour faire de pareilles promesses, mais il n'en fut rien.

— Valdi Lögga, c'est probablement Þorvaldur*. Quand on a trouvé les pieds dans son jardin, j'ai consulté son curriculum vitae et je me souviens qu'il a commencé à travailler chez le procureur général juste après avoir obtenu son diplôme, ce qui est plutôt inhabituel. Pendant qu'il faisait ses études il a gagné sa vie entre autres comme policier remplaçant à Hafnarfjördur. Je suis sûre que si on creuse un peu plus on va découvrir qu'il travaillait déjà dans la police quand Þröstur a essayé de porter plainte contre son père au mois de décembre. Il est là son rapport avec notre enquête. Ça n'a rien à voir avec le fait que depuis il est devenu procureur. – Elle fronça les

* Valdi est le diminutif de Þorvaldur.

sourcils. – Il y a tout de même quelque chose que je ne comprends pas. Þröstur a l'air très convaincant quand il dit qu'il ne connaît pas Þorvaldur Svavarsson. Pour lui, celui qu'il fallait tuer c'est V. L., Valdi Lögga. Si c'est bien ça, ça signifie qu'il n'est pour rien dans sa disparition.

Huldar n'eut pas le temps de réagir. Elle partit en vrille.

— Ça ne colle pas avec le reste ! Putain, qu'est-ce qu'on va faire maintenant, s'il n'a rien à voir avec l'enlèvement des gosses ? Comment on va les retrouver ? Je me fous complètement de ce Þorvaldur mais je veux retrouver les enfants. Sains et saufs.

Deux rides profondes se creusèrent sur son front. Son téléphone sonna, elle regarda le numéro et répondit. Huldar entendit l'écho lointain d'une voix masculine et les réponses d'Erla, claires et nettes. Puis elle raccrocha.

— On a retrouvé Sigrún.

— Où ça ?

— Les policiers qui surveillaient leur domicile l'ont vue rentrer chez elle. Ils l'ont arrêtée, elle est en route pour le commissariat. Elle a dit qu'elle était au cinéma. Qu'elle avait fait une longue promenade à pied, qu'elle était entrée dans une librairie et qu'ensuite elle était allée voir un film.

— C'est vrai ?

— On va tout vérifier. Si elle a enlevé les enfants, ça ne me plaît pas. Pas du tout. – Elle souffla longuement et rassembla ses esprits. – Va lui chercher de l'eau. On continue.

Huldar obéit sans rechigner. Dans la cuisine il choisit le verre le plus grand et le remplit. Lorsqu'il revint,

Erla était assise à sa place en face de Þröstur. L'interrogatoire venait de reprendre.

— Maintenant on connaît le mobile de tous ces actes criminels. Mais il reste une question, où sont les enfants de Þorvaldur ? Les enfants de Valdi Lögga ?

— Je vous jure que je ne sais pas.

Þröstur tendit la main vers le verre d'eau mais Huldar l'approcha d'Erla.

— Tu as encore des efforts à faire. Qui les a enlevés ? Sigrún ?

— Ni Sigrún ni moi. Ce n'est pas la liste de gens que je voulais tuer. C'est encore moins celle de Sigrún.

— Putain ! Alors c'est quoi, ça ? répliqua Erla en attrapant la feuille et en l'agitant devant Þröstur.

— C'est la liste des gens que les parents de Vaka ont prévu de tuer. – Þröstur fixa le verre d'eau. – Est-ce que je peux boire, maintenant ?

Huldar poussa le verre dans sa direction.

33

La mémoire du téléphone de Freyja était pleine. Elle avait pris quantité de photos de Saga pour se donner le maximum de chances d'en réussir quelques-unes qu'elle destinait à Baldur. Mais le résultat était médiocre. La fillette avait le don de tourner la tête ou de fermer les yeux juste à l'instant où Freyja appuyait sur le déclencheur. Une ou deux étaient passables et elle devrait arriver à en améliorer quelques autres.

Freyja avait emmené Saga au bord du lac sous prétexte de donner du pain aux canards. En réalité elle espérait y retrouver son séduisant papa du week-end. Il n'était nulle part mais l'endroit était bien fourni en pères de famille avec poussettes et sacs de pain. Des canards dodus barbotaient dans un coin du lac dépourvu de glace parmi des morceaux de pain renouvelés à l'infini. Aussi longtemps que des petits enfants vivraient et grandiraient dans ce pays, ils ne seraient pas obligés de jeûner. Saga jetait ses bouts de pain tout autour de la poussette mais Freyja n'en avait cure. Ce soir ce serait la fête chez les mouettes.

Mollý s'affala au pied du canapé où Freyja s'était allongée. La chienne était dans le même état que les canards, complètement repue après avoir englouti la viande hachée que Freyja lui avait rapportée. L'équivalent de deux repas d'un coup mais elle culpabilisait tellement d'avoir été absente pendant le week-end qu'elle avait tout vidé dans son écuelle.

Comme d'habitude elle n'avait rien de prévu pour sa soirée de dimanche. Ses amies préféraient passer leur temps à poster des commentaires sur Facebook qui la faisaient mourir d'ennui : des citations sur le bonheur ou l'importance des valeurs positives, des photos de leur dîner ou d'elles-mêmes dans des positions de yoga si compliquées qu'elles étaient forcément truquées.

Si elle était de mauvaise humeur, c'était seulement parce qu'elle ne préparait des repas pour personne d'autre que Mollý. Elle ferma son ordinateur et s'empara du téléphone. Elle avait gardé le numéro de son papa du week-end mais il était déjà tard. Après avoir fait la nounou pendant deux jours, tout comme elle, il devait être épuisé. Il valait mieux l'appeler une autre fois.

Sur ces entrefaites le téléphone sonna et elle lut sur l'écran un numéro inconnu. Si c'était lui ?

— Allô ?

— Bonsoir. Vous êtes bien Freyja ? La psychologue ? demanda une voix qu'elle ne reconnaissait pas.

— Oui. C'est elle-même. À qui ai-je l'honneur ?

— Pardon, je m'appelle Orri. Vous m'avez donné votre carte de visite devant le siège de la police.

— Oui. Bonsoir. Freyja se redressa sur son canapé et posa l'ordinateur. Je ne m'attendais pas à avoir de vos nouvelles.

— Et je n'avais pas non plus l'intention de vous appeler.

Il respirait fort à l'autre bout du fil, peut-être allait-il se raviser ?

— Je sais que je ne devrais pas vous appeler un dimanche soir, reprit-il, mais j'ai un gros problème et je ne sais pas à qui en parler. Comme il est psychologique, après avoir bien réfléchi, j'ai décidé de vous contacter comme vous me l'aviez proposé.

— Vous avez bien fait. Vous n'allez pas bien ?

Parmi ses confrères spécialistes des adultes, y en avait-il un qui serait disposé à le prendre en charge en urgence et en dehors de ses heures de travail ? se demanda-t-elle. Aucun nom ne lui venait à l'esprit.

— Je ne vais pas bien, c'est sûr, mais ce n'est pas la raison de mon appel. Je m'inquiète au sujet de Dagmar, mon ex-femme. J'ai peur qu'il arrive quelque chose de très grave.

— Elle est avec vous ?

— Non ! Son interlocuteur semblait choqué. Croyait-il qu'elle imaginait Dagmar allongée par terre à ses pieds, la bouche écumante, frappée d'une crise d'hystérie ?

— Alors où se trouve-t-elle ?

— Je ne sais pas. L'homme hésitait, comme s'il commençait à regretter de l'avoir appelée. Mais j'ai des doutes.

— D'accord. On laisse ça pour l'instant. Est-ce que vous craignez qu'elle se mette en danger elle-même ?

— Est-ce que je peux venir chez vous ? demanda-t-il subitement.

Freyja jaugea d'un coup d'œil son salon, le canapé effiloché, les poils de chien et le désordre qui l'environnait faute d'avoir eu le temps de ranger pendant le week-end. Le reste de soupe aux nouilles chinoises dans un bol sur la table basse, entre un magazine, des journaux et le courrier de la semaine, le séchoir garni de linge sec depuis plusieurs jours.

— Non. Ce n'est pas possible.

— Oh ! Je comprends. Mais est-ce que vous pourriez venir chez moi… Ou bien, on pourrait se retrouver quelque part en ville ? C'est pénible de parler de tout ça au téléphone.

Freyja réfléchit. Qu'avait-elle de mieux à faire ? Traîner sur les réseaux sociaux, regarder les photos des enfants de ses amis ?

— Ça ne peut pas attendre jusqu'à demain ? Si vous veniez à la Maison des enfants, je pourrais vous aider à trouver un psychologue qui ne soit pas comme moi spécialiste des enfants. C'est si urgent que ça ? C'est si grave ?

Orri eut un rire sec et forcé.

— Si mes soupçons sont exacts, je crois qu'on ne peut rien imaginer de pire.

— D'après ce que vous me dites, il est urgent de l'hospitaliser. Je vous conseille d'appeler le service de psychiatrie de l'hôpital. Dans une situation comme celle-là, je ne peux pas vous être utile.

— Je l'ai fait. Ils ne veulent rien entendre. Je ne suis pas un membre de sa famille. Ils avaient l'air de croire que j'étais en train de préparer un sale coup contre Dagmar, dans le genre drame du divorce. Vous pouvez me croire, ce n'est pas ça du tout. Ça fait plus de dix ans que nous sommes séparés.

Il se tut un instant puis reprit la parole, bien plus posément qu'avant. L'agitation avait cédé la place à l'abattement.

— Je ne sais pas ce que je dois faire.

— Bon, d'accord pour vous rencontrer.

Freyja lui indiqua près de chez elle un café qu'elle savait encore ouvert. Il ne serait pas plein, mais pas vide non plus. Elle n'avait pas envie de se retrouver seule en compagnie de cet homme. Ses explications étaient pour le moins bizarres, ce qu'il attendait d'elle lui échappait. Mais elle ne pouvait oublier à quel point le destin avait été cruel avec le couple. Le décès de Vaka avait brisé leur mariage mais malgré ça Orri éprouvait toujours de l'affection pour Dagmar.

— Je vois bien que vous vous faites du souci pour votre ex-femme. Je ferai mon possible pour vous aider, ajouta-t-elle.

Mais son intuition de psychologue fut prise en défaut.

— Dagmar ? Je m'en fiche complètement de Dagmar. Ce n'est pas pour elle que je suis inquiet.

Postée devant le café, Freyja observait Orri à travers la vitre, il regardait les photos affichées sur le mur. Elle tenait son téléphone d'une main tremblante de froid et d'émotion. Il avait parlé presque sans interruption et avait à peine goûté son café. Elle n'avait pas touché à sa propre tasse, qu'elle n'osait pas soulever de peur de renverser son contenu sur la table. Elle avait lancé un mot par-ci par-là. Pour l'approuver quand elle le jugeait bon. Lui dire "non" s'il le fallait. Pour le reste elle s'était contentée de l'écouter parler d'une voix blanche. Durant ses études elle avait eu l'occasion de lire un chapitre sur l'amoralité, les propos d'Orri en étaient une parfaite illustration.

Mais il ne lui serait jamais venu à l'idée qu'un jour elle serait confrontée à un pareil scénario, et surtout que ce serait à elle de trouver une solution. Quand il eut fini, elle se donna quelques instants pour savourer le retour du silence seulement troublé par le bruit des conversations banales des rares clients encore présents à cette heure-là. Elle regrettait amèrement d'avoir accepté le rendez-vous. Elle aurait mieux fait de regarder sur Facebook des photos d'enfants accompagnées de leurs albums de coloriage.

Son silence n'avait ni surpris ni agacé Orri, au contraire on aurait dit qu'il le savourait autant qu'elle.

Finalement Freyja avait pris son courage à deux mains. Elle s'était levée et lui avait annoncé qu'elle allait appeler la police. Il faudrait certainement prendre contact avec le service psychiatrique mais la priorité n'était plus là. C'était d'abord l'affaire de la police. Elle s'attendait à ce qu'il le prenne mal et invoque le secret professionnel auxquels les psychologues étaient tenus, mais il n'en avait rien fait. Il s'était contenté de hocher la tête et de dire qu'il attendrait pendant qu'elle téléphonerait.

Son portable sonna plusieurs fois dans le vide. Alors qu'elle ne voulait plus jamais entendre le son de sa voix et encore moins être obligée de l'appeler, elle commençait à avoir peur qu'il ne réponde pas. Quand il décrocha enfin elle alla droit au but sans perdre une seconde.

— Tu dois m'envoyer une voiture de police. Je suis avec Orri, le père de Vaka. Il vient de me parler de son ex-femme et de ce qu'elle vient de faire, d'après lui. Je ne peux pas rester seule avec lui plus longtemps. Je serai incapable de le retenir s'il veut s'en aller.

— Où es-tu ?

Il ne lui demanda pas ce que Dagmar était censée avoir fait. Soit il lui faisait confiance, soit il était déjà au courant. Freyja opta pour la seconde hypothèse. Mais ça n'avait aucune importance, la seule chose qui comptait, c'était qu'elle lui refile la patate chaude. Elle lui donna le nom du café mais il ne lui laissa pas le temps de préciser celui de la rue.

— Je sais où c'est. J'arrive. Tu ne bouges pas et tu restes avec lui.

Freyja raccrocha et se tourna vers la fenêtre. Elle croisa les yeux fatigués d'Orri de l'autre côté de la vitre sale. Elle fut assez bête pour lever la main et lui faire signe. Et ce fut avec un calme olympien qu'elle retourna dans le café.

La fumée de cigarette planait tranquillement autour d'eux dans l'air glacial. La deuxième voiture de police qui avait été dépêchée sur place venait de disparaître, emportant Orri jusqu'au commissariat. Il y répéterait son histoire et signerait le procès-verbal. Freyja ignorait ce qu'il adviendrait de lui mais c'était le cadet de ses soucis. Orri jugeait son propre état psychologique tout à fait normal alors qu'il n'en était rien. Il appartiendrait à d'autres qu'elle d'évaluer l'importance de ses troubles. En tout cas c'était le pire cas de codépendance dont elle ait jamais entendu parler.

— Merci d'avoir appelé. Tu as fait exactement ce qu'il fallait. Avec un peu de chance ça devrait nous aider à retrouver à temps les enfants de Þorvaldur.

Huldar fumait tranquillement et ne paraissait pas pressé de repartir. Il avait bien meilleure allure, il avait perdu son air de chien battu. Il était tout ragaillardi et avait retrouvé sa forme.

— Je l'espère, répondit Freyja.

Après avoir entendu Orri, Huldar avait pris le temps de l'informer de l'état de l'enquête. Dans un premier temps elle avait pensé que c'étaient uniquement des motivations d'ordre professionnel qui l'y poussaient. Mais il lui avait expliqué que c'était pour toutes ces raisons qu'il n'avait pas été en mesure de la contacter et qu'il lui avait présenté ses excuses la dernière fois. Elle n'avait rien répondu, elle s'était contentée de lui adresser un regard glacial.

— C'est possible d'envoyer quelqu'un sur place depuis Borganes ?

— C'est déjà fait. S'ils sont là-bas, j'irai les rejoindre. Mais je voudrais bien savoir si tu peux m'accompagner. Les enfants auront sûrement besoin d'aide.

Il tira une bouffée de sa cigarette puis ajouta :

— Enfin je l'espère. Sinon il faut s'attendre au pire.

Freyja avait besoin d'y réfléchir. Une à deux heures de voiture dans l'obscurité en compagnie de Huldar, ça ne la tentait pas.

— Que va-t-il se passer pour ces gens ?

— C'est difficile à dire. Si Orri dit vrai, il s'en sortira peut-être à bon compte. Il y a longtemps qu'il aurait dû parler. Il pourra toujours essayer de se justifier en prétendant qu'il croyait que Dagmar ne passerait pas à l'acte. Après les événements des derniers jours, cet argument ne tient plus. Quand les médias ont fait circuler le nom de Benedikt Toft, il s'est forcément dit que l'éventualité d'un passage à l'acte ne pouvait plus être écartée. S'il s'était livré à la police, on n'aurait sans doute pas pu sauver Kolbeinn. Mais à l'heure qu'il est Þorvaldur et ses enfants seraient en sécurité.

Freyja acquiesça. Elle enfonça ses mains à l'intérieur de ses manches, le froid était de plus en plus mordant.

— Tu crois qu'il ment ?

— Non. Mais la vérité n'est pas la même pour tout le monde. C'est sa façon de voir les choses. Tout dépend du point de vue auquel on se place.

Huldar tira une dernière bouffée puis il éteignit sa cigarette.

— Comment est-ce qu'il t'a présenté les choses ? Il est possible que la version qu'il t'a donnée soit un peu différente de celle qu'il m'a servie tout à l'heure. S'il y a des différences, on pourra peut-être en tirer des conclusions utiles. Aucun menteur n'est assez au point pour contrôler tout ce qu'il invente.

— Je ne suis pas sûre de pouvoir te restituer en détail toute l'histoire. Mais j'ai bien en tête les faits principaux.

Freyja recula d'un pas pour éviter d'être avalée par un nuage de fumée.

— Raconte toujours.

— Sur le début de son récit je n'ai pas de commentaires à faire. Il m'a longuement expliqué combien le décès de Vaka les avait marqués tous les deux. Au début les effets de leur chagrin étaient les mêmes. Mais progressivement Dagmar a passé son temps à regarder dans le rétroviseur alors que lui voulait aller de l'avant. C'est la visite de Þröstur, avant le procès en première instance, qui les avait brutalement et définitivement éloignés l'un de l'autre. Ils avaient vu témoigner le frère et la sœur devant le tribunal. Orri m'a avoué que son comportement et celui de Dagmar n'avaient pas été exemplaires à l'égard des deux enfants. Il n'a pas voulu m'en dire plus. Ils s'étaient mal conduits avec eux, en particulier pendant l'enterrement de Vaka. Il en avait honte, mais il a insisté sur le fait qu'ils n'étaient plus eux-mêmes à ce moment-là. Ils estimaient que c'était Sigrún qui avait déclenché la série d'événements ayant entraîné la mort de Vaka. Circonstance aggravante à leurs yeux, elle était la fille du meurtrier.

— Ça correspond en gros à ce qu'il m'a dit. Il y a moins de sensiblerie dans ma version mais, à part ça, elles sont identiques. Qu'est-ce qu'il a dit à propos du grand-père, Einar Aðalbertsson ?

Freyja allait lui renvoyer sa sensiblerie à la figure, mais elle ne voulut pas se donner cette peine. D'ailleurs à quoi bon ? Il pouvait penser ce qu'il voulait et vivre comme bon lui semblait ! Comment pouvait-il être aussi bouché !

— Þröstur a frappé à leur porte après le procès au tribunal du district de Reykjanes, à peine un an après le meurtre. Il voulait leur dire que ce n'était pas leur faute, ni à lui ni à sa sœur. Qu'ils avaient tous les deux essayé de mettre fin aux agissements de leur père. Mais leur grand-père avait réduit à néant tout ce qu'ils avaient tenté. Þröstur était allé voir la police, où personne ne l'avait écouté. Sigrún s'était confiée auprès de sa maîtresse, qui avait déposé plainte. Leur père avait quand même été acquitté parce que tout le monde s'était détourné d'eux. Je ne sais pas quel crédit on peut accorder à tout ça mais c'est ce qu'Orri aurait appris de la bouche de Þröstur. Avant le procès son grand-père l'avait pris à l'écart. Il s'était vanté d'avoir à sa botte tous les moutons du tribunal. Il lui avait fait clairement comprendre qu'il avait intérêt à dire que tout allait bien à la maison. Il lui avait rappelé ce qui s'était passé après qu'il était allé voir la police et il l'avait menacé de mort. Évidemment Þröstur avait obéi. Sigrún, qu'il avait manipulée de la même façon, n'en avait tenu aucun compte, mais ça n'avait rien changé. Son témoignage n'avait eu aucun poids.

— Orri et Þröstur ont dit à peu près la même chose. Il est en garde à vue chez nous. Mais est-ce qu'Orri a évoqué la visite qu'ils ont rendue à Einar, lui et sa femme ?

— Oui. C'est à ce moment-là que j'ai commencé à avoir des doutes. Ils n'avaient pas été convaincus que Þröstur disait la vérité. Alors ils avaient exigé qu'il les accompagne chez le grand-père. Comme le gamin était mort de peur, Dagmar lui avait arraché son portable. Elle avait envoyé au vieux un SMS dans lequel Þröstur disait qu'il collectait de l'argent pour l'école et qu'il passerait lui vendre du papier-toilette. Ensuite ils avaient obligé le gamin à venir avec eux. – Freyja inspira profondément et savoura la pureté de l'air. – Einar avait commencé par tout nier en bloc. Il n'avait rien lâché jusqu'au moment où Dagmar l'avait menacé avec un marteau qu'elle avait apporté. Orri a précisé qu'elle avait prévu de tout casser dans sa maison si le gamin avait dit vrai. Sur place elle ne l'avait pas menacé de s'attaquer à ses biens, mais à sa carcasse. D'après Orri le vieillard n'était pas assez solide pour faire le poids face à Dagmar. Il n'aurait tenté de s'en sortir qu'en leur révélant la vérité. Évidemment ce n'est qu'une supposition mais depuis je soupçonne Orri d'avoir participé à tout ça. Le témoignage de Þröstur permettra peut-être de savoir qui a menacé Einar et comment. Mais le vieux avait mis toutes ses cartes sur la table, il avait même révélé ce que ses obligés avaient reçu en récompense de leur traîtrise. Þröstur a dû assister à toute la scène.

— Et la mort d'Einar ? Est-ce qu'il t'a donné sa version ?

— Oui, mais il a prétendu qu'il ne savait pas exactement comment ça s'était passé. Il était tellement furieux après avoir écouté Einar qu'il était sorti dans l'entrée pour respirer un peu. C'est de là qu'il aurait entendu le choc. Quand il est retourné à l'intérieur le vieux gisait sur le sol, la tête posée sur la vitre couverte de sang de la table basse. Orri m'a dit que selon toute vraisemblance Dagmar avait perdu son sang-froid. Elle avait abattu le marteau de toutes ses forces contre sa nuque. À l'époque Dagmar avait expliqué à Orri que le vieux s'était blessé tout seul. Ce qui bien sûr n'était qu'un mensonge. Tout comme le fait qu'Orri prétende aujourd'hui avoir cru ces balivernes. Quoi qu'il en soit, pris d'une sorte de folie, ils lui avaient mis un sac sur la tête et l'avaient traîné, mort ou quasiment, jusque dans la salle de bains. Arrivés là, après l'avoir débarrassé du sac, ils lui avaient frappé la tête contre le rebord de la baignoire. Cette fois il était bel et bien mort. Ils avaient répandu sur la baignoire le sang qui restait dans le sac. Ils avaient nettoyé la plaque de verre de la table basse. Pour finir ils avaient mis la brosse à dents dans la main d'Einar et ils étaient partis. Le malheureux Þröstur avait été témoin de tous les événements, et, comme si ça ne suffisait pas, ils l'avaient menacé de mort s'il parlait. Elle lui avait dit qu'il ne serait pas perdant parce que, s'il se taisait, elle tuerait tous ceux qui les avaient trahis, lui et Sigrún – et Vaka évidemment – lorsque leur père sortirait de prison. Dagmar voulait attendre cette échéance parce que celui dont elle désirait la mort plus que tout, c'était justement Jón Jónsson. Elle patienterait jusqu'à sa sortie de la prison de Litla-Hraun pour réaliser son plan.

Huldar remonta complètement sa fermeture éclair, le froid était de plus en plus vif.

— Si tu veux, tu peux finir de me raconter tout ça dans la voiture. Tu t'assiéras à l'avant. – Il sourit. – Je meurs de froid.

Il gelait aussi à l'intérieur, mais le chauffage marchait, contrairement à sa vieille bagnole à elle. C'était la promesse d'une chaleur âprement désirée.

— Continue, je t'en prie, dit Huldar en se frottant les mains et en soufflant dessus. J'attends seulement des nouvelles de Borganes.

— Où est-ce que j'en étais ?

— Au moment où Dagmar a assassiné Einar et menacé Þröstur.

— Ah oui ! Orri m'a dit qu'après ça Dagmar était comme possédée par la soif de vengeance. Il a essayé de faire comme si de rien n'était. Il ne pensait pas qu'il fallait prendre ses projets au sérieux, il attendait que ça lui passe. Mais avec le temps c'est devenu son unique obsession. Leur couple battait de l'aile. Il s'est accommodé de la situation jusqu'au moment du jugement de la Cour suprême, dans l'espoir qu'elle trouverait que Jón avait eu la punition qu'il méritait. Mais ça n'a pas été le cas. Elle a continué à échafauder des plans pour éliminer tous ceux qui avaient contribué à l'acquittement de Jón à l'issue du procès concernant Sigrún. À ses yeux ces gens étaient les complices de Jón. Orri n'était pas d'accord et le lui a dit. Il a capitulé quand elle a commencé à rassembler toutes sortes d'outils, de produits dangereux et d'accessoires suspects. Elle voulait s'y prendre très en avance pour qu'il soit impossible de remonter jusqu'à eux. Il m'a dit que c'est le jour où elle est rentrée à la maison avec une tronçonneuse qu'il a décidé de s'en aller.

— Oui. Je comprends ça. – Huldar posa les mains sur la grille du chauffage. – Si ma femme rentrait un jour avec une tronçonneuse, je me ferais la malle. Sauf si une énorme branche faisait de l'ombre devant la fenêtre du salon.

— Tu peux toujours rêver.

Freyja n'avait pas envie de discuter de ses problèmes avec les femmes. Elle décida de se dépêcher de terminer son récit pour retourner chez elle au plus vite.

— Une fois parti, il n'a pas cherché à savoir où elle en était. Il espérait que le divorce lui remettrait les idées en place. Depuis les années ont passé et il y a de ça quelques mois elle a pris contact avec lui pour lui demander un service. Elle avait besoin d'un logement à l'écart des principaux axes routiers. Avec un sous-sol sans fenêtre. Un logement qu'il pourrait lui prêter. Comme son agence immobilière marchait très bien, il était le mieux placé pour l'aider. Elle savait qu'il gérait de nombreux biens appartenant aux banques qui tardaient à être vendus et qui étaient toujours vides. Elle l'a menacé de dévoiler sa participation à la mort d'Einar Aðalbertsson s'il ne l'aidait pas. Il a donc mis à sa disposition un monumental chalet encore en construction, juste à côté de Borganes. Il est pourvu d'un local sans fenêtres destiné à l'origine à devenir une cave à vins. Le chalet n'étant pas près d'être vendu, il pouvait le prêter à Dagmar sans courir le risque que d'éventuels acheteurs demandent à le visiter. Ce chalet dispose d'un très grand terrain qui en accroît la valeur mais surtout garantit l'absence d'autres propriétés dans son voisinage immédiat.

— Les enfants sont forcément là-bas. C'est évident. Comme leur mère a été jetée de la voiture dans le Hvalfjörður, j'en déduis que Dagmar a choisi cet itinéraire pour éviter les caméras de surveillance du tunnel.

Aucun doute, c'était sa seule destination possible.

Huldar regarda Freyja d'un air presque suppliant, comme s'il espérait qu'elle allait l'aider à résoudre le mystère et qu'elle allait lui taper sur l'épaule en lui disant de ne pas s'en faire, que tout irait bien.

— Inutile de me regarder comme ça. J'en sais moins que toi sur cette affaire. Je ne sais que ce qu'Orri a bien voulu me dire. Et je ne suis pas certaine qu'on puisse lui faire confiance à cent pour cent.

— Qu'est-ce qu'il a dit au sujet des meurtres ? Est-ce qu'il sait quelque chose ?

— Il m'a dit que non. Il prétend qu'il a eu un choc quand il a lu le nom de Benedikt Toft dans le journal mais qu'il n'a pas pensé que Dagmar y était pour quelque chose. Je ne trouve pas ça très convaincant vu qu'il savait qu'elle avait une tronçonneuse. Après Orri s'est tu, il attendait peut-être que je l'interroge. Mais tout ce que je voulais, c'était me débarrasser de lui. Alors je t'ai appelé. C'est vrai que j'aurais dû lui demander pourquoi il se décidait à parler seulement maintenant. Mais je ne l'ai pas fait.

— Ça ne fait rien. Je l'ai fait, moi.

— Et qu'est-ce qu'il t'a dit ?

— Il aurait arrêté de se mentir à lui-même quand le nom de Kolbeinn a été diffusé à son tour. C'est quand il a entendu l'avis de recherche concernant Þorvaldur et ses deux enfants qu'il a pensé qu'il ne pouvait pas garder le silence plus longtemps. C'est ce qui l'a décidé à t'appeler.

— Oui, mais pourquoi moi ? Ça ne concerne que la police ! Pourquoi il m'a mêlée à ça ?

— Je doute qu'il ait été capable de penser de manière logique. Peut-être qu'il voulait seulement fuir ses responsabilités. Que tu téléphones à la police à sa place. Peut-être qu'il avait mauvaise conscience à cause de Dagmar. En s'adressant à toi, il essayait peut-être de se persuader qu'il ne la trahissait pas mais qu'il agissait seulement pour son bien. Pour qu'elle bénéficie de l'assistance psychologique dont elle avait besoin, même s'il s'y prenait avec une décennie de retard.

— Tu es drôlement doué tout d'un coup en sensiblerie.

— Amusant.

— Une dernière question avant que je m'en aille, dit Freyja en s'approchant de la source d'air chaud. Tu le crois ?

Huldar haussa les épaules.

— Oui et non. Et toi ?

— Pareil. Oui et non. Il se met la corde au cou en révélant le meurtre d'Einar Aðalbertsson. Est-ce qu'il y a prescription ?

— Pas pour le meurtre lui-même. Mais il y a prescription pour ce qu'il dit avoir fait. Il l'a surtout aidée à détourner les soupçons. La peine n'est pas sévère dans ce cas-là. Je le soupçonne de s'être renseigné avant de t'appeler. Si la peine ne dépasse pas dix ans elle sera prescrite, ça ne fait aucun doute, et selon toute probabilité ça sera bien le cas. Sinon je suis sûr qu'il aurait continué de se taire.

Le téléphone de Huldar sonna, il se dépêcha de répondre. Il écouta plus qu'il ne parla avec son interlocuteur. Celui-ci fut rapide et Huldar prit congé.

— C'était l'un des policiers qui sont partis de Borganes en direction du chalet, dit-il en passant la première vitesse.

— Et ? Qu'est-ce qu'il a dit ?

— Principalement "Merde, c'est terrible, mon Dieu, mon Dieu !" Il a terminé en demandant qu'on envoie un spécialiste sur place – pronto.

Huldar quitta le parking à toute allure sans laisser à Freyja la possibilité de descendre.

Elle était donc en route vers Borgarfjörður. Elle espérait que c'était pour aider deux enfants terrifiés.

34

C'était bien la bonne route. Sur la piste en gravier on voyait dans la neige de multiples traces de roues encore fraîches. Il était hautement improbable qu'une pareille armada ait eu grand-chose à faire en pleine campagne à cette heure-là, si ce n'était pas pour se rendre sur la scène de crime. À petite distance de leur destination ils aperçurent une lumière dans l'obscurité. Huldar accéléra instinctivement, déclenchant une volée de gravillons des deux côtés de la voiture, qui dérapa dans le tournant. Il ralentit, non parce qu'il avait peur de foncer dans le décor, mais parce que les réactions de Freyja le lui imposaient. Elle criait en s'agrippant à la poignée à laquelle elle s'accrochait depuis déjà un moment. Elle l'engueulait de plus en plus copieusement à mesure qu'ils approchaient du chalet. Huldar, qui ne se laissa pas démonter, lui répondit que c'était toujours plus difficile pour le passager que pour le conducteur dans de pareilles conditions. Elle n'avait rien à craindre. Il était un excellent conducteur. Sa remarque n'eut d'autre effet que de l'énerver encore plus.

Les phares d'une flotte entière de voitures illuminaient la zone, soulignant les moindres défauts des murs en béton brut du chalet. Il était cependant facile d'imaginer la bâtisse une fois achevée : vaste, somptueuse et d'une simplicité hautaine. Ces demeures estivales haut de gamme avaient poussé un peu partout sur l'île à l'époque où quantité d'Islandais croyaient rouler sur l'or. Depuis, bon nombre de ces constructions inachevées attendaient des temps meilleurs. Huldar, qui n'avait jamais fait partie des nantis, se demanda s'il se serait laissé tenter, à leur place. Il espérait que non. Quelles que fussent ses finances, une petite cabane en bois à côté d'un lac poissonneux était plus conforme à ses goûts.

Les fenêtres étaient obstruées par des planches en bois aggloméré mais la clarté de puissants projecteurs s'échappait par la porte ouverte. Et ce n'était pas du luxe. Vu le nombre de véhicules on devait être à l'étroit à l'intérieur, malgré les dimensions outrancières de ce "chalet d'été". Outre la camionnette de l'équipe scientifique, il vit la voiture d'Erla, celle du légiste et deux autres véhicules de police de Reykjavík. Deux ambulances garées devant la maison voisinaient avec deux voitures de la police de Borganes. À l'arrière on y devinait la présence de deux personnes. Une image familière pour un policier. La première devait être une femme, à en juger par sa chevelure. Huldar supposa qu'il s'agissait de Dagmar. L'autre était un homme avec des cheveux noirs, sales et ébouriffés : Jón Jónsson ou Þorvaldur.

Huldar et Freyja sortirent en hâte de la voiture. L'écho du claquement des portières se répercuta sur les pentes environnantes. La neige craquait sous leurs pieds. Le gel était plus prononcé qu'en ville, ils exhalaient des nuages de vapeur. Une puanteur particulière venait à leur rencontre dans le calme de l'air dépourvu de vent. Malheureusement Huldar ne connaissait que trop bien cette odeur – celle de la chair pourrissante. Il frappa sur la poche de sa veste et se rendit compte qu'il avait oublié la crème au menthol qu'on avait l'habitude d'étaler sous son nez dans de tels cas.

— Tu veux peut-être attendre dehors ? demanda Huldar en regardant Freyja, mais elle secoua la tête. Alors remonte le col de ton pull devant ton nez. Ça va être très désagréable.

Elle s'arrêta, fit comme il l'avait suggéré et le suivit à l'intérieur, les yeux grands ouverts au-dessus de son col de pull.

À l'intérieur Erla discutait avec un policier qu'il ne connaissait pas et qui devait être de Borganes. Ils se tenaient en haut des escaliers qui menaient à la cave d'où l'odeur semblait provenir. Il posa sa main sur son épaule. Il crut sentir ses muscles saillants sous son épaisse parka. Mais c'était peut-être seulement son imagination, l'écho des souvenirs de son week-end.

— Comment ça va ?

— Bien, répondit Erla en se retournant. Le cadavre est vraiment dégueulasse. Mais ç'aurait pu tourner encore plus mal.

En regardant par-dessus l'épaule de Huldar elle reconnut Freyja.

— J'espère qu'elle est venue pour les enfants. Qu'elle n'est pas ton invitée spéciale ?

— Elle est là pour les enfants. Où sont-ils ?

Erla se retourna vers Huldar. La crème mentholée luisait sous son nez.

— Dans l'ambulance. Je suggère qu'elle aille les retrouver illico. Elle n'a rien à faire ici. À tous les coups elle va se mettre à vomir, mais dans le genre répugnant on a déjà ce qu'il nous faut. Envoie-la auprès des enfants. Et plus vite que ça. Avant qu'elle gerbe sur ses jolies chaussures.

C'était bien observé, elles ne convenaient pas du tout dans le décor. Huldar se tourna vers Freyja, qui avait tout entendu. Elle ne réagit pas aux politesses d'Erla mais fronça les sourcils d'un air mécontent au-dessus de son col de pull-over.

— Les enfants sont dans la deuxième ambulance. Le mieux, c'est que tu ailles t'occuper d'eux.

Elle ne répondit rien mais s'éloigna, vexée. Le bruit de ses pas résonna dans le spacieux espace en ciment.

— Bon. Tu veux jeter un œil en bas ? demanda Erla, tout de suite de meilleure humeur. – Peut-être se réjouissait-elle de le voir aussi obéissant. – Je te préviens, tu n'es pas près d'oublier ça. Si tu préfères t'en dispenser, c'est comme tu veux.

— Non, mentit-il, jugeant qu'il n'y avait rien d'autre à faire en la circonstance.

Il n'avait aucun goût pour les cadavres. L'odeur à elle seule le faisant fuir, il n'osait imaginer le spectacle horrifique qui l'attendait en bas. Il prit la crème que lui tendait Erla et en étala généreusement sous son nez, mais ça ne changea pas grand-chose. La puanteur franchissait toutes les barrières.

Erla passa devant lui, apparemment indifférente à la terrible odeur qui s'intensifiait à chaque pas. Elle était arrivée largement avant lui et s'y était probablement accoutumée. Elle était surtout plus endurcie qu'un homme ordinaire – dans cette situation comme dans beaucoup d'autres. Le légiste venait de terminer. Avec son équipe il sortit chercher un brancard et l'équipement nécessaire pour transporter le cadavre. L'air allait devenir plus respirable. Une fois en bas Erla n'hésita pas un instant et se dirigea tout droit vers la porte d'acier d'où provenait la lumière.

Huldar la suivit. Avant de franchir le seuil il essaya de faire le vide dans sa tête dans l'espoir que ça limiterait l'impact de ce qu'il allait voir. Mais ce fut peine perdue. Il fut aussi obligé de se protéger le nez en le pressant dans le creux de son coude.

— Pff ! Il s'arrêta sur le seuil et fixa le cadavre du juge de la Cour suprême, Yngvi Sigurhjartarson.

C'était bien lui car il était dépourvu de mains et de pieds. Les moignons n'étaient pas aussi impressionnants qu'il s'y attendait, ils étaient trop irréels. Mais ça n'allait pas durer. Erla s'approchait du recoin où se trouvait le corps, il allait être obligé de le regarder de près, lui aussi.

— Ils l'ont retenu ici. Dagmar et Orri. Pendant deux mois. Ils l'ont enfermé là-dedans, ils lui ont lié les mains. Ils ne lui ont laissé qu'une couverture pour le protéger du gel. Comment il a fait pour se couvrir avec, ça me dépasse. Il est resté là deux mois, excusez du peu, après qu'ils l'ont guetté et amené ici. Dagmar a dit qu'ils n'avaient pas eu besoin de le forcer pour qu'il accepte d'écrire sa lettre de suicide. Ils lui avaient promis de lui laisser la vie sauve et ça lui avait suffi. Les gens croient tout ce qu'on leur raconte quand ils sont pris au piège. En tout cas elle a dit qu'ils n'avaient jamais eu l'intention de respecter cette promesse. Ils lui ont donné de l'eau et de la nourriture mais comme la maison est à l'écart des routes, ils ne sont pas venus régulièrement ; ça ne devait pas être ragoûtant.

— Tu as dit “ils” ? marmonna Huldar dans le creux de son coude.

Il n'avait pas le cran d'Erla dans de pareilles circonstances. Elle se retourna mais s'abstint de lui faire des reproches. Il n'était sûrement pas le premier à supporter difficilement cette puanteur.

— Elle affirme que c'était leur projet à tous les deux. Elle et Orri auraient tout comploté ensemble. Le divorce faisait partie de leur plan, pour que personne ne les soupçonne d'être complices. Je sais, il prétend qu'il n'a rien fait, mais elle affirme le contraire. C'est un point qu'on doit pouvoir éclaircir.

— Oui, je l'espère bien.

Ce n'était pas le moment d'y réfléchir, dès le lendemain on commencerait à cuisiner Dagmar et Orri. Ça durerait le temps qu'il faudrait, plusieurs jours si nécessaire. À force de leur répéter les mêmes questions sur tous les tons, ils finiraient bien par avouer, et peut-être que Dagmar donnerait une autre version. Quand les affaires étaient aussi complexes que celle-là, il était rare que la police parvienne à en éclaircir tous les points à la fin de l'enquête. Pour certains faits, il était impossible de dire qui disait la vérité ou bien mentait, tant l'appréciation des événements pouvait dépendre de la manière dont chacun les avait vécus.

La peau grise du cadavre, visible par endroits sous les vêtements, était marbrée de sang coagulé et les moignons étaient dans un sale état. Surtout au niveau des bras. Ils portaient des ecchymoses et on voyait qu'avant sa mort le juge avait été atteint par la gangrène. Rien de comparable au niveau des jambes, où les moignons étaient restés relativement propres. Les yeux étaient voilés, leur couleur était indistincte. Les lèvres bleuâtres étaient entrouvertes comme si l'homme avait balbutié quelque chose avant de rendre son dernier souffle. Certainement un souffle de soulagement.

— Le médecin légiste a dit que, même s'il avait gardé ses mains, il n'aurait pas survécu beaucoup plus longtemps. Juste au-dessus de la coupure il y a un vilain abcès, il est dû à la rugosité de la corde, il a dû se blesser en essayant de se libérer. Il n'avait rien de mieux à faire, le malheureux. Le médecin a ajouté qu'à en juger par ses plaies ça se serait vite terminé par une septicémie ou simplement un arrêt cardiaque. Le bonhomme n'était pas en grande forme.

— Qu'est-ce que tu attends de moi ? demanda Huldar en priant le ciel pour qu'elle ne lui impose pas de se rendre utile dans cet endroit.

En regardant autour de lui, il découvrit la petite tronçonneuse à essence, elle gisait à côté de la porte. Il eut presque l'impression d'entendre son vrombissement dominer les cris du pauvre homme qui gisait là.

— Ce serait bien que tu te charges d'interroger Þorvaldur. Il est très mal en point, il faut en profiter pour le cuisiner avant qu'il ait repris du poil de la bête. Tu n'as sûrement pas oublié combien il nous a fait chier la dernière fois, cette saleté d'arriviste. – Huldar hocha la tête. – Maintenant il est complètement différent, en tout cas pour l'instant. Il ne faut pas rater l'occasion.

Au moment où il allait sortir, à l'extrémité de la pièce, le regard de Huldar fut attiré par une forme ensanglantée de couleur chair. L'équipe scientifique avait posé devant une petite étiquette jaune numérotée indiquant qu'il s'agissait d'une pièce à conviction.

— Qu'est-ce que c'est ?

— Ça ? C'est la main de Þorvaldur, dit Erla en s'approchant de lui. Elle l'a sciée.

— Je ne comprends pas pourquoi on ne va pas essayer de la greffer ? Ça vaut la peine de tenter l'opération, demanda Þorvaldur, qui était couché sur un brancard à l'intérieur de l'ambulance.

Le médecin avait décidé de rester à l'avant, à côté du chauffeur, pendant les dix minutes qu'il avait concédées à Huldar pour interroger son patient. Ce dernier n'était pas beau à voir. Le prétentieux procureur tiré à quatre épingles qu'il avait questionné la veille était pratiquement méconnaissable. Il reconnut tout de même ses coûteux vêtements, au-dessus de la couverture, mais son col de chemise était de travers et complètement souillé, ainsi que sa veste, qui avait perdu tout son lustre. Ses cheveux étaient trempés et ébouriffés, son visage blafard et crasseux. Il détourna les yeux en découvrant, posé sur la couverture, son bras gauche singulièrement court, emballé dans un bandage blanc.

— Le médecin dit que l'amputation est trop grossière et qu'il s'est écoulé trop de temps. Quand est-ce que c'est arrivé ? demanda Huldar.

— Je ne sais pas. Ça fait déjà un bon moment. – Þorvaldur tenait le moignon dans sa main droite. – Enfin pas tant que ça quand même. Pourquoi ils n'essaient même pas ?

— Ils savent ce qu'ils font. Dans votre malheur vous avez quand même eu de la chance, c'est votre main gauche qui a pris.

— Je suis gaucher.

— Ah oui. – Huldar regarda autour de lui, honteux de sa gaffe, il aurait dû deviner. – Ç'aurait tout de même pu être pire. Ne l'oubliez pas.

Þorvaldur cessa de regarder son bandage et leva les yeux sur Huldar.

— Comment vont les enfants ? Est-ce que ça va pour eux ? Karlotta…

— On s'occupe d'eux. Ils sont jeunes. Ils vont se remettre.

— Vous croyez ? Vraiment ?

— Oui. Bien sûr que je le crois.

Il n'en savait rien en réalité mais il voulait l'espérer.

— J'ai essayé. J'ai essayé, c'est comme ça que j'ai perdu ma main. Je n'en pouvais plus. Je ne voulais pas perdre l'autre, j'aurais dû céder tout de suite… J'aurais dû…

— Vous auriez dû quoi ?

Þorvaldur baissa les yeux et fixa son bras.

— On m'a donné le choix. Finir comme l'homme sous la couverture…

— Yngvi Sigurhjartarson. Juge à la Cour suprême, l'interrompit Huldar.

— C'était lui ? J'aurais dû le reconnaître. Mais cette… ce… cadavre ne lui ressemblait pas du tout.

— Non. Sûrement pas. – Huldar repoussa l'image de ses traits déformés. – Continuez, on vous a donné le choix entre finir comme lui et ? Quelle était l'autre option ?

— De perdre une main pour sauver Karlotta, l'autre pour sauver Daði. Si je sacrifiais mes mains, ils seraient épargnés. Mais je n'avais le droit de n'en sauver qu'un.

— On vous a dit qu'ils seraient tués ?

— Non. Violés. Par Jón Jónsson. Elle m'a dit que ça ne me ferait ni chaud ni froid puisque j'avais montré par le passé que je trouvais ça normal. Elle l'a amené devant moi pour me prouver qu'elle l'avait sous la main.

— Je crois que je comprends. Elle faisait allusion au jour où Þröstur est venu vous voir il y a toutes ces années, quand vous travailliez à la police de Hafnarfjörður. C'est ça ?

— Oui, répondit-il en sanglotant. Mais elle se trompait. Je n'ai jamais trouvé ça admissible, c'est tout le contraire. Mais je n'avais pas le choix.

— On a toujours le choix, Þorvaldur. J'ai cru comprendre que si vous n'avez rien fait pour aider Þröstur, c'est parce qu'on vous a offert un poste bien juteux. C'est exact ?

— Ce n'est pas aussi simple que ça. J'étais en difficulté. Son grand-père m'a menacé de me faire virer si je donnais suite à la demande de son petit-fils. Je ne pouvais pas me le permettre, ça aurait fait mauvais effet sur mon CV. Et puis ça n'aurait rien changé, il avait assez d'influence pour étouffer l'affaire. Il a dit que le gamin n'était qu'un mythomane et que ce n'était pas la première fois qu'il racontait n'importe quoi aux autorités. C'était peut-être vrai, comment j'aurais su, moi, s'il mentait ? Il a ajouté que si je me taisais, il me garantissait une belle place au bureau du procureur général. Si je faisais ce qu'il me demandait, ça prouverait qu'on pouvait compter sur moi. – Une larme coula le long de sa joue et glissa dans son oreille. – Il a tenu parole. C'était inespéré pour moi. Je ne faisais partie d'aucun réseau, je n'avais aucune relation susceptible de m'offrir une telle place. J'aurais dû faire mes preuves, j'aurais passé plusieurs années au fond d'un placard et au plus bas de l'échelle. C'était une proposition que je ne pouvais pas refuser. Et il a dit que le garçon était un menteur. Il l'a dit.

— On sait maintenant qu'il ne l'était pas. Il avait dit vrai.

Huldar n'arrivait pas à éprouver de la compassion pour Þorvaldur. Mais il s'en chargeait lui-même. Il pleurait sur son sort à chaudes larmes.

— Mais racontez-moi ce qui est arrivé à Karlotta. Nous devons savoir exactement ce qui s'est passé pour pouvoir l'aider.

Þorvaldur renifla.

— D'abord je n'ai pas cru qu'elle allait vraiment me scier la main. Cette tronçonneuse était tellement irréelle, ça me paraissait impossible qu'elle soit capable de faire une chose pareille. Je me suis excusé d'avoir laissé tomber Þröstur et leur fille du même coup. Je n'ai pas arrêté de leur présenter mes excuses. Mais elle ne m'écoutait pas, elle continuait de me tourmenter en exigeant de moi que je fasse un choix. Soit je sacrifiais mes mains, soit j'acceptais que Jón Jónsson abuse de mes enfants. Alors je lui ai répondu que je voulais sauver Karlotta et Daði, et je lui ai tendu la main. Les petits étaient terrorisés, complètement fous d'épouvante, ils sont restés collés contre moi pendant tout ce temps. Je m'étais mis à genoux pour pouvoir les tenir dans mes bras. J'ai tendu une main, je croyais qu'elle allait renoncer. Mais elle n'a pas renoncé. Elle m'a saisi le bras, elle a brandi la tronçonneuse. Et puis…

— Continuez.

— Je me suis évanoui. Quand je suis revenu à moi, on avait enroulé une espèce de chiffon autour du moignon, il était comme anesthésié. Elle était toujours là. Karlotta et Daði se pelotonnaient dans un coin, ils avaient peur que ça soit leur tour, avec la scie. Ils étaient tout couverts de sang. Je me rappelle que j'avais horriblement soif. J'aurais pu boire une baignoire entière. Mais elle ne m'a pas donné d'eau. Seulement des coups pied sur le flanc. Elle m'a demandé de choisir l'un de mes enfants, l'autre serait épargné. C'est là que j'ai laissé tomber. Je n'en pouvais plus. – Il se tut, ferma les yeux à demi puis poursuivit. – Karlotta et Daði ont commencé à hurler, je pense qu'ils ne comprenaient rien à ce qui se passait, mais ils savaient que ça les concernait. Et que j'avais abandonné. Mais elle ne m'a pas laissé le temps de leur dire quoi que ce soit ni de les consoler. Elle a dit qu'elle allait compter jusqu'à dix, que j'avais jusqu'à dix pour faire mon choix.

— Et vous avez choisi Karlotta.

— J'étais incapable de réfléchir. J'étais en état de choc, j'avais perdu du sang et je mourais de soif. J'étais tétanisé pendant que je l'écoutais compter. Je me concentrais sur les chiffres, chacun d'eux avait son importance, pendant qu'elle les énumérait je n'avais pas besoin d'annoncer "Karlotta" ou "Daði". Et puis tout à coup elle est arrivée à dix. Et c'est "Karlotta" qui a jailli de ma bouche. Je ne sais pas pourquoi. La femme est sortie avec elle et c'est seulement à ce moment-là que je me suis demandé ce que j'aurais fait si j'avais eu le temps d'y réfléchir correctement. Mais je ne suis arrivé à aucune conclusion. Est-ce que c'est pire pour un garçon ou pour une fille ? Pour le plus âgé ? Pour la plus jeune ? Est-ce que j'ai bien choisi ? Est-ce que j'ai mal choisi ?

— C'est aussi grave dans les deux cas.

Le médecin assis à l'avant venait de se retourner. Il ne cachait pas l'horreur que lui inspirait ce qu'il venait d'entendre. Il frappa sur sa montre pour signaler que les dix minutes étaient écoulées.

— Vous dites toujours "elle". Est-ce que vous avez vu le visage de la femme dont vous parlez ? Est-ce que vous pourriez la reconnaître ?

— Oui.

Þorvaldur ferma les yeux, ni de honte ni de douleur, il s'endormait.

— Elle ne nous aurait sans doute pas relâchés vivants, moi et les enfants. On a peut-être eu de la chance au bout du compte.

— Aucun doute là-dessus, approuva Huldar en posant une main sur l'épaule de Þorvaldur. Avant de vous laisser, j'ai une dernière question. Il n'y avait personne avec elle ? il n'y avait aucun homme ? Que vous auriez entendu ou dont vous auriez deviné la présence ?

— Si. J'ai vu Jón Jónsson. Elle me l'a montré. Mais personne d'autre. Elle était seule.

Huldar pressa son épaule plus fortement pour prendre congé de lui et se leva de son siège. Au moment où il quittait l'ambulance, Þorvaldur l'appela d'une voix enrouée.

— Qu'est-ce que vous auriez fait ? Vous auriez choisi qui ? Karlotta ou Daði ?

Huldar se retourna.

— Je ne peux pas vous répondre, je n'ai pas d'enfant.

Il poussa la portière.

Freyja était assise à l'intérieur de la deuxième ambulance, elle tenait Karlotta dans ses bras. La fillette, enroulée dans une couverture, avait enfoncé son visage contre la poitrine de la jeune femme. Une chaussette rose dépassait de la couverture, la plante du pied était mouillée et noire. Le petit corps frêle était secoué de sanglots. Son frère, couché en position fœtale sur le lit médical, semblait endormi. Huldar s'installa et tira la portière derrière lui.

— Comment va-t-elle ?

— Pas bien, murmura Freyja en secouant la tête. Je vais rentrer à Reykjavík avec l'ambulance. On a convoqué un médecin et une infirmière à la Maison des enfants, et une autre infirmière des urgences.

— Alors il a… demanda Huldar en secouant les mains pour se faire comprendre.

Freyja haussa les épaules et souleva doucement la couverture de la fillette. En dehors des chaussettes, le bas du corps était dénudé.

— On ne sait pas trop. Nous allons partir, j'attends juste l'arrivée du médecin.

Huldar hocha la tête.

— Je t'appellerai si je ne rentre pas trop tard. Sinon on se contacte demain.

Il se pencha sur la petite tête et caressa les cheveux sales, les mèches collées par la sueur.

— Bon courage. On a évité le pire.

Il resta silencieux devant l'entrée de la maison pendant quelques minutes. Puis il gonfla ses joues et fit des respirations pour tenter de surmonter la rage qui était en lui. Il continua ainsi jusqu'au moment où le médecin sortit de la maison avec Erla derrière lui. Il monta dans l'ambulance où se trouvaient Freyja et les enfants.

Les deux ambulances démarrèrent. Il suivit des yeux leurs feux arrière jusqu'à ce qu'ils disparaissent derrière une colline.

— Tu viens ? appela Erla depuis la porte.

— Je vais fumer une cigarette. J'arriverai après. Sa voix était sombre et lasse.

— Est-ce que tout va bien ? demanda Erla, l'air inquiet. Évite de vomir près de la maison.

— Je vais bien. J'arrive dans une minute, répondit Huldar avec un sourire forcé.

Erla disparut à nouveau à l'intérieur.

Il alluma sa cigarette et aspira profondément la fumée jusque dans ses poumons. La nicotine n'apaisait pas sa fureur, elle semblait l'alimenter. Il sentait une chaleur lui monter au visage. Il grinça des dents. Mais cette fureur l'éclairait, elle désencombrait son esprit de décennies de bourrage de crâne sur le respect des règles, sur la manière d'appréhender le bien et le mal. Parfois la rage devait avoir le dernier mot.

Il était temps d'en finir.

Il se dirigea toujours fumant vers la maison et passa devant la voiture de police où Jón Jónsson était sous bonne garde. Il s'arrêta devant la portière arrière, aspira une nouvelle bouffée et regarda l'homme. Il l'avait vu en photo et le reconnut tout de suite. Il était crasseux et bouffi, mais pas de doute, c'était bien la même gueule. Le même air sournois. Jón Jónsson s'aperçut que quelqu'un se tenait près de la voiture. Il leva la tête et croisa les yeux de Huldar. Il resta comme ça un moment à le regarder sans comprendre, la bouche ouverte, la mine hébétée. Il était ivre mort.

Huldar aspira une autre bouffée, sa cigarette rougeoyait. Il ouvrit la porte. D'âcres relents d'alcool le prirent à la gorge. Cette odeur familière, c'était celle des hommes qui buvaient jour après jour sans discontinuer. Jón essayait de se tenir droit mais ballottait sur son siège. Huldar lui cracha au visage, ça ne lui fit aucun effet.

Huldar aspira une dernière bouffée et éteignit sa cigarette dans le regard vitreux de l'homme. Puis il claqua la portière et en alluma une autre. Derrière lui on hurlait.

Il se dirigea vers la voiture où Dagmar était assise.

35

— Vous maintenez votre version ? demanda la femme de la police des polices.

Elle regarda son collègue et tous deux se tournèrent vers Huldar dans un même élan. Ces regards, il les connaissait bien, il les avait vus très souvent dans le miroir lorsqu'il s'échappait aux toilettes au milieu d'un interrogatoire. Ça lui faisait un drôle d'effet d'être assis de l'autre côté de la table. Maintenant c'était sur lui qu'on lançait les flèches empoisonnées. Il savait ce qu'ils avaient derrière la tête, en face de lui. Il reconnaissait les coups d'œil, il était rodé à la technique de répétition des questions, aux variations de la voix. Il savait parfaitement ce qui arriverait derrière et ils savaient qu'il le savait.

— Donc c'est bien l'histoire que vous comptez nous faire avaler ?

— Oui.

Huldar ne détourna pas les yeux, il ne s'agita pas sur sa chaise et ne desserra pas les doigts.

— Quelqu'un défend une autre version ? ajouta-t-il.

Le visage du policier se crispa, il serra ses lèvres, qui se réduisirent à une ligne, et deux rides profondes se creusèrent entre ses sourcils.

— Il existe deux versions, comme vous le savez probablement. La première circule autour de la machine à café, la deuxième est la version officielle autorisée. Celle à laquelle vous vous accrochez ne tient pas la route trois secondes. Jamais aucun homme, même alcoolique, même pervers, même aussi taré que Jón Jónsson, n'aurait l'idée saugrenue d'éteindre sa cigarette dans son œil.

— Pourtant c'est bien ce qu'il a fait, répliqua Huldar en haussant les épaules. On en a vu bien d'autres. Qu'est-ce qu'il a dit ? Que c'était moi qui avais éteint une cigarette dans son œil ?

Il savait qu'il n'en était rien, Erla le lui avait soufflé avant qu'on vienne le chercher pour l'interrogatoire. Elle avait ajouté que tout le monde était de son côté. Ceux qui savaient ce qui s'était passé la boucleraient. Certains lui avaient même tapé amicalement dans le dos lorsqu'il s'était pointé le matin même. Jón aurait un œil difforme pour le restant de ses jours, mais comme il en conserverait l'usage, ç'avait sûrement facilité les choses.

— Il ne se souvient de rien. Il était trop saoul, répondit la femme en adressant un sourire ironique à Huldar. Comme vous le savez certainement.

Huldar se contenta de hausser les épaules. Il était inutile d'offenser ces gens en les contredisant.

— Comment vous êtes-vous blessé ? demanda-t-elle en désignant son menton et ses mains écorchés.

— Je suis tombé.

C'était vrai, mais il s'abstint de préciser que c'était Guðlaugur qui l'avait renversé pour l'empêcher d'approcher Dagmar. Le jeune policier était sorti respirer l'air frais. Quand il l'avait vu s'attaquer à Jón Jónsson, il s'était jeté sur lui.

— J'ai glissé sur place à cause des gravillons. Rien de grave, mais merci de poser la question.

— Vous êtes un marrant, vous.

L'homme saisit une feuille posée devant lui qu'il n'avait pas encore utilisée.

— Et si vous nous disiez la vérité maintenant ? Nous vous promettons que votre cas sera traité avec équité. Nous sommes tous conscients que cette enquête a été particulièrement épuisante. Et j'imagine que votre changement de statut professionnel, il y a quelque temps, ne vous a pas facilité la vie.

Maintenant on lui jouait le couplet de la sympathie, on se mettait à sa place. Rien d'étonnant, ça faisait partie du jeu, il savait que c'était seulement pour la forme. S'il se laissait duper par leurs belles paroles il irait directement au terminus de la police, "la boîte", une pièce en sous-sol où ceux qu'il aurait mieux valu virer s'affairaient à des statistiques inutiles. Quand on échouait là il était impossible de retrouver une situation normale. La colère s'empara de lui.

— Ça m'est bien égal de ne plus avoir ce poste. Erla peut le garder, ça ne me pose aucun problème.

Il avait sorti ça de façon irréfléchie. Il se pencha en arrière et compta mentalement jusqu'à dix avant de reprendre la parole. Face à la paire de policiers qui le regardaient la mine apitoyée, l'air de dire "oh le pauvre garçon !", il réussit à tenir au-delà de dix. Ça allait déjà mieux.

— Comme chef Erla est bien meilleure que moi, déclara-t-il tranquillement. Vous pouvez me croire, je ne regrette absolument pas d'avoir été rétrogradé. Pas le moins du monde.

— Oui, oui. Nous vous entendons.

La policière se pencha vers son voisin et jeta un coup d'œil sur sa feuille.

— Mais justement, à propos d'Erla, il y a un autre point dont nous devons parler avec vous.

— Ah bon ? fit Huldar, la boule au ventre.

Il s'était bien préparé mentalement pour l'interrogatoire mais il n'avait pas prévu les surprises.

— De quoi s'agit-il ?

— C'est une affaire délicate et nous comprendrions parfaitement que vous préfériez en parler à un psychologue. Nous sommes tout disposés à vous prendre un rendez-vous après cet entretien. De même, si la présence de l'un de nous vous gêne, dites-le. Certaines personnes préfèrent discuter de ces sujets avec une femme, d'autres avec un homme. N'hésitez pas à nous dire ce que vous souhaitez.

— Hein ? De quoi parlez-vous ? demanda-t-il.

À quoi faisait-elle allusion ?

Elle prit la feuille et la brandit en face de lui. Trop loin pour que Huldar puisse lire les petits caractères mais le titre était très lisible : *Plan d'action contre le harcèlement sexuel au travail.* Son sang ne fit qu'un tour. Erla ! Elle ne serait quand même pas tombée aussi bas ? Elle avait porté plainte contre lui ? Pourquoi elle aurait fait ça ? Parce qu'il avait trop attendu pour lui parler ?

— Vous n'avez pas pris connaissance de cette circulaire ? demanda la femme en la posant sur la table et en la poussant dans sa direction. Sa lecture est obligatoire. Comme vous le savez, n'est-ce pas ?

— Je l'ai lue, dit Huldar sans toucher la feuille. Mais je ne vois pas en quoi ça me concerne.

Un instant il se demanda s'il n'allait pas les prier de le dispenser d'en discuter avec eux et exiger d'être entendu par un psychologue. Ça lui laisserait un répit.

— Je crois que vous le savez très bien. Nous sommes persuadés que ça peut expliquer l'événement de dimanche soir. D'ailleurs, quand cette affaire de harcèlement sera réglée, on en tiendra compte, à condition bien sûr que vous nous disiez toute la vérité sur cet évènement.

— C'est difficile pour tout le monde d'aborder ce genre d'affaires, renchérit le policier. Nous le comprenons parfaitement. C'est la raison pour laquelle on nous en soumet si peu. Mais vous avez de la chance, quelqu'un a dénoncé les faits, ça n'arrive pas souvent. C'est rare qu'une personne extérieure s'en mêle.

— Hein ? fit Huldar. – Ils s'étaient drogués ou quoi ? – J'ai de la chance, moi ? répéta-t-il.

Il était heureux qu'Erla n'ait rien à voir là-dedans. Mais pour la chance, ils pouvaient repasser.

— Oui c'est certain. Vous n'auriez sans doute jamais porté plainte vous-même. Il y a très peu d'hommes dans votre cas qui osent le faire.

Huldar tombait des nues. Erla n'avait pas porté plainte contre lui, il n'était même pas soupçonné de harcèlement. C'était lui la victime ! Il s'attendait à tout, mais pas à ça ! Qui lui avait fait ça ? Et à Erla ? Malheureusement la liste était longue. La nuit qu'ils avaient passée ensemble faisait le buzz dans la brigade. Une chose était sûre, ce n'était pas pour lui rendre service que le dénonciateur avait agi. Bien au contraire. Il voulait lui jouer un tour de cochon. À lui ou à Erla. Si c'était une plaisanterie il n'y avait pas de quoi rire.

— Est-ce que je peux demander qui colporte de pareilles stupidités ?

— Oui. Mais nous ne vous répondrons pas. Ce sont des sources dignes de confiance. Cela devrait vous suffire, dit l'homme avec un regard empreint de compassion. Vous ne devriez pas avoir honte. Pas vous. La honte revient tout entière à l'auteur de ces faits.

— Non. Non, non et non ! Il s'agit d'un malentendu. Je n'ai pas subi le moindre harcèlement de sa part. Ni sexuel ni autre. Je vous demande instamment de déchirer ce signalement et de ne plus jamais m'en parler. Il y a méprise. – Il inspira profondément. – Sur toute la ligne.

— Vous niez qu'elle vous ait fait des avances ? Qu'en tant que chef elle ait abusé de son autorité sur vous pour que vous acceptiez d'avoir des relations intimes avec elle ?

— Oui. Je le nie. En partie. Enfin, je veux dire que ça ne s'est pas du tout passé comme ça. J'exige que ce signalement ou cette plainte soit classé sans suite, c'est absolument n'importe quoi ! – Huldar allait se lever. Ils avaient passé les bornes. – Il y en a qui se paient bien votre tête, c'est moi qui vous le dis.

Pour la première fois le duo en face de lui semblait hésiter. Ils avaient perdu leur air arrogant.

— L'avenir le dira. Réfléchissez-y à tête reposée, on en reparlera plus tard. Nous donnerons suite à cette affaire, que vous le vouliez ou non, et l'enquête sur Jón Jónsson va suivre son cours. Aucun de ces dossiers n'est clos.

Huldar sauta sur ses jambes, pressé de vider les lieux.

— Je dois partir. On m'attend.

Il se garda bien de leur dire qu'Erla l'attendait pour l'interrogatoire de Dagmar. Sinon ils lui auraient interdit de participer à l'enquête tant qu'ils n'auraient pas clos leurs deux affaires. Vu la lenteur de la police des polices, l'enquête serait résolue depuis belle lurette quand ils auraient terminé. Il pouvait être reconnaissant à Erla de ne pas l'avoir écarté. Mais il valait mieux ne pas attirer leur attention là-dessus. Ça serait interprété de la pire manière. Pour rien au monde il ne voulait rater le récit de Dagmar. Il avait déjà été très frustré de manquer l'interrogatoire de la veille. Il mourait d'envie d'y assister mais, après l'agression contre Jón, Erla l'avait renvoyé en ville accompagné de Guðlaugur, avec ordre de rester chez lui le lundi pour se calmer les nerfs. Il avait dû obéir et depuis il n'avait eu que de vagues nouvelles de la part de ses collègues.

— Avant que vous partiez… – Huldar se tenait sur le seuil. – … Si vous entretenez une relation sexuelle avec votre chef, Erla, ça doit cesser immédiatement. Sinon elle sera virée. Compris ?

Huldar se retourna, il sourit malgré lui.

Ses inquiétudes sur la manière dont il s'y prendrait pour mettre un terme à sa relation avec Erla se dissipaient. Il ne s'en sortait pas si mal au bout du compte.

Huldar frappa discrètement à la porte de la salle où devait se tenir l'interrogatoire de Dagmar. Il ouvrit, présenta ses excuses pour le retard et s'assit à côté d'Erla. En face d'elle se trouvaient Dagmar et son défenseur, un avocat plutôt jeune qu'elle avait choisi au hasard sur la liste qu'on lui avait présentée.

Ça faisait deux jours que Dagmar avait été arrêtée. Les cellules étaient pleines à craquer. Outre Dagmar, on y avait enfermé Jón, Orri, Þröstur et sa mère, chacun dans sa cellule. Ils attendaient le retour de la demande de placement en garde à vue dont ils étaient l'objet, mais il avait d'ores et déjà été décidé que la mère et le fils seraient libérés le soir même. Il était inutile de les garder plus longtemps. Agnes avait avoué avoir aidé son fils à déterrer le cercueil et à le transporter jusque sur le tas d'ordures, Þröstur avait aussi reconnu les faits. Il reconnaissait également avoir couvert l'assassinat d'Einar Adalbertsson onze ans plus tôt. Mais ce crime était prescrit et à l'époque il n'aurait jamais purgé sa peine parce qu'il n'avait pas atteint la majorité pénale. La mère et le fils ne seraient donc poursuivis que pour avoir profané une tombe et gravement manqué de respect à l'égard d'un mort, mais ce délit se limiterait à des amendes, au pire à quelques mois de prison. Sigrún avait préféré se tenir à l'écart de tout ça. Elle avait été relâchée dès l'issue de son interrogatoire, elle était la seule personne totalement innocente, en dehors des enfants de Þorvaldur.

Þröstur aurait plus de mal à se sortir d'affaire pour son implication dans le meurtre d'Einar. Il avait dissimulé des informations qui auraient pu être utilisées dans le cadre de l'enquête et avait entravé le cours de la justice. Mais comme il avait fini par coopérer avec la police, on avait décidé que sa garde à vue n'était plus utile.

Pour Orri, c'était autre chose. Il était difficile de prouver qu'il avait participé directement au meurtre. Mais Dagmar maintenait sa version et dans l'équipe la majorité des policiers accordaient foi à ses déclarations. Ils n'adhéraient pas à la thèse de l'avocat d'Orri, un homme expérimenté, qui affirmait que Dagmar pouvait être sujette au délire du fait de la psychose dont selon lui elle souffrait. Mais à elle seule la parole de Dagmar ne serait pas suffisante. Jusque-là on n'avait trouvé aucune preuve tangible de la participation d'Orri et aucun autre témoignage ne corroborait le sien. Si on ne découvrait rien de plus, il se verrait infliger une peine symbolique pour avoir couvert son ex-femme. Il serait probablement impossible de faire la preuve de sa complicité, encore moins de le déclarer aussi coupable que Dagmar l'affirmait. D'autant plus que ses déclarations variaient, ce qui affaiblissait considérablement leur valeur.

Son avocat voulait qu'elle se soumette à une expertise psychiatrique mais elle la refusait catégoriquement et menaçait de le révoquer. Si elle persistait, il n'était pas exclu que le juge la demande lui-même, mais c'était peu probable. Comme elle était accusée du meurtre d'un collègue de ce même juge, elle ne devrait guère compter sur l'indulgence du tribunal. Il était évident qu'à cause du meurtre de Benedikt Toft et de l'implication de Þorvaldur, tous deux procureurs, il serait indispensable de faire appel à un magistrat qui n'ait aucun lien avec les affaires en cours. Pour la même raison il faudrait désigner des juges qui ne soient pas déclarés incompétents. Þorvaldur était en congé et le resterait au-delà de sa période de convalescence, le temps qu'il se remette de la perte de sa main. Il en serait de même pour Sólveig, qui avait été envoyée en vacances pour toute la durée de l'enquête. Il était probable qu'aucun des deux ne retrouverait son emploi.

— Tiens ! Regardez donc qui arrive ! Le fumeur ! s'exclama Dagmar, tout sourire.

Ce qui était incroyable, c'était qu'elle avait bien meilleure mine que lorsque Huldar l'avait rencontrée pour la première fois à son domicile. Elle était joyeuse, elle ne donnait aucun signe d'inquiétude. On l'avait autorisée à améliorer son apparence, elle était bien coiffée et maquillée comme pour une séance chez le photographe.

— Mon policier préféré !

Elle l'avait vu s'en prendre à Jón Jónsson mais elle avait déclaré qu'elle n'avait rien remarqué et elle n'en démordait pas. Elle ne s'était manifestement pas demandé qui serait la prochaine sur sa liste, mais Huldar doutait qu'elle changerait d'avis pour autant. Jón Jónsson était la personne qu'elle haïssait le plus au monde. Rien ne valait l'union contre un ennemi commun.

Huldar fit comme s'il ne l'avait pas entendue. Erla ordonna à Dagmar de continuer. Elle cessa de fixer Huldar et se tourna vers elle.

— J'ai déjà dit tout ça, hier et avant-hier soir, mais comme vous avez l'esprit particulièrement lent, je vais tout répéter encore une fois.

Elle arrangea une boucle qui était tombée devant ses joues.

— Je n'ai jamais eu l'intention d'aller jusqu'au bout avec la petite.

— La petite s'appelle Karlotta, dit Erla en regardant Dagmar droit dans les yeux. Essayez de vous en souvenir.

— Karlotta. Un prénom un peu artificiel. Mais c'est sans importance. Je voulais seulement entendre crier cet immonde père. Crier comme Vaka a crié. Dès que Jón aurait été sur le point de…

Elle se tut, sembla soudain mal à l'aise, mais elle se domina et retrouva aussitôt le ton futile qu'elle avait adopté jusque-là.

— Lorsqu'il a voulu aller plus loin, je l'ai écarté. Ça suffisait comme ça. Il était tellement saoul qu'il ne faisait pas le poids face à moi. Je regrette seulement de ne pas en avoir profité pour le tuer à ce moment-là. Quand je le pouvais encore. Mais je me suis contenté de l'assommer. Je voulais attendre qu'il soit conscient avant d'aller récupérer la tronçonneuse.

— La tronçonneuse, oui. Erla gribouilla quelque chose et le jeune avocat blêmit.

— Vous me permettez de m'entretenir seul avec ma cliente ? implora-t-il.

— Vous, mon garçon, vous n'allez pas vous mêler de ça. Vous êtes là seulement pour la forme.

— Peu importe ce que je raconte. J'écoperai des seize ans habituels, répliqua Dagmar.

— Pas forcément. On peut condamner à des peines allant jusqu'à vingt ans. Ou même à perpétuité. Cette possibilité n'a jamais été utilisée, mais ça ne signifie pas qu'on n'y aura jamais recours, objecta l'avocat.

Il regarda Erla et Huldar, en quête de soutien, mais sans succès. C'était à Dagmar elle-même de protéger ses intérêts, pas à eux.

— Blabla blabla, fit Dagmar en levant les yeux au ciel. Je peux continuer ?

— Oui, je vous en prie, dit Huldar, qui prenait enfin la parole. Parlez-nous de votre relation avec Jón Jónsson.

Quel était votre plan, comment avez-vous fait pour arriver à vous le mettre dans la poche ?

— Comme je vous l'ai déjà dit, ç'a été très facile. Je lui ai écrit. J'ai utilisé mon imprimante pour confectionner des enveloppes avec comme en-tête le nom du cabinet de son avocat et l'adresse du salon de coiffure. J'ai ajouté le nom de l'avocat sur la boîte aux lettres. Personne n'a fait de commentaires, ni le facteur, ni le propriétaire. L'immeuble est grand, il y a plein de boîtes aux lettres, personne ne s'amuse à lire les noms. Dans mes courriers j'ai fait semblant de le soutenir, je lui ai envoyé un copier-coller que j'avais trouvé sur Internet. Dedans on tentait de démontrer que la pédophilie était une orientation sexuelle comme une autre ; qu'on ne pouvait rien y faire, comme pour les hétérosexuels ou les homosexuels ; que c'était une tendance naturelle. Il a tout gobé sans la moindre hésitation. Après ça j'ai simplement continué de l'embobiner, je lui ai promis de l'accueillir dès sa sortie et de lui procurer tout le matériel nécessaire pour satisfaire ses besoins. Comme ça, il pourrait laisser tranquilles les enfants. Si je lui avais dit que je lui en fournirais, des enfants, il se serait méfié. En tout cas il était aux anges, il croyait avoir trouvé une âme sœur, le genre de femme qui s'entiche des prisonniers. Ça l'amusait que je me fasse passer pour son avocat. Ce petit jeu clandestin le distrayait.

Dagmar se tut et regarda tour à tour Huldar et Erla. Elle était très contente d'elle. On aurait dit qu'elle attendait qu'on applaudisse ou qu'on la félicite d'une manière ou d'une autre. En guise de réponse tous deux se contentèrent de la fixer sans bouger d'un pouce. Comme rien ne se passait, elle haussa les épaules nonchalamment et poursuivit son récit.

— J'ai dit que je m'appelais Urður, comme l'une des sorcières du destin. Elle incarne le passé, je trouvais que ça convenait bien. Je n'ai pas osé choisir Skuld* de peur d'être démasquée. Mais je pense que je m'inquiétais pour rien. Il était complètement isolé, il n'avait aucune raison de douter de la sincérité de l'auteur des lettres. Il n'attendait plus rien. Un homme qui se noie ne se demande pas qui lui lance la bouée.

— Et lorsqu'il est sorti ?

— On a organisé ça dans les dernières lettres. Je devais lui trouver un toit et m'occuper de lui jusqu'à ce qu'il ait retrouvé ses marques. – Dagmar eut un rire sec. – Ça n'a fait aucune difficulté. Il a appelé depuis la cafétéria d'une station-service et je suis allée le chercher. Sur le siège avant j'avais posé une bouteille de whisky. Je lui ai dit que c'était pour fêter sa libération. Il a hésité un peu, je me suis inquiétée. J'avais peur qu'il me reconnaisse s'il restait sobre. Il m'avait vu au tribunal pendant le procès. Mais je me suis fait peur pour rien, il a dévissé le bouchon et il a bu toute la gnôle. Après, ç'a été un jeu d'enfant. Je l'ai emmené jusqu'au chalet où Orri et moi avions déjà apporté un matelas, du *brennivin*, de la nourriture, un radiateur électrique et quelques horreurs que nous avions imprimées sur Internet depuis déjà longtemps. C'était suffisant pour qu'il se tienne tranquille sans qu'on ait besoin de s'occuper de lui pendant

* Skuld : dette. Trois "nornes", sorcières de la mythologie nordique, une du présent, du passé et de l'avenir.

un bon moment. J'ai emporté ses chaussures pour qu'il ne puisse aller nulle part et j'ai fermé à clé la pièce où Yngvi patientait. Il avait arrêté de crier. À ce moment-là il était plus près de la mort que de la vie. Il a fini par crever, évidemment.

Dagmar but une gorgée.

— Mais il y a eu un gros loupé.

— Comment ça ?

Erla leva les yeux de la feuille sur laquelle elle prenait des notes pendant que Dagmar parlait.

— Nous pensions que Jón serait libéré plus tôt, comme il l'avait annoncé dans sa dernière lettre. Mais sa sortie a été repoussée pour je ne sais quelle raison. Ça nous a obligés à maintenir en vie ce salaud d'Yngvi pendant deux mois.

— Pourquoi vouliez-vous attendre ? demanda Huldar. – Les autres policiers devaient le savoir depuis la veille, mais lui-même n'avait eu connaissance que des grandes lignes de son témoignage. – Pourquoi vous n'avez pas, avec votre ex-mari… ou vous seule… tué ces gens deux mois plus tôt ? Vous étiez prêts depuis longtemps, je ne comprends pas pourquoi vous aviez besoin de ces deux mois.

— Mon cher policier préféré, on en avait besoin pour deux raisons. En premier lieu nous avions prévu depuis le début de faire croire que c'était Jón qui avait tué toute la clique. La deuxième raison, la plus importante à mes yeux, c'était que tous les crimes devaient être commis dans le laps de temps le plus court possible. Pour diminuer au maximum les risques qu'on nous attrape avant d'avoir fini le travail. Et ça s'est vérifié. Sauf que j'aurais voulu avoir le temps de m'occuper de la bonne femme, la Sólveig. Et puis on a raté Jón, je ne voulais pas qu'il en réchappe. Ça, c'est votre faute. Si vous étiez arrivés une heure plus tard j'aurais réussi à le couper en tranches. Sous les yeux de Þorvaldur pour qu'il ne s'ennuie pas.

— Et devant ses enfants ?

— Non, je suppose que non, fit Dagmar en haussant les épaules.

Sa réponse soulagea visiblement son avocat.

— Monsieur Marlboro Man, je vais vous tout vous dire, ajouta-t-elle.

Elle sourit à Huldar qui resta de marbre, mais il eut l'impression qu'elle était ravie de son petit effet.

— Finalement ça m'était égal qu'on ne croie pas que Jón était l'assassin. Je me moquais complètement de ce qui se passerait après, quand tout serait fini. C'est vrai qu'Orri n'était pas de cet avis.

— Vous en êtes bien sûre ? coupa Erla, contrariée par l'allusion de Dagmar à l'épisode de la cigarette. Je suis convaincue que vous auriez effacé toutes les empreintes digitales et toutes les traces de votre passage, comme Orri l'a fait, si nous n'avions pas retrouvé votre piste.

— Non. Vous vous trompez. Si on les avait tous liquidés, ça m'aurait suffi. J'aurais pu mourir avec la satisfaction du devoir accompli. Vous savez, tout est arrivé quand Vaka est morte. Avant j'étais heureuse de vivre. Je l'adorais, j'aimais Orri, nous ne faisions de mal à personne. Puis un jour elle n'est plus là, je la vois le matin, tout le monde est pressé, on n'a pas le temps pour les choses importantes, pour l'embrasser sur le front, murmurer "je t'aime". Je lui ai seulement demandé de ne pas perdre la petite cuillère de sa gamelle. Vous vous rendez compte ? Une malheureuse petite cuillère ! – Dagmar se tut. – On ne nous a jamais rendu son cartable. Ni ses vêtements. Ils sont ici dans votre dépôt. Avec la petite cuillère. – Elle faiblissait, elle ne faisait plus la fière. – Avant la visite de Þröstur, on était tous les deux sur le point d'abandonner. Le matin, à la seule idée de la nouvelle journée qui nous attendait, nous n'arrivions plus à nous lever. Nous avions la même obsession, ce que Vaka avait éprouvé quand c'était arrivé. Notre petite fille. Couchée sous une créature innommable surgie de nulle part. Ses grognements à lui, ses pleurs à elle. Ça me faisait vomir. Orri, lui, était pris de crises de fureur. Contre tout et tout le monde.

Erla et Huldar ne disaient rien, ils étaient plongés dans leurs pensées. Vaka violée, épouvantée, désespérée, aucun enfant ne devrait jamais subir un tel sort. Mais ça ne justifiait pas ce qui s'était passé par la suite.

— Et puis Þröstur est venu, continua Dagmar, qui s'était redressée. Ce soir-là une page a été tournée, nous nous sommes fixé un but. Un but tellement formidable qu'il a redonné du sens à notre vie. La vengeance. Nous nous sommes donné une mission : distribuer leur juste châtiment à ceux qui avaient fait passer leur intérêt personnel avant celui d'enfants qu'ils auraient dû protéger. Peut-on trahir la confiance d'une manière plus vile ? Je ne le crois pas. Orri non plus. Je ne sais pas ce que vous en pensez vous-mêmes, mais vous n'avez pas traversé les mêmes épreuves que nous. Vous ne pouvez pas mesurer combien nous étions paralysés par notre propre impuissance, parce que nous n'étions pas là quand notre enfant avait besoin de nous.

Dagmar fit une pause et le silence envahit la pièce. L'avocat s'agitait un peu sur sa chaise mais il semblait avoir compris qu'il valait mieux laisser faire.

— Quand Einar nous a raconté toute l'histoire, quelque chose s'est déclenché au fond de moi. De nous deux. La vengeance nous tournait autour depuis longtemps mais, ce soir-là, ce fut comme si nous étions au centre du tourbillon. Il nous aspirait irrésistiblement. Sa formidable succion promettait de satisfaire notre colère, notre haine, notre soif de nous venger. Nous n'avions plus à lutter pour nous remettre d'aplomb et retrouver notre bonne forme. On nous laissait un peu de temps, mais c'était bien ce que tout le monde attendait de nous, n'est-ce pas ?

Erla et Huldar ne répondirent pas.

— Nous avons fait tout le contraire, nous nous sommes jetés à corps perdu dans la haine et la vengeance. À l'instant précis où je l'ai compris, je brandissais le marteau, il était trop tard pour revenir en arrière.

— Où était Orri à ce moment-là ?

— En dehors de la pièce. Il était sorti après les aveux d'Einar. Ça l'avait rendu fou de rage. Si vous croyez qu'il était mécontent de moi quand il est revenu, vous vous trompez sur toute la ligne. Ne faites pas attention à ce qu'il en dit maintenant, il était très content de moi. Assez en tout cas pour bien réagir quand je lui ai proposé d'éliminer tout le monde dès que Jón serait libre. Et notre idée n'a pas reflué avec la marée, comme ça arrive souvent. Notre décision était ferme, nous en avons beaucoup discuté, bien sûr. Nous avons commencé à accumuler toutes sortes de choses qui nous seraient utiles quand nous passerions à l'action. Je parie qu'aucun de nos achats ne vous a permis de remonter jusqu'à nous, plus de dix ans après.

Elle regarda Erla et Huldar, comme si elle attendait des félicitations pour leur ingéniosité, mais ils ne bronchèrent pas.

— Nous nous sommes procuré tout le nécessaire, sans oublier l'alcool de Jón. Nous nous étions mis d'accord sur le genre de mort que nous voulions réserver à chacun. Il était exclu qu'on les fasse mourir en trois secondes. On avait prévu que ça prenne du temps. Le moment de la mort devait être précédé d'une phase d'alerte qui leur permettrait de prendre pleinement conscience de ce qui les attendait. Après réflexion, je crois que c'est l'acide sulfurique qui a le mieux marché. Je suis sûre que Kolbeinn serait d'accord avec moi. Il a bouilli à petit feu, doucement et sûrement, on n'a pas versé le vitriol sur lui d'un seul coup. Oh non…

Dagmar sourit fièrement. Puis elle haussa les sourcils, feignant d'être étonnée des réactions pour le moins mitigées de son auditoire.

— Peu de temps après avoir mis au point les grandes lignes de notre plan, nous avons décidé de divorcer pour détourner l'attention le moment venu. La police penserait que personne ne se serait lancé tout seul dans une telle opération. C'était difficile, très difficile. J'aimais Orri et Orri m'aimait. Mais nous étions prêts à nous résoudre à cette extrémité. Quand le divorce a été prononcé, tout le monde était persuadé que nous étions devenus des ennemis jurés. Nous ne nous rencontrions plus que deux fois par an pour discuter de notre affaire.

Devant la tombe de Vaka, le jour de son anniversaire et le jour de sa mort. Le reste du temps nous prenions soin de ne jamais être vus ensemble et nous évitions de nous téléphoner. Lorsque Jón m'a écrit qu'il serait bientôt libéré, j'ai fait une exception en l'appelant depuis le domicile d'une amie. Nous nous sommes rencontrés à Heiðmörk le soir même pour nous répartir les tâches et régler les détails.

— À notre connaissance il s'est chargé de tâches bien moins importantes que vous. Est-ce que c'est exact ? l'interrompit Erla, qui attrapa la cruche d'eau et remplit son verre. À moins qu'il n'ait pas tenu ses engagements ?

— Il a fait un certain nombre de choses. Il a trouvé le logement, il m'a aidée à emmener le juge au chalet. Nous nous sommes mis à deux pour assassiner Benedikt Toft dans le parking souterrain. Après c'est vrai qu'il a laissé tomber. Je crois qu'il a commencé à flancher après qu'on a coupé les mains d'Yngvi. Il est devenu bizarre après ça, il trouvait tous les prétextes pour ne pas faire sa part ou ne pas participer à ce qu'on devait faire à deux. Il prétendait qu'il était débordé de travail. Il s'est imaginé qu'on avait vu Jón traîner aux alentours du chalet. Il fantasmait, Jón n'est jamais sorti. Pour quoi faire ? Il avait tout ce qu'il lui fallait à l'intérieur. Du *brennivin*, de la nourriture et toute cette pornographie répugnante. Pour arranger ça, je me suis présentée au commissariat et j'ai raconté que je l'avais vu à Reykjavík. Je voulais calmer Orri et le convaincre que si la police recherchait Jón, ce serait seulement en ville. Dans le rôle de la femme au bord de la crise de nerfs, j'ai été plutôt efficace. Il faut dire que je l'ai vraiment été jadis. Mais c'est bien fini.

Huldar croisa ses mains écorchées derrière sa nuque. Il pensait qu'Orri avait toujours évité de prendre des risques et avait veillé à ne laisser aucune trace derrière lui. Peut-être était-il aussi assoiffé de vengeance que Dagmar au début, mais il avait dû se raviser du jour où il s'était retrouvé, une tronçonneuse entre les mains, au-dessus d'un homme mutilé. Ou du jour où il avait compris que Dagmar se souciait peu d'être démasquée pourvu qu'elle accomplisse sa vengeance. Son agence immobilière était florissante. Il avait peut-être commencé à prospecter autour de lui en quête d'une nouvelle femme. Il n'avait pas l'intention de reprendre la vie commune avec une ex-épouse devenue complètement cinglée. Le fait qu'il ait souhaité s'expliquer auprès de Freyja montrait qu'il avait voulu présenter sa vision des choses avant qu'il ne soit trop tard – et c'était bien effectivement grâce à cette initiative qu'ils avaient réussi à sauver Þorvaldur et ses enfants.

— Réfléchissez bien, prenez tout votre temps, est-ce que vous pouvez nous fournir un élément tangible reliant votre ex-mari à ces meurtres ? Est-ce que quelqu'un l'a vu ou entendu ? Y a-t-il des objets ou des papiers en rapport avec votre plan qui pourraient porter ses empreintes digitales ? Quelque chose qui soutiendrait votre récit ? Sa version est très différente de la vôtre. Il affirme qu'il a cru que vos désirs de vengeance n'étaient que des divagations et qu'il vous a prêté un logement sans connaître vos intentions. Maintenant c'est votre parole contre la sienne et il se pourrait bien qu'il s'en sorte beaucoup mieux qu'il ne le devrait.

— Vous savez quoi, le flic à la clope ? dit Dagmar en se penchant vers Huldar. Je m'en fiche complètement.

Ça ne me dérange pas qu'Orri s'en sorte. Enfin pour le moment. Pareil pour Jón. Et Sólveig. Et Þorvaldur. Ils finiront par avoir ce qu'ils méritent. Je vais avoir tout le temps d'y réfléchir pendant les dix ans qui viennent.

— Je vous conseille de ne pas dire un mot de plus, interrompit l'avocat en se tournant vers son indéfendable cliente. – Il regarda Erla. – Ne notez pas ça. Elle ne pense pas ce qu'elle dit. J'exige de pouvoir m'entretenir avec ma cliente en privé. Maintenant.

— D'accord, dit Erla en rassemblant ses papiers.

Huldar la suivit mais Dagmar le héla. Il se retourna.

— Eh ! Marlboro man ! On n'est pas si différents, toi et moi. Tu vois ce que je veux dire. C'est juste une question de degré. Rien de plus. À ma place, tu aurais fait la même chose. Ça ne fait aucun doute.

Huldar ne répondit rien, il sortit et ferma derrière lui. Il avait besoin de se laver le visage ou, mieux, de prendre une douche bien chaude. Les paroles de Dagmar l'avaient troublé. Il était temps qu'il se reprenne en main.

Il grimpa les escaliers derrière Erla. Il lui rapporterait son échange avec la police des polices et mettrait un terme définitif à leur relation. Contre toute attente il en éprouvait quelques regrets. Mais c'était déjà de l'histoire ancienne. Désormais il concentrerait tous ses efforts sur Freyja. Elle avait été obligée de rester assise à ses côtés dans la voiture durant plus d'une heure pendant qu'ils roulaient vers le chalet. Tout s'était passé correctement et leurs échanges avaient été amicaux. En dehors d'un moment d'énervement sur sa façon de conduire quand ils avaient franchi les derniers mètres. Qui sait ? Peut-être pourrait-il enfin la retrouver au bord du lac pour distribuer avec elle du pain aux canards ? Son petit doigt lui disait que s'il y parvenait, il aurait gagné la partie.

ÉPILOGUE

Ils descendirent lentement le cercueil dans la tombe. On voyait qu'ils savaient comment s'y prendre. Aucun risque qu'il atterrisse sur le flanc ou se fracasse au fond du trou. Ensuite ils enlevèrent les cordes et s'alignèrent sur le côté, raides comme des poteaux, le visage grave, pendant que le prêtre disait quelques mots, la Bible ouverte entre les mains. Son petit discours passa au-dessus de la tête de Þröstur. Il était l'unique invité de cette cérémonie de remise en terre. Le contraste avec l'enterrement précédent était saisissant. L'assistance était si nombreuse la première fois que l'église n'avait pas pu accueillir tout le monde et qu'une partie du public était restée dehors. Combien oseraient avouer aujourd'hui qu'ils comptaient parmi les relations du défunt ? Combien regrettaient d'avoir répandu des tonnes de louanges dans la nécrologie qu'ils avaient rédigée en son honneur ? C'était bien fait pour eux.

Þröstur n'avait jamais eu l'intention de s'inviter, mais il avait décidé au dernier moment de venir faire un tour. Pour lui c'était la conclusion d'un long voyage qui avait débuté il y avait très longtemps, à Hafnarfjörður, dans un poste de police. On ne l'avait pas informé de la tenue de cette cérémonie, sa mère et sa sœur non plus. Personne ne les attendait ni ne comptait sur leur présence. C'était la fille d'Einar qui lui avait appris la nouvelle, elle avait téléphoné chez eux depuis la Norvège, et c'était lui qui avait décroché. En dehors de cet événement, elle appelait surtout pour leur faire des révélations qui ne l'avaient que partiellement surpris. D'après elle son défunt père n'était qu'un ignoble salaud. Ça n'était pas une découverte. Elle lui avait tout de même appris qu'il avait abusé d'elle et de son frère durant leur enfance. Mais il avait été stupéfait de l'entendre dire que Jón, le fils adoptif, avait probablement été lui aussi victime d'Einar quand il avait emménagé chez lui avec sa mère.

Ça expliquait tout. Ça n'expliquait rien.

Comment se faisait-il qu'après avoir subi la même épreuve ils aient connu des destins si différents ? Le fils d'Einar s'était suicidé après avoir lutté pendant des années contre la dépression. Sa sœur en avait souffert également. Elle n'avait jamais eu de doutes sur l'origine de sa maladie. Elle avait réussi à surmonter ses traumatismes mais elle pensait qu'elle n'en serait jamais libérée pour autant. Jón avait sombré dans l'alcool et était devenu la parfaite réplique du monstre qui l'avait élevé et éduqué. La génération qui avait suivi était entrée dans la vie en prenant elle aussi d'autres chemins : Sigrún faisait tout son possible pour vivre à l'écart du monde alors que lui, Þröstur, avait décidé de faire un doigt d'honneur à ce monde-là. Et il ne savait plus faire autrement.

Le récit de cette femme lui avait au moins permis de comprendre pourquoi, quand il avait demandé l'aide de la police, la première fois, Einar n'avait pas tourné le dos à son fils adoptif. C'était plus compliqué que de chasser une poussière sur le col blanc de sa chemise, il avait peur que Jón ne raconte pendant le procès ce qu'il avait subi lui-même étant enfant. Mais Þröstur était surpris que Jón n'ait pas tout révélé lors du second procès, celui où il était jugé pour meurtre, mais il avait sans doute pensé que ça ne changerait rien.

Après ces révélations la conversation avec la fille d'Einar avait tourné court. Malgré leur douloureuse expérience commune ils n'avaient échangé que quelques mots. C'était comme ça. Elle avait mis le point final. Il allait rester seul avec ses chagrins, Sigrún serait seule avec les siens, tout comme cette femme là-bas, en Norvège. Ils chercheraient à s'en sortir chacun de leur côté, ils ne pourraient jamais être plus forts ensemble.

C'était pour ça qu'il était venu là. Pour un impossible règlement de comptes avec un mort. Il s'était présenté au gardien du cimetière, qui n'avait pas su comment réagir quand il avait compris qui était devant lui. Finalement il avait fait comme la plupart des gens, c'est-à-dire rien. Il avait fait mine d'ignorer qu'il parlait au voleur du cercueil qu'on allait remettre à sa place. Il n'avait prévenu ni le prêtre ni les croque-morts, qui n'avaient rien demandé non plus. Ils voulaient seulement en finir au plus vite.

Le prêtre referma la Bible dans un claquement sec et invita Þröstur à s'approcher de la tombe. Lui-même s'écarta et vint se ranger à côté des croque-morts. Þröstur monta sur les planches de bois qui avaient été posées de part et d'autre de la fosse. Il se demanda s'il avait eu raison de déterrer ce cercueil ou s'il n'avait réussi qu'à s'attirer des ennuis supplémentaires, mais il ne parvint pas à trancher.

Il avait fait ça pour que le cadavre d'Einar soit enfin autopsié, et dans des conditions satisfaisantes. Il espérait qu'on finirait par le croire quand il affirmait que c'était Dagmar, la mère de Vaka, qui lui avait donné la mort. Mais personne ne l'avait écouté jusque-là et il n'y avait aucune raison que ça change. Quand il avait décidé ça, c'était parce qu'il voulait réduire au maximum les risques d'être accusé, lui ou Sigrún, d'avoir participé aux meurtres commis par Dagmar et Orri. À l'époque il craignait que la police ne les soupçonne parce qu'ils avaient tous les deux d'excellentes raisons de vouloir la mort de ceux que Dagmar et Orri avaient pris pour cible. Il avait aussi une peur bleue du couple depuis ce soir fatal. Sitôt après le meurtre d'Einar, Dagmar avait affirmé qu'elle n'en resterait pas là. Depuis il redoutait qu'elle décide de se débarrasser de lui et de sa sœur. Ces deux-là étaient capables de tout.

Ses craintes commençaient seulement à se dissiper. L'année qui avait suivi le meurtre avait été la plus dure. Quand il s'endormait, il avait régulièrement l'impression d'entendre le couple s'introduire chez eux. Il avait pris au sérieux les menaces de mort que Dagmar lui avait lancées pour l'empêcher de tout raconter. Il la croyait même capable de passer à l'acte à titre préventif. La mort de son grand-père, les menaces, le silence qu'elle lui imposait, tout ça avait alimenté sa peur jour après jour. Il avait eu de plus en plus de mal à se concentrer à l'école, ces événements l'avaient marqué pour la vie. Il avait commencé à respirer le jour où il avait eu l'idée de se soulager de tout ce poids en le confiant au cylindre temporel. Le secret était enfoui dans la terre, dans une boîte hermétique, plus tard il surgirait en pleine lumière. À l'époque cette certitude le rassurait. S'il était assassiné le premier, avant que le couple s'en prenne aux gens qui figuraient sur leur liste, sa lettre aiderait peut-être à les démasquer. L'idée qu'ils l'éliminent en toute impunité lui était insupportable. Mais il n'osait toujours pas se mettre en travers de leur chemin. C'était trop tôt.

Þröstur ne cherchait pas à se mentir à lui-même, bien au contraire. Il espérait que le couple parviendrait à ses fins et liquiderait toute la liste, il le désirait au moins autant qu'eux. Mais lui, en plus, ce qu'il voulait, c'était qu'on les arrête, quand ils auraient fini. Le problème, c'était qu'il devait choisir le moment le plus favorable pour les dénoncer, ni trop tôt, ni trop tard. Il avait fait des recherches pour savoir ce que la loi lui réservait s'il les couvrait trop longtemps ; il s'était rendu compte qu'il risquait gros. C'était pour ça qu'il n'avait pas osé les laisser aller jusqu'au bout de leur projet. Malheureusement. Il aurait adoré qu'une bande de gamins malfaisants écrabouille sous leurs semelles cette punaise de Sólveig. Mais il ne regrettait pas que ça. Il aurait dû accompagner sa mère à l'entreprise de location et vérifier qu'elle réservait bien la voiture pour seulement vingt-quatre heures. Il aurait dû deviner qu'elle ne résisterait pas à la tentation, même pour une putain de semaine ! Ça, elle le lui avait bien caché ! Sa légèreté ravivait la colère qu'elle lui inspirait depuis toujours. Elle l'accompagnerait jusque dans la tombe.

Þröstur regardait le cercueil au fond de la fosse. C'était le même que celui qu'il avait déterré quelques jours avant avec l'aide de sa mère, malgré son petit gabarit. La fille d'Einar avait éclaté de rire quand la municipalité lui avait demandé si elle désirait en acheter un neuf.

Le prêtre avait répandu un peu de terre sur le couvercle endommagé. Dessous reposaient l'origine et la fin de tous ses malheurs. Il ferma les yeux et respira profondément. Il poussa – heureusement pour la dernière fois – la porte de la chambre de Sigrún, le jour où Vaka était venue téléphoner chez eux. Il la revit en pleurs, assise au bord du lit, occupée à brosser les cheveux de la fillette. Il s'entendit crier d'effroi au fond de lui-même comme ce soir-là, quand après avoir tiré la couette il avait vu qu'elle était morte et qu'on avait baissé sa culotte. Il avait compris ce qui venait d'arriver en apercevant la flaque de sang. Il avait assez d'expérience pour le savoir.

Þröstur plissa très fort ses paupières. C'était la dernière fois qu'il se laissait dominer par ses souvenirs. Quand il s'en irait de là, il abandonnerait derrière lui leur horrible passé et il commencerait une nouvelle vie. Il laissa sa mémoire le submerger une dernière fois. Sigrún lui expliquait d'une voix entrecoupée de sanglots que Vaka ne voulait pas s'arrêter de pleurer, elle pleurait, pleurait, il fallait l'empêcher, sinon papa allait l'entendre, il allait revenir. Quand elle avait retiré l'oreiller Vaka était toute bleue. Elle n'avait pas réussi à la réveiller.

Ce fut le même déferlement d'émotion que ce jour-là. Il n'avait jamais compris comment il avait fait. Il avait saisi l'oreiller de Sigrún, il était entré dans la chambre où son père dormait ivre mort, il avait frotté ses mains inertes contre l'oreiller en priant pour que ses empreintes digitales restent imprimées dessus. Et ça avait marché. Dans sa tête il refit le trajet vers la chambre de Sigrún, il la saisit par les épaules et lui dit qu'elle n'avait rien fait. C'était papa qui avait tué son amie. Elle devait retourner dans le placard où elle s'était cachée et attendre que quelqu'un lui ouvre. Ça serait peut-être long. Elle devait rester assise dans le noir et répéter tout le temps que c'était papa qui avait mis l'oreiller sur la tête de la petite fille. Pas elle. Sa mémoire la trompait, elle ne devait jamais raconter ça. Puis il ferma le placard et alla dans sa chambre.

Il ne savait pas si sa sœur avait réussi à se laver le cerveau dans le placard ou si elle avait gardé le souvenir de ce qui s'était réellement passé. Son désir le plus cher était qu'elle soit arrivée à croire que c'était la faute de leur père. Et en définitive, c'était bien la vérité.

Et la faute de l'homme dans le cercueil.

Þröstur regarda derrière lui. Le prêtre et les croque-morts ne cachaient pas leur impatience de le voir s'en aller.

Il ouvrit sa braguette et pissa sur le cercueil.

Quand ce fut fait, il traversa les planches de bois et rejoignit le sentier, indifférent aux visages scandalisés de ses spectateurs. Il se dirigea à grands pas vers l'entrée du cimetière. La vie le comblait pour la première fois.

Retrouvez les autres romans
de Yrsa Sigurđardóttir
dans les collections “Actes noirs” et “Babel noir”.

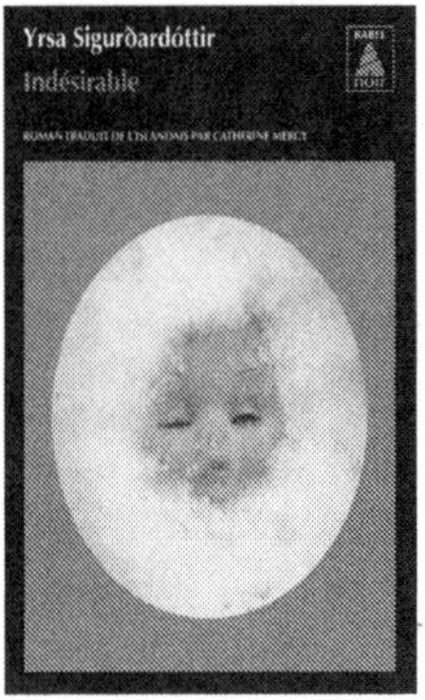

INDÉSIRABLE
traduit de l’islandais par Catherine Mercy

Quels sont les sombres secrets du foyer éducatif pour adolescents Krókur ? Que s’est-il réellement passé lorsque deux jeunes garçons y ont trouvé la mort ? Et pourquoi personne ne semble oser en parler ? Óðinn s’apprête à tirer les choses au clair. Mais la vérité ne supporte pas toujours la lumière du jour…

ADN

traduit de l'islandais par Catherine Mercy

Qui pouvait bien vouloir tuer Elísa Bjarnadóttir, cette jeune mère de famille islandaise sans histoires ? Et pourquoi tant de sauvagerie ? Avec pour seul témoin une fillette de sept ans murée dans le silence et comme seul indice d'étranges suites de nombres écrites par l'assassin, la tâche de la police s'avère délicate. Mais les enquêteurs n'ont pas de temps à perdre : un monstre se promène dans les rues de Reykjavik, et il n'a pas fini de faire parler de lui. Élu meilleur roman policier de l'année au Danemark et en Islande.

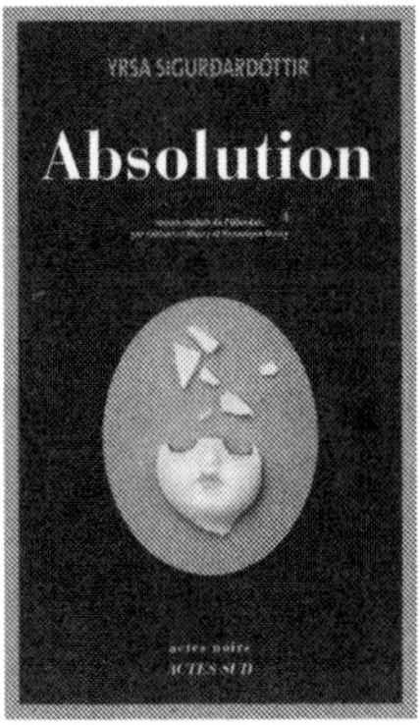

ABSOLUTION

traduit de l'islandais par Catherine Mercy et Véronique Mercy

C'est par des vidéos transmises sur Snapshat à tous les contacts de la victime que la police islandaise est avertie d'un crime. On y voit la jeune Stella, terrifiée, demander pardon avant sa mise à mort. Quelques jours plus tard, près du corps, un papier sur lequel est écrit le chiffre "2" est retrouvé. Peu après, c'est au tour d'un jeune homme d'être retrouvé portant le chiffre "3". Jusqu'où la série se poursuivra-t-elle ? Et qu'en est-il du numéro "1" ? Dans cette nouvelle enquête haletante, Yrsa Sigurðardóttir met en lumière les dérives terribles du harcèlement scolaire et, plus difficile à endiguer, sur les réseaux sociaux.

OUVRAGE RÉALISÉ
PAR NORD COMPO À VILLENEUVE-D'ASCQ
REPRODUIT ET ACHEVÉ D'IMPRIMER
EN MARS 2022
PAR NORMANDIE ROTO IMPRESSION S.A.S.
À LONRAI
POUR LE COMPTE DES ÉDITIONS
ACTES SUD
LE MÉJAN
PLACE NINA-BERBEROVA
13200 ARLES

DÉPÔT LÉGAL
1re ÉDITION : MAI 2021
N° impr. : 2200933
(Imprimé en France)